Ein Held ist jemand, der er selbst sein will.

José Ortega y Gasset

DAS REICH GROß-YUAN
CA. 1356
PROVINZ LIAOYANG
Shangdu
KHANBALIQ (DADU)
ZENTRAL-PROVINZ
GORYEO
Songdo
GELBES MEER
Bianliang
Großer Kanal
Gelber Fluss
PROVINZ HENAN
Fluss Huai
Zhenjiang
Yingtian
Tai Hu
Pingjiang
Wuchang
Fluss Yangzi
Qingyuan
Poyang Hu
PROVINZ JIANGZHE
Nanchang
Taizhou

Die Fraktionen im Reich Groß-Yuan

KAISERHOF

Der Großkhan – der Kaiser des Reichs Groß-Yuan. Er regiert von der Hauptstadt Khanbaliq aus. Er hat das Himmelsmandat, aber es heißt, die blaue Flamme sei sehr schwach geworden.

Die Kaiserin – die erste Gemahlin des Großkhans. Sie ist die Tochter Bolud Temürs, des Militärgouverneurs der Provinz Shanxi, und die Schwester Altan Baatars. Da ihr Bruder durch Betreiben Wang Baoxiangs verbannt wurde, hegt sie einen Groll gegen ihn.

Die Herrin Ki – einst eine Konkubine des Großkhans, die zu seiner Lieblingsgemahlin aufgestiegen ist. Sie ist außerdem die Mutter des dritten Prinzen.

Der dritte Prinz – der Sohn der Herrin Ki und einzig überlebende Sohn des Großkhans. Da er noch immer nicht mit dem Mandat gesegnet worden ist, ist er nicht der Kronprinz. Es wird erwartet, dass die Kaiserin früher oder später einen würdigen Thronfolger zur Welt bringt.

Der Kanzler – der Feldherr des kaiserlichen Hauptheeres.

DER HOF DES STRAHLENDEN KÖNIGS

Der strahlende König Zhu Yuanzhang – einst ein Bauernmädchen, das den Namen und das bedeutende Schicksal seines Bruders Zhu Chongba gestohlen hat. So wurde Zhu erst Novize und dann Mönch im Kloster Wuhuang. Nach der Zerstörung des Klosters ging sie nach Anfeng und stieg rasch in der Rebellenbewegung der Roten Turbane auf. Durch einen Coup gewann sie die Führung und ist heute der strahlende König. Ihre Hauptstadt ist Jiankang. Sie hat das Himmelsmandat, eine weiße Flamme.

Die Königin Ma Xiuying (Yingzi) – ist eine Semu-Frau und ehemalige Rebellin. Sie ist die Tochter General Mas und war mit Klein-Guo verlobt. Nach seinem Tod vertraute Zhu ihr ihr Geheimnis an. Anschließend heirateten die beiden.

General Xu Da – ein ehemaliger Mönch aus dem Kloster Wuhuang und Zhus Freund aus Kindertagen. Nach dem Fall des Klosters lebte er als Bandit. Seit er Zhu wiedergetroffen hat, dient er ihr treu als ihr General. Er kennt ihr Geheimnis.

Kommandeur Chang Yuchun – ein ehemaliger Dieb aus Anfeng. Unter Zhus Anleitung ist er zu einem äußerst fähigen Krieger herangewachsen.

Jiao Yu – ein Techniker. Er folgt stets dem, dessen Sieg er für wahrscheinlich hält. Zhu hat er das Leben gerettet, dabei aber ihr Geheimnis herausgefunden.

DER HOF DER FAMILIE ZHANG

Zhang Shicheng / Der Reiskübel – ein ehemaliger Salzschmuggler, der sich vom Reich Groß-Yuan und dem mongolischen Herrscherhaus abgewandt hat. Er ist der selbsterklärte König des Salzkönigreichs. Seinen Spitznamen hat er bekommen, weil er so nutzlos ist wie ein Kübel Reis. Die Hauptstadt seines Reichs ist Pingjiang.

Die Herrin Zhang – eine ehemalige Kurtisane aus Yangzhou, die Reiskübel Zhangs Herz gewonnen hat. Heute ist sie die Salzkönigin und die eigentliche Machthaberin. Es ist weithin bekannt, dass sie alle Geschäfte tätigt.

General Zhang Shide – der jüngere Bruder des Reiskübels. Er ist der Geliebte der Herrin Zhang und besitzt das Himmelsmandat, in seinem Fall eine orange Flamme.

DER HOF DES FÜRSTEN VON HENAN

Changhan Temür – der ehemalige Fürst von Henan. Lange Jahre schlug er mit seinem Heer die Rebellionen der Bauern im Süden des Reichs nieder. Bei der Frühjahrsjagd des Großkhans stürzte er zu Tode.

Esen Temür – der älteste und einzige leibliche Sohn Chaghans. Nach dem Tod seines Vaters übernahm er den Titel und führte das Heer gegen die Rebellen. In Bianliang wurde er von Ouyang, seinem General, verraten und ermordet.

Wang Baoxiang – der jüngere Bruder Esen Temürs. Eigentlich ist er der leibliche Sohn der Schwester Chaghans und eines adeligen Hanren. Er half bei der Ermordung seines Bruders, indem er Ouyangs Spuren verwischte. Er scheint das Himmelsmandat zu besitzen, aber die Farbe der Flamme ist bisher unbekannt.

General Ouyang – ein Eunuch. Der Großkhan verurteilte seinen Vater wegen Verrats zum Tode und ordnete an, dass jeder männliche Ouyang bis zum neunten Grad hingerichtet werde. Die Aufgabe fiel Chaghan Temür zu. Der Knabe Ouyang bettelte um sein Leben, mit dem Ziel, später Rache zu nehmen.

DIE ROTEN TURBANE

Der strahlende Prinz – der verheißene Vorbote eines neuen Anfangs. Er besaß das Himmelsmandat, eine rote Flamme. Nachdem Zhu selbst zum Symbol der Bewegung geworden war, brachte sie den Knaben ums Leben.

Liu Futong – der erste Minister. Er verdankte seine Stellung in der Bewegung der Tatsache, dass er den strahlenden Prinzen in seiner Obhut hatte. In seinem Verfolgungswahn orchestrierte er General Mas Tod. Er verlor den strahlenden Prinzen an Zhu und starb durch ihre Hand.

Chen Youliang – der machthungrige und grausame Minister zur Linken. Innerhalb der Rebellenbewegung intrigierte er, um seinen Rivalen Guo Zixing auszuschalten und an die Spitze der Roten Turbane zu gelangen. Er verlor den ersten Minister und den strahlenden Prinzen an Zhu und musste aus Bianliang fliehen. Er hat sich in Wuchang niedergelassen.

Guo Zixing – der Minister zur Rechten. Er verlor den Machtkampf innerhalb der Roten Turbane, konnte seinen Sohn nicht retten und wurde nach einem gescheiterten Aufstand von Chen Youliang öffentlich und bei lebendigem Leibe gehäutet.

Guo Tianxu – der Sohn des Ministers zur Rechten, genannt Klein-Guo. Er war Mas Verlobter und seit dem Tod ihres Vaters der General der Roten Turbane. Mas Warnungen vor Chen Youliang schlug er in den Wind und fiel somit seiner Intrige zum Opfer.

Sun Meng – ein Kommandeur der Roten Turbane und Klein-Guos und Mas Freund. Nach Klein-Guos Hinrichtung stand er dessen Vater beim Aufstand gegen Chen Youliang zur Seite und wurde ebenfalls hingerichtet.

China, 1356

Im dreiundzwanzigsten Jahr der Herrschaft Toghan Temürs, des fünfzehnten Großkhans der mongolischen Yuan-Dynastie, erlitten die Mongolen derart schwere Niederlagen gegen die inländischen Feinde Groß-Yuans, dass sie die Gewalt über den Süden des Reiches verloren.

Nur ein Jahr zuvor hatte den Rebellen im Süden die Vernichtung durch die gefürchteten Verteidiger des Reichs gedroht: den mongolischen Prinzen und Feldherrn Esen Temür und seinem Eunuchengeneral Ouyang. Doch hatten die Rebellen, die sogenannten Roten Turbane, dank des jungen ehemaligen Mönchs Zhu Chongba den Yuan solche Verluste beigebracht, dass sie gezwungen gewesen waren, sich zurückzuziehen.

Esen Temür und General Ouyang suchten den Beistand der mächtigen Familie Zhang, Salzhändlern, die den Yuan treu ergeben waren und die Ostküste beherrschten. In der Zwischenzeit stieg Zhu Chongba in der Rebellenbewegung auf. Er fand Verbündete – seinen selbstgewählten Bruder Xu Da und seine Gemahlin Ma Xiuying – und machte sich Feinde, auch unter den Anführern der Roten Turbane. Ermuntert von ihrem Erfolg gegen die Yuan und trotz interner Machtkämpfe erstürmten die Rebellen im Süden eine Stadt nach der anderen. Den Höhepunkt stellte die Eroberung der einstigen kaiserlichen Hauptstadt Bianliang dar, an der Grenze zum Norden des Landes.

Esen Temür und General Ouyang trachteten danach, die Stadt mithilfe der Familie Zhang für die Yuan zurückzugewinnen. Doch hinter Esen Temürs Rücken hatte dessen langjähriger Freund Ouyang einen geheimen, schmutzigen Handel mit der Familie Zhang geschlossen. In Bianliang ermordete der verräterische Eunuch seinen Herrn, mit der Hilfe General Zhangs und Esens eigenen Bruders, Prinz Wang Baoxiang. Sodann übernahm er die Befehlsgewalt über das Heer, um gegen die Hauptstadt Groß-Yuans zu ziehen und Rache am Mörder seines Vaters zu nehmen: dem Großkhan.

Ein Verrat ermöglichte den nächsten: Unbarmherzig beseitigte Zhu Chongba die Führungsfiguren der Roten Turbane – den ersten Minister sowie den strahlenden Prinzen – und setzte sich selbst an die Spitze der Bewegung.

Yingtian am Fluss Yangzi bestimmte er zu seiner Hauptstadt. Um seinem Bestreben, Kaiser zu werden, Ausdruck zu verleihen, nannte er sich fortan Zhu Yuanzhang. Er gerierte sich als der strahlende König und tat kund, er sei im Besitz des Himmelsmandats.

Die Familie Zhang sagte sich von den Yuan los und erklärte die rohstoffreiche Ostküste zu einem unabhängigen Königreich. Die befestigte Stadt Pingjiang sollte die Hauptstadt sein.

Der letzte noch lebende Anführer der Roten Turbane, der kultivierte, aber grausame Chen Youliang, entkam dem Massaker in Bianliang und nahm in Wuchang Zuflucht, flussaufwärts von Zhu Yuanzhangs Herrschaftsbereich.

Von vielen unbemerkt übernahm Prinz Wang Baoxiang den Titel seines verstorbenen Bruders – Fürst von Henan – und erhob Anspruch auf das größte Landgut Groß-Yuans.

Dies war der Stand im fünfundachtzigsten Jahr der Dynastie, gegründet vom ersten Großkhan und Kaiser Kublai Khan, um das ewige mongolische Reich Groß-Yuan.

Erster Teil

1

GRENZE DER KÖNIGREICHE ZHU YUANZHANGS UND DER FAMILIE ZHANG
1356, ACHTER MONAT

»Gewisslich bedarf diese Angelegenheit keiner endlosen Erwägung«, sagte die Frau hinter dem hauchdünnen Vorhang der Kutsche. »Gebt mir Eure Antwort hier und jetzt, Zhu Yuanzhang, und spart uns beiden Zeit.«

Das Meer war noch fern, doch die Ebene am Fuß des Hügels leuchtete weiß von Salz, als flösse dort der sagenhafte Reichtum der Frau über. Der heiße Spätsommer hatte den flachen See ausgetrocknet, der gewöhnlich die Grenze zwischen den beiden Herrschaftsgebieten markierte. Hier standen die Heere einander gegenüber. Wehende Banner ließen Farbreflexe über die Salzkruste tanzen: Gelb stand für die Rebellenarmee des strahlenden Königs, grün für die Händlerfamilie Zhang. Einst waren die Zhangs dem mongolischen Herrscherhaus treu ergeben gewesen, doch nun hatten sie ihm den Rücken gekehrt und die Regentschaft über das Salz und die Schifffahrtsstraßen der Ostküste ausgerufen.

Zhu Yuanzhang war den Hügel hinaufgeritten, um der Kutsche zu begegnen. Das Gras unter den Hufen ihres Pferdes war so golden wie ihre Rüstung und die Prunkhand. Sie beobachtete, wie die Generäle der beiden Heere sich einander mit größter Höflichkeit näherten. Ihre kurzen Mittagsschatten glitten über die Salzschicht, die bei jedem ihrer Schritte einbrach.

Beide trugen Flügelhelme nach Art der Nanren und Lamellenrüstungen. Das dunkle Leder schluckte die Sonne; die metallenen Schulterstücke in Form von Löwenköpfen hingegen blitzten, als gäbe jemand Lichtsignale mit einem Spiegel. Auf den ersten Blick unterschieden sich die beiden fernen Gestalten kaum voneinander. Zhu konnte sie dennoch leicht auseinanderhalten, denn einer der Generäle war der Bruder ihres Herzens. Xu Da war groß und keinesfalls wie ein Mönch gebaut. Fröhlich schritt er aus, ein junger Mann, der es kaum erwarten konnte, mehr von der Welt zu sehen. General Zhang war kleiner und drahtiger, doch seiner Haltung sah man eine zurückhaltende Zuversicht an. Er hatte denn auch mehr Lebenserfahrung als Zhu und ihr General zusammengenommen. Nachdem sich seine Familie von den Yuan losgesagt hatte, war er entschieden zur Tat geschritten: Innerhalb weniger Monate hatte er die verbleibenden Städte südlich des Großen Kanals eingenommen und das befestigte Pingjiang am Ostufer des Tai Hu zur neuen Hauptstadt der Familie Zhang erklärt. Zwischen Zhus Reich im Westen und dem Hoheitsgebiet der Zhang lag nun nur noch ein Streifen Flachland in einer Biegung des mächtigen Flusses Yangzi.

»Ergebt Euch mir«, sagte die Frau hinter dem Vorhang. Sie sprach ein wenig kehlig – leise und verführerisch. Solch einen Ton hätte man eher hinter verschlossenen Türen erwartet; er schien anzudeuten, dass sie Fremde sein mochten, einander jedoch schon in wenigen Augenblicken sehr, sehr nah sein könnten. Eine Strategie wie diese konnte nur aufgehen, wenn einem das Kalkül dahinter verborgen blieb, doch Zhu durchschaute das Manöver. Zudem betrachtete sie sich als recht unempfänglich für sinnliche Reize. Interessiert stellte sie nun allerdings fest, dass sie ein leichtes Ziehen im Bauch spürte. Da es ihr selbst an Weiblichkeit mangelte, war ihr noch nie in den Sinn gekommen, dass man sie als Waffe einsetzen könnte. Es war eine gänzlich neue Erfahrung, und sie war in gleichem Maße belustigt und beeindruckt.

Auf der Salzebene neigten die beiden Generäle respektvoll die Häupter voreinander, tauschten Förmlichkeiten aus und zogen sich dann wieder zurück. Ihre Spuren im Salz wirkten blau.

Endlich wandte Zhu sich ihrer Gesprächspartnerin zu. »Seid gegrüßt, vielgeschätzte Herrin Zhang.«

»Ihr verweigert mir meinen Titel?«, fragte die Frau herausfordernd.

»Nun, Ihr verweigert mir den meinen«, erwiderte Zhu. Lebenslust durchströmte sie – der Rausch der Macht, vermischt mit Verspieltheit, so aufregend wie der Meeresgeruch und der wilde heiße Wind, der Banner knallen ließ und das Gras auf den Hängen der Hügel zum Wogen brachte. Ebenso herausfordernd wie die Herrin fügte sie hinzu: »Vielleicht sollte ich mit demjenigen über Kapitulation sprechen, der den Titel tatsächlich trägt: mit Eurem Gemahl, dem König! Lieber würde ich von Angesicht zu Angesicht mit einem Gleichgestellten verhandeln als mit seiner ehrenwerten Gattin, die sich schicklich hinter einem Vorhang verbirgt.«

Die Frau lachte sanft. »Seid unbesorgt: Ihr erklärt Eure Kapitulation an der richtigen Stelle! Meinem Gemahl mag sein Ruf vorauseilen, doch ein schwacher Mann, gut geführt, ist die größte Stärke einer Frau.« Hinter der Gaze bewegte sich ein Schatten, als lehnte sich die Frau zum Fenster hin.

Sie sprach nun so leise, dass es einer Einladung gleichkam: Zhu sollte sich herabbeugen und ihr Ohr näher an diese wispernden Lippen bringen. Dann hätte sie, wäre der hauchzarte Vorhang nicht gewesen, jede Silbe auf der Haut spüren können.

»Ich glaube nicht, dass Ihr ein schwacher Mann seid, Zhu Yuanzhang. Aber Ihr befindet Euch in einer prekären Lage. Was könnt Ihr ausrichten gegen mein Heer, das so viel größer ist als Eures? Gegen meinen General, den selbst der gefürchtete General Ouyang als ebenbürtig ansieht? Ergebt Euch und unterstellt Eure Streitkräfte meinem Kommando. Und dann warten wir nicht, bis die Yuan ihren Kanzler mit dem Hauptheer schicken, um uns niederzumachen, sondern ziehen gemeinsam gegen Dadu! Wir nehmen ihnen die Hauptstadt und den Thron. Und ist mein Gemahl erst Kaiser, verleiht er Euch jeden Titel, den Ihr Euch nur wünschen könnt. Herzog? Fürst? Rang und Würden sollt Ihr besitzen!«

»Die Geschichtsschreiber werden beeindruckt sein«, sagte Zhu trocken. »Gewiss werden sie mich als großen Mann begreifen.«

Die beiden Armeen, die sich in der Ebene gegenüberstanden, waren bloße Schau. Dies war eine Zusammenkunft, keine Schlacht. Aber Zhu machte sich nichts vor, was ihre Lage anging. Ihr Heer bestand vor allem aus Fußvolk, das sich aus den ehemaligen Roten Turbanen und zusätzlich rekrutierten Bauern zusammensetzte, und war kaum halb so groß wie das gut ausgerüstete Berufsheer der Zhangs. Und mit Ausnahme Yingtians konnte keine ihrer ein Dutzend Städte im Süden auch nur mit dem ärmsten Handelsplatz der Familie Zhang am Großen Kanal mithalten. Es stand außer Frage, wie ein Waffengang enden würde. Wären die Rollen vertauscht gewesen, so hätte Zhu es wie ihre Gegnerin gemacht: Sie hätte ihren Sieg erklärt und eine Kapitulation verlangt.

»Danach hungert es Euch?«, raunte die Herrin Zhang. »Nach Größe?« Ihr Ton war so zärtlich wie Fingerspitzen, die nackte Haut liebkosten. »Schwört mir Gefolgschaft, und ich erfülle Euer Begehren!«

Größe. Beinahe ihr ganzes Leben lang sehnte Zhu sich schon danach, und sie wusste mit absoluter Gewissheit: Nie würde dieses brennende Verlangen erlöschen. Sie richtete sich im Sattel auf und blickte nach Osten, wo am gelbbraunen Horizont das Reich der Familie Zhang lag. Der Wind wehte ihr entgegen, und es schien, als trüge er das ferne Land näher und immer näher heran, bis sie es beinahe greifen konnte. Der Gedanke erfüllte sie mit heftiger Freude. Ihr war, als stünde sie in großer Höhe und blickte auf den Weg hinab, der in ihre Zukunft führte. Von dieser Warte aus sah sie, dass es keine ernsten Hindernisse gab – bloß kleine Unebenheiten, die sie kaum von ihrem Ziel abhalten würden.

»Groß will ich nicht sein«, sagte sie wonnevoll zu der gesichtslosen Frau hinter dem Vorhang. Dann schwieg sie. Sollte die Herrin grübeln, was sie falsch gedeutet hatte, wieso ihre kunstvolle Verführung misslungen war! Ihre Unsicherheit war ein Genuss.

Zhus Armstumpf schmerzte in der zu engen Manschette ihrer Holzhand. Aber diese Unannehmlichkeit wie auch die Schwierigkeiten, denen ein Mann mit nur einer Hand tagtäglich begegnete, waren lediglich der Preis ihres Verlangens, und sie war stark genug, ihn zu zahlen. Alles konnte sie ertragen, alles Nötige tun, um zu bekommen, was sie wollte.

»Dann ...«, setzte die Herrin Zhang an.

»Nein, groß will ich nicht sein«, wiederholte Zhu. Ihr Verlangen strahlte wie die Sonne; so unermesslich war es, dass es sie ganz und gar erfüllte. Wer sonst kannte die Gewalt hinter dem Gefühl, etwas mit dem ganzen Selbst zu wollen? »Ich will der Allergrößte sein.«

Der Wind jagte Strudel aus funkelnden Kristallen über die Ebene. Lebenserhaltendes Salz, in dieser Konzentration lebensfeindlich.

»Ich verstehe«, sagte die Herrin Zhang nach einem Augenblick. Trotz aller Koketterie war ihr die Verachtung nun deutlich anzumerken; Zhu sah im Geist die Tür eines Gemachs vor sich, die ihr vor der Nase zugeschlagen wurde. »Ich vergaß, wie jung Ihr noch seid. Junge Leute sind immer zu ehrgeizig. Sie kennen ihre Grenzen noch nicht.«

Die Herrin klopfte mit ihren – ohne Zweifel makellos lackierten – Fingernägeln von innen gegen den Rahmen der Kutsche, um dem Fahrer ein Zeichen zu geben. »Wir sehen uns wieder«, sagte sie. »Doch einen Rat will ich Euch noch mit auf den Weg geben. Richtet einmal Euer vorzüglichstes Augenmerk auf meinen General dort unten. Man achtet ihn weithin: sein Auftreten, seine Erscheinung, seine Leistungen. Ein Mann wie er steht naturgemäß über anderen. Ihr tätet gut daran, Euch zu fragen, wo Ihr naturgemäß steht, Zhu Yuanzhang. Die Welt erträgt es schon kaum, einen derart mangelhaften Menschen auch nur anzuschauen. Und Ihr glaubt, man würde Euch auf dem Thron dulden? Nur ein Narr würde alles für das Unmögliche aufs Spiel setzen!«

Zhu schaute der Kutsche nach. Mangelhaft ... Nahm man die männliche Anatomie als Grundlage, so fehlte ihr mehr als nur die rechte Hand oder ein breites Kreuz. Hätte die Herrin Zhang um alle ihre Mängel gewusst, sie hätte sicher schon Zhus bisherige Errungenschaften als undenkbar erachtet. Doch gab es andere Wege, das Unmögliche zu erreichen. Belustigt und trotzig zugleich dachte Zhu: *Man verändert die Welt, sodass es möglich wird!*

YINGTIAN

Im Gewühl auf dem Palastgelände kamen einzig ein König und eine Königin ungehindert voran, da ihnen jeder aus dem Weg sprang und sich verneigte. Dennoch gab die schiere Masse der Bauarbeiter Zhu das Gefühl, ein Boot zu sein, das sich durch einen zugewucherten Teich schob. Und schon wieder kamen sie an einem Gebäude vorbei, um das sich ein Bambusgerüst zog … »Ich war nicht einmal so lange weg«, sagte sie bewundernd. »Wie fleißig du warst!«

Ihre Gemahlin Ma Xiuying warf ihr einen ungehaltenen Blick zu. »Das versteht sich von selbst. Oder hast du etwa geglaubt, dein standesgemäßer Palast baut sich von ganz allein?«

Nicht nur der Palast war im Entstehen begriffen. Als Zhu in die Stadt zurückgekehrt war, hatte sie das Fundament der neuen Wehrmauer gesehen. Sie war durch die sommerheißen Straßen geritten und hatte die Baumsetzlinge bestaunt, die erst in Jahrzehnten Schatten spenden würden. Der Geruch nach Sonnenschein und Sägemehl, der leichte Wind, der ungehindert über die Baustellen strich, der klare Himmel, weiter und blauer als überall sonst, wo Zhu bisher gelebt hatte. In all dem Neuen steckten so viele Möglichkeiten, dass es sie in helle Begeisterung versetzte.

»Du hingegen«, fügte Ma spitz hinzu, »bist offenbar bloß zur Grenze geritten, um dich in Positur zu werfen.« Ihr ausladendes besticktes Seidengewand verlangsamte sie kaum. Da sie zu den Semu-Nomaden gehörte, waren ihre Füße so groß wie die einer Bäuerin, und sie lief um ein Vielfaches schneller als die adeligen Nan-Frauen, die man oft unter Sonnenschirmen die Straßen entlangtrippeln sah.

Zhu musste sich beeilen, um Schritt zu halten. »Lieber posiert man ein bisschen, als gleich in die Schlacht zu reiten.

Die Herrin Zhang sieht es übrigens genauso: Sie wollte meine Kapitulation erwirken.«

»Was euch beiden gedient hätte. Deshalb hast du natürlich abgelehnt.«

Zhu entging die Spitze nicht. Doch solange man höher aufsteigen, mehr Größe erreichen konnte, würde es sie danach verlangen. Und dieses Verlangen konnte sie ebenso wenig aufgeben wie das Atmen. »*Unter diesen Umständen* hätte es uns beiden gedient. Und diese Umstände muss ich eben ändern!«

»Ach, das ist alles! Vielleicht musst du's dir bloß wünschen, und mit einem Mal ist dein Heer doppelt so groß.«

Zhu zwinkerte ihr zu. »Das mag sogar sein! Aber ich brauche deine Hilfe.«

Ma blieb stehen und blickte sie prüfend an. »Meine Hilfe.«

»Wieso bist du so überrascht? Du bist eine überaus patente Frau!« Zhu machte eine weit ausholende Geste, die das Chaos ringsum einschloss, all die hämmernden, schreienden Männer. Dann wechselte sie in eine der Sprachen, die sie im Kloster gelernt, allerdings nie ernsthaft gesprochen hatte. Eher schlecht als recht fragte sie: »Du beherrschst Uigurisch, oder?«

Ma sah sie groß an. Dann lachte sie und antwortete in derselben Sprache: »Besser als du, wie's scheint!«

Uigurisch unterschied sich nicht allzu sehr vom Mongolischen. Prompt dachte Zhu an den Eunuchengeneral Ouyang: Er sprach Han'er mit einem monotonen, fremdartigen Akzent, den sie nicht gerade schön fand. Aber Mas Uigurisch hätte sie den ganzen Tag zuhören können. Wie reizvoll es war, eine neue Facette an jemandem zu entdecken, den man schon so gut kannte!

»So lange ist das jetzt schon her ... Ich dachte, ich hätte vielleicht schon alles vergessen.« Ein wehmütiger Ausdruck lag auf Mas Gesicht. Wieder auf Han'er sagte sie: »In Dadu, als mein Vater noch ein General im Hauptheer der Yuan war, haben wir zu Hause unsere eigene kiptschakische Sprache gesprochen, mit den Mongolen aber Mongolisch und Uigurisch mit den anderen Semuren. Versteht man eine der drei Sprachen, lernt man auch die anderen beiden schnell. Aber Han'er ist vollkommen anders. Ich kannte kaum ein Wort, als mein Vater mit mir nach Anfeng gegangen ist und mich in den Guo-Haushalt gegeben hat.«

Mas Vater, der den Yuan die Treue gebrochen und sich den Roten Turbanen angeschlossen hatte, war seinerseits verraten worden und im Kampf gegen General Ouyang gefallen. Es gab Zhu einen Stich, an das Leben zu denken, das Ma geführt hatte, ehe sie einander begegnet waren. General Mas Tod hingegen ließ sie kalt, und auch dem alten Guo und seinem Sohn Klein-Guo, Mas unglückseligem Verlobten, weinte sie keine Träne hinterher. »Was waren sie alle blind! Keiner hat gesehen, wozu du fähig bist.«

Das war zu gefühllos gewesen: Sie sah Schmerz in Mas Augen aufblitzen. Offenbar trauerte sie noch immer. Nicht weil ihr Vater und die Guos so gut zu ihr gewesen wären oder ihr so viel bedeutet hätten, sondern einfach, weil auch sie Menschen gewesen waren. Selbst nach einem vollen Ehejahr staunte Zhu noch immer über Mas unerschöpfliches Mitleid. Manchmal, wenn sie beisammen waren, glaubte sie es beinahe zu verstehen – oder gar zu spüren, als flösse Mas Zartgefühl aus ihr heraus und sickerte Zhu in die Brust. Doch sobald sie voneinander getrennt waren, verlor sie die Gabe wieder.

Sie wechselte das Thema. Den größten Teil ihres Lebens hatte sie damit verbracht, ihrer Vergangenheit zu entkommen, und solch unangenehm klebrige Empfindungen wie Trauer oder Wehmut weckten in ihr immer noch das Bedürfnis, die Flucht zu ergreifen. »Kannst du ein Dutzend Semuren für mich auftreiben, die Uigurisch beherrschen?«, fragte sie.

»Nicht bloß Männer, auch Frauen, wenn du welche findest. Und wenn du schon dabei bist: ein paar Kamele dazu!«

Erfreulicherweise schien diese Bitte Ma von ihrem Kummer abzulenken: Sie sah völlig fassungslos aus.

»Wer braucht nicht ab und an ein Kamel?«, fragte Zhu gutgelaunt. »Bestimmt kannst du gut mit ihnen umgehen – diese Anlage haben dir deine Ahnen doch sicher vererbt. Ach, und Seidenballen ... So viele du nur in die Finger kriegen kannst!«

»Die Schildkröte, die dich gelegt hat, hat dir wohl nichts vererbt!«, rief Ma. »Na schön: Semuren, Kamele, Seide. Dazu die Sonne, den Mond und alle Elstern, die über den Himmelsfluss fliegen. Wann brichst du auf?«

»So rasch wie möglich. Es ist ein langer Marsch. Ich muss Xu Da bitten, die Vorbereitungen für einen Feldzug zu treffen ... Aber eines hast du falsch verstanden.« Eine kleine Schar Palastdienstmädchen kam herangeflattert. Als die Mädchen den strahlenden König und seine Gemahlin erblickten, fielen sie eilig auf ein Knie. Wohlwollend bedeutete Zhu ihnen, wieder aufzustehen. »Die Frage muss lauten: Wann brechen *wir* auf!«

Verwirrt runzelte Ma die Stirn.

»Ich will bestimmt nicht so töricht sein wie die Guos und die kluge, fähige Frau in meinem Haus übersehen.« Ihre eigene Kühnheit jagte ihr Schauer über die Haut. »Wir machen das zusammen!«

Vor ihrem inneren Auge erschien ein schönes, jadekaltes Gesicht, und sie erbebte, überkommen von jenem unheimlichen Gefühl des Wiedererkennens: Es gab noch einen Menschen auf der Welt, der weder das eine noch das andere war. Ihr Armstumpf klagte in erinnertem Schmerz.

»Zhu Yuanzhang«, sagte Ma – leise, damit niemand hörte, wie informell sie den strahlenden König ansprach. »Was hast du vor?«

Zhu lächelte sie an. »Ich brauche ein zweites Heer. Deshalb holen wir uns das aus Bianliang.«

Nach langem Schweigen sagte Ma: »Der Eunuchengeneral …«

»Du musst dir keine Sorgen ma…«

»Keine Sorgen!«

»Ich begebe mich nicht einfach in die Höhle des Tigers! Ob du's glaubst oder nicht, ich habe aus der Vergangenheit gelernt.« Zhu lachte. »Das wird ein Einsatz ohne Schlacht! Aber wir müssen schnell sein. Stell dir vor, du seist er: Dein ganzes Leben lang hast du warten und Treue heucheln müssen – ausgerechnet denen, die deine Familie umgebracht haben! Doch nun sind sie tot, und du kannst endlich Rache nehmen: am Großkhan, der die Schuld an allem trägt, was du erlitten hast! Du könntest es kaum erwarten, oder?

Ouyang ist nur deshalb noch nicht aufgebrochen, weil der Großkhan den Sommer wie jedes Jahr in Shangdu verbringt und erst im Herbst nach Dadu zurückkehrt. Sobald er hört, dass der Großkhan zurück ist, gibt er den Marschbefehl. Wir müssen es vorher nach Bianliang schaffen!«

»Du sagst, es wird keine Schlacht geben«, sagte Ma zweifelnd. »Willst du ihm anbieten, was die Herrin Zhang dir angeboten hat?«

»Nicht direkt. Aber es wird ein Spaß, das verspreche ich dir!«

Ma bekam keine Gelegenheit zu antworten: Es krachte donnernd, und dort, wo gerade noch ein Gebäude gestanden hatte, stieg eine Staubwolke in die Luft.

»Buddha behüte uns!«, rief Ma. Backsteine regneten auf den Platz nieder. Dort standen bereits die Skelette mehrerer neuer Gebäude. »Es sieht ja schlimmer aus als vorher! Hätten wir nicht doch lieber alles so lassen sollen?«

Dicht hingen Ziegelmehl, gelber Staub und der vertraute Geruch nach Feuerpulver in der Luft, der an Gepökeltes erinnerte. Durch diesen dunstigen Vorhang sah Zhu kurz eine Version des künftigen Yingtians: eine schimmernde Großstadt, die auf eine so freche, geschmacklose und erschütternde Weise neu war, dass sie radikal mit der Vergangenheit brach.

Ihr Stempel auf der neu geschaffenen Welt.

Sie fühlte sich berauscht von der Geschwindigkeit. Ihr war, als rannte sie auf jenen gelbbraunen Horizont zu, so rasch ihre Beine sie trugen. »Vertrau mir, Yingzi. Das wird lustig!«

2

BIANLIANG

Esen lag in der Aue des Gelben Flusses begraben. Vor Jahrhunderten war das Land bewirtschaftet gewesen, doch Gräser und Wildblumen hatten es längst zurückerobert. Nun glich es ein wenig der Steppe, die Esens Vorfahren einst durchstreift hatten, jenem endlosen, wogenden Grasmeer. Ouyang hatte keinen besseren Ort finden können. In der Ferne erhob sich ein zerklüftetes blaues Massiv: kein Gebirge, sondern die verfallenen Überreste der zerstörten äußeren Mauer Bianliangs.

Ouyang kniete auf dem sumpfigen Boden neben dem frisch gefegten Grab, und ihm war, als würde er langsam versinken. Eines Tages würde alles um ihn her auf diese Weise verschwinden: Bianliangs Mauern, Esens Grab, die ganze wilde Aue. Und er selbst – er würde schneller fort sein als alles andere.

Der Schmerz flackerte auf. Seit Esens Tod war er Ouyangs ständiger Begleiter. Die unerträglichen Qualen seiner Seele schienen das Qi zu zerfasern, das den Geist mit dem Leib verband, mit Muskeln, Knochen und Organen – ihm war, als würde sein innerstes Gefüge zerstört. Doch in den schlimmsten Momenten brach ein rasender, tosender Feuersturm über ihn herein, der die ganze Welt verschlang. Dann war er allein, stand lichterloh in Flammen, und wie er sich auch wand und krümmte, er konnte nicht entkommen.

So brannte er auch jetzt, während er zitternd neben Esens Grab kniete. Verzweifelt wünschte er, die gelben Wasser des Flusses wollten über ihm zusammenschlagen, das Feuer löschen und seinen leblosen Leib zum Meer tragen. Doch es konnte nicht sein. Selbst in diesem Augenblick noch wusste er, dass es nur einen einzigen Ausweg gab. Er würde aushalten, auch wenn er es sich nicht vorstellen konnte – weil er musste. Der Sommer würde vorbeigehen, und war der Großkhan erst in die Hauptstadt zurückgekehrt, würde Ouyang sein Heer gegen Dadu führen. Er würde Vergeltung üben an dem Mann, der Esens Schicksal, sein eigenes Schicksal festgeschrieben und ihnen die Entscheidung genommen hatte, wie sie leben und sterben wollten. Der Mord am Großkhan – dieser letzte Akt in Ouyangs Leben – würde alles, was Ouyang getan und erlitten hatte, rechtfertigen. Am Ende würde es jedes Opfer wert gewesen sein.

Er erhob sich. Sein Schatten fiel über das Gras, und in weitem Umkreis flogen Lerchen auf. In der Ferne, vor einem halb erahnten Schimmer von Wasser, wiegten sich Rohrkolben. Die Hitze brachte ihren Zwiebelgeruch hervor, doch der Sommer neigte sich merklich seinem Ende entgegen. Bald schon würde es so weit sein.

Die Sonne sank bereits, als er die intakte innere Mauer Bianliangs vor sich aufragen sah. Er war beinahe den ganzen Tag fort gewesen. Der Gedanke beunruhigte ihn nicht weiter.

»General Ouyang!«

Er wurde erwartet: Als er das Tor passierte, schloss ein Reiter zu Ouyangs schwarzer Stute auf. Verärgert über die Zudringlichkeit, warf Ouyang dem Mann einen scharfen Blick zu. Sechs Nanren-Kommandeure hatten sich mit ihm gegen die Mongolen verschworen, aber nur drei waren übrig geblieben. Kommandeur Geng war bei Weitem der unscheinbarste. Selbst sein Gesicht, so quadratisch wie das Schriftzeichen für »Reich«, verschwieg seinen Charakter und sprach bloß von seinem Ziel: Groß-Yuan wieder unter einheimische Herrschaft zu stellen. Wie die anderen Kommandeure auch steckte Geng sein Haar nun stolz zu einem Haarknoten auf. Ouyang fragte sich, ob ihnen wohl missfiel, dass er selbst nach wie vor die mongolischen Zöpfe trug. Nicht dass es ihn kümmerte. Anders als sie konnte er seine Nan-Identität nicht retten. Ihm war, als hätten sie sie ihm genommen, zusammen mit allem anderen, was einen Mann ausmachte.

Gengs flehende Miene steigerte Ouyangs Unwillen noch.

»Herr General, was die Angelegenheit mit Kommandeur Lin angeht …« Ihre Armee wurde nun ausschließlich von Nanren geführt, daher sprach Geng Han'er, nicht Mongolisch. »Mit Verlaub, ich möchte Euch inständig ersuchen: Trefft Euch mit ihm und hört ihn an!«

Die Dringlichkeit befremdete Ouyang. Er war nicht einmal sicher, welcher der drei Kommandeure Lin überhaupt war. Ihm war ein Rätsel, wie Geng auf die Idee kam, er könne sich persönlich mit ihm befassen wollen. »Warum belästigt Ihr mich mit solchen Kinkerlitzchen? Oberbefehlshaber Shao soll sich darum kümmern.«

Das Ende zweier der sechs Mitverschwörer stand ihm noch deutlich vor Augen. Er konnte seinen Stellvertreter zwar nicht ausstehen; doch wenn Shao sich Unruhestiftern annahm, dann immerhin so, dass fortan tatsächlich Ruhe herrschte.

Vor ihrem Hauptquartier, der ehemaligen Residenz des Yuan-Gouverneurs, saß er ab. Geng erhob Einwände, aber Ouyang hörte ihn kaum und ließ ihn einfach zurück. Als er durch das splittrige Holztor trat, hob ein streunender Hund den Kopf und knurrte leise.

Er wusste, worauf der Hund ansprach. Es war derselbe Grund, aus dem Vögel flohen, wenn sein Schatten auf sie fiel, oder Flammen sich neigten, wenn er vorüberging.

Es lag an seinen Geistern.

Er selbst konnte sie nicht sehen – anders als offenbar Menschen, die das Himmelsmandat besaßen –, aber sie waren da. Immer waren sie da. Seit Esen tot war, besuchten sie ihn in seinen Träumen: die ermordeten Mitglieder seiner Familie, gekleidet in weiße Lumpen, starrten ihn mit ihren leeren schwarzen Augen an. Sie warteten darauf, dass er sie gehen ließ.

Gequält dachte er: *Bald!*

☯

Ouyang schnitt ein Stück Ziegenleder zurecht, um ein abgenutztes Trensenbackenstück zu ersetzen. Er saß auf dem Bett; neben ihm stand ein Tischchen mit seinen Werkzeugen und einer brennenden Bienenwachskerze darauf. Eigentlich war es die Aufgabe der Stallburschen, das Zaumzeug auszubessern, aber er übernahm immer häufiger niedere Tätigkeiten, in der Hoffnung, dass so die Zeit schneller verging.

Er hielt das Messer in die Kerzenflamme: Mit einer heißen Klinge ließen sich am leichtesten Rillen für die Nähte ins Leder drücken. Blicklos schaute er in die leckende Flamme, als plötzlich wie durch grausame Alchemie aus den Gerüchen der Kerze, des heißen Metalls und des Leders eine Erinnerung hervorging. Nicht einmal eine bestimmte, dachte er gemartert. Vielmehr war es, als spürte er Esens Gegenwart. Und augenblicklich übermannte ihn der Schmerz.

Unermesslich. Unerträglich. Er konnte nicht mehr denken, konnte nur noch stumm heulen, es möge aufhören, *aufhören* ... Ein verzweifelter Instinkt leitete ihn. Noch ehe er wusste, was er da tat, schob er auch schon den linken Ärmel hoch und drückte die flache Seite der Klinge gegen die empfindliche Haut.

Das tat weh. In stummer Qual starrte er auf das Messer hinab. Es tat so weh, dass der Schmerz die Trauer aus seinem Kopf brannte, bis nichts mehr von ihm übrig war als ein scharfkantiger weißer Schrei.

Lange bevor er Soldat geworden war und alle möglichen Arten körperlichen Leidens kennengelernt hatte, hatte ein glühendes Messer ihn zu dem gemacht, was er war. Diesen Schmerz kannte er. Er wusste, dass er ihn – im Gegensatz zu jenem anderen – überleben konnte. Er nahm die Klinge von der Haut und stieß dabei die Luft zwischen den Zähnen hervor. Nun zog sich ein roter Streifen über sein inneres Handgelenk parallel zu dem Armband aus Esens goldenen und jadenen Haarperlen. Der weiße Schrei in seinem Kopf riss nicht ab, sondern durchdrang ihn ganz und gar. Nun brannte nicht mehr sein Geist, sondern sein Leib, und das Feuer verschlang alles, was ihn ausmachte, was er empfand.

Er schwebte. Wie lange, wusste er nicht. Es kam ihm endlos vor.

»Herr General!«

Ruckartig wandte er den Kopf. Shao stand im Türrahmen, aber wie lange schon? Das Zaumzeug lag vergessen in Ouyangs Schoß. Hastig zog er den Ärmel über die flammend rote Haut und das Armband. Eine unbestimmte Scham hatte ihn erfasst. Die Verbrennung schmerzte noch immer heftig.

Shao kam herein, offenbar der Auffassung, er habe sich den Eintritt verdient, weil er wer weiß wie oft »Herr General« gesagt hatte. Die Kommandeure Geng und Chu, die anderen beiden Urverschwörer, folgten ihm auf dem Fuß. Ouyang erhob sich. Er trug keine Rüstung, und der Schmerz hatte ihn aufgebrochen; er hatte das Gefühl, verwundbarer zu sein als sonst. Der Besuch kam ihm eher wie ein Überfall vor. Ihm wurde bewusst, dass er das Messer noch in der Hand hielt.

»General Ouyang.« Shao machte sich nicht die Mühe zu salutieren. Sein Blick wanderte zu der Klinge, und seine Lippen verkniffen sich zu einer schiefen Linie, die Ouyang an eine Schnittwunde erinnerte. Freudlos und spöttisch zugleich sah er aus, aber das war nichts Neues. Es bedeutete nicht, dass er etwas mitbekommen hatte. »Habt Ihr meine Nachricht nicht erhalten?«

Da fiel Ouyang ein, dass er vorhin einen jungen Soldaten abgewimmelt hatte. Wann war das gewesen? Gegen Morgen vielleicht. Jetzt war es bereits Nachmittag. »Nun seid Ihr ja hier«, sagte er schroff. »Was gibt es?«

»Kommandeur Lin ist heute Morgen nicht zum Appell angetreten. Dasselbe trifft auf die Techniker-Einheit unter seinem Kommando zu.« Wenn Shao aufhörte zu sprechen, blieb sein Mund immer ein wenig offen stehen – dann sah er wie ein Fisch aus, der zubeißen wollte.

War Geng nicht kürzlich wegen Kommandeur Lin auf ihn zugekommen? Vielleicht war es auch Chu gewesen. Ouyang konnte sich nicht entsinnen, worum es gegangen war. »Und?«

»Vor drei Tagen hat er um ein Gespräch mit Euch gebeten, um seine Unzufriedenheit zu äußern. Da Ihr ihn nicht empfangen habt, ist er nun desertiert.«

Widerwillig erwiderte er Shaos Blick. Was kümmerte ihn das Fußvolk? Er wollte bloß in Ruhe gelassen werden. »Uns bleiben immer noch drei Hundertschaften Techniker, sehe ich das richtig? Wo liegt also das Problem?«

Geng und Chu traten unruhig von einem Fuß auf den anderen, aber Shao ließ sich nicht so leicht einschüchtern. »Noch dem diszipliniertesten Heer wird das Warten lang. *Euer* Heer besteht aus Wehrpflichtigen, von denen gerade erst verlangt wurde, kaltblütig ihre Befehlshaber zu ermorden. Auf Sold besteht für sie nicht mehr die geringste Aussicht. Nun haben sie auch noch beobachtet, wie einhundert Männer sich einfach abgesetzt haben. Ihr könnt sicher sein: Treue wird die übrigen nicht halten.« Sein gleichmäßiger Ton ließ keine Spur von der Verachtung erkennen, doch die Frage stand im Raum: Ein Eunuch wie Ouyang war kaum in der Lage, Männern Respekt abzunötigen – wie sollte er da erreichen, dass sie ihm die Treue hielten? »Wenn sie bleiben sollen, müsst Ihr dafür sorgen, dass es sich für sie lohnt.«

»Wir befreien die Nanren von den Ketten der Mongolenherrschaft«, sagte Ouyang gepresst. »Ist das nicht genug?«

Shao zog die Mundwinkel nach unten. Er hielt nicht viel von ideellen Anreizen.

»Sie sind unserer Sache verschrieben«, warf Chu ein, »aber Ihr dürft nicht vergessen, Herr General, dass es sich um gewöhnliche Männer handelt, die ihre Familien unterstützen müssen.«

Chu reizte Ouyang aufs Äußerste. Sein rundes Murmeltiergesicht, seine übergroße Sanftmut, seine leichten, leisen Tritte – alles an ihm stimmte ihn gewalttätig.

»Erinnert Ihr Euch an die Überschwemmungen im letzten Jahr?«, fragte Geng. »In Henan haben beinahe alle Bauern die Erträge eines Jahres verloren. Auf den Ländereien des Fürsten hatten wir noch Glück: Prinz Wang hat uns unsere Abgaben erlassen. Aber überall sonst haben die Menschen gelitten. Wenn Ihr den Männern etwas geben würdet, um es ihren Familien zu schicken, sei es Gold, Seide oder Salz – dann bleiben sie.«

Hatte Wang Baoxiang sich nicht einmal Soldaten ausgeliehen, um sie Gräben ausheben zu lassen? Ouyang glaubte, sich vage daran zu erinnern. Wahrscheinlich war Esens jüngerer Bruder nun der Fürst von Henan. Und da er vor Esen und Ouyang seine Ruhe hatte, zählte er ohne Zweifel tagein, tagaus goldene Tael und verhätschelte seine Bauern. Beim Gedanken, dass Prinz Wang nach allem, was geschehen war, *glücklich* sein könnte, stieg ihm die Galle hoch.

»Mag sein«, sagte er. »Wir haben aber kein Gold. Und keine Seide und kein Salz.«

»Dann holen wir uns eben, was wir brauchen«, sagte Shao. »Mehrere von Zhu Yuanzhangs Städten sind von hier aus gut zu erreichen. Dass er von Anfeng nach Yingtian gegangen ist, hat das Randgebiet seines Territoriums geschwächt. Dort haben wir leichtes Spiel.«

»Und den Marsch auf Dadu verschieben wir wohl? Auf keinen Fall!« Die Vorstellung, noch länger zu warten, war unerträglich. Ouyang erstickte beinahe vor Zorn. »Es reicht. Schickt den Deserteuren die leichte Reiterei hinterher. Lasst sie einfangen, häuten und ihre Leichen an der Stadtmauer aufhängen! Die Männer brauchen einen Ansporn? Vielleicht dient ihnen ja das!«

Er wandte sich ab und setzte sich wieder auf sein Bett. Die Kerzenflamme duckte sich ganz unten am Docht zusammen. Er hielt die Klinge hinein. Als sie heiß war und er das Stück Leder wieder aufnahm, waren seine Besucher gegangen.

☯

Ouyang marschierte in die Halle, die ihnen als Kommandozentrale diente. Shao, Geng und Chu standen beisammen und unterhielten sich. »Was ist da draußen los?«, fauchte er sie an. »Wieso liegen überall zerbrochene Dachziegel?« Die vorderen Höfe der Residenz sahen aus, als hätte ein Erdbeben gewütet.

Die drei blickten auf. Dann meldete sich Shao zu Wort. »Um die Frage des Herrn Generals zu beantworten: Die Männer haben ihrer Dankbarkeit Ausdruck verliehen – für die Mauerverzierungen, die Ihr habt anbringen lassen. Dachziegel sind wohl leichter zu werfen als Steine.«

Der heiße Wind trug einen üblen Gestank ins Gebäude – fauliges Fleisch, Abwasser und Rauch –, aber Ouyang wurde nicht so leicht übel. Eisern sah er Shao an. »Aber es ist niemand mehr desertiert. Die Männer haben die Botschaft verstanden.«

»So muss es wohl sein«, sagte Shao gleichgültig. Er hielt Ouyang ein Brieföhrchen hin. »Das kam gerade von unseren Beobachtern im Norden. Ihr werdet erfreut sein.«

Ouyang war so aufgeregt, dass ihm das Röhrchen beinahe aus den Händen fiel. Schließlich bekam er den gerollten Brief doch heraus, konnte sich aber kaum genug konzentrieren, um die mongolische Schrift zu lesen. Es war die Nachricht, die er erwartet hatte. »Der Großkhan hat den Sommerpalast verlassen und ist wieder in Dadu.« Die Heftigkeit seiner Gefühle zwang seine Stimme in die verhasste hohe Lage, aber es scherte ihn nicht. Es war, als hätte er sich unbemerkt in einen jener Irren verwandelt, die schmutzig durch die Straßen taumelten und den Abscheu der Leute gar nicht wahrnahmen. »Es ist so weit: Endlich können wir dieses Loch verlassen! Oberbefehlshaber Shao, bereitet unseren Aufbruch vor!«

Damit überließ er Shao und die beiden Kommandeure sich selbst. Nun war ihm ein wenig leichter zumute. Sicher: Auch unterwegs zu sein, würde den Schmerz nicht lindern. Ihn zu ertragen, würde weiterhin seine gesamte Kraft in Anspruch nehmen. Doch nun konnte er endlich daran glauben, dass ein Ende in Sicht war. Er musste nur noch eine kurze Weile aushalten, dann würde ihm Erleichterung zuteilwerden.

»Herr General.«

Überrascht drehte er sich um, als er die Stimme hörte. In dem langen, leeren Korridor stand Shao, war ihm offenbar gefolgt. Ouyang erschrak, als er seinen hasserfüllten Blick sah. Er hatte Shao nie leiden können, und es war ihm immer so vorgekommen, als wäre ihre Zusammenarbeit von gegenseitigem Misstrauen geprägt. Doch Shao hatte stets den Eindruck erweckt, Ouyangs Autorität zu akzeptieren. Dass er seine Abneigung offen zur Schau trug, war neu und beunruhigend.

»Hört mir gut zu«, sagte Shao kalt. »Ich weiß: Es kümmert Euch einen Scheißdreck, ob Ihr Dadu überlebt. Aber Ihr müsst aufhören, das an die große Glocke zu hängen! Was glaubt Ihr denn, was Eure Männer tun, wenn sie begreifen, dass dies für Euch ein Himmelfahrtskommando ist? Wenn die Moral noch weiter sinkt, kommen wir gar nicht erst bis nach Dadu, geschweige denn in die Nähe des Großkhans. Wollt Ihr herausfinden, wie schlimm es schon ist? Dann spaziert mal durch das Haupttor nach draußen und schaut, was passiert. Eins will ich Euch verraten: Niemand wird Euch zujubeln.«

Augenblicklich packte Ouyang der Zorn. »Sie müssen mir nicht zujubeln. Gehorchen müssen sie mir! Das haben sie immer, und daran ändert sich auch jetzt nichts.«

Shao hätte ehrerbietig den Blick senken müssen, doch das tat er nicht – stattdessen starrte er ihn herausfordernd an. Ouyang überkam das starke Bedürfnis, Shaos Gehorsam zu erzwingen, als wäre er ein schlichter Wehrpflichtiger: mit der Peitsche.

»Shao Ge, manchmal kommen mir Zweifel. Ihr habt das Mandat noch immer nicht, oder irre ich mich? Es lässt doch recht lange auf sich warten. Deutet dies womöglich darauf hin, dass ich für dieses Unterfangen einen anderen Bundesgenossen brauche?«

Shao und er hatten nie offen darüber gesprochen, was Shao bei der Sache zu gewinnen hatte, aber, dachte Ouyang angewidert, ein Geheimnis war es nicht.

Shaos Lippen wurden blass. »Mir könnt Ihr nichts erzählen – ich weiß, wie dringend Ihr nach Dadu wollt. Und ohne mich und dieses Heer schafft Ihr es nie dorthin!«

Er schaute auf Ouyang herab. Wenn sie nicht im Sattel saßen, war der Größenunterschied zwischen ihnen beträchtlich. Shaos eisige Miene erinnerte Ouyang an jenen Regentag, an dem sie Weiqi miteinander gespielt hatten. Damals hatte er die Kommandeure Yan und Bai zum letzten Mal lebendig gesehen. Sie hatten Zweifel am Gelingen des Komplotts geäußert.

Ouyang hätte sie zum Schweigen verpflichtet und gehen lassen, aber Shao hatte eine andere Lösung des Problems vorgezogen. Schon damals hatte er nicht Ouyang gedient, sondern einzig sich selbst.

Nur eins wog schwerer als ihre gegenseitige Feindseligkeit: das Wissen, dass sie einander brauchten.

»Noch habe ich das Sagen«, bemerkte Ouyang. »Ihr fügt Euch mir, dann kommen wir gut miteinander aus. Macht das Heer abmarschbereit – selbst wenn Ihr dafür die Hälfte der Männer vor den Augen der anderen zu Tode prügeln lassen müsst.« Er gab sich keine Mühe, die Verachtung aus seiner Stimme herauszuhalten. »Und wenn wir nach Dadu kommen, sorge ich dafür, dass Ihr Euren Thron bekommt.«

3

KHANBALIQ (DADU)

»Er also ist der neue Fürst von Henan. Wir müssen gestehen: Sein Bruder war Uns lieber.«

Anmutig richtete sich Wang Baoxiang auf. Die mehrstufige Estrade, vor der er stand, nahm die gesamte Rückseite der Halle ein. Polierte Holzstufen führten nach oben. Als er zum Großkhan aufschaute, sah er, dass Abscheu dessen gewöhnlich so träge Züge belebte. Das kam ihm wie ein Erfolg vor. Der Großkhan glich einem Felsbrocken, der mit jedem Jahr tiefer in den Hang sank; zu Regungen gleich welcher Art neigte er nicht. Der Himmelssohn hatte schwere Wangen, von denen der Blick unweigerlich zu seinen langen, fleischigen Ohrläppchen wanderte und dann weiter zu den schlaff herabbaumelnden Schlaufenzöpfen. Hinter seinem Kopf schlängelten sich gähnende, goldene Drachen über die Rückwand des Throns, zu dem eine breite Treppe hinaufführte.

Als der Hofstaat nach Khanbaliq zurückgekehrt war, hatte er feststellen müssen, dass ein ungewöhnlich heißer Herbst die Hauptstadt im Würgegriff hielt. Nicht einmal die hohe Decke der Halle des großen Glanzes sorgte für Erleichterung. Baoxiangs Mund war staubtrocken, und er hatte einen bitteren

Geschmack auf der Zunge: den Geschmack des Nordens. Einer perversen Eingebung folgend, hatte er für seine erste Audienz bei Hofe sein liebstes Gewand gewählt, eine extravagante salatgrüne Provokation. Sein Vater hatte es abgrundtief gehasst. Es war so schwer und warm, dass ihm ein wenig schwindelig war. Da es sein Vorhaben jedoch kaum voranbringen würde, vor dem Großkhan in Ohnmacht zu fallen, zog er seinen Fächer aus dem Ärmel und fächelte sich Kühlung zu. Die mit gewelltem Silber verkleideten Wände warfen vielfach sein Spiegelbild zurück. Es war, als stünden zahllose bleiche, stumme Gestalten in den dunklen Winkeln der Halle.

Der Blick des Großkhans hing an Baoxiangs lasch fächelnder Hand. Seine Miene wurde noch finsterer. So hatten die Leute Baoxiang sein ganzes Leben lang angeschaut: Als wäre seine bloße Existenz eine Kränkung, und der Anblick seiner eigensinnigen, reuelosen Unmännlichkeit könnte sie ihrer Ehre berauben.

Gleich einer Woge stieg sein Zorn. Neuerdings, seit ... den Geschehnissen, kam es ihm vor, als brodelte in seinem Innern ein schwarzes Meer. Bei der kleinsten Erschütterung brandete es auf, verwandelte sich in eine Sturmflut aus Raserei und Hass. Er konnte sich kaum noch vorstellen, dass es jemals anders gewesen war. Die Finsternis verschlang ihn, und das fand er wunderbar. Er liebte es, wenn sie sich seiner bemächtigte. Im Gegensatz zu allem anderen war dieses Gefühl nicht vergänglich – es war unendlich, unerschöpflich. Er stellte sich vor, wie er herausfordernd die Zähne bleckte und den Hohn und die Verachtung des Großkhans in sich aufnahm. *Nur zu, Eure Hoheit: Schmäht mich!*

Der Großkhan war nicht der Einzige, der abfällig auf ihn herunterschaute. Eine Ebene unter dem Drachenthron standen drei prächtige Stühle. Baoxiang erkannte den Kanzler, seines Zeichens Feldherr über das Hauptheer Groß-Yuans, und die liebste Gemahlin des Großkhans, die Herrin Ki. Beide beachteten ihn kaum. Anders die Kaiserin: Sie ließ ihn nicht aus den Augen, und ihre Feindseligkeit schlug ihm geradezu entgegen. Sie trug den hohen roten Hut einer verheirateten mongolischen Edelfrau. Er warf einen Schatten über ihr Puppengesicht, doch der rachsüchtige Ausdruck darauf war dennoch unübersehbar. Die Vergeltung, die ihr vorschwebte, hatte nichts Feines an sich, o nein: Sie wollte sehen, wie ihm die Glieder einzeln ausgerissen wurden und sich seine Eingeweide über den Boden ergossen.

Ihre grimmige Wut hatte er sich zweifellos verdient, aber er erinnerte sich kaum noch an den Anlass. Natürlich wusste er, was er *getan* hatte: ihren jüngeren Bruder Altan zugrunde gerichtet und ihrer ganzen Familie den Makel des Verrats angehängt. Aber darüber hinaus war ihm nur der vage Eindruck geblieben, dass er sich amüsiert hatte. Eingebrannt hatten sich ihm die Ereignisse danach: wie sein Vater ihn verstoßen hatte. Wie ihm die Schuld an dessen unerwartetem Ableben zugeschrieben worden war. Wie er, ohne es zu wissen, und gegen seinen Willen auf jenen Pfad gestoßen worden war, dem er schließlich in vollem Bewusstsein gefolgt war: auf den Pfad zum Tod seines Bruders.

Sein Bruder. Das war mehr als eine Erschütterung. Schwarzer Zorn wallte auf, übermannte ihn. Esen, der vollkommene Kriegerfürst. Die Inkarnation mongolischer Kultur, körperlich wie geistig. Nie war er Verachtung oder Ablehnung begegnet, und niemals hatte die Welt ihm etwas anderes entgegengebracht als Liebe. Und er hatte sie zurückgeliebt, ja sogar seinen eigenen Mörder – nur nicht den Menschen, von dessen Schlechtigkeit er überzeugt gewesen war.

Des Vatermords hatte Baoxiang sich vielleicht nicht schuldig gemacht, doch am Ende war er so niederträchtig und unehrenhaft geworden, wie er es in Esens Augen immer gewesen war. Er hatte sich als verabscheuungswürdig erwiesen.

Er winkte seinen Diener heran, und der näherte sich mit einem behaubten Steinadlerweibchen auf dem Handschuh. Baoxiang war berauscht von seinem Zorn, jedoch beinahe sicher, dass ihm nichts anzusehen war. »Eure Hoheit, dieser Unwürdige würde sich glücklich schätzen, würdet Ihr dieses höchst unzureichende Geschenk annehmen! Es muss Euch wertlos erscheinen, doch war ebendieser Vogel meinem Bruder Esen Temür lieb und teuer. Er liebte Groß-Yuan von ganzem Herzen und gab sein Leben im Dienste des Reiches – deshalb wage ich zu hoffen, ein Andenken an seine große Untertanentreue könne Eure Hoheit erfreuen.«

»Die Hinterlassenschaft eines Toten als Geschenk für den Großkhan?«, zischte die Kaiserin. Die Spitze ihres säulenartigen Huts neigte sich angriffslustig vor wie der Hals eines aufgebrachten Straußes.

Ihrer hohen Stellung zum Trotz war die Kaiserin von bemerkenswert gewöhnlichem Aussehen: eine junge Mongolin mit rundem Gesicht und roten Wangen. Ihre Lippen waren nach der Mode kleiner geschminkt, sodass ihr Mund gleich noch verkniffener wirkte. Bekanntermaßen war sie nur Kaiserin geworden, weil ihr Vater, der Militärgouverneur der Provinz Shanxi, bedeutende Beiträge zur Schatzkammer der Hauptstadt geleistet hatte; der Großkhan war ihr nicht besonders zugetan und bevorzugte weiterhin die Herrin Ki.

»Das Landgut des Fürsten von Henan besaß einst die Mittel, ein ganzes Heer aufzustellen. Und nun könnt Ihr nicht einmal mit einem anständigen Geschenk für Euren Großkhan aufwarten?« Ihre Schlangenaugen taxierten Baoxiangs schäbig gekleideten Diener. »Ihr werdet doch nicht mitsamt der Achtbarkeit Eurer Familien auch Euren Reichtum verloren haben?«

Die Atmosphäre änderte sich subtil: Es war, als hätte ein Weiqi-Spieler einen Fehler gemacht, den sein Gegner wohl bemerkte. Nur einen Augenblick später lehnte die Herrin Ki sich vor und lächelte Baoxiang voll Wärme zu. Es war eine verblüffende Verwandlung – hochmütige Abneigung wich reiner Güte. Baoxiang gab sich nicht der Illusion hin, dass er dafür verantwortlich war.

»Der Fürst von Henan bringt eine überaus edle Gabe dar!«, sagte die liebste Gemahlin des Großkhans. Da sie aus Goryeo stammte, war ihr Mongolisch von einem charmanten Akzent gefärbt. Sie war die Mutter eines erwachsenen Prinzen und folglich nicht mehr jung; ihre Eleganz war jedoch nahezu unirdisch. Schaute man lange genug fort, so schien es Baoxiang, so müsste sie ihre wahre Gestalt annehmen, zu einem unwirklich leuchtenden Stein werden oder einem weißen Kranich. Ihn sah sie an, doch ihre Aufmerksamkeit war einem Messer gleich auf die Kaiserin gerichtet. »Jeder wohlhabende Tölpel kann ein kostbares Geschenk erwerben. Doch dieser Vogel ist unschätzbar: eine Gabe, die von Herzen kommt.«

Von der Tür her sagte ein junger Mann: »Esen Temürs Treue mag groß gewesen sein – aber wie war es um seine Vernunft bestellt?« Ein breitschultriger Jüngling in einem zerknitterten Reitrock aus Satin kam hereingeschlendert. Im Vorbeigehen warf er Baoxiang einen angewiderten Blick zu. »Nur ein Tor hätte dieser Manji-Schlampe von einem Eunuchen das Kommando über sein Heer anvertraut! Er hat bekommen, was er verdient hat.« Er erreichte den Thron und verneigte sich pflichtschuldig. »Meine Ehrerbietung dem Großkhan. Viel Gruß dem Kanzler, der Kaiserin und der Herrin Ki.«

Der Großkhan betrachtete den jungen Adeligen mit Missfallen. Die Kaiserin vergaß Baoxiang. »Was hatte der dritte Prinz wohl so Wichtiges zu tun, dass er den Großkhan warten lässt?«, fragte sie giftig.

Der dritte Prinz, der einzig verbliebene Sohn des Großkhans und vermutlich sein Erbfolger, richtete sich auf. Er entschuldigte sich nicht, sondern schüttelte sich nur die Zöpfe aus dem Gesicht. Sein Bart war ordentlich gestutzt, und die vollen, geschwungenen Lippen erinnerten Baoxiang an die eigenartig grausamen Antlitze der Buddha-Statuen aus dem südlichen Vasallenstaat Champa. Der Prinz war noch gewachsen, seit Baoxiang ihn zum letzten Mal gesehen hatte, vor anderthalb Jahren bei jener katastrophalen Frühjahrsjagd des Großkhans. Kein Junge mehr, sondern ein Mann. Doch wie ein Junge harrte er noch immer: aufs Himmelsmandat, auf die Ernennung zum Kronprinzen. Es war höchst ungewöhnlich, dass sich sein Mandat noch nicht manifestiert hatte – selbst in den Provinzen munkelten die Adeligen, der wahre Kronprinz sei womöglich noch nicht geboren. Die Kaiserin war schließlich noch jung.

Die Herrin Ki schaute ihren Sohn kaum an; mit Blicken liebkoste sie den Großkhan. »Wie ich höre, war der dritte Prinz am Morgen auf der Jagd«, sagte sie leise. »Gewiss hat er darüber die Zeit vergessen … Er eifert dem Großkhan nach, doch unglücklicherweise sind dessen außerordentliche Jagderfolge schwer zu überbieten!«

»Ach, so ist das«, sagte der Großkhan freundlicher. »Es war nicht Unser Bestreben, einem jungen Mann das Leben schwer zu machen. Wir wollen ihn lieber ermutigen.« Er hob die Stimme. »Dem Sohn der Herrin Ki, dem dritten Prinzen, gewähren Wir Esen Temürs Adler!«

Die Herrin Ki verneigte sich anmutig im Sitzen. Der dritte Prinz grinste zufrieden und kam herüber, um das Adlerweibchen auf dem Handschuh des Dieners zu streicheln. Dabei schaute er unverwandt Baoxiang an. Sein Benehmen war so aggressiv, dass er ihn an einen jungen Hirsch erinnerte, dem sein erstes Geweih gesprossen war. Das vertraute Gefühl drohender Gefahr weckte eine fiebrige Erwartung in ihm.

»Dem dritten Prinzen der tiefste Respekt«, sagte er und verneigte sich.

»Herr Fürst.« Der Prinz ließ seinen Blick über Baoxiang wandern. Auf jeder anstößigen Einzelheit verweilte er länger: Baoxiangs Haarknoten; die lange, nichtmongolische Nase und die glatt rasierten schmalen Wangen; das elegante Gewand und die weichen Gelehrtenhände. Baoxiang wusste noch sehr gut, wie derselbe Blick im Jagdlager des Großkhans auf ihn gefallen war. Viele andere junge Männer hatten ihn schon ganz ähnlich gemustert, bevor sie gewalttätig geworden waren. Und doch gab es einen Unterschied. Der Blick des dritten Prinzen richtete sich wieder auf Baoxiangs Gesicht. Abscheu lag darin. Knabenhaft lange Wimpern umrahmten seine Augen. »Ich erinnere mich an Euch.«

Davon gehe ich aus, dachte Baoxiang mit grimmiger Genugtuung. Das schwarze Meer wogte in seiner Brust. *Ich habe Euch auch nicht vergessen, mein Prinz.*

Der Prinz ließ die Hand auf dem Rücken des Adlerweibchens liegen. Seine klobigen Fingerknöchel wirkten, als wäre er noch immer nicht ganz ausgewachsen. »Ihr gleicht Eurem Bruder wirklich gar nicht. Aber Ihr könnt unmöglich so nutzlos sein, wie man sagt! Ich kann Euch doch sicher um einen Gefallen bitten, nicht wahr?« Sein grausamer Mund verzog sich zu einem begierigen Lächeln. »Haltet den Adler für mich, während ich den Handschuh anziehe.«

Da stand Baoxiang plötzlich wieder in den Stallungen seines Vaters, und der zwölfjährige Esen setzte einen Habicht auf seine kleine Faust in dem Lederhandschuh. Strohstaub und der modrige Geruch vertrockneter Gewölle stachen ihm in die Nase. Er gab sich große Mühe, seine Angst zu beherrschen, aber die ruckartigen Bewegungen des Raubvogels erschreckten ihn zutiefst. Je mehr er sich fürchtete, desto zorniger hüpfte der Habicht auf seiner Faust herum. Und dann fiel er rücklings herunter, verhedderte sich in seinem Geschüh und schrie vor Wut und Panik. Baoxiang konnte sich nicht rühren.

Er zitterte bloß, während Esen frustriert den Habicht beruhigte und befreite. Am meisten hatte Baoxiang sich damals seiner eigenen Dummheit geschämt: Er hatte tatsächlich gehofft, Esen würde ihn ebenfalls trösten. Als hätte seine Angst in Esens Augen so viel Bedeutung wie die des Vogels.

»Streckt den Arm aus«, befahl der Prinz leise.

Baoxiang hielt den Blick ehrerbietig gesenkt, empfand jedoch Verachtung. Das hier war das grausame Spiel eines Kindes, das keine Ahnung hatte, wie durchschaubar sein Verhalten war. Sich so zu entblößen, machte den dritten Prinzen bloß angreifbar. Ja, Baoxiang konnte zufrieden sein. *Vor mir könnt Ihr Euch nicht verstecken.*

Er hob den linken Arm, den nur die Seide seines Gewandes schützte. Einwände zu erheben, hätte jedoch keinen Zweck; niemand würde eingreifen. Denn alle wollten sie dasselbe wie der dritte Prinz: ihn für sein bloßes Dasein bestrafen.

Das Weibchen, blind durch die Haube, hielt sich erschrocken an seiner neuen, eigentümlichen Stange fest. Es hatte Zehen so dick wie Baoxiangs Finger. Die Spitzen der Krallen bohrten sich durch seinen Ärmel. Sie verletzten ihn nicht – noch nicht. Er wusste jedoch, welchen Schaden Adler mit ihren Greiffüßen anrichten konnten. Er nahm sich zusammen, spürte jedoch, wie die Angst sich regte.

Der Prinz nahm den Handschuh von Baoxiangs Diener entgegen und streifte ihn sich langsam über. Dabei beobachtete er Baoxiang unverhohlen, als wüchse mit seinem Ekel auch die Faszination. Baoxiang derweil mühte sich redlich, weder auf das schwache Zucken der Greiffüße noch auf den aufgesperrten Schnabel des keuchenden Adlerweibchens zu achten. Kalter Schweiß brach ihm aus. Der Prinz wollte ihn bloß ängstigen, nicht verstümmeln – aber das Wissen vermochte gegen die Furcht nichts auszurichten. Baoxiang war schwach und feige, und dafür schämte er sich. Es stimmte, was sie über ihn dachten. Doch unter seinem Elend wogte und schäumte jener endlose schwarze Ozean des Zorns.

Der Prinz ließ ihn noch einen Augenblick lang zittern, ehe er den Vogel von seinem Arm pflückte. Seine Augen glitzerten unfreundlich. »Recht herzlichen Dank, Herr Fürst. Euer Geschenk erfreut mich wohl. Doch ach!« Mit gespielter Bestürzung begutachtete er die Risse in Baoxiangs Ärmel. »Euer schönes Gewand ist ruiniert! Was für ein Jammer. Wenn Ihr es ersetzt, solltet Ihr vielleicht eine Farbe wählen, die Euch besser steht.« Genussvoll fügte er hinzu: »Pfirsich!«

Geteilter Pfirsich. Schwuchtel. Der Prinz ließ seine Worte wirken und zog sich lächelnd zurück, Esens Adlerweibchen auf dem Handschuh.

Auf Baoxiangs linkem Arm brannten acht Stiche. Er verschränkte die Hände in den Ärmeln und spürte, wie sein Herzschlag sich beruhigte. Die Angst klang ab, und umso dichter und gewaltiger erschien ihm die Finsternis in seinem Herzen.

»Herr Fürst.« Der Kanzler trug dasselbe kastanienbraune Obergewand wie alle Beamten Groß-Yuans, unabhängig von ihrem Rang, doch sein befehlsgewohnter Ton war bezeichnend. Er war die wahre Macht hinter dem Thron, und jeder wusste es. »Euer Geschenk hat Anklang gefunden. Und nun sprecht: Was führt Euch an den Hof?«

Es war eine willkommene Rückkehr auf das Gebiet, das Baoxiang bevorzugte. Er verneigte sich über seinen gefalteten Händen und hüstelte bescheiden. »Dieser Diener gibt sich der kühnen Hoffnung hin, er könne dem ruhmvollen Reich in Khanbaliq von Nutzen sein. Zwar sind meine Fähigkeiten bescheiden, doch habe ich einige Erfahrung im Finanzwesen. Vor dem Tod meines Bruders war ich der Provinzverwalter Henans.«

Das war durchaus eine Stellung, derer man sich rühmen konnte: die höchste in der bedeutendsten Provinz Groß-Yuans.

Allerdings war es ungewöhnlich, dass der Sohn eines adeligen Mongolen sie bekleidete. Aber, dachte Baoxiang bitter, ein adoptierter Mischling zählte schließlich kaum als mongolischer Prinz.

»Nun legt die Kleidung seines Dieners nahe, dass es um sein Landgut schlecht bestellt ist«, sagte die Kaiserin schnippisch. »Wie sollen wir da glauben, er sei ein guter Verwalter? Darüber hinaus ist ihm vielleicht nicht erinnerlich, dass die Ämter stets zu Beginn des Jahres vergeben werden. Oder glaubt er etwa, wir würden in Ermangelung eines freien Postens eine neue Stelle nur für ihn schaffen?« Ihr karminrotes höhnisches Lächeln ließ keinen Zweifel daran, wie unwahrscheinlich das war.

Der Kanzler dachte einen Augenblick lang nach. »Aber ist nicht gerade ein Posten im Finanzministerium freigeworden? Der des stellvertretenden Ministers.«

Innerlich lächelte Baoxiang, doch ohne jeden Humor.

»Der Kanzler beliebt zu scherzen!« Die Kaiserin weidete Baoxiang mit ihrem Blick aus. »Dieses Subjekt bringt durch seine bloße Anwesenheit Schande über den Hof! Wie können wir so einem Mann das Amt eines stellvertretenden Ministers zuerkennen?«

Graziös wandte sich die Herrin Ki dem Großkhan zu. In ihrem kunstvoll aufgesteckten Haar glitzerte ein goldener Phönix: Die Haarnadel war das Symbol dafür, dass sie die Gunst des Großkhans besaß. »Eure Hoheit, der Fürst von Henan eignet sich hervorragend für die Position. Hätte er sich zur üblichen Zeit beworben, wäre er gar für eine höhere Stellung in Betracht gekommen! Immerhin ist er ein Fürst von mongolischem Geblüt.« Ihre ungenierte Einflussnahme war schockierend. Dass die Yuan den Zugriff auf das Salz der Familie Zhang verloren hatten, stärkte die Herrin Ki: Ihr Heimatreich Goryeo war nun der Hauptlieferant des kostbaren

Rohstoffs. Sie lächelte die Kaiserin an. »Gewisslich sollten wir jene nicht abweisen, die den Ruhm Groß-Yuans mehren wollen!«

Der Kanzler blickte den Großkhan an, und der machte eine zustimmende Geste. »Herr Fürst«, sagte der Kanzler. »Der treue und unermüdliche Einsatz Eurer Familie, unser geliebtes Reich zu verteidigen, verdient Respekt und Dankbarkeit. Meine Empfindungen sind sicher nur ein Schatten Eurer eigenen, doch ich war tief betrübt, vom Hinscheiden Esen Temürs zu erfahren. Da Ihr es ihm nicht gleichtun könnt, sollt Ihr das Amt des stellvertretenden Ministers übernehmen und seinem Andenken Ehre machen, indem Ihr Groß-Yuan im Rahmen Eurer Möglichkeiten dient.«

Baoxiangs aufwallender Zorn ertränkte die Freude über seinen Erfolg. Der Kanzler schmeichelte sich, er verstünde Baoxiangs Gefühle in Hinblick auf Esens Tod? Bebend vor Wut drückte er seine Stirn auf den Boden. Aus den Augenwinkeln sah er jenes blasse Flackern, das das Spiel des Lichts im geschlagenen Silber an den Wänden hätte sein können. »Tausend Dank dem Kanzler und dem Großkhan!«

Wie er sich wünschte, er könnte die brodelnde Finsternis über sie hereinbrechen lassen, die er in sich gefangen hielt!

Würdet ihr auch nur ahnen, was ich wirklich empfinde, was ich erstrebe, euch würde die Barmherzigkeit mit einem Schlag vergehen!

☯

»Verehrter Herr Fürst.« Seyhan, sein Sekretär, erwartete ihn im schattigen Säulengang vor der Halle des großen Glanzes. Selbst hier war die Hitze unerträglich. In dem salatgrünen Gewand war Baoxiang, als würde er bei lebendigem Leibe gekocht. Die Halle nahm den vorderen Teil der Residenz des Großkhans ein. Von hier oben hatte man den Blick über einen weiten weißen Platz, umstanden von noch mehr

Palastgebäuden auf hohen, gestuften Marmorterrassen. Überall gab es Treppen. Die strahlende Helligkeit verursachte Baoxiang Kopfschmerzen. Seyhan verengte die eisgrauen Augen und fragte schlau auf Persisch: »Oder sollte ich sagen: verehrter Herr stellvertretender Minister?«

»Was ich dir zu verdanken habe«, sagte Baoxiang in derselben Sprache. »Gab es Schwierigkeiten?«

»Mit einem stellvertretenden Minister? Nicht doch.«

Der Gedanke an seinen verstorbenen Vorgänger bekümmerte Baoxiang nicht. Die ganze Angelegenheit war so abstrakt wie ein Posten in einem Rechnungsbuch: ein Leben, reduziert auf die bescheidene Anzahl goldener Tael, die seine Auslöschung gekostet hatte.

»Es wäre leicht gewesen, Euch ein Ministeramt zu verschaffen«, sagte Seyhan bedauernd. »Wie viel besser hätte das einem Fürsten zu Gesicht gestanden!« Seyhan war ein Semuren aus Choresmien im fernen Westen. Sein dunkler Bart verbarg erfolgreich einen Großteil seines Gesichtes, das sich aus allerlei hässlichen Winkeln zusammensetzte; die Hakennase ließ sich jedoch nicht so einfach kaschieren. Er war schon lange Jahre Baoxiangs rechte Hand und nahm Kränkungen seines Herrn persönlich. »Ein stellvertretender Minister ist ein Niemand.«

Langsam schlenderten sie den Säulengang hinunter. Es war so schwül, und Baoxiang war so erschöpft, dass ihm regelrecht übel wurde. Im sengenden Sonnenschein schimmerten die Dächer der Palaststadt korallenrot, jaspisgrün und lapislazuliblau. Hinter den Dächern war der obere Rand einer weiß getünchten Mauer zu sehen. Khanbaliq, die stolze Kapitale, die Kublai Khan als Monument seines Triumphs hatte errichten lassen, war eine Stadt aus Städten. Besucher gelangten zunächst in die weitläufige Vorstadt voller Herren-, Gast- und Freudenhäuser. Dann kam die gewaltige Stadtmauer mit ihren elf zinnenbewehrten Toren, hinter denen das eigentliche Khanbaliq begann. In seinem Herzen befand sich die Kaiserstadt mit den gepflegten Parks und Seen der Kaiserfamilie. Und wie ein Kern in einer Aprikose lag inmitten der Kaiserstadt hinter einer weißen Mauer die Palaststadt. Hier erhob sich aus einem Marmormeer funkelnd die Residenz des Großkhans. Der Palast war das größte Bauwerk zwischen den vier Ozeanen, und er hätte Baoxiang, der in seinem Schatten dahinging, Ehrfurcht einflößen sollen. Stattdessen empfand er ihn in seiner Neuheit als abstoßend. Über den fernen weißgetünchten Mauern flatterten müde die azurblauen Banner Groß-Yuans. Vor dem dunstigen Himmel waren sie kaum zu sehen; es schien, als flimmerte bloß die Luft vor Hitze.

Als Baoxiang und Seyhan zum Platz hinabgestiegen waren, kam eine Gruppe Dienstmädchen an ihnen vorbeigehastet. Ihnen folgte eine überdachte Sänfte. Die Eunuchen, die sie trugen, wurden langsamer, und dann starrte die Kaiserin auf Baoxiang herab. Auf dem blendend weißen Platz wirkte ihr Gesicht so bleich wie das eines zürnenden Geistes. »Ich möchte Euch einen Rat geben, Herr Fürst. Der Palast lässt sich mit Eurer elenden kleinen Provinz nicht vergleichen. Ihr tätet gut daran, dorthin zurückzukehren – nicht dass es Euch am Ende noch leidtut, geblieben zu sein.«

Dann eilten die Eunuchen mit ihr fort. Baoxiang blickte ihnen nach. Die Palasteunuchen waren Sklaven aus Vasallenstaaten wie Goryeo, keine Nanren; dennoch musste er an General Ouyang denken. Dieser elende, undankbare Hund von einem Eunuchen! Was hatte er im Gegensatz zu Baoxiang nicht an Liebe und Fürsorge erfahren – und doch war er derart in seinem Selbstmitleid versunken, dass er, ohne mit der Wimper zu zucken, Baoxiangs Leben ruiniert hatte.

»Es ist nicht gut, die Kaiserin zur Feindin zu haben.« Wenn Seyhan sich sorgte, sah sein Gesicht noch kantiger aus. »Sie mag nicht der Liebling des Großkhans sein, aber sie hat Macht und Einfluss.«

Baoxiang lachte düster. »Wie lange habe ich wohl Zeit, einen Beschützer zu finden, ehe sie mir ihre Leute auf den Hals hetzt, was meinst du? Ein paar Wochen oder nur Tage?«

»Verehrter Herr Fürst.« Seyhan war blass und sah ihn finster an. »Warum sind wir hier?«

»Du glaubst wohl nicht, dass ich gekommen bin, um Groß-Yuan vor sich selbst zu bewahren?«

Seyhans Blick verriet, wie er darüber dachte. »Der Fürst wäre dazu zweifellos in der Lage.«

»Tatsächlich scheinen sie zu glauben«, sagte Baoxiang spöttisch, »sie könnten die Herrin Zhang einfach darum bitten, ihr Königreich wieder aufzugeben.«

Aber gewiss war der Kanzler *betrübt*, dass Esen tot war: Er und sein verräterischer Schoßhund Ouyang hatten schließlich mit ihrem Heer den rebellierenden Süden in Schach gehalten! Nun waren nur noch die Streitkräfte der Hauptstadt übrig, um den Zusammenbruch Groß-Yuans zu verhindern: eine Armee, die seit einem Jahrzehnt nicht mehr nach Süden ausgerückt war. Vermutlich begriff der Kanzler, in welcher Gefahr das Reich schwebte. Doch wenn man an den trägen Großkhan und seine streitenden Gemahlinnen dachte, war er womöglich der Einzige.

»Du hast recht«, sagte er. »Ein stellvertretender Minister ist ein Niemand. Aber der gefährlichste Spieler ist immer der, von dem kein Mensch weiß, dass er mitspielt.«

Kurz war es still. Dann fragte Seyhan vorsichtig: »Und welches Spiel spielt Ihr, verehrter Herr Fürst?«

Baoxiang sah im Geiste wieder jene verachtungsvollen Gesichter. Wie sie auf ihn herabblickten! Wie überzeugt sie davon waren, ihre Geringschätzung allein müsse genügen, ihn verkümmern und verschwinden zu lassen! Sie hatten ja keine

Ahnung, dass sie nur den schwarzen Ozean in seinem Innern speisten. »Alle schauen sie mich an und sehen ein Scheusal«, brach es aus ihm hervor. »Eine Schande. Eine Verhöhnung all dessen, was die Mongolen schätzen. Aber sie haben ja keine Ahnung! Sie wissen gar nicht, was ein Scheusal ist! Ich werde es ihnen zeigen!«

Dann erst merkte er, wie heftig sein Herz schlug. Er hatte bloß an der Oberfläche kratzen wollen, aber er hatte zu tief geschürft und dabei seine ganze Hässlichkeit offengelegt. Seyhans Miene war noch zurückhaltender geworden. Und wer hätte ihm das verübeln können? Niemand wollte mit dem ungezügelten Schmerz eines anderen Menschen in Berührung kommen und ihn am Ende noch mitempfinden müssen.

Baoxiang wandte sich ab, wütend vor Scham, und marschierte auf das nächstgelegene Tor der Palaststadt zu. »Dann schauen wir uns doch mal diesen Posten an, für den ich so viel bezahlt habe.«

Wie auch alle anderen Ministerien und Sekretariate befand sich das Finanzministerium innerhalb der Stadtmauer, nämlich an der Tausend-Fuß-Straße, jener breiten Allee, die den Haupteingang der Kaiserstadt – das gewaltige Chongtian-Tor – mit dem mittleren Tor in Khanbaliqs südlicher Stadtmauer verband. Baoxiang war in einem Zustand abgestumpfter Gereiztheit. Das Ministerium mit seinen blauen Traufen und vergoldeten Firsten kam ihm ebenso geschmacklos und neu vor wie alles andere in Khanbaliq auch. Einzig die Phönixbäume, die beide Seiten der Allee wie züngelnde orange Flammen säumten, schienen aus der Zeit vor der Herrschaft der Mongolen zu stammen.

»Die Bäume sehen nicht mehr lange so hübsch aus.«

Baoxiang erschrak heftig. Ein alter Mongole mit dünnem grauem Bart hatte sich auf stoffbesohlten Stiefeln an ihn herangeschlichen. Er trug das kastanienbraune Obergewand eines Beamten, und seine grauen Zöpfe schauten unter einem gelackten Musselinhut mit seitlich steif abstehenden Flügeln hervor.

»In einer Woche«, sagte er mit dem charakteristischen Khanbaliq-Akzent auf Mongolisch, »waten wir hier bis zu den Knien durch Blätter.«

Baoxiang verneigte sich rasch. Er hatte eine Vermutung, mit wem er es zu tun hatte. »Seid gegrüßt, ehrenwerter Minister!«

»Und Ihr seid der Fürst von Henan.« Der Blick des Finanzministers wanderte über Baoxiangs auf Nanren-Art hochgesteckten Haarknoten in seinem silbernen, von perlenbesetzten Nadeln gehaltenen Filigrangestell; sein fahles Gesicht, das von chronischer Schlaflosigkeit zeugte; sein salatgrünes Gewand und die dazu passenden Schuhe. Dabei blieb seine gutmütig vergnügte Miene unverändert. Sie schien eine Konstante zu sein, ähnlich wie Ouyangs stets finsteres Gesicht. »Mein neuer Stellvertreter! Was für eine Überraschung Ihr doch seid. Nun, kommt erst einmal herein! Habt Ihr schon gegessen? Ach, es ist zu heiß für die Jahreszeit, findet Ihr nicht? Einen Herbst wie diesen habe ich nicht mehr erlebt, seit ich in Eurem Alter war ... Setzen wir uns in mein Büro. Ich bitte eins der Mädchen, uns dieses Getränk zu bringen, auf das sie im Süden so versessen sind, das mit den roten Datteln und dem Honig. Es ist wirklich erfrischend! Wirklich, die Nanren wissen, wie man mit der Hitze zurechtkommt ...«

Plaudernd hinkte der Minister ins Gebäude. Wenn man ihm zuhörte, konnte man glauben, die Beamten der Hauptstadt würden ihre Tage mit Tee und Tratsch verbringen – Baoxiang war beinahe erstaunt, dass im Inneren des Ministeriums so geschäftig gearbeitet wurde. Sie kamen an einer Bibliothek und an mehreren Archiven für Geschäftsbücher und Beschwerden vorbei. In einem Zimmer pulverisierten Diener Tusche, in einem anderen saßen Beamte – allesamt Semuren, da Nanren ein solches Amt nicht bekleiden durften – und klickten so nachdrücklich mit den Perlen ihrer Abaki, dass die Papierfenster summten. Es war wie in seinem Büro in Anyang. Wehmut beschlich ihn. Aber das schwarze Meer war bereits in ihm, und er hatte von Anfang an gewusst, dass es kein Zurück für ihn geben würde.

Der Minister führte ihn über einen schattigen Verbindungsgang und ein paar Stufen hinauf in ein Gebäude mit Gitterwerkfassade. Sie betraten ein höhlenartiges Büro mit einem papierüberhäuften Schreibtisch und einer bedrohlichen Menge wackeliger Bücherregale darin.

Der Minister selbst setzte sich nicht. »Ruht Euch einen Augenblick aus! Dieser alte Mann hier hat zu viele Tassen Tee getrunken, und seine Blase ist schwach.« Seine Augen funkelten, als er wieder nach draußen humpelte. »Die Erfahrung lehrt: Wer vorsorgt, hat hinterher seine Ruhe. Und wir wollen doch ein wenig beisammensitzen.«

Baoxiang schaute sich um. Zwei gegenüberliegende Türen standen offen. Der Durchzug milderte zwar die drückende Hitze, trug aber auch starke Gerüche herein: Er identifizierte getrockneten Dung und geröstetes Brot. Im Vergleich mit dem friedlichen Landgut des Fürsten von Henan war die Stadt überwältigend.

Auf dem vollgekramten Schreibtisch lag ein Rechnungsbuch, als wäre es zusammen mit allem anderen hierhin und dorthin geschoben worden und zeigte nur zufällig in seine Richtung. Er blätterte darin und sah mit dumpfer Überraschung die sauberen Berechnungen, die als Beispiel dienten, und die folgenden leeren Seiten, die darauf warteten, von ihm gefüllt zu werden. Er dachte an das entwaffnende Geplauder des Ministers. Wie viele Beamte hatten wohl schon hier gesessen, ohne das Buch auch nur anzurühren?

»Sieh an, Ihr habt es gefunden!« Ein Dienstmädchen war durch die Tür getreten. Es trug ein Tablett mit einem Krug, an dem Schwitzwasser perlte, zwei Bechern und einem Teller, der wie ein Speichenrad unterteilt war: in jedem Zwischenraum lagen kandierte Stücke eines anderen Gemüses. »Macht Euch keine Gedanken: Niemand besteht diese Prüfung, dafür hat er gesorgt.« Das Mädchen warf ihm einen belustigten Blick zu, als erwartete es, er würde des guten Ratschlags zum Trotz in Panik geraten. Es hatte Grübchen. Schließlich stellte es das Tablett auf einen überladenen Beistelltisch und ging wieder. Baoxiang schaute sich die Prüfung genauer an und verzog den Mund, wenn auch nicht wie das Mädchen zu einem Lächeln.

Bald darauf kam der Minister zurück – zu bald, falls das hier eine gerechte Probe sein sollte. Als er zu seinem Stuhl hinüberhinkte, glitt sein Blick zu den aufgeschlagenen Seiten, auf denen feucht die schwarze Tusche schimmerte: Baoxiangs Antwort. Da verwandelte sich das Gesicht des Ministers kaum merklich. Er hatte seine Verachtung bloß besser verborgen als die meisten; doch nun wich sie Respekt.

Baoxiang war, als wäre er geschlagen worden. Sein ganzes Leben lang hatte er sich gewünscht, für seine Begabungen keinen Hohn, sondern Anerkennung zu finden. So leicht ließ sie sich erwerben? Doch es war zu spät.

»Habt Ihr geglaubt, ich wolle den Posten, um dann nur die Hände in den Schoß zu legen?«, fragte er säuerlich.

Der Minister betrachtete ihn. »Bei einem Adeligen erwartet man nicht, dass er ein Gehalt braucht – und schon gar nicht, dass er dafür arbeitet. Und Ihr, der Fürst von Henan? Eure Familie war reich genug, jahrzehntelang allein die Verteidigung des südlichen Reiches zu bestreiten. Ich bin davon ausgegangen, ich hätte es mit einem Taugenichts zu tun, der das Landgut seines Vaters heruntergewirtschaftet hat. Doch das seid Ihr nicht. Weshalb habt Ihr Henan verlassen, Wang Baoxiang?«

Das schwarze Meer brodelte auf, trat aber nicht über die Ufer. »Vielleicht wollte ich einfach nicht bleiben.«

Der Ausdruck auf dem Gesicht des Ministers wurde weicher. »Ah ja. Euer Vater und Euer Bruder. So ein Unglück.«

Baoxiang war abgestoßen. Er wollte nicht mit Güte behandelt werden, und erst recht wollte er kein Mitleid! Er ließ zu, dass sich seine Entrüstung zu Geringschätzung verhärtete. Ein mitfühlender Tor als Minister war genau das, was er brauchte. Jemand, der seinen Ekel vergaß, wenn er Talent sah. Jemand, der Baoxiang nützlich fand. »Ja«, sagte er. »Ein Unglück.«

Der schwitzende Krug stand nun in einer Pfütze. Baoxiang bekam nasse Hände, als er die Becher vollschenkte. Das Getränk war vermutlich süß; er schmeckte jedoch nichts. Mühsam würgte er es hinunter.

Schließlich arbeitete der Minister sich wieder auf die Beine. »Nun, was für ein Glück, dass Ihr die Stelle angenommen habt! Ich muss gestehen: Ich bin es wirklich und wahrhaftig leid, Adelige hier sitzen zu haben, die nichts weiter als Schmuckwerk sind. Beizeiten werde ich dem Kanzler danken müssen, dass er mir jemanden geschickt hat, der weiß, was er tut! Nach allem, was jüngst in Groß-Yuan geschehen ist, kann ich die Hilfe wahrlich gebrauchen.«

»Ich stehe zu Eurer Verfügung«, sagte Baoxiang höflich. Doch kurz schienen die Zimmerecken zu wabern, und er sah aus den Augenwinkeln ein weißes Flackern.

Als er endlich aus dem Ministerium kam, wartete Seyhan mit den Pferden auf ihn. Die Sonne stand über Khanbaliqs westlichen Zinnen und warf schräge Strahlen durch die flammenden Kronen der Phönixbäume. Die Allee war in Gold getaucht.

Baoxiang lenkte sein Pferd auf die Kaiserstadt zu. Seyhan fragte überrascht: »Ihr wollt nicht zurück zum Haus?«

Baoxiang ergriff ein Vorgefühl, zu dunkel, um es zu fassen. »Ich muss noch jemand anderen treffen.«

»Ein Mitglied der kaiserlichen Familie?« Seyhans Augenbrauen wanderten in die Höhe. »Werdet Ihr erwartet?«

»Nicht direkt«, sagte Baoxiang.

☯

Die Residenz lag in einem bewaldeten Jagdgebiet im äußersten Westen der Kaiserstadt. Über die verschatteten Mauern ragte ein goldener Maulbeerbaum, der in einem der Innenhöfe stehen musste. Zwischen den hölzernen Pfeilern des Eingangstors wartete der Hausdiener, um sie zu empfangen. Er öffnete den Mund, aber Baoxiang kam ihm zuvor.

»Wenn er noch nicht hier ist, warte ich drinnen auf ihn«, sagte er kühl.

»Wessen Residenz ist das?«, fragte Seyhan stirnrunzelnd.

Der Diener erklärte: »Der Palast des unermesslichen Segens ist die Residenz seiner Hoheit, des dritten Prinzen.«

Im Osten dunkelte mit dem Himmel der See, den Seyhan und er mittels einer Marmorbrücke überquert hatten. Auf der Felseninsel in seiner Mitte erhob sich ein Hügel mit einer Pagode darauf. Hier in der ummauerten Kaiserstadt gab es Seen, Wälder und Wiesen, doch kam einem die schöne Landschaft ein wenig unwirklich vor. So war es denn auch: Wohin das Auge auch blickte, alles war hierherbefördert und nach den Wünschen der kaiserlichen Familie gestaltet worden, von der Erde für die Hügel bis hin zu den Fischen im See. Von überallher kam das Zirpen der Zikaden.

Baoxiang dachte an die Miene des Großkhans zurück, als der seinen Sohn angeblickt hatte. Wie vertraut sie ihm gewesen war! Ein Vater, der seinen Sohn verabscheute, nicht seiner Taten, sondern seines Wesens wegen. Eine boshafte Grausamkeit regte sich in seinem Herzen, die sich nicht nur gegen den dritten Prinzen, sondern auch gegen ihn selbst zu richten schien. Er dachte: *Vor mir könnt Ihr Euch nicht verstecken.*

Seyhan sah aus, als hätte er eine Schlussfolgerung gezogen, die ihm gar nicht gefiel. »Warte hier auf mich«, sagte Baoxiang zu ihm.

Während er im Empfangszimmer saß, entzündeten Diener die Lampen. Die Zeit verstrich. Es war schon dunkel, als er draußen endlich leise Stimmen hörte.

Dann kam der dritte Prinz herein, und einen furchtbaren Augenblick lang schien dort Esen zu stehen – nicht der Erwachsene, sondern der junge Mann. Man hatte ihm noch die Schlaksigkeit der Jugend angesehen, aber er war umherstolziert, als wäre es für alle Welt ein Geschenk, ihn anschauen zu dürfen.

Baoxiang riss sich zusammen, erhob sich rasch und verneigte sich. »Hochachtung dem dritten Prinzen!«

Anstatt ihn gleichfalls zu begrüßen, ließ sich der Prinz auf einen Stuhl fallen. Er schürzte verächtlich die vollen Lippen, vermochte sein Interesse jedoch nicht zu verhehlen. Es war so rege, dass es sich in Baoxiang hineinzubohren schien.

»Haben wir einander heute nicht schon zur Genüge begrüßt, Herr Fürst? Oder seid Ihr gekommen, um Euch über unser letztes Zusammentreffen zu beklagen?« Sein Lächeln ließ deutlich erkennen, wie sehr er die Erinnerung daran genoss, seinen Teil zu Baoxiangs Demütigung beigetragen zu haben. »Seid Ihr nicht dankbar, dass es Euch nur Eure Robe gekostet hat und nicht Euren Arm?«

Was für ein Geschenk es doch war, in diesem unbarmherzigen Palast jemandem zu begegnen, der derart durchschaubar war.

Baoxiang sagte so sanft, als wären seine Worte eine Berührung: »Hat es Euch gefallen, mich ängstlich zu sehen?«

Ein flüchtiger Ausdruck glitt über das Gesicht des dritten Prinzen und war sofort wieder verschwunden. Der Prinz wusste sicher gar nicht, dass er sich verraten hatte. »Gefallen?

Es widert mich an, einen Mann wie Euch zu sehen! Doch will ich Euch geben, was Ihr verdient.«

»Ich verdiene Strafe? Für nichts als meine Angst?« So bitter hatte er nicht klingen wollen. Der dritte Prinz schaute auf ihn herab, weil seine Angst leicht zu erkennen war. Doch die Furcht tief im gläsernen Herzen des dritten Prinzen, wo er sie vor der Welt verborgen glaubte, war so viel größer, als Baoxiangs es je gewesen war.

»Stellt Euch nicht dumm!« Der Atem des dritten Prinzen beschleunigte sich. Er brannte darauf, einen anderen Menschen zu verletzen, und sei es nur durch seine Rede. »Alle haben von Chaghan Temürs anderem Sohn gehört ... Dem, der sich für Männer bückt! Armer Chaghan. Wir haben nie verstanden, wie er die Schande ertragen konnte, die Ihr über sein Haus gebracht habt. Wir haben ihn deswegen weniger geachtet.«

Gierig beobachtete er Baoxiang. Das alles war so erbärmlich. Er glaubte, seine Worte würden ihn treffen, weil er sich bloß vorstellen konnte, wie sie *ihn* treffen würden.

Ach, wie verachteten sie Baoxiang für seine perversen Gelüste, wie waren sie überzeugt davon, dass er sich mit anderen Männern herumtrieb! In Wirklichkeit hatte er nie ein Verlangen dieser Art verspürt.

»Wie ich sehe, ist mein Ruf mir vorausgeeilt«, sagte er.

»Ihr steht bloß da und lasst Euch beleidigen?« Ungläubig runzelte der Prinz die Stirn.

»Habt Ihr etwas anderes erwartet? Wenn Ihr glaubt, ich würde mich um die Ehre scheren, die meiner Familie oder auch nur meine eigene, dann kennt Ihr meinen Ruf wohl nicht so gut, wie Ihr dachtet.« Die Erregung, die ihn ergriff, war durch und durch bösartig. Wie leicht es doch war, der zu sein, den sie in ihm sehen wollten! »Warum sollte ich es abstreiten? Es ist ja wahr.«

Der dritte Prinz war nicht so gebräunt, wie Esen es gewesen war; als er errötete, war es ihm deutlich anzusehen. Baoxiang trat auf ihn zu. »Es stimmt, was alle Welt über mich sagt. Und das wusstet Ihr schon in Hichetu bei der Frühjahrsjagd, habe ich recht? Als Ihr mich zum ersten Mal saht. Noch ehe Euch die Gerüchte zu Ohren gekommen waren.«

»Man braucht Euch doch bloß anzuschauen!«, sagte der Prinz heftig. »Ein Blick verrät, was Ihr für einer seid. Was Ihr schon alles getan habt ... Und dass es Euch *gefallen* hat!«

»Wohl wahr. Meine Verderbtheit ist nicht zu leugnen.« Es war, als sprächen durch ihn eintausend Stimmen aus seiner Vergangenheit. Die Erinnerung half ihm, seine Wut zu schüren. »Malt Euch nur einmal all die beschämenden, unehrenhaften Praktiken aus, vor denen jeder normale Mann zurückschrecken würde – und dann stellt Euch vor, wie ich sie genießen muss!«

Der Blick des dritten Prinzen hing wie gebannt an ihm. Schlug sein Herz schneller? Baoxiangs eigener Puls ging ruhig und regelmäßig. Sein Blut war nicht in Wallung. Der schwarze Zorn glich einem schweren Schleier.

Seidig sagte er: »Fragt Ihr Euch nicht, warum ich hergekommen bin?«

Ein rascher Schritt, dann legte er dem dritten Prinzen die Hand in den Schoß. Der starrte ihn aus schreckgeweiteten Augen an, doch unter Baoxiangs schlaffer Hand regte sich etwas. Es war ein Augenblick kalten Triumphs: der Beschämer, seinerseits beschämt. Dann sprang der Prinz auf und schlug Baoxiang mit der Faust ins Gesicht.

Mit Müh und Not gelang es ihm, das Gleichgewicht zu halten. Sein Kopf dröhnte, und seine Wange brannte wie Feuer. Wie vertraut ihm das doch war: Hier stand nun ein weiterer Krieger, stärker als er, der ihn nach Belieben herumschubste. Verfielen sie nicht alle irgendwann darauf? Sein Vater und jeder andere Recke, den Baoxiang je gekannt hatte. Die einzige Ausnahme hatte Esen gebildet, und war das nicht ironisch? Immerzu hatte er sich darin geübt, andere mit der Waffe zu verwunden, aber Baoxiang hatte er nie anrühren müssen, um ihm wehzutun.

Habe ich es dir am Ende heimgezahlt, Bruder?

»Wollt Ihr sterben?«, herrschte der Prinz ihn an. Jetzt war er blass vor Zorn, die Wangen mit hektischen roten Flecken übersät. Doch seine Empörung war so durchsichtig wie alles andere auch: Reflexhaft wollte er sich selbst davon überzeugen, das Geschehene habe nichts mit ihm zu tun, sondern sei einzig auf Baoxiangs Perversität zurückzuführen. Denn solange es Baoxiangs Schande, sein Verlangen war, konnte der Prinz sich einreden, er fühle und wolle gar nichts.

Als würde ihm das etwas nützen. Es spielte keine Rolle, ob er sich seine Neigung eingestand oder nicht – sein Vater blickte ihn bereits jetzt voll Abscheu an.

Baoxiang sank auf die Knie. Der dritte Prinz rührte sich nicht vom Fleck.

Baoxiangs liebste Kurtisane in Anyang hatte einen wunderbaren Sinn für Poesie gehabt, und sie hatte ihn oft zum Lachen gebracht. Doch ihr größtes Talent hatte anderswo gelegen. Er wusste noch gut, wie ihre Ärmel kühl über seine Haut gestrichen waren, während er atemlos dagelegen hatte, sein Begehren beinahe schmerzlich. Ihre schmetterlingszarten Berührungen, ihr gesenkter Kopf. Wie unvorstellbar lange schien das nun schon zurückzuliegen: eine Erinnerung aus glücklicheren Tagen.

Nur waren seine Tage auch damals schon nicht glücklich gewesen. Einen Augenblick noch hielt er an der Wehmut fest, dann überließ er sie der Finsternis.

Zum Jagdkostüm des dritten Prinzen gehörte ein Faltenrock, der sich leicht zur Seite raffen ließ. Ein einfaches Band hielt sein Untergewand zusammen. Der Beweis seines Verlangens war nicht zu übersehen. Die Situation war so absonderlich, dass Baoxiang sich wie losgelöst fühlte – als sähe er sich selbst dabei zu, wie er zu dem Mann wurde, für den ihn immer schon alle gehalten hatten.

»Schaut Euch nur an«, höhnte der Prinz. »Wie Ihr darum bettelt, erniedrigt zu werden! Was seid Ihr doch für ein verworfener Mensch. Sähe ich Euch zusammen mit einem verlausten Köter auf der Straße, ich würde zuerst nach Euch treten!«

Baoxiang schaute in das grausame junge Gesicht auf, umrahmt von den nach vorne fallenden Schlaufenzöpfen. Es fiel ihm schwer, seine Verachtung zu verbergen. Krieger waren so stolz darauf, körperliches Leiden aushalten zu können – doch die gleiche Scham, die sie bei jeder Gelegenheit in Baoxiang erweckten, ertrugen sie selbst keinen Moment lang. *Wer also ist hier stark, wer schwach?*

Er zog das Band auf. »Das stimmt«, sagte er. »Ein Scheusal wie mich habt Ihr noch nie gesehen.«

☯

Draußen bot Seyhan ihm ein Taschentuch an. Baoxiang drückte es gegen die Platzwunde unter seinem Auge, die im Takt mit seinen lädierten Lippen pochte. Sie ritten schweigend. Erst als sie das Westtor der Kaiserstadt erreicht hatten, sagte Seyhan in bewundernswert neutralem Ton: »Der Sohn der Feindin Eurer Feindin ist also Euer Freund. Wird er Euch denn beschützen?«

»Weil ich einmal auf seiner Flöte gespiclt habc? Nein.« Die Sache selbst hatte ihn nicht gereizt, aber seine stechenden Lippen und sein schmerzender Rachen gaben ihm das befriedigende Gefühl, einen Erfolg errungen zu haben. »Aber er ist jung, und was er von mir bekommt, hat er sich nie träumen lassen. Ist er erst daran gewöhnt, wird er nicht mehr darauf verzichten wollen.«

»Wie lange wird das dauern?« Seyhan sah aus, als berechnete er im Kopf die ansteigende Kurve der Mordlust der Kaiserin, um Baoxiangs Aussichten zu bestimmen, zwei, drei oder vier Wochen ohne einen mächtigen Beschützer zu überleben.

Baoxiang lachte auf. »Ich habe keine Ahnung!«

Sie zeigten den Torwächtern ihre hölzernen Dienstausweise und überquerten den Wehrgraben. Khanbaliq war riesig, aber die Straßen waren so breit und schnurgerade angelegt, dass man an einer Mauer stehen und bis zur gegenüberliegenden Mauer blicken konnte – es sei denn, die Kaiserstadt verstellte einem die Sicht. Auch spät am Abend noch herrschte reger Verkehr: Kutschen, Reiter und Fußgänger wimmelten durcheinander. Bevor die Herrin Zhang den Großen Kanal geschlossen und damit die Lebensader der Stadt abgeschnitten hatte, musste hier das Doppelte, vielleicht sogar das Dreifache los gewesen sein. Es war schwer vorstellbar.

Baoxiangs neuer Wohnsitz war ein bescheidenes Haus im Bürokratenviertel nahe der äußeren westlichen Stadtmauer. Die reizlose Einhegung aus grauen Ziegelsteinen sperrte immerhin den Lärm der Lebensmittelhändler auf der geschäftigen Straße am Pingzhe-Tor aus. Die Kakibäume im kahlen Hof trugen vereinzelte halb grüne Früchte. Das Innere des Hauses war noch deprimierender: Baoxiang hatte nichts weiter mitgebracht als einige wenige persönliche Dinge und die verschlossenen Kisten, die im größten Zimmer herumstanden.

Seyhan warf den Truhen einen vorwurfsvollen Blick zu. »Ihr habt eine Schatzkammer voll goldener Tael, aber wir wohnen in einer Absteige grässlicher als die Achselhöhle eines Aussätzigen!«

Baoxiang konnte Seyhans Unzufriedenheit verstehen. Wie schön war Baoxiangs Residenz in Anyang gewesen – die Möbel, Keramiken und Gemälde ein Zeugnis seines erlesenen Geschmacks. All das hatte er zurückgelassen. »Tu dir keinen

Zwang an: Richte das Haus so ein, wie du es gewohnt bist. Aber verwende deinen eigenen Lohn darauf.«

Seyhan bedachte ihn mit einem missgestimmten Blick und zog sich zurück. Baoxiangs Zusammentreffen mit dem dritten Prinzen hatte ihn vorübergehend wachgerüttelt, doch nun, inmitten der Reichtümer seines Landguts, brach die Erschöpfung mit aller Gewalt wieder über ihn herein. In der Residenz würde es irgendwo ein schäbiges Bett im Stil des Nordens geben, aber er wusste nur zu gut: Sollte er sich hineinlegen und einnicken, würde er kurz darauf wieder auffahren. Er sehnte sich nach Schlaf, wie er sich noch nie nach etwas gesehnt hatte. Die endlosen durchwachten Nächte zermürbten ihn und machten ihm das Leben zur Qual.

Die Temperatur im Zimmer sank. Von den Wänden rollte eine vertraute Kälte heran. Die Härchen in seinem Nacken stellten sich auf. Dies konnte nur eins bedeuten: Esen war da.

Er wirbelte herum. Sein Herz schlug mit einem Mal so heftig, dass ihm flau im Magen wurde. Esens Gegenwart war unverkennbar, seine Ausstrahlung so stark und wirklich wie zeit seines Lebens. Baoxiang *spürte* ihn, und er bebte am ganzen Leib.

Hinter sich sah er ein paar Geister, umgeben von leuchtenden Koronen aus Staub. Blicklos starrten ihre Augen durch die Vorhänge ihres wirren Haars. Ihre weißen Lumpen hingen so unbewegt an ihnen herab wie die gemeißelten Gewänder steinerner Statuen. Von ihnen wollte er nichts wissen. In ohnmächtigem Zorn ließ er seinen Blick über ihre Totengesichter wandern, suchte nach den vertrauten Zügen – vergeblich. Esen verbarg sich vor ihm.

Dies war so schlimm wie sein durchbrochener Schlaf; er hätte in Tränen ausbrechen können. »Ich weiß, dass du da bist!«, schrie er. Seine Stimme, dünn vor Anstrengung, hallte schwach in dem leeren Zimmer wider. Esen tat das, um ihn zu quälen. Wie oft war Baoxiang nun schon herumgefahren, das Herz vor Schrecken und Erwartung eng wie eine Oktopusfalle, voller Überzeugung, Esen sei gleich hinter ihm? Doch stets entzog sich ihm der Geist, hielt sich außer Sicht, verhöhnte ihn.

Er verlor die Beherrschung. Sein Zorn schwoll an, bis er glaubte, nur noch eine Hülle um einen schwarzen Kern zu sein. Die Finsternis war sein neues Herz, genährt von seiner Schande und Scham. Sie stieg ihm in der Kehle auf und sprach durch seinen wunden Mund zu dem Geist. »Hast du geglaubt, ich sei schon zufrieden? Dass mein Schmerz mit deinem vergolten sei, Bruder? Wahrhaftig, du hattest nie viel Vorstellungskraft. Du ahnst nicht einmal, was dich noch erwartet!«

Er streckte eine zitternde Hand aus. Schmal und blass war sie – die Hand eines Gelehrten, die niemand je gefürchtet hatte. Nun ballte er sie zur Faust. »Erinnere dich: Ich bin der Inbegriff all dessen, was du verabscheust und verdammst. Was ich auch anfasse, es ist hinterher befleckt ... verdorben. Und nun sieh her! Zur Verkörperung deines geliebten mongolischen Reichs will ich werden – Großkhan, von allen geehrt. Und dann werde ich alles zerstören, wofür du gelebt hast und gestorben bist: jeden Menschen, jeden Wert, jede Überzeugung. Die ganze Welt will ich in Schutt und Asche legen!«

Als er die Hand öffnete, loderte die schwarze Flamme seines Himmelsmandats darin. Ein reines, boshaftes Vergnügen erfüllte ihn. Finsternis brach aus ihm hervor wie eine endlose Flut, die alles Licht ertränkte.

4

BIANLIANG

»Die Belagerungseinheiten waren beinahe fertig mit ihren Vorbereitungen.« Chu hatte die Hände hinter dem Rücken verschränkt und wirkte nervös. »Doch dann hat sich gezeigt, dass eine Reihe Gerätewagen versehentlich im Freien abgestellt worden sind. Nun muss alles darauf gewartet werden. Das wird noch einmal drei bis vier Tage dauern. Ich soll dem Herrn General die respektvolle Bitte um Verständnis vortragen.«

»Verständnis für ein Versehen?« Ouyang ging in der Kommandozentrale auf und ab, auf und ab. Die Kommandeure ließen ihn nicht aus den Augen. Vermutlich wäre es normaler gewesen, sich hinzusetzen. Vor Jahren hatte er einmal einen eingesperrten Tiger gesehen – bei einem Besuch in der Provinz Shanxi beim Militärgouverneur Bolud Temür. Auf blutig gebissenen Pfoten war er eine Furche in den Boden des Käfigs gelaufen. Damals hatte Ouyang nicht weiter darüber nachgedacht. Doch nun, so sann er bitter, verstand er den Tiger. Selbst ein Tier zog Schmerz seinem Elend vor.

Ein Heer auf den Abmarsch vorzubereiten, verursachte einem immer Kopfschmerzen. Nach fünfzehn Jahren wusste

Ouyang das, theoretisch zumindest. Doch nun trieb ihn jede kleine Verzögerung in mörderischen Zorn. »Findet den Verantwortlichen, rollt ihn in einen Teppich und lasst ihn von seiner Einheit totschlagen! In zwei Tagen ist die Wartung durch, oder den Rest erwartet dasselbe Schicksal.«

Chu presste die Lippen aufeinander und tauschte über den Planungstisch hinweg einen Blick mit Geng. Shao saß mit verschränkten Armen auf der Seite und verzog keine Miene. Eigentlich war er trotz seines Unterbisses kein hässlicher Mann: Seine Haut war ebenmäßig, und er hatte große, runde Augen. Ouyang mochte ihn jedoch so wenig, dass er in Bezug auf ihn nicht objektiv sein konnte. Wenn er Shao anblickte, sah er einen glotzenden Karpfen.

Endlich war die Besprechung zu Ende. Zu Ouyangs Ärger erhob Shao sich und folgte ihm aus dem Zimmer. Er hätte es vorgezogen, erst wieder mit ihm zu reden, nachdem sie Dadu erreicht hatten – frühestens.

Gereizt blieb er stehen. »Kann ich Euch irgendwie weiterhelfen, Oberbefehlshaber?«

Shao musterte ihn wortlos.

Hinter Ouyang erklang ein Geräusch. Er wollte herumfahren, das Schwert schon in der Hand, aber es war zu spät: Ein Seil zog sich um seinen Hals zusammen.

Er sah noch die nackte Verachtung auf Shaos Gesicht, dann nichts mehr.

☯

Als Ouyang wieder zu sich kam, fuhr er mit dem Instinkt eines verwundeten Soldaten auf: Hoch, nur hoch und fort! Doch da durchzuckte ein glühender Schmerz seinen Kopf; er wankte und fiel auf ein Knie. Das Tier in ihm duckte sich zusammen und wimmerte. Es wusste: Wenn er sich bewegte, würde sich die Qual noch steigern. Das wollte es nicht. Er sollte stillhalten, damit sie aufhörte ... Doch seine gepeinigte Seele, die alles tun würde, um nicht denken oder fühlen zu müssen, hieß den Schmerz willkommen. Er ergab sich dem weißen Schrei und stand auf.

Die Zelle hatte offenbar lange leer gestanden; sie roch nicht einmal mehr nach Gefängnis. Auf dem krümeligen, staubigen Boden verriet eine Schleifspur, wie sie ihn hereinbefördert hatten. Die Wände waren mit Brettern verkleidet, und es gab eine Gittertür, durch die ein Gang mit feuchter Lehmwand zu sehen war. Also war er unter der Erde. Er erinnerte sich vage, dass sich in der Residenz des Gouverneurs auch das Büro der Stadtwache befand. Ouyang hatte es nicht weiter interessiert, aber Shao hatte sich natürlich umgesehen: Er wusste immer, wohin mit den Leichen.

Shao Ge, dieser miese Verräter! Endlich wich der sengende Kopfschmerz einem Gefühl: blanker Wut. Was war Shaos Problem? Es war ja nicht so, als könnte Ouyang scheitern! Wie sollte man auch daran scheitern, sein Schicksal zu erfüllen? Shao mochte mit seinen Methoden nicht einverstanden sein, mochte ihn sogar hassen, aber er musste doch nichts weiter tun, als die Zähne zusammenzubeißen und zu kooperieren! Stattdessen machte er aus obskuren Gründen alles *noch* schwerer. Ouyangs brennender Zorn wuchs, bis er ihn nicht mehr von seinem Schmerz unterscheiden konnte. Wie er hier herauskommen sollte, wusste er nicht – aber Shao würde schwer bereuen, was er getan hatte!

Eine unendlich lange Zeit verstrich, doch irgendwann hörte er Schritte im Gang. Er richtete sich hoch auf wie der Docht in einer Flamme. Wenigstens seine Rüstung hatte Shao ihm gelassen. Allein der Gedanke, jemand hätte ihn ausziehen können, während er ohnmächtig gewesen war – ihn *berühren* –, schürte seine Wut neu.

Kaum war Shao vor die Gittertür getreten, zischte Ouyang: »Ich hätte Euch den Thron gegeben!«

Shao stellte ein Tablett auf den Boden. Die Mundwinkel hatte er freudlos heruntergezogen. »Es gibt da leider ein Problem: Ihr mögt davon überzeugt sein, aber ich habe meine Zweifel. Die Nan-Rebellen haben das Mandat. Welche Bedeutung hat es also, dass ich noch immer darauf warte, obwohl ich ebenfalls ein Heer habe, ja sogar Euer Versprechen?« Er begegnete Ouyangs Zorn mit herablassender Ruhe: ein vernünftiger Mann, der sich dazu herabließ, mit einem Irren zu sprechen. »Ihr würdet mir den Thron wohl geben. Doch mir ist klar geworden: Ihr könnt es nicht. Schaut Euch nur das Heer unter Eurem Kommando an: Es steht kurz davor, auseinanderzubrechen! Für Esen Temür hättet Ihr neun Sonnen vom Himmel geschossen, aber was ist mit den Männern, für die Ihr tatsächlich die Verantwortung tragt? Um die habt Ihr Euch immer schon einen Scheißdreck geschert. Mit jedem Tag wird mir klarer: Den Thron erobere ich nicht mit, sondern ohne Euch. Deshalb, Herr General: Tretet das Heer an mich ab, dann lasse ich Euch gehen.«

Ouyang packte die Gitterstäbe. Shao fuhr nicht einmal zusammen, und das machte ihn rasend. »So wie Ihr Yan und Bai habt gehen lassen?« Seine Stimme klang immer kratzig, weil er sie in die tiefe Lage eines Mannes zwang, aber nun, nachdem er gewürgt worden war, hatte sich seine Heiserkeit auf ein groteskes Niveau gesteigert. »Fluch auf Euch und achtzehn Generationen Eurer Vorfahren! Ihr glaubt, Ihr könntet mir meine Rache nehmen?«

»Yan und Bai habe ich umgebracht, weil es sein musste«, sagte Shao kalt, »nicht weil es mir Freude bereitet hätte. Und auch Eure Rache nehme ich Euch nicht aus Gehässigkeit. Seht es einmal so: Der Großkhan wird sterben, wenn auch nicht durch Eure Hand. Ich gebe Euch eine wohl ungeahnte Gelegenheit: Lasst ab von all dem hier. Geht fort. Lebt.«

Shao hatte Ouyang immer gerade gut genug verstanden, um ihm zuzusetzen – aber wirklich verstanden hatte er ihn nicht. Übte er keine Vergeltung am Großkhan, dann wäre alles, was er geopfert, alles, was er *getan* hatte …

Shaos Gesicht spiegelte unverhohlene Verachtung. »Wenn Ihr nicht freiwillig zurücktretet, übernehme ich das Kommando eben nach Eurem unglückseligen Ableben. Natürlich mit Bedauern. Ihr habt nun die Wahl.« Mit der Spitze seines Stiefels schob er das Tablett durch die schmale Aussparung unten in der Gittertür. »Das hier ermöglicht Euch einen raschen Abgang. Aber seid bitte so gut und erstickt nicht an Eurer Zunge wie der arme Kommandeur Bai! Es wäre schön, wenn man Eurer Leiche nicht auf den ersten Blick ansieht, dass Ihr ermordet worden seid … So etwas schwächt das Vertrauen in den neuen General.« Sein Blick wanderte zu Ouyangs Handgelenk, und er verzog geringschätzig den Mund. »Ich habe durchaus daran gedacht, Euch ein Messer zu bringen, damit Ihr Euch die Pulsadern aufschneiden könnt – Ihr scheint es ja zu genießen, Euch selbst zu verletzen! Aber es kommt mir nicht klug vor, Euch eine Klinge zu überlassen.«

Hatte Ouyang schon einmal jemanden so gehasst? Er glaubte es nicht. Er hob das Tablett auf und schleuderte es gegen die Gittertür. Erst als das hölzerne Schälchen zur Ruhe kam, sah er, dass Shao längst zur Seite getreten war.

»Ihr wollt also langsam sterben. Nun, mir macht es nichts aus zu warten. Ihr habt ein paar elende Tage vor Euch … Aber andererseits habt Ihr Euch ja Euer ganzes Leben über im Elend gesuhlt.« Shao betrachtete ihn noch einen Augenblick lang. »Wenn alles vorbei ist, spreche ich ein Gebet für Euch. Gewiss sind nicht viele Eunuchen nach ihrem Tod von einem Kaiser geehrt worden!« Er wandte sich zum Gehen. »Auf dass Euer nächstes Leben glücklicher ist als dieses, Herr General.«

☯

An der Spitze des Kamelzugs erreichten Zhu und Ma das Stadttor. Eine der Wachen rief auf Han'er: »Was ist euer Begehr?«

Die beiden Wahrzeichen der Stadt, der Astronomieturm und die Eisenpagode, ragten in den bronzefarbenen Mittagshimmel, und die blassen Quader der inneren Mauer flimmerten in der Hitze. Es bestand kein Zweifel, dass Ouyangs Armee noch da war: Jedes Mongolenheer führte Herden mit sich, und im Umkreis von zehn Li weideten Pferde, Schafe, Ziegen und Ochsen das Gras mit den rosaroten und violetten Spitzen ab. In der Ferne glitzerte der goldene Fluss durchs Schilf.

Zu Zhus Belustigung straffte sich der Wachmann, als Ma ihren Wüstennomadenschleier zurückschlug. Ihr Gesicht, rund und breit, war eindeutig das einer Semu-Frau und recht gewöhnlich. Doch sahen die Menschen ihren leuchtenden Blick und die Züge, die trotz ihrer Jugend von einer wissenden Wehmut geprägt waren, dann waren sie so gerührt, dass sie sie für schön hielten.

Ma trug ihre Geschichte auf Uigurisch vor, und Zhu dolmetschte: Seidenhändler aus Dadu waren sie, und ihre Handelsroute führte sie regelmäßig nach Bianliang. Sie kamen aus dem Norden, durchquerten die seidenproduzierenden Gebiete im Süden – nämlich die Stadt Pingjiang der Herrin Zhang und Zhu Yuanzhangs Yingtian – und zogen dann durch die Wüste in Richtung der Khanate im Westen weiter.

In die Stadt hineinzukommen, war die größte Herausforderung. Der Rest des Plans war so simpel, dass Zhus Behauptung, sie würden ihren Spaß haben, nicht einmal gelogen gewesen war. Über Nacht würden sie ein paar ihrer Seidenballen in Bianliang verteilen. Die wirkten ganz gewöhnlich, doch die inneren Lagen waren mit einer explosiven Flüssigmischung getränkt, entwickelt von Zhus Techniker, Jiao Yu. In etwa einem Tag würde sie getrocknet sein, und dann würde der Stoff von selbst zu schwelen beginnen und schließlich in Flammen aufgehen.

Befestigte Städte waren nicht leicht einzunehmen. Zhu hatte weder Belagerungsgerät noch sechs Monate Zeit, um Ouyang auszuhungern. Wenn es ihnen jedoch gelang, es den Leuten in der Stadt richtig ungemütlich zu machen, dann würden sie nicht lange warten müssen, bis alles aus den Toren rannte.

Der Torwächter beschaute sich die beladenen Kamele aus der Nähe, dann kam er zurück. »Händlern ist ein Aufenthalt von einer Nacht gestattet. Ihr werdet zu einer Herberge geleitet; dort müsst ihr bleiben. Seid ihr bis morgen Mittag nicht wieder verschwunden, werdet ihr bestraft.«

Sie folgten ihrem Führer durch das Tor. An der Innenseite der Mauer baumelten ledrige Gestalten – das konnten doch unmöglich alles säumige Händler sein! Im nächsten Augenblick begann es in Zhus Armstumpf zu pochen, und sie erinnerte sich, dass Ouyang nie besonders humorvoll an Bestrafungen herangegangen war.

Die Kamele schritten über die Sandstraße, und die Glöckchen an ihren Bäuchen bimmelten. In den Jahrhunderten nach dem Untergang der kaiserlichen Song-Dynastie war die einstige Hauptstadt dem Verfall anheimgefallen. Heruntergekommene Häuser standen inmitten von Feldern – hier musste seinerzeit das geschäftige Herz der Stadt geschlagen haben. Honigdorne weinten Schauer aus winzigen gelben Blättern auf Tempelruinen. Auf den Innenhöfen von Herrenhäusern, umgeben von eingestürzten Mauern, sah man dicht an dicht wackelige Marktstände stehen. Und wohin man auch blickte: Soldaten.

Zhu musste an Pilze denken, die aus einem umgestürzten Baum hervorwucherten. Beinahe fühltc sic sich an Anfeng erinnert, die ehemalige Hauptstadt der Roten Turbane. Es gab jedoch einen auffälligen Unterschied, und das waren die Pferde. Zhu hatte Ouyangs Reiterei zwar bereits gegenübergestanden, aber sie hatte keine Vorstellung davon gehabt, wie viele Pferde ein solches Heer mit sich führte. Auf jeden Mann, den sie sah, mussten fünf kommen. Überall waren hohe

Pfosten in den Boden gerammt und Seile gespannt worden: Daran waren die Führstricke der robusten mongolischen Rösser befestigt. Manche waren einfarbig, andere gescheckt wie Katzen, aber alle fraßen das Heu, das vor ihnen im Dreck aufgehäuft lag, hoben die Schweife und äpfelten große Haufen. Der Tiergeruch war so durchdringend, dass Zhu das Wasser in die Augen stieg. Ouyang mochte die Mongolen aus seiner Armee entfernt haben, aber es war nach wie vor eine mongolische Armee.

»Halt!« Ein berittener Soldat verstellte ihnen so plötzlich den Weg, dass Zhu, Ma und der Kamelzug beinahe gegen ihren Führer gelaufen wären. Der Soldat blickte auf Ma hinab. »Der Herr General lässt ausrichten, dass er die Seidenhändler aus Dadu willkommen heißt. Eure Ankunft hat sein Interesse geweckt. Er würde sich geehrt fühlen, wenn ihr für die Dauer eures Aufenthalts in Bianliang seine Gastfreundschaft in Anspruch nehmt.«

Ma vergaß, dass sie in ihrer Rolle als Händlerin kein Han'er verstand, und warf Zhu einen erschrockenen Blick zu. Die dolmetschte nun mit schwirrendem Kopf. Ouyang lud sie ein, weil er *Interesse* an ihnen hatte? Wäre er ein anderer Mann gewesen, sie hätte angenommen, er sei auf Neuigkeiten aus: über Dadu oder den Zustand der Straße nach Norden. Aber sie kannte Ouyang – zumindest hatte sie das geglaubt. Sie war überzeugt gewesen, er sei so mit seinen eigenen Belangen beschäftigt, dass er ihre Ankunft in Bianliang gar nicht bemerken werde.

Und nun wollte er sogar mit ihnen sprechen! Damit hatte sie nicht gerechnet, und es war ein ernstes Problem. Es würde viel schwieriger sein, die Seidenballen in der Stadt zu verteilen, wenn er sie im Auge hatte. Zwar kannte er Ma nicht und würde sich auch nicht an die Semuren erinnern, die sie dabeihatten; aber *Zhus* Gesicht würde er ganz sicher nie vergessen.

Sie schaute Ma an und nickte verstohlen zum Leitkamel hinüber. Mas Stimme verriet ihre Nervosität kaum. »Wieso sollte der Herr General sich dazu herablassen, Zeit in der Gesellschaft solch unwürdiger Händler zu verschwenden? Bitte überbring ihm stattdessen dieses bescheidene Geschenk als Zeichen unserer Wertschätzung.«

Zhu fummelte mit einer Hand an den Schnallen der Satteltaschen herum. Endlich gelang es ihr, einen Ballen der reich bestickten Seide vom Kamel zu holen, die sie für den täglichen Tauschhandel gebrauchten. Natürlich war ihr klar, dass ein Bestechungsversuch wenig Aussicht auf Erfolg hatte: In einem disziplinierten Heer erwartete einen käuflichen Soldaten die Todesstrafe. Sie erinnerte sich noch gut daran, wie Ouyangs Männer auf seinen Befehl hin wieder und wieder in ihre Hinterhalte im Tal bei Jining gestürmt waren. Sie gehorchten ihm, wenn auch aus Furcht, nicht aus Liebe. Folglich hing nun zwar der Blick des Soldaten begehrlich am Seidenballen, den Ma ihm zeigte, aber er sagte nur: »Der Herr General wird euer großzügiges Geschenk gern persönlich entgegennehmen.«

Es war zu verdächtig, sich weiterhin zu zieren. Zhu sah Ma deutlich an, wie beunruhigt sie war. Ouyang war gefährlich – das hatte Zhu am eigenen Leib erfahren müssen. Dennoch löste der Gedanke, ihn früher als erwartet wiederzusehen, ein bebendes Gefühl in ihr aus, das von Vorfreude kaum zu unterscheiden war. Zwar hatte sie diese Wendung der Ereignisse nicht vorhergesehen, aber es würde schon gutgehen. Ouyang durfte sie nur nicht zu Gesicht bekommen, denn das würde die Lage wirklich verkomplizieren. War sie nicht dabei, dann würde die Gruppe ein Treffen mit ihm überstehen. Sie würde derweil das Problem der Seidenballen angehen, die verteilt werden mussten.

Noch hatte sie keine Ahnung, wie die Lösung aussehen könnte, aber ihr würde schon ein brauchbarer Einfall kommen. Es gab immer eine Lösung.

Sie wartete nicht darauf, dass Ma sprach. Ruhig sagte sie: »Diese unwürdigen Händler nehmen die Einladung des ehrenwerten Herrn Generals dankbar an. Bitte, führe uns zu ihm!«

☯

Unterwegs gelang es Zhu, den Platz mit dem Mann am Ende des Kamelzugs zu tauschen. Da sie alle Gesichtsschleier trugen, würde der Soldat hoffentlich nicht merken, dass Mas ursprünglicher Dolmetscher plötzlich degradiert worden war.

Zerknirscht dachte Zhu an ihr Versprechen, Ma in Bianliang nicht von der Seite zu weichen. Es ließ sich jedoch nicht ändern, und Ma war zweifellos imstande, auch ohne ihre Hilfe eine Begegnung mit Ouyang durchzustehen. Außerdem hatte sie lange in Dadu gelebt; sollte Ouyang tatsächlich über die Stadt sprechen wollen, musste sie bloß auf ihre Erinnerungen zurückgreifen. Geistesgegenwärtig und klug, wie sie war, konnte sie bestimmt auch jede andere Klippe umschiffen. Ouyang indes war immer noch Ouyang und würde keinen Moment länger mit seinen Gästen verbringen als nötig: Sobald er herausgefunden hatte, was er wissen wollte, würde er sich verabschieden. Vermutlich würden Ma und die anderen ein Mahl in ungemütlicher Atmosphäre über sich ergehen lassen müssen – aber zumindest würde es rasch vorbei sein.

Ouyangs Hauptquartier war ein weitläufiges Anwesen, umstanden von hohen Zierbirnen. Die Blätter hatten sich zu den Baumspitzen hin bereits wein- und purpurrot gefärbt, waren weiter unten jedoch noch sommergrün. Es musste sich um die ehemalige Residenz des Gouverneurs der Yuan handeln. Der Soldat ging hinein, um den General zu holen. Sie warteten, und Zhu spürte ein Flattern im Sitz ihres Qi. Zwischen Ouyang und ihr hatte immer eine eigenartige Verbindung bestanden. War er in der Nähe, spürte sie es: Dann war ihr, als würden zwei gleichartige Substanzen in Schwingung versetzt – zwei Menschen, die weder Mann noch Frau waren. Jetzt lauschte sie nicht nur auf seine Schritte und hielt nach ihm Ausschau, sondern streckte sich mit ihrem innersten Selbst nach ihm, jenem Selbst, das ständig auf der Suche nach irgendetwas war, das ihm glich.

Eine gepanzerte Gestalt trat aus dem Tor. Zhu wusste sofort, dass etwas nicht stimmte. Sie hatte eine Saite angeschlagen, doch schwang keine andere mit. Ihr war, als stünde sie allein in einem stillen, leeren Zimmer. Der hochgewachsene, breitschultrige Mann näherte sich Ma, und sogar aus der Ferne sah Zhu, wie eindeutig maskulin seine Züge waren. Das war nicht Ouyang, der durch sein Auftreten kaschieren musste, wie klein und schmal er war, und dessen schönes Antlitz erst nach längerer Betrachtung seine Weiblichkeit verlor und sich nicht mehr so recht einordnen ließ. Dieser Mann mochte ebenfalls ein General sein, aber er war ein Fremder.

Plötzlich fügte sich alles zusammen. Sie hatte richtig gelegen: *Ouyangs* Aufmerksamkeit hätten ein paar Händler mit Kamelen nie erregt. Aber *er* war es doch gewesen, der damals den Fürsten von Henan ermordet und sich dessen Heer angeeignet hatte! Ganz gewiss hatte er die Befehlsgewalt innegehabt. Wo war er? Und wer war dieser andere Nanren, der sich selbst General nannte?

Ma musste so überrascht sein wie Zhu, aber sie begrüßte den Mann mit verblüffender Gelassenheit. »Wie dürfen wir diesen ehrenwerten General ansprechen? Wir standen unter dem Eindruck, Bianliang würde von einem Eunuchen und seinem Heer besetzt gehalten. Doch wie ich sehe, haben wir uns da geirrt!«

Der Dolmetscher machte den Mund auf, aber der fremde General hob die Hand. Auf Mongolisch erwiderte er: »Ich verstehe Uigurisch. Verzeih mir, wenn ich in einer Sprache antworte, die ich besser beherrsche.« Durch seine herabgezogenen Mundwinkel wirkte er herablassend und verschlossen. Zhus Nacken kribbelte. Sie misstraute ihm.

»Ihr habt euch nicht geirrt«, sagte der Mann. »Leider ist General Ouyang erkrankt. Ich bin sein Stellvertreter; vorläufig hat er mir das Kommando übertragen. Mein Name lautet Shao.« Ausgesucht höflich fuhr er fort: »Wie ihr sicher gehört habt, führt General Ouyang uns bald nordwärts gen Dadu. Daher habe ich mich gefragt, ob unsere geschätzten Gäste uns etwas über den derzeitigen Zustand der Stadt berichten könnten?«

Ein naheliegender Grund, reisende Händler zu sich einzuladen. Doch dann wanderte Shaos Blick zu den beladenen Kamelen, und Zhu sah Gier in seinen Augen aufblitzen. Da begriff sie. Ein Heer, das monatelang fern der Heimat lagerte, geriet zwangsläufig in finanzielle Not. Und nun war Zhus Tross mit reiner Seide im Wert von mehreren Tausend Tael in der Stadt aufgetaucht. Ouyang hätte das kalt gelassen; Shao jedoch dachte nicht daran, sie einfach wieder ziehen zu lassen. Er wollte sie ausrauben.

Als Nächstes ging ihr auf, dass Ouyang nicht krank war, sondern tot: Shao hatte ihn beseitigt. Der Verräter war selbst verraten worden.

Hinter ihrem Schleier runzelte sie verwirrt die Stirn. Sie war so sicher gewesen, Ouyang und sie würden sich wiedersehen! Ganz unausweichlich war ihr das vorgekommen, als wären ihre Lebenspfade untrennbar miteinander verschlungen. Welch bestürzende Vorstellung, er könne gestorben sein, ohne vorher in Dadu sein Schicksal zu erfüllen. Die vertraute Welt schien durcheinandergewirbelt, und Zhu erkannte sie nicht wieder.

Aber sie hatte keine Zeit, um darüber nachzugrübeln. Sie schüttelte ihr Unbehagen ab und konzentrierte sich auf das unmittelbare Problem. Die Seide hätte dieser neue General ihrethalben gern behalten können; sie fürchtete bloß, dass er die Ballen alle an einem Ort aufbewahren würde. Ein einziger

Brandherd wäre leicht einzudämmen; das Gelingen ihres Plans hing jedoch von einer stadtweiten Feuersbrunst ab.

Ihre zweite große Sorge war, was Shao wohl mit Händlern anstellen würde, denen er die Waren gestohlen hatte. Ouyang hätte sie fortgejagt. In Shaos Fall war sie sich nicht so sicher.

»So kommt doch herein und erfrischt euch«, sagte er mit einer Freundlichkeit, die nicht zu seinem verkniffenen Mund passte. »Meine Männer laden eure Tiere ab und versorgen sie mit Futter und Wasser.«

»Der Herr General ist zu freundlich«, sagte Ma. Sie hatte Shao den Vorwand abgekauft und ahnte nicht, in welcher Gefahr sie schwebte. »Bitte gestattet meinem Kameljungen, Euren Männern mit den Tieren zu helfen. Kamele haben ein gänzlich anderes Wesen als Pferde, und es ist wirklich recht unangenehm, von ihnen gebissen zu werden.« Sie deutete auf Zhu am Ende des Zuges. Die kleine, jungenhafte Zhu, auf deren verschleiertes Gesicht Shao kaum einen Blick warf. Er nickte.

Zhu schaute Ma nach, die Shao ins Anwesen folgte. Ihre vertraute, weiche Schönheit wurde von dem ungewohnten Schleiertuch um ihren Hals noch unterstrichen. Zhu wurde mulmig beim Gedanken daran, was ihr zustoßen könnte, wenn sie nicht rechtzeitig eine Möglichkeit fände, sie zu retten. Sie wusste sehr gut: Ma war nur deshalb mitgekommen, weil sie ihr versichert hatte, dass nichts schiefgehen konnte. Aber es brachte nichts, sich Vorwürfe zu machen. Sie schob alles Störende von sich und freute sich daran, wie leicht ihr das fiel. Prickelnder Eifer erfasste sie. Nun galt es erst einmal, den Plan wieder auf Kurs zu bringen und sicherzustellen, dass dieses Unterfangen gelang.

☯

Zhu war kaum besser dran als die anderen aus ihrer Gruppe: Sie stand eindeutig unter Bewachung. Soldaten hatten die

Kamele abgeladen und sie dann zusammen mit Zhu auf ein belebtes Feld in der Nähe der Residenz gebracht. Hügel warfen lange Schatten auf die sonnenuntergangsrote Erde. Ruinen, dachte Zhu, als sie einen zerfressenen Balken emporragen sah. Zwischen den Hügeln war alles voller Zelte und sitzender, hockender, spuckender Soldaten. Dazu kamen so viele Pferde, dass sich die übermannshoch gespannten Seile immer und immer wieder kreuzten.

Die Kamele mussten nichts weiter tun, um sich Platz zu verschaffen: Bei ihrem Anblick wichen Mensch und Tier respektvoll zurück. Zufrieden ließen sie sich nieder, ein unbeirrbares Gebirge, und käuten bedächtig wieder. Zhu setzte sich, lehnte sich an eines der Kamele und dachte nach. Die Sonne versank, und die Zelte, Pferde und Hügel verschwammen zu einem Schattenmeer. Zhus Wachen hatten sich um ein Lagerfeuer versammelt und rösteten Brot und streng riechende Fleischstücke an Stöcken. Trotz der hereinbrechenden Dunkelheit war nicht daran zu denken, sich fortzuschleichen: Die Wachen waren nah, und in dem Lager auf dem Feld drängten sich zu viele Soldaten.

Ein Wurfgeschoss landete neben ihrem Fuß im Dreck. »Hier, Junge – hau rein!« Es war eins der gerösteten Brote, in das ein wenig fettiges Fleisch gestopft worden war. Zhu hob es auf, begutachtete es und biss dann hinein. Das grobe Gelächter der Soldaten machte ihr nichts aus. Etwas zu essen würde sie niemals ablehnen. Knorpel knirschte zwischen ihren Zähnen, während sie kaute und dabei vor sich hingrübelte. Sie musste zurück zu Shaos Hauptquartier, Ma und die anderen befreien und die Seidenballen zurückerobern. Nur wusste sie weder, wo Shao ihre Leute festhielt, noch, wohin er die gestohlene Ware hatte bringen lassen. Die Zeit war knapp: Sie hatte keinen Einfluss darauf, wann die Ballen sich entzündeten, und wenn sie erst einmal brannten, konnte sie nichts mehr tun. Die vertraute Erregung stieg in ihr auf. Sie spuckte den Knorpel aus und erhob sich. Wenn sie sich nicht unbeobachtet davonstehlen konnte, musste sie eben vor aller Augen verschwinden. Sie würde auf der Flucht sehen, wie es weiterging.

Als die Wachen zu ihr herüberschauten, hockte sie sich zur Erklärung halb hin. Die Männer schnaubten und machten sich wieder über ihr Essen her. Zhu ging um die Kamele herum. Der nächste Hügel war gerade hoch genug, um sie vor Blicken abzuschirmen. Ein paar Schritte weiter stieß sie auf einen wahren Wald jener Pfosten, an denen die hohen Seile festgemacht waren. Zhu schlich geduckt zu einem hin. Die gespannten Seile liefen in einem Gewirr an dem Pfosten herab und waren unten verknotet. Zhu hatte nicht genug Finger, um Knoten zu lösen – aber sie hatte etwas anderes.

Sie trug eine schlichte, unvergoldete Holzhand, die Jiao angefertigt hatte. Winzige, verschiebbare Metallstäbe bildeten die Gelenke. Durch die Finger liefen dünne Drähte, die mit der Handfläche verbunden waren. Durch leichtes Drehen des Armstumpfs in verschiedene Richtungen konnte Zhu kleine Bewegungen der Finger bewirken. Die Hand war unbequem und sah nicht besonders echt aus, aber es reichte, um den ärgsten Ekel der Leute abzumildern: Die Verstümmelung des wertvollen Leibes, des Geschenks der Ahnen, war etwas Schreckliches und unerträglich die Vorstellung, es könnte einen selbst treffen.

Zhu zog an den Fingern, bis die Hand von der Metallzunge glitt, die sie mit dem Gelenk verband. Die Zungc hatte weder eine Schneide, noch war sie spitz wie eine Ahle; sie glich eher einem Meißel. Ihre Kante war jedoch gerade scharf genug für Zhus Zwecke. Sie sägte die Knoten durch, und nach und nach erschlafften die Seile. Schließlich schob sie die Hand wieder an ihren angestammten Platz, pirschte sich zum Leitkamel hinüber, nahm den Zügel und wartete.

»Hat das Schildkrötenei immer noch nicht fertiggekackt?« Einer der Soldaten kam um die Kamele herum und erschrak, als er Zhu beim Leitkamel stehen sah. »He! Was ...«

Zhu trieb das Kamel an und sprang.

Gerade noch rechtzeitig landete ihr Fuß auf dem gebeugten Knie des Kamels. Sie hatte genug damit zu tun, sich zwischen die Höcker des ungesattelten Tieres zu ziehen, sonst hätte sie den entsetzten Schrei des Soldaten vielleicht sogar lustig gefunden. Es war schon unheimlich anzusehen, wenn die Tiere in einer ruckeligen Wellenbewegung langsam auf die Füße kamen und dabei immer größer wurden.

Der Soldat riss sich zusammen und versuchte, die Zügel zu packen. Ein Pferd hätte man so festhalten können – doch dies war kein Pferd. Zhus Kamel spuckte dem Mann ins Gesicht, kreischte und ging mit gebleckten Zähnen auf ihn los.

Er warf sich aus dem Weg und schrie um Hilfe.

In der Dunkelheit brach ein wilder Tumult los. Die anderen Kamele kamen schwankend auf die Beine und erschreckten die Pferde ringsum, die rasch herausfanden, dass sie mehr Bewegungsfreiheit hatten als gedacht. Im Nu verwandelte sich das Feld in ein Gewühl aus panischen Tieren, die sich aus ihren Verstrickungen zu befreien suchten. Zhu klammerte sich am vorderen Höcker ihres Kamels fest und verbot sich, ans Hinunterfallen zu denken. Sie wurde kräftig durchgeschüttelt und hatte das beängstigende Gefühl, immer mehr zur Seite zu kippen. Das Herz schlug ihr bis zum Hals.

Soldaten rannten neben der Flut aus Leibern her und wedelten mit den Armen, verzweifelt bemüht, die Tiere zu lenken, ohne zertrampelt zu werden. Sie hatten keinen nennenswerten Erfolg. Einigen geistesgegenwärtigen Männern war es gelungen, sich rechtzeitig auf ihre eigenen Pferde zu schwingen – die jedoch scheuten vor den galoppierenden Kamelen zurück. In dem ganzen Chaos würde niemand die kleine Gestalt auf einem der Kamele bemerken – zumindest vorerst nicht. Sie zerrte am Zügel, bis sie ganz am Rand der durchgehenden Herde dahinpreschte, und als sie an einer engen Seitengasse vorbeikam, sprang sie ab.

Ein Kamel war deutlich größer als ein Pferd. Zhu fiel, schlug wuchtig in der Gasse auf, überschlug sich mehrere Male und kam endlich an einer Hausfront zu liegen. Auf der Hauptstraße spülte die brodelnde Flut vorbei, und die Soldaten rannten hinterdrein.

Niemand hatte Zhus Sturz beobachtet. Auf der linken Seite taten ihr die Rippen weh, was aus unerklärlichen Gründen in den rechten Arm ausstrahlte. Mühevoll rappelte sie sich auf und stöhnte dabei. Aber Schmerz war bloß Schmerz. Wenn sie sich damit erkaufen konnte, was sie wollte, dann zahlte sie den Preis gern. Sie wandte sich in die Richtung, in der Shaos Residenz lag, und eilte mit zusammengebissenen Zähnen durch die elenden, dunklen Straßen der verfallenen Stadt.

Zhu durchsuchte bereits das dritte Gebäude, hatte aber noch keine Spur von ihren Leuten gefunden. Auf das Anwesen zu kommen, war nicht schwer gewesen: Das Spektakel der durchgehenden Pferde und Kamele hatte die Torwachen von ihren Posten fortgelockt. Doch die Residenz war sogar noch größer, als man von der Straße aus vermutete. Dutzende Gebäude waren durch ein Labyrinth aus Außengängen und Innenhöfen miteinander verbunden. Noch dazu handelte es sich um einen Militärstützpunkt, in dem der Abmarsch eines Heeres vorbereitet wurde. Selbst zu dieser späten Stunde rannten noch Soldaten und Dienstboten umher. Zhu, auffällig in ihrem dünnen Händlergewand, hielt sich im Dunkeln. Sie war hellwach und trotz ihrer Schmerzen euphorisch. Wie sie diesen Teil liebte! Den Sprung, nach dem es kein Zurück mehr gab, begleitet von dem beflügelnden Gefühl, dass nun alle Fäden zusammenlaufen würden – zusammenlaufen *mussten.* Der Erfolg war in greifbarer Nähe, auch wenn sie noch nicht wusste, wie er aussehen würde. Wie ein Gebet war der Moment. Glaube durchströmte ihr Herz, aber er glich nicht jener hingebungsvollen Selbstaufgabe, die sie in ihrer Zeit als Novize gelernt hatte, nein – sie brannte vor Verlangen. Es erfüllte sie vollkommen, und ihr Glaube richtete sich auf sie selbst.

Gerade tauchte sie durch den dunklen Säulengang vor einem Gebäude, da ließ ein Knall sie zusammenfahren. Sie schaute auf: Über den Dächern erblühte ein Licht. Zuerst dachte sie, es müsse ein Signalfeuer sein. Doch dann krachte es wieder, immer wieder, und bald folgten die Schläge so rasch aufeinander, dass sie zu einem ohrenbetäubenden Donnern verschmolzen. Funkelnde Lichter spiegelten sich auf den dunklen Dachziegeln wie der Glanz des Mondes. Männer schrien und kamen aus den Gebäuden gerannt. In der Luft hing ein vertrauter beißender Gestank – schmutzig, nach sauer Eingelegtem –, und Zhu musste plötzlich an ihre Hände denken, schwarz von Feuerpulverrückständen …

Zwischen diesem Gedanken und dem nächsten Moment schien keine Zeit zu vergehen – sie lag einfach plötzlich mitten im Säulengang, eine Manneslänge von der Stelle entfernt, an der sie gerade noch gestanden hatte. Weiße Lichter tanzten ihr vor den Augen, und es pfiff in ihren Ohren. Von den Traufen regneten Dachziegel, und aus einer entfernten Ecke des Anwesens schoss eine Feuersäule in den Nachthimmel.

Keuchend arbeitete Zhu sich auf. Sie konnte kaum einen vernünftigen Gedanken fassen. Die Papierfenster des Gebäudes auf der anderen Seite des Innenhofs hingen in Fetzen. Das Gitterwerk war nach innen gedrückt und gebrochen, als bestünde es aus Zahnstochern. Im Inneren halfen sich zwei benommen wirkende Soldaten gegenseitig auf. Nur eins konnte ein derartiges Ausmaß an Zerstörung bewirkt haben:

die Seidenballen. Doch warum hatten sie sich vor der Zeit entzündet? Zhu hatte keine Ahnung. Vielleicht hatten Shaos Männer sie in der Nähe einer Wärmequelle gelagert oder sie dicht an dicht gestapelt; vielleicht waren sie in der Hitze des Tages auch einfach schneller getrocknet, als Jiao es vorhergesehen hatte.

Der Abendwind drückte gegen das Feuer und trieb ein Funkengestöber über die Mauer. In den Kronen der Zierbirnen glühte es überall rot auf. Rasch wurden die Feuer größer, und nur Augenblicke später brannten die Bäume lichterloh. Die hochschlagenden Flammen tanzten im Wind, und brennende Zweige regneten auf die Holzhäuser nieder. Zhu glühte vor Triumph. Es lief besser, als sie es sich hätte ausmalen können! Um Feuer hatte sie gebeten, doch das hier war eine Apokalypse. Bianliang brannte.

Die Soldaten, die schreiend über den Hof rannten, rissen Zhu aus ihrer Verzückung. Sie musste immer noch Ma und die anderen finden! Zum Glück half ihr das Chaos, sich frei zu bewegen; niemand warf ihr einen zweiten Blick zu. Ein unheimliches orangerotes Glühen erhellte die Korridore. Die Papierfenster erwärmten sich und verströmten einen würzigen, öligen Geruch, der an einen heißen Wok erinnerte. Zhu warf eine Tür nach der anderen auf. So, wie die Dinge standen, würde die Flucht der Seidenhändler vollkommen unbemerkt vonstattengehen. Was für ein Spaß! Genau wie sie es Ma versprochen hatte! Gefahr gehörte dazu. Zhus Herz schlug kräftig in ihrer Brust, ihre Nervenstränge sirrten, und sie fühlte sich berauscht von ihrem Vermögen, am Leben zu bleiben. Wie sie so durch die Residenz flog, war ihr, als müsste sie vielleicht niemals sterben.

Sie platzte aus einem Korridor auf einen weiteren Innenhof. Im Anwesen schienen die Soldaten das Feuer gezähmt zu haben, doch jenseits der Mauern brauste und prasselte es nun unaufhörlich. Die Gebäude Bianliangs brannten, und Jahrhunderte der Geschichte zerfielen zu weißen Ascheflocken, die in die Finsternis aufwirbelten und dann wieder herabsanken, dicht wie Schnee. In der Ferne schrien Pferde.

Zhu zog ihren Gesichtsschleier fester, um die Asche abzuhalten. Ein Anflug von Sorge streifte sie. Es war nicht so, dass sie Ma nicht finden würde! Es dauerte bloß länger, als sie erwartet hatte. Die Residenz bestand aus so vielen Gebäuden, und sie hatte bisher nur auf gut Glück gesucht.

Denk nach!, befahl sie sich.

Aber sie war abgelenkt: Der Schmerz war aus ihren Rippen in den Magen gewandert, ein Reißen, das schwer zu ignorieren war. Es schien im Kern ihres Selbst zu wüten ...

Sie kannte das Gefühl! Das war keine gebrochene Rippe, die sich in ein lebenswichtiges Organ bohrte. So fühlte es sich an, wenn etwas an den Fäden des Universums zog. Wie beim letzten Mal, als sie in der Gegend gewesen war. Damals war sie in gestrecktem Galopp fortgeritten von Bianliang, war mit ihrem Heer geflohen vor ...

Sie drehte sich um und schaute das kleine Gebäude auf der anderen Seite des Hofes an. Die Tür stand offen.

Im Innern herrschte Finsternis, aber sie sah etwas blass leuchten. Weiße Kleider, weiße Gesichter. Wie Löcher darin die dunklen leeren Augen.

Ouyangs Geister.

☯

Vorsichtig trat Zhu über die Schwelle. Es war schwer zu sagen, was der ursprüngliche Nutzen des Zimmers gewesen war – nun war es zu einer Unterkunft umfunktioniert worden wie alles andere auch. Die Soldaten hatten es eilig gehabt, sich um den Notfall draußen zu kümmern: Die Lager waren zerwühlt, und überall lagen Helme und Kürbisflaschen herum. Menschen waren keine hier. Aber ein paar Schritte von der Tür entfernt standen die Geister dicht gedrängt in einem engen Kreis. Sie sahen aus wie ein Fischschwarm, der von einem unsichtbaren Netz zusammengedrängt wird. Zu Zhus Erstaunen versanken die Geister tiefer im Boden, je näher sie am Rand standen: Vom äußersten Ring waren nur noch die Oberkörper sichtbar.

Dann lachte sie auf. Sie standen *über* Ouyang! Das hier war die obere Hälfte einer Kugel aus Geistern. Ihr war noch nie die Frage in den Sinn gekommen, was sie taten, wenn er sich ausruhte. Offenbar umgaben sie ihn wie eine Wolke! Schaudernd vor Kälte schlug sie einen Bogen um die Geister und watete durch die Unordnung zu der Tür auf der anderen Seite des Zimmers. Eine Steintreppe führte nach unten; Kellerluft wehte zu ihr empor. Sie überprüfte den Sitz ihres Gesichtsschleiers und stieg die Stufen hinab.

Sie kam in einen kleinen Vorraum. Darin standen ein Stuhl und ein Regal voller unangenehm anmutender Utensilien, die zu Zhus Erleichterung staubbedeckt waren. Sie hatte das Gefängnis gefunden. Zwei gerade Gänge zweigten vom Vorraum ab. Aus einem hörte sie erhobene Stimmen. Rasch ging sie hinter dem Stuhl in Deckung und spähte hinein. Von den Zellen konnte sie nichts weiter sehen als eine lange Reihe Gitter, die sich in die Finsternis erstreckte.

Ein einzelner Wachmann stand am Ende der Reihe und schimpfte auf Han'er. »Ihr könnt General Shao keine Befehle geben! Er ist der *General!*« Der Mann hatte die Schultern hochgezogen, als wüsste er tief im Innern, dass er von Geistern umgeben war.

»Die ganze Stadt steht in Flammen. Der Verdacht drängt sich auf, dass er seine Sache nicht besonders gut macht!«

Zhu erzitterte, als sie Ouyangs unverwechselbare Stimme hörte. Sie war sogar noch heiserer als in ihrer Erinnerung. Und ausnahmsweise richtete der Hass darin sich nicht gegen sie.

Von oben war dringliches Geschrei zu hören, und sogar hier unten roch man das brennende Hartholz.

»Klingt das für dich so, als wäre die Lage unter Kontrolle?«, fauchte Ouyang. »Lass mich hier raus, du Schwachkopf!«

Der Wachmann trat steif zurück.

Drohend sagte Ouyang: »Wage es nicht …«

Aber der Wachmann lief schon davon, an Zhus Versteck vorbei und die Treppe hoch. Dann schlug er oben die Tür zu, ein stummes, unhöfliches Ausrufezeichen.

Ouyang stieß ein derbes mongolisches Schimpfwort hervor. Die Geister vor seiner Zelle waberten, als träfe sein Zorn sie wie ein Windstoß.

Zhus Augen brannten. Es roch nun stärker nach Rauch, und die Geister am Ende von Ouyangs Gang waren nur noch undeutlich zu erkennen. Sie schlüpfte zunächst in den anderen Gang und eilte an den Zellen entlang. Die erste war leer, und anfänglich dachte sie, die zweite wäre es ebenfalls. Dann jedoch blieb sie wie angewurzelt stehen und schaute entsetzt ins Dunkel. In der Zelle schwebte ein Geist, aber seine schwarzen Augen waren nicht blicklos. Er starrte sie an, hasserfüllt und gierig. Als sie seine spitzen Zähne sah, überlief sie eisiges Grauen.

Sie musste an die Werkzeuge im Vorraum denken. Im Gefängnis starben die Leute oft auf schreckliche Art und Weise – und nicht zwangsläufig wiesen ihre Leichen noch alle Körperteile auf. Es schien, als sähe sie hier das Resultat. Dies war eins der Ungeheuer aus den Schauergeschichten, die sich die Leute erzählten: ein *echter* Hungergeist. Er wollte keine Essensgaben. Er wollte *Menschen* verschlingen. Zhu hatte noch nie einen gesehen, und nun wünschte sie, es wäre ihr erspart geblieben.

Schaudernd riss sie sich los und rannte an der dritten und vierten Zelle vorbei, die beide leer waren. Doch dann erreichte sie die fünfte, und ihr Herz tat einen Satz.

Ma schrie auf, löste sich aus der Gruppe und warf sich gegen die Gittertür. Zhus Erleichterung war so heftig, dass es beinahe schmerzte. Zuerst glaubte sie, es seien bloß wieder die Rippen. Wie überraschend. Ihr war gar nicht bewusst gewesen, dass sie sich solche Sorgen gemacht hatte.

Mas Gesicht war schmutzig und tränenüberströmt. »Du bist gekommen!«

»Natürlich!«, sagte Zhu entrüstet. Sie ergriff Mas Hand durch die Gitter und drückte sie herzlich. »Ich habe mich für dich von einem Kamel gestürzt, Ma Xiuying. Von einem Kamel! Weißt du, wie groß einem so ein Vieh vorkommt, wenn man draufsitzt? Es war wirklich abenteuerlich. Die Seidenballen haben die Residenz in Flammen gesteckt, und nun brennt die ganze Stadt! Besser hätte es kaum laufen können.«

Mas Miene legte den Schluss nah, dass sie nicht *ganz* so begeistert war. »Bitte hol uns hier raus, mein Gemahl«, sagte sie scharf.

»Tja, also ...«, sagte Zhu gedehnt.

»Du hast den Schlüssel nicht.« Ma schien schon wieder den Tränen nah.

»*Noch* nicht!«, korrigierte Zhu.

Plötzlich öffnete sich oben die Tür. Zhu rannte zurück in den Vorraum und tauchte gerade noch rechtzeitig zurück in ihr Versteck. Es war nicht der Wachmann von vorhin, sondern zwei Männer in Rüstungen. Einer hatte einen kantigen Kopf; der andere war groß, hatte rosige Wangen und folgte seinem Kameraden mit einem überraschend weiblichen Gang zu Ouyangs Zelle.

»Ihr solltet das Kommando haben, nicht Shao Ge. Schaut Euch nur an, was geschehen ist!« Der mit dem eckigen Kopf hantierte klirrend mit einem Schlüsselbund. Der andere fügte eifrig hinzu: »Wir haben uns für Euch eingesetzt, aber man hat uns überstimmt. Schaut nur – wir haben Euch Euer Schwert mitgebracht!«

»Wo ist Shao Ge jetzt?« Ouyang klang weder dankbar noch erleichtert, als wäre seine Rettung ein natürlicher Vorgang, bewirkt durch das Universum, nicht durch die Leute, die ihn gerade freigelassen hatten. Er trat aus der Zelle.

Erschüttert starrte Zhu ihn an. Dass er ungepflegt aussehen würde, hatte sie erwartet. Seine Rüstung war staubig, und aus seinen Schlaufenzöpfen hatten sich Strähnen gelöst. Aber sein Gesicht! Sonst war es immer kalt, reglos und schön wie eine Maske gewesen; sie allein hatte hin und wieder einen Blick auf sein wahres Selbst erhascht. Doch nun schien er keine Kraft mehr zu haben, die Fassade aufrechtzuerhalten. Früher hatte es ihn stets gekümmert, was andere über ihn dachten. Jetzt war sein Gesicht eine eingefrorene Grimasse des Zorns und des Schmerzes. Der Anblick jagte Zhu einen kalten Schrecken ein – als sähe sie die freiliegenden Muskeln eines Gehäuteten beben. Ouyang hätte ein weiterer Hungergeist sein können.

Er marschierte an ihr vorbei und die Treppe hoch. Das Schwert hielt er so fest umklammert, dass es in seiner Hand zitterte. Seine beiden Retter hasteten ihm nach, und dann folgte der lange Trauerzug seiner Geister.

Kaum waren sie draußen, huschte Zhu zu seiner Zelle. Der Schlüssel steckte noch im Schloss, und daran baumelte der Schlüsselbund.

»Ach, er ist immer so eine Hilfe!«, sagte sie fröhlich, lief zu Mas Zelle und schloss sie auf. Ma stürzte hinaus, und Zhu umarmte sie kurz. Ihre Besorgnis war längst verflogen, und Mas erleichtertes Schluchzen erfüllte sie mit liebevoller Belustigung. Ein köstlicher Moment! Sie genoss das triumphale Gefühl: Ihr Plan war aufgegangen, und nun musste sie nur noch abwarten. »Weine nicht, Yingzi. Ende gut, alles gut! Pfui, ich muss unbedingt aus diesen Sachen raus … Ich bin so voller Kamel, ich riech ja wie ein leerer Wasserschlauch! Kommt, verschwinden wir von hier.«

☯

Draußen herrschte Aufruhr. Ouyang strebte vorwärts; er hatte keine Ahnung, ob er ausschritt oder taumelte wie ein Mann mit einer Bauchwunde. Der Boden schwankte, als wollte er ihn vorsätzlich zum Stolpern bringen, und in seinem Sichtfeld tanzten Flecken. Wie lange hatte er ohne Nahrung und Wasser in der Zelle gesessen? Es spielte keine Rolle ... Er durfte bloß nicht stehen bleiben. Sein Bewusstsein war auf den Schmerz in seinem Kopf zusammengeschrumpft. Er tat nichts weiter, als einen Fuß vor den nächsten zu setzen.

Vage wurde er sich gewahr, dass er Geng und Chu im Gewühl verloren hatte. Bizarre Eindrücke stürmten auf ihn ein: ein Strom von Soldaten mit Eimern flutete vorüber; heiße Windstöße wirbelten ihm Glut ins Gesicht; ein verwirrendes Brüllen, einem tosenden Wasserfall ähnlich, dröhnte ihm nicht nur in den Ohren, sondern schien ihm auch die Kehle zusammenzudrücken. Er konnte kaum noch atmen. War es möglich, dass sein Heer sich von dieser Katastrophe nicht wieder erholte? Dass er es Shaos wegen nicht nach Dadu schaffen würde? Aber das war unmöglich. Er konnte es nicht glauben.

Die Tür zur Halle der Kommandoführung stand offen. Er taumelte hinein und blickte in die bleichen Gesichter seiner Kommandeure. Ihre Münder klafften auf, schwarz wie die Augen der Geister, die er in seinen Träumen sah.

Beinahe ohne sein Zutun fuhr sein Schwert in einen Leib. Es war ein Reflex: So schüttelte ein Raubtier seine Beute, um ihr das Genick zu brechen. Er begriff erst, was geschehen war, als er Shao röcheln hörte. Seine Sicht klärte sich, und einen Augenblick lang konnte er nur staunen: Er hatte so unbewusst gehandelt, dass es ihm vorkam, als hätte ihm eine überweltliche Macht sein Begehren erfüllt. Shao, die Klinge tief im Brustbein versenkt, starrte ihn leer an, das Karpfenmaul zu einer Fratze erstarrt. Als Ouyang sein Schwert zurückriss, stürzte die Leiche rückwärts und zog eine dünne Blutspur durch die Luft.

Die übrigen Befehlshaber starrten ihn entsetzt an. Er wusste, was sie dachten: Er hätte Shao anhören sollen, mit dem Mann übereinkommen, der versucht hatte, ihm seine Rache zu nehmen – für die er mit *Esens Leben* bezahlt hatte!

Sie begriffen es nicht. Wie er sie dafür verabscheute! Sogar noch mehr als für ihre Bedürfnisse, ihre Forderungen und ihre erbärmlichen unbehaglichen Blicke. Ihn packte das heftige Verlangen, es ihnen einzubläuen. Brauchte er sie überhaupt? Vor seinem geistigen Auge sah er sich ganz allein gegen Dadus Verteidiger kämpfen, unermüdlich. Schwerthiebe prasselten auf ihn ein, bis er bloß noch eine kreischende, wunde Masse war, die sich immer weiterschleppte und endlich mit blutigen Fingern den Thron berührte ... Er malte sich aus, wie der Großkhan voll Grauen auf ihn herabstarrte, wie er in das gehäutete, unmenschliche Gesicht seines Schicksals blickte.

Kurz kam ihm das vollkommen vernünftig vor, als könnte die Macht seines Verlangens die Mechanismen der Welt aushebeln und es einfach wahr werden lassen.

»Die Männer sollen aufhören zu löschen!«, bellte er.

Eine lange Stille folgte. Schließlich sagte Chu vorsichtig: »Aber Herr General, dann wird die Stadt ...«

»Ich weiß. Lasst sie brennen!«

Er brauchte Bianliang nicht, er brauchte nur ein Heer. Männer, die für seine Sache starben, ob sie wollten oder nicht.

Seine Finger krampften sich um den Griff seines blutigen Schwerts. Die Klinge war schlicht. Andere Männer gravierten ihre Schwerter mit Namen oder bedeutungsvollen Worten. Nicht so Ouyang. Wie hätte er das auch tun sollen? Sein Schwert war ein Werkzeug künftigen Verrats gewesen. Nun stünde es ihm frei, aber es kam ihm müßig vor. Alles war bereits vorbei; was noch kam, war nichts weiter als ein erbärmlicher Epilog.

»Lasst alle Männer vor der Stadt antreten und schließt die Abmarschvorbereitungen zügig ab«, befahl er. »Wir lassen alles Unwesentliche zurück. In der Morgendämmerung ziehen wir gen Dadu!«

☯

Ouyang führte sein Heer fort von der schwelenden Stadt. Bis in die Nacht hatte der Wind die Flammen aufgepeitscht, doch nun hatte er sich gelegt. Am Himmel stand noch eine Rauchsäule wie die Spur eines Kometen. Letzten Endes hatte das Feuer nur die Siedlung der Yuan verschlungen. Es war, als wäre das zerstörte Bianliang bis auf die Knochen freigeschrubbt worden. Übrig waren nur die uralten Mauern, die schon lange vor den Yuan dagewesen waren, vor den Liao, vor den Jin. Die Mitbringsel und Bauten der Steppenvölker waren allesamt getilgt. Von ihnen blieb nichts – nur Esen, der tief unter den goldenen Gräsern ruhte. Nun würde niemand mehr sein Grab kehren, und wenn Ouyang erst diese Welt verließ, wüsste niemand mehr davon. Dies würde das letzte Versäumnis gegen den Menschen sein, den er geliebt hatte.

»Herr General!« Geng kam herangetrabt. Zwar teilten sich Geng und Chu nun die Rolle des Stellvertreters, aber Ouyang hatte noch immer bloß ein nebulöses Bild von ihnen; keiner von beiden zeichnete sich wie Shao durch starke persönliche Begierden aus. Vermutlich war das gut so. Geng stieß hervor: »Wir werden angegriffen!«

Erschrocken wendete Ouyang sein Pferd. Er war nach wie vor geschwächt, und die rasche Drehung verursachte ihm Schwindel. Zuerst verwirrt, dann entsetzt sah er eine dunkle Woge von Fußvolk auf die lange ungeschützte Flanke seiner Marschkolonne zurollen. Gelbe Banner flatterten darüber. Es irritierte ihn, dass er die Farbe nicht zuordnen konnte: Blau stand für die Yuan, rot für die Roten Turbane und grün für die Familie Zhang. Während er sich den Sommer über in seinem Zimmer verkrochen hatte, hatte sich draußen in der Welt etwas verändert. Nun sah er, dass die Armee mit den gelben Bannern hinter der Stadt hervorgekommen war. Die Männer mussten sich während des Tumults in der Nacht angeschlichen haben. Hinter Bianliang hatten sie ausgeharrt, bis Ouyang mit seinem Heer herausgekommen war. Er hatte jedoch nicht die geringste Ahnung, *wer* da auf ihn gewartet hatte.

Er brüllte den Kommandeuren seiner Reiterei Befehle zu. All seine Empfindungen ballten sich zu einem gestaltlosen inneren Druck, der ihn zu zerreißen drohte. Seine Kommandeure gehorchten, waren jedoch fahrig und viel zu langsam. Das monatelange Herumsitzen, die harten Strafen für Ungehorsam und das Unglück in der letzten Nacht hatten ihren Tribut gefordert. Die Keilspitze des angreifenden Heers drang leicht durch den dünnen Schild aus Pfeilen seiner Reiterei und bohrte sich ungebremst in Ouyangs Armee.

Ouyang wusste, wie eine nachgebende Front aussah. Doch hier spielte sich noch etwas anderes ab. Während die gelb beflaggte Armee vorwärtsdrängte, brüllten die berittenen gegnerischen Kommandeure Ouyangs Männern Befehle zu. Und was taten die? Sie wichen zur Seite wie Öl auf einer Wasseroberfläche, auf die ein Tropfen Seife fällt. Ungläubig sah Ouyang, wie sie absaßen und ihre Bögen zu Boden warfen. Sie ergaben sich!

Der Druck war zu groß, er hielt ihm nicht stand. Nun wusste er auch, woraus er sich zusammensetzte: aus seiner Verzweiflung, seinem Zorn, seinem Schmerz. Ein einziges Gebot erwuchs daraus: Er durfte nicht verlieren! Das eigene Heulen im Ohr, preschte er auf seine Reiterei zu, sprang vom Pferd und köpfte mit einem einzelnen Schlag den nächstbesten Mann. Einen anderen packte er an der Schulter und stieß ihn auf den Feind zu. »Alle Mann aufs Pferd und in die Schlacht – oder ich bringe euch eigenhändig um, das schwöre ich!«

Was die Männer ringsum in seinem Gesicht auch sehen mochten, sie hoben jedenfalls hastig ihre Schwerter auf und rannten in die richtige Richtung. Weit kamen sie nicht: Das anstürmende Heer mähte sie nieder wie Grashalme. Und dann war es heran.

Ouyang kämpfte in hellem Zorn, wilder Panik und höchster Verzweiflung. Er war schwach und fiebrig. Erst vor wenigen Stunden war er so dehydriert gewesen, dass er beinahe gestorben wäre. Doch was galt körperliches Elend vor dem Leiden seiner Seele? Er streckte einen Gegner nieder, dann noch einen. Riskierte einen hastigen Blick zurück – wo war sein Pferd? Er konnte es nicht erspähen, und der Moment der Unaufmerksamkeit war ein Fehler gewesen: Der Feind hatte ihn genutzt, um einen Halbkreis um ihn zu bilden. Die Männer rückten vor, beobachteten ihn jedoch beklommen. Sie fürchteten ihn, dachte er und wollte ihnen in die Gesichter lachen. Das sollten sie auch! Zu Tode erschrecken sollte es sie, zwischen ihm und seinem Schicksal zu stehen. Ein junger Nan-Kommandeur mit einem Speer sagte angespannt: »Ergreift ihn!«

Die ersten beiden, die ihn erreichten, erstach er ohne große Mühe, aber die anderen schlugen über ihm zusammen wie eine Woge. Mit ihrer schieren Masse zwangen sie ihn zu Boden: Es gelang ihm noch, eine Rüstung zu durchstoßen, dann landete er mit dem Gesicht im Dreck. Der Mann, der direkt auf ihm lag, schrie vor Schmerz und Grauen. Sein Blut strömte Ouyang über den Nacken, als würde es aus ihm herausgepresst unter dem Gewicht der Männer über ihnen. Ouyang wollte auch schreien, aber er bekam keine Luft. Keuchend wand er sich und spürte, wie er sich an den Kanten seiner eigenen Rüstung blaue Flecken zuzog. Er war so machtlos wie ein Toter, doch blieb ihm die Erlösung verwehrt. So schrecklich es war, er war am Leben, und solange er lebte, musste er weitermachen. Also wehrte er sich und kämpfte, bis schließlich seine Muskeln versagten. Selbst danach noch hielten sie ihn fest. Der Mann über ihm war endlich verstummt.

Der junge Kommandeur ging neben ihm in die Hocke. »Was seid Ihr für ein Arschloch!«, sagte er, wütend und traurig zugleich. »Ihr hättet niemanden umbringen müssen. Ihr hättet einfach aufgeben können!« Die Nase des Jungen war so groß, dass sie vermutlich nie richtig in sein Gesicht passen würde, und unter dem Helm ragten die Ohren hervor. Trübe blickte Ouyang an ihm vorbei auf die blutbesudelte, seitwärts gekippte Welt. Wie jung war dieser Knabe, dass es ihn noch kümmerte, wenn Männer in der Schlacht fielen? Ouyang erinnerte sich nicht, dass es ihm selbst je nahe gegangen war. Schließlich erhob sich der junge Kommandeur und sagte zu irgendjemandem: »Berichte ihm, es ist getan.«

Sie zerrten ihn auf die Füße. Kraftlos hing er in ihrem Griff, und sein aufgelöstes Haar fiel ihm wie ein schwarzer Vorhang vors Gesicht, sodass er alles grau verschleiert sah.

Irgendwann dämmerte ihm, dass jemand vor ihm stand. Mühsam hob er den Kopf – und da war er: klein, mit einer goldenen Rüstung angetan, das Antlitz ausnehmend hässlich. Hinter ihm ging die Sonne auf und übergoss ihn mit goldenem Licht.

Ouyang war zu erschöpft, um seinen Hass zu empfinden. Ihm blieb nur das Wissen darum. »Ihr!«

Empört über diese Respektlosigkeit packten die Soldaten roher zu.

»Ja, ich bin es«, pflichtete ihm der strahlende König bei. »Vergebt mir, dass ich Euch festhalten lasse, aber alles in allem halte ich es für klüger, kein Risiko einzugehen.« Der Ausdruck auf seinem Gesicht war nicht direkt freundlich, aber auch nicht grausam. In seinen Augen leuchtete ein Frohmut, den

Ouyang nicht begreifen konnte. Er glaubte nicht, dass er je etwas Ähnliches verspürt hatte. »Meine verbliebenen Glieder möchte ich gern behalten.«

Zhu Chongba, so hieß dieser Mann. Der Mönch. Besiegt hatte er vor Ouyang gekniet, und das Blut war aus seinem Armstumpf geschossen. Hätten die Soldaten es nicht verhindert, Ouyang wäre ihm an die Kehle gesprungen. Zumindest hätte er es versucht – und dann wäre er in die Knie gebrochen, so wie Zhu einst, und hätte in Blut und Dreck gekniet. Welch bittere, unbeabsichtigte Gnade, dass sie ihn aufrecht hielten!

»Es ist nichts Persönliches«, sagte Zhu. »Die Zhangs und ich sind uns mittlerweile recht nahegekommen – näher, als es uns lieb ist. Leider bin ich nicht stark genug, sie allein zu besiegen. Aber dann dachte ich: Wenn ich Eure Männer zu meinen rechne ...« Er zuckte mit den Schultern. »Und hier bin ich nun.«

Es dauerte eine Weile, bis die Bedeutung der Worte zu Ouyang durchdrang, aber auch dann noch hatte er Mühe, es gänzlich zu begreifen. Er hatte doch Shao aus dem Weg geräumt – das hätte alles wieder in Ordnung bringen sollen! »Ihr nehmt mir mein Heer.« Qual brannte sich durch seine Benommenheit. »Mein Schicksal!«

Zhu betrachtete ihn, und Ouyang starrte zurück. Zhu hatte eine breite Stirn, ein kantiges Kinn und einen entschlossenen Zug um den Mund. Er war so bartlos wie Ouyang, seine Haut glatt und braun wie der Panzer eines Insekts. Es war ein hartes Gesicht, doch nun wurde es vorübergehend weich. »Ich will Euer Schicksal nicht – ich habe mein eigenes. Und Euer Heer leihe ich mir bloß. Sobald die Zhangs besiegt sind, gehen wir nach Norden und nehmen es mit dem Kanzler und seiner Armee auf – das wolltet Ihr doch sowieso. Und wenn ich die Hauptstadt erobert habe, lasse ich Euch den Großkhan umbringen.«

Über Zhus goldenem Helm stand nun die Sonne, und ihre schrägen Strahlen stachen Ouyang in die Augen.

»Wie viele Jahre habt Ihr auf den Augenblick der Vergeltung geharrt?«, fragte Zhu. »Ihr könnt es ertragen, noch ein klein wenig länger zu warten.«

Aber das konnte er nicht. Jeder Tag, der verstrich – jede Stunde, jeder Herzschlag – war unerträglich. Beim Gedanken daran, was ihn erwartete, stockte ihm der Atem. Zhu konnte das nicht begreifen. Schmerz, wie Ouyang ihn empfand, konnte sich niemand vorstellen; niemand *glaubte* auch nur, dass solches Leid möglich war – bis es einen selbst traf. Ouyang hatte das aus erster Hand erfahren. Wie er gefürchtet hatte, was er Esen hatte antun müssen! Wie er versucht hatte, sich darauf vorzubereiten! Die ganze Zeit war ihm zumute gewesen, als würde ihm bei lebendigem Leib die Haut abgezogen, aber das war noch gar nichts gewesen – nur die Ahnung des Feuers, in dem er nun brannte.

Er schämte sich zutiefst dafür, aber in diesem Moment hätte er alles getan, um sein Heer zurückzubekommen. Hätte er geglaubt, es könnte Wirkung zeigen, so wäre er vor Zhu auf die Knie gefallen und hätte ihn angefleht. Vor den Augen der Soldaten beider Armeen wäre er durch den Staub gekrochen und hätte sich erniedrigt, denn was bedeutete schon seine Würde, verglichen mit dem Schmerz?

Aber er war machtlos, hatte nichts anzubieten, und seine Würde galt niemandem etwas außer ihm selbst.

»Ich weiß, Ihr hasst mich hierfür«, sagte Zhu. Sein trauerloses junges Gesicht strahlte vor Hoffnung und Erwartung, als hätte er nie in seinem Leben auch nur erwogen, die Zukunft könne Elend für ihn bereithalten. »Ihr glaubt nicht, dass ich den Sieg erringen kann. Doch das werde ich, denn ich bin bereit, alles Notwendige dafür zu tun. Haltet noch ein wenig aus, Herr General, und ich werde dafür sorgen, dass Ihr bekommt, was Ihr wollt. Das verspreche ich.«

Zweiter Teil

5

YINGTIAN

Als Ma das nackte, düstere Zimmer betrat, ein Tablett in den Händen, sah sie am vernagelten Fenster eine schlanke, feingliedrige Gestalt stehen. Zwei Wachen folgten dichtauf, die Schwerter blankgezogen. Ein starker Geruch nach frischem Holz überlagerte die strengen Stadtgerüche. Ma hatte den mächtigen Eindruck, eine Frau vor sich zu haben, barfüßig, mit nichts als einem weißen Untergewand am Leib. Durch die Ritzen zwischen den Brettern fiel Licht, drang weich durch das Papier des Fensters und zeichnete warme gelbe Streifen auf das offene Haar und die zarten gefalteten Hände.

Wie merkwürdig, diese Kluft zwischen Vorstellung und Wirklichkeit! So oft schon war Ma ihm in ihren Albträumen begegnet: dem dämonischen Eunuchengeneral der Mongolen in seiner glänzenden Rüstung. Auf jedem seiner Feldzüge hatte er mehr Männer ihres Vaters abgeschlachtet und war Anfeng dabei immer näher gekommen. Alle hatten gewusst, wie es enden würde: Eines Tages würde er den breiten Fluss Huai überqueren, Anfengs vier Zhang hohe Lehmmauer einreißen und sie samt und sonders umbringen.

Niemand hatte ihn aufhalten oder auch nur verlangsamen können, nicht einmal ihr Vater.

Niemand außer Zhu.

Doch wie ließen sich diese Erinnerungen, jene Todesangst, mit dem Anblick dieser zierlichen Gestalt vereinbaren? So spärlich gekleidet, glich sie einer Frau, die als Kriegsbeute verschachert werden sollte. Wie verletzlich sie sich fühlen musste: Geheimnisse, die sie mit einem Liebsten geteilt hätte – ihre bloßen Füße, ihr gelöstes Haar –, wurden nun vor Fremden zur Schau gestellt. Ma schämte sich, sie anzublicken.

Die zarte Gestalt wandte sich ihr zu, das Gesicht verborgen hinter einem Schleier aus langem Haar. Ma überkam Unbehagen: An der Art, wie sie sich bewegte, stimmte etwas nicht. Die Fremdheit war bestürzend, und im ersten Impuls wollte sie zurückweichen wie vor einem Raubtier in der Wildnis oder einem Menschen, der auf offener Straße wirren Unsinn vor sich hinschrie. Das Bild einer Frau zersprang nicht, waberte aber: eine Spiegelung auf unruhigem Wasser.

Ma hob das Tablett höher: Sie hatte eine Schüssel mit warmem Wasser mitgebracht, einen Waschlappen und einen Seifenball. »Seid gegrüßt, ehrenwerter General Ouyang.«

»Kein Kamm? Es schmeichelt mir, dass sie sich scheuen, mir einen zu überlassen.«

Selbst die heisere Stimme hätte die einer Frau sein können, aufgeraut von Rauch oder einem Gefühl, das einst zu heiß gebrannt hatte. Ma hatte Mongolisch gesprochen, doch der General hatte ihr auf Han'er geantwortet.

»Allerdings habe ich keine Erfahrung darin, mit Kämmen zu kämpfen«, fuhr er fort. »Ich bin nicht überzeugt, dass sie als Waffen gute Dienste leisten würden.«

Erst da begriff Ma, warum sie ihm Rüstung, Gürtel, Obergewand, Socken und sogar die Haarbänder fortgenommen hatten. Plötzlich war sie sich der beiden Bewaffneten bewusst, die links und rechts von ihr standen.

Der General strich sich die Haare hinters Ohr. Die Geste war grob und so achtlos, dass sie beinahe geistesgestört wirkte. Dies führte Ma vor Augen, dass sie eben keine Frau vor sich sah, wie sie unwillkürlich angenommen hatte. Der General bewegte sich nicht eigentümlich – er bewegte sich nur nicht wie eine Frau.

Er hob den Kopf, und sie erblickte sein Gesicht. »Ein Rasiermesser hingegen könnte nützlich sein ... Aber dass ich eins bräuchte, wird mir wohl niemand glauben.«

General Ouyang war schön – beinahe so schön, wie man munkelte –, doch sein Antlitz war nicht das einer Frau. Es erinnerte Ma daran, wie sie Zhu sah: stets in Doppelheit. Ouyangs zeigte das Betragen, das Denken und die Gewohnheiten eines Mannes; dagegen standen die feinen Züge und die bartlose Zartheit seiner Wangen. So entstand die Anmutung des Dazwischenseins. Allerdings war dieses »Dazwischen« nicht flüchtig wie jene zerbrechliche Lieblichkeit von Knaben, bevor sie zu Männern wurden – nein, es war auf erschütternde Weise dauerhaft und anders.

Er nahm ihr das Tablett nicht ab, sondern musterte sie eingehend: den goldenen Schmuck in ihrem Haar, den teuren metallischen Brokatstoff ihres Gewands, der – je nachdem, wie er fiel – rötlich oder stahlgrau schimmerte. »Ihr seid kein Dienstmädchen. Seid Ihr gekommen, um mich zu begaffen? Habe ich einen Strom aus Besuchern zu erwarten, die den exotischen Gefangenen mit eigenen Augen sehen wollen? Vielleicht sollte ich ihnen ein wenig Unterhaltung bieten ...« Er warf den Wachen einen derart berechnenden Blick zu, dass Ma ein eisiger Schauer überlief.

Sie wappnete sich. »Ich bin hier, weil ich Euch kennenlernen wollte. Uns verbindet etwas. Wisst Ihr, was das ist?«

Ouyang gab sich nachdenklich. »Ein Semu-Mädchen, das Mongolisch beherrscht und die Rebellenkönigin spielt. Ihr seht Eurem Vater ein wenig ähnlich. General Ma hieß er, nicht wahr? Es fällt mir nicht leicht, mich an jeden Einzelnen zu erinnern, den ich umgebracht habe. Ich hoffe, Ihr versprecht Euch keine Entschuldigung.«

Es tat weh, obwohl sie so etwas erwartet hatte. »Ich will Euch vergeben«, sagte sie.

»Mir vergeben?« Zuerst dachte sie, er wäre erstaunt; er sprach so milde. »Wenn dem so ist, sollte ich Euch erzählen, wie Euer Vater gestorben ist. Als ich ihm an jenem Tag auf dem Schlachtfeld begegnet bin, habe ich ihm das Schwert unterm Arm in die Seite gerammt und es nach unten gezogen. Dabei habe ich ihm den Brustkorb der Länge nach aufgeschnitten. Könnt Ihr Euch vorstellen, wie er ausgesehen hat? Beinahe wie ein halbiertes Schwein, so weit ist die Wunde aufgeklafft. Man sah sogar die weißen Rippen. Wie entsetzt er war! Er hat versucht, sich selbst zusammenzuhalten. Geschrien hat er allerdings nicht, denn ich hatte seine Lunge durchstoßen. Sein Magen lief voll Blut, und bald erbrach er es. Und nachdem er alles Blut hervorgewürgt hatte, das in seinem Leib gewesen war, starb er – von Grauen erfüllt und unter unerträglichen Schmerzen. Und hier steht Ihr nun, seine Tochter, aufgeputzt als Hure eines Knabenkönigs, nicht um Euren Vater zu rächen, sondern um seinem Mörder zu *vergeben.*« Die Milde löste sich in Nichts auf. Noch nie in ihrem Leben hatte sie gehört, wie jemand solches Gift versprühte. »Weshalb? Habt Ihr Mitleid mit mir? Ach, der arme Eunuch, von seinen grausamen mongolischen Herren gezwungen, sein eigenes Volk zu meucheln ... Wie leid ich Euch tun muss, dass Ihr mir vergeben wollt, obschon der Geist Eures Vaters nach Gerechtigkeit schreit! Würdet Ihr gar meinen Schwanz lutschen, hätte ich denn einen? Die Beine für mich spreizen?

So halten es die Frauen doch, solange die Mörder ihrer Familien nur hinreichend stattlich sind, habe ich nicht recht? Ein wenig überrascht es mich ja, dass mein Gesicht bei einer Frau derartige Bewunderung hervorruft ... Doch wenn man bedenkt, wie potthässlich Euer Gemahl ist, ist vielleicht sogar ein halber Mann eine Verbesserung.«

Ihr war, als hätte er sie geschlagen. Tränen brannten ihr in den Augen. Wie hatte sie bloß auf die Illusion hereinfallen können, einer verletzlichen Frau gegenüberzustehen? Er *war* das Ungeheuer aus ihrer Vorstellung, und er schaute sie an wie so viele andere Männer auch: voller Hass. Sein Blick wollte ihr Scham aufzwingen, weil sie war, wer sie war – weil er glaubte, sie könne keine Ehre im Leib haben, keine Kindespflicht, Treue oder Liebe empfinden.

»Habt ruhig Mitleid mit mir«, sagte er. Seine Fäuste waren so zusammengekrampft wie Rindersehnen, die man in heißes Wasser gab. »Aber ich bedauere nichts. Gar nichts.«

Hinter seinem hübschen Äußeren verbarg sich etwas so Grässliches, dass ihr ein Seidenkokon in den Sinn kam: ein glänzender Sarg für den Wurm, lebendig darin gekocht.

Es gelang ihr, die Tränen zurückzuhalten, doch ihre Stimme schwankte erbärmlich. »Wie ich sehe, ist der Herr General trotz seiner holden Erscheinung ein wahrer Mann. Ihr zögert nicht, mich zurechtzuweisen. Einst hatte ich einen Verlobten, der Euch in dieser Hinsicht gar nicht unähnlich war. Ihr glaubt, ich wisse nichts übers Blutvergießen ... Vielleicht sollte ich Euch beschreiben, wie ihm geschehen ist. Doch ich verstehe schon: Ihr glaubt, es sei nicht genug, Blutvergießen gesehen zu haben. Wert seht Ihr allein in der Vergebung derer, die selbst gemetzelt haben. Vielleicht versichern die Männer einander so, dass sie gar keine Wahl hatten!«

»Raus hier!«, fuhr er sie an und sah dabei gar nicht mehr schön aus.

☯

Reisen hatten einen entscheidenden Nachteil: Während man fort war, sammelten sich die Büroarbeiten an. Zhu kümmerte sich abends darum, wenn sie allein war. Sie hatte gelernt, ungeschickt mit der linken Hand zu schreiben, aber wenn ihre Beamten das sahen, wanden sie sich nahezu vor Unbehagen. Die wenigsten waren mutig genug, sie anzustarren, aber sie spürte ihre Seitenblicke – die angewiderte Faszination an ihrem verstümmelten Leib, der die Ahnen sowie ihr Auge beleidigte. Verstohlen schauten sie immer wieder hin und schwelgten in ihrer Verachtung. Es untergrub ihren Respekt, sodass Zhu ihre Königswürde immer und immer wieder vor ihnen behaupten musste.

Während sie arbeitete, ließen die Diener die brokatenen Bettvorhänge herab, fegten die Asche aus den Räuchergefäßen und löschten die weißen Kerzen. Das schummrige, warme Licht der verbliebenen Laternen ließ das prunkvolle Zimmer kleiner erscheinen. Ma trat ein und schickte die Diener fort. Nach einer Weile kam sie mit frisch gewaschenem Gesicht in ihrem weißen Untergewand zu Zhu herüber. »Du solltest Schluss machen.«

Zhu seufzte und ließ zu, dass Ma die Nadeln aus ihrer Haarspange zog. Im Kloster war ihr der geschorene Kopf so unveränderlich wie ihre schwarzen Augen vorgekommen, doch nun musste sie zugeben: Wenn es kalt war, fühlte man sich mit Haaren doch deutlich wohler. Sie konnte sich zwar durchaus auch allein ausziehen, aber sie genoss die Fürsorge. Stumm löste Ma ihren Gürtel und half ihr aus dem steifen Obergewand. Dann, als hätte sie sich lange den Kopf über etwas zerbrochen, sagte sie: »General Ouyang ist kein besonders angenehmer Mensch.«

»Du hast ihn besucht?« Was hatte sie sich davon wohl versprochen? Zhu selbst hielt sich lieber fern; sicher würde es nur

Ärger geben, wenn sie Ouyang vor der Nase herumsprang. »Nimm es nicht persönlich. Der war schon schlecht gelaunt, bevor ich ihm in die Suppe gespuckt habe. Natürlich hat er auch allen Grund dazu ... Aber ehrlich gesagt bezweifle ich, dass er vor der Sache mit seiner Familie und der Entmannung ein glücklicher Junge war.« Dann fügte sie mit einiger Entrüstung hinzu: »Trotzdem! Dass du ihn nicht für dich einnehmen konntest, wundert mich. Alle mögen dich!«

»*Du* magst mich.« Ma hängte Zhus Gewand über einen Kleiderständer. Dort würde es sie jedes Mal erschrecken, wenn sie nachts aufstand, um den Nachttopf zu benutzen – anders als Zhu, die an reglose, geisterhafte Gestalten in den Zimmerecken gewöhnt war. »Viele andere wollten mich bloß besitzen.«

Zhu listete im Geist die Leute auf, die Ma in der Vergangenheit als Besitz betrachtet hatten: ihr verstorbener Vater, ihr verstorbener Verlobter, ihre verstorbenen Freunde. Sie verbiss es sich, auf das wiederkehrende Motiv hinzuweisen; es kam ihr grausam vor. »Wenn ich erst Kaiser bin«, scherzte sie stattdessen, »wird dies mein erster Erlass: Alle müssen dich lieben!«

Ma lächelte nicht. »Hüte dich vor ihm, Yuanzhang.«

Da ging Zhu auf, dass Ma die ganze Zeit schon bedrückt gewirkt hatte – als hätte sie die Geschehnisse in Bianliang nicht abgeschüttelt, obwohl alles gut ausgegangen war. Wie merkwürdig es doch war, dass Empfindungen ihr so lange nachhingen! Zhu kannte das nicht. Sie hatte auch manchmal Angst, wie wohl jeder Mensch, aber darauf folgte stets etwas anderes, sei es Zufriedenheit, Genugtuung oder Freude. Das neue Gefühl verdrängte die Angst jedes Mal so vollkommen, dass sie sich kaum daran erinnern konnte. Es kam ihr vor, als ginge sie so unbelastet durchs Leben wie eine Schlange, die sich regelmäßig häutete.

»Vermutlich weißt du das nicht«, sagte Ma, als sie im Bett lagen. »Aber es gibt eine bestimmte Art, auf die manche Männer Frauen ansehen. Hasserfüllt. Gewöhnlich geht es mit Begehren einher, selbst wenn sie einen aus tiefster Seele verabscheuen. Aber General Ouyang ... Der hasst Frauen bloß. Es war, als würde er mich mit einem Blick in ein Nichts verwandeln.«

Zhu war nie eine Frau gewesen, wohl aber ein Mädchen. Sie erinnerte sich nur zu gut an den Zorn und die Scham, die man empfand, wenn andere einen anschauten und als nichtswürdig verwarfen, bloß weil man war, wer man war. Dennoch.

»Mich hasst er so sehr, es könnte wohl kaum schlimmer werden – selbst wenn ich mich vor seinen Augen auszöge. Aber sei's drum: Sorge dich nicht! Die Flamme seines Zorns mag zehntausend Zhang hochschlagen, doch was kann er schon ausrichten ohne sein Heer? Ich halte ihn einfach isoliert, bis ich ihn vor den einzigen Menschen bringen kann, den er noch mehr hasst als mich.« Im weichen Halbdunkel war Ma wunderschön. Inspiriert kroch Zhu unter der Decke näher zu ihr. »Außerdem muss außer dir niemand wissen, wie ich ohne Kleider aussehe!«

»Das will ich doch hoffen!« Ma klang indigniert, lächelte jedoch, was Zhu zufrieden stimmte. »Sieh nur zu, dass du nicht wieder aufgespießt wirst, damit Jiao Yu keinen Grund hat, dich noch mal zu untersuchen!«

Zhu konnte Jiao nicht leiden. Das lag weniger daran, dass er sie bewusstlos und nackt gesehen hatte, denn immerhin hatte er ihr das Leben gerettet. Nein, sie konnte ihm nicht verzeihen, wie er sie hinterher angeschaut hatte: mit wissender Überlegenheit im Blick. »Na ja«, sagte sie, »er kann ja kaum mehr rausfinden, als er schon weiß!« Dann zog sie Ma an sich.

Sie waren beide beschäftigt und hatten Jiao vergessen, da räusperte sich jemand verlegen an der Tür. »Strahlender

König, ich bitte eintausendmal um Entschuldigung! Befehlshaber Chang ist hier, um Euch zu sehen. Er sagt, es sei dringend!«

Zhu setzte sich auf und wischte sich den Mund ab. »Ach, Chang Yuchun, Meister des ungelegenen Erscheinens! Ich muss dich wohl allein weitermachen lassen, Yingzi.«

»Wage es nicht!«

Zhu küsste sie. »Oder du wartest auf mich, das ist mir auch recht.« Sie warf sich eine Robe über und ging barfuß in den Flur.

Chang Yuchun verneigte sich vor ihr, zwar angemessen ehrerbietig, aber doch keck genug, um sie daran zu erinnern, dass er sie schon gekannt hatte, bevor sie König geworden war. Der einstige Dieb aus Anfeng hatte sich zu einem flinken, drahtigen Krieger entwickelt. Sogar seine gewaltige Adlernase passte besser in sein Gesicht – direkt gut sah er vielleicht nicht aus, aber doch auf eindrucksvolle Weise ungewöhnlich.

»Tut mir leid, dass ich störe.« Yuchuns breites Grinsen legte nahe, dass er Mas vernehmlichere Laute gehört hatte. »Aber du wolltest gleich in Kenntnis gesetzt werden, wenn sich was tut. Wir haben es gerade erfahren: Die Herrin Zhang hat jeden Handel mit anderen Reichen verboten. Damit hat sie uns von allen unseren üblichen Lieferanten abgeschnitten. Das meiste können wir anderswo bekommen. Das Problem ist das ...«

»Salz«, beendete Zhu den Satz. Sie war ungehalten, aber nicht überrascht. Die Herrin Zhang war ihr feindlich gesinnt; da war es der naheliegende nächste Schritt, sie von jenem Rohstoff abzuschneiden, der ihre Städte bevölkert, ihre Bauern am Leben und ihre Armee kriegsbereit hielt.

»Und da sie vorher den Salzpreis derart erhöht hatte«, seufzte Yuchun, »haben wir nicht die Vorräte, um das Heer für einen monatelangen Feldzug auszustatten. So wollte sie es ja wohl. Dafür haben wir jetzt die Männer des Eunuchen!

Können wir vielleicht so schnell gewinnen, dass es keine Rolle spielt, wie viel Salz wir haben?«

»Selbst wenn es uns gelänge, General Zhang rasch zu schlagen, müssten wir immer noch Pingjiang einnehmen. Stell dir vor, wir verschwenden Monate mit einer Belagerung, die wir schließlich abbrechen müssen, und in der Zwischenzeit geht meinen Städten ebenfalls das Salz aus …« Das wäre eine Katastrophe, von der sie sich womöglich nicht erholen würde. Die Herrin Zhang wollte sie in Zugzwang bringen. Zhu schwebte jedoch eine Lösung vor; die Frage war bloß, ob sie mutig genug dafür war. »Ich denke darüber nach«, sagte sie vergnügt. »Aber nun entschuldige mich: Meine Gemahlin erwartet mich sehnlichst!«

☯

»Ach, ist das nicht hübsch hier!« Zhu linste in die Kabine des vertäuten Vergnügungsschiffs, dann marschierte sie hinein und setzte sich auf einen freien Stuhl am Tisch.

Ferne Lichter glommen auf dem See – die Laternen anderer Schiffe, die bereits abgelegt hatten –, aber viele waren es nicht. Zhu gefiel es so. Es versetzte sie in ehrfürchtiges Staunen, wie der schwarze See sich im Sternenlicht verwandelte: Es war, als blickte sie in eine mysteriöse andere Welt, voller grauer und blauer Inselchen, verbunden durch weiße Pfade aus Mondlicht. Die zarte Musik, die heranwehte, schien aus dem Universum selbst herabzuklingen.

Die vier am Tisch unterbrachen ihr Spiel und wandten Zhu die rosigen Gesichter zu. Der Wein hatte sie entspannt. Vor ihnen häuften sich ihre Gewinne: kostbare Haarnadeln, silberne Tael und Schmuckstücke aus Jade. Xu Da sah sie amüsiert und fragend an. Die drei Kurtisanen musterten sie freimütig – ihr einfaches Gewand, ihren schäbigen Beutel und das ungeschmückte Haar – und verloren das Interesse. Sie waren erstklassige Unterhalterinnen, das sah man ihrer Kleidung an, doch hatten sie die weiten Ärmel achtlos zurückgesteckt und sich bequem zurückgelehnt. Xu Da war offensichtlich ein besonders gern gesehener Kunde.

»Großer Bruder!«, tadelte eine der Frauen kokett.

Xu Da lachte, drehte eine Runde um den Tisch und verteilte Spielsteine. Zhu gab er ebenfalls einen Stapel.

»Wie herrisch sie sind!«, sagte er. »Du brauchst Geld, um mitzuspielen.«

»Ich habe alles dir gegeben – offensichtlich damit du dich mit teuren Frauen anfreunden kannst.« Zhu klaubte ein paar Tael aus ihrem Beutel und warf sie auf den Tisch.

»Großer Bruder, wer ist das?«, fragte eine der Frauen.

»Sein tatsächlicher Bruder«, erwiderte Zhu. Sie hatte Spaß daran, wie ihre Anwesenheit die Kurtisanen verärgerte. »Was, könnt ihr die Ähnlichkeit nicht sehen?«

»Wie grausam der Himmel sein kann, nur einem von zwei Söhnen Schönheit zu schenken«, sagte Xu Da überheblich und gab den Frauen einen Wink, mit dem Spiel zu beginnen. »Ich muss mir in einem vergangenen Leben Verdienste erworben haben.«

»Na, so wie du dich aufführst, sind sie bald aufgebraucht«, frotzelte Zhu. »Im nächsten Leben bist du dann so klein und hässlich wie ich!« In seinem edlen dunkelblauen Gewand sah Xu Da wirklich gut aus. Vielleicht lag es auch daran, dass er ausnahmsweise keine Rüstung trug. Wie eigenartig, dass sie einmal zwei einfache Mönche gewesen sein sollten! »Allerdings stellt sich die Frage, ob du hier noch etwas anderes vergeudest als deine Verdienste.« Sie hob die Augenbrauen. »So viele Frauen, großer Bruder. Ein General, der kein Yang übrig hat, ist auf dem Schlachtfeld zu nichts nütze!«

Sie war an der Reihe und legte ihre Spielsteine. Dabei passte sie auf, dass sie die Holzhand im Ärmel ließ. So viele einhändige Männer liefen auch wieder nicht herum, und es machte ihr Spaß, selbst in ihrer eigenen Stadt unerkannt zu bleiben.

»Ich wiege mich in dem Glauben, mein Samen entspringe einer unerschöpflichen Quelle«, sagte Xu Da und zwinkerte den Frauen zu. Zhu fühlte sich daran erinnert, wie er jedes Mädchen im Umkreis von fünf Li um das Kloster hofiert hatte. »Und schau dir den Eunuchen an! *Seine* Quelle ist trockener als trocken, und er ist trotzdem ein besserer Kriegsherr als wir alle zusammen. Womöglich spielt das Yang auf dem Schlachtfeld keine so große Rolle, wie immer behauptet wird.«

»Na, wenn du so viel übrig hast …« Zhu tat so, als nähme sie ihn prüfend in Augenschein. »Schade, dass du meiner Gemahlin nicht gefällst! Ich könnte Nachwuchs gebrauchen.« Sie sah eine Gelegenheit und legte blitzschnell ihre Spielsteine unter den bereits ausgestreckten Händen Xu Das und zweier der Frauen ab. Dann lachte sie über ihre enttäuschten Gesichter.

»Wenn du dir gut aussehende Söhne wünschst, bin ich in der Tat der Richtige«, sagte Xu Da fröhlich. »Aber es stimmt: Deine Gemahlin scheint kleine zarte Männer zu bevorzugen, die wie Frauen aussehen …« Dann ließ er sich in seinem Stuhl zurückfallen und lachte laut. »Ha, wie der Eunuch! Sie hat eine Schwäche für ihn, habe ich nicht recht?«

»Wie sollte mir das wohl helfen?«, fragte Zhu grämlich. »In der Hinsicht kann er ebenso wenig tun wie ich. Und dann kommt noch dazu, dass er uns hasst!«

Xu Da grinste frech. »Dich hasst er. Im Vergleich sind seine Gefühle mir gegenüber vermutlich geradezu freundschaftlich!«

»Das glaubst du! Geh ihn besuchen, dann schauen wir mal, ob dir hinterher Blut aus allen sieben Körperöffnungen sprudelt!«

Sie platzierte ihre übrigen Spielsteine, jauchzte triumphierend und strich ihren Gewinn ein, während die anderen die

Köpfe schüttelten und besiegt ihre verbliebenen Spielsteine auf den Tisch warfen.

Der Bootsmann kam an Bord, rollte Taue auf und bereitete das Schiff auf die Abfahrt vor. Zhu und Xu Da ließen die Frauen allein und traten aufs offene Deck hinaus.

»Hast du schon gehört?«, fragte Zhu. »Die Herrin Zhang hat uns vom Salz abgeschnitten. Der General wäre sowieso ein beeindruckender Kontrahent gewesen, aber jetzt, da er weiß, dass unsere Vorräte knapp sind, wird er jede Begegnung in die Länge ziehen. Wenn wir gewinnen wollen, brauchen wir eine andere Quelle. Ich denke an das Salzlager in Taizhou.« Die Stadt, einer der letzten Außenposten der Yuan im Süden, war der nächstgelegene Ort, an dem Salz gewonnen wurde: dreihundert Li östlich von Zhus südlichster Stadt.

Xu Das lässiges Auftreten täuschte die meisten Leute, aber Zhu kannte ihn beinahe so gut wie sich selbst. Sogar im Dunkeln nahm sie wahr, dass er wachsam wurde. »Willst du eine zweite Front im Süden aufbauen, um Taizhou einzunehmen?«

»Zwei Fronten kann ich nicht halten«, sagte Zhu nüchtern. »Nein, ich will die Yuan überfallen und ihnen ihr Salz stehlen. Damit erkaufen wir uns genug Zeit, um die Herrin Zhang zu besiegen – und danach ist unsere Versorgung gesichert. Wir machen das zusammen. Suchst du ein Dutzend deiner besten Männer aus?«

»In Ordnung.« Er lächelte verwegen. »Gleich morgen früh!«

»Überanstreng dich nicht!« Zhu lachte und sprang ans Ufer – der Bootsmann hatte die lange Stange ergriffen, um das kleine Schiff auf den See hinauszustaken. »Es ist ein langer Ritt nach Süden!«

☯

General Mas Tochter war Ouyangs erster und letzter Besuch gewesen. Sein Zimmer hier war größer als die Zelle in Bianliang, und seine Gefängniswärter ließen ihn nicht verdursten, aber in jeder anderen Hinsicht war es dasselbe. Von Bedeutung war im Grunde nur eins: Jemand hatte ihm sein Heer fortgenommen. Nun zeigte sich, dass es durchaus möglich war, ständig an seiner Wut und seinem Schmerz zu würgen, ohne je daran zu ersticken. Nicht dass Ouyang es sich erlauben konnte zu sterben. Er musste entkommen und die Befehlsgewalt über sein Heer zurückgewinnen – und zwar, bevor der verfluchte Mönch gegen General Zhang zu Felde zog und verlor!

Wie lange würde Zhu brauchen, um zwei Heere abmarschbereit zu machen? Einen Monat? Aber wie lange es auch dauerte, die Zeit würde reichen. Das musste sie. Shao tauchte vor seinem inneren Auge auf, das Karpfenmaul vor Überraschung weit aufgerissen. Er hatte nicht damit gerechnet, dass Ouyang sich zurückholen würde, was ihm gehörte. Ein Sinneseindruck ergriff ihn, so durchdringend und rein, dass es kein Schmerz sein konnte – es musste auf die Wirkkraft des Schicksals zurückzuführen sein. *Es ist mir einmal gelungen,* dachte er. *Es gelingt mir wieder!*

Allerdings war es schwer, sich nicht der Verzweiflung zu ergeben, denn es verstrichen Tage, ohne dass er eine Schwachstelle fand, die er hätte ausnutzen können – weder im Zimmer selbst noch in der Bewachung. In seinen schwächsten Momenten fragte er sich, ob Zhu mit seinem Heer bereits von Yingtian fortmarschiert war und er es als Einziger nicht wusste. Was, wenn Zhu mit seinem aussichtslosen Ehrgeiz bereits gescheitert war – in einer fernen Schlacht, die Ouyang seines Schicksals beraubt hatte? Aber das konnte nicht sein! Nein, er war überzeugt davon: Wäre es so, wüsste er es.

Und nicht einmal in seinen dunkelsten Stunden konnte er sich ausmalen, was aus ihm werden würde, wenn dieser Fall eintreten sollte – wenn alles, was er getan hatte, umsonst gewesen war.

Er saß auf dem Boden an der Wand, da erfasste ihn, kurz bevor die Tür sich öffnete, ein sonderbares Beben, merkwürdig und doch vertraut. Es war, als hätte jemand eine Saite in ihm angeschlagen. Dann war er auch schon aufgesprungen und durchs Zimmer gestürzt; erst als er sich einem Dickicht von Schwertspitzen gegenübersah, wurde es ihm bewusst. Starr stand er da und keuchte dabei wie ein Kettenhund, der ein kleines Tier gerade außerhalb seiner Reichweite packen und zerreißen will.

»Ich hätte Euch jederzeit umbringen lassen können«, stellte der Mann fest, der ihn gefangen hielt. Klugerweise hatte er sich mit wesentlich mehr Soldaten umgeben als seine Gemahlin. Er trug ein bodenlanges goldenes Gewand und dazu passenden goldenen Haarschmuck. Aus seinem rechten Ärmel schaute eine goldene Hand. Jedem anderen hätte das alles eine königliche Erscheinung verliehen. Aber *ihm?* Nein, dachte Ouyang verächtlich. Ihm ganz sicher nicht.

»Ich habe darauf verzichtet, weil mir nicht daran gelegen ist, Euch tot zu sehen«, fuhr der Mann fort. »Aber die Wahrheit ist die: Ich brauche Euer Heer, nicht Euch. Also seid so gut, und zwingt mich nicht dazu.«

»Zhu Chongba!«, fauchte Ouyang.

»Ach, den Namen habe ich ja schon lange nicht mehr gehört! Aber es stimmt: Ich habe gesagt, dass Ihr ihn Euch merken sollt. Kurz bevor Ihr mir die Hand abgeschlagen habt.« Zhu hielt den vergoldeten Ersatz hoch, zu Ouyangs Überraschung ohne eine Spur von Zorn. »Doch nun heißen Wir Uns Zhu Yuanzhang.« Wie beiläufig wechselte er in den königlichen Plural.

Es flößte Ouyang Abscheu ein. Ausgerechnet ein Mann wie Zhu! Klein, mit dürrem Hals, schmalen Schultern, hellem Stimmchen und verstümmeltem Leib – wie konnte er es wagen, Gold zu tragen und sich für einen König zu halten? Er war weder ein Anführer noch ein Herrscher. Verachtenswert war er, hatte das aber aus irgendeinem Grund noch nicht begriffen. Stattdessen bildete er sich ein, sein ungerechtfertigter Glaube an sich selbst verleihe ihm Wert. »Heißt Euch, wie Ihr wollt«, zischte Ouyang. »Es ändert nichts. Gegen General Zhang könnt Ihr nicht gewinnen!«

Sah man einmal vom Kanzler in Dadu ab, war Zhang der letzte große General. Er war ein wahrer Anführer: Andere Männer schauten zu ihm auf, knieten vor ihm nieder und starben für ihn. Er könnte die Ehre und Würde der Nanren verkörpern. Ouyang konnte ihn sich gut auf dem Thron des Reichs vorstellen. Dasselbe galt beileibe nicht für diesen Mönch!

»Weshalb seid Ihr nur so überzeugt davon?«, fragte Zhu. Er streckte seine kleine braune Hand aus, die Handfläche nach oben gekehrt. Ouyang erkannte die Geste. Er hatte gehört, Zhu solle das Mandat haben; dennoch staunte er, als die weiße, beinahe durchsichtige Flamme aufzüngelte. Strahlend war sie nicht gerade, dachte er geringschätzig. Sie erhellte das Zimmer kaum mehr als eine Kerze.

»Ist das nicht der Beweis, dass ich meine Versprechen einlösen kann?«

Ouyang brachte nicht einmal ein bitteres Lachen zustande. Es klang, als würde er knurren. »Ihr seid ein Narr. Was bedeutet das schon? Die Zhangs haben selbst ein Mandat!«

Zhu war die Überraschung anzusehen; Ouyang empfand dumpfe Genugtuung.

»Interessant.« Zhu schloss die Faust um die Flamme. »Reiskübel Zhang hat das Mandat? Das hätte ich nie erwartet. Wenn man bedenkt, was über ihn geredet wird ... Nun, es muss wohl so sein, dass die Herrin Zhang ihn anspornt. Es spielt keine Rolle. Was ist das Mandat anderes als Potenzial? Erst wenn es einem Mandatsträger gelungen ist, den Thron zu besteigen, haben wir einen neuen Kaiser. Und das werde ich sein!«

Ouyang mochte Zhu überrascht haben, erkannte aber empört, dass er seinen albernen Glauben an sich selbst nicht einmal erschüttert hatte.

»Versteht mich nicht falsch, Herr General. Ich weiß zwar, wozu ich in der Lage bin, aber ich unterschätze General Zhang keinesfalls. Deshalb unternehme ich eine kleine Reise, um die besten Voraussetzungen zu schaffen, ehe ich ihm gegenübertrete.« Sein Blick wanderte über Ouyangs zerraufte, desperate Gestalt. »Ich kann den Gedanken nicht abschütteln, dass Ihr in meiner Abwesenheit womöglich etwas Törichtes tut. Es würde mir nicht besonders gefallen, bei meiner Rückkehr rauchende Ruinen vorzufinden, aber keine Spur von Euch und Eurem Heer. Dann müsste ich Euch wieder einfangen, und das wäre recht lästig. Daher nehme ich Euch lieber mit.«

Zhu wollte ihn also noch weiter von seinem Heer fortbringen. Was machte das schon, sagte Ouyang sich, wenngleich ihm der Mut sank. Unterwegs würde er entkommen. Bis zum Tor Diyus konnten sie ihn schleppen, und er würde trotzdem zurückfinden und sein Schicksal erfüllen. Es musste möglich sein! Denn wenn nicht: Wieso war er dann noch am Leben? Weshalb litt er solche Qualen? Plötzlich konnte er es nicht länger ertragen. Er verschränkte die Arme in den Ärmeln, als wäre das alles; heimlich strich er jedoch über die Brandwunden auf der Innenseite seines linken Unterarms und grub die Fingernägel in die frischeste.

»Dienstboten kommen mit Eurer Kleidung. Sie werden Euch zur Hand gehen. Bringt sie nicht um, wenn Ihr so gut sein wollt – ich glaube, Ma Xiuying würde sie vermissen.« Zhu schaute ihn seltsam forschend an. Als verstünde ihn dieser hässliche kleine Mann! Niemand verstand, was er geopfert hatte; was er noch opfern würde, um seinen Pfad zu Ende zu gehen.

»Ich bin nicht Euer Feind, Herr General. Ich will Euch nicht plagen. Wenn wir das hier rasch hinter uns bringen, bekommen wir bald beide, was wir wollen.«

Zhu führte die Truppe tatsächlich selbst nach Süden. Sie bestand aus dreizehn elend jungen Männern – alle in trister Reisekleidung und so geschickt im Sattel wie Bauern, die vor drei Wochen das erste Mal in ihrem Leben ein Pferd gesehen hatten. Hinzu kamen Zhus kaum erfahrenerer General Xu Da und Ouyang selbst. Er wurde stets von zwei Männern bewacht, die in regelmäßigen Abständen wechselten. Außerdem hatten sie ihm die Handgelenke gefesselt und ihn auf ein schläfriges Pferd gesetzt. Nicht einmal Zügel hielt er: Sein Pferd wurde geführt. Wahrscheinlich taten sie recht daran, dachte er. Wie er sich nach seinem Schwert sehnte! Er konnte nicht aufhören, im Geist danach zu greifen, als wäre es eine Gliedmaße, die plötzlich fehlte.

Sie wollten die Ebenen südlich von Yingtian durchqueren und dann über die Gelben Berge Zhus südliche Randstädte erreichen: Jinhua, bekannt für die vielen Zentren konfuzianischer Gelehrsamkeit, und die Talsiedlung Lishui. Dann würden sie sich nach Osten wenden, ins Gebiet der Yuan vordringen und schließlich ins salzreiche Taizhou an der Küste gelangen. In zehn Tagen würden sie eintausend Li zurücklegen. Zhus Männer waren dermaßen untauglich, dass sie nicht einmal begriffen, wie blamabel das war. Ouyang hätte die Strecke in weniger als der Hälfte der Zeit zurücklegen können und hätte dafür nicht einmal ein Ersatzpferd gebraucht.

Zhu ritt zusammen mit General Xu an der Spitze, und Ouyang starrte finster seinen Rücken an. Er konnte nicht wegschauen. Es war so ähnlich wie mit einer Wunde, von der man nicht die Finger lassen konnte. Mit jedem Li, das sie zurücklegten, steigerte sich sein Verlangen, Zhu an seinem mageren Nacken zu packen und mit ihm den Boden zu schrubben, bis er bloß noch ein verschmierter Blutfleck war – im Dreck, wo er hingehörte! Wäre Zhu in diesem Moment leblos vom Pferd gestürzt, Ouyang hätte geglaubt, er sei der Grund dafür, so sehr wollte er seinen Tod. Zhu jedoch trabte und galoppierte mit fröhlicher Unbekümmertheit dahin. Er schien vergessen zu haben, dass Ouyang überhaupt da war.

Sie aßen im Sattel. Daran war Ouyang gewöhnt, jedoch nicht an den Reiseproviant der Nanren: Reiszylinder, eingewickelt in Lotusblätter (die kalt und unangenehm zäh waren), und harte, runde Küchlein mit widerlich süßer Bohnenpaste darin. Prompt bekam er Magenschmerzen. Am frühen Nachmittag allerdings drückte ihn seine Blase so, dass alles andere in den Hintergrund trat – dabei hatte er das Wasser, das herumgereicht wurde, wohlweislich abgelehnt. Es war ein vertrautes Leiden. Sein Körper brauchte immer ein paar Tage, um sich an die Belastungen auf einem Feldzug zu gewöhnen; währenddessen quälten ihn Unterleibskrämpfe, Kopfschmerzen aufgrund des Flüssigkeitsmangels und eine grimmige Wut auf jeden Mann, der einfach seinen Schwanz aus der Hose ziehen und an den Straßenrand pinkeln konnte. Ouyang dagegen war gezwungen, auf den Abend zu warten. Im Gegensatz zu den Verbrennungen auf seinem Unterarm hatte dieses Elend nichts Erlösendes an sich, sondern verankerte ihn sogar noch fester in seinem erbärmlichen Leib.

Irgendwann waren die ebenen Felder direkt südlich von Yingtian einer trockeneren, leicht bewaldeten Landschaft gewichen. Mit einem Mal ließ sich Zhu zurückfallen, ergriff den Führstrick von Ouyangs Pferd und nickte den derzeitigen Wächtern zu. Gehorsam trabten die beiden voraus. Als sie außer Sicht waren, hielt Zhu am Wegesrand an und bedeutete Ouyang abzusteigen.

Augenblicklich vergaß Ouyang die Kopfschmerzen und den stechenden Druck in der Blase. Warum hatte Zhu ihn von der Gruppe getrennt? War es ihm doch mit zu viel Mühe verbunden, dass Ouyang noch am Leben war? An seinem Gürtel hing rechts ein kurzer Säbel. Gegen Ouyang war er mit einem geraden Schwert angetreten, aber vermutlich kam er nun mit dem Säbel besser zurecht. Wie gut war er wohl mit der linken Hand? Einen gefesselten, unbewaffneten Mann würde er sicher erstechen können. Verstohlen zerrte Ouyang an seinen Fesseln, aber sie gaben nicht nach. Wenn er die Klinge mit der Schulter abfing, könnte er Zhu einen Kopfstoß versetzen oder ihm das Gesicht mit den zusammengebundenen Fäusten einschlagen …

»Steigt ab und bleibt auf Eurer Seite«, befahl Zhu, als Ouyang sich nicht rührte. Dann fügte er unerklärlicherweise hinzu: »Zieht Eure Schuhe und Socken aus und werft sie mir zu.«

Ouyang starrte ihn verständnislos und böse an.

Zhu seufzte. »Ich will nicht, dass Ihr mir davonlauft, sobald ich Euch nicht mehr sehen kann. Wisst Ihr denn nicht, dass es schlecht für die Nieren ist, wenn man es sich den ganzen Tag verkneift? Gebt mir Eure Stiefel. Da drüben ist ein Wäldchen. Geht und erleichtert Euch.«

Im ersten Moment war die Scham so überwältigend, dass die Welt vor seinen Augen zusammenzuschrumpfen schien. Er hatte keine Ahnung, wie Zhu überhaupt darauf gekommen war, über seine missliche Lage nachzudenken, aber dass er es getan hatte – dass er sich Gedanken gemacht hatte über seinen Leib, dessen Bedürfnisse und Unzulänglichkeiten – war unendlich viel schlimmer als die Rücksichtslosigkeit aller anderen. Zhu war ihm zu nahegetreten. Er schauderte heftig.

Dann saß er ab, zog Stiefel und Socken aus und warf beides hasserfüllt in Zhus Richtung. Leider traf er nicht. Noch bedauerlicher war, dass Zhu recht hatte, was die Schuhe anbelangte. Ouyang war kein dreckiger Nan-Bauer in Strohsandalen – er war wie ein Mongole aufgewachsen. Lieber ritt er, als dass er irgendwohin ging, und in seinem ganzen Leben war er noch nicht barfuß draußen gewesen. Auf den paar Schritten zu den Bäumen bohrten sich Steine und spitze Zweige in seine zarten Sohlen. Seine Füße krampften sich zusammen, um sich vor Schmerz und Verletzungen zu schützen, aber er marschierte weiter.

Als er tief genug im Wäldchen war, hockte er sich hin und pinkelte. Dabei ergriff ihn der übliche Abscheu gegen seinen eigenen Leib, der nicht einmal die simpelste Funktion eines Männerkörpers erfüllen konnte. Er stand auf und rückte seine Kleider zurecht. Löste das Seil um seine Handgelenke.

Und dann suchte er das Weite.

☯

Ouyang rannte – taumelte – zuerst durch das Wäldchen und dann über das endlose öde Buschland dahinter. Bald schon war er kein Mensch mehr, sondern eine Flamme aus loderndem Schmerz. Vor Anstrengung und Wassermangel mühte sein Herz sich unnatürlich heftig, und seine zerschnittenen Füße hinterließen blutige Abdrücke im Staub, doch das war nicht von Bedeutung. Der Schmerz zog ihn aus sich heraus. Nicht länger war er eins mit seinem wankenden Leib, sondern nur mehr ein körperloser Wille, der auf sein Heer zuflog wie ein Geist. Seine Umgebung war so irrelevant wie alles andere; das helle Leuchten voraus hätte der Himmel sein können, ein See oder freiliegender Kalkstein, auf den die Nachmittagssonne schien. Es war alles dasselbe. Alles verschwommen. Und verschwommen, wie sie war, begann die Welt sich um ihn zu drehen. Auch das kümmerte ihn nicht weiter, bis ihn der Wirbel mit einem Mal erfasste und mit sich riss. Er sah nur noch einen verschmierten Streifen und dann gar nichts mehr.

Als er zu sich kam, war es dunkel. Die Welt stand still, und er lag reglos auf dem Rücken. Über ihm spannte sich das

Sternenzelt auf, aber bald schob sich eine dunkle Silhouette davor und nahm ihm die Sicht: Jemand beugte sich über ihn.

»Gestattet mir eine Frage aus reiner Neugier«, sagte General Xu gutmütig. »Hattet Ihr wirklich vor, den ganzen Weg nach Yingtian zurückzulaufen?«

Ouyang konnte nicht einmal besiegt den Kopf abwenden. Sein Leib hatte sich in ein bleiernes Gefängnis verwandelt. Er war so ausgelaugt, dass er sich weder rühren noch einen klaren Gedanken fassen konnte. Er blinzelte.

»Falls es Euch tröstet: Ihr seid weiter gekommen, als wir es für menschenmöglich gehalten haben. Der Nachteil ist, dass wir nun den ganzen Weg wieder zurückreiten müssen. Hier, trinkt erst einmal ein paar Schlucke.« Er stützte Ouyangs Kopf, sodass der das lauwarme Wasser trinken konnte, ohne daran zu ersticken. Anschließend fesselte er ihm wieder die Hände.

»Täte ich das nicht, und Ihr würdet Euch wunderbarerweise erholen«, sagte er, »würdet Ihr mir das Pferd stehlen. Und wie stände ich dann da? Ich sag's Euch: Wie der Depp, als den Ihr *ihn* habt dastehen lassen.« Er tätschelte Ouyang freundlich und beschwichtigend die Schulter – was Ouyang noch nie passiert war, da die Leute um ihn her ihr Leben gewöhnlich wertschätzten. Dann hob er ihn ohne die geringste Mühe auf.

Benommen wartete Ouyang auf den unausweichlichen Scherz über seine Statur, aber General Xu sagte lediglich: »Ihn musste ich damals auch so tragen, nachdem Ihr mit ihm fertig wart. Er wäre fast gestorben.«

»Wäre er das doch!«, krächzte Ouyang mühsam.

»Eine Kakerlake überlebt selbst dann, wenn man sie ins Feuer wirft. Das wisst Ihr wohl nicht?« General Xu lachte leise. Er musste beinahe einen Kopf größer sein als Ouyang. Anders als die zarten Knaben mit den Wespentaillen, aus denen Zhus Truppe im Übrigen bestand, war er kräftig gebaut. Aus diesem seltsamen neuen Blickwinkel sah Ouyang den geraden Rücken seiner Nase und die scharf geschnittenen Wangenknochen. Einer wie General Xu, gut aussehend und charismatisch, war ein zehnmal besserer Mann als Zhu Yuanzhang. Er legte Ouyang bäuchlings hinter seinem Sattel über das Pferd, als wäre der ein totes Reh, band ihn fest und stieg auf. »Meinen Bruder bringt man nicht so leicht um. Ihr wart nicht der Erste, der es versucht hat.«

Es war gerade erst Herbst geworden, aber die Nacht war kalt und still. Im Sternenlicht wirkte die Straße blau. Bei jedem holprigen Schritt des Pferdes entfuhr Ouyang der Atem, und das Blut lief ihm in den Kopf, bis es ihm vorkam, als müsste er platzen. Aber was machte das schon?

»Wisst Ihr, wie ich ihn kennengelernt habe?«, fragte General Xu nach einer Weile. »Wir waren beide Novizen im Kloster Wuhuang. Ihr habt es niedergebrannt, erinnert Ihr Euch? Ich war jedenfalls schon ein paar Jahre dort gewesen, als er auftauchte. Seine Familie hatte ihn nicht gewollt. Sie hätten ihn geopfert, aber am Ende sind sie selbst umgekommen. Die Mönche wollten ihn zuerst auch nicht. Verhungernde Kinder sah man in der Gegend ständig. In Scharen kamen sie zum Kloster und flehten die Mönche an, sie einzulassen. Die aber hielten die Tore geschlossen, bis sie starben oder fortgingen. Mein Bruder war der Einzige, der keins von beidem tat. Wie eisern entschlossen er damals schon war! Für das, was er wollte, hätte er alles getan, alles ertragen. Und wisst Ihr, was er wollte? Bloß überleben. Ein Jemand sein und kein Nichts. Nicht sterben müssen, nur weil er war, wer er war.«

Es war merkwürdig vertraulich, allein mit jemandem im Dunkeln zu sein, selbst wenn man einander fremd war – vielleicht weil das, was der andere sagte, für niemanden sonst bestimmt war. Seine Stimme berührte nur einen selbst.

»Deshalb folge ich ihm. Die Welt hatte keinen Platz für ihn, aber er ist nicht daran verzweifelt, sondern hat geschworen, sie zu *verändern.* Soweit ich weiß, ist er da der Einzige. Ihr hasst ihn, weil Ihr glaubt, er hätte Euch Euer Schicksal genommen, weil Ihr überzeugt seid, dass er verlieren wird – hier in Taizhou, gegen General Zhang oder gegen den Kanzler. Ich glaube jedoch, Zhu Yuanzhang kann vollbringen, was er sich vorgenommen hat.« General Xu sah nicht aus wie ein Mönch, sprach jedoch mit einer ruhigen Gewissheit, die ihn zum ersten Mal wie einen wirken ließ. »Er wird sich durchsetzen. Nicht trotz, sondern aufgrund seines Wesens.«

☯

Taizhou war eher ein großes Dorf als eine richtige Stadt. Die berittenen Patrouillen der Yuan hatten tiefe Furchen in die feuchten Lehmstraßen gegraben. Es war stürmisch, und die blauen Fahnen an den Befestigungsmauern peitschten im Wind. Die Stadt lag am Ufer eines breiten braunen Flusses, wirkte aber nicht wie eine Flussstadt. Die Luft schmeckte unvertraut – mineralisch –, und das erfüllte Zhu mit einer Ahnung: Hier wartete etwas Neues auf sie.

Sie gaben sich als Schaustellertruppe aus, und bisher hatten die Yuan ihnen in ihren Masken und Kostümen wenig Beachtung geschenkt. Während die jüngeren Mitglieder der Truppe vor einem staubigen, lebhaften Publikum Kunststücke aufführten, beobachtete Zhu ihren Gefangenen, für den sie eine finstere Dämonenmaske ausgesucht hatte. Er stand steif am Rand. Sie hatten seine geschundenen Füße gesäubert und verbunden. Zhu hatte die Ersatzbandagen für ihre Brust und ihren Armstumpf gespendet. Dennoch war es erstaunlich, dass er überhaupt stehen konnte. Er hinkte nicht einmal beim Gehen! Anders als ein Leprakranker schien er durchaus Schmerz zu spüren. Nur zuckte er nicht davor zurück, wie die Leute es normalerweise taten, sondern lehnte sich hinein. Nichts trennte ihn von seinem Leiden.

Der bloße Gedanke daran, wie weit er gekommen war – was er sich zugemutet hatte – versetzte sie in helle Begeisterung. Sie hatte ja gewusst, dass er sein Schicksal wollte. Aber es war, als hätte sie bisher bloß einen blassen Schatten der Wahrheit gesehen. Die Resonanz in ihr war so stark, dass sie sich wie ein Gong fühlte, der zum ersten Mal geschlagen worden war. Er wusste, was es bedeutete, von ganzem Herzen zu begehren, vor Verlangen zu brennen. Nichts auf der Welt könnte ihm je wichtiger sein.

Ouyang am Leben zu lassen, war ein unnötiges Risiko. Wer konnte ahnen, zu welchen Mittel er noch greifen würde, falls sie wieder einen Fehler machte – oder selbst, wenn sie keinen machte? Dennoch konnte sie jene Empfindung nicht vergessen, als sie geglaubt hatte, er wäre tot. Wie falsch es ihr vorgekommen war. Als wäre ein Loch in die Welt gerissen worden. Als schrie sie in eine Schlucht hinein, aus der kein Echo zurückwehte. Nun erfüllte seine Gegenwart sie mit ehrfürchtigem Staunen. Dass es einen Menschen geben sollte, der ihr so ähnlich war, von einem ebenso großen Verlangen erfüllt wie sie selbst.

Die Aufführung ging zu Ende. Das Publikum zerstreute sich, und Zhu gab Yuchun die Schale mit den Kupfermünzen, die sie gesammelt hatte. »Wir sind an einem Gasthaus vorbeigekommen, vor dem ein Baum mit violetten Blüten steht. Kehre mit den anderen dort ein, und bestellt euch was zu essen. Die Herrn Generäle und ich schauen uns ein bisschen um und finden heraus, wo genau die Salzlagerhäuser stehen.«

»Das dürfte kaum reichen, um ein Mahl für einen zu kaufen – geschweige denn für dreizehn!« Yuchun warf einen zweifelnden Blick auf Ouyang, gefesselt und mit der Maske, die sein unverwechselbares Gesicht verbarg. »Bist du sicher, dass ihr als Gruppe herumwandern wollt? Die Leute halten euch noch für einen dieser buddhistischen Witze, die keinen

Sinn ergeben. Treffen zwei Mönche auf einem Spaziergang einen Dämon ...«

»Das sind keine Witze«, sagte Zhu mit übertriebenem Ernst, »sondern lehrreiche Koans!«

»Siehst du, da haben wir auch schon das Problem: Die Leute lernen viel besser, wenn es was Lustiges ist!«

»Na, dann werde ich alsbald die Mönche darüber in Kenntnis setzen: Ein Mensch, der weder lesen und schreiben kann, ist der Ansicht, Bildung müsse *lustig* sein ...«

Sie gnickerte immer noch, als sie mit Xu Da und dem verbissen nicht humpelnden Ouyang die Straße hinunterging. Die Häuser Taizhous mit ihren maroden Dächern rückten immer weiter auseinander. Sie schienen sich unter den tuschenschwarzen Wolkenbändern zu ducken. Die Bäume wurden erst immer kleiner und kümmerlicher und wichen dann Büschen und wogendem Gras. Schließlich stiegen sie eine sandige Anhöhe hinauf und sahen, dass vor ihnen das Land endete. Dahinter tat sich eine Weite auf, wie Zhu sie nie gekannt hatte: Der Fluss ergoss sich in ein milchig-grünes Meer, das eintausend weitere hätte aufnehmen können, und der Himmel darüber war sogar noch gewaltiger als jener große Himmel über der Ebene, in der sie geboren worden war. Nie hätte sie sich solche Grenzenlosigkeit auch nur vorstellen können. Kein Maß ließ sich darauf anlegen. Die winzigen Pünktchen am Himmel mochten Vögel sein oder Drachen, die Inseln im Meer zum Greifen nah oder gerade noch in der Ferne erkennbar. Ihr Herz schlug höher, und ein Gefühl der Ehrfurcht überkam sie. Sie sah sich selbst, einen winzigen Menschen, im Vergleich zur Unendlichkeit des Himmels.

»Das Meer!« Sie tauschte einen begeisterten Blick mit Xu Da. Ihr fiel wieder ein, wie sie als Knaben auf dem Dach des Klosters gesessen und auf die Welt hinabgeblickt hatten. Doch dieses Mal würde er sie nicht zurücklassen, um auf Abenteuer auszuziehen; denn sie versteckte sich nicht mehr vor ihrem Schicksal. Was nun vor ihnen lag – und alles, was die Zukunft noch an Neuem bereithielt –, würden sie zusammen entdecken.

Auf einem langen Küstenstreifen nahe der Flussmündung reihten sich heruntergekommene Speisehäuser mit offenen Fronten. Männer saßen auf niedrigen Holzklötzen und aßen aus flachen Schalen, ohne sich an den stinkenden Haufen weggeworfener Krebspanzer zu stören. Vor einem Haus stand ein Mann und goss Wein und Soßen in ein Fass voller Krebse, die sich noch bewegten. Er warf dem gefesselten Dämon einen erschrockenen Blick zu, als sie vorbeigingen. »Ein Mime mit Leib und Seele«, erklärte Zhu augenzwinkernd. »Der fällt nie aus der Rolle!«

Hinter der Häuserreihe waren Fischerboote vertäut. Hinter denen wiederum erhob sich ein farbenfroher Tempel – eindeutig das einzige Gebäude am Strand, das regelmäßig frisch gestrichen wurde. Davor lungerten die üblichen mitleidserweckenden Gestalten herum, die nicht hineindurften, weil sie krank oder entstellt waren.

»Fragen wir doch die Mönche, wo die Lagerhäuser sind!«, schlug Xu Da vor. Dann erinnerte er sich daran, mit wem er unterwegs war. »Ich frage sie!«, berichtigte er sich hastig. »Wartet hier auf mich!« Er sprang die Tempeltreppe hinauf und verschwand im Inneren.

Friedlich setzte Zhu sich. Nach einem Augenblick folgte Ouyang ihrem Beispiel, zweifellos bloß weil ihm die Füße schmerzten. Sie sah ihm nicht an, ob er noch immer zornig darüber war, dass ihm wegen seiner Verstümmelung der Zutritt zu heiligen Stätten verwehrt war. Sie selbst kümmerte es nicht: Sie hatte wahrlich genug Zeit in Tempeln und Klosterhallen verbracht. Neben den Stufen stand eine Statue Guanyins, die hier ihre sekundäre Aufgabe als Schutzpatronin der

Fischer erfüllte. Ob Ouyang wohl wusste, dass Guanyin einst ein männlicher Bodhisattva gewesen war? Erst im Laufe der Zeit war er zur Frau geworden. Aber vielleicht war so etwas nur Mönchen bekannt.

Eine Gruppe zog an ihnen vorbei. Die Männer wirkten wie Banditen, aber irgendetwas an ihnen war merkwürdig. Dann ging Zhu auf, was es war. »Das sind ja Frauen!«, rief sie verblüfft.

Ouyang überraschte sie. »Piratinnen«, krächzte er. Es klang so angewidert, man hätte meinen können, Piratinnen hätten ihm in der Vergangenheit in den Wein gepinkelt und ihn gezwungen, den Becher bis auf den letzten Tropfen zu leeren. »Ihr Anführer ist dieser verworfene Kerl, Fang Guozhen.« Diesen Namen kannte Zhu. Fang, ein unabhängiger Kriegsherr, kontrollierte einen Küstenabschnitt nördlich von Taizhou. »Er ist schlimmer als Reiskübel Zhang. Umgibt sich nur mit Frauen. Und nicht bloß mit seinen Kurtisanen ... Nein, auch wenn es um seine Geschäfte und die Regelung seiner Angelegenheit geht. Sogar seine Schiffe bemannt er mit ihnen!«

Da fiel Zhu wieder ein, was Ma gesagt hatte: *Aber General Ouyang ... Der hasst Frauen bloß.* Ouyang empörte sich nicht über die Freibeuterei an sich. Es ging ihm darum, dass sie von *Frauen* ausgeübt wurde.

Zhu mochte Frauen, auch wenn sie sich nicht zu ihnen zählte, und ihr gefiel nach wie vor nicht, wie Ouyang Ma behandelt hatte. Aber dann dachte sie an seinen zornigen, verletzten Stolz – seine vergeblichen Bemühungen mit dem Ziel, dass die Menschen an seinem Äußeren vorbeisähen und den Mann erkannten, der er war – und verspürte einen Anflug von Mitgefühl. Wie lange hatte sie ihren eigenen Leib gefürchtet? Sie konnte nachempfinden, wie Angst und Abscheu Ouyang dazu getrieben hatten, alles Weibliche abzulehnen.

Als die Piratinnen weitergezogen waren, wandte Zhu ihre Aufmerksamkeit den anderen Lungerern zu. Ihr Blick fiel auf ein Grüppchen ungepflegter Männer, denen verschiedene Gliedmaßen fehlten. Sie hockten im Kreis, wetteten auf Grillenkämpfe und warteten auf die anderen Fischer, die im Tempel für eine ruhige See beteten. Offenbar tratschten nicht nur Mönche gern.

»Was würdet Ihr tun, wenn ich Euch einen Augenblick allein ließe? Würdet Ihr Euch ins Meer stürzen und versuchen, nach Yingtian zu schwimmen, bloß um mich zu piesacken?«

»*Piesacken* will ich euch nicht«, sagte Ouyang unheilvoll. Durch das Mundloch seiner Maske sah sie seine gefletschten Zähne. Wie weiß und gerade sie waren – sie hatte noch keinen Nanren mit derart schönen Zähnen gesehen. Vielleicht hatte es etwas mit der mongolischen Ernährung zu tun. »Ich will Euch den Bauch aufschlitzen, mir mein Heer zurückholen und es gegen Dadu führen!«

Zhu betrachtete ihn. »Es ist mir ein Rätsel, wie es Euch gelungen ist, einen derartig epochalen Verrat zu begehen: Schließlich sagt Ihr immer genau das, was Ihr gerade denkt!« Zum Glück war Xu Da bereits auf dem Rückweg. Sie sah ihm an, dass er keinen Erfolg gehabt hatte. »Dann bleibt Ihr eben bei General Xu, während ich mich mit diesen bärbeißigen Fischern dahinten anfreunde. Ihr habt mir ja bereits sehr geholfen. Denn ich weiß vielleicht nicht viel über Fische oder das Meer, aber seht«, sie wedelte mit ihrer Holzhand vor seinem Gesicht herum, »wie viel diese Männer und ich gemeinsam haben!«

☯

»Sie nennen sie die Festungsinsel.«

Ouyang, noch immer maskiert, hörte nur mit halbem Ohr zu. Sie saßen im Speisezimmer des Gasthauses, und Zhu brachte gerade seine Männer auf den neusten Stand. Er unterbrach sich, als ein Aufwärter Schälchen voll klarer, öliger

Suppe mit geschnittenen Bambussprossen und Goji-Beeren servierte. Kaum war er gegangen, fuhr Zhu fort:

»Es ist eine der Felseninseln, die man vom Strand aus sehen kann. Früher lebten darauf Fischer, aber die Yuan haben sie vertrieben und ihre Salzlagerhäuser dorthin gebaut. Hohe Mauern versperren alle Zugänge zum Meer. Man kommt nur noch über den bewachten Hafen auf die Insel, in dem die Transportschiffe liegen.«

General Xu hob sein Schälchen an den Mund, zuckte zusammen und stellte es mit reumütigem Blick wieder ab – er wusste wohl selbst, dass er die Suppe erst hätte abkühlen lassen sollen. »Eine Insel? Darauf sind wir nicht vorbereitet.«

»Leider«, stimmte Zhu ihm zu. »Meine Kundschafter haben es nicht bis in die Stadt geschafft. Ihr Wissen stammt aus zweiter Hand: Sie haben Leute außerhalb Taizhous ausgefragt. *Ich* bin natürlich davon ausgegangen, dass die ›Lagerhäuser an der Küste in der Nähe eines Hafens‹ auf dem Festland stehen!«

Ja ist denn das die Möglichkeit, dachte Ouyang höhnisch. Seine verschorften, entzündeten Füße pochten im Takt seines Herzschlags. Zhus lächerlicher Vorstoß war gescheitert, bevor er überhaupt richtig losgegangen war. Sie würden mit leeren Händen zurück nach Yingtian kommen, und der Salzmangel würde Zhus Niederlage gegen General Zhang herbeiführen. Ihm blieb nichts anderes übrig, als einen Ausweg aus jenem verschlossenen Zimmer in Yingtian zu finden. Wie wusste er nicht; er wagte kaum, darüber nachzudenken, weil ihn die Erinnerung an die zugenagelten Fenster und die achtsamen Wachen in nackte Panik versetzte. Aber er musste es schaffen.

Zhu warf ihm einen Blick zu. »Selbst wenn Ihr die Maske tragt, spüre ich Euren finsteren Blick. Aiya, wie unangenehm! Es erinnert mich daran, wie wir immer in dieser Halle mit den Dämonenstatuen knien mussten, um über unsere Sterblichkeit nachzusinnen.«

General Xu und er tauschten einen Blick und rezitierten in unheimlicher Einstimmigkeit: »*Mein Körper, von Würmern verschlungen; mein Körper, ein Skelett ohne Fleisch an den Knochen, blutverschmiert und von Sehnen zusammengehalten.*«

Kurz sah Ouyang einen Leib vor sich, der Lebendigkeit beraubt, die er gekannt und geliebt hatte. Blutige Knochen im nassen Boden. Sein Schmerz wirbelte wie Öl, in das man eine Kelle Wasser gibt. Jene qualvolle Umnachtung wollte über ihn kommen, und er wusste, dass er sie mit seinen schmerzenden Füßen allein nicht in Schach würde halten können. Also griff er nach einem Schälchen, stieß seine Maske hoch und stürzte die Suppe hinunter.

Sie war siedend heiß. Es war, als hätte er einen glühenden Stein aus der Bauchhöhle einer garenden Ziege genommen und ihn sich auf die Zunge gelegt. Die zarte Haut in seinem Mund schälte sich. Ein enormer innerer Druck verdrängte alles andere, bis ihm war, als würde sein Kopf schweben. Alle Erinnerungen waren ausgelöscht, das Elend war vergessen, und es war von ihm nichts weiter übrig als selige, beispiellose Qual.

Langsam kam er wieder zu sich. Zhu schaute ihn über den Tisch hinweg nachdenklich an: als wüsste er zwar genau, was Ouyang getan hatte, fragte sich jedoch, was ihn dazu veranlasst hatte. Erst als Ouyang sich die Maske wieder vors Gesicht zog, blickte Zhu fort.

»Die Fischer, mit denen ich gesprochen habe, haben früher auf der Insel gelebt und kennen sie also gut. Offenbar besteht sie ganz aus Kalkstein; er ist von Tunneln durchzogen, von denen manche von der Oberfläche bis ins Meer hinabreichen. Wenn wir gut genug zahlen, bringen uns die Fischer mit Booten zu einem Tunneleingang.«

»Wo ist der Haken?«, fragte General Xu. Er nippte vorsichtig an seiner Suppe.

»Ach, du kennst mich zu gut!«, sagte Zhu. »Ja, es gibt einen Haken. Die Yuan machen sich nämlich aus einem ganz bestimmten Grund keine Sorgen, dass jemand durch die Tunnel kommen könnte: Die Eingänge liegen unter Wasser.«

»Ich mag mich täuschen«, sagte General Xu nach einem Augenblick des Schweigens, »aber ich habe sagen hören, das Meer sei recht tief. Ich war noch nie in einem Gewässer, in dem ich nicht hätte stehen können, und ich glaube, das trifft auch auf alle anderen hier zu. *Du* kannst ganz sicher nicht schwimmen – immerhin hast du dich deine gesamte Kindheit über geweigert, auch nur die große Zehe ins Wasser zu tunken.« Weder er noch Zhu verzogen eine Miene, aber in dem Blick, den sie teilten, lag etwas Ähnliches wie ein Lächeln.

»Ist es schwierig? Ja. Aber nicht unmöglich!«

Ouyang konnte nicht fassen, dass keiner der anderen zurückschreckte oder protestierte. Stattdessen beugten sie sich gespannt vor – als trauten sie ihrem Anführer zu, ein Problem zu lösen, für das es keine Lösung geben *konnte.*

Ruhig sagte Zhu: »General Ouyang wird uns helfen.«

6

KHANBALIQ

Die ungewöhnliche Hitze des Herbstes war bereits Erinnerung. Über den geschwungenen Dächern des Ministeriums brach gerade eine zarte, gläserne Morgendämmerung an, als herrschte im Reich des Himmels bereits Frost, der nur noch nicht auf die Erde herabgesunken war. Der lebendige Glanz erinnerte Baoxiang an eine frische Keramikglasur. Baoxiang hatte eine weitere Nacht zerrütteten Schlafs hinter sich, aber nun, da er unterwegs war, schien sich die bleierne Müdigkeit ein wenig zu heben. Jeder Morgen bedeutete zwar eine Niederlage, barg aber zugleich auch eine Hoffnung: nämlich dass dieser Tag besser werden könnte als der vorangegangene. Gewöhnlich konnte er bis zum frühen Nachmittag an dieser Zuversicht festhalten – dann wurde sie zwangsläufig zunichte, weil die nächste Nacht unaufhaltsam näherrückte.

Die langen Korridore des Ministeriums lagen still und verlassen da. Wie von Geisterhand waren Feuerschalen entzündet und die Schreibtische mit frisch gemahlener Tusche versorgt worden. Baoxiangs eigenes Büro befand sich im selben Gebäude wie das des Ministers, nur ein paar Türen weiter. Er versank in seiner Arbeit. Der Rhythmus war beruhigend:

Zahlen, Summen, das Klackern des Abakus und das Streichen des Pinsels über Papier …

Er merkte erst, dass er eingenickt war, als ihn ein Geräusch aufstörte. Er fuhr so heftig auf, dass seine Zähne aufeinanderschlugen. Es war dasselbe Geräusch, das ihn jede Nacht Hunderte Male aus dem Schlaf riss – und trotzdem konnte er sich hinterher nie daran erinnern, was er eigentlich gehört hatte. Er wusste nur eins: Es rief ein solch fürchterliches Grauen hervor, dass er am ganzen Leib schlotterte und sein Mund staubtrocken war.

»Aigu, was habt Ihr mich erschreckt!«, rief die Dienstmagd, die mitten im Zimmer stand.

Er starrte sie an. Die Gegenwart eines anderen Menschen, während er sich vor Entsetzen kaum rühren konnte, gab ihm das Gefühl, den Verstand verloren zu haben. »*Ich* habe *dich* erschreckt?«, stieß er hervor. »Wie sich die Stadt doch von den Provinzen unterscheidet! Hier soll sich ein Fürst wohl um die Gefühle der Dienstboten sorgen!«

So zu tun, als wäre er er selbst, war der beste Weg, wieder zu sich zurückzufinden. Zu seiner Erleichterung beruhigte sich sein Herzschlag. Er umklammerte seinen Pinsel so fest, dass er einen Krampf in der Hand hatte.

»Der Fürst von Henan hat diese unwürdige Dienerin so erschreckt – sie hat doch tatsächlich kurz vergessen, dass sie einen Fürsten vor sich hat!«, sagte die Magd gut gelaunt. Jetzt erst erkannte er sie wieder: Es war die fröhliche junge Frau mit den Grübchen, die am Tag seiner Prüfung die Erfrischungen gebracht hatte. »Sie bittet eintausendmal um Entschuldigung, dass sie den verehrten Fürsten geweckt hat, den sie mit einem hart arbeitenden Beamten des Finanzministeriums verwechselt hat!«

Wie unverschämt sie war! Erst wagte sie es, ihn zu überfallen, beschuldigte ihn dann, sie erschreckt zu haben – und am Ende war ihre Entschuldigung nicht einmal ernst gemeint! Sie stellte ein Tablett auf seinem Schreibtisch ab und kniete nieder, um den Becher aufzuheben, der ihr hinuntergefallen war. Der Stoff ihrer rosa akzentuierten Dienstbotenkluft spannte über ihrer Hüfte und warf Falten in der Taille darüber. Sie strich sich eine lose Haarsträhne hinter ihr zierliches Ohr. Baoxiang ertappte sich dabei, wie er ihr Profil betrachtete. Gewöhnlich zogen ihn verspielte Frauen wie sie an. Doch bei diesem Gedanken wurde ihm vor Erschöpfung bloß flau.

»Ich habe nicht nach Tee geschickt«, sagte er brüsk.

Sie erhob sich mit dem Becher. Wenn sie belustigt war, erschienen nicht nur Grübchen – auch ihre Wangen hoben sich und wirkten geradezu absurd rund. »Vergebt mir, hochgeschätzter Fürst. Es schien mir, als könntet Ihr welchen vertragen.« Ihr Gesicht war ungewöhnlich breit. Sie musste aus dem Nordosten stammen. Vielleicht aus Goryeo. »Ich hole Euch einen sauberen Becher«, sagte sie sanft und ging.

Im Korridor vor seinem Büro herrschte bald die übliche Geschäftigkeit: Beamte, Diener und Boten wimmelten durcheinander. Die Mittagsstunde war verstrichen und Baoxiang war bei der siebten Kanne Tee angelangt, als plötzlich jemand sagte: »Ach, die Konzentration der Jugend!«

Der wohlwollende Blick des Ministers ruhte auf ihm. Seine Robe war so zerknittert, als hätte er darin geschlafen; Baoxiang war das prompt an seiner Stelle peinlich.

»Und das Sehvermögen der Jugend ... Genießt es, solange Ihr es noch habt! Ich kann mich kaum noch daran erinnern, wie es war, nicht beinahe die Nase aufs Papier drücken zu müssen.« Der Minister ließ einen Stapel Bücher auf Baoxiangs Schreibtisch fallen. Um Platz zu sparen, waren sie mit chinesischen Zeichen beschriftet worden. Es waren die Hauptbücher des Ministeriums, die der Minister aus Sicherheitsgründen selbst prüfte und verwahrte. »Legt eine Pause ein. Ich habe keinen Zweifel daran, dass Ihr die Arbeit später leicht zu Ende bringt. Und nun setzt Eure jugendliche Kraft ein und tragt die für mich, ja?«

Baoxiang schwieg eine Weile. Dann begriff er, dass der Minister ihn nicht verspotten wollte – er meinte es ernst. »Der Minister muss der Erste sein, der mich für stark hält«, sagte er. Er fühlte sich eigenartig verwundbar, als trüge er eine Rüstung mit einem gewaltigen Loch – aber anstatt ihn aufzuspießen, hatte der Minister die Hand durch die Öffnung gestreckt und ihn getätschelt.

»Gelehrte haben ihre eigene Art von Stärke«, sagte der Minister. »Habt Ihr schon einmal junge Krieger unterrichtet und sie gezwungen, länger als eine Stunde zu studieren? Oje, wie sie da jammern und klagen! Und hinterher sind sie erschöpfter, als wir es nach einer Schlacht wären.« Seine Augen funkelten. »Gewiss habt Ihr in Eurem Leben genug Bücher getragen, dass Euch nicht die Arme abfallen werden! Kommt, ich muss der Audienz des Großkhans mit den Ministern beiwohnen. Wenn wir gleich aufbrechen, haben wir noch Zeit für einen kleinen Spaziergang.« Ein verschwörerischer Ausdruck erschien auf seinem bärtigen Gesicht. »Es ist die richtige Zeit für frische Walnüsse und Kakipflaumen! Ihr seid neu in Khanbaliq – habt Ihr schon eine hiesige Kaki gekostet? Das müsst Ihr!«

So kam es, dass Baoxiang dem Minister über den Widderkopf-Markt folgte, der auf der Ostseite Khanbaliqs lag und somit nicht gerade auf dem Weg. Er hielt einen aufgespannten Sonnenschirm in der Hand und balancierte den ungeheuer schweren Stapel Hauptbücher (»Verliert sie bloß nicht!«) in der Armbeuge. Der wolkenlose Himmel war weiß. So schien es im Norden immer zu sein: als hinge ein unsichtbarer Schleier vor der Sonne, der ihrem Licht alle Farbe entzog. Auf dem Markt herrschte reges Treiben. Neben dem Vieh, dem er seinen Namen verdankte, wurden Bücher feilgeboten, religiöse

Gegenstände und Schmuck; Früchte zum Essen und Früchte, die sich als Opfergaben eigneten; Pornografie; Singvögel in Weidenkäfigen; getrocknete, beschnitzte Kürbisse, in denen man Grillen halten konnte; Kampfhähne, Miniaturbäume und interessant geformte Steine für Gärten. Der strenge Tiergeruch mischte sich mit angenehmeren Düften: geröstete Kastanien, Hefeklöße, frisches Brot und alle möglichen gegrillten und in Öl gebratenen Gerichte.

Der Minister huschte von Stand zu Stand. Seine Begeisterung war so peinlich wie seine zerknitterte Robe. Baoxiang, dessen Sonnenschirm die drängelnde Menge auf Abstand hielt, beobachtete ihn distanziert. Da überkam ihn unerwartet ein Gefühl des Verlustes. Es war noch gar nicht so lange her, dass ihn das Schöne und Neue ebenso begeistert hatte. Er konnte sich nicht einmal mehr erinnern, wie es gewesen war, jenen Funken in sich zu tragen, der sich so leicht entzündete – er wusste nur, dass er erloschen war.

Ein Stock mit braunen Klumpen erschien vor seiner Nase. »Eine Spezialität aus meiner Heimatstadt!«, rief der Minister. »Gegrillte Hühnerlebern. Ach, die haben hier einfach alles!«

Wie ein Bauer aß der Minister im Gehen. Klarer Saft sickerte ihm in den Bart. Dann blieb er stehen – und plötzlich hatte Baoxiang wieder den Stock vor der Nase. »Das hier ist köstlich – Ihr müsst es probieren!«

»Ich weiß nicht …«

»Na los!« Der Minister grinste wie ein Narr.

Da Baoxiang die Bücher und den Sonnenschirm festhalten musste, hatte er keine Hand frei. Widerstrebend beugte er den Kopf und zog mit den Zähnen eine Leber vom Stock. Er gab sich Mühe, Genuss zu heucheln, aber das Fleisch schmeckte nach Asche – wie alles, was er in letzter Zeit gegessen hatte.

Der Minister schaute ihm noch immer ins Gesicht. Nach einem Augenblick sagte er: »Was die Leute auch sagen mögen:

Ihr seid ein talentierter junger Mann. Ihr werdet weit kommen, wenn Ihr Euch auf mich stützt.«

Baoxiang versteifte sich. Er fühlte sich entblößt und schauderte unwillkürlich.

»Ihr braucht nicht überrascht zu tun!«, sagte der Minister. »Ich weiß, worum es Euch geht.«

Der Minister mochte sich wie ein Narr verhalten, aber wäre er einer gewesen, wäre er nie Minister geworden. Selbstverständlich war er auf der Hut vor denjenigen, die sich ihm näherten und dabei ihre eigenen Ziele verfolgten. *Narr,* beschimpfte Baoxiang sich selbst. *Du selbst warst hier der Narr!*

Als er protestieren wollte, winkte der Minister ab. »Es ist ganz normal, dass ehrgeizige junge Männer alle Gelegenheiten nutzen, die sich ihnen bieten.« Erst jetzt fiel Baoxiang auf, wie freundlich der Minister sprach. Er setzte sich wieder in Bewegung. »Ich weiß, Ihr werdet mich übertreffen, und ich missgönne es Euch nicht. Die Zeit aller alten Männer ist irgendwann vorbei, und ich bin ein alter Mann. Ich will Euch nur sagen: Ich weiß Bescheid, und ich werde Euch helfen.«

Baoxiang eilte ihm nach. Jetzt war ihm, als wäre er selbst soeben wie eine Hühnerleber aufgespießt worden. Was er hatte stehlen wollen, wurde ihm geschenkt. Er schämte sich.

»Seid ehrgeizig, Wang Baoxiang«, sagte der Minister. Sie verließen den Widderkopf-Markt und traten in den kalten Schatten der Mauer um die Kaiserstadt. »Aber seid auch vorsichtig: Mischt Euch nicht in die Streitigkeiten der kaiserlichen Familie ein! Es endet böse, wenn Bürokraten sich in Hofangelegenheiten verstricken. Das habe ich oft genug erlebt.«

Die Scham plagte ihn. Ihm war, als schürfte sie ihm am ganzen Leib die Haut auf. Aber es hatte keine Bedeutung. Er hatte sein Schicksal angenommen, lange bevor er diesen gütigen alten Mann kennengelernt hatte. Daran war nicht mehr zu rütteln.

Sie überquerten den Wehrgraben und wurden durch das rote Tor der Kaiserstadt gewinkt. »Aller Ehrgeiz nützt einem jedoch nichts, wenn man nicht auf die eigene Gesundheit achtet«, fuhr der Minister fort. »Ich habe Männer überflügelt, die talentierter waren als ich, bloß weil ich gut gegessen und geschlafen habe. Im Gegensatz zu ihnen bin ich alt geworden! Denkt also daran, Euch ab und an einmal auszuruhen. Hört Euch in Gesellschaft schöner Frauen Musik an. Haltet hin und wieder ein Nickerchen. Sucht Euch ein Steckenpferd!«

»Ein Nickerchen würde ich gern hin und wieder halten«, sagte Baoxiang düster. Selbst der Gedanke an Schlaf deprimierte ihn. »Ich arbeite allerdings nicht die ganze Zeit. Manchmal male ich.« Er dachte an das Projekt auf seinem Schreibtisch in dem erbärmlichen gemieteten Haus in der Straße am Pingzhe-Tor. »In letzter Zeit habe ich mit Holzschnitten experimentiert. Ich versuche mich am Porträt eines Mannes, den ich ein paar Mal getroffen habe. Er hatte ein interessantes Gesicht.«

»Ein bewundernswertes Vorhaben! Wie oft habe ich mir künstlerisches Talent gewünscht! Leider ist es mir nicht gegeben. Meine Pferde sehen aus wie Kaninchen, meine Kaninchen wie Fasane. Allerdings besitze ich ein paar wunderschöne Holzschnitte von einem jungen Mann aus Tianjin. Die zeige ich Euch bei Gelegenheit ...«

Durch das letzte Tor gelangten sie auf die Straße, die einmal ganz um die Palaststadt herumführte. Alle paar Manneslängen standen Wächterpaare. Die hohen Mauern auf beiden Seiten vermittelten den Eindruck, man befände sich in einer Schlucht. Der feine weiße Sand unter ihren Füßen war in ewige bläuliche Schatten getaucht.

Hinter ihnen schrie jemand: »Platz da!«, und sie sprangen hastig beiseite. Eine offene Sänfte wurde im Laufschritt vorbeigetragen.

Auf dem Sitz thronte die Herrin Ki. Ihr Goldschmuck schwang. Auf ihren Zügen lag ein Ausdruck kalter Entschlossenheit, der mit ihrer schmeichlerischen Turtelei in Gegenwart des Großkhans kaum in Einklang zu bringen war. Es war schockierend – als sähe man den Schädel unter der Haut. Aber natürlich sahen Männer gewöhnlich nur das, was Frauen ihnen zeigen wollten. Baoxiang dachte an die Herrin Zhang, an ihre makellose Fassade. Selbst seine liebste Kurtisane in Anyang, der er recht nahegekommen war, hatte ihn überrascht, als sie ihn das erste Mal hinter ihre Maske hatte schauen lassen. Vorher hatte er keine Ahnung gehabt, dass sie so stark empfand, so klar dachte und so intensiv begehrte wie er selbst.

»Macht Euch auf etwas gefasst«, sagte der Minister nachdenklich. Sie folgten der Sänfte zur Halle des großen Glanzes. »Die Herrin Ki dürstet es nach Blut.«

☯

Die Herrin Ki hob sich von den Beamten in der Halle des großen Glanzes ab wie eine Perle von Steinen. Dabei war sie selbst in ihrer Jugend gewiss keine Schönheit gewesen. Sie hatte eine zu lange Nase und abstehende Ohren, von denen das kunstvoll aufgesteckte und mit der Phönixnadel gekrönte Haar nicht ablenken konnte. Ihre hängenden Augenlider wurden durch die strengen Brauen, gerade getuscht wie die eines Mannes, noch betont. Heute jedoch, ohne die Weichheit der Jugend, war sie mit ihrer exquisiten Statur und dem langen Hals ein Bild harter Eleganz. Von Kälte oder Rohheit war nichts mehr zu sehen.

»Eure Hoheit, diese Frau wagt es, ihre Stimme in wichtigen Staatsangelegenheiten zu erheben.« Das Lächeln der Herrin Ki galt allein dem Großkhan auf seinem Thron. »Der elende Verräter Zhang Shicheng und sein vermeintliches Königreich sind nur ein vorübergehendes Ärgernis. Bitte zieht nicht in

Erwägung, das Heer nach Pingjiang zu entsenden! Dieser falsche König verdient Eure Aufmerksamkeit nicht. Sollen er und die übrigen Manji-Hunde sich gegenseitig aufreiben. Die Harmonie wird auf natürlichem Wege nach Groß-Yuan zurückkehren. Wie könnte es anders sein? Schließlich besitzt Eure Hoheit das Himmelsmandat!«

»Sie will die Unterwerfung der Familie Zhang verhindern?«, wisperte Baoxiang dem Finanzminister zu. Das Großreich – der Norden, der Süden und die Vasallenstaaten – war wie ein Speichenrad, das sich mit hoher Geschwindigkeit drehte. Brach eine einzige Speiche heraus, konnte das ganze Gebilde auseinanderfallen. Selbst Esen hatte das gewusst; nicht umsonst hatte er es sich zur Lebensaufgabe gemacht, die Rebellion im Süden zu unterdrücken.

»Von ihrer Warte aus ist es vernünftig«, raunte der Minister zurück. »Bedenkt: Die Kaiserin verbringt jeden Monat eine Nacht mit dem Großkhan. Heute ist es wieder soweit, und wer weiß? Vielleicht empfängt sie dieses oder nächstes Mal einen Sohn. Sie braucht nur einen besser geeigneten Erben zur Welt zu bringen, und die Schande ihrer Familie wäre getilgt. Die Herrin Ki weiß jedoch: Solange die Zhangs Groß-Yuan die Treue verweigern und die Hauptstadt auf Salz aus Goryeo angewiesen ist, ist sie sich ihres Platzes sicher.« Gedankenvoll fügte er hinzu: »Die Herrin Ki war nicht immer die liebste Gemahlin des Großkhans, müsst Ihr wissen. Früher hat er ihr die Mutter des ersten und zweiten Prinzen vorgezogen.«

Wie viele andere Kinder waren die beiden Knaben jung gestorben. Allerdings konnte man an der Natürlichkeit ihres frühen Ablebens durchaus seine Zweifel haben. Baoxiang erinnerte sich sehr gut an die unbeugsame Entschlossenheit, die er der Herrin vorhin angesehen hatte. Frauen mochten ebenso großen Ehrgeiz besitzen wie Männer, doch die Welt, auf den sie ihn richten konnten, war ungleich enger. Das Schicksal

Groß-Yuans bezog die Herrin Ki nicht in ihre Entscheidungen mit ein. Ihr Reich war der Palast, daher richtete sich ihr ganzes Bestreben darauf, die Bedrohung abzuwenden, die von der Kaiserin ausging. Gegen ihre eigene größte Schwäche war sie machtlos.

In diesem Meer der Beamten mit ihren dunklen Hüten war der dritte Prinz in seinem schwarzen Mantel aus Damast leicht zu übersehen. Die eingestickten silbernen Drachen verwandelten es in das nächtliche Spiegelbild der kostbaren goldenen Robe seines Vaters, als wäre er tatsächlich der Kronprinz, der eines Tages die Regierungsgeschäfte übernehmen würde. Die Abneigung seines Vaters schien ihn nicht weiter zu beeindrucken; wie üblich stand ihm lässige Arroganz ins Gesicht geschrieben.

»Eure Hoheit!« Der Kanzler wirkte ungläubig. »Wie könnte der Hof Zhang Shichengs Verrat tolerieren? Er muss bestraft werden, und dafür ist ein rascher, entschlossener Militäreinsatz vonnöten. Unvorstellbar, dass der Herrscher der Welt untätig bleiben soll gegen diejenigen, die ihn und den Himmel selbst kränken!« Er fiel vor dem Großkhan auf die Knie, die Hände flehend erhoben. »Eure Hoheit«, rief er, »bitte erwägt den Rat dieses alten Kriegers!«

Die Minister und ihre Beamten riefen wie ein stimmgewaltiges Echo: »Eure Hoheit, bitte erwägt den gegebenen Rat!«

Die Schwaden, die aus den bauchigen Rauchgefäßen aufstiegen, ließen den stirnrunzelnden Großkhan auf seinem Thron beinahe verschwinden. Baoxiang erkannte den Duft von Sandelholz. Selbst dieser unbedeutende Luxus würde bald der Vergangenheit angehören: Auch Sandelholz war ein Gut aus dem Süden, das Khanbaliq nur dann erreichte, wenn die Herrin Zhang es gestattete.

Aller Augen ruhten auf dem Kanzler. Dass er auf den Knien lag, tat dem keinen Abbruch. Ein Besucher hätte auf den ersten Blick gesehen, wie die Macht bei Hofe verteilt war. Die Herrin Ki, die liebenswürdig lächelte und in deren Augen Mordlust lag, wusste es ebenfalls. Und da die Minister alle hinter dem Kanzler standen, hatte sie auch keinerlei Aussicht darauf, seine Absetzung zu erreichen.

Aber nun habt Ihr mich, dachte Baoxiang kalt.

Der dritte Prinz stand schweigend da, während der Großkhan zwischen seiner Mutter und dem Kanzler hin und her schaute. Zunächst zeigte er sich uninteressiert, doch als die Minister untereinander zu tuscheln begannen und die Spannung in der Halle stieg, ballte er die Hände so fest zu Fäusten, dass sie ganz weiß wurden. Er mochte ein hochmütiger, eingebildeter Junge sein, aber er wusste, dass seine Mutter diesen Auftritt seinetwegen veranstaltete – weil er eben nicht der Kronprinz war, sondern unzureichend.

»Eure Hoheit, bitte befehlt uns!«, sagte der Kanzler, und die schwerlidrigen Augen des Großkhans öffneten sich weit, als wäre er ein alter Mann, der beim Spielen erschrocken feststellt, dass er am Zug ist. Er bedeutete dem Kanzler, sich zu erheben. »Wie üblich spricht er wahr. Wie können Wir …«

Die Herrin Ki schrie auf und brach zusammen. Einen Augenblick lang war es ganz still – die Minister nahmen den spektakulären Anblick der gestürzten, stöhnenden Gemahlin in sich auf –, dann brach ein Höllenlärm los. Die Herrin war wirklich äußerst geschickt zu Boden gefallen, dachte Baoxiang. Sie lag inmitten der gebauschten Seide ihres Gewandes wie eine Jungfrau in einem Feld Ringelblumen.

Der Prinz stürzte zu seiner Mutter, wich aber sogleich wieder zurück, aschfahl, als wäre er getadelt worden. Wimmernd richtete die Herrin Ki sich auf und streckte die Arme nach dem Großkhan aus, der die Stufen seines Throns herabeilte.

»Ruft den Arzt!«, rief er und ergriff die weißen Hände der Herrin. Eunuchen und Beamte liefen durcheinander. Der

Kanzler erhob sich, richtete mit zwei ungeduldigen Rucken sein Gewand und verließ die Halle. Verärgert wirkte er nicht. Die Herrin Ki konnte die Entscheidung schließlich nicht ewig hinauszögern; es würde andere Gelegenheiten geben.

Der kaiserliche Arzt kam mit einer Schar Gehilfen hereingehastet. Der dritte Prinz beobachtete mit jammervoller Miene, wie sie die Herrin umringten. Wie ein verletztes Kind sah er aus, dessen Mutter sich von ihm abwandte, um ihre Aufmerksamkeit jemand anderem zu schenken; wie ein Knabe, der nicht aufhören konnte, sich nach der Liebe seiner Mutter zu sehnen – auch wenn der Mann, zu dem er herangewachsen war, längst wusste, dass er sie nie erringen würde.

☯

»Na, wenn das nicht der Fürst von Henan ist! Warum geht Ihr zu Fuß? Könnt Ihr etwa nicht reiten?«

Baoxiang wandte sich um. Der Minister war noch ins Gespräch vertieft gewesen, daher war er vorausgegangen. Nun bedauerte er, dass er nicht gewartet hatte. Im Laufe der Audienz war die Sonne tiefer gesunken, nun schimmerte sie weiß und kalt auf dem Quarz des weiten Platzes, über den man zum Chongtian-Tor und zum Finanzministerium auf der anderen Seite gelangte. Hier und da standen in Töpfen verdrehte kleine Gebirgsbäumchen. Draht hinderte sie daran, zu groß zu werden; ihre knorrigen Äste reichten einem nicht höher als bis zur Taille. Selbst in Miniaturform erinnerten die Bäume an die trockene, bergige Hochebene, auf der die Frühjahrsjagd des Großkhans stattfand. Und um das Bild zu vervollständigen, kam nun noch eine Gruppe berittener junger Mongolenkrieger auf der Hatz dazu. Die Drachen auf dem mit Otterpelz verbrämten Mantel des dritten Prinzen glommen mit derselben matten Helligkeit wie die nördliche Sonne.

Diesen Tanz kannte Baoxiang. Wie alt war er in jenem Sommer gewesen? Er hatte das Haar noch zu Zöpfen geflochten getragen, also vielleicht vierzehn. Höchstens fünfzehn. Mürrisch war er der Jagdgesellschaft seines Vaters hinterhergeritten, voller Unmut, dass man ihn von seinen Büchern fortgezerrt hatte. Im Wald hatte er einen Hasen geschossen und war abgestiegen, um ihn aufzusammeln – da hatte er gemerkt, dass er die Rufe der Männer nicht mehr hören konnte. Es war ganz still gewesen. Nur die Kiefernnadeln hatten unter seinen Sohlen geknirscht.

Dann waren Esens Freunde aufgetaucht. Vier junge Männer, die hitzige Blicke miteinander tauschten, als sie absaßen. Ihre Wildlederstiefel verursachten kein Geräusch auf dem dichten Nadelteppich. Baoxiang wusste gleich, was ihm bevorstand. Doch schlimmer als das Gefühl der Bedrohung war das Unvermögen gewesen, die Angst zu beherrschen: Seine Handflächen waren feucht geworden, und seine Beine hatten geschlottert.

Den größten Teil seines Lebens über hatte er geglaubt, Esen und andere Männer wären im Gegensatz zu ihm in der Lage, ihre Angst zu besiegen. Erst kürzlich hatte er begriffen: Sie empfanden nicht wie er. Sie fürchteten sich durchaus; es war ihnen nur nicht bewusst. Sie schwammen in einem reißenden Fluss, ohne je zu merken, dass es eine Strömung gab, die sie hierhin und dorthin zog.

Er hatte den Hasen fallen lassen und seinen Bogen gespannt. Zwar hatten seine Hände gezittert, aber in seinem Zorn war ihm das Schießen wie die leichteste Sache der Welt vorgekommen.

Der Pfeil war von der Sehne geschnellt.

Ob man ein Ziel traf, hatte wenig damit zu tun, wie man die Sehne spannte oder losließ. Man musste treffen *wollen.* Es war kein bewusster Akt; der Leib kanalisierte das Verlangen. Und neben seiner Furcht verspürte Baoxiang nun ebendas: ein starkes, von rasender Wut befeuertes Verlangen. Er wollte treffen. Verletzen.

Der Pfeil gehorchte ihm. Bloß hielt ein Krieger im Gegensatz zu einem Strohziel oder einem arglosen Hasen nicht still. Der Pfeil sauste vorbei und bohrte sich in einen Baumstamm.

Kurz hatte sich niemand gerührt. Erschüttert hatten sie den bebenden Pfeil angestarrt: die drei Krieger, die noch standen, sowie der, der sich zu Boden geworfen hatte. Sie hatten Baoxiangs unverhältnismäßige Reaktion nicht verstehen können. Doch sie war nicht unverhältnismäßig, hatte Baoxiang voller Entsetzen gedacht. Krieger hatten bloß keine Ahnung, wie es war, Angst zu haben.

Und jetzt, zehn Jahre später, schwangen sich wieder junge Krieger aus ihren Sätteln und kamen auf ihn zu. Er ließ sie seine Angst sehen. Es war Darbietung und Wahrheit zugleich: Er bebte an allen Gliedern, und seine Hände hinterließen feuchte Abdrücke auf den Büchern. Sie sahen es und glaubten, sie hätten das Kommando. Doch sie ahnten nicht, dass die Beleidigungen, die sie zischten – ihr Jagdfieber – nur ihnen neu war. Baoxiang hatte all das schon erlebt. Er wusste, wie dieses Zusammentreffen ausgehen würde, und deshalb war *er* der Herr der Lage.

Einer der jungen Adeligen stieß ihn vor die Brust. Nicht hart: ein Raubtier, das mit seiner Beute spielt. »Bücher. Wozu braucht ein Mann so viele Bücher? Wollt Ihr sie nachts im Mondschein lesen?«

Nun kamen die anderen dazu. Sie schubsten ihn, entdeckten das uralte Spiel für sich neu. Baoxiang stolperte herum, und das Herz schlug ihm bis zum Hals. Als er sich fing, begegnete er dem Blick des dritten Prinzen. Sein bärtiges junges Gesicht glühte. Er genoss seine Rolle: Er war der Jäger, der seine Hunde zurückrufen konnte, es aber nicht tat. Natürlich nicht: Er wollte Baoxiang bestrafen.

Die jungen Männer lachten und bedrängten ihn. Sie stießen ihn nun kraftvoller hin und her, und schließlich konnte er das Gleichgewicht nicht mehr halten. Mit einem Aufschrei fiel er auf den Platz, und seine Bücher rutschten dem dritten Prinzen aufgefächert vor die Stiefelspitzen.

Der sank in die Hocke. Trotz seiner beinahe noch jugendlichen Schlankheit bewegte er sich mit der Selbstsicherheit eines Kriegers. Seine Augen leuchteten vor Neugier, aber Baoxiang wusste: In der Gesellschaft seiner Freunde würde diese Neugier rasch in Grausamkeit umschlagen.

Mit der Fingerspitze strich der dritte Prinz über die Schriftzeichen auf dem Buchdeckel. »Das ist ja nicht einmal Poesie! Buchführung – so etwas Langweiliges!«

Baoxiang verbiss sich die Antwort, die ihm auf der Zunge lag: *Wie schön, Ihr könnt ja lesen!* Stattdessen sagte er ruhig: »Es sollte Euch nicht überraschen. Ich bin Buchhalter.«

Die Wangen des dritten Prinzen waren gerötet. Er atmete rasch, redete sich jedoch zweifelsohne ein, dass er Abscheu verspürte und nichts anderes. »Aber nicht nur.«

Baoxiang war sich seiner Verletzlichkeit deutlich bewusst, denn er sah dem dritten Prinzen an, was in ihm vorging. In seiner Erinnerung hatte sich verändert, was sich zwischen ihnen ereignet hatte. Er hatte sein eigenes Begehren verdrängt. So war nun allein Baoxiang pervers; diese Perversität hatte er dem dritten Prinzen aufgezwungen, der hatte sich bedroht und unbehaglich gefühlt – und nun wollte er es Baoxiang heimzahlen. Ach, wie gut Baoxiang diesen Gesichtsausdruck kannte! Er wollte, was alle wollten, wenn sie ihn anschauten: das verhasste Geschöpf auslöschen, das nicht in ihre selbstgeschaffene Wirklichkeit gehörte.

Der Prinz trug am Daumen einen Bogenschützenring aus Onyx. Seine großen, langfingrigen Hände waren schwielig. Sie waren wie dafür geschaffen, jemandem wehzutun.

Aber zu Baoxiangs Überraschung geschah nichts dergleichen. Der Prinz blickte an ihm vorbei, und als Baoxiang sich umschaute, sah er eine offene Sänfte herankommen.

Die Kaiserin blickte auf sie alle herab. In grausamem Vergnügen schürzte sie ihr kleines Mündchen. »Dritter Prinz! Warum steht Ihr mir im Weg? Seid so gut und geht beiseite! Heute Abend empfange ich den Großkhan, und ich lasse mir gern Zeit bei den Vorbereitungen, denn nichts liegt mir ferner, als ihn zu enttäuschen! Wenn man daran gewöhnt ist, auf alten Knochen herumzukauen, freut man sich doch sehr auf den Geschmack frischen Fleisches!«

Der Prinz verzog verächtlich den geschwungenen Buddha-Mund, doch er war blass geworden. Er stand auf, Baoxiangs Buch in der Hand, verneigte sich vor der Kaiserin und saß auf.

Die Kaiserin wartete, bis die jungen Adeligen davongeritten waren, dann wandte sie ihre Aufmerksamkeit Baoxiang zu. *Sie kann mich schlecht am helllichten Tag auf offener Straße umbringen lassen!,* redete er sich selbst zu. Es beruhigte ihn nicht. Er zitterte. »Ich bin überrascht, dass Ihr noch nicht gegen mich vorgegangen seid.«

Die Kaiserin lächelte nicht mehr. Es bereitete ihr nicht einmal Genugtuung, darüber nachzusinnen, was sie ihm antun wollte. Sie empfand nur Hass gegen ihn, sonst gar nichts. »Da auch alle anderen Euch das Leben zur Hölle machen wollen«, sagte sie kalt, »warte ich gern noch ein wenig ab.«

☯

Die langen, schmalen Flügel von Baoxiangs Beamtenhut berührten links und rechts beinahe die Wände des Flurs. Im spärlichen Licht der Laternen, die in großen Abständen brannten, warfen er und sein Hut einen grotesken Schatten, der um ihn herumzutanzen schien. Im privaten hinteren Flügel der Residenz des dritten Prinzen verzweigten sich die langen Korridore mit den papierbespannten Türen. Jeder einzelne Weg schien in die Finsternis zu führen. Der Hausdiener des dritten Prinzen ging voraus. Es war kalt hier, selbst wenn man berücksichtigte, dass es schon spät im Herbst war. Sie kamen unter einer weiteren Laterne hindurch; Baoxiang war geblendet und musste blinzeln. Dann sah er *ihn* am Ende des Korridors. Er bog um die Ecke und war fort, noch ehe Baoxiang ihn richtig erkannt hatte. Sein Herz hämmerte.

Das waren die Schlaufenzöpfe seines Bruders gewesen, geschmückt mit Perlen aus Jade und Gold! Seine breiten Schultern! Sein liebstes eisvogelblaues Reitkostüm, der Rock seitlich geschlitzt, sodass er bei jedem Schritt auseinanderklaffte und die mehrlagigen Roben darunter aufblitzten – wie das verborgene Federkleid eines Vogels, das man nur sah, wenn er aufflog.

Baoxiang dachte nicht nach. Er stürzte Esens Geist hinterher, vorbei an dem erschrockenen Hausdiener, der sich duckte, um seinem Flügelhut zu entgehen. Baoxiangs weiche Stiefel rutschten auf den Dielen. Er erstickte an seinen Gefühlen; an seinem Zorn; er hatte keine Ahnung, was er tun würde, wenn er Esen einholte …

Er schoss um die Ecke – doch niemand war dort. Keuchend blieb er stehen. Dass seine heftigen Empfindungen so plötzlich ins Leere liefen, war niederschmetternd. Der Hausdiener deutete auf eine Tür und murmelte: »Hier nun das Kristallzimmer.«

Als die Tür sich öffnete, hob der dritte Prinz den Blick. Das Buch lag vor ihm auf dem Schreibtisch. Er tat, als wäre er überrascht.

Natürlich war nichts an der ganzen Sache überraschend. Von den johlenden jungen Adeligen war nirgends eine Spur zu sehen. Der Prinz hatte sich sicher bald entschuldigt und war mit dem Buch unterm Arm allein nach Hause geritten. Und dann hatte er auf Baoxiang gewartet.

Der glitt nun über die erhöhte Schwelle. *Da bin ich.* Im Gegensatz zu den Korridoren war das Kristallzimmer hell erleuchtet. Ihm war, als wäre er durch eine Membran gedrungen, durch die der Geist ihm nicht folgen konnte. Aber sein

Zorn – der hatte ihn nicht verlassen. Und hier richtete er sich gegen ein neues Ziel.

Wie alles glitzerte und gleißte! Das Licht spielte über die Kehle des dritten Prinzen und brachte die silbernen Perlen in seinem Haar zum Funkeln. Auf jeder verfügbaren Fläche standen Schmuckstücke aus dem seltensten aller Materialien: Glas. Es gab Vasen und Krüge, die aus milchig grünem Porzellan hätten sein können – nur waren sie durchscheinend und wirkten furchtbar zerbrechlich. Ein blutroter Schrein glühte, als enthielte er ein Mysterium. Manche Glasarbeiten waren mit den vertrauten Drachen und Phönixen verziert, aber andere waren durch und durch fremdartig: emailliert; geprägt; die Oberfläche schillernd wie Öl auf Wasser; umrandet mit der goldenen Schrift der westlichen Khanate. All diese Schätze waren vor langer Zeit hergestellt worden. Einst waren sie beliebte Handelsobjekte gewesen. Doch die mongolischen Eroberungsfeldzüge hatten diese Tradition zerstört.

Unermesslich wertvoll waren diese Stücke. Und mittendrin der dritte Prinz mit seinem Herzen aus Glas. Er, der tat, als begehrte er nicht, was er begehrte; als verletzte es ihn nicht, wenn seine Mutter ihn abwies und die Kaiserin ihn verhöhnte. Seine Arroganz diente ihm als Schutzschild, hinter dem er seine Angst zu verbergen suchte: dass es ihm bestimmt war, ersetzt zu werden.

Baoxiang wusste, dass der Prinz heuchelte. Nun hatte er selbst eine Vorstellung zu geben. Wie vorhin auf dem Platz überkam ihn eine Art wilder Triumph: Er hielt das Heft in der Hand, denn er wusste als Einziger, wie das hier enden würde.

Der Walnussholzboden war auf Hochglanz poliert. Als Baoxiang sich verneigte, sah er sein Spiegelbild darin schweben wie im schwarzen Wasser eines nächtlichen Sees. »Dieser Elende ist gekommen, um den dritten Prinzen zu fragen: Hat er das Buch ausgelesen, das er sich geborgt hat?«

Der dritte Prinz mochte sich einreden, dass er das Buch bloß behalten hatte, um Baoxiang noch weiter zu schikanieren, doch er bebte vor Erwartung. Er wandte sich dem Hausdiener zu. »Lass uns allein.«

»Aber warte vor der Tür«, sagte Baoxiang geschmeidig. »Ich wage es nicht, die Zeit des Prinzen über Gebühr in Anspruch zu nehmen.«

Dem dritten Prinzen stieg die Schamesröte in die Wangen. Aber Scham würde sein heimliches Begehren nicht dämpfen, im Gegenteil. Der Gedanke, dass jemand draußen stand und lauschte, forderte die Frage geradezu heraus: Was könnte es zu belauschen geben?

Der Hausdiener schloss die Tür hinter sich. Baoxiang rührte sich nicht. Wie leicht wäre es gewesen, den Prinzen zu erlösen: Er hätte zu ihm gehen und wiederholen können, was er bei seinem letzten Besuch getan hatte. Der Prinz würde ihn vielleicht nicht einmal vorher schlagen. Aber das war nicht, was er im Sinn hatte: ein anonymes Vergnügen zu sein, das der dritte Prinz verleugnen konnte, sobald ihn eine entsprechende Regung überkam.

Beinahe hätte er laut aufgelacht, als der Prinz endlich begriff, dass er vergeblich wartete. Wie er Baoxiang dafür verabscheuen musste, dass er ihn zwang, sein schändliches Verlangen einzugestehen! Es war ihm deutlich anzusehen: Er würde Grausamkeit mit Grausamkeit vergelten. In Baoxiang regte sich das dunkle Meer, und eine rabenschwarze, begierige Spannung verdrängte die Angst.

Der dritte Prinz sprang auf und kam rasch um seinen Schreibtisch herum. Die Sohlen ihrer Stiefel wisperten über den Holzboden, als der dritte Prinz auf Baoxiang zukam und der vor ihm zurückwich, bis er mit dem Rücken gegen die Wand stieß.

Baoxiang war nicht klein. Der Prinz würde ihn vielleicht noch überholen, aber im Augenblick waren sie gleich groß.

In den Augen des Prinzen glomm der Hunger danach, ihm wehzutun. Er stieß Baoxiang den Hut vom Kopf und legte die Hand auf seinen Haarknoten. »Weshalb frisiert Ihr Euch so?«

Als Baoxiang schon lange angefangen hatte, bunte und auffällige Gewänder zu tragen, hatte er sich das Haar noch immer zu Zöpfen geflochten. Er war gar nicht auf die Idee gekommen, dass sich das ändern ließe. Erst als er schon erwachsen gewesen war, hatte er begriffen, dass die Gesetze nur in eine Richtung wirkten: Nanren durften keine Zöpfe tragen. Er hingegen konnte tun, was er wollte. Trotzdem hatte er den Mut erst aufgebracht, als sein Vater eine Weile von zu Hause fort gewesen war. Er wusste noch, wie befangen er gewesen war, als er sein Haar zum ersten Mal hochgebunden hatte. Doch als er nach draußen gegangen war und die vielen erschütterten und verächtlichen Blicke gespürt hatte, da hatte sich seine Befangenheit in perversen Stolz verwandelt. Vorher hatten andere Männer immer gefunden, dass er die Kriegerzöpfe entehrte, indem er sie trug, ohne sie sich verdient zu haben. Aber der Gedanke, dass er sich nicht nach ihrem gesellschaftlichen Rang sehnte – dass er ihn nicht einmal respektierte –, machte sie erst richtig wütend.

»Warum«, sagte er kühl, »sollte man ein so gut aussehendes Gesicht hinter Haaren verstecken?«

Der dritte Prinz lächelte humorlos. Selbst wenn Baoxiang gut ausgeruht und gesund war, war sein Gesicht für den Geschmack der Nanren zu mongolisch und für den der Mongolen zu einheimisch. Allerdings spielte sein Aussehen hier keine Rolle. Der Prinz packte ihn am Haarknoten und bog seinen Kopf zurück. Baoxiang verbiss sich einen Schmerzenslaut und hob sich auf die Zehenspitzen.

»Schaut Euch nur an«, sagte der Prinz leise. Er war kein richtiger Krieger wie Esen, sondern bloß ein weicher kaiserlicher Prinz. Trotzdem hatte er keine Mühe mit Baoxiang. Er grub die Finger unter seine Spange und zog kräftiger. »Wie schwach und ängstlich Ihr doch seid! Ihr könnt nicht einmal kämpfen. Als sie Euch herumgeschubst haben, seid Ihr einfach hingefallen.« Sein Blick wanderte über Baoxiangs Kehle mit der scharfen Vorwölbung und dem abendlichen Bartschatten. »Wie oft seid Ihr wohl schon gefallen, und Männer haben hinterher Euren Mund gepriesen?«

Baoxiang glaubte, seine Kopfhaut müsse reißen. Aber das Wissen, dass er es war, der die Handlungen des dritten Prinzen bestimmte, verwandelte den Schmerz in heiße Genugtuung, die beinahe an Genuss grenzte.

Dass er nicht kämpfen konnte, machte ihn nicht zum Schwächeren. Oder zum Ängstlicheren.

Er raunte dem Prinzen ins Ohr: »Wollt Ihr wissen, woran ich gedacht habe, als ich hingefallen bin?« Es war nicht schwer, die Erinnerung zu greifen und zu verändern. Bitter dachte er, dass die verzerrte Fassung bereitwilliger geglaubt werden würde als die Wahrheit. »Mein älterer Bruder hatte Freunde, die waren Euren recht ähnlich. Sie faszinierten mich. Ich lief ihnen immerzu nach, damit ich zuschauen konnte, wie sie kämpften und schwitzten ... und wie sie sich hinterher auszogen, um sich zu waschen. Sie waren noch nicht erwachsen, doch ein jeder von ihnen hatte bereits den Leib eines Mannes. Wenn ich allein war, dachte ich über die Unterschiede zwischen uns nach. Wie ich mich fühlte, wenn ich sie sah. Und dann, eines Tages, stolperten sie im Wald über mich. Da wusste ich schon genau, was ich wollte.«

Der Griff des dritten Prinzen erschlaffte, und Baoxiang sank wieder auf die Fußsohlen hinab. Die sadistische Regung verlieh seiner Stimme dieselbe Färbung, als spräche er mit einer Geliebten; es war, als wäre sein Verlangen nach Grausamkeit übergangslos an die Stelle des Verlangens selbst getreten. »Und sie wussten, was ich wollte. Ich musste sie nicht erst darum bitten. Sie öffneten einfach ihre Gewänder, und ich ging vor ihnen auf die Knie.«

Kurz nahm die Erinnerung wieder ihre wahre Gestalt an: Er, zusammengerollt auf dem feuchten Waldboden, während Schläge und Tritte auf ihn einprasselten. Jeder Schrei, jedes Flehen hatte Esens Freunde bloß weiter angestachelt. Deutlicher als an den Schmerz erinnerte er sich an Scham, Ohnmacht und Demütigung. Nun wob er eine Fantasie, die nichts mit der Wirklichkeit zu tun hatte, und doch war es, als gäbe er jene schmachvollen Gefühle an den dritten Prinzen weiter, ein Akt so vertraulich wie ein Kuss. Ringsumher warf das Kristall das Lampenlicht in flackernden Regenbogenflecken durchs Zimmer.

Der dritte Prinz schluckte, und seine Kehle klickte. Seine Hand glitt aus Baoxiangs Haar, umfasste seinen Nacken und drückte zu, ein wortloser Befehl: *Runter.*

Es war tief befriedigend, nicht zu gehorchen. Stattdessen schob Baoxiang seine Hand zwischen sie und löste den mit Türkisen geschmückten Gürtel, der den Mantel des dritten Prinzen zusammenhielt. Sie waren einander so nah, dass er die Fäden aus versilbertem Papier ausmachen konnte, mit denen die kaiserlichen Drachen in den schweren Damast gestickt waren. Unter dem Mantel trug der dritte Prinz ein Gewand aus silbernem Brokat. Geflochtene schwarze Bänder schlangen sich um seine Taille. Drei geknotete Knöpfe schlossen das Gewand an der Seite.

Der dritte Prinz schauderte und wandte das Gesicht ab, als Baoxiang ihn berührte.

Er wusste noch sehr gut, wie es war, jung zu sein und geplagt von der Lust. Im Alter des dritten Prinzen hatte er reichlich Gelegenheit gehabt, seine Triebe zu stillen; es war ein gewöhnlicher und angenehmer Teil seines Lebens gewesen. Doch jemand, der ihnen nie nachgeben konnte? Der musste umso heftiger unter ihnen leiden. Rhythmisch bewegte er die

Hand vor und zurück. Der Rhythmus würde nicht perfekt sein, ein wenig frustrierend, wie immer, wenn es nicht die eigene Hand war – aber es war eben jene Frustration, die einen unerfahrenen jungen Menschen in ekstatisches Staunen versetzte: dass es wirklich geschah!

Baoxiang sah nur das Ohr und die dunkelrot angelaufene bärtige Wange des dritten Prinzen. Sein Hals zuckte nervös wie der eines Pferdes. Er schien starr vor Scham, Baoxiang so nah zu sein, dessen Männlichkeit nicht zu leugnen war; und während gegen seinen Willen sein Innerstes aufgeschlossen wurde, wartete der Hausdiener vor der Tür und horchte. Seine Bedrängnis erfüllte Baoxiang mit bösartiger Lust. Was für ein Mensch er früher auch gewesen sein mochte, nun fand er nur noch hieran Freude: jemanden dazu zu zwingen, seine Verletzlichkeit zu offenbaren, sodass er vernichtet werden konnte.

Als Baoxiang noch ein schlaksiger, unbeholfener Junge gewesen war, hatte Esen ihn manchmal in eines der Freudenhäuser in Anyang mitgenommen. Esen selbst hatte Kurtisanen nichts abgewinnen können – er hatte immer behauptet, ihm fehle die Geduld und die Bildung, um die koketten Spielchen zu genießen –, aber er hatte gewusst, was Baoxiang gefiel. Und war das nicht bezeichnend für ihn gewesen, dachte Baoxiang gehässig. Er spürte den Geist auf der anderen Seite der Tür: Aus der Finsternis schaute er zu. Esen hatte Baoxiangs Vorlieben gekannt, jedoch nie den Mut gehabt, sich seine eigenen einzugestehen.

Ein Narr, wer seine Begierden noch vor sich selbst geheim hielt! So bot man nur anderen die Möglichkeit, einen besser zu verstehen, als man es selbst vermochte. Und dann musste sich nur noch jemand finden, der dieses Wissen nutzte, um einen zu verletzen …

Der dritte Prinz kam ohne einen Laut. Ein Rausch des Erfolgs ergriff Baoxiang, und kurz war er versucht, die Sache noch weiterzutreiben. Stattdessen wischte er sich die Hand an der leinenen Unterhose des Prinzen ab und schob sich seitlich an ihm vorbei. So erpicht er auch darauf war, Schutz vor der Kaiserin zu finden – es würde besser sein, den Prinzen dieses Erlebnis in Ruhe verarbeiten zu lassen. Die rotglühenden Ränder der Erinnerung würden abkühlen, und konnte der Prinz sie erst ansehen, war eine Wiederholung möglich. Bald würde er verstehen: Solange er für Baoxiangs Sicherheit sorgte, bekam er, was er begehrte.

Und dies war der Haken an seinem Plan, dachte Baoxiang düster: Es konnte nicht schneller damit vorangehen, als ein Herz sich bewegen ließ. Er nahm das Buch vom Schreibtisch des dritten Prinzen und ging.

☯

Das Papier in dem runden Gitterwerkfenster in Baoxiangs Wohnzimmer war so alt und braun, dass es im Licht der Lampe glühte wie ein Pfirsichschnitz, den man in die Sonne hielt. Schon vor Stunden war er aus dem Palast des dritten Prinzen zurückgekehrt. Nun trommelte der Regen aufs Dach, und er fühlte sich sanft abgeschieden von der Welt. Allein und wach saß er in einer Stadt, in der alles schlief.

Unter seinem Beitel löste sich ein gelockter Span Lindenholz und fiel zu Boden. Was er tat, ließ sich eher als Handwerk beschreiben denn als Kunst, da sein Geschick noch zu wünschen übrig ließ. Es brachte ihm auch nicht die Freude, die er früher beim Malen oder der Kalligrafie empfunden hatte. Aber es war doch immerhin befriedigend zu sehen, wie eine Idee ihren Ausdruck fand. Langsam nahm der Holzschnitt unter seinen Händen Gestalt an. Der Regen rauschte. Die Truhen voller goldener Tael standen an der Wand, hinter den verschwommenen und durchscheinenden weißen Geistern.

Baoxiang schüttelte die Späne von der fertigen Druckplatte und legte Beitel und Hammer neben einen Haufen

Brieföhrchen aus Bambus auf seinen Schreibtisch. Vor Erschöpfung brannten ihm die Augen, aber die Vorstellung, zurück ins Bett zu gehen, nur um immer und immer wieder von jenem Geräusch aus dem Schlaf gerissen zu werden, trieb ihn an den Rand der Verzweiflung. Solange er arbeitete, litt er wenigstens auf nützliche Weise.

Er bestrich die geschnitzte Oberfläche erst mit Reiskleber und dann mit Tusche, drückte ein Blatt Papier darauf, zog es wieder ab – und ein vertrautes, selbstzufriedenes Gesicht schaute ihm entgegen. Eine gelungene Darstellung, dachte er grimmig.

Vom Trommelturm schlug es zum vierten Wachwechsel. Kurz darauf kam Seyhan herein. Wie es seinen religiösen Traditionen entsprach, stand er in diesem Monat vor dem Morgengrauen auf, um zu essen, und fastete dann bis Sonnenuntergang. »Habt Ihr gar nicht geschlafen?«, fragte er. Dann sah er Baoxiangs Druck und lachte. »Reiskübel Zhang! Wofür braucht Ihr so ein Plakat?«

Die Brieföhrchen waren zu vier beschrifteten Häufchen aufgeschichtet. *Zhang, Zhu, Chen, Ouyang*. Baoxiang nahm das oberste Röhrchen vom letzten Häufchen und warf es Seyhan zu.

»Ist er auf dem Weg?« Seyhan überflog den Brief. Baoxiangs eingeschleuste Spione chiffrierten ihre Nachrichten, um sie vor fremden Augen zu schützen, aber Baoxiang hatte den entschlüsselten Text unten auf die Seite geschrieben. Seyhans farblose Augen weiteten sich vor Erstaunen, als er zu Ende gelesen hatte. »Er kommt nicht!«

Mit einem Mal hatte Baoxiang einen Kupfergeschmack im Mund. Er erinnerte sich, wie Ouyang auf der zerstörten Brücke gestanden hatte, blutüberströmt. »Nein. Er hatte Bianliang kaum verlassen, da hat ihn dieser Rebell überfallen, der sich strahlender König nennt: Zhu Yuanzhang.« Wie überlegen

Ouyang sich ihm immer gefühlt hatte! Nur weil er mit dem Schwert hatte umgehen können, war er vom Sklaventum erlöst worden und hatte sich fortan in Esens Gunst gesonnt. Der hatte in diesem schönen Spiegel nämlich gesehen, was er an sich selbst am meisten schätzte: all die kriegerischen Fertigkeiten, die Baoxiang nie besessen und sich nie gewünscht hatte. Doch nun war Ouyang besiegt worden. Man hatte ihn verletzt und niedergehalten; er hatte dieselbe Ohnmacht erfahren müssen, unter der Baoxiang sein ganzes Leben lang gelitten hatte. *Nun schau ihn dir an, deinen geschätzten General!*

Von all den Menschen auf der Welt, die er hätte lieben können, hatte Esen ausgerechnet den einen gewählt, der nur sein Tod hatte sein können. Wie ihn Ouyangs Verrat erschüttert hatte! Unmäßiger Zorn brodelte in Baoxiang auf. Er fühlte sich wie ein Raubtier, das zubeißen, immer wieder zubeißen wollte, bis es auf Knochen stieß. Esens Qual in jenem Moment war köstlich gewesen. Zum ersten Mal in seinem geborgenen Leben hatte er den Schmerz des Verrats erfahren.

Ouyang war die Waffe gewesen, die Baoxiang seinem Bruder ins Herz gerammt hatte. Und auch jetzt noch war er sein Werkzeug. Der General beherrschte eine Sache – und nur die eine – und war so vorhersehbar wie eine Brieftaube. Baoxiang würde ihn benutzen, und dann, wenn er fertig mit ihm war …

Ach, Bruder, schau mir nur weiter zu: Das wird die beste Vorstellung, die du je gesehen hast!

»Zhu Yuanzhang hat General Ouyang geschlagen?« Seyhan blickte ihn aufmerksam an. »Ihr habt es vorausgesehen!«

»Lag es nicht auf der Hand? Sein Heer ist General Zhangs zahlenmäßig unterlegen. Also hat er das Auge schweifen lassen und General Ouyang mit all seinen Männern in Bianliang sitzen sehen. Entsinne dich: Er ist ihm schon begegnet. Er weiß, was Ouyang will, versteht seine Verzweiflung und kennt somit auch seine Schwächen.«

»Also wird Zhu Yuanzhang nun im Verbund mit General Ouyang die Zhangs angreifen.« Das Papierfenster war heller geworden; das Licht hatte die Geister verscheucht. Seyhan hingegen wirkte beunruhigt. »Aber General Zhang ist ein fähiger Mann. Was, wenn er ihnen standhält?«

Baoxiang erhob sich und strich Holzspäne von seinem Beamtengewand. Er hatte einen merkwürdigen Druck auf den Ohren und begriff erst nach einem Augenblick, woher er rührte: Es war still. Endlich hatte es aufgehört zu regnen.

»Das wäre durchaus möglich. Deshalb möchte ich, dass du, mein lieber Sekretär, genug Plakate druckst, um Pingjiang damit zuzukleistern. Lass unsere Männer an jeder Straßenecke eins aufhängen. Reiskübel Zhang soll sein Gesicht sehen, wohin er auch blickt!«

Das gewaltige Reich Groß-Yuan mit seinen verstreuten Armeen und Thronanwärtern war für Baoxiang so überschaubar, als wäre er der Jadekaiser selbst, der vom Himmel herabschaute. Alle anderen Spieler sahen nur ihre Ecke des Bretts. Doch Baoxiang hatte ein Netzwerk von Spionen aufgebaut, lange bevor er der Fürst von Henan geworden war. Er allein sah das ganze Bild, und das machte ihn zum Herrn der Lage. Ungestüm sagte er: »Jetzt wird es erst einmal amüsant!«

☯

Der Regen hatte die ungepflasterten Straßen in Baoxiangs Viertel in modrig riechenden gelben Schlamm verwandelt, der von Rädern und Hufen spritzte. Alle Pfade verschwanden in der Ferne im trüben Blau des Morgennebels, aus dem hier und da herbstlich flammende Pappeln stachen. Matschbesprenkelte Dienstboten und gewöhnliche Leute machten Baoxiangs Pferd Platz, ohne den Blick zu heben.

Der Weg zum Ministerium führte ihn von der breiten Hauptstraße hinunter. Er folgte dem marmornen Kanal, der die Kaiserstadt mit Wasser versorgte. Der Uferweg wurde schmaler, als er sich der Mauer näherte; von beiden Seiten drängten Trauerlärchen heran. Es roch bereits wieder nach Regen. Über den Baumwipfeln zogen dunkle Wolken vor den schmalen Streifen hellen Himmels.

Plötzlich bog eine junge Frau direkt vor ihm auf den Weg ein. Sie schaute zurück, sah das Pferd hinter sich aufragen, schrie und ließ ihren Korb fallen. Kakipflaumen flogen heraus und hüpften über den Weg.

Baoxiang wäre ohne zu zögern über die Früchte hinweggeritten, war jedoch gezwungen, sein Pferd zu zügeln, da die melonenköpfige Närrin mit einem Schreckenslaut herbeisprang und sich daran machte, sie aufzusammeln.

»Wärst du wohl so gut, mich durchzulassen?«, fragte er verärgert. Die junge Frau schaute auf. Ihr strahlendes Lächeln war ihm verblüffend vertraut. Trotzdem dauerte es einen Augenblick, bis er begriff, dass sie keine Fremde war: Es war die Dienstmagd aus dem Büro.

»Ach! Seid gegrüßt, Fürst von Henan, der diese unwürdige Magd zu erschrecken pflegt! Ich erflehe des Fürsten Geduld! So viele Früchte, und ich habe nur zwei Hände …« Sie lächelte ihn mit ihren reizenden Grübchen an. »Es sei denn, der Fürst würde sich berufen fühlen zu helfen?«

Der Gedanke, ein mongolischer Fürst könnte absteigen und sich die Hände schmutzig machen, um einer Dienerin zu helfen, erheiterte ihn unerwartet.

Die junge Frau lachte über seine Miene. Ihr warmer Blick wanderte über ihn, und ihre Grübchen vertieften sich. »Es wäre natürlich eine Schande, würde Schlamm die Beamtenrobe des Fürsten verunzieren!«

Baoxiang bekam keine Gelegenheit, eine schneidende Antwort zu geben, denn eben da begann es zu regnen. Die junge Frau ergriff ihren Korb und flüchtete damit unter einen Baum. Sie spähte durch die Zweige und rief: »Ihr passt auch noch darunter!«

Baoxiang zögerte. Schaffte er es vielleicht noch zum Ministerium, ehe der Schauer heftiger wurde? Doch sein rasch zusammensinkender Hut nahm ihm die Entscheidung ab. Die Zweige der Lärche hingen so tief, dass er absteigen und geduckt darunter hindurchtreten musste.

Kurz darauf prasselte der Regen so heftig nieder, dass er eine tiefe, kreisrunde Linie in die Korona aus gefallenen Nadeln grub. Der scharfe Geruch nach Harz hing in der Luft wie in der Werkstatt eines Bogenbauers. »Eure Füße sind trocken geblieben!«, sagte die junge Frau und lachte. »Aber ich fürchte, das Gewand des Fürsten wird nass werden, wenn er wieder in den Sattel steigt. Dabei muss er von Berufs wegen so viel sitzen! Durch meine Schuld ist der Fürst vom Regen überrascht worden; daher sollte ich ihm vielleicht meinen Mantel anbieten, damit er ihn über den Sattel breiten kann.«

Sie berührte den Kragen ihres Mantels und blickte durch lange Wimpern zu ihm auf. Benommen begriff er, dass sie mit ihm schäkerte.

Sie war so viel kleiner als er. Er blickte auf ihr lächelndes Gesicht hinab. Ihre Kurven drohten, die Säume ihrer Dienstbotenkluft zu sprengen. Sie wartete, die Lippen leicht geöffnet, den Atem angehalten, doch anstelle von Erregung empfand er ein Gefühl grenzenloser Aussichtslosigkeit. In der Vergangenheit – jener toten Zeit, zu der es kein Zurück mehr gab – hätte er sie geküsst. In dieser Höhle aus Zweigen wären sie lachend zu Boden gesunken und hätten beieinander Lust gefunden.

Er erinnerte sich an das Vergnügen und die Freigebigkeit, die mit solchen Zerstreuungen einst einhergegangen waren. Doch nun füllte Finsternis sein Herz. Vor seinem inneren Auge sah er, wie der dritte Prinz gequält das Gesicht abgewandt hatte. Baoxiang hatte das bewirkt. In ihm selbst hatte es jedoch keine Hitze entfacht; ihn hatte nur das Verlangen getrieben zu zerstören. Nur so konnte er sich noch mit anderen Menschen verbinden: durch das Geben und Nehmen von Schmerz, durch wechselseitige Grausamkeit. Diese kluge, lebendige Frau mochte ihn, aber er wäre ihr Untergang.

Er wich zurück. Es war längst eine Gewohnheit, sein Gesicht zu einer Maske der Verachtung erstarren zu lassen. »Glaubst du denn, du seist hübsch genug, die Aufmerksamkeit eines Fürsten zu erregen? Wenn du dich für Gunstbezeigungen hergeben willst, solltest du dich lieber Beamten von niederem Rang andienen! Selbst wenn ich Interesse an Frauen hätte, würde ich mich nie mit einer wie dir beschmutzen, so billig und gewöhnlich.«

Er ließ sie unter dem Baum stehen, ohne noch einmal zurückzuschauen. Wenn alles vorbei war, würde sie vielleicht verstehen, dass er ihr einen Gefallen getan hatte.

Erst als er das Ministerium schon erreicht hatte, ging ihm auf, wie seltsam es war, dass er sie dort getroffen hatte. Dienstmädchen lebten nicht im Bürokratenviertel, und der Widderkopf-Markt, der dem Ministerium am nächsten lag, befand sich in der anderen Richtung.

☯

Es war ein trüber Nachmittag, aber im Büro des Ministers mit seinen Lampen und Feuerschalen war es gemütlich. Durch die Wandteppiche wirkte das Zimmer wie ein mit Büchern gefülltes Ger. Es gab Baoxiang ein bittersüßes Gefühl. Hier, Tausende Li von jenem Ort entfernt, an dem er seiner Interessen wegen wie ein Ausgestoßener aufgewachsen war, bestanden die mongolische Kultur seines Vaters und die Gelehrsamkeit und Werte des eroberten Landes nebeneinander. Nach einer solchen Verschmelzung hatte er sich nicht einmal gesehnt – wie sollte man sich auch nach etwas sehnen, das man sich nicht vorstellen konnte?

Der Minister blätterte durch das aktuelle Hauptbuch. Als er nach dem Amtsstempel in seinem Kästchen griff, konnte

Baoxiang nicht an sich halten. »Vielleicht möchte der Herr Minister sich die Zeit nehmen, meine Einträge auf ihre Richtigkeit zu überprüfen. Sollte ich einen Fehler gemacht haben, und Ihr setzt Euer Siegel darunter …«

Der Minister warf ihm einen belustigten Blick zu. Anschließend drückte er den Stempel zuerst ins Zinnoberrot und dann auf die Seite. »Ihr müsst Euch keine Sorgen um mein Wohlergehen machen, Wang Baoxiang! Bisher habe ich nicht die kleinste Unstimmigkeit in Eurer Arbeit finden können. Glaubte ich eine zu entdecken, so müsste ich fürchten, meine eigenen Fähigkeiten ließen mich im Stich.«

Wäre der Minister nur ein unangenehmerer Mensch! Das würde alles erleichtern. Baoxiang schluckte. Dies war nicht mehr bittersüß, sondern scharf und beißend, wie Zucker, der über dem Feuer verbrannte. »Falls der Herr Minister mich nicht länger braucht, würde ich mit der Buchhaltung des Kriegsministeriums beginnen.« Er erhob sich.

»Ach, wie albern es doch ist, dass alle hier glauben, sie dürften nicht vor mir heimgehen! Wollt Ihr denn wirklich über Eurem Schreibtisch kauern, bis Eure Jugend verwelkt ist? Ist die Arbeit des Tages getan, so geht! Macht Euch das zur Gewohnheit. Ich bleibe selbst auch nicht mehr lange.«

Die Kaiserin war auf Baoxiangs Kopf aus, daher hatte Baoxiang nichts dagegen einzuwenden, vor Anbruch der Nacht nach Hause zu kommen. Dankbar verneigte er sich. »Dann breche ich heute wohl vor Euch auf.«

Er ließ sich sein Pferd bringen. Diese Tageszeit verabscheute er am meisten: Wenn die Schatten lang wurden, konnte er die Tatsache nicht länger verleugnen, dass ihm eine weitere schlaflose Nacht bevorstand. Der Himmel über den Zedern hatte die Farbe der Verzweiflung. Für Sterne war es noch zu früh. Ohne sie schien es jedoch kein Firmament zu geben. Er hatte den schwindelerregenden Eindruck, nach oben zu stürzen, ins Nichts. Da war kein Halt, nichts, was seinen Fall hätte brechen können.

Durch das Pingzhe-Tor ritt er in sein Viertel. Als er ein Pferd hinter sich hörte, tat sein Herz einen Satz. Aber es war noch nicht einmal dunkel, und überall waren Menschen. Die Kaiserin würde eine Beteiligung an seiner Ermordung glaubhaft abstreiten wollen, um der Herrin Ki keine Munition zu liefern. Und war das nicht beruhigend? Die Kaiserin mochte Hass gegen ihn hegen, aber wenigstens konnte er sich gewiss sein, dass sie die Herrin Ki noch glühender hasste.

Der Reiter hinter ihm holte auf und erschien dann neben ihm. Baoxiang sah zu ihm hinüber: ein gewöhnlicher Mann, ein Fremder, der den Blick nach vorn richtete. Dennoch tat Baoxiangs Herz einen weiteren, beinahe schmerzhaften Satz, ohne dass er hätte sagen können weshalb.

Es hatte keine Zeit, sich wieder zu beruhigen, denn im nächsten Augenblick packte ihn jemand von hinten und riss ihn aus dem Sattel.

Nach mongolischen Maßstäben war Baoxiang ein mittelmäßiger Reiter, aber er konnte sich nicht daran erinnern, wann er das letzte Mal vom Pferd gefallen war. Die Landung im kalten Matsch war schmerzhaft, aber schlimmer war die quälende Fassungslosigkeit. Unglaublich, dass die Kaiserin dumm genug war, in aller Öffentlichkeit gegen ihn vorzugehen. Dass *er* dumm genug gewesen war, es ihr nicht zuzutrauen! Er lag da und zuckte wie ein halb zertretener Käfer, während die beiden Angreifer absaßen und auf ihn zukamen.

Einer der Männer setzte sich ihm rittlings auf die Brust. Angst packte ihn, und abermals stieg jene Erinnerung in ihm auf. Kiefernnadeln drückten sich in seine Wange, und die jungen Krieger prügelten auf ihn ein. Seine eigenen kläglichen Schreie hallten ihm in den Ohren. Endlos war es so weitergegangen. Wieder und wieder hoffte er, jetzt möge die

Tortur zu Ende sein, jetzt aber, *jetzt* – doch sie hörten einfach nicht auf.

Dann plötzlich zerrte Esen ihn in die Höhe, so außer sich, dass er kaum wiederzuerkennen war. Ouyang stand hinter ihm, und sein mädchenhaftes Antlitz zeigte denselben verachtungsvollen Ausdruck, den Baoxiang zuvor auf den Gesichtern seiner nun spurlos verschwundenen Peiniger gesehen hatte.

In Esens Griff hing er und weinte. Er war so schrecklich gedemütigt, er konnte nicht anders. Aber seine Tränen waren auch eine klägliche Herausforderung. Sein vollkommener Bruder sollte die hässliche Wahrheit sehen. Wie sehr er litt. Wie konnte Esen glauben, dass seine Weigerung, den Erwartungen zu entsprechen, der leichte, feige Weg war, wenn er so teuer dafür bezahlte?

Esen schwieg. Einen Augenblick lang schien es, als würde er ihn diesmal verstehen.

Doch dann sagte er gepresst: »Nimm dich zusammen!«

Natürlich, dachte Baoxiang benommen. Esens Ärger galt nicht den Freunden, die ihn verprügelt hatten, sondern ihm, der sich hatte verprügeln *lassen*! Esen hatte so lange geschwiegen, weil er sich hatte zurückhalten müssen, um Baoxiang nicht selbst zu schlagen.

Esen war nicht sein Beschützer. Er war ein junger Krieger, ganz wie die anderen, und ihrer Meinung. Entgeistert dachte Baoxiang: *Du hasst mich ebenfalls!*

Nun drückte ihn ein namenloser Attentäter in den Matsch Khanbaliqs, und er war vor Angst und Schmerz wie gelähmt. Deutlich spürte er Esens Gegenwart. Bestimmt stand sein Geist ein Stück weiter die Straße hinunter, unsichtbar für alle anderen, und betrachtete ihn mit derselben steinernen Abscheu wie damals. Das Gewicht auf seiner Brust war unsäglich schwer. Er war schwach und hilflos. Er hörte sich selbst keuchen und wusste, dass er sterben würde.

Bist du nun zufrieden, Bruder? Du wolltest doch immer, dass es ein Ende hat mit meiner Wesensart. Jetzt erfüllt sich dein Wunsch, und du musstest keinen Finger dafür rühren: Die Welt erledigt es für dich. Sie zeigt mir meine Grenzen auf und gibt mir, was ich verdiene.

Hände legten sich um seinen Hals, und die geisterhafte Präsenz seines Bruders verstärkte sich noch, als wäre Esen hinter ihm in die Hocke gesunken. Das Flackern am Rand seines Blickfelds hätten schwingende Schlaufenzöpfe sein können. Und plötzlich fiel Baoxiangs Betäubung von ihm ab. Es war, als wäre er durch eine Eisdecke gebrochen und würde nun von der ungeheuren Tiefe darunter verschlungen. Welches Gefühl konnte so schrecklich sein, so groß? Es musste Zorn sein. Doch dieses Mal wurde er nicht von jenem Taumel wilder, rechtschaffener Freude begleitet, nein – dieser Zorn war schrecklich und schlug wie ein Herz. Es fühlte sich an, als würde er in Stücke gesägt. Der Schmerz war gewaltig, und er konnte nur noch an eins denken: dass er nie bekommen würde, was er wollte. Nie würde er Esen so tief verletzen können, wie der ihn verletzt hatte.

Aber der Mann auf seiner Brust erwürgte ihn nicht. Er schob ihm seine schmutzigen Finger in den Mund. Sie würden ihm die Zunge herausreißen, ehe sie ihn ermordeten! Er stieß ein panisches Heulen aus.

»... solltet wirklich vorsichtig sein, kleiner Fürst.« Langsam drangen Worte durch den Nebel des Entsetzens: Der Mann sprach mit ihm. »Sonst schneiden wir Euch die hier ab, und zwar zusammen mit«, er ließ Baoxiangs Zunge los, griff ihm zwischen die Beine und drückte zu, bis er aufschrie, »diesem kleinen Vögelchen.«

Damit stand er auf. Röchelnd und zitternd rollte Baoxiang sich zusammen wie eine Garnele. Er hörte, wie sie aufsaßen und fortritten. Er konnte kaum einen klaren Gedanken fassen.

Wenn die Kaiserin ihn tot sehen wollte, warum lebte er dann noch? Spielte sie nur mit ihm? Oder ...

Wie die meisten Leute in Khanbaliq hatte der Angreifer einen starken Akzent gehabt. Doch es war keiner gewesen, den Baoxiang häufig hörte: Sein Mongolisch war weder von Han'er gefärbt gewesen noch von einer der anderen Nan-Sprachen, die in der Zentralebene oder an der Küste gesprochen wurden – ja nicht einmal von jener Varietät aus dem Süden, wo die Nanren eher wie die Menschen aus Champa klangen. Baoxiang beherrschte die Sprache nicht, die im Akzent des Mannes angeklungen war, aber er erkannte sie.

Nicht die Männer der Kaiserin hatten ihn überfallen – sondern die der Herrin Ki!

Und kürzlich hatte er diesen Goryeo-Akzent noch von jemand anderem gehört. Blitzartig sah er Grübchen vor sich und einen Korb voller Kakipflaumen.

Jetzt fügte sich alles zu einem Ganzen. Der dritte Prinz mochte sich selbst täuschen, nicht jedoch seine Mutter. Der Herrin Ki war nicht entgangen, wie ihr Sohn Baoxiang anschaute. Gewiss war ihr berichtet worden, dass der Fürst den Palast des unermesslichen Segens besucht hatte. Also hatte sie die schäkernde Magd geschickt, um herauszufinden, ob er tatsächlich Männer vorzog oder lediglich so tat, um den dritten Prinzen bloßzustellen oder zu erpressen.

Baoxiangs eisiges Grauen nahm noch zu. Wie knapp er dem Tod entronnen war! Hätte er sich auf die junge Frau eingelassen – was denkbar war, denn er verstellte sich ja tatsächlich –, hätte die Herrin Ki ihm keine Warnung mehr geschickt. Sie hätte ihn sogleich umbringen lassen, und die Kaiserin wäre nie zum Zug gekommen.

Er hätte erleichtert sein sollen, dass er noch lebte. Der Schmerz in seinen Hoden ließ bereits nach, und im Vergleich zu der Prügel, die er in seinem Leben schon bekommen hatte, war dieser Vorfall nicht einmal sonderlich schlimm gewesen. Doch da war keine Erleichterung. Jener schreckliche Zorn, den Esens Gegenwart in ihm entfacht hatte, war einem Gefühl aschiger Erschöpfung gewichen, als hätte er sich die Augen aus dem Kopf geweint.

Als er sich endlich aufrappelte, war es dunkel geworden. Der Geist war fort. Ein Rechnungsbuch lag im Matsch; es war ihm aus der Robe gefallen. Es war hinüber – die Arbeit mehrerer Tage dahin. Aber er konnte es nicht einfach liegen lassen. Später würde er es unauffällig verbrennen müssen.

Er fand sein Pferd in einer engen Gasse, stieg steif auf und ritt nach Hause.

7

TAIZHOU

Das Fischerboot wiegte sich in der Finsternis. Im schwachen Schein der abgeschirmten Laterne am Bug konnte Ouyang das halbe Dutzend zusammengekauerter Gestalten kaum erkennen: Zhus Männer, in Rüstung und bewaffnet. Ein zweites Boot beförderte den Rest der Truppe, aber davon war bloß ein winziges, glimmendes Licht zu sehen – es hätte sowohl eine Armeslänge als auch ein Li entfernt sein können. Die Schwärze der Nacht gab Ouyang das Gefühl, im Mittelpunkt einer unendlichen Leere zu schweben. Vor ihnen erhob sich die Ufermauer der Festungsinsel, eine dunkle Masse vor dem wolkenverhangenen Himmel; darunter breitete sich endlos das schwarze Wasser aus.

Im Gasthaus hatte Zhu seinen Plan erklärt, als wäre der vollkommen vernünftig.

»Um durch die Eingänge unter Wasser in die Tunnel zu gelangen, brauchen wir zweierlei.« Zhu hatte sich vorgebeugt, und alle außer Ouyang hatten es ihm gleichgetan. »Erstens: Wenn wir nachts gehen, wird das Wasser pechschwarz sein. Wir brauchen also Licht, sonst finden wir uns nicht zurecht. Den armen Yuan-Soldaten wird das gar nicht in den Sinn gekommen sein, aber ich beherrsche ein Feuer, das unter Wasser brennt. Zweitens: Da wir es nicht können, brauchen wir jemanden, der schwimmen kann.«

Und er hatte die Frechheit besessen, Ouyang anzuschauen. Er hatte zurückgestarrt, aber entweder hatte sein Blick auf Zhu nicht dieselbe Wirkung wie auf seine Soldaten, oder die Maske beraubte ihn seiner Kraft. Vollkommen unbeeindruckt sagte Zhu:

»Wollte ich mein Heer über einen tiefen Fluss bringen, bräuchte ich Kähne, um die Männer überzusetzen. Aber Ihr nicht, oder? Damals am Fluss Yao, als Ihr den Roten Turbanen gegenüberstandet, habt Ihr einen Teil Eurer Leute außer Sicht über den Fluss geschickt, um unsere Flanke anzugreifen. Dort gab es keine Brücke. Sie wären geschwommen, nicht wahr?«

Kurz sah Ouyang wieder die gewaltige schwarze Woge auf sich zurollen. Mit Mühe stieß er hervor: »Das wären sie, hätten sie noch Gelegenheit dazu gehabt.«

Falls Zhu im Stillen triumphierte, war er höflich genug, sich nichts anmerken zu lassen. »Ich habe ein Licht, und Ihr könnt schwimmen. Wenn Ihr mich mitzieht, während ich uns leuchte, können wir durch den Eingang tauchen und für die anderen ein Seil spannen, an dem sie sich entlanghangeln können.«

Ouyang war seinem Wesen nach nicht besonders vorsichtig; zum General war er ernannt worden, weil er eine Reihe riskanter Unterfangen zum Erfolg geführt hatte. Doch was Zhu vorschlug, hätte er nie in Betracht gezogen. Und davon abgesehen ... »Ihr habt mir mein Heer fortgenommen. Ihr haltet mich gefangen. Und jetzt wollt Ihr, dass ich Euch *helfe?*«

»Ihr müsst eins bedenken«, sagte Zhu ruhig. »Versage ich hier, so versagt Ihr ebenfalls.«

Ouyang dachte an die tiefe Verzweiflung, die ihn zur Flucht getrieben hatte. Natürlich hatte er gewusst, wie schlecht seine Chancen standen. Aber wie hätte er sich die Gelegenheit entgehen lassen können, wenn Zhus Vorhaben derartig hoffnungslos war? Und nun ... Konnte er ihm nicht wieder entkommen? Ihn und seine Männer überrumpeln, ein Pferd stehlen und zurück nach Yingtian reiten? Falls kein Weg daran vorbeiführte, konnte er dann nicht ins Wasser springen und schwimmen?

Zhu schien zu wissen, welche Richtung seine Gedanken eingeschlagen hatten. »Hätte das wirklich mehr Aussicht auf Erfolg als mein Plan, Herr General?«

Überrascht stellte er fest, dass er die Wahl hatte. Noch nie zuvor hatte er eine Entscheidung treffen müssen: Es hatte immer nur den einen Weg gegeben. Doch nun lag es ganz bei ihm, wohin er sich wenden wollte. Beide Optionen waren beeindruckend schlecht, und doch konnte seine Entscheidung Scheitern oder Gelingen bedeuten.

Er wollte nur eine Sache auf der Welt. Alles hatte er dafür getan.

Eine furchtbare, aber erhellende Erkenntnis brach sich Bahn: Er würde weiterhin alles dafür tun.

Sogar mit jemandem zusammenarbeiten, den er so sehr verabscheute wie Zhu.

Er musste sein Heer zurückhaben. Wenn Zhus Erfolg hier in Taizhou der beste Weg zurück nach Yingtian war, dann würde Ouyang ihm zum Erfolg verhelfen.

Er würde alles tun – *alles*! Dennoch musste er sich zum Sprechen zwingen. »Vielleicht seid Ihr Euch nicht im Klaren darüber, wie unbarmherzig die Tiefe ist. Jeder Fehler da unten bedeutet unweigerlich den Tod. Man braucht nur einen Augenblick den Kopf zu verlieren ... Es gibt kein Zurück und keine Hoffnung auf Rettung, falls etwas schiefgeht.«

Zhu hatte ihm ein Zugeständnis abgerungen. Wäre Ouyang an seiner Stelle gewesen, dann hätte er nicht gezögert, seinem unterworfenen Feind diese Tatsache unter die Nase zu reiben, um sich an seiner Schmach zu erfreuen. Andere Männer hätten zweifellos selbstgefällig triumphiert oder – schlimmer noch – kaltherzig seine Mithilfe als gegeben betrachtet. Doch zuvor im Gasthaus war Zhu weder selbstgefällig noch kaltherzig gewesen. Er hatte Ouyang mit einer Ernsthaftigkeit angeblickt, die überraschend an Respekt erinnert hatte. Mit seiner aufdringlich hellen Stimme, die ihn eigentlich lächerlich erscheinen lassen müsste, hatte er gesagt: »Ich bin mir der Gefahren bewusst. Wäre ich nicht bereit, alles aufs Spiel zu setzen, wie könnte ich mir da erhoffen, zu erlangen, was ich ersehne? Ihr müsst nur eins über mich wissen, Herr General: Was auch immer nötig ist, ich werde es tun.«

Nun stand Ouyang neben Zhu im Boot und schaute auf das schwarze Wasser hinab, das sanft gegen die Mauer schwappte. Zhus Männer hatten ihm endlich die Hände befreit; dafür lag nun ein Seil um seine Taille, das ihn an Zhu band. Eine beeindruckend langes Tau lag zusammengerollt auf dem Boden des Boots, ein Ende an Zhu, das andere am Boot festgezurrt. Ouyang kam sich wie ein Opfer vor, das den Wellen dargebracht werden sollte. Auch wenn er vorgeblich aus freien Stücken half, wusste er sehr gut: Sollte er seine Meinung ändern und sich weigern, ins Wasser zu springen, würde sie ihn hineinstoßen. Und wollte er nicht, dass seine Rache mit ihm unterging, dann konnte er bloß eins tun: schwimmen.

Plötzlich, als hätte jemand den Schirm von einer Lampe genommen, umgab Zhus Gestalt in der dunklen Rüstung eine unheimliche Aura flackernden blassen Lichts: sein Mandat. In dem andersweltlichen Schein wirkte die Entschlossenheit auf seinen Zügen übermenschlich. Bei diesem Anblick streifte Ouyang ein merkwürdiges Gefühl, als würde er sich selbst in Zhu wiedererkennen. Barsch sagte er: »Falls Ihr es Euch anders überlegen wollt, heißt es: Jetzt oder nie.«

Statt zu antworten, sprang Zhu ins Wasser. Das Boot schwankte heftig, und Ouyang sah, wie Zhus leuchtende Gestalt in der Finsternis versank. Dann spannte sich das Seil zwischen ihnen, und er sprang hinterher.

☯

Das Wasser war so bitterkalt, dass es sich heiß anfühlte. Ein Schwall eingebildeter Wärme durchflutete Ouyang, dem Fieber ähnlich, das sterbende Männer dazu brachte, in ihren letzten wachen Augenblicken im Schnee die Kleider abzuwerfen. Die kleinen Muskeln zwischen seinen Rippen verkrampften sich und flatterten. Salz brannte ihm in den Augen und bald auch in den Schnitten und Schrunden, die seine Fußsohlen überzogen. Umgeben von Schwärze hing Zhu in einer geisterhaft glühenden Kugel. Das Licht reichte nur bis zu der Felswand, die steil in die dunkle Tiefe abfiel.

Ouyang hatte das Schwimmen in den trägen, verschlammten Flüssen der Provinz Henan gelernt. Flüsse verstand er. Sie wollten einen mit sich ziehen, und im Süßwasser sank man rasch nach unten. Doch das Meer war zu seinem Schrecken unstet und voll innerer Kraft. Es schien sich um ihn auszudehnen und wieder zusammenzuziehen, wobei es mal hierhin und mal dorthin drängte. Nur hinab wollte es ihn nicht lassen. Um jeden Zhang musste er kämpfen; Zhu zerrte er dabei wie an einer Nabelschnur hinter sich her. Ein quälender Schmerz bohrte sich in seinen Schädel. Er musste an eine Hinrichtung denken, die er einmal gesehen hatte: Einem Mann war ein Band um die Stirn gelegt und immer fester zusammengezogen worden. Würde Ouyang der Kopf platzen, wenn er zu tief tauchte? Sein Leib mochte abgehärtet sein, doch trotzdem glaubte er nun, sich zu viel zuzumuten. Dann erreichten sie den Punkt, von dem es kein Zurück mehr gab – er wusste es instinktiv. Weiter und immer weiter ging es hinab.

Dann endlich tauchte vor ihnen der Eingang auf: ein Loch von solch tiefer Schwärze, dass Zhus Licht sie kaum durchdrang. Ouyang konnte es sich nicht leisten zu zögern. Kräftig schlug er mit den Beinen, um abzubremsen. Es war erschreckend schwer, gegen Zhus Last anzuschwimmen. Dennoch brachte er sie beide in den Tunnel.

Er war aus glattem weißem Kalkstein, und es gab keine Vorsprünge, an denen Ouyang sich hätte entlangziehen können. Er hielt sich an die rechte Wand, wie die Fischer gesagt hatten. Sie kamen kaum voran; ihm war schon, als risse ihn das Seil um seine Taille wieder zurück. In seiner Brust brannte ein Feuer. Jede Körperlänge, die er sich vorwärtsmühte, war Schwerstarbeit.

Vor ihm glitt sein Schatten über den weißen Boden. Hätte er sich nicht so anstrengen müssen, wäre es ihm vielleicht wie Fliegen vorgekommen. Er wirbelte Sedimentwolken auf, die Zhus Licht hinter ihm mal trübten und mal reflektierten, sodass es wirkte, als würde es wabern.

Irgendwann wich linkerhand die Wand in die Finsternis zurück. Ouyang hatte den Eindruck, dass sich dort eine gewaltige Unterwasserhöhle auftat. Wenn er die rechte Wand verlor, würden sie in diese Leere treiben. Das wäre ihr Ende. *Mein Körper, von Würmern verschlungen.* Ouyang erinnerte sich an die unheimlichen Worte der beiden Mönche, mit denen sie nicht nur ihre Vergangenheit heraufbeschworen, sondern auch die Zukunft aller Anwesenden geweissagt hatten. *Ouyangs* Zukunft: seine Belohnung für alles, was er getan hatte und noch tun musste. Einen Augenblick lang war seine Sehnsucht danach so stark wie der Schmerz in seiner Brust.

Aber noch war es nicht so weit. Er plagte sich weiter.

Das Licht verblasste. Er blickte sich um, da leuchtete es wieder auf. Zhu war noch da: eine kleine dunkle Gestalt, umgeben von einer hellen Wolke aus weißem Sand und seinem Mandat.

Dann flackerte das Licht wieder, heftiger diesmal. Eine Sekunde lang war es vollkommen dunkel.

Mit der Kraft der Verzweiflung schwamm Ouyang weiter. Nur sich nicht ausmalen, was geschehen würde, wenn das Licht ganz erlosch! Der Drang, Luft zu holen, setzte ein, bevor ernstlich Erstickungsgefahr bestand – das wusste er aus Erfahrung. Doch einem unbedarften Taucher musste rasch Himmelangst werden: Er glaubte bereits zu sterben, wenn es noch lange nicht so weit war. Kurz empfand er widerwillige Bewunderung dafür, wie lange Zhu durchgehalten hatte. Aber er konnte nicht einschätzen, wie viel Zeit ihnen noch blieb.

Das Licht brannte immer unruhiger. Jedes Mal, wenn es verlosch, blieb es länger dunkel. Ouyangs Zwischenrippenmuskulatur verkrampfte sich, so heftig ruderte er mit den Armen. Er hatte keine Ahnung, ob nur das Licht flackerte oder ob es ihm selbst vor Augen flimmerte.

Erneut versank der Tunnel in undurchdringlicher Schwärze. Doch diesmal leuchtete Zhus Mandat nicht wieder auf.

Ouyang verlor die Kontrolle. Tief atmete er die pechschwarze Finsternis ein. Er hörte sich keuchen, und da erst begriff er, dass er Luft einsog, kein Wasser. Instinktiv hatte er gewusst, dass er aufgetaucht war, noch ehe sein Verstand aufgeholt hatte. Und obwohl er nichts sah und nach Luft rang, besaß er gerade noch genug Geistesgegenwart, um an dem Seil zu ziehen.

War Zhu aufgetaucht? Ouyang hörte bloß seinen eigenen rauen Atem und das Donnern seines Herzens.

Dann plötzlich: Schmerz.

Licht!

Er blinzelte heftig, als könnte er kraft seines Willens seine Augen zum Gehorsam zwingen, die von dem beißenden Salz und dem blendenden Licht tränten. Ein dunkler Umriss kam in Sicht: ein Kopf neben seinem.

Zhu rang qualvoll nach Atem. Ouyang starrte ihn an. Wie konnte er in diesem Moment noch etwas anderes als Erleichterung empfinden? Doch auf seinem Gesicht lag unverkennbar der triumphierende Ausdruck eines Mannes, der sich das Äußerste abverlangt hatte – und zwar ohne Furcht, weil er gewusst hatte, dass er stark genug war, um durchzuhalten. Um zu überleben.

☯

Zhu hing in Ouyangs Griff wie eine durchnässte Katze. Sie waren in einer Höhle aufgetaucht; Ouyang zog sie auf einen kleinen, mit Stalagmiten übersäten Strand zu. Im Licht ihres Mandats leuchtete der weiße Sand unheimlich.

Kurzerhand hievte er sie aus dem Wasser, und dann lag sie halb an einen Stein gelehnt da und keuchte.

»Wart Ihr denn zufrieden mit meinen Diensten?« Ouyang schaute mürrisch auf sie herab. Er troff und wirkte so durch und durch unleidlich, dass Zhu gelacht hätte, wäre sie schon wieder ganz zu Atem gekommen. Wie einfach es für ihn gewesen wäre, sie ins Nichts davontreiben zu lassen! Auch jetzt noch hätte er leicht neben ihr niederknien und ihr Gesicht in den Sand drücken können. Das Glimmen zurückgehaltener Mordlust in seinen Augen ließ sie genussvoll erschauern. Er konnte sie umbringen, aber er würde es nicht tun. Nicht solange sie einander brauchten. Nicht auf dieser Insel. Im Augenblick war er ihre Waffe.

»Mit Euch erlebt man Abenteuer, Herr General!« Zhus Zähne klapperten derartig heftig, dass sie aufpassen musste, sich nicht die Zunge abzubeißen. Noch nie hatte ihr das Gesicht so wehgetan: Es fühlte sich an, als wollten ihre krampfenden Muskeln sich vom Schädel losreißen. »Nahtod durch Erstechen, Verbrennen, Ertrinken … Ich kann's kaum erwarten, auch alle anderen Varianten zu probieren!« Sie wäre wirklich jedes Mal beinahe gestorben. Aber es war nicht die

Berührung des Todes, die ihr am deutlichsten im Gedächtnis geblieben war, sondern vielmehr das Gefühl hinterher: der Rausch, am Leben zu sein. Es kam ihr beinahe so vor, als könnte sie niemals versagen, alt werden oder sterben. Auch jetzt befand sie sich im Zustand der Ekstase: Sie wusste, dass sie unterkühlt und ausgelaugt war, aber die Aufregung hielt sie warm. Der Erfolg schien zum Greifen nah!

Sie setzte sich ganz auf. Das war so anstrengend, dass ihr Licht kurz schwächer wurde. Als sie an sich herunterblickte, sah sie, dass Ouyang sich bereits losgemacht hatte. Dann zog sie an dem Tau, das mit dem Boot verbunden war. Die Fischer hatten gut geschätzt: Sie konnte noch ein ganzes Stück einholen, ehe es sich spannte. Zum Glück hatte es sich nicht gelöst. Nach einer Weile kämpfte sie sich hoch, das Tau über einem Arm. Unter Ouyangs scharfem Blick umrundete sie taumelnd den Tropfstein, einmal und dann noch einmal. Erschöpft ließ sie sich wieder in den Sand fallen. Sie hatte immer noch Tau übrig.

»Glaubt Ihr, Euch wird wärmer, wenn Ihr mich finster anstarrt?«, japste sie. »Ihr könnt Euch genauso gut hinsetzen.«

Ouyangs giftige Miene verlor ein wenig an Wirkung, da seine Kleider vernehmlich quatschten, als er sich niederließ. Das Beben seines Unterkiefers ließ darauf schließen, dass seine Zähne nur deshalb nicht so laut klapperten wie Zhus, weil er sie so fest zusammenbiss. Damals im Kloster hatte sie oft gefroren, weil sie nicht so viel Muskelmasse hatte wie Xu Da und die anderen Novizen. Sie fühlte sich merkwürdig verbunden mit dem General: Schmal, wie er war, litt er ebenso unter der Kälte wie sie.

»Wollt Ihr Eure Kleider nicht lieber auswringen?«, stichelte sie. »Ihr wisst ja, was man sagt: Wenn man mit nassem Haar herumsitzt, schrumpft das Qi!«

Ouyang funkelte sie zornig an, ließ sich aber nicht zu einer Antwort herab.

»Ich habe Euch doch längst in Eurem Untergewand gesehen! Ich schlage ja nicht vor, dass Ihr Euch nackt auszieht …«

Aus den Augenwinkeln sah sie eine Bewegung im stillen Wasser. Sie hätte damit rechnen müssen; dennoch kroch ihr ein Schauer über den Rücken. Lautlos stiegen Ouyangs Geister aus der dunklen Tiefe auf, ein weiß gekleidetes Heer. Sie glitten den Strand hoch, ohne dass ihre Füße den Sand berührten, und formierten sich wieder um Ouyang. In der nassen, dunklen Yin-Umgebung der Untergrundhöhle, beleuchtet von Zhus unirdischem Schein, wirkten sie so leibhaftig wie die Lebenden. Noch nie war Zhu ihnen so nah gewesen: Junge und Alte waren darunter, und ihre Gesichter mit den blicklosen Augen waren Ouyang zugewandt, als wäre er der Mond an ihrem ewigen Nachthimmel. Durch ihre Leiber konnte sie seine steif dasitzende Gestalt kaum noch erkennen.

»Sie sind hier, nicht wahr?«, fragte Ouyang tonlos, ohne sie anzusehen. »Manchmal spüre ich ihre Gegenwart. Rings um mich her.« Wasser tropfte von den langen, spitzen Steinen, die wie Drachenzähne von der Höhlendecke hingen. »Sie warten darauf, dass ich zu Ende bringe, was ich angefangen habe.«

Er sprach nicht davon, dass er den Fürsten von Henan ermordet und sein Heer gestohlen hatte, dachte Zhu, während sie den Toten in die Gesichter blickte. Der Anfang lag schon länger zurück. Wie alt war Ouyang gewesen, als sich ihm sein Schicksal offenbart hatte? Da er so feminin aussah, musste er schon als Kind entmannt worden sein. War er im gleichen Alter gewesen wie sie, als sie den Pfad ihrer Bestimmung betreten hatte? Sie spürte den vertrauten Widerhall in sich. Beide mochten weit voneinander entfernt gelebt haben, aber sie hatten sich in Übereinstimmung miteinander vorwärtsbewegt. Und nun hatte die Stärke ihres Verlangens sie zusammengeführt – ihr gemeinsames Begehr, nach Dadu zu gelangen, wo ihrer beider Schicksal lag.

Luftblasen stiegen an die Wasseroberfläche. Das Seil, das Zhu um den Tropfstein geschlungen hatte, ruckte und spannte sich. Dann tauchte keuchend ein junger Mann aus dem unterirdischen See auf. Tropfen spritzten funkelnd empor. Zhu erkannte ihren jungen Kommandeur Lin Ruilin. Er schleppte sich ans Ufer und fiel schnaufend auf die Knie. Nach einer kleinen Weile gelang es ihm, den Kopf zu heben. Er wandte das Gesicht Zhus Licht zu, einer Pflanze ähnlich, die sich zur Sonne hindreht.

Im nächsten Moment verschwand die Erleichterung ganz plötzlich von seinen Zügen. »Wo ist General Xu?«

☯

Ein ganz eigenartiges Gefühl saß Zhu in der Brust. »Was?«

Im eisigen Wasser war Lins Gesicht purpurrot angelaufen, wie das eines Säuglings, der seinen ersten Atemzug noch nicht getan hatte, den man rasch dazu bringen musste, denn sonst wäre er …

Tot, raunte ihr Verstand.

»General Xu ist als Erster gegangen«, stieß Lin atemlos hervor. »Es gibt bloß ein Tau. Wie kann ich da vor ihm angekommen sein?«

Alle drei schauten daran entlang. Dort, wo es im Wasser verschwand, war nichts zu sehen: keine Bewegung, keine Luftblasen.

»Er muss es aus den Händen verloren haben«, sagte Ouyang ohne großes Interesse. »Der da«, er meine Lin, denn natürlich hatte er sich die Namen von Zhus Männern nicht gemerkt, »hat ihn irgendwo überholt.«

Zhu dachte an den Tunnel zurück, vom Boden bis zur Decke voller Meerwasser. Todesfurcht war ihr nicht fremd, aber in dieser schwarzen Leere hatte sie ein nahezu animalisches Grauen empfunden, das sich kaum hatte beherrschen lassen, eine schreckliche Ohnmacht, während ihr die Lebenszeit durch die Finger geronnen war.

Aber Xu Da war stark. Er war noch am Leben, und er brauchte sie. Zhu stürzte sich auf den Knoten an ihrer Taille. Zum ersten Mal verfluchte sie ihr Ungeschick mit nur einer Hand, ihre Langsamkeit, wo doch jeder Moment zählte. »Ich bin der Einzige, der ihn finden kann! Ich habe das Licht. Helft mir mit dem Tau ...«

»Damit Ihr was genau tun könnt?«, fragte Ouyang brüsk. »Beim Versuch umkommen, eine Leiche aus der Finsternis zu fischen? Solltet Ihr lediglich ihn bei dieser waghalsigen Sache verloren haben, könnt Ihr Euch noch glücklich schätzen. Ein Jammer bloß, dass es den Besten unter euch getroffen hat. Lieber wärt Ihr ertrunken.«

»Er ist nicht tot!«

Ouyang öffnete den Mund, kam aber nicht dazu, ihr zu antworten. Das Wasser wogte, und dann durchbrach jemand die Oberfläche. Xu Da war es nicht; das wusste Zhu, noch bevor sie Yuchun keuchen hörte. Dann sah sie, dass er jemanden hinter sich herzerrte.

Sie wollte hinstürzen, war jedoch immer noch mehr oder weniger an den Tropfstein gefesselt. Aber Lin war zur Stelle. Er half Yuchun, Xu Das schlaffen Leib auf den Strand zu ziehen. Yuchun presste zwischen japsenden Atemzügen hervor: »Hab ... ihn gefunden ... er trieb ...«

Im harten weißen Licht ihres Mandats war Xu Das Gesicht so grau wie ungebrannter Ton. Sie ging neben ihm in die Hocke.

Das merkwürdige Gefühl in ihrer Brust wuchs, wurde so erdrückend, dass sie kaum noch Luft bekam. Lin würgte einen erstickten Laut hervor. Aber dafür gab es gar keinen Grund, denn Xu Da war doch nicht tot! Sein Gesicht war ihr so nah, wie früher, als sie noch Knaben gewesen waren und in einem Bett geschlafen hatten. Gleich würde er sie anblinzeln, wie er es immer getan hatte. Ouyang hatte sie aufgespießt und ihr die Hand abgeschlagen, und *sie* hatte überlebt! Das hier war bei Weitem nicht so schlimm. Xu Da würde sich erholen.

Jemand drängte sie beiseite. Ouyang. Mit einem Ausdruck äußersten Widerwillens kniete er neben Xu Da nieder. Dann, zu Zhus maßlosem Erstaunen, nahm er seinen Kopf in die Hände, beugte sich hinab und küsste ihn.

Schon im nächsten Augenblick war Zhu überzeugt, dass sie sich getäuscht hatte. Nein, das war kein Kuss! Entsetzen lähmte sie. Ouyangs kalkweiße Haut, seine leblosen Augen ... Er sah nicht wie ein Mensch aus, sondern wie ein Hungergeist, und nun kauerte er über einem hilflosen, ohnmächtigen Mann, um seine Lippen zu essen, seine Leber, sich an ihm zu laben ...

Doch dann richtete er sich auf, ließ Xu Da los und schaute ihn unverwandt an.

Zuerst geschah gar nichts.

Dann zuckte Xu Da plötzlich und gurgelte. Ouyang rollte ihn auf die Seite: Xu Das Leib krampfte, und er übergab sich. Dann rappelte er sich auf Hände und Knie auf und keuchte und würgte mit hängendem Kopf.

Zhu bekam kaum mit, wie die anderen nach und nach auftauchten. Die lastende Stille in ihrem Inneren hatte sich verflüchtigt. An ihre Stelle war eine feierliche Leichtigkeit getreten. Xu Da ging es gut. Sie hatte recht behalten. Er hustete. Sie klopfte ihm auf den Rücken und freute sich daran, dass er so robust war.

Ouyang erhob sich. »Gewöhnlich kann man Ertrunkene wiederbeleben, indem man ihnen Luft in die Lunge bläst – zumindest, wenn sie nicht länger unter Wasser waren, als man braucht, um eine Kanne Tee zu kochen.« Er wirkte indigniert, als hätte er sich zu etwas herablassen müssen, das unter seiner Würde war – wie eine Latrine auszuschaufeln.

Mongolen übten mit ihren Heeren im Winter das Überqueren von Flüssen. Womöglich war es für sie ganz alltäglich, Ertrunkene wieder ins Leben zurückzuholen.

Xu Da richtete sich auf, wischte sich die nassen Haare aus den Augen und krächzte: »Wir haben ein großes Problem.«

»Nämlich?« Sofort spielte Zhu mögliche Szenarien im Kopf durch. War er so geschwächt, dass er nicht kämpfen konnte? Dann sollte sie ihn besser hier unten lassen. Allerdings war er ihr bester Kämpfer und ihr General, und sie brauchte ihn, um die Garnison der Yuan auszuheben ...

Xu Da warf sich in eine dramatische Pose. »Ich bin so schön, dass mir nicht einmal ein Eunuch widerstehen kann!«

Er scherte sich nicht um Ouyangs zornigen Blick und lachte, bis ihn krampfartiger Husten überfiel. Als er sich wieder im Griff hatte, rappelte er sich auf. Zhu wollte ihn stützen, aber er winkte ab. »Keine Sorge, kleiner Bruder, mir geht's prima. Gehen wir!«

☯

Wie die Fischer gesagt hatten, führte der Tunnel an die Oberfläche und in ein verlassenes Dorf. Die Männer Lin und Xu hatten Ouyang in die Mitte genommen. Xu hustete noch immer dann und wann. Die verfallenen Hütten waren von Vegetation so überwuchert, dass sie in der Dunkelheit wie Geschwüre oder Pilze aussahen. Ouyang konnte nicht sagen, dass er von Zhus Männern *beeindruckt* war – aber sie übertrafen doch seine Erwartungen, das musste er widerwillig eingestehen. Er hatte nicht geglaubt, dass sie Zhu tatsächlich auf diesen selbstmörderischen Tauchgang folgen würden, aber sie hatten nicht einmal gezögert. Nun bewegten sie sich rasch und leise vorwärts, als wären sie tatsächlich so gute Kämpfer, wie Zhu behauptete. Ouyang erinnerte sich, wie General Xu seinen Glauben an Zhu bekannt hatte. Es war, als glaubten sie *alle* an ihn. Ouyang begriff es einfach nicht.

Von dem verfallenen Dorf aus hatte man einen hervorragenden Ausblick, denn es war auf dem höchsten Punkt erbaut worden. Einen Berg konnte man diese Anhöhe zwar nicht nennen, aber die baumlose Insel war so klein – höchstens drei Li im Durchmesser –, dass man die wichtigsten Landmarken leicht ausmachen konnte. Die massigen schwarzen Umrisse im Zentrum waren die Salzlagerhäuser, und der schwebende Lichtschein auf der anderen Seite musste der Wachposten über dem Hafen sein. In der dunstigen Seeluft hüpfte und glitzerte das Licht. Ouyang, der sein Leben auf festem Land verbracht hatte, fand das beunruhigend.

»Bleibt hier«, wies Zhu seine Männer an. General Xu wollte krächzend Einwände erheben, aber Zhu unterbrach ihn bestimmt: »Ruht euch aus, solange es geht! Ich kundschafte die Lage unten am Wachposten aus. Wir sollten angreifen, solange es noch dunkel ist; viel Zeit haben wir also nicht. Seid bereit, wenn wir zurückkommen.« Er hatte das Mandat verlöschen lassen, bevor sie aus dem Tunnel getreten waren, und in der blauen Nacht sah Ouyang bloß den Schattenriss seines Kopfes. Dennoch nahm er wahr, wie Zhu ihm seine Aufmerksamkeit zuwandte, noch ehe er sagte: »Kommt mit, Herr General.«

Zhu eine Weile nicht sehen zu müssen, hätte Ouyang vielleicht nicht direkt glücklich gemacht – Glück war ein starkes Wort –, aber er hätte zumindest nichts dagegen einzuwenden gehabt. Außerdem brannten seine Füße noch immer höllisch vom Salzwasser. »Ihr habt wohl Angst, dass ich Euch Eure Männer abspenstig mache, wenn Ihr mich mit Ihnen allein lasst«, sagte er missmutig.

»Vielleicht hätte ich welche, wenn Ihr im Umgang mit anderen ein wenig gewinnender wärt. Vor allem dachte ich, Ihr könntet mir Einblicke in die Abläufe bei den Yuan geben. Einen Außenposten habe ich noch nie überfallen. Ich weiß nicht, was mich erwartet.«

Was für ein armseliger Anführer er doch war! Es störte ihn nicht einmal, vor seinen Männern zuzugeben, wie ahnungslos er war.

Verachtungsvoll sagte Ouyang: »Ich brauche keine gewinnende Art, um Euch den Yuan auszuliefern!«

Zhu sah ihn an, das spürte er. Nach einer Weile sagte er mit einer Sanftheit, die beinahe an Dankbarkeit erinnerte: »Hättet Ihr das vor, dann hättet Ihr Xu Da nicht gerettet, aus Furcht, ich könnte ohne ihn verlieren. Gehen wir!«

Seit Jahren hatte niemand mehr diesen Teil der Insel begangen. Die Pfade waren überwuchert, und bei jedem Schritt brach Ouyang bis zum Oberschenkel in der Vegetation ein. Die nassen Bandagen rieben seine Füße abermals wund. Sein einziger Trost war, dass Zhu ebenso hart zu kämpfen hatte. Zweifellos war er als unterernährter Waisenknabe im Wachstum gehemmt worden. Nun sah er aus wie ein Jagdhund im hohen Gras, dessen kleiner Kopf alle paar Schritte auftauchte, weil er schauen musste, ob er noch in die richtige Richtung lief.

Und wahrscheinlich war er ebenso erleichtert wie Ouyang selbst, als sie endlich auf einen Pfad stießen, der regelmäßig benutzt wurde. »Da vorn«, wisperte er, als sie sich an den Lagerhäusern entlangschlichen und der Wachposten in Sicht kam. Ouyang hatte nicht erwartet, dass das Gebäude so groß sein würde; immerhin war dies eine Inselgarnison. Verspätet kam ihm der Gedanke, dass Piratenangriffe etwas damit zu tun haben könnten. Je mehr er sah, desto unbehaglicher wurde ihm zumute. Sie blickten auf die Rückseite eines dreistöckigen Turms, der über die Wehrmauer hinausragte. Die Fackeln auf dem Hof und die Laternen hinter den Papierfenstern ließen das Gebäude in prächtigem orangerotem Schein erstrahlen. Das blinkende Licht auf der Wehrmauer und sein Zwilling in der Ferne waren Patrouillen: immer wieder verschwanden die erhobenen Fackeln wieder hinter den Zinnen, während die Wachen sich in gegenläufiger Richtung um die Insel bewegten.

»Sagt mir, was uns erwartet«, bat Zhu leise. »Mit wie vielen Soldaten haben wir es zu tun?«

Zhu hatte dreizehn Männer mitgebracht und dazu noch General Xu. Auf der Insel mussten drei oder vier Zehnerschaften stationiert sein. Verzweiflung schnürte Ouyang die Kehle zu. Was, wenn er Zhu tatsächlich an die Yuan auslieferte? Ihn, den Verräter, verabscheuten sie sogar noch mehr als Zhu. Sie würden ihn nach Dadu schicken, auf dass er hingerichtet werde. So bekäme er den Großkhan wenigstens zu sehen, dachte er wild. Aber allein in der Hauptstadt zu sein, eingesperrt und ohne eine Waffe ...

Hätte das wirklich mehr Aussicht auf Erfolg als mein Plan, Herr General?

»Dreißig bis vierzig Mann«, stieß er hervor. »Der Hintereingang wird nicht bewacht sein, weil sie nur Angriffe von der Hafenseite erwarten. Aber die brennenden Laternen legen nahe, dass sie in Schichten Dienst tun ... Vielleicht haben schon einmal Piraten versucht, nachts einzufallen. Mindestens eine Zehnerschaft ist auf Posten, und wenn wir denen einen Grund geben, wecken sie die anderen im Handumdrehen.«

»Wie stehen die Chancen, wenn wir einfach reinstürmen?«, fragte Zhu unbeirrt.

Es war das eine, einen Feind um Auskunft zu bitten. Aber das hier ... »Fragt Ihr mich etwa nach meiner *Meinung*?«

»Weshalb denn nicht? Ihr seid ein erfahrener General, und ich ...«

Ouyang konnte sich nicht beherrschen. »Ihr seid ein Schandfleck auf der Welt, kennt keine Ehre und habt im Leben noch keine einzige Schlacht geschlagen!«

Kurz glaubte er, er hätte einen Nerv getroffen, aber dann sagte Zhu:

»Warum sollte ich mich von einem Mangel an Erfahrung aufhalten lassen, wenn ich mir doch Rat holen kann? Mir ist jedes Mittel recht, und es kümmert mich nicht, was andere davon halten. Schaut Euch nur einmal meine Männer an! Ich weiß, was Ihr gedacht habt, als Ihr sie zum ersten Mal gesehen habt: Für nutzlose Bauernjungen habt Ihr sie gehalten. Und das waren sie auch! Aber ich habe ihre Anlagen erkannt und ihnen die Möglichkeit gegeben, sich weiterzuentwickeln. Zu gedeihen, zu wachsen und schließlich zu werden, was sie nie sein durften.« Zhus Zähne blitzten in der Dunkelheit. »Sie sind gut, Herr General! Und das Gleiche gilt für mich, selbst wenn Ihr das nicht anerkennen könnt.«

»Ihr seid nicht gut *genug*!«, fauchte Ouyang.

»Nein? Und warum nicht?«

Ouyang sah bildlich vor sich, wie der Überfall ablaufen würde. »Ihr habt die Überraschung auf Eurer Seite, aber das wird Euch nicht lange helfen. Die Enge im Turm gereicht eher den Yuan zum Vorteil. Eure Männer müssen sich die Treppen hochkämpfen. Sie werden überrannt und erschlagen. Ich hoffe, Ihr habt noch einen besseren Plan!«

»Und wenn wir sie aus dem Turm locken und im Hof über sie herfallen?« Zhu öffnete seine Wachstuchtasche. Darin klirrte es dumpf. Er nahm einen runden Metallgegenstand heraus, der im schwachen Licht glänzte. »Die hier kennt Ihr sicher noch«, sagte er zurückhaltend.

Oh ja. Ouyang erinnerte sich lebhaft daran, wie diese unscheinbar wirkenden Bomben seine Front in die Luft gesprengt hatten. Verwirrenderweise war er zugleich zornig und erleichtert: Zhu hatte tatsächlich einen Plan, der aufgehen konnte. »Zündet die im Hof, und sie kommen kampfbereit nach draußen«, sagte er giftig. »Wenn Ihr sie überrumpeln wollt, müssen die Dinger drinnen hochgehen.«

Zhu schaute am Turm hinauf. Nachdenklich betrachtete er die Gitterwerkfenster, ließ den Blick aber rasch höher wandern. »Wie wär's mit dem Dach?«

»Könnt Ihr so hoch werfen? Ich nicht, und ich habe meine Schwerthand noch.«

»Und wir können wohl auch kaum eine Bombe an einen Pfeil binden«, überlegte Zhu. »Nicht dass wir einen Bogen hätten. Und das Dach ist geschwungen, also würde sie bloß wieder runterrollen. Wir brauchen eine Methode, die Bomben nicht nur aufs Dach zu bringen, sondern sie dort festzuhalten. Nun denn, Herr General!« Wieder erschien jenes Lächeln, mit dem er Ouyang zur Weißglut treiben konnte. »Ich hoffe, Ihr tragt die richtige Unterwäsche!«

☯

Der Wachmann passierte den Wehrgang über Zhu. »Jetzt!«, zischte sie.

Es war ihnen gelungen, das Seil unbemerkt an der Wehrmauer hochzuwerfen. Nun lag es um eine Zinne, und Xu Da und Yuchun zogen Zhu daran in die Höhe. Sie hing im Seil und stützte sich abwechselnd mit den Füßen an der Mauer ab, als liefe sie senkrecht nach oben. In ihrer Kindheit hatte sie viel Zeit auf den schimmernden Dächern des Klosters am Berghang verbracht, daher war sie so gut wie schwindelfrei. Doch gerade ihre Vertrautheit mit Höhen ließ sie ihre körperliche Beeinträchtigung umso stärker spüren. Sie hatte nur noch eine Hand, mit der sie sich stabilisieren konnte, und dazu kam noch ihre Last.

Damals im Kloster war Xu Da berüchtigt für sein Ungeschick beim Basteln gewesen, aber bei diesem Projekt hatte er gute Arbeit geleistet. Wie Zhu gehofft hatte, war Ouyangs Unterhemd aus der berühmten mongolischen Seide gemacht: Leicht war sie, aber so widerstandsfähig, dass Pfeilspitzen sie nicht zerrissen und man den Pfeil sauber aus der Wunde ziehen konnte. Für ihr Vorhaben war mongolische Seide ungleich besser geeignet als das dünne Papier, aus dem die Mönche Drachen für das neue Jahr gefaltet hatten.

Das Seil, noch vom Meerwasser durchweicht, knirschte über die Kanten der Zinne. Kurz schien es sogar nachzugeben, doch dann stieg Zhu zwei, bald drei Zhang die Wand hinauf. Endlich kam die Schießscharte in Reichweite. Sie zog sich durch den schmalen Spalt, gab Xu Da ein Zeichen, dass er das Seil loslassen konnte, holte es ein und band es um eine Zinne, sodass sie sich später ohne Hilfe wieder nach unten lassen konnte. Wieder winkte sie Xu Da, und er schlich sich mit Yuchun davon. Zusammen mit den anderen würden sie im Hinterhalt warten.

Auf dem Wehrgang war es windiger als unten. Es fiel Zhu nicht leicht, den Drachen ruhig zu halten, während sie mit einem Weihrauchstäbchen die Zündschnüre der Bomben entflammte, die an der Unterseite des Drachen hingen. Im Kloster hatte sie ihren Papierdrachen immer kräftig in die Luft werfen müssen. Hier reichte es, ihn loszulassen.

Der Seewind packte ihn und riss ihn so rasch in die Höhe, dass das Seil ihr die Hand aufscheuerte. Dieser Drachen war deutlich stärker als jeder andere, den sie bisher geflogen hatte, und ein Hochgefühl bemächtigte sich ihrer. Es war, als lenkte sie ein mächtiges Lebewesen. Innerhalb weniger Augenblicke hatte sie ihn auf Höhe des Dachs in Stellung gebracht. Wie ein blasser Geist hing er am schwarzen Himmel.

Das Warten zog sich in die Länge. Sie hatten es so abgepasst, dass die beiden patrouillierenden Wachen bei Zhus Ankunft auf dem Wehrgang so weit wie möglich von ihr entfernt waren, aber nun glaubte sie bereits, ihre Blicke im Nacken zu spüren. Bis die Bomben explodierten, war sie exponiert. Ihr Unterarm schmerzte, weil der Drachen so heftig daran zog. Wie konnte es sein, dass die Zündschnüre noch immer nicht abgebrannt waren? Plötzlich quälten sie Zweifel. Was, wenn

Meerwasser in die Bomben gelaufen war und das Feuerpulver eingeweicht hatte? Konnten sie dann überhaupt noch hochgehen? Aber sie waren doch sicher nicht alle ruiniert! Je länger sie dort stand und wartete, desto größer wurden ihre Zweifel. Das Kribbeln im Nacken wurde unerträglich.

Dann verschwand der Zug. Alles verschwand. Gleißende Helligkeit verschlang die ganze Welt.

Als sie wieder zu sich kam, klaffte ein Loch in ihrer Erinnerung. Sie lag auf dem Wehrgang, mehrere Zhang von der Stelle entfernt, an der sie gerade noch gestanden hatte, aber wie sie dorthin gekommen war, wusste sie nicht. Holz- und Mauerstücke regneten herab; sie rollte sich klein zusammen, um ihnen zu entgehen. Das Prasseln des Feuers war so laut, dass die Schuttbrocken beinahe geräuschlos auf dem Wehrgang aufschlugen. Über dem aufgerissenen Dach des Turms erhob sich eine helle Wolke; Laternenlicht strahlte aus dem Loch in den Nachthimmel.

Zhu rappelte sich auf und ließ das verschmorte Seil fallen, an dem nun kein Drachen mehr festgemacht war. Yuan-Soldaten stürzten kopflos aus dem Turm in den Hof dahinter, manche in Rüstung, aber viele waren eindeutig gerade erst aufgewacht. Zhu schaute lange genug hinab, um ihre eigenen Männer angreifen zu sehen. Sie waren in der Unterzahl, umstanden jedoch den Hof und hatten es mit überraschten Gegnern zu tun: Sie würden gewinnen.

Zhu griff nach dem Seil um ihre Taille: Es war Zeit, sich an den Abstieg zu machen. Noch waren keine Wachen in Sicht, aber jetzt würden sie angerannt kommen, also musste sie sehen, dass sie fortkam. Aber ... Das Seil kam ihr zu schlaff vor. Erschrocken zog sie daran und erstarrte, als sie das ausgefranste Ende sah. Siedend heiß fiel ihr ein, wie es ihr vorgekommen war, als würde das Seil nachgeben; wie es geknirscht hatte. Sie hatten es zu stark beansprucht; als die

Explosion sie zurückgeschleudert hatte, musste es gerissen sein. Jetzt war es so kurz, dass sie bei ihrem Abstieg nur eine Manneslänge weit käme. Und wo war das andere Ende? Sie hatte es um eine Zinne geschlungen, aber nun konnte sie es nirgendwo entdecken.

Grimmig schaute sie nach unten. Bis in den Hof waren es sechsmal ihre Körperlänge, und er war gepflastert. Was würde passieren, wenn sie einfach sprang? Sie schreckte nicht davor zurück, sich zu verletzen – vor Leid hatte sie keine Angst. Aber überlebte sie einen solchen Sturz? Auf dem Schlachtfeld hatte sie Männer mit offenen Knochenbrüchen verbluten sehen; andere waren vom Gewicht ihrer stürzenden Pferde zerschmettert worden. Die Chancen standen nicht gut.

Auf der anderen Seite des Wehrgangs schlug weißer Schaum gegen die Ufermauer. Sie konnte sich ins Wasser fallen lassen. Aber war sie einmal durch die schwarze Oberfläche gebrochen, dann würde sie sinken, und dieses Mal wäre Ouyang nicht da, um sie aufzufangen. Dieser Fluchtweg kam noch weniger infrage.

Als sie aufschaute, sah sie über dem Wehrgang das Licht einer Fackel: Die Wache kam gerannt.

Waffenlos und unbewacht stand Ouyang am hinteren Ende des Hofs und beobachtete, wie der Kampf losbrach. Dass er nur zuschauen konnte, erfüllte ihn zu seiner eigenen Überraschung mit ohnmächtigem Zorn.

Zhus Männer stürzten sich auf die Yuan. Die ließen ihre Fackeln fallen, um sich dem unerwarteten Angriff zu stellen, und das flackernde Licht am Boden beschwor eine Vielzahl grotesker Schatten herauf. Es war richtig gewesen, General Xu zu retten: Unter seiner unerschütterlichen Führung schlugen sich Zhus junge Männer unerwartet gut gegen den zahlenmäßig deutlich überlegenen Feind.

Auf den Zinnen ging irgendetwas vor sich. Ouyang war überrascht, zwei Yuan-Wachen mit gezogenen Schwertern auf Zhu zuhalten zu sehen. Warum war er noch dort oben? Er hätte gleich nach der Explosion herabsteigen sollen! Er hatte seinen Säbel bei sich, aber Ouyang konnte sich nicht vorstellen, dass er zwei Gegner damit in Schach halten konnte.

Er hatte noch keinen bewussten Entschluss gefasst, da rannte er schon: Er stürzte sich ins Getümmel, packte den nächsten Yuan-Soldaten in Rüstung von hinten und brach ihm das Genick. Dem Toten nahm er den Bogen ab, wich wieder zurück und zog dabei zwei Pfeile aus dem Boden. Nach kurzer Überlegung legte er beide auf die Sehne. Es war ein unmöglicher Schuss. Die beiden Wachen rannten so schnell, sie waren kaum mehr als ein Flackern zwischen den Zinnen in der Dunkelheit. Ouyang ließ sie nicht aus den Augen. Er spürte, wie sein Herzschlag sich verlangsamte. Seine Sicht schärfte sich. Noch fünf Schießscharten, dann würden sie Zhu erreicht haben. Vier, drei ...

Zhu zog sich auf die Mauerkrone und sprang.

Er fiel, und Ouyang war so konzentriert auf ihn, dass er jede Einzelheit sah: Seine Gliedmaßen, die wie die einer Lumpenpuppe durch die Luft flogen; das dünne weiße Band, das hinter ihm herwehte. Das war nicht das Seil, das sie aus dem Tunnel mit hochgebracht hatten – aber was war es stattdessen? Und warum hatte Zhu auf einen Notbehelf zurückgreifen müssen? Er hatte keine Zeit, darüber nachzusinnen, denn schon spannte sich das merkwürdige Band, und Zhu hüpfte daran auf und ab, während er mit rudernden Armen versuchte, sich an der Wand abzustützen. Es dehnte sich beunruhigend. Ouyang fühlte sich an die Bandagen erinnert, mit denen Zhus Männer seine Füße verbunden hatten, aber woher hätte Zhu Bandagen haben sollen? Da baumelte er, und es waren noch immer zwei Manneslängen bis zum Boden.

Die beiden Wachen auf dem Wehrgang hatten Zhus Absprungstelle erreicht und lehnten sich über die Zinnen, um ihn wieder hochzuziehen, bekamen das Band jedoch nicht rechtzeitig zu fassen.

Zhu fiel wieder.

Die Wachen starrten ungläubig. Das Band flatterte Zhu hinterher – er musste es selbst durchgeschnitten haben. Kurz sah Ouyang ihn schattenhaft am Fuß der Mauer liegen. Dann sprang er plötzlich auf, unverletzt wie eine Ameise, die man sich vom Ärmel geschüttelt hat, und rannte mit gezogenem Säbel auf die Kämpfenden zu.

Fassungslos blickte Ouyang ihm nach. Zhus Entschlossenheit war ungeheuerlich! Hatte er keine Angst gehabt, als er an seinem dünnen Band von den Zinnen gestürzt hatte? Wenn es gerissen wäre, wäre das sein Tod gewesen. Ouyang musste an Zhus beherztes kleines Gesicht denken, als er am Rand des Bootes gestanden hatte. Er war in dem Bewusstsein ins nächtliche Meer gesprungen, dass er nicht schwimmen konnte. Vielleicht hatte er sich ja gefürchtet, aber er hatte es trotzdem getan – weil er seinem großen Verlangen folgte.

Etwas regte sich in ihm, und er konnte sich nicht einreden, dass es Hass war.

Dann sirrte ein Pfeil an ihm vorbei, und der Schreck verscheuchte das ungewohnte Gefühl. Ja, er hatte Zhu retten wollen, dachte er erbost, aber nur, damit der nicht scheiterte! Hinterher würde alles wieder beim Alten sein. Denn selbst mit einer gut bevorrateten Armee hatte Zhu nicht die geringste Hoffnung, gegen General Zhang zu bestehen. Man brauchte mehr als nur Entschlossenheit, um einen Krieg zu gewinnen.

Aber weil er nun schon einmal einen Bogen in Händen hielt, erschoss er mit seinen zwei Pfeilen die beiden Wachen gleichzeitig – was keine große Herausforderung war, da sie wie melonenköpfige Narren dastanden und glotzten. Er fing an, die Pfeile aufzusammeln, die überall im Boden steckten. Er würde helfen, Zhus Scheitern zu verhindern.

☯

Zhu stand oben im Wachturm und schaute auf den Hof hinunter. Er war voller Gefallener. Mit ihrer kleinen Truppe hatte sie vier Zehnerschaften besiegt, und nun hatte sie so viel Salz, wie sie in den beschlagnahmten Schiffen von der Insel bringen konnte. Es würde reichen, um die Versorgung zu sichern, bis sie die Zhangs geschlagen hatten.

Und dieser Erfolg hatte sie nicht mehr gekostet als das Leben zweier junger Männer. Ein unerfreuliches Gefühl, aber selbst dies brachte einen Triumph mit sich: dass sie es ertragen konnte. Sie hatte zwei Männer verloren; doch hätte sie vorher gewusst, dass es so kommen würde, sie hätte trotzdem nichts anders gemacht. Ja, sie hätte sogar ein größeres Opfer gebracht! Aus freien Stücken hätte sie alles gegeben, was nötig war.

Jemand kam die Treppe hoch: Es war Ouyang. Den Leichen hier oben wich er mit einer Miene kaltblütiger Abscheu aus. Er war unbewaffnet, aber Zhu erinnerte sich plötzlich daran, im Hof von Pfeilen durchbohrte Yuan-Soldaten gesehen zu haben. Nur er konnte der Schütze gewesen sein. Der Gedanke, dass er auf ihrer Seite gekämpft hatte, gefiel ihr – es fühlte sich richtig an. Damals in Yingtian hatte sie die Wahrheit gesagt: Sie hatte sein Heer gebraucht, nicht ihn. Doch nun hatte er sich als großer Gewinn herausgestellt.

Mürrisch sagte er: »Wie's scheint, habt Ihr bekommen, was ihr wolltet.« Dann runzelte er die Stirn. »Irgendetwas ist anders an Euch.«

Augenblicklich war sie sich ihrer Brüste bewusst. Es war die reinste Folter gewesen, auf dem Wehrgang zuerst mit ihrer Rüstung, dann mit der Schnürung ihres Untergewandes und zuletzt mit der Bandage um ihre Brust zu kämpfen, die sich ständig verheddert hatte. Die Fummelei hatte ihr deutlich gemacht, wie schrecklich *langsam* sie mit einer Hand war. Und als sie die Bandage endlich freibekommen hatte, hatte sie nicht gewusst, ob sie ihr wirklich das Leben retten würde. Würde sie ihr Gewicht tragen? Würde der Knoten halten, mit dem sie den Rest ihres Seils und die Bandage ungeschickt verbunden hatte?

Sie hatte es nicht wissen können, aber sie war trotzdem gesprungen.

Nun stand sie unversehrt, aber mit ungebundenen Brüsten vor Ouyang. Sie glaubte nicht, dass er sie wirklich *gesehen* hatte: Sie waren nicht groß und immer noch unter Lagen salzverkrusteter Kleidung verborgen. Es war jedoch interessant, dass er überhaupt etwas bemerkt hatte. Er nahm die Leiber anderer Männer viel bewusster wahr, als es Männer gewöhnlich taten. Ob er sie unwillkürlich einteilte? In Leiber, nach denen er sich sehnte, und solche, mit denen er nichts gemein haben wollte?

Wie gut sie ihn verstand! Als Knabe hatte sie genau dasselbe getan.

Leichthin sagte sie: »Wer hätte ahnen können, dass Salzwasser mein Haar so unverschämt gut aussehen lässt! Würdet Ihr Euch einen Augenblick lang von Euren Zöpfen trennen, dann säht Ihr es bei Euch selbst ...«

Beinahe hätte sie gelacht, als er sich mit einem verärgerten Knurren abwandte.

Durch die Schießscharten sah sie das Meer in der aufgehenden Sonne funkeln. Es war so milchig-grün wie heiße Heilquellen oder Jadeitwolken. Die Inseln darin bildeten eine endlose Kette, und Zhu sah sich selbst von einer zur anderen springen, immer weiter auf die Zukunft zu.

Freudevoll sagte sie zu Ouyangs schmalem Rücken: »Ich weiß, Ihr glaubt nicht daran ... Aber ich bekomme immer, was ich will. Und nun werdet Ihr erleben, wie ich die Zhangs herausfordere und gewinne!«

8

PINGJIANG

Die Königin saß in der Gartenpagode, den Hals elegant ein wenig gedreht: So sahen Betrachter ihr Profil von der besten Seite. Vom See her wehte eine Brise über die Stadtmauer und durch den Palastgarten der Familie Zhang, die würzig nach wilden grünen Pflanzen und Passionsblumen duftete. Sie brachte die feinen Perlenschnüre am Haarschmuck der Königin zum Schwingen und das goldene Laub der Pistazienbäume zum Erbeben. Wahrhaft golden war es! Reiskübel Zhang war unzufrieden mit dem gewesen, was die Natur zu bieten hatte, und hatte jedes einzelne Blatt golden anmalen lassen. Gäste staunten zunächst über den Glanz und später über den Kopfschmerz, der sie heimsuchte. Pfauen durchstreiften raschelnd und knisternd die gefallenen Blätter. Es war, als wären goldene Taels von den Bäumen geregnet. Annähernd so teuer war das Vergnügen denn auch gewesen. Die Königin zwang sich zu einem Lächeln.

Ihr Gemahl, der König, lehnte bequem in seinen Kissen. Sein Blick hing an der Kurtisane, die zur Mittagsunterhaltung Guzheng spielte. Hier in Pingjiang am Seeufer war es heller als in der alten Hauptstadt Yangzhou mit den tiefen Kanälen und den berühmten schwarz-grünen Freudenhäusern. Dieses Licht entschleierte grausam jedes Geheimnis. Die feinen dunklen Härchen an den Handgelenken der Kurtisane waren deutlich zu erkennen; ebenso die schuppige Stelle neben ihrem Ohr, die sie mit Schminke zu übertünchen versucht hatte. Man hätte wirklich meinen sollen, ein Mädchen von so bescheidenem Talent und Aussehen wäre bemühter, seine Unvollkommenheiten zu verbergen.

Erbost beschloss die Königin, das Mädchen mit einer Beschwerde an die Vorsteherin ihres Hauses zurückzuschicken. Sie zahlte genug für die Unterhaltung ihres Gemahls und sah nicht ein, warum sie sich mit Schlamperei zufriedengeben sollte. Nicht dass es *ihn* kümmerte. Reiskübel Zhang wäre mit dem Bodensatz eines Weinkrugs zufrieden, solange man ihm nur sagte, er sei teuer gewesen. Unbeirrt lächelte sie weiter. Einst hatte seine Ignoranz ihr in die Hände gespielt, und sie war dankbar dafür gewesen. Nun war sie so ungeduldig, dass er ihr beinahe unerträglich wurde.

Eine Schar Dienstmädchen mit Servierplatten kam heran. Die Königin blickte über den Tisch hinweg General Zhang an. Wie üblich lag ein Ausdruck höflichen Interesses auf seinen Zügen. Als ihre Blicke sich trafen, war es, als streiften sich ihre Hände. Er lächelte nicht, aber kurz glätteten sich die schwermütigen Falten auf seiner Stirn.

Der Reiskübel wirkte verwirrt, als er die Platten voller Flusskrebse mit purpurroten Scheren sah. Sie mussten ihm beleidigend schlicht vorkommen. Die Königin legte ihm sacht die Spitzen ihrer Fingernägel auf den Arm. Ungebildete Männer diskret wissen zu lassen, wann ihnen geschmeichelt wurde, war die halbe Kunst, sie bei Laune zu halten. Sie raunte ihm zu: »Diese unwürdige Frau dachte, Seine Majestät würde vielleicht gern einmal die örtlichen Süßwasserkrebse kosten. Ihre Fangsaison währt nicht länger als die Blütezeit jener Blumen, die nachts die Kelche öffnen. Jedes Jahr versuchen die Wohlhabenden Pingjiangs, zwei oder drei Krebse zu erstehen.« Die Schminke spannte auf ihren lächelnden Lippen. »Doch selbst die reichsten unter ihnen können sich gewöhnlich kaum mehr als einen leisten.«

Sein Mienenspiel zu deuten und auf seine Gemütsschwankungen zu reagieren, fiel ihr mittlerweile so leicht wie das Atmen. Sie war Puppe und Puppenspielerin zugleich; stets blickte sie von außen auf ihren Leib, der sprach, wenn sie es wollte, andere berührte und seinerseits berührt wurde. General Zhangs außergewöhnlich ruhiges Gesicht ließ nicht erkennen, wie sehr er es verabscheute, wenn sie ihren Gemahl liebkoste. Ihre Macht berauschte sie: Mit einer einzigen Berührung konnte sie beide Männer lenken.

Der Reiskübel hatte die Guzheng-Spielerin vergessen. Voller Selbstgefälligkeit betrachtete er die Königin, als wäre sie eine der ihm innewohnenden Eigenschaften, die ihm zu seiner verdienten Größe verholfen hatten. Zufrieden sagte er: »Ein königliches Mahl also.«

»Wie scharfsinnig mein Gemahl doch ist!« Sie winkte den Vorkoster heran, der die Mädchen begleitet hatte. »Du! Erfülle deine Pflicht.«

»Gestatten, Eure Majestät«, sagte er, nahm eine Krebsschere und brach sie auf. Jadeweißer Saft tropfte heraus. Der Reiskübel schaute der Giftprobe aufmerksam zu. Er liebte die Rituale des Erfolgs – umso mehr, da er nicht die geringste Verantwortung zu tragen hatte.

Diese Last hatte er vor einer Ewigkeit schon abgeworfen. Die Königin wagte noch einen verstohlenen Blick zu General Zhang hinüber: Ihm sah man die Erschöpfung deutlich an. Dennoch lehnte er es ab, seinem Bruder übelzunehmen, dass der ihm all die Pflichten aufgebürdet hatte. In letzter Zeit hatte die Königin ihn kaum gesehen, so beschäftigt war er damit, das Heer auf die Begegnung mit Zhu Yuanzhang vorzubereiten.

Zhu Yuanzhang! Wie es sie ärgerte, nur an ihn zu denken! Er hätte unter der Salzknappheit leiden müssen, aber stattdessen rüstete er sich zum Kampf. Offenbar glaubte er, diese wütende, elende Bestie General Ouyang im Zaum halten zu können, um ihn gegen sie ins Feld zu schicken. Nun, sie kannte Ouyang ebenfalls. Und auch wenn Zhu bisher einige Siege gefeiert hatte, war er doch lediglich ein Knabe. Sie dachte daran, wie er fröhlich im Sonnenschein auf seinem Pferd gesessen hatte, erfüllt von der übertriebenen Selbstgewissheit eines blasierten Jünglings. Ganz und gar überzeugt war er, dass die Welt ihm seine Wünsche schon erfüllen werde! *Ich will der Allergrößte sein.*

Ihn am Boden zu sehen, würde ihr ein großes Vergnügen sein.

Der Vorkoster verneigte sich und zog sich zurück. Die Herrin Zhang hielt ihren weiten Ärmel fest, griff nach den Essstäbchen und legte dem Reiskübel zierlich die größten Scheren ins Schälchen. »Hier, mein Gemahl.«

Der Reiskübel saugte das Fleisch aus einer Schere und sah sich dabei in seinem goldenen Garten um. Er wirkte bereits wieder unzufrieden, als wäre Frustration der Erdboden, auf den er stets zurückkehren musste, ganz gleich, welche Freude ihn zuvor beflügelt hatte. »Yue plagt mich, weil ihre Residenz noch nicht fertiggestellt ist.« Er warf die leere Schere beiseite. »Hast du ihr gesagt, dass sie noch warten muss?«

Yue, die neuste Konkubine ihres Gemahls, war anspruchsvoller, als es sich für ein Mädchen in ihrer Position ziemte. Und der Reiskübel hatte natürlich keine Vorstellung davon, woher der Reichtum kam, der seine Grillen finanzierte – geschweige denn, dass er zu besseren Zwecken eingesetzt werden konnte, als Bäume zu vergolden und seine Konkubinen zufriedenzustellen.

Yue war ein Problem. Die Königin empfand ihre Gegenwart als einen Sprung im ansonsten makellos glatten Eis ihrer Ehe. Doch um das Mädchen konnte sie sich später kümmern. Nun galt es erst einmal einzuschätzen, wie aufgebracht ihr Gatte war. Sie sah es daran, wie er die feisten Schultern hielt, wie er sich in die Brust warf. Männer waren so leicht zu durchschauen! Er war nur milde gereizt, daher senkte sie tugendhaft den Blick. Genügsam. »Bitte vergebt dieser unwürdigen Frau die Verzögerung! Es war nötig, zunächst General Zhangs Heer für den Kriegszug gegen Zhu Yuanzhang auszurüsten. Doch ist der Knabe erst besiegt, soll die Residenz Eurer Konkubine Vorrang haben! Mir schweben Mosaike vor, die ihre zusätzlichen Zimmer sicher sehr hübsch schmücken werden.«

Seine Reaktion war erfreulich vorhersehbar: Beschwichtigt entspannte er sich zunächst, nur um sich gleich darauf reflexhaft aufzublasen. »Ständig brauchst du neue Mittel, kleiner Bruder! Wie schwer kann es sein, ein Bürschchen und eine eierlose Schlampe zu besiegen?« Er tat, als würde er scherzen, meinte es aber natürlich ernst. Sein Ton war aggressiv. General Zhang schluckte es hinunter, so wie alles andere auch. Nüchtern sann die Königin darüber nach, wie ihr Gemahl sich wohl anstellen würde, müsste er Zhu *oder* Ouyang im Feld begegnen. Der Reiskübel nahm sich eine weitere Krebsschere und drohte General Zhang damit wie mit einem Finger. »Streng dich an, kleiner Bruder, damit ich endlich das Mandat verliehen bekomme, das uns zusteht!« Kurz richtete sich seine Aufmerksamkeit nach innen, und eine Ahnung ernster Gefahr streifte die Königin. »Ich warte nicht gern.«

General Zhang zögerte nur einen winzigen Augenblick, aber sie nahm sein Schuldgefühl deutlich wahr: stark wie ein unterirdischer Fluss – nein, wie ein unterirdisches Feuer! Wie jene orange Flamme, die *ihm* zustand, dachte sie mit einem wohligen Schauer, nicht seinem Bruder. Das Mandat war sein, seit er zum ersten Mal in ihr Bett gekommen war und seinen Bruder verraten hatte. Damals war seine Gewissensnot aufregend und erbaulich gewesen, ein Zeichen ihres Erfolgs. Doch nun machte seine Unentschlossenheit sie nur noch ungeduldig.

General Zhang lächelte, aber der Kummer war ihm anzusehen. Auch das ärgerte sie. *Weshalb klammerst du dich an einen Taugenichts? Was hast du davon?*

»Ich hoffe, die Ausgaben stellen keine große Unannehmlichkeit für Euch dar«, sagte der General zu seinem Bruder. »Eure Gemahlin hat alles gut durchdacht.«

Der Reiskübel schnaubte. »Du lobst sie über Gebühr! Meine Frauen sind wahrhaft lästig mit all ihren Ansprüchen. Gemahlin, halte genug Mittel zurück, um die Arbeiten an der Residenz bald zum Abschluss zu bringen, damit diese Konkubine mir nicht länger auf die Nerven geht! Und kränke sie nicht. Ich weiß doch, wie ihr Frauen seid! Ihre Gemächer sollen ebenso schön sein wie deine eigenen. Scheue keine Kosten!«

Die Königin neigte den Kopf. »Wie mein Gemahl befiehlt.« Lange würde er nicht mehr ihr Gemahl sein, dachte sie. Hatte General Zhang erst Zhu Yuanzhang geschlagen, würde es an der Zeit sein, dass er sich seines Schuldgefühls entledigte und tat, was getan werden musste.

»Diese Frau zögert, ihren Gemahl zu belästigen«, sagte sie sanft, »doch muss sie eine letzte Gunst von ihm erflehen! Wir erwarten einen Gast. Bitte behandelt ihn mit Wohlwollen. Lasst ihm Eure großzügige Gastfreundschaft zuteilwerden und zeigt ihm, welches Ansehen Ihr genießt und welches Ausmaß Euer Triumph hat. Es ist der Mühe wert.«

Die vergoldeten Blätter schabten übereinander. Es klang, als kratzten Taubenkrallen über ein Bleidach. Heimlich lächelte die Königin General Zhang zu. Es war ein Versprechen: Während ihr Gemahl mit dem Gast beschäftigt war, würde er sie besuchen können. »Nehmt Euch ruhig Zeit mit ihm!«

General Zhang betrat die Gemächer der Königin durch die Innenhoftür. Hinter ihm sah sie einen rechteckigen Ausschnitt des schwarzen Abendgartens. In jedem gewölbten Blatt spiegelte sich das Licht der karpfenroten Mittherbstfestlaternen.

Mit ruhiger Vertrautheit setzte er sich auf ihr Sofa, über dem die Käfige ihrer Lieblingsvögel hingen. Zhang Shide war kein groß gewachsener Mann, aber seine Haltung hatte etwas Aristokratisches, ob er nun in die Schlacht zog oder zu einem Stelldichein kam. Nur weil sie ihn so gut kannte, sah sie ihm die Erschöpfung an, die sich hinter seiner Gelassenheit verbarg. Sie ließ sich nie ganz vertreiben, wie raffiniert sie ihn auch unterhalten mochte. Das war die Folge, wenn man einen ehrenhaften Mann verdarb. Sie genoss das Wissen, dass *sie* dieses Unbehagen in sein Herz gepflanzt hatte – und dass er es aushalten würde, weil er sie liebte.

»Ich hätte lieber später kommen sollen«, sagte er, als sie ihm Tee einschenkte. »Ein frühes Treffen ist riskant. Auch wenn er einen Gast empfängt.«

Dass er sie kritisierte, traf sie. Sie stellte die Kanne hin. »Du magst der General sein«, sagte sie schlecht gelaunt, »aber du kannst darauf vertrauen, dass ich Strategin genug bin, um diesem dummen Schwein einen Schritt voraus zu sein!«

Sie bedauerte ihren Ausbruch sofort. So schwer es ihr inzwischen auch fiel, ihren Gemahl zu ertragen, es war töricht, ihren Verdruss zu zeigen. General Zhang wollte gern glauben, dass er dem Reiskübel Hörner aufsetzen und ihm dennoch ein loyaler Bruder sein könne; deshalb fühlte er sich immer besonders schuldig, wenn der Reiskübel offen herabgewürdigt wurde. Sie wandte sich ab – natürlich nur, um ihn ihre Unzufriedenheit spüren zu lassen, damit er sie beschwichtigte. Was kümmerte es sie, wenn er sie tadelnd anschaute? Schuld. Ha! Was für eine nutzlose Empfindung! Aus Schuldgefühl täuschte er sich darüber hinweg, was getan werden musste, um ihre gemeinsame Zukunft zu sichern. Redete er sich sogar jetzt gerade ein, alles könne ein gutes Ende nehmen? Glaubte er tatsächlich, ihr seichter, selbstsüchtiger Gemahl, der nicht die kleinste Kränkung ertrug, würde freiwillig den Kaiserthron seinem Bruder mit dem Mandat überlassen? Ihr war nach Schreien zumute.

»Früher warst du immer so reizend zu mir!«, sagte er zerknirscht. Als sie nicht antwortete, fuhr er fort: »Du bist verärgert, das weiß ich wohl. Aber es wird bald anders werden, das verspreche ich dir. Wenn ich erst Zhu Yuanzhang geschlagen habe …«

Bald. Hab Geduld. Ich verspreche es dir. Tausendmal hatte sie das gehört. Und seine Reue war stets aufrichtig. Doch das machte es nicht leichter, darauf warten zu müssen, dass er endlich handelte. Nie hätte er seinen Bruder mit ihr hintergangen und das Mandat erhalten, hätte sie ihm eine Wahl gelassen! Jahrelang hatte er sie sehnsuchtsvoll über den Abendessenstisch ihres Gemahls hinweg angeschaut. Einen anderen hätte sie bloß verheißungsvoll anlächeln müssen – aber Zhang Shide hätte für immer nur nach ihr geschmachtet. Er hätte es erduldet und sich mit der Einbildung zufriedengegeben, ein guter Mensch zu sein.

Könnte sie ihn doch noch einmal zum Handeln zwingen! Angenommen, sie ermordete den Reiskübel, dann bliebe General Zhang nichts anderes übrig, als seine Rolle anzunehmen. Sie wusste jedoch, dass er ihr das nie vergeben würde. In seiner Trauer würde er die Vergangenheit umschreiben. Er würde sich nur noch daran erinnern, wie sein selbstgewisser großer Bruder ihn ins Schmugglergeschäft eingeführt und ihm Gelegenheit gegeben hatte, sich zu beweisen, nicht aber daran, wie er sich immer und immer wieder als Nichtsnutz erwiesen hatte, der Bewunderung unwürdig. Ihr würde er vorwerfen, eine illusionäre glückliche Zukunft zerstört zu haben. Um sich von seiner Schuld reinzuwaschen, würde er sie zu einem Ungeheuer erklären.

Und wenn sie ihn verlor, hatte sie nichts mehr.

Sie drehte sich zu ihm um, sank vor ihm auf die Knie und ergriff seine Hände. »Einer Frau steht Mäkelei nicht. Vergib mir. Ich habe unbedacht gesprochen!« Es wäre besser, die Sache hinter sich zu bringen, aber sie würde noch warten können, bis er Zhu bezwungen hatte. Sie würde ihn zu ihrem neuen König krönen, und wenn er erst Dadu erobert hatte und vor dem Thron stand, würden ihm weder sein Bruder noch sein Gewissen mehr im Wege stehen.

Da ihr Gemahl sich nie die Mühe machte, ihre Gemächer zu besuchen, hatte sie auf die weichen Teppiche verzichtet, die er bevorzugte: Man stolperte allzu leicht darüber, wenn man unsicher auf den Füßen war. Auf den nackten Dielen zu knien, war nicht angenehm, aber sie empfand den Schmerz kaum. Und was für einen schönen Rahmen die Kargheit doch dem Bild verlieh, das sie bot! Ein Mann, der sich selbst für edel und ritterlich hielt, musste doch entzückt darüber sein, wie der Rock der Frau sich in sanften Wellen auf dem ölglänzenden Holz ausbreitete, gleich einer gefallenen Pflaumenblüte, und wie ihr anmutiger schlanker Leib sich reuevoll niederneigte.

Lachfältchen erschienen in General Zhangs Augenwinkeln, als wüsste er genau, was sie tat, könnte sich ihres Reizes jedoch trotzdem nicht erwehren. »Weshalb beschleicht mich das Gefühl, *ich* sollte um Verzeihung bitten?« Er zog sie auf seinen Schoß. Die schwere Seide seines Gewandes war kalt und roch nach frischer Nachtluft. Selbst wenn sie sich uneins waren, berührte er sie stets, als wäre sie zerbrechlich. Behutsam. Verehrungsvoll. Mit mildem Spott fragte sie sich, was er eigentlich so verehrte. Etwa ihr geschminktes Puppengesicht, das so wenig wahrhaftig war wie ihr vorgetäuschtes Verlangen?

Seine Sanftheit schien ihr alles abzusprechen, was sie schon erreicht hatte. Könnte sie zerbrechen, wenn man sie hart anpackte, wäre das längst geschehen.

Eine Weile hielt er sie bloß in den Armen. In seinem Haarknoten steckten winzige rote Blättchen, die sich dort verfangen haben mussten, als er durch den Garten geschlichen war. Die feinen, gekräuselten Härchen an seinen Schläfen waren zu kurz, um sie mit dem Rest zurückzustecken. Sein Gewand erwärmte sich zwischen ihnen. Als er schließlich den Kopf wandte, um sie zu küssen, wich sie ihm aus. Seine Frustration bereitete ihr Vergnügen. Sie liebte es, ihm vorzuenthalten, was er haben wollte – es steigerte noch sein Begehren. Aber zu lange durfte sie ihn nicht warten lassen. Mit einem kleinen Lachen glitt sie von seinem Schoß und zog ihn hinter sich her in ihr Schlafgemach.

General Zhang hatte keine Eile beim Spiel von Wolken und Regen. Einem anderen hätte die Königin das verübelt: dass er sie aufhielt und noch dazu zwang, seine Bemühungen zu würdigen, ihr zu Gefallen zu sein. Eigentlich war er nichts Besonderes: ein ganz gewöhnlicher Mann mit alltäglichen Gelüsten. Die Empfindung, ihn in sich aufzunehmen, war so vage wie die, auf den harten Bodendielen zu knien, ein längeres Stück zu laufen oder etwas sehr Heißes oder Kaltes zu essen. Aber mit ihm fiel es ihr leicht. Im Laufe der Zeit hatte er irgendwie seine Austauschbarkeit verloren. Sie musste nicht erst seine Worte und sein Verhalten zergliedern, um zu entschlüsseln, was er fühlte; ihn verstand sie einfach. Er war ihr so vertraut wie eine Pflanze, die sie selbst aufgezogen hatte. Auf ihn einzugehen, kam ihr nicht einmal mehr wie Arbeit vor. Sie umarmte ihn, während er sich in ihr bewegte, und eine wohlige Zufriedenheit erfüllte sie, so beruhigend wie ein warmes Bad. Es gab keinen Grund zur Ungeduld. Sie schützte ihre Investition, und das war jeden Augenblick wert.

Hinterher lagen sie beieinander, die Finger verschränkt. Ihr war noch immer so angenehm warm. »Schau dir morgen Abend mit mir den Mond an«, sagte sie impulsiv. »Es ist doch Mittherbstfest. Ich finde schon eine Beschäftigung für ihn.«

Ihr Bett, das in einer Nische stand, war auf drei Seiten von duftenden Wänden aus Sandelholz umgeben; vorn hingen Vorhänge aus Damast und Gaze. Heute hatten sie bloß die Gaze zugezogen. Das schimmernde Gewebe färbte das Gemach orange, als sähe man die Welt durch eine Flamme.

Entschuldigend drückte er ihre Hand. »Ich kann nicht.«

»Wie, du kannst nicht?«, fragte sie getroffen.

»Ich habe schon meiner Familie versprochen, sie an den See mitzunehmen. Wir haben in Pingjiang noch nicht viel Zeit zusammen verbracht. Mein Sohn soll auch hier ein paar gemeinsame Erinnerungen zurückbehalten.«

Seine Familie. Seine Gemahlin und sein Sohn. Sie hatte sie nie getroffen; er hatte sich stets große Mühe gegeben, die beiden Seiten seines Lebens getrennt zu halten. Doch nun hatten sich Frau und Kind zu ihnen in diesen warmen, behaglichen Raum gedrängt, und es kam ihr so vor, als nähmen sie ihr etwas fort. Nein – als *beschädigten* sie etwas. So viel Zeit und Mühe hatte sie auf diesen Mann verwendet ... Es war klug von ihm, dass er die beiden von ihr fernhielt, dachte sie grausam. Sonst hätte sie sie vielleicht schon vor langer Zeit aus dem Weg geschafft. Wahrscheinlich ahnte er das. Ein unvertrautes Unbehagen streifte sie: Er hatte diesen Charakterzug an ihr wahrgenommen und maß der Beobachtung offenbar genug Gewicht bei, um kein Risiko einzugehen. »Nun gut«, sagte sie kühl.

Er hätte es dabei belassen sollten. Gewöhnlich gereichte es ihr zum Vorteil, dass Orgasmen Männern den Kopf leer fegten. Doch zu ihrem Missfallen sagte er: »Er ist schon beinahe erwachsen. Ich verbringe gern Zeit mit ihm. Ich mag ihn.« Seine Miene war sanft und ein wenig erstaunt, als hätte er gar nicht gewusst, dass er sich dieses Glück erhofft hatte, bis es ihm in den Schoß gefallen war.

»Du verbringst deine Zeit also lieber mit ihm als mit mir!«, fauchte sie.

Einen Augenblick war er still. »Du kannst alles von mir verlangen«, sagte er dann gequält. »Aber verlange nicht, dass ich meinen Sohn nicht lieben soll.«

Seine Ehrlichkeit traf sie wie ein Faustschlag. Was hatte sie nicht getan, um ihn zufriedenzustellen! In ihr hatte er all das gefunden, was er begehrte. Er *liebte* sie! Hatte sie sich damit nicht das Recht verdient, über sein Tun und Lassen zu bestimmen? Die Erkenntnis, dass seine Liebe zu ihr Grenzen hatte, versetzte sie in verzweifelte Wut. Unwillkürlich musste sie daran denken, wie lange sie schon darauf wartete, dass er endlich das Heft in die Hand nahm.

»Alles?« Sie ließ ihn ihre Zweifel hören, um ihn zu verletzen. »Obwohl ich dir nicht sein darf, was ich möchte? Auch ich könnte dir einen geliebten Sohn schenken!«

Anders als viele andere Kurtisanen war die Königin nie aus Achtlosigkeit schwanger geworden. Als junge Frau hatte sie mehr Geld für Verhütungs- und Abtreibungsmittel ausgegeben, als sie sich guten Gewissens hatte leisten können. Es war eine Investition in ihre Zukunft gewesen. Und es hatte sich bezahlt gemacht: Ihre Freiheit hatte ihr erlaubt, sich den Reiskübel an Land zu ziehen.

Aber das war schon lange her, und die Freiheit hatte ihren Zweck erfüllt. Nun war es allerhöchste Zeit, sich zu binden. War General Zhang erst einmal Kaiser, dann würde *ihr* Sohn ihm auf den Thron folgen, nicht der Sohn seiner Gemahlin. Männer behaupteten immer, ihre Kinder zu lieben, aber in Wirklichkeit empfanden sie kaum mehr als Besitzerstolz. Sie genossen den Status, den Söhne ihnen einbrachten; sie freuten sich an dem Wissen, dass ihr Familienname fortbestehen würde; es tröstete sie, dass man sie nach ihrem Tod noch verehren würde. Aber ein Sohn, dachte sie kalt, ließ sich leicht gegen einen anderen austauschen, und für den Vater änderte sich rein gar nichts.

Ein Ausdruck bitterer Selbstanklage glitt über sein Gesicht. »So einfach ist es nicht.«

Heftiger, gewalttätiger Zorn überflutete sie. Sie wollte sein Schuldgefühl mit den Zähnen aus ihm herausreißen und die blutige Schweinerei in den Abtritt spucken. Nur Männer konnten Jahre mit moralischen Zweifeln verschwenden! Sie wussten ja, dass ihnen noch immer alle Türen offenstehen würden, wenn sie sich endlich entschieden hatten. Ihre Möglichkeiten würden nie schwinden, selbst wenn sie sie nie ausschöpften. Aber Frauen hatten diesen Luxus nicht.

»In meinen Augen schon.« Sie entzog ihm ihre Hand und freute sich an seinem verletzten Schweigen. Sollte er sich ruhig unbehaglich fühlen! Sollte er an sie denken und leiden, während er zum Mond aufblickte! »Dann geh. Geh zu deiner kostbaren Gattin und deinem Sohn!«

In ihren Ohren rauschte es enervierend. Es dauerte eine Weile, bis sie begriff, dass es ihr eigenes Blut war. Schließlich stand General Zhang auf, zog sich an und ging.

☯

Schwankend schwebte die Sänfte der Königin über den halbdunklen Innenhof, über dem der Vollmond stand. Sie war noch immer bitter, und der Gedanke, dass General Zhang eben jetzt mit seiner Familie zum Mond aufschaute, verschlechterte ihre Laune weiter. Ihr Magen krampfte sich zusammen. Diese Art Groll empfand sie nur für ihn. Er hielt an Ehre, Prinzipien und Schuldgefühlen fest, als würde das seine Taten wettmachen! Als wäre *sie* der verworfene Mensch, bloß weil ihre Gedanken und Prinzipien mit ihren Taten in Einklang standen. Ihre Füße schmerzten heftig, als wäre sie empfindlicher als sonst.

Eine kleine Prozession kam über den Hof: Yue mit einer Handvoll Dienstmädchen. Sie trug eine auffällige, teure Halskette, die ihr der Reiskübel geschenkt hatte. Mit dem übertrieben sittsamen Betragen zog das Mädchen stets viele Blicke auf sich; es strahlte die törichte Zuversicht aus, dass seine Jugend und Schönheit niemals schwinden würden. Doch die Konkubinen ihres Gemahls kamen und gingen, und mit Yue würde es nicht anders sein. Dennoch ärgerte sich die Königin. Plötzlich waren ihr Yues Jugend und Dummheit unerträglich, diese Arroganz, mit der sie davon ausging, dass es ihr nie ergehen würde wie der Königin. Sie wollte Yue zu einem Nichts zusammenstauchen, sie auf ihren Platz verweisen, ihr zeigen, was sie erwartete.

Das Mädchen trug ein gefülltes Schälchen. Die Königin hieß ihre Sänftenträger anzuhalten. »Was hast du da, kleine Schwester?«

Yue schaute auf. Die Königin sah eine Regung in ihrem Gesicht: Sie war begierig darauf, sich mit ihrer Konkurrentin zu messen. Ihre Stimme klang jedoch bescheiden. »Ehrerbietig grüßt diese unwürdige Konkubine die Königin! Ich habe mir die Freiheit genommen, ein recht wirksames Potenzmittel für unseren Gemahl herzustellen. Wie Ihr sicher wisst, übersteigt das Verlangen unseres Gemahls manchmal sein Durchhaltevermögen.« Ein scheues Lächeln umspielte ihren Mund. Die Königin verstand die Andeutung sehr wohl: *Aber vielleicht wisst Ihr es auch nicht, denn er begehrt Euch lange nicht so wie mich!*

»Wie klug!« Sie erwiderte das Lächeln des Mädchens mit Milde. »Dir liegt das Wohlergehen unseres Gemahls am Herzen. War es nicht schwer, die Zutaten zusammenzubekommen?«

Mit rachsüchtiger Freude sah sie, dass Yue das Lob für bare Münze nahm und dachte, ihr sei der Seitenhieb entgangen. Sie war so jung und einfältig, so von sich selbst eingenommen, dass sie tatsächlich glaubte, sie würde sich durchsetzen. Die Königin hätte lachen mögen, als Yue sich aufplusterte und die Zutaten aufzählte, eine teurer und schwerer zu beschaffen als die andere.

Als sie zum Ende gekommen war, sagte die Königin, noch immer anerkennend lächelnd: »Tigerknochen? Wahrlich, du scheust keine Ausgabe!«

Yue war sichtlich geschmeichelt. Wie köstlich. »Es ist das Mindeste, was diese Unwürdige tun kann!«

»In Tigerknochen steckt viel heiße Kraft. Man sagt, für die Potenz gebe es nichts Besseres.« Die Königin verlieh ihrer Stimme Wärme. Auf ihr Zeichen hin trat das Mädchen vor die Sänfte. Die Königin streichelte seine weiche Wange. Fest und zart fühlte sie sich an, wie ein gutes Stück Fleisch. Es war entzückend, wie Yue ihr Kinn hob: Sie tat nicht einmal mehr so, als wäre sie bescheiden und fügsam, sondern ließ sich bereitwillig von ebenjener Frau preisen, über die sie sich erhaben fühlte. »Doch wie nur, kleine Schwester, konntest du vergessen, dass unser Gemahl die Gicht hat? Und da gibst du ihm Arzneien, die noch mehr Hitze in seinem Leib erzeugen?« Die Königin kniff dem Mädchen mit ihren langen, lackierten Fingernägeln ins Ohrläppchen. »Willst du ihm etwa Schaden zufügen, du gedankenloses, dummes Ding?«

Die Nägel der Königin bohrten sich tief in die zarte Haut, jedoch ohne sie zu verletzen. Yue schrie. Das Schälchen fiel ihr aus den Händen und zerschellte auf den Steinplatten, aber die Königin ließ nicht von ihr ab. Sie weidete sich am Schmerz des Mädchens und musste sich das Lachen verbeißen. Wie hilflos Yue war! Wie sie nichts Besseres wusste, als die Misshandlung zu erdulden! Erst als der Königin die Finger zu schmerzen begannen, ließ sie los. Die Befriedigung war heftig. Prompt nahm ihr Lächeln seine wahre, grausame Gestalt an.

Yue hielt sich das Ohr und wich taumelnd ein paar Schritte zurück. Ihre Füße waren ja nicht einmal besonders klein. Sie tippelte nicht, sondern torkelte wie eine Bäuerin. Tränen liefen ihr übers Gesicht, und mit Genugtuung sah die Königin, dass Augen und Nase sich bereits röteten. Für sie war der Abend vorbei.

»Du solltest froh sein, kleine Schwester!«, schnurrte sie. »Nun bleibt es dir erspart, dass der Vorkoster dich darauf hinweist. Unser Gemahl muss nie davon erfahren.« Yues Dienstmädchen fuhr sie an: »Eure Herrin war unachtsam! Putzt das auf!«

Hastig sprangen sie herbei.

»Willst du mir nicht danken?«, fragte die Königin Yue. »Unser Gemahl hat verlässlichere Lösungen bei der Hand als das schädliche Tonikum eines Quacksalbers.« Höhnisch fügte sie hinzu: »Es hat ihn wohl noch nicht gereizt, sie dir zu zeigen. Vielleicht bist du ihm nicht schön genug.«

Die Königin selbst hatte dem Reiskübel jenen Silberring besorgt, der es ihm erlaubte, sich mit seinen Konkubinen zu vergnügen, obwohl sein zunehmendes Alter und sein ausschweifender Lebenswandel deutliche Auswirkungen auf seine Manneskraft hatten. Natürlich war es dumm, dass Männer sich an diesem einen Akt maßen. Aber darauf verstanden sich die Kurtisanen: sie zufriedenzustellen.

»Glaubt Ihr denn wohl«, fragte Yue trotzig, »Ihr gefallt ihm immer noch so gut, dass Ihr tun könnt, was Ihr nur wollt?«

»Mir verdankt er alles, was er hat. Ich bin seine Gemahlin, und du, armes Kind, bist nichts weiter als eine unbedeutende Konkubine. Begreifst du es nicht? Keine drei Monate wird es dauern, dann bist du aus der Mode. Dann suche ich ihm ein neues, hübscheres Mädchen aus. Selbstverständlich tue ich weiterhin, was ich will! Und wenn du fort bist, wird er es nicht einmal merken.«

Zu den Sänftenträgern sagte sie: »Weiter!«

Die Königin erwartete ihren Gast in dem abgeschiedenen Gemach, das sie Geschäften vorbehielt. Sie blieb sitzen, als er die Tür öffnete. Im glänzenden Teakholzboden glommen die Spiegelbilder der pfirsichfarbenen Laternen wie die neun Monde aus der Legende. Schwere Brokate lagen über das Sofa drapiert: eine sinnliche Einladung. Nur die Musik und das Stimmengemurmel auf dem Flur fehlten, sonst hätte das Gemach ein Zimmer in jenem grün-schwarzen Freudenhaus in Yangzhou sein können, in dem die Königin ihr Handwerk gelernt hatte.

Dortherein war vor vielen Jahren Reiskübel Zhang stolziert. Jung war er gewesen und noch ein Neuling auf dem Gebiet des illegalen Salzhandels, mit dem er sich später einen Namen machen sollte. Er hatte keine Ahnung gehabt, wie viel mehr er noch würde erreichen können, und sie hatte ihn beinahe gerngehabt, so nützlich war er ihr gewesen. Aber wie lange war sein Potenzial nun schon verbraucht! Kurz fragte sie sich, was wohl geschehen wäre, wäre an jenem Abend ein errötender junger General Zhang zu ihr gekommen. Doch natürlich wäre das undenkbar gewesen. Wilde Wut schlug die Krallen in ihr Herz. Zhang Shide zog Romantik – oder doch wenigstens die Illusion von Romantik – gekaufter Liebe vor. Und er hatte nie das maßlose Selbstvertrauen oder den Ehrgeiz seines Bruders besessen. Er wäre bei Weitem nicht so nützlich gewesen.

Ihr Gast, Chen Youliang, errötete weder, noch stürzte er wie ein Flegel herein. Die Königin war fasziniert von seiner Reglosigkeit. Die Hände in den Ärmeln seiner schwarzen Gelehrtenrobe gefaltet, stand er in der Tür und betrachtete ihr Reich, dessen Mittelpunkt sie war: der Edelstein in der Auslage. Sie sah sich durch seine Augen: das schimmernde, aufwendig frisierte Haar; ihr Kopf zur Seite gewandt, sodass ihr schlanker Hals zur Geltung kam; ihre ineinander verschränkten Finger, zart wie die Stängel von Frühlingszwiebeln; der Saum ihres prächtigen Gewandes, unter dem, geheimnisvoll wie die Perle in einer Auster, ihre winzigen Schühchen hervorlugten.

»Seid gegrüßt, Eure Hoheit.« Chen sprach mit ruhiger Bedachtsamkeit, die weder besonders kultiviert noch besonders grob anmutete. Das überraschte sie. Er hatte den Ruf eines Städte-Eroberers: Einst hatte er für die Roten Turbane Anfeng unterworfen und jüngst Wuchang am Yangzi, flussaufwärts von Zhu Yuanzhangs Hauptstadt. Sie hatte einen Rohling erwartet. »Ich habe die Gastfreundschaft Eures Gemahls dankbar genossen, doch ist es mir eine noch größere Ehre, Euch kennenlernen zu dürfen.«

Die Gelehrtenrobe mochte darauf hindeuten, dass er seine blutige Vergangenheit hinter sich gelassen hatte. Doch seine Masse wirkte erdrückend; sie war ein Mittel zur Einschüchterung. Bei aller Weichheit war er mächtig und gefährlich. Sie konnte noch nicht sagen, ob er eine Bedrohung darstellte oder eine Gelegenheit. Das Gewicht seiner Gegenwart lastete schwer auf ihr. Mit brennender Neugier nahm sie seine Erscheinung in sich auf.

»Willkommen, verehrter Gast!«, sagte sie lächelnd. »Wuchang ist fern, und die Reise hierher war sicher anstrengend. Bitte macht es Euch bequem.« Ein Dienstmädchen stellte Wein und kleine Schüsselchen mit Entenzungen, süß geschmortem Rettich und gewürztem Kaninchen zwischen ihnen auf den Tisch und zog sich dann zurück. Flüsterleise schloss sich die Tür. Das würzige Aroma des mit Zwiebeln geschmorten Wildfleisches mischte sich mit dem des warmen Laternenöls, sodass der Eindruck entstand, es röche im Zimmer nach nackter Haut.

Er aß wenig. »Ein intimer Empfang für einen Fremden! Eure Hoheit schmeichelt diesem einfachen Mann über die Maßen.«

»Ach, warum so bescheiden? Ein Mann sollte doch über seine Erfolge sprechen können! Und nach allem, was ich höre, hat mein Gast schon einiges vollbracht.«

Nun verstand sie sein Wesen schon besser, daher überraschte es sie nicht, dass er sich nicht sonderlich geschmeichelt zeigte. Der Blick seiner schwarzen Augen ruhte auf ihr. Sie hatte das eigenartige Gefühl, dass er Eindrücke sammelte, so wie sie es auch getan hatte. Er ließ die erwartbare Lust erkennen, doch war sie gezügelt. Kalt.

»So viel war es nicht. Allerdings ...« Bescheiden unterbrach er sich. »Vielleicht kann dieser Mann mit seinen kleinen Erfolgen und maßvollen Wünschen jenen zur Seite stehen, die ehrgeiziger sind als er. Wie Eure Hoheit sicher weiß, hatte dieser Unwürdige mit Zhu Yuanzhang schon ... das Vergnügen. Es würde mir große Befriedigung verschaffen, ihn und den Eunuchengeneral für Euch zu besiegen!«

Damals war noch Yangzhou an der Küste die Hauptstadt gewesen. Von einem derart abgelegenen Standort aus waren der Königin die Einzelheiten jenes Konflikts verborgen geblieben. Doch das Gesamtbild war klar genug: Zhu hatte die Repräsentationsfigur der Roten Turbane, den strahlenden Prinzen, in seine Gewalt gebracht und den Machtkampf innerhalb der Bewegung gewonnen. Sie dachte an den arroganten Knabenkönig auf dem Hügel. Wie zuversichtlich er gewesen war! So hoch trug die Nase nur, wer noch nie einen Rückschlag erlitten hatte. Von ihm besiegt zu werden, musste in der Tat eine Demütigung sein.

Vielleicht strebte Chen tatsächlich nach Rache. Hinter seiner enormen Selbstbeherrschung spürte sie Grausamkeit; sie war nur zu erahnen, wie die Form eines Gegenstands, von dem man nur den Schatten sah. Er wollte Zhu besiegen. Doch wenn sich die Gelegenheit dazu böte, würde er ihn auch leiden lassen.

Das bedeutete jedoch nicht, dass Rache Chens einziger Antrieb war.

»Natürlich habe ich vollstes Vertrauen in die Fähigkeiten Eurer Hoheit, Zhu Yuanzhang in die Knie zu zwingen!«, fügte er glatt hinzu. »Doch vermutlich würdet Ihr Eure Kräfte lieber darauf richten, die Hauptstadt einzunehmen, als Eure Zeit mit kleinen Ärgernissen zu vergeuden. Weshalb lasst Ihr mich nicht den Unrat für Euch fortschaffen? Und ist Euer Gemahl dereinst Kaiser, so blickt er womöglich wohlwollend auf seinen bescheidenen Diener und Gouverneur im Süden.«

Er stellte sich recht erfolgreich als Machthaber dar, der bloß auf Vergeltung und ein kleines Herrschaftsgebiet aus war. Sein Vorschlag hatte Hand und Fuß. War verlockend. *Bedient Euch meiner. Ich stelle keine Bedrohung für Euch dar.* Die Königin wusste jedoch, dass Chen mit beinahe leeren Händen aus Bianliang geflohen war. Hatte er in so kurzer Zeit ein neues Heer aufgebaut? Noch dazu eines, das es mit den vereinten Streitkräften von Zhu und dem Eunuchengeneral aufnehmen konnte? Selbst wenn er sie brauchte, um den Feldzug zu finanzieren: Seine ungewöhnliche Befähigung und seinen Eifer hatte er unter Beweis gestellt. Und ein Mann mit diesen Eigenschaften war unweigerlich auch ehrgeizig.

Das wahre Ausmaß seines Ehrgeizes würde er natürlich nicht zu erkennen geben. Vor ihrem geistigen Auge sah sie einen spiegelglatten See, auf dem eine dicke Schicht schwarzen Öls schwamm. Was darunter lag, entzog sich den Blicken. Sie hatte jedoch noch andere Möglichkeiten, den wahren Charakter eines Mannes kennenzulernen.

Sie schaute ihn so warm an, als glaubte sie ihm jedes Wort und hätte bereits zu seinen Gunsten entschieden. Er würde wohl kaum daran zweifeln. Männer, die sie um Unterstützung ersuchten, kamen stets in der Erwartung, dass sie Ja sagen würde. Als besäße sie nicht genug Verstand, um ein vernünftiges Urteil zu treffen – oder nicht genug Willenskraft, um abzulehnen. »Natürlich muss ich die Angelegenheit meinem Gemahl vortragen: Er hat in allem das letzte Wort. Doch wenn es um strategische Entscheidungen geht, sind wir gewöhnlich einer Meinung.«

Die langen senkrechten Falten in seinen Wangen vertieften sich. Er war amüsiert. Sie dachte, so müsse wohl ein Tiger lächeln.

»Natürlich.«

»Allerdings hat mein Gemahl sich gewiss bereits zurückgezogen«, fuhr sie fort. »Ich fürchte, die Unterredung mit ihm muss bis morgen warten. Doch wir haben noch den ganzen Abend vor uns! Würde es Euch vielleicht gefallen, ein wenig Musik zu hören? In meinen Diensten stehen ein paar wahre Talente.« Das fleischfarbene Glühen der Laternen erinnerte an Licht, das man durch die ausgestreckte Hand eines Geliebten sah. Erotische Vorfreude durchrieselte die Königin. Es war eine rein geistige Erregung: Ihr Leib blieb wie üblich unbeteiligt. »Oder ... Nun, vielleicht finden sich noch andere Zerstreuungen, die mein verehrter Gast genießen könnte.«

Chens Miene war schwer zu deuten. Zuerst glaubte sie, er werde ablehnen. Natürlich hätte ihr das auch etwas über ihn verraten, wenn auch ungleich weniger. Doch dann erhob er sich, kam um den Tisch herum und setzte sich zu ihr auf das Sofa. Neben ihm kam sie sich winzig vor. Wieder dachte sie an einen Tiger, der geduldig und reglos lauerte. Er griff nicht gleich nach ihr. Stattdessen berührte er einen ihrer Ohrringe und versetzte ihn in sanftes Schwingen. »Wie undankbar wäre ich«, sagte er ruhig, »würde ich ein solches Angebot auszuschlagen?«

Unwillkürlich dachte sie an General Zhang. Wie undankbar er war! Sie hatte ihm so viel gegeben, und trotzdem glaubte er, er könne sie abweisen, wann es ihm beliebte. Ein wütendes Zischen hallte in ihrem Kopf; es wurde auch nicht leiser, als sie sich mit ihrem Porzellanlächeln Chen zuwandte und ihn mit sich auf die Brokate hinabzog.

Über diese intimste aller Begegnungen mit einem Mann konnte man viel über ihn erfahren: die Ängste und Schwächen, die er zu verbergen suchte; seine Ansprüche; die Sehnsüchte, die er für unerfüllbar hielt; wer er sein wollte, und wer er war. Den Reiskübel und General Zhang kannte sie bereits, und nun war es, als verschmölzen die beiden Männer miteinander. Das Ergebnis war Chen.

Er war noch mehr als General Zhang darauf aus, ihr Lust zu bereiten. Mit Präzision ging er zu Werke und wusste genau, wie er ihrem Leib Reaktionen abnötigen konnte: seinen Atem beschleunigte, ihn feucht werden ließ, seine Muskeln zum Zucken brachte. Doch seine Kenntnisse waren die eines Schlachters. An seinen Berührungen war nichts Großzügiges, Sanftes oder Lockendes. Sie hatte sich nicht getäuscht: Er war ein grausamer Mann. Er genoss es, anderen Erfahrungen aufzwingen, sei es nun Lust oder Schmerz. Die kalte Berechnung diente dem Zweck, sein eigenes Verlangen zu befriedigen: Gewalt über andere zu auszuüben.

Er wollte sie glauben machen, dass er mit einem untergeordneten Herrschaftsgebiet vollauf zufrieden wäre. Doch während er sie vögelte, spürte sie deutlich seinen rücksichtslosen, brennenden Ehrgeiz. Er wollte sich gern von ihr stärken lassen und dann aus der Ferne zusehen, wie sie sich am Heer des Kanzlers aufrieb. Und sobald sie müde war, würde der geduldige Tiger seinerseits versuchen, den Kaiserthron für sich zu gewinnen.

Den Reiskübel lenkte sie mithilfe seiner Gier, General Zhang mit seiner Liebe zu ihr. Aber wenn Chen nach Macht strebte, hatte sie nichts gegen ihn in der Hand. Ihm mochten das Himmelsmandat und eigene Mittel fehlen, um sein Heer in Bewegung zu setzen. Doch er war gefährlich, vielleicht sogar ihr gefährlichster Gegner. Half sie diesem Tiger, dann würde er die Welt verschlingen.

Er blickte auf sie herab und sagte, als durchschaute er sie so gründlich wie sie ihn: »Nie hört Ihr auf zu denken, Eure Hoheit.«

☯

General Zhang saß hinter der Königin im Bett und kämmte ihr die Haare. Sie waren beide nackt, die Königin trug lediglich ihre Bettschühchen. Nach dem Fest war er wieder zu ihr gekommen; natürlich war er das. Deshalb war die Liebe das mächtigste Werkzeug, mächtiger noch als Gier: General Zhang kehrte stets zu ihr zurück. Durch einen Spalt zwischen den Gaze-Vorhängen sah sie in dem unvollkommenen Bronzespiegel ihre Leiber, verschwommen und ineinander verschmolzen, ein nahtloser Übergang von hell zu dunkel. Wenn ihre Dienstmägde sie kämmten, war das immer ein gestaltloses Ereignis. General Zhang war zwar vorsichtig, aber hin und wieder blieb eine Strähne an seinen rauen Händen hängen. Eine vertraute Berührung; vertraute Hände. Sie kannte sie so gut wie ihre eigenen: die Schwielen vom Schwertgriff; die ordentlichen rechtwinkligen Nagelbetten; die sehnige Knochigkeit, die die Fülle der Jugend ersetzt hatte.

»Es gefällt dir, wenn ich dich kämme«, sagte er.

Das war Unsinn: Es hatte nichts mit ihr zu tun. Wenn er wollte, durfte er sie ruhig frisieren; sie würde sich das Haar später von ihren Mägden richten lassen.

»Dann entspannst du dich. Dein Nacken ist immer so steif. Aber wenn ich dich kämme, werden deine Muskeln ganz locker. Hier …« Er küsste ihren Nacken, dann machte er weiter. »Du lehnst dich dem Kamm ein wenig entgegen. Ich merke dir an, wie sehr es dir gefällt.«

Das sind bloß leibliche Reaktionen, dachte sie. *Aber ich bin nicht mein Leib. Diese Hülle, die deine Hände auf sich spürt und dir zu Willen ist, bin nicht ich. Mein Leib ist für dich da, nicht für mich.* Sie trug ihn wie ein Gewand, füllte ihn jedoch nie ganz aus – es blieb immer etwas freier Raum. Einen gewissen Besitzerstolz mochte sie empfinden, aber das war auch alles. Sie wandte sich um und lächelte ihn an, weil es das war, was er wollte.

Seine Miene war eigenartig zerknirscht. Sanft drehte er sie mit seinen rauen Händen zurück nach vorn und kämmte ihr weiter das Haar. Als er beinahe fertig war, sagte er leise: »Ich kann dich erst wieder besuchen, wenn ich zurück bin.«

Das überraschte sie. »Ich dachte, du reist erst übermorgen ab.« Dann begriff sie. »Ach«, sagte sie gehässig. »Du verbringst die Zeit lieber mit deiner Gattin.«

»Missgönne ihr nicht die wenigen Stunden mit ihrem Gemahl und ihrem Sohn, die beide in den Krieg ziehen. Zhenjiang ist nicht weit, doch wer weiß, wie lange wir fort sein werden.«

Beinahe konnte sie sein gequältes, gutmütiges Gesicht vor sich sehen. Es machte sie zornig, dass er in ihr die Unvernünftige sah, die es ihm immer nur schwer machte. Sie wollte sich ihm entziehen. Aber ihren Instinkten zu widerstehen, fiel ihr leichter, als ihnen nachzugeben. »Wenn dem so ist«, sagte sie, »dann bitte ich dich, einen raschen Sieg für mich zu erringen. Spar dir deine Kraft für Chen Youliang auf. Ihn müssen wir so rasch wie möglich zur Strecke bringen.« Niederträchtig fügte sie hinzu: »Wenn er sein Heer so geschickt einzusetzen weiß wie sein *Schwert,* ist er eine größere Herausforderung als dieser Knabe Zhu Yuanzhang.«

Eine befriedigende Stille folgte. Beinahe hörte sie das pergamentpapierene Knistern, mit dem die Kohlen in der Feuerschale zu Asche zerfielen.

»Du hast mit Chen Youliang geschlafen?«

Er hatte sie losgelassen. Sie drehte sich ganz zu ihm um, räkelte sich, bot ihren Leib seinen Blicken dar – jenen Leib, den Chen Youliang mit seinen Schlachterhänden hierhin und dahin gewälzt hatte. Und bestand denn wirklich ein so großer Unterschied zwischen Chens und General Zhangs Händen?

»Du wirst doch wohl nicht eifersüchtig sein? Das war rein geschäftlich.«

»Davon bin ich überzeugt.« Er wich zurück. »Aber du erzählst es mir, weil du mich verletzen willst.«

Verletzen wollte man nur jemanden, zu dem man eine starke Bindung hatte; das war etwas für wahrhaft Liebende, weltfremde Schwärmer und junge Menschen. Nichts davon traf auf sie beide zu. Sie sagte: »Manchen Männern gefällt die Vorstellung, dass eine Frau auch bei anderen liegt. Sie zahlen extra, um zuschauen zu dürfen.«

»Rede nicht so.« Sie freute sich an seinem Missfallen. Er, der Romantiker, vergaß bestimmt nur allzu gern ihre Herkunft. Was sie war; was sie immer gewesen war.

»Wenn du es noch nie versucht hast«, schnurrte sie, »woher weißt du dann, ob es dir nicht auch gefallen würde?«

Kurz glaubte sie, ihn endlich in Wut versetzt zu haben. Wie er da mit untergeschlagenen Beinen auf ihrem Bett saß, hätte er albern wirken sollen: ein nackter Mann, jenseits seines Zenits. Noch waren seine Muskeln stark, doch die Haut darüber spannte sich nicht mehr wie bei einem jungen Mann; sie wirkte weich und ein wenig schlaff. Dennoch hatte er etwas Würdevolles an sich. Und sein Blick schien bis in ihre Seele zu dringen. »Es tut mir leid, dass ich dich verletzt habe«, sagte er.

Sie erstarrte. Er bildete sich ein, sie *verletzt* zu haben? Als empfände sie so viel für ihn, dass er die Macht dazu hätte! Sie benutzte ihn bloß. Eine furchtbare Hitze brannte in ihr – es war ihr unbegreiflich. Er musste sie einfach nur lieben und glauben, dass sie ihn auch liebte – ein altes Spiel. Warum nur war es mit ihm so seltsam unerträglich?

Sie hatte keine Ahnung, was er in ihren Zügen sah, aber er ergriff ihre Hand und sagte sanft: »Lass uns so nicht auseinandergehen.«

Was *war* dieses heiße Gefühl? Hass, dachte sie. Sie hasste ihn. Sie hasste ihn dafür, dass er so besorgt um sie war, hasste sein bewegtes Gesicht, das Mitleid, Kummer und Verständnis spiegelte. All das hatte nichts mit ihr zu tun.

»Ach, wie denn?« Sie lachte. Es klang schrill in ihren eigenen Ohren. Sie entzog ihm ihre Hand. Zu jeder anderen Gelegenheit hätte es eine neckische Geste sein können. »Du hast mich nicht verletzt.« Sie berührte seine Wange, zärtlich, obwohl Bosheit und Zorn in ihrer Brust wühlten. Schaute er sie an und glaubte, er *verstünde* sie? Heftig dachte sie: *Du siehst nur, was ich dich sehen lasse!*

Sie alle fassten ihren Leib an und meinten, sie hätten *sie* im Griff. Sie waren einer wie der andere: der Reiskübel, General Zhang, Chen Youliang. Spielsteine, die sie zur rechten Zeit einsetzte, um ihre Ziele zu erreichen. Und wenn sie ihr keinen Nutzen mehr brachten, würde sie sie fallen lassen – manche schneller als andere. Ihr ganzes Leben lang hatte sie es so gemacht, und es war niemals fehlgegangen. Sie war eine Kurtisane und eine Königin, und eines Tages würde sie Kaiserin sein.

Sie stand auf und schlüpfte in ihre Robe, ohne ihn noch einmal anzuschauen. »Du gehst jetzt besser. Nicht dass dich noch jemand sieht.«

☯

Die Parade war vorbei, und General Zhang marschierte unter dem Familienbanner gen Zhenjiang. Die Königin nahm ihren Gemahl neben sich in der Kutsche kaum wahr. Vor ihrem inneren Auge sah sie noch immer die entschwindenden Fahnen durch einen Schleier aufgewirbelten Staubs. Es hatte sich angefühlt, als spannte sich eine Schnur zwischen ihr und dem davonziehenden Heer, straffer und immer straffer.

Merkwürdig war das gewesen, beinahe schmerzhaft, und es hatte ein tiefes Unbehagen in ihr ausgelöst, das ihr wie Wut vorkam. Zuneigung war es jedenfalls nicht! Sie wollte nur, dass er gewann, damit sie den nächsten Teil ihres Plans in die Tat umsetzen konnte.

Die Kutsche hielt so plötzlich an, dass ihre Zähne aufeinanderschlugen. Ihr Haarschmuck schwang nach vorn und wieder zurück. Ihr Ärger war wie eine glühende Kohle in ihrem Magen. Wenn die Dienstboten ihre Aufgaben nicht zur Zufriedenheit des Königs erfüllten, würde das auf die Königin zurückfallen. Sie würde dafür bestraft werden, und dann würde sie warten müssen, bis sie es ihnen heimzahlen konnte.

Der Reiskübel hatte seine Ungeduld noch nie bezähmen können. Das kleinste Ungemach empfand er als unerträglichen Stachel in seinem Fleisch. Er schob den Vorhang beiseite und steckte den Kopf aus dem Fenster. Aber er fing nicht an zu brüllen. Stattdessen versteifte er sich.

»Mein Gemahl …«

Es war, als wäre sie gar nicht da. Er stieß die Tür auf und sprang aus der Kutsche.

Scharf rief sie nach einem Diener, damit er ihr beim Aussteigen half. Was konnte ihren trägen Gemahl so auf Trab gebracht haben? Gewöhnlich setzte er sich bloß beim Anblick mehrerer schöner Frauen in Bewegung. Mit unsicheren Schrittchen trippelte sie über die zerfurchte Lehmstraße. Ihr Blick folgte dem ihres Gemahls.

Zuerst begriff sie gar nicht, was sie sah.

Es war ein zweifarbiger Holzschnittdruck von überraschender Qualität. Eine Karikatur des Reiskübels, vom Künstler gut getroffen. Und auf seinem Kopf saß der grüne Hut eines Hahnreis.

Der Hut leuchtete vom Plakat, in einem strahlenden, ekelerregenden Grün, das sich in sie hineinzufressen schien. Eisige

Kälte breitete sich in ihr aus; es war das Gewahrsein, dass sie in Lebensgefahr schwebte. So viele Menschen wussten Bescheid! Vertrauenswürdige Dienerinnen, aber auch verschiedene andere Leute, die sie aus triftigen Gründen eingeweiht hatte. Doch dem Reiskübel hatte sie nie den kleinsten Hinweis gegeben. Gesorgt hatte sie sich kaum: Er hätte es gar nicht wissen wollen, hätte sich nie bemüht, etwas zu merken. Doch nun hatte ihn jemand darauf gestoßen, hatte ihn zum Gespött gemacht. Nun konnte er nicht mehr fortschauen.

Ihr Leib, der nicht sie war, zitterte vor Anspannung wie ein wildes Tier. Aber sie wusste nur allzu gut, dass sie mit diesen Füßen nicht rennen konnte.

Der Reiskübel kratzte an einer Ecke des Plakats, aber es war festgeleimt. Er stieß ein zorniges Geheul aus und kratzte hektisch weiter. Er würde sich noch die Fingernägel zersplittern. Endlich gelang es ihm, einen Streifen vom Gesicht der Karikatur abzureißen.

Er fuhr herum und fuchtelte mit dem Papierfetzen. Sein verzerrtes, rot angelaufenes Gesicht glich dem eines Dämons. Einen Augenblick lang starrte er sie hasserfüllt an, aber dann wanderte sein Blick an ihr vorbei.

Sie drehte sich um und sah ein zweites Plakat in der Ferne. Und dann noch eins und noch eins. In langen Reihen zogen sie sich über die Mauern der Stadt, die Straße entlang und durch Seitengassen; sie klebten an öffentlichen Gebäuden und hoch oben an Baumstämmen. Dieses unnatürliche Grün, gleich dem einer leuchtenden Flechte, herausgeschabt aus irgendwelchen widerlichen Winkeln, schrie die Demütigung des Reiskübels in die Welt hinaus.

Auf jedem Plakat stand neben dem dümmlich grinsenden Gesicht der Karikatur: *Sind sich die Brüder treu ergeben, kann die Familie ruhigen Herzens sein!*

☯

»Du Hure!«

Der Reiskübel hatte sich vor der Königin aufgebaut, eine Bambusrute in der Hand. Ihr prächtiges Gewand war nicht zum Knien geeignet; die schweren Röcke bauschten sich unelegant. Der Reiskübel hatte sie nicht aus der Kutsche und in seine Gemächer gezerrt, sondern lediglich einem Diener befohlen, sie am Arm zu nehmen. Seine zornigen, stampfenden Schritte hatten ihr jedoch verraten, was er vorhatte. Ihr Leib war erstarrt, hatte endlich begriffen, dass es keinen Ausweg gab.

Seine Gefühlsaufwallungen waren so flüchtig wie seine Aufmerksamkeit, aber sie waren heftig. Er würde sie wohl schwer verletzen, dachte sie abwesend, doch vielleicht konnte sie ihn dennoch beschwichtigen. Verstohlen betrachtete sie ihn: Die Adern auf der Stirn waren geschwollen, seine Augen gerötet. Sie wusste nicht, was nötig sein würde, um ihm Genugtuung zu geben.

»Mit meinem *Bruder?*«, zischte er. »*Das* also treibt ihr hinter meinem Rücken? Hast du geglaubt, ich würde es nicht merken? Es sei mir *gleichgültig?*«

Dass es ihm nicht gleichgültig war, wusste sie sehr wohl. Abgesehen von flüchtigem Vergnügen schätzte der Reiskübel vor allem eines, und das war sein Ruf. Alle Welt sollte ihn achten, und das Plakat hatte ihn derart lächerlich gemacht, dass er die Augen nicht davor verschließen konnte.

General Zhang war fort. Doch selbst, wenn er hier gewesen wäre, was hätte es geändert? Wie dumm, dass sie überhaupt an ihn gedacht hatte.

»Es ist nicht wahr!«, rief sie. »Diese unwürdige Frau würde nie Schande über ihren Gemahl bringen!«

»Das soll ich dir glauben?« Der Reiskübel holte mit der Bambusrute aus und zog sie ihr über den Rücken. In ihrem gemeinsamen Fieberwahn spürte sie es nicht; es war, als glitte die Rute an ihr ab.

»Hure bleibt Hure! Und mein Bruder, der sich für etwas Besseres hält! Lacht der auch hinter meinem Rücken über mich?«

Jetzt peitschte er auf sie ein. Sie nahm die Schläge wahr, und diese Empfindung musste Schmerz sein. Ihr Leib schrie, doch ihr Verstand war wie losgelöst. »Mein Gemahl, ich flehe Euch an! Wir sind unschuldig. Man verleumdet uns! Jemand will der Familie Schaden zufügen!«

Sie schirmte sich mit den Händen ab, aber die waren beinahe so klein und nutzlos wie ihre Füße. Die Rute pfiff durch die Luft und schnitt sich in ihre Haut. Sie hörte sich selbst schreien, und es klang so fremd, wie wenn sie jemandem Lust vorspielte.

»Wer würde so etwas verbreiten, wenn es nicht wahr wäre?« Er keuchte vor Anstrengung. Aber er fand Freude daran, sie zu prügeln: Sie gehörte ihm; er hatte Macht über sie; er konnte Gewalt ausüben und seine ganze Wut an ihr auslassen. Nie im Leben hatte er so hart gearbeitet.

»Yue war es!«, schrie sie. »Mein Gemahl, sie will Euch gegen mich aufbringen! Uns auseinanderreißen! Uns beide verletzen und mir alles fortnehmen!« Sie warf sich nach vorn, umschlang seine Taille und drückte ihr Gesicht gegen seinen Bauch, seinen Schritt. Seine Kleider waren feucht, und sie roch seinen Zorn. Ihr Geist blieb klar. Ihr Körper diente ihr als Rüstung, fing die Schläge ab und hielt den Schmerz von ihr fern. »Sie weiß, dass sie keine Übung darin hat, Euch zufriedenzustellen. Dass ich Euch viele Jahre lang glücklich gemacht habe, viele, viele Jahre, die sie nicht aufholen kann. Fallt nicht auf ihre Listen herein, mein Gemahl! Ihr wisst doch, wie wir Frauen sind!«

Er schaute auf sie herab. Sein dicker Bauch hob und senkte sich. Ihre Schminke war verschmiert. Sie war so unterwürfig wie eine Hündin.

»Also ist nichts Wahres daran?« Unglaube färbte seine Stimme.

»Gar nichts!«

Sie hatte ihn immer für dumm gehalten, aber er war so gerissen und bösartig wie ein Wildschwein; sie erkannte, dass er zum Mord fähig war. Er packte sie an der Kehle und sagte mit leisem, giftigem Hass: »Wer könnte den Worten einer Hure Glauben schenken?«

Er würgte sie, bis sie sich vage gewahr wurde, dass sie uriniert hatte. Mit einem angewiderten Grunzen stieß er sie zu Boden, holte den silbernen Ring aus seinem Beutel und öffnete seinen Gürtel. Sein Gewand klaffte auf, und dann machte er sich über sie her. Er rieb seinen schwammigen Penis an ihr, bis er hart genug war, dass er sich den Ring überstülpen konnte. Es wäre wirksamer gewesen, sie weiter mit dem Bambus zu züchtigen, aber er wollte ihr zeigen, wo sie hingehörte – wie unweigerlich alle Männer.

Er verdrehte ihr das Ohr, bis sie sich aufbäumte und schrie; dann drang er in sie ein. Natürlich wollte er nicht, dass sie schlaff dalag: Es sollte wehtun.

»Wie kann er es wagen, sich an meinem Eigentum zu vergreifen? Ich bin der Ältere! Ich habe ihn zu dem gemacht, was er ist! Ohne mich wäre er ein Nichts!«

Sie wandte den Blick ab, aber er packte sie am Kinn und drückte zu, bis sie aufschrie. »Schau deinen Gemahl an, Schlampe!«

Sie heftete den Blick auf die pochenden Adern in seinem Gesicht. Sollte er sie rammeln, sie zwingen, ihm dabei ins Gesicht zu sehen. Er konnte sie nicht zwingen, etwas zu spüren. Sie war in sich selbst versunken, ein Aprikosenkern umgeben vom schützenden Fruchtfleisch. In Sicherheit, sogar dann, wenn ihr Leib pisste und blutete. Sie wollte ihm zuzischen: *Glaubst du denn, von der Frau, die dich einst groß gemacht hat, wäre noch etwas übrig gewesen, wenn man sie auf diese Weise vernichten könnte?*

Als er mit ihr fertig war, ließ er sie wie eine zerbrochene Puppe liegen. Sie aber war gar nicht in ihrem Leib, war sich lediglich bewusst, wie er dalag, den Kopf auf die Seite gedreht, Blutergüsse am Kinn. Einen Schuh hatte sie verloren, sodass ein dreieckiger nackter Fuß zu sehen war. Er kam ihr vollkommen fremd vor: So etwas konnte unmöglich der Körperteil eines Menschen sein. Sie empfand weder Schmerz noch Scham, nicht einmal als ihre Dienstmägde hereinkamen – wohlweislich erst, als der Reiskübel fort war – und in Wehgeschrei ausbrachen.

Aber, dachte sie trockenen Auges, umfangen von ihrer schützenden Hülle, der Reiskübel war und blieb der Dumme. Denn General Zhang würde Zhu Yuanzhang schlagen und dann zurückkommen. *Und schon bald, mein Gemahl, gibt es für Euch keinen Platz mehr.*

9

GRENZE ZWISCHEN DEN REICHEN ZHU YUANZHANGS UND DER FAMILIE ZHANG

Am frühen Morgen kam Zhus junger Befehlshaber Chang in Ouyangs Gefängniszelt marschiert. »Der strahlende König will Euch sehen«, sagte er.

Wie durch eine geheimnisvolle Angleichung an seinen Herrn war Chang beinahe ebenso klein und hässlich wie Zhu selbst. Er hatte gleich mehrere Wachen mitgebracht. Alle trugen ungeduldige Gesichter zur Schau, bis Ouyang sich endlich ungnädig erhoben hatte. Sein Leib knarrte wie ein Seil, das unter Spannung stand. Das Gefühl der Ohnmacht trieb ihn nicht nur langsam aber sicher in den Wahnsinn, sondern sorgte außerdem dafür, dass er ständig von Kopf bis Fuß verkrampft war – es schien ihm, als könnten seine Muskeln reißen und seine Knochen wie Glas zerspringen.

Chang machte ein finsteres Gesicht. »Und kommt nicht auf dumme Gedanken!«

Die Morgendämmerung war angebrochen. Zhus und Ouyangs vereinte Streitkräfte lagen dem Heer General Zhangs gegenüber. Zwischen ihnen erstreckte sich eine Ebene, auf der sich einst rosarot blühende Gräser gewiegt hatten. Nun hatten die kämpfenden Soldaten sie längst niedergetrampelt, und was noch übrig war, verwandelte der Herbstfrost in ein endloses silbriges Meer.

Nach der Rückkehr von der Festungsinsel hatte Zhu nicht genug Zeit in Yingtian verbracht, als dass Ouyang einen weiteren Fluchtplan hätte entwerfen, geschweige denn in die Tat umsetzen können. Schnell und erbarmungslos effizient hatte er seine und Ouyangs Soldaten gesammelt und war mit ihnen nach Osten gezogen, auf die Grenze zwischen seinem und dem Königreich der Familie Zhang zu. Im Augenblick versuchte er, die Stadt Zhenjiang einzunehmen, die jenseits der zertrampelten Grasebene lag, wo der Fluss Yangzi den Großen Kanal schnitt. Gelang ihm das, wäre die Herrin Zhang in ihrer Hauptstadt Pingjiang südlich des Yangzi von ihren Städten nördlich des Flusses abgeschnitten. Dann wäre ihr Sturz so gut wie sicher.

Doch ganz wie Ouyang erwartet hatte, schlug sich Zhu nicht gut. Alle seine bisherigen Erfolge waren das Resultat überwältigender Kühnheit gewesen, und offenbar hatte er gehofft, sich hier auf die gleiche Weise durchzusetzen. General Zhang aber hatte viel Erfahrung mit ungestümen jungen Emporkömmlingen wie Zhu Yuanzhang. Er ließ sich nicht auf Waghalsigkeiten ein, sondern hielt stur die Stellung. Zhus Männer – und somit auch *Ouyangs* Männer – rieben sich in beinahe täglichen Gefechten auf, die ihn dem Sieg nicht näherbrachten. Ouyangs Einschätzung nach konnte General Zhang den Widerstand aufrechterhalten, bis Zhus Kräfte gebrochen waren. Dann blieb lediglich die Wahl, sich zurückzuziehen und den östlichen Teil des Herrschaftsgebiets General Zhang zu überlassen – oder zu bleiben und eine vernichtende Niederlage hinzunehmen.

Seit Ouyang begriffen hatte, wie die Sache ausgehen würde, befeuerte wilde Verzweiflung seine Fluchtfantasien. Doch selbst wenn es ihm gelänge, aus dem Gefängniszelt auszubrechen – was dann? In Yingtian hatte sein Heer außerhalb der Stadt gelagert, zusammen mit den Pferden und Viehherden, auf die es angewiesen war. Wäre es Ouyang dort gelungen, zu seinen Männern zu stoßen, hätte er mithilfe seiner Kommandeure die Kontrolle über die Streitmacht zurückgewinnen können.

Doch hier im ehemals rosaroten Grasland gab es keine zwei Armeen mehr. Die beiden Heere waren in jeder Hinsicht zusammengewachsen. Das betraf nicht nur die Vorratsverwaltung und Logistik, sondern selbst das Aufschlagen des Lagers: Überall standen Zelte und Gers Seite an Seite. Der Kometenschweif aus Ouyangs Herden und Ersatzpferden zog sich bis in Zhus Territorium. Er sah keine Möglichkeit, sein Heer von Zhu zu trennen, um es gen Dadu zu führen. Tiefes Elend erfasste ihn, wenn er nur daran dachte.

An der Spitze von Zhus Kommandozelt hing schlaff ein goldenes Banner. Chang hob die Zeltklappe, ging geduckt darunter hindurch und hielt sie für Ouyang oben – doch der blieb stocksteif stehen. Sein Herz tat einen heftigen Schlag, und er musste unwillkürlich husten.

Zhu in seiner goldenen Rüstung stand mit dem Rücken zu General Xu, der ihm das Haar kämmte. Womöglich sprachen sie miteinander; Ouyang hörte nichts. Er konnte die beiden bloß fassungslos anstarren. General Xu, ein großer Mann, hatte auch dementsprechend große Hände – Zhus Kopf wirkte im direkten Vergleich winzig. Der General raffte sein Haar mit dem gleichen geübten Geschick, mit dem Männer all die kleinen, gewöhnlichen Aufgaben erledigten, die neben der Kriegsführung selbst anfielen, eine Rüstung reinigen etwa, Zaumzeug flicken oder Pfeile befiedern.

Aber so berührte kein Mann einen anderen Mann! Ging ihm zur Hand, als wäre er nicht sein General, sondern ...

Ouyangs Wangen brannten. Die Scham war so überwältigend, dass er glaubte, er müsse erblinden. Er wäre noch dankbar gewesen, wäre in diesem Moment sein Augenlicht erloschen! Da Zhu sich das Haar früher geschoren hatte, war es kürzer als das der meisten erwachsenen Männer und an den Enden seltsam eingerollt. General Xu wickelte es zu einem Knoten, schloss die breite goldene Spange darum und befestigte sie mit einer passenden Nadel.

Dies war schlimmer, als Leute dabei zu überraschen, wie sie es miteinander trieben – denn Männer verhielten sich nicht so! Sie dienten einander nicht! Fassten einander nicht an! Gleichwohl taten es die beiden und ließen ungeniert alle Welt dabei zuschauen, als wäre ihnen nie auch nur in den Sinn gekommen, dass sie sich zum Gespött machten.

Chang bemerkte, dass Ouyang stehen geblieben war, und schaute zu ihm zurück. Verdutzt folgte er Ouyangs starrem Blick. »Was ist denn?«

Er hatte keine Ahnung. Keiner von ihnen begriff es! Warm lächelte Zhu den General an. In Ouyangs Welt hätten Männer einander nie solch innige Zuneigung entgegenbringen können. Aber hier – unter Zhu, der nicht das kleinste bisschen aussah, wie ein Anführer aussehen *sollte* – war alles anders. Es war verachtenswert. Doch Zhu tätschelte seinem General dankbar den Arm, und Ouyang empfand bei dem Anblick keine Verachtung, sondern stattdessen eine entwurzelnde Traurigkeit. Er musste mehrmals tief durchatmen und die Hände so fest zu Fäusten ballen, dass sich die Nägel in die Handflächen bohrten. Dann erst konnte er sich dazu bringen, das Zelt zu betreten.

Zhu wandte sich ihm zu. »Dank Euch, dass Ihr gekommen seid, Herr General«, sagte er höflich, als hätte Ouyang auch ablehnen können. Kurz wanderte sein unheimlicher, urteilsfreier Insektenblick zu Ouyangs geballten Fäusten hinab. »Ich würde Euch gern um Rat angehen. Wie Euch sicher nicht verborgen geblieben ist, erziele ich gegen General Zhang nicht die erhofften Fortschritte.«

Immerhin war er nicht so verblendet, dass ihm das entgangen wäre, dachte Ouyang verzweifelt und geringschätzig zugleich.

»Verstärkung kann ich kurzfristig nicht auftreiben. Ihr habt Seite an Seite mit General Zhang gekämpft und wisst besser als ich, wozu er imstande ist. Sagt mir: Wie wahrscheinlich ist es, dass wir in der gegenwärtigen Lage die Oberhand gewinnen?«

Zhu, Kommandeur Chang und sogar General Xu, in Ouyangs Augen waren sie alle Kinder. Sie wussten noch nicht, was sie alles fertigbringen konnten – aber auch ihre Grenzen kannten sie nicht. Er sagte rundheraus: »Ihr habt keine Aussicht auf den Sieg.«

Draußen waren Trommeln zu hören: Die Soldaten wurden zusammengerufen. Das nächste zwecklose Scharmützel stand bevor. Wie eigenartig es doch war, dass Zhu ihn nicht nur nach seiner Meinung fragte, sondern sie ernsthaft in seine Überlegungen mit einbezog! Allerdings wirkte er nicht so niedergeschmettert, wie man hätte erwarten sollen. Er fragte einfach weiter. »Was, wenn ich Euch bäte, eine neue Taktik zu ersinnen? Ihr sagt, ich kann nicht gewinnen. Könntet Ihr es?«

Angesichts solch ungeheurer Naivität verschlug es Ouyang vorübergehend die Sprache. »Melonenköpfiger Narr!«, stieß er endlich hervor. »Glaubt Ihr denn, die Herrin Zhang hätte auch nur annähernd so viel erreicht, würde ein anderer Mann ihr Heer führen? Dass er es Euch und Euren Kommandeuren zuvortut, ist nun wahrlich keine Überraschung. Aber auch mir ist er überlegen!«

Es war die Wahrheit. Ouyang hatte lange Erfolg damit gehabt, rücksichtslos Wehrpflichtige zu opfern, aber letztendlich war er mit dieser Strategie gescheitert. Es hatte ihn nie gekümmert, ob er ein *guter* General war. Zhang hatte seine Männer nie mit derart harter Hand führen müssen, damit sie ihm gehorchten. Er kannte sie und vertraute ihnen; für ihn vergossen sie gern ihr Blut und ihren Schweiß, denn sie wussten, dass er sie nie achtlos hingeben würde.

»In einem Kampf Mann gegen Mann kann ich General Zhang schlagen«, sagte Ouyang bitter. »Aber ich habe immer gewusst: In einer Feldschlacht würde er mich besiegen.«

Er hatte sich deswegen nicht gegrämt – weshalb auch? Er war nie davon ausgegangen, dass er Zhang würde entgegentreten müssen. Doch nun war seine Armee untrennbar mit Zhus verschmolzen. Nicht nur dessen Heer würde an General Zhang zerbrechen, sondern auch sein eigenes. Und wie sollten sie dann noch gegen Dadu marschieren? Das konnte er nicht zulassen.

Er hatte schon vergnügliche Stunden mit Zhang Shide verbracht. Der Mann mochte eine fragwürdige Entscheidung getroffen haben – wieso er sich auf jene hinterhältige, machtbesessene Hure eingelassen hatte, war Ouyang ein Rätsel –, aber Ouyang respektierte ihn. Mochte ihn sogar. Doch nun musste er feststellen, dass sein Respekt nichts als ein Flämmchen war im heulenden Sturm seiner Verzweiflung. Dem, was er zu tun bereit war, waren längst keine Grenzen mehr gesetzt.

»Einem Mann wie General Zhang, mit einem guten, edlen Herzen, gebietet man nicht Einhalt, indem man sich seinem Heer entgegenstellt«, sagte er. »Ihm selbst muss man Einhalt gebieten. Wie? Ihr müsst bedrohen, was ihm sogar noch mehr bedeutet als diejenigen, für die er kämpft.«

Zhus kleines, beunruhigend fremdartiges Gesicht leuchtete auf. In diesem Augenblick ähnelte er keiner harmlosen Grille, sondern einer Gottesanbeterin, die etwas so Schönes und Schnelles wie einen Kolibri erlegen konnte. »Und was wäre das, Herr General?«

Es gab nur eins, was ein Mann mehr liebte als seinen Bruder und die Frau seines Herzens, und das war das Gefäß seiner Träume und Hoffnungen sowie seiner unsterblichen Ehre. Nahm man ihm dies, so raubte man ihm nicht nur die Zukunft, sondern löschte zugleich seine ganze Familie aus.

Warm sickerte Blut zwischen Ouyangs Fingern hindurch. Die Flut seiner Gefühle riss ihn mit sich. »Sein Sohn.«

☯

»Seid Ihr denn sicher, dass er ihn mit nach Zhenjiang genommen hat?« Zhu sprach undeutlich, weil sie neben ihrer Hand, einem Fuß und dem Ellenbogen des Armstumpfs auch noch ihre Zähne brauchte, um die letzten Vorräte in einen großen gewebten Beutel zu stopfen. Als es ihr endlich gelungen war, entfuhr ihr ein triumphierendes: »Ha!«

»Wie könnte ich sicher sein?« Ouyang schaute ihren Verrenkungen verachtungsvoll zu. Er war wie ein Nanren gekleidet und trug einen Kegelhut, den er sich tief ins Gesicht gezogen hatte. Einhändige gab es in der Gegend sicher noch weitere, wohingegen Ouyang sehr wohl der einzige Eunuch weit und breit sein mochte. Sollten General Zhangs Männer Wind davon bekommen, wer da durch Zhenjiang spazierte, würde ihnen das nicht nur einen Strich durch die Rechnung machen – es würde auch äußerst gefährlich für sie werden.

»Ihr habt nach meiner Einschätzung gefragt. General Zhang lässt seinen Sohn gewöhnlich ein Stück hinter der Front zurück, wo er ihn in Sicherheit weiß, ihn aber jederzeit herbeiholen kann, wenn er ihm bestimmte Abläufe zeigen will. In ein oder zwei Jahren wird er ihn wahrscheinlich die ganze Zeit an seiner Seite behalten, aber noch ist er zu jung. Als ich im letzten Frühjahr in Yangzhou war, war er vielleicht dreizehn oder vierzehn, wenn ich so etwas überhaupt richtig einschätzen kann …«

Er klang feindselig, als beleidigte ihn die bloße Vorstellung von Knaben, die zu Männern heranreiften. Zhu verstand das sehr gut. Sie wusste ja aus eigener Erfahrung, wie es war, von Jungen umgeben zu sein, die diese Verwandlung durchmachten. Beneidet hatte sie die anderen Novizen zwar nicht; eher hatte sie darunter gelitten, dass ihr Leib sich auf gänzlich andere Art und Weise entwickelte. Ouyangs Körper dagegen hatte sich wohl gar nicht verändert. Wie quälend es gewesen sein musste, ohnmächtig mitanzusehen, wie alle anderen einfach bekamen, was man sich selbst vergeblich wünschte!

Zhu schwang sich ihren riesigen Beutel auf den Rücken.

»Ihr seht aus wie eine Ameise mit einem Reiskorn«, sagte Ouyang vernichtend. »Vielleicht solltet Ihr einen Eselskarren nehmen statt eines Pferdes? Dann säht Ihr noch ein klein wenig mehr wie ein Bauer aus.«

»Also, was das angeht …« Natürlich rechnete er damit, dass sie ritten. Das hätte sie wissen müssen. »Auf allen großen Zugangswegen nach Zhenjiang hat General Zhang Straßensperren errichten lassen; die können wir also nicht nehmen. Zum Glück gibt es aber jede Menge Bergpfade, über die die Bauern an Markttagen aus ihren Dörfern in die Stadt gelangen.«

»Ihr wollt doch nicht …«, sagte Ouyang, der wohl ahnte, worauf sie hinauswollte.

»Oh doch«, bestätigte sie. »Wir gehen zu Fuß.«

Mehrere Stunden später – sie hatten noch nicht ganz den halben Weg geschafft –, blieb sie stehen und blickte sich nach Ouyang um. Mit seinem Hut sah er wie ein Fremder aus. Angespannt stapfte er den mondbeschienenen Hügel hinauf. Seine Fußsohlen mussten mittlerweile geheilt sein, aber das änderte nichts daran, dass er in seinem ganzen Leben noch keine weite Strecke gelaufen war. Sie erinnerte sich daran, wie schmal, hell und zart seine bloßen Füße in Yingtian gewirkt hatten. Die einer adeligen Nan-Frau wären allerdings gebunden worden; seine Füße waren an ihm somit noch das männlichste Merkmal.

»Habt Ihr Schmerzen?«

»Hattet Ihr Schmerzen, als ich Euch die Hand abgeschlagen habe?«, fragte Ouyang grimmig und stakte ohne zu hinken an ihr vorbei.

Zhu beeilte sich, ihn einzuholen. »Findet Ihr wirklich, das sei vergleichbar? Eure Blasen und meine lebensbedrohliche Verstümmlung?« Natürlich hatte es wehgetan – objektiv gesehen war es das schmerzvollste Erlebnis ihres Lebens gewesen –, aber um zu bekommen, was sie wollte, hätte sie leichten Herzens gleich mehrere Hände hingegeben.

»Übersteigt er ein gewisses Maß, ist ein Schmerz wie der andere, ob er nun von einer Blase oder einer ›lebensbedrohlichen Verstümmelung‹ herrührt – zufällig habe auch ich Erfahrung damit. Nichts daran ist besonders bemerkenswert. Nur der *Grad* der Empfindung variiert. Je größer der Schmerz, desto vollständiger löscht er das Bewusstsein aus. Ist er groß genug, kann man darin verschwinden.« Nach einem Augenblick fügte er hinzu: »Das kann nützlich sein.«

Was für ein merkwürdiger Gedanke! Zhu konnte sich nicht vorstellen, zu einem Nichts werden zu wollen. Kurz wanderten ihre Gedanken zu jenem Jungen, der ursprünglich den Namen Zhu Chongba getragen hatte. Sie erinnerte sich daran, wie er im Bett gelegen und sein Leben aufgegeben hatte, zusammen mit seiner Bestimmung. Mit Verlangen ging Leid einher, und der Junge war nicht stark genug gewesen, es zu ertragen. Zhu jedoch war es.

»Nun, vielleicht bin *ich* ja müde. Vielleicht tun *mir* die Füße weh! Wir sollten uns ein wenig ausruhen.« Nicht weitab vom Pfad stand ein Baum, dessen Krone das Gras darunter vor Taufall geschützt hatte. »Das sieht doch wie ein angenehmer Rastplatz aus!« Sie vergewisserte sich, dass der Boden frei von Büffelmist war, und setzte sich. Ouyang vor der dunklen Hügelkuppe, umstrahlt von einer Korona aus Mondschein und Geisterleuchten, war ein Bild des Widerwillens. Nach einer Weile kam er jedoch zu ihr und ließ sich steif neben ihr nieder.

Bald hatten sich seine Geister um ihn versammelt. Das Mondlicht fiel durch ihre blassen Leiber. Zhu streifte Stiefel und Socken ab, als wollte sie bloß kurz ihre Zehen strecken. Dann schlüpfte sie jedoch barfuß wieder in die Stiefel. Ohne sie anzuschauen, nahm Ouyang ihre Socken und zog sie über seine eigenen.

Sie lauschten den nächtlichen Rufen der Reiher, die zum Fluss flogen. Durch die Geister, die sich um Ouyang drängten, sah Zhu ihn wie durch einen Schleier – als wäre er viel weiter fort als eine Armeslänge. Sie musste daran denken, wie sie ihn das erste Mal erblickt hatte. Fern wie der schöne Mond war er ihr erschienen, und zugleich hatte er sie angezogen wie die Schwerkraft. Jetzt neben ihm zu sitzen, fühlte sich merkwürdig, aber richtig an – als wäre sie endlich dort angekommen, wo sie hingehörte.

Es überraschte sie, als er die Stille brach. »Die Geister. Jene Toten, die mir folgen. Sehen sie aus wie die Menschen, die sie einmal waren?«

Zhu sah ihren Vater und ihren Bruder vor sich, wie sie auf der anderen Seite ihres frischen Grabes standen. So lange hatte sie sich durch Angst und Schicksal an ihren Bruder gefesselt gefühlt. Nun, da dieses Band sich gelöst hatte, kam ihr die Erinnerung an die beiden Geister wie eine Geschichte vor, die sie vor langer Zeit gehört hatte. »Eure sehen wie Menschen aus«, sagte sie. Vielleicht war es besser, ihm nichts von den entstellten, unglückseligen Kreaturen zu erzählen, die unerlöst und hungrig in dunklen Winkeln lauerten.

Er hatte das Gesicht abgewandt. Unter seinem Hut konnte sie nicht einmal sein Profil erkennen. Er war so lange still, dass sie schon glaubte, mehr habe er gar nicht wissen wollen. Dann sprach er doch. »Ist Esen Temür unter ihnen?« Seine Stimme war so schrecklich rau, dass sie nicht deuten konnte, ob er sich das wünschte oder nicht.

Esen Temür. Der Fürst von Henan. Vor über zehn Jahren hatte Zhu auf dem grünen Dach des Klosters gesessen und den jungen mongolischen Prinzen bestaunt. Bei jedem Schritt waren seine Zöpfe durch die Luft geschwungen wie die Mähne eines tänzelnden Pferdes, das es kaum erwarten kann, endlich loszupreschen. Damals hatte sie kaum begriffen, wen sie da sah. Jetzt wusste sie: Er war der Sohn jenes Mannes gewesen, der Ouyangs ganze Familie umgebracht hatte. Und Esen Temür selbst war Ouyangs Herr und Meister gewesen, bis der ihn in Bianliang verraten und ermordet hatte.

Auf den ersten Blick deutete alles darauf hin, dass er Esen Temür als Feind betrachtet und seinen Hass nur hinter einer Maske verborgen hatte. Doch nun, da sie ihn ein wenig kannte, konnte sie sich das kaum vorstellen. Ouyang war kein besonders guter Heuchler. Ausgerechnet er sollte Esen Temür jahrelang getäuscht haben? Sie waren gemeinsam auf Feldzüge gegangen, hatten Seite an Seite gekämpft und einander bedingungslos vertraut. Ouyang konnte Esen Temür bloß auf eine einzige Art und Weise davon überzeugt haben, sein ergebener Freund zu sein: indem er es wirklich gewesen war. Erst im allerletzten Augenblick hatte er ihm die Treue gebrochen.

In ihrem Kopf hörte sie Xu Das Stimme: *Von den Mönchen habe ich gehört, Prinz Esen besäße einen Eunuchen, den er mehr schätzt als seinen eigenen Bruder.*

Deutlicher als Esen Temür war ihr jedoch in Erinnerung, dass der Abt Ouyang, dem Eunuchen, den Zutritt zur Haupthalle verwehrt hatte. Esen Temür hatte zunächst protestiert. Vielleicht hatte er Ouyang ja wirklich geschätzt. Aber am Ende hatte er ihn allein und in Schande draußen stehen lassen.

Zhu blickte sich unter den Geistern um. Ouyang saß mit angezogenen Knien da, eine dunkle Gestalt inmitten eines wirbelnden Sturms. Der Tod kleidete Bauern und Fürsten gleichermaßen in weiße Lumpen. Allen Geistern hing das Haar strähnig über die Schultern, als trauerten sie um sich selbst. Doch keins der vielen Gesichter in dieser unheimlichen Versammlung zeichnete sich durch mongolische Züge aus.

»Er ist nicht hier«, sagte sie. Selbst ihr kam das wie eine unbefriedigende Antwort vor. Daher fügte sie hinzu: »Aber einer von ihnen ist vermutlich Euer Vater. Wenn Ihr ihn mir beschreiben könnt …«

Seine Haltung veränderte sich nicht, aber sie hatte den eigentümlichen Eindruck, dass er kurz erstarrte. Dann stand er auf. »Nein«, sagte er gepresst. »Das war schon alles, was ich wissen wollte.«

Er folgte dem Pfad den Hang hinauf, und seine Geister flossen wie ein träger Strom hinter ihm her. Sie dachte an das Blut zurück, das sie im Kommandozelt zwischen seinen Fingern hatte hervorschimmern sehen, als er ihr von General Zhangs Sohn erzählt hatte.

Was hatte er über Schmerz gesagt? Dass man darin verschwinden konnte, wenn er groß genug war. *Das kann nützlich sein.*

ZHENJIANG

Im geschäftigen, wohlhabenden Zhenjiang am Fluss hätte man glauben können, es sei gar kein Krieg. Zhu spazierte die Hauptstraße hinunter, Ouyang neben sich. Sein Hinken war immer noch kaum sichtbar. Prächtige Residenzen, gut besuchte Geschäfte und Teehäuser reihten sich aneinander. Der Hut verbarg Ouyangs Gesicht, aber er hielt sich, als trüge er noch immer seine Rüstung. In Xu Da oder Yuchun hätte sie einen unauffälligeren Begleiter gehabt, aber Ouyang war der Einzige, der General Zhangs Sohn kannte. Aus Versehen den falschen Jungen zu entführen, wäre höchst unerfreulich.

Als könnte Ouyang ihre Gedanken lesen, sagte er mürrisch: »Es würde mich interessieren, wie Ihr hier jemanden finden wollt – in einer Stadt, in der wir beide noch nie waren und keine Menschenseele kennen.«

»Tja …« Gut gelaunt wandte Zhu den Blick von einem Fleischstand, an dem ein etwa dreizehnjähriger Junge (allerdings der falsche) halbherzig Fliegen von Büffelfleischstücken verscheuchte.

Ouyang war bereits an ihr vorbei. »Es interessiert mich nicht wirklich. Bringen wir es einfach hinter uns.«

Zhu wollte gerade ihren Beutel öffnen, da fiel ihr Blick auf ein Plakat an einer Mauer. Es zeigte eine Karikatur: Unter einem großen grünen Hahnrei-Hut schaute dümmlich grinsend ein Mann hervor. Die Yuan hatten die Gewohnheit, Holzschnitt-Drucke von gesuchten Verbrechern aufzuhängen, aber dieser Tage gab es nur noch wenige Yuan-regierte Städte im Süden, und Zhenjiang war ganz sicher keine davon. »Hm.«

Ouyang kam zurück und warf ebenfalls einen Blick. »Der Künstler hat Talent. Das ist Reiskübel Zhang.«

»Den habe ich noch nie getroffen.« Zhu prägte sich das Gesicht sein. »Aber vielleicht sollte ich das in die Wege leiten! Es heißt ja, wenn man hübsch aussehen will, soll man sich neben jemand Hässlichen stellen!«

»Seid Ihr sicher, dass *Ihr* derjenige wärt, der im Vergleich gut aussähe?«

Zhu tat so, als wäre sie empört. »Dann muss ich mich wohl mit dem Gedanken trösten, dass ich fähiger bin als er und eine treue Gemahlin habe.« Sie las die kleine Schrift, die sich am Rand des Posters nach unten zog, und lachte auf. »Nein!

General Zhang beschläft die Herrin Zhang? Habt Ihr nicht gesagt, er habe ein gutes, edles Herz? Oder ist sie so schön, dass nicht einmal ehrenhafte Männer ihr widerstehen können? Als ich sie damals getroffen habe, hätte ich mich wirklich mehr anstrengen sollen, einen Blick auf sie zu erhaschen!«

»Selbst die hässlichsten Huren sind listenreich!«, schimpfte Ouyang und klang noch giftiger als sonst. »Männer sind ...«

»Narren«, führte Zhu den Gedanken weiter. »Sie denken selten an die Konsequenzen, die ihr unmittelbares Vergnügen nach sich zieht. Die Frauen derweil, denen ich bisher so begegnet bin, hatten stets einen wachen Blick auf die Folgen ihres Handelns. General Zhang mag ja ein gut aussehender Kerl sein, aber die Herrin Zhang wirkte auf mich nicht wie eine Frau, die wegen einer unnützen Sache wie der Liebe den Zorn ihres eifersüchtigen Gatten erregen würde ... Aha!« Jetzt hatte sie begriffen. »Als Ihr gesagt habt, die Zhangs hätten auch ein Mandat, habt Ihr nicht den Reiskübel gemeint. Ihr habt von General Zhang gesprochen!« Sie sah Ouyang strafend an – oder doch zumindest seinen Hut. »Ihr habt mich fehlgehen lassen.«

Wie Ouyang die Schultern hielt, stellte sie fest, ließ sich ebenso leicht deuten wie der Buckel einer zornigen Katze: *Allerdings! Und wisst Ihr auch, wieso? Weil Ihr mich gegen meinen Willen festhaltet! Außerdem kann ich Euch nicht leiden.*

Es passte ins Bild, dass die Herrin Zhang sich an den stärksten Mann hielt, selbst wenn er nicht das Familienoberhaupt war – oder ihr Gemahl. »Weiß der Reiskübel Bescheid? Er hat keinen Schimmer, oder?« Ein kleinlicher, habgieriger Mann wäre vielleicht bereit, seinem Bruder die Rolle des tüchtigen Generals zuzubilligen, könnte es aber nicht ertragen, wenn er zum Thronfolger erwählt würde. »Was für ein Skandal! Die ganze Zeit über war der Reiskübel nicht einmal Herr in seinem eigenen Haus? Von seiner Armee oder seinem Königreich gar nicht zu reden! Am meisten überrascht mich, dass die Herrin ihm noch nicht die Krone vom Kopf gerissen und selbst die Macht ergriffen hat, mit General Zhang an ihrer Seite!«

»Zweifellos ist das ihr Plan. Aber General Zhang ist tatsächlich ein ehrenhafter Mann. Er befindet sich in der schwierigen Lage, seinen Bruder zu lieben und zugleich dessen Gemahlin.«

»Dabei erscheint mir sein Bruder nicht gerade liebenswert«, sagte Zhu spöttisch. Als ihr Bruder damals gestorben war, hatte sie das nicht allzu lange bekümmert – aber sie war wohl auch kaum ein guter Mensch. »Glaubt Ihr, die Yuan haben die Plakate gedruckt? Eine Destabilisierungsstrategie? Das wäre für sie ja ungewöhnlich kreativ ...«

Ouyang zuckte mit den Schultern. »Ich hätte es vom Kanzler nicht erwartet, aber selbst ein alter Krieger kann neue Taktiken lernen. Wer sollte sonst dahinterstecken?«

Zhu runzelte die Stirn. Sie hatte ein ungutes Gefühl. Aber es stimmte schon: Nur ihr und den Yuan war daran gelegen, die Familie Zhang zu schwächen. »Da habt Ihr schon recht.«

Es war die ruhigste Zeit des Morgens: Die Dienstboten hatten alle dringlichen Aufgaben erledigt und wollten sich jetzt einen Moment mit einer Tasse Tee hinsetzen, ehe es an die Vorbereitungen für das Mittagessen ging. Zhu schob die merkwürdige Geschichte mit dem Plakat beiseite, öffnete endlich ihren Beutel und holte einen kleinen getrockneten Kürbis heraus. Als sie ihn Ouyang unter die Nase hielt, summte es laut darin. »Kommen wir zum Geschäft!«

»Ihr wollt Kampfgrillen feilbieten?«, fragte er höhnisch.

»Ihr habt nie viel Zeit mit Euren Soldaten verbracht, hm?« Zhu lachte. Unter dem Hut konnte sie zwar sein Gesicht nicht sehen, aber sie wusste einfach, dass er gerade mit den Augen rollte. »General Zhang lässt seinen Jungen sicher nicht ohne ein paar Wachen, Diener und vielleicht sogar den einen oder anderen Lehrer hier. Und ich wette mit Euch: Die langweilen sich allesamt zu Tode!« Sie flitzte zum nächsten Herrenhaus und klopfte ans Tor. »Auf Grillen zu wetten, ist ein wunderbarer Zeitvertreib! Ma Xiuying hält allerdings nichts davon. Sie findet es grausam und will, dass ich es verbiete, wenn ich erst auf dem Thron sitze – in meinem nächsten Leben, meint sie, werde ich ja zweifellos als Insekt wiedergeboren, daher täte ich mir damit selbst einen Gefallen ...«

Als ein Diener das Tor öffnete, schwenkte sie den Kürbis. »Grillen gefällig?«

»Wie viele Häuser«, knurrte Ouyang, »gehen wir so ab?«

»So viele wie nötig!«, erwiderte Zhu fröhlich. Ein Diener trat aus dem Tor des nächsten Hauses, und sie rief ihm zu: »Grillen gefällig?«

☯

Als es Abend wurde, waren Ouyangs Füße ernsthaft wundgelaufen. Er malte sich schon aus, wie er Zhenjiang im Alleingang in Schutt und Asche legte, um ihre Beute aufzuscheuchen – eine Maßnahme, die sowohl angenehmer als auch wirkungsvoller wäre. Noch nie in seinem Leben hatte er darüber nachgedacht, wie viele Herrenhäuser es in einer Stadt dieser Größe geben mochte. Offenbar lautete die Antwort: viel zu viele. Sein ohnehin geringes Vertrauen in Zhus Plan hatte den Tiefpunkt erreicht, und so begriff er nicht gleich, was geschah, als Zhu an das Tor eines nicht weiter auffälligen Anwesens in der Innenstadt klopfte und gleich mehrere uniformierte Wachen nach draußen gestürmt kamen, um alle Grillen auf einmal zu erstehen.

Als Zhu zurückkehrte, hüpfte er beinahe.

»Selbst wenn wir hier richtig sein sollten ...«, knurrte Ouyang.

»Selbst wenn!«

»Glaubt Ihr nicht, General Zhang hat ihn angewiesen, drinnen zu bleiben?«

Auf der anderen Straßenseite standen zwei Teehäuser Seite an Seite. Zhu blieb davor stehen. »Ihr wart als Kind sicher kein toller Spielgefährte, oder?«

Ouyang sagte mit jener schneidenden Kälte, die ganze Zehntausendschaften in Angst und Schrecken versetzt hatte: »Ich war ein Sklave.«

Zhu war unbeeindruckt. Und nicht nur das: Wie üblich gönnte er Ouyang das letzte Wort nicht. »Klöstern kann man wohl kaum Disziplinlosigkeit unterstellen, aber selbst dort weiß man, wie aussichtslos es ist, temperamentvolle Jungen drinnen einsperren zu wollen! Er kommt schon raus. Wir müssen bloß ein bisschen warten. Suchen wir uns einen Platz!«

Doch als Zhu durch die offene Vorderseite des nächsten Teehauses trat, starrte der Besitzer sofort die Holzhand an – mit dem Gesicht hielt er sich gar nicht auf. Er sagte auch nichts, sondern spuckte Zhu einfach auf den Stiefel.

Ouyang war selbst überrascht, wie zornig ihn das machte – aber dieses Gebaren war ihm nur allzu vertraut. Schon so lange er zurückdenken konnte, schaute man ihn an, als wäre er kein Mensch, sondern ein Ding. Jetzt gerade verbarg der Hut sein Gesicht, das die Leute gewöhnlich so erzürnte; nur deswegen begegnete der Wirt ihm nicht mit derselben Abscheu. Ouyang hatte Zhu verstümmelt, weil er *gewollt* hatte, dass alle Welt ihn zurückwies und mied. Er hatte am eigenen Leib erfahren sollen, was es bedeutete, allgemein verachtet zu werden. Ouyang wurde erst bewusst, dass er einen drohenden Schritt auf den Besitzer zugetan hatte, als Zhu ihn am Handgelenk ergriff und mit sich zog.

»Kein Grund, einen Aufstand zu machen!« Unglaublicherweise schien es ihn nicht weiter zu kümmern, dass seine Ehre – und sichtbarer: seine Person – beschmutzt worden war. Er ließ Ouyang nicht los, sondern führte ihn am Handgelenk in das zweite Teehaus. »Schaut nur!«, rief er fröhlich. »Hier haben wir es besser. Niemand wird uns rausschmeißen, sollte es spät werden. Wir können am Tisch schlafen, wenn wir wollen!«

Ouyang hatte keine Ahnung, wie Zhu das mit einem einzigen Blick erkannt haben wollte. In seinen Augen war ein Teehaus wie das andere. Sie setzten sich an einen Tisch an der offenen Front, sodass sie das Herrenhaus auf der anderen Straßenseite im Blick hatten. Die Wirtin lächelte zwar nicht, war aber höflich und brachte ihnen bereitwillig kalte Scheiben beschwipstes Huhn. Das Essen war nicht schlecht. Erst nach einer ganzen Weile fiel Ouyang auf, dass alle anderen Gäste des Teehauses Frauen waren. Hauptsächlich saßen sie in Gruppen, manche allerdings auch allein, und jede hatte eine Laterne vor sich auf dem Tisch stehen. Eine blies Melodien auf einer Flöte, andere vertrieben sich die Zeit mit Spielen oder unterhielten sich. Nun, da er sie beobachtete, sah er, wie ein Mann zu einem der Grüppchen ging. Nach einem kurzen Gespräch nahm eine der Frauen ihre Laterne und führte den Mann in die Nacht davon. Da begriff Ouyang, woher Zhu gewusst hatte, dass das Teehaus die ganze Nacht über geöffnet sein würde. »Das sind ja Huren!«

Zhu hatte zwei Wachen beobachtet, die das Herrenhaus mit einem Krug Wein betreten hatten. Nun schaute er Ouyang an. »Reizende Mädchen: Niemand hat mich angespuckt, seit ich hier reingekommen bin! Ich muss ein gutes Trinkgeld dalassen.«

Nur an den Wirt des anderen Teehauses zu denken, machte Ouyang wieder wütend. Wie oft hatte er beobachtet, hier wie in Taizhou, dass die Leute Zhu die kalte Schulter zeigten? Selbst Straßenhändler zögerten, mit ihm ins Geschäft zu kommen. Wenn sie es doch taten, starrten sie ihn kaum verhohlen an. Doch Beleidigungen schienen an ihm abzuperlen wie Wasser von einem Regenumhang aus Stroh. »Wie kann

Euch das Benehmen dieses Kerls gleichgültig sein? Er hat Euch wie Dreck behandelt, nicht wie einen Menschen! Man konnte es ihm deutlich ansehen: Wäre gleichzeitig ein Hund hereingekommen, er hätte Euch zuerst verjagt!«

Zhus scherzhafte Art wirkte auf Ouyang stets wie eine Art Schirm, hinter dem er sein Innenleben verbarg. Doch nun ließ er ihn sinken. »Ihr glaubt, das hätte mich kalt gelassen? So ist es nicht. Niemand wird gern verabscheut. Aber ich habe lange gebraucht, um der Mensch zu werden, der ich heute bin: Jemand, der seinem Schicksal nicht nur folgt, sondern es tatsächlich erfüllt! Endlich bin ich geworden, wer ich sein muss – da werde ich mich ganz sicher nicht verstecken, nur aus Furcht, dass jemand sich von mir abwenden oder mich anspucken könnte. Verlangen ist der Ursprung allen Leidens, das wisst Ihr doch. Und ist der Preis für mein Verlangen, dass man mich verachtet, so will ich ihn gern bezahlen.« Die Flöte der Hure piepste dünn vor sich hin und ging Ouyang schrecklich auf die Nerven. Zhu sagte leise: »Willens bin ich. Und stark genug bin ich auch. Trotzdem ist es manchmal schwer. Die Kränkung hinunterzuschlucken, die Geringschätzung der Leute auszuhalten. Ihr wisst, wie das ist, Herr General, habe ich nicht recht?«

Ouyang blickte in das kleine, hässliche Gesicht, und ein unheimliches Gefühl beschlich ihn. Es war, als schaute er in einen Bronzespiegel, sähe darin aber nicht seinen verhassten Leib, sondern sein inneres Selbst. Das gefiel ihm gar nicht. Er wollte Zhu bloß los sein, aber es war, als steckten sie beide zappelnd auf demselben Speer. Er zuckte zurück. »Warum spielt diese untalentierte Schlampe so laut?«, zischte er. »Sie glaubt wohl, dass sie durch Flötenkunststückchen Kunden gewinnt?«

Es war ein durchschaubarer Ablenkungsversuch, doch zu seiner Erleichterung ließ Zhu sich darauf ein. »Ich glaube, viele Männer wissen begabte Flötenspielerinnen zu schätzen.«

Er sprach in so ernsthaftem Ton, dass Ouyang die Anspielung erst nicht verstand. Dann verstand er sie doch, und prompt sah er General Xu vor sich, der die Finger in Zhus Haar vergraben hatte. Umgehend wich dieses Bild einem anderen mit dem gleichen Thema, und Ouyang wurde vor Scham so heiß, dass es ihn nicht gewundert hätte, wären seine Kleider in Flammen aufgegangen. »Spielt General Xu denn gut Flöte?«, stieß er hervor.

In Zhus Augen blitzte Neugier auf. Sofort wurde Ouyang mulmig; offenbar hatte er nur sich selbst bloßgestellt. Doch Zhu sagte lediglich: »Ehrlich gesagt glaube ich nicht, dass Ah-Da auch nur das geringste musikalische Talent hat. Nehmt Euch noch etwas von diesem ausgezeichneten Huhn!« Nachdenklich blickte er über die Straße. »Habt Ihr gesehen, wie die Dienstboten vorhin zu dem Stall da drüben gegangen sind? Ich wette, der Junge macht morgen einen Ausritt.«

Damit erhob er sich und ging zu der Hure mit der Flöte hinüber. Mit wachsender Verwirrung beobachtete Ouyang, wie sie sich unterhielten. Geld wechselte den Besitzer. Dann kam Zhu mit der Flöte und zwei kleinen Tiegeln zurück.

»So ein nettes Mädchen – sehr hilfsbereit!« Zhu öffnete einen der Tiegel, roch daran und verzog das Gesicht. »Wenn man diese beiden Arten Schminke vermischt, schmilzt einem das Gesicht, und man stirbt einen wahrhaft furchtbaren Tod. Wusstet Ihr das?«

»Ich hatte keine Ahnung«, sagte Ouyang.

Zhu lächelte so rätselhaft wie der Buddha. »Das hat mir meine Gemahlin erzählt. Frauen wissen so einiges.« Er reichte Ouyang ein Essstäbchen und sein Gürtelmesser. »Schnitzt einmal ein Ende zu einer Spitze, ja?«

Ouyang tat, wie ihm geheißen. Zhu nahm ihm das Essstäbchen ab, steckte es in die Flöte und blies versuchsweise hinein. Das Stäbchen schoss heraus und bohrte sich in die geflochtene Wand.

»Wie's scheint, habe ich eine natürliche Begabung für die Flöte!«, sagte Zhu und lachte leise.

Er holte das Essstäbchen zurück und tauchte die Spitze nacheinander in beide Töpfe. »Ist Euch das zu grausam? Ich weiß doch, wie Ihr Mongolen Pferde liebt.«

»Zu Eurem Glück«, erwiderte Ouyang, »bin ich kein Mongole.«

Zhus Insektenaugen glitzerten. »Gut.«

☯

Der kleine Reittrupp war vor dem Herrenhaus aufgesessen und gerade die Straße hinuntergeritten, da führte Zhu einen klapprigen Gaul heran, der vor einen zweirädrigen geschlossenen Karren gespannt war. »Ist es Euch gelungen?«, fragte er.

»Nein«, sagte Ouyang höhnisch. »Ich weiß nicht, wie das passieren konnte, aber ich habe ein Pferd verfehlt, das in nur zwanzig Schritt Entfernung vorbeigetrottet ist. Mir blieb nichts anderes übrig: Ich bin zu unserem Ziel und seinen beiden Wachen hinmarschiert und habe vor ihren Augen dem Pferd ein vergiftetes Essstäbchen ins Bein gerammt.«

Nach der Nacht, die er zusammengesunken über einem Teehaustisch verbracht hatte, brannten ihm die Augen und er fühlte sich ungepflegt. Seine wunden Füße pochten. »Ich hoffe, Ihr habt für den Klepper da nicht zu viel bezahlt.«

»Ganz gewiss habe ich das!«, sagte Zhu fröhlich. »Aber die Großzügigkeit eines Königs sollte ein Fluss sein, auf dem Boote segeln können. Brechen wir auf!«

Am Stadtrand holten sie das Grüppchen ein. Alle drei Reiter waren abgestiegen und blickten bestürzt das schweißtriefende, leidende Pferd an. Zhu schlurfte mit dem Karren an ihnen vorbei, und Ouyang stieg lautlos aus. Der ersten Wache brach er sauber von hinten das Genick. Als der zweite Mann sich erschrocken umdrehte, duckte Ouyang sich unter seinen fuchtelnden Armen hindurch und rammte ihm den Ellenbogen ins Gesicht. Als er auf die Straße stürzte, ging Ouyang neben ihm in die Hocke und erledigte ihn ebenfalls. Dann erhob er sich und näherte sich dem Jungen, der stammelte und zurückwich. Zwei rasche Schläge auf die richtigen Druckpunkte, und er brach bewusstlos zusammen.

Sofort war Zhu da und zog den Vorhang auf, der die Rückwand des Karrens verschloss, sodass Ouyang den Jungen hineinwerfen konnte.

»Hervorragende Arbeit, Herr General!« Er griff in seinen riesigen Beutel und holte ein zusammengerolltes Stoffbündel heraus. »Jetzt müssen wir nur noch ...«

Er sprach weiter, doch Ouyang verstand kein Wort mehr. In seinen Ohren rauschte es; Wut und Scham ertränkten alles andere. Zhu schüttelte ein *Frauengewand* aus! Wie hatte Ouyang nur so dumm sein können? Er hatte sich einlullen lassen. Dabei hatte er diese Lektion immer und immer wieder gelernt! Ob nun Mongolen oder Nanren, die Leute waren alle gleich: Sie wollten ihn beschämen, selbst dann noch, wenn sie ihn schon für ihre Zwecke eingespannt hatten.

»General Ouyang. Herr General! Das Gewand ist nicht für Euch. Es ist für mich! *Ich* ziehe es an!«

Zhus Stimme war so eindringlich, als verstünde er tatsächlich, was Ouyang empfand. Er war einen Schritt auf ihn zugetreten und machte Anstalten, Ouyang die Hand auf den Arm zu legen, um – ja, was? Ihn zu beruhigen? Ihn seines guten Willens zu versichern? Plötzlich fiel Ouyang wieder ein, dass Zhu ihm Gelegenheit gegeben hatte, sich zum Pinkeln zurückzuziehen. Nicht nur hatte er Ouyangs ungewöhnliche Bedrängnis wahrgenommen, er war sogar (törichterweise) das Risiko eingegangen, die Angelegenheit mit Takt zu behandeln. Kein anderer Mann, den er je gekannt hatte, dachte Ouyang gequält, hatte gewusst, wie es war, anders zu sein. Wie es sich anfühlte, mit Tätigkeiten zu ringen, die allen anderen so leichtfielen, oder von Fremden angespuckt zu werden.

Mit Mühe gelang es Ouyang, seine Fäuste zu entkrampfen. Er musste nicht nachschauen, um zu wissen, dass seine Handflächen wieder bluteten. »Ich kann uns durch General Zhangs Straßensperre bringen«, sagte er heiser. »Keiner von uns beiden muss sich erniedrigen.«

»An jeder Sperre sind mehr als ein Dutzend Soldaten postiert.« Zhu zog sich bereits bis auf seine Unterkleider aus. »Ihr seid ein fantastischer Kämpfer, Herr General, aber das sind sogar für Euch zu viele.« Er lächelte schief. »Außerdem macht es mir nichts aus. Ich weiß, wer ich bin, Frauenkleider hin oder her.« Er schlüpfte in das Gewand. An der Seite hingen Bänder herab. Zhu nahm die Zähne zu Hilfe, um sie mit einer Hand zu knoten. Dann zog er sich Nadel und Spange aus dem Haar, sodass es ihm offen auf die Schultern fiel. Aus der nun leeren Tasche holte er ein Haarband, runzelte dann jedoch die Stirn. »Frisuren sind schwer mit einer Hand.« Er hielt Ouyang das Haarband hin. »Könnt Ihr das übernehmen? Steckt mir die Haare zu einem einzelnen Knoten auf, wie eine verheiratete Frau ihn tragen würde.«

Hastig trat Ouyang einen Schritt zurück. Erfolglos versuchte er, nicht daran zu denken, wie General Xus Fingerspitzen über Zhus Kopfhaut gewandert waren. »Ich werde Euch ganz sicher nicht bedienen!«

»Davon habe ich ja auch kein Wort gesagt«, konterte Zhu ungeduldig. »Ich habe Euch vielmehr gebeten, mir zu helfen. Wer ist denn überhaupt schuld an der ganzen Sache? Übernehmt ein wenig Verantwortung! Ihr hättet eins meiner Augen blenden oder mir eine Beleidigung in die Stirn ritzen können. Aber nein, es musste ja die Hand sein!«

»Wenn sie in den Karren schauen, ist Euer Haar das geringste Problem!«, knurrte Ouyang. »Ihr seid viel zu hässlich! Niemand würde Euch für eine Frau halten.«

Zhu verdrehte die Augen. »Es gibt auch hässliche Frauen! Was für ein merkwürdiges Leben Ihr geführt haben müsst, dass

Ihr bisher nur hübsche getroffen habt. Das passiert, wenn man in einem Palast aufwächst! Ich bin eine durch und durch glaubwürdige Frau. Wir haben jedenfalls keine Zeit zum Streiten.« Er kletterte in den Karren, nahm den bewusstlosen Jungen in die Arme wie eine besorgte Mutter ihr krankes Kind und bedeutete Ouyang, den Vorhang zuzuziehen. »Ihr führt das Pferd!«

Die Straßensperre war aus Holz errichtet und nicht besonders beeindruckend, aber wie Zhu gesagt hatte, war sie mit reichlich Soldaten bemannt. General Zhang wollte verhindern, dass sich feindliche Spione, Saboteure und Provokateure zwischen der Front und dem Herrschaftsgebiet der Familie Zhang frei bewegten.

»Stehen geblieben!« Ein Soldat kam Ouyang entgegen. »Wohin des Wegs?«

»Meine Gattin und ich haben unseren kranken Sohn zum Arzt in der Stadt gebracht und sind nun auf dem Heimweg«, sagte Ouyang steif. Er tat sein Bestes, um Zhus südlichen Akzent nachzuahmen.

Der Soldat wirkte so verwirrt, dass Ouyang sich fragte, was für eine Rolle er gerade gespielt hatte: einen Bauern? Einen Mönch? Jemand ganz anderen? Aber der Soldat sagte bloß:

»Wir schauen rasch in deinen Wagen, dann kannst du passieren.«

Unruhig beobachtete Ouyang, wie der Soldat zum Karren ging. Er musste an seine eigenen Männer denken, die in ähnlichen Situationen dazu neigten, Frauen mit größerer Genauigkeit in Augenschein zu nehmen, als unbedingt erforderlich wärc. Was, wenn dem Soldat Zhus flache Brust auffiel? Er hörte ihn undeutlich im Karren sprechen und stellte angewidert fest, dass er noch höher sprach als sonst: Seine ohnehin helle Stimme klang nun wirklich wie die einer Frau. Doch das machte seinen Auftritt nur noch lächerlicher. Wer in aller Welt würde diese Stimme mit Zhus kleinem, sehnigem Leib in

Einklang bringen, mit dem kantigen Kinn und der knochigen, vorgewölbten Stirn in dem braunen Gesicht?

Doch zu seiner großen Überraschung kam der Soldat zurück und nickte ihm zu. »Du kannst durch.« Die anderen zogen die Straßensperre beiseite, und der Soldat fügte hinzu: »Deine Frau sieht zu jung aus, um ein Kind in dem Alter zu haben. Tja, aber ich schätze, wenn's im Dorf keine Weiber gibt, heiratet man lieber eine Zehnjährige, als sich mit den Kühen und Hündinnen zu begnügen ...«

Ouyang konnte gar nicht schnell genug wegkommen. Endlich war die Sperre aus dem Weg. Steif neigte er den Kopf. »Dann verabschieden wir uns nun.«

Zu spät merkte er, dass er den Nan-Akzent vergessen hatte. Das Gesicht des Soldaten nahm einen misstrauischen Ausdruck an. »Woher kommt ihr, hast du gesagt?«

Dann schien alles ganz langsam zu gehen: Der Soldat zog sein Schwert, setzte die Spitze unter den Rand von Ouyangs Hut und hob ihn.

Sie blickten einander an. Der Soldat fuhr zurück. »Du bist ja ...«

Im Teehaus hatte Zhu recht gehabt: Ouyang wusste sehr gut, wie es war, Kränkungen hinunterzuschlucken. Wieder und immer wieder hatte er das getan, auch wenn es war, als füllte er seinen Magen mit glühenden Kohlen. Nun tat er, was er immer hatte tun wollen, wenn jemand voller Abscheu vor seinem Gesicht zurückgewichen war.

Er entwand dem Mann das Schwert und schlitzte ihm damit den Bauch auf.

Die anderen Soldaten stürzten sich auf ihn. Gut ausgebildet mochten sie sein – darauf legte General Zhang bei allen seinen Männern großen Wert. Aber es waren immer noch gewöhnliche Soldaten, während Ouyang sich schon seit seiner Kindheit auf seine Bestimmung vorbereitete.

Es war im Nu vorbei.

Er ließ das fremde Schwert auf den Leichenhaufen fallen und marschierte zurück zum Karren. Zhu war ausgestiegen. Lächerlich sah er aus in dem Gewand mit den flatternden Röcken. Mit offenem Mund starrte er Ouyang an. Tatsächlich hatte Zhu ihn bisher bloß aus der Ferne kämpfen sehen; oder halb verdurstet; oder in einem Duell, das Ouyang in die Länge gezogen hatte, um mit seinem Gegner zu spielen (ehe er ihn schließlich verstümmelt hatte). Das belustigte ihn beinahe: Selbst Zhu, der ihn auf so unheimliche Weise zu verstehen schien, hatte nicht gewusst, wozu er wirklich fähig war.

Er wischte sich die blutigen Hände an seinen ebenfalls blutbespritzten Kleidern ab und ergriff den Führstrick des klapprigen Pferdes. »Es wäre schneller gegangen, hätten wir es gleich so gemacht. Alsdann!«

☯

»Ein Sohn ist der größte Schatz eines Mannes«, sagte Zhu zu dem Jungen, der in der Mitte des Kommandozelts gefesselt auf einem Stuhl saß. Er war ein ganz gewöhnliches Kind. Sein Haar war noch knabenhaft mit einem Band zurückgebunden, aber ganz offensichtlich schoss er gerade in die Höhe wie eine Bohnenranke. »Und was bist du doch für ein Schatz, junger Herr Zhang! Aber sorge dich nicht: Ich habe kein Interesse daran, die Sache hier in die Länge zu ziehen, und ich wette, auch deinen Vater wird es nach einer raschen Lösung verlangen. Du bist bald wieder zu Hause.« Sie klopfte dem zitternden Jungen auf die Schulter und zog ihm dann das Band aus dem Haar.

Xu Da trat zu ihr. »Soll ich es General Zhang gleich überbringen lassen?«

Gerade da kam Jiao ins Zelt. Ungehobelt wie eh und je eilte er stumm an ihnen vorbei. Er trug eine Ledertasche mit chirurgischen Instrumenten und zwei Schalen in verschiedenen Größen.

Xu Da versteifte sich. Er zog Zhu ein Stück von Jiao und dem Jungen fort und fragte leise: »Reicht denn das Band wirklich nicht aus?«

Auch wenn er nicht so weit ging, geradeheraus Einwände zu erheben, war klar, dass er Bedenken hatte. Das war nachvollziehbar: Was Zhu vorhatte, war unerquicklich. Aber auf der anderen Seite ... »Wenn wir General Zhang bloß milde beunruhigen, gibt er nicht auf, sondern geht nur noch härter gegen uns vor. Das hilft uns nicht. Nein, jetzt liegt er auf dem Rost, da müssen wir das Feuer unter ihm auch anzünden.« Sie ergriff seine Hand und drückte sie, um ihm zu sagen, dass sie es sich zwar nicht anders überlegen würde, aber seine Gefühle in dieser Angelegenheit verstand. »Ich würde es nicht tun, wenn es nicht sein müsste. Und ich gehe nur so weit wie nötig.«

Jiao Yu hatte sich neben den Stuhl gehockt und den Puls des Jungen genommen. »Wir haben hier einen gesunden jungen Mann«, verkündete er.

Xu Da hätte nie getan, was Zhu zu tun gedachte – nicht einmal, wenn er gewusst hätte, dass es der einzige Weg zum Sieg war. Zhu hatte durchaus Mitleid mit dem verängstigten Kind, sonst fiele es ihr leichter. Im Unterschied zu ihrem alten Rivalen Chen Youliang, dem es Befriedigung verschaffte, Männer bei lebendigem Leib häuten zu lassen, war Zhu nicht gern grausam. Es war unangenehm, Leiden mitanzusehen, ganz ausgesprochen sogar. Doch nicht ohne Grund war sie König und würde eines Tages Kaiser sein: Sie war stark genug, die Konsequenzen dessen zu tragen, was getan werden musste.

»Mach weiter«, sagte sie zu Jiao.

Der Junge war bleich. Als Jiao ihm am Oberarm eine Aderpresse anlegte, biss er sich die Unterlippe blutig, weinte aber nicht.

Zhu merkte, dass er ihre Holzhand anstarrte. Sie schüttelte ihren Ärmel darüber und lächelte ihn beruhigend an. »Keine

Angst, kleiner Bruder. Wir schneiden dir nichts ab.« *Zumindest jetzt noch nicht.* »Der Mann hier wird dir auch nicht wehtun.«

Jiao holte eine Nadel aus seiner Lederhülle. Er wirkte so konzentriert und kühl, als arbeitete er in seiner Werkstatt an einem Stück Metall. Kurz fragte Zhu sich, ob das nicht noch schlimmer war als Chens Lust. Jiao stach dem Jungen die Nadel in die Armbeuge, stellte die kleine Schale auf und lockerte die Aderpresse.

»Schau nicht hin«, sagte Xu Da ruhig zu dem Jungen.

Aber der Junge hatte ihn nicht gehört. Entsetzt sah er zu, wie aus der hohlen Nadel ein Rinnsal Blut in die kleine Schale lief.

Als sie voll war, reichte Jiao sie Xu Da und zog die Aderpresse fester. Das Blut tropfte nun langsamer in die größere Schale. Den inneren Rand hatte er mit einer Reihe horizontaler Linien markiert. Gemeinsam beobachteten sie, wie der Blutspiegel sich allmählich zur ersten Markierung hob. Dem Jungen entrang sich ein Wimmern.

Zhu dachte daran zurück, wie sie gestaunt hatte, als sie zum ersten Mal eine von Jiaos Wasseruhren gesehen hatte. Doch dies war eine Blutuhr: Sie maß die noch verbliebenen Herzschläge. Entschlossen unterdrückte sie das Grauen, das in ihr aufsteigen wollte. Dies war die Herangehensweise, die den günstigsten Ausgang versprach. Sie würde nicht aus Zimperlichkeit davor zurückschrecken.

»Jiao zufolge verkraften es die meisten jungen Menschen, ein Viertel ihres Bluts zu verlieren, ohne dass es negative Folgen hat«, erklärte sie Xu Da. »Etwa diese Menge kann die große Schale auffangen. Schick den Boten mit dem Haarband und der kleinen Schale los. Er soll General Zhang ausrichten: Wenn er rechtzeitig kapituliert, behält der Junge keinen bleibenden Schaden zurück.«

Sie wandte sich Jiao zu. »Wie viel Zeit haben wir?«

Jiao blickte auf die Linien in der Schale. »Bis zur Stunde der Schlange.« Nüchtern fügte er hinzu: »Da sich die physiologischen Merkmale jedes Individuums unterscheiden, könnte es leichte Schwankungen geben.«

»Geh gleich!«, sagte Zhu zu Xu Da.

☯

Längst stand auf der Ebene kein rosarotes Gras mehr. So weit das Auge reichte, war alles aufgewühlte Erde. Triumphal ritt Zhu in ihrer goldenen Rüstung von der Front ihres Heers auf General Zhang zu, dicht gefolgt von Xu Da und Ouyang. In der aufgehenden Herbstsonne schmolz der Raureif der Nacht und stieg als wabernder weißer Nebel auf. Er reichte ihren Pferden bis an die Brust und leuchtete hell im Morgenlicht.

General Zhang kam allein, um seine Kapitulation zu erklären. Sein Heer in der Ferne wirkte wie eine Flotte auf einem Wolkenmeer. Die Rüstungen gleißten in der Sonne, ein Feuer aus Bronze und Gold.

Es war das erste Mal, dass Zhu den General von Nahem sah. Sein Haar war zu einem Knoten aufgesteckt. Die Form seiner geschwungenen Haarlinie erinnerte sie an eine fliegende Gans und wirkte ebenso kummervoll wie die seiner Augenbrauen. Gemeinsam mit der schwermütig gefurchten Stirn verlieh das seinem Gesicht einen Ausdruck stiller, müder Würde.

»Seid gegrüßt, o strahlender König, mein geschätzter Gegner«, sagte General Zhang. Eigentlich war er kein schöner Mann, doch sah man ihm die Tiefe seiner Gefühle an, und diese Empfindsamkeit, auch wenn die Einzelheiten verborgen blieben, verlockte das Auge geradeso wie Ebenmaß. Weder wirkte er wütend noch beschämt, doch schicksalsergeben, voll Bedauern. Er blickte an Zhu vorbei. »Sei auch du gegrüßt, mein alter Freund. Nie hätte ich gedacht, dass wir einander so wiedersehen würden.«

Zhu war überrascht, als Ouyang steif erwiderte: »Ich erbitte deine Vergebung, Zhang Shide.«

General Zhang neigte den Kopf. »Wir beide sind an unsere Obliegenheiten gebunden. Wer unter uns verstünde das nicht? Ich wusste immer, dass du nach deiner Pflicht handeln würdest. Wie könnte ich dir das verübeln?«

Der Nebel hob sich und mit ihm die dumpfe Stille ringsum. In den Bäumen am Rand der Ebene riefen die Vögel. Dahinter wellte sich das Land und ging in die Zhenjiang-Hügel über.

»Mein Sohn ... Wie geht es ihm?«

»Er ist unversehrt«, erwiderte Zhu. »Kaum erreichte uns Eure Kapitulation, haben wir die Uhr angehalten.« Da sie glaubte, dass es ihn erfreuen würde, fügte sie hinzu: »Seine Tapferkeit macht seinem Vater alle Ehre.«

Es freute ihn tatsächlich. »Ich habe Euch unterschätzt, Zhu Yuanzhang. Nach Eurem Sieg über General Ouyang habe ich Euch natürlich ein gewisses Maß an Feldherrenkunst zugeschrieben. Doch nun sehe ich, dass Ihr darüber hinaus Qualitäten habt, die mich an meine eigene Königin gemahnen.«

»Unehrenhafte Qualitäten?«, fragte Zhu trocken.

Er nahm es mit Humor. »Ich will Euch nicht beleidigen. Ich beziehe mich nur auf die Gabe, Gelegenheiten zu erkennen, die andere Anführer vielleicht aus Zögerlichkeit verstreichen ließen.«

»Eure Königin und ich haben recht viel gemein, wie ich glaube«, sagte Zhu. »Es ist ein Jammer, dass sie und ich einander nicht unter günstigeren Umständen kennengelernt haben. Ich hoffe, Ihr könnt die Wogen für uns glätten, Herr General.«

»Ich ...«

Plötzlich scheute Zhus Pferd. Aus dem Augenwinkel sah sie eine Bewegung, und etwas zischte durch die Luft. Im selben Moment warf sich Ouyang nach vorn und riss General Zhang aus dem Sattel, während Xu Da bereits auf die Bäume zusprengte. Erst jetzt ging Zhu auf, dass es ein Pfeil gewesen war. Weitere folgten nicht, aber einer hatte gereicht. Zhu beruhigte ihr Pferd.

Ouyang hockte umringt von seinen Geistern auf dem Boden und hielt General Zhang in den Armen. Blut war ihm aus der Pulsader bis ans Kinn gespritzt; es war so hell, dass es nicht einmal wie Blut aussah. Zhu dachte an die rot angemalten Lippen eines Mädchens; den aufblitzenden roten Kragen eines Spechts. Die Spitze des Pfeils und eine Handbreit des Schafts ragten seitlich aus dem Hals.

»Tja«, sagte sie ärgerlich. »Der kam nun nicht von uns!«

»Der Reiskübel«, sagte Ouyang mit unerschütterlicher Gewissheit, und sofort sah Zhu das Spottplakat vor sich: den Bruder mit dem Hahnrei-Hut. »Die Schande war unerträglich für ihn. Das ist seine Rache.«

Sowohl mit Schande als auch mit Rache kannte sich Ouyang wohl aus. Zhu betrachtete die Leiche des Generals. Sie wirkte zusammengeschrumpft, eingesunken, als wären mit dem letzten Atemzug Seele und Qi aus dem Leib gewichen und hätten einen Hohlraum hinterlassen. Zhangs Miene hingegen war noch immer kummervoll.

»Er hat das Gesicht eines Mannes, der sich an die tragischen Erlebnisse all seiner vergangenen Leben erinnert!«, sagte sie. »Wie's scheint, ist er dem Unglück auch in diesem Leben treu geblieben. Er hätte den Reiskübel früher zur Strecke bringen sollen.«

Ouyang hielt General Zhang offenkundig für den Inbegriff des Edelmuts, aber Zhu war anderer Ansicht. Sein Herz hatte vielleicht gezaudert, den Bruder zu verraten, aber der leiblichen Begierde hatte er doch recht bereitwillig nachgegeben. Sobald er das erste Mal mit der Gemahlin seines Bruders geschlafen hatte, hatte er ihrer beider Schicksal besiegelt: Einer würde den anderen umbringen müssen. Danach noch zu schwanken, machte ihn nicht zu einem guten, noblen Menschen. Es zeigte nur eins: Er war davor zurückgeschreckt, sich die Schuld des handelnden Bruders aufzuladen.

Es hatte ihn verlangt, aber er war nicht stark genug gewesen, das Leid zu ertragen, das sein Verlangen unweigerlich nach sich zog. Für seine Schwäche hatte er nun mit dem Leben bezahlt.

Xu Da kam zurück. Er rang nach Atem und sah blass aus. Auf seiner Unterlippe schimmerte dunkel ein wenig Blut. Vielleicht hatte er sich darauf gebissen; sie musste schauen, ob sie später ein wenig Wollwachs für ihn auftreiben konnte.

»Ich hab ihn nicht erwischt«, sagte er. »Und …«

Zhu folgte seinem Blick zu General Zhangs Heer und begriff, was er meinte. Die Männer konnten aus der Ferne nur gesehen haben, wie ihr General zu Boden gestürzt war. Sie mussten davon ausgehen, dass Zhu den Verhandlungsfrieden gebrochen und ihn ermordet hatte. Was, wie sie dachte, nicht gerade weit hergeholt war. Immerhin hatten Ouyang und sie beide den Ruf erworben, Verräter zu sein.

»Die Kapitulation müssen wir uns wohl aus dem Kopf schlagen, aber es war nicht alles umsonst: Ohne General Zhang sollten wir die Armee schlagen können.« Sie wandte sich Xu Da zu. »Führe du den Angriff«, befahl sie. »Wenn du dir die allgemeine Verwirrung und die Führungslosigkeit der Soldaten zunutze machst, kannst du die Schlachtenreihen brechen und sie zum Rückzug zwingen. Greif sofort an!«

Ouyang legte General Zhang ab. Ehe er sich erhob, legte er ihm eine Hand auf die gepanzerte Schulter und murmelte: »Ich bin froh, dass du nicht erfahren musstest, wer dich auf dem Gewissen hat.«

War das von Belang? Zhu betrachtete Ouyangs Geister mit den leeren Augen. Die Toten waren tot. Nichts kümmerte sie mehr. Nur die Lebenden fühlten und begehrten. Nur sie ketteten sich an die Vergangenheit und redeten sich ein, alles, was sie taten, täten sie für die Toten.

Ouyangs gut ausgebildete schwarze Stute war in der Nähe geblieben. Ihre Ohren bewegten sich, als folgten sie den dahintreibenden Geistern ihres Herrn. Ouyang schwang sich wieder in den Sattel.

»General Xu leitet den Vorstoß«, sagte Zhu. »Für Euch habe ich eine andere Aufgabe. Kommt mit.«

☯

Als Ouyang vor Zhus Kommandozelt absaß, flog etwas auf seinen Kopf zu, und er fing es aus der Luft: Zhus Säbel in der Scheide. Als er seine nüchterne Miene sah, wurde ihm bewusst, wie sehr er sich daran gewöhnt hatte, Humor in diesem Insektengesicht zu sehen, entweder an der Oberfläche oder darunter. Ohne eine Spur dieses Humors bot Zhu einen schaurigen Anblick.

»Jetzt, da sein Vater tot ist …«

Ouyang bedurfte keiner weiteren Erklärung. »Ich weiß.«

Der Junge war in ein Gefängniszelt am Rand des Lagers gebracht worden. Er trank gerade Medizin aus einem Schälchen, als Ouyang hereinkam. Seine Lippen waren noch bleich, aber ansonsten wirkte er gesund. Eine seiner Hände war ans Zeltgerüst gefesselt. Der Junge sah seinem Vater ähnlich, aber seinen Zügen fehlte die Bewegtheit und Ausdruckskraft, die General Zhangs Antlitz so anziehend gemacht hatten. Seine Haut hatte ihre kindliche Zartheit schon verloren und war fettig und uneben.

Wortlos löste Ouyang die Fesseln, und der Junge sackte erleichtert ein wenig in sich zusammen. Ouyang wusste, was er dachte: Er hatte es überstanden; sein Vater hatte einen Handel mit Zhu abgeschlossen, um ihn zurückzubekommen; alles würde ein gutes Ende nehmen. Abrupt war er verärgert. Der Junge war überhaupt erst in diese missliche Lage geraten, weil er das Anwesen in Zhenjiang entgegen dem Wunsch seines Vaters verlassen hatte. Er war leichtsinnig gewesen und hatte feststellen müssen, dass seine Taten Konsequenzen hatten. Warum schämte er sich nicht, dass er seinen Vater entehrt und enttäuscht hatte? Warum fühlte er sich nicht schuldig?

Ouyang war zehn gewesen, als er sich die Last der Familienehre auf die Schultern geladen hatte, in dem Wissen, dass sein Leiden ihm nichts als Hohn und Verachtung einbringen würde. Zehn, als er ganz allein hatte zurechtkommen müssen. Doch dieser Junge, der schon weit älter war, hatte noch nie einen Schritt getan, ohne sich dabei auf seinen Vater zu verlassen. Welchen Sinn hatte es, einen Knaben vor Schmerz und Verantwortung abzuschirmen, sodass er lebte wie in einem Traum? Ouyangs Verärgerung verwandelte sich in rasende Ungeduld. Es war, als hätte man einen verwundeten Soldaten vor sich, der aus Furcht vor Schmerzen seinen verklebten Verband nicht wechseln lassen wollte. Natürlich würde es wehtun! Und auch die Wandlung vom Knaben zum Mann war qualvoll. Aber wollte man deswegen immer ein Kind bleiben? Die Welt war ungerecht, und einen erwartete nichts als Leid. Das musste jeder irgendwann lernen.

Widerspruchslos folgte der Junge Ouyang in das Bambuswäldchen hinter dem Lager. Seine Stiefel waren so neu, dass die Sohlen noch weiß waren. Unbeholfen rutschte er damit über die gefallenen Blätter. Schließlich blieb Ouyang stehen, und der Junge schaute sich nach den Männern seines Vaters um. Aber in dem flüsternden grünen Hain war niemand. Man hörte keinen Hufschlag, und durch die dichten Stangen war nirgends eine vertraute Uniform zu erspähen. Sie waren allein.

»Verehrter Herr General ... Schickt Ihr mich nicht zurück?« Der Stimmwechsel des Jungen hatte gerade begonnen. Selbst wenn das hier nicht sein Ende wäre, dachte Ouyang bitter, hätte sich sein Betragen ihm gegenüber bald geändert. Dies war der Respekt eines Kindes, das noch nicht gelernt hatte, zwischen einem Mann und einem Eunuchen zu unterscheiden.

»Dein Vater ist tot«, sagte er.

Er konnte mit ansehen, wie die Worte den Traum des Jungen zerbrachen. Wie befriedigend, diese privilegierte Unschuld in Scherben zu schlagen! Es war beinahe ein kleiner Racheakt.

»Aber er hatte doch kapituliert!« Das Gesicht des Jungen wurde weiß. »Wart Ihr es? Habt Ihr ihn umgebracht?«

Was sonst würde man von einem wohlbekannten Verräter erwarten? »Ja«, log Ouyang.

So war es besser. Was nützte es, dem Jungen zu verraten, dass sein Onkel den Mord an seinem Vater in Auftrag gegeben hatte? Er konnte nichts mehr deswegen unternehmen. Er würde wie ein hilfloses Kind sterben, wie ein ungewolltes Kätzchen. Sein Tod wäre bedeutungslos. Schlimmer noch: Er stürbe ohne Ehre!

Er hielt dem Jungen den Säbel hin. »Da.«

Aber der Junge rührte sich nicht. Angewidert sah Ouyang, dass sich sein Gesicht verzerrt hatte und ihm der Rotz aus der Nase lief. »Warum?«, schluchzte der Junge. »Warum habt Ihr das getan? Er mochte Euch! Er hat mit solcher Achtung von Euch gesprochen …«

»Ich musste es tun«, sagte Ouyang mit eisiger Selbstbeherrschung. In gewissem Sinne stimmte das sogar: Hätte General Zhang ihm im Weg gestanden, dann hätte er ihn niedergestreckt, ungeachtet seines Respekts und seiner Zuneigung. *Wie sollte Freundschaft mich auch zurückhalten, nach allem, was ich bereits getan habe?* Am Rande war er sich bewusst, dass ihn eine Flutwoge des Schmerzes zu verschlingen drohte; verzweifelt klammerte er sich an seine Abscheu vor dem Jungen, als könnte ihn das retten.

»Ich musste es tun«, wiederholte er. »Und du musst das hier tun. Oder willst du, dass ich dich erschlage wie eine Ratte? Nimm das Schwert!«

Doch der Junge war nicht mehr imstande, ein Wort hervorzubringen. Er schluchzte, dass es ihn schüttelte. Ouyang starrte ihn hasserfüllt an. Begriff der dumme Bengel nicht, dass ihm ermöglicht wurde, seinem Tod Bedeutung zu verleihen? Dankbar hätte er sein sollen! Wollte er wirklich die letzten Augenblicke seines Lebens furchtsam vergeuden? Einen schmachvollen Tod sterben? Sich weigern, ein Mann zu sein?

Jäh packte ihn das heftige Verlangen, die Angst des Jungen in der Faust zu zerquetschen, bis sie zwischen seinen Fingern hervorquoll wie eine Schnecke aus ihrem zerstörten Haus. »Du bringst Schande über dich und deine Familie! Fehlt es dir an Mut? Müssen deine Ahnen mitansehen, wie du den Namen deiner Familie entehrst, weil du Erbärmlicher es nicht fertigbringst, deine Pflicht zu tun? Ich gebe dir die Gelegenheit, deinen Vater zu rächen! Hör auf zu heulen wie ein Kind und versuche es!«

Der Wind rieb zwei Bambusstangen übereinander. Das unregelmäßige Quietschen ging Ouyang durch und durch.

Langsam hob der Junge den Blick. Mit Genugtuung sah Ouyang, dass es ihm gelungen war, ihn an seine Schande zu erinnern. Darüber war er froh. Es wäre nicht richtig gewesen, wäre General Zhangs Sohn wie ein wimmernder Säugling gestorben.

Der Junge nahm den Säbel entgegen. Seine Hände zitterten so sehr, dass es ihm erst nach mehreren Anläufen gelang, ihn aus der Scheide zu ziehen. Ouyang stand vor ihm, ohne Rüstung und ohne Schwert. Doch seine eigene Verletzlichkeit weckte nichts weiter in ihm als Selbsthass. Was bedeutete es schon, unbewaffnet zu sein, wenn man selbst die Waffe war?

Der Junge griff an.

Am Ende machte er doch noch eine gute Figur. Er verschrieb sich ganz dieser letzten Anstrengung – nicht um des Überlebens willen, sondern um alle Welt stolz zu machen, ein Mann zu sein, den Erwartungen zu entsprechen. Und er schlug sich nicht schlecht. General Zhang hatte ihn gut ausgebildet.

Aber Ouyang hatte so viel Zeit auf dem Schlachtfeld verbracht.

Kurz war es, als trennten sich Geist und Leib. Von einem Moment auf den anderen hielt er den blutigen Säbel in der Hand, und der Junge lag zuckend am Boden.

Mit einem Mal kam Ouyang die Situation unwürdig vor. Es war deutlich schwerer, Ehrenhaftigkeit und Sinn zu erkennen, wenn von dem Menschen nur noch sterbendes Fleisch übrig war. Er sank in die Hocke und brachte es zu Ende. Noch ein Sohn tot, wie der Vater.

Als Ouyang sich einst auf seinen Rachefeldzug begeben hatte, hätte er niemals für möglich gehalten, dass er einmal das Gesicht seines Vaters vergessen könnte. Für ihn hatte er das alles getan. Doch nach den vielen Jahren war nur sein Verlangen nach Rache unverändert geblieben – die Erinnerung war verblasst. Zhu hatte ihn gefragt, wie sein Vater ausgesehen hatte. Ouyang wusste es nicht mehr.

Erst als er den Jungen aufheben wollte, bemerkte er den Schnitt auf der Innenseite seines linken Unterarms. Das Blut durchtränkte bereits den aufgeschlitzten Ärmel. Fasziniert starrte er auf die Verletzung hinab. Beinahe schien sie nichts mit dem Jungen zu tun zu haben – es war, als hätte sie sich geöffnet, weil er selbst es gewollt hatte.

Und dann kam der Schmerz. Ein erlesener weißer Schrei durchzuckte ihn wie ein Blitz einen Baum, und sein Selbst erlosch in jenem Gleißen, das die Welt verschlang.

Pulsschlag um Pulsschlag kam er wieder zu sich. Noch immer hockte er neben dem Jungen. Der Schmerz war genau das, was er gebraucht hatte, aber es war zu schnell vorbei gewesen. Hätte die weiße Leere doch nur länger angehalten!

Er erhob sich, den toten Jungen auf den Armen. Wenigstens würde er neben seinem Vater liegen, am Rand der Ebene unter den Bäumen. Das Gras würde wieder wachsen, und ihr Doppelgrab würde das schimmernde, wogende Meer überblicken. Im ewigen Wechsel der Jahreszeiten würde es die Farbe wechseln: Aus rosarot würde weiß, aus weiß rosarot.

Gegen seinen Willen erinnerte er sich an das einsame Grab auf jener grasigen Aue.

Könnte er sich doch so tief schneiden, dass er dies nicht empfinden müsste! Würde der Schmerz doch nur ewig währen.

☯

Zhu entließ den Boten, der ihr die neusten Nachrichten überbracht hatte: Xu Da hatte dem Heer der Familie Zhang eine vernichtende Niederlage beigebracht, und nun war es im Rückzug begriffen. Dann nahm sie die Holzhand ab. Was für eine Erleichterung! Sie hatte sie ohne Unterbrechung getragen, seit sie mit Ouyang nach Zhenjiang aufgebrochen war, und nun schmerzte ihr Stumpf.

Sie legte sie beiseite, da kam Ouyang herein. Wortlos legte er ihren Säbel in der Scheide auf den Schreibtisch. Ihr Blick blieb an seinen Fingernägeln hängen. Sie mussten so groß wie ihre eigenen sein, aber an der Hand eines anderen Menschen kamen sie ihr plötzlich winzig vor. Sie waren schwarz gerändert. Er musste den Jungen gleich begraben haben. Xu Da und Yuchun hätten sich beide gesträubt, hätte sie ihnen diese Aufgabe übertragen wollen. Sie hätten gesagt, ein Junge sei harmlos. Eben deshalb hatte sie Ouyang geschickt. Niemand wusste besser als er, was geschah, wenn man die Dinge nicht zu Ende brachte. Wenn man einen Jungen am Leben ließ, der glaubte, man habe seinen Vater umgebracht.

Prompt musste sie an etwas denken, das sie selbst nicht zu Ende gebracht hatte: die Sache mit Chen Youliang. Konnte er hinter den Plakaten stecken, die die Familie Zhang zu Fall gebracht hatten? Er hatte sich in Wuchang niedergelassen, aber wenn man seine derzeitigen Mittel in Betracht zog, müsste es noch Jahre dauern, bevor er eine ernstzunehmende Drohung an ihrer Westgrenze darstellte. Chen hatte jedoch Geschick für Politik. Gut möglich, dass er zu derart hinterlistigen Methoden griff, um die anderen Machthaber in der Gegend zu schwächen. Allerdings hegte er bitteren Groll gegen Zhu, weil sie die Führung der Roten Turbane an sich gerissen hatte. Da schien es unwahrscheinlich, dass er General Zhangs Tod in die Wege geleitet haben sollte, denn immerhin brachte es sie dem Thron ein Stück näher.

Sie sah den Kaiserthron, ihr Ziel, so deutlich wie das Licht am Ende eines langen, dunklen Gangs. Doch kurz überkam sie Unbehagen: Ihr war, als bewegte sich etwas Unerkennbares in der Finsternis ringsum.

Sie wandte ihre Aufmerksamkeit wieder Ouyang zu und stellte fest, dass er blutbesudelt war. Das hatte sie nicht erwartet – schließlich hatte er nur ein unbewaffnetes, ahnungsloses Kind gemeuchelt. Sie musterte ihn eingehend: Über die Innenseite seines linken Unterarms zog sich ein langer Schnitt. Er trug Kleidung im mongolischen Stil, und sein enger Satinärmel hatte sich bereits vom Handgelenk bis zum Ellenbogen mit Blut vollgesogen.

»Ihr habt mit ihm gekämpft?« So viel dazu, dem Jungen die Angst zu ersparen.

»Ich habe ihm gestattet, ehrenvoll zu sterben«, korrigierte Ouyang sie. Nach einem Augenblick fügte er steif hinzu: »Das hat er verstanden. Er ist tapfer in den Tod gegangen. Sein Vater wäre stolz auf ihn gewesen.«

Aber war es Tapferkeit, wenn ein Junge ein Schwert ergriff, weil es von ihm erwartet wurde? Weil ein Erwachsener ihm eingeredet hatte, dass es keinen anderen Weg gab?

»Für einen Sterbenden muss Ehre ein schwacher Trost sein«, sagte sie trocken. »Ich würde es jederzeit vorziehen, am Leben zu bleiben. Schiebt Euren Ärmel hoch!«

Ouyang warf einen flüchtigen Blick auf die Wunde, als wäre ihm noch gar nicht in den Sinn gekommen, dass sie ein Grund zur Sorge sein könnte. »Weshalb?«

»Wollt Ihr das genäht haben oder nicht?«

»Von Euch?« Er war überrascht, vor allem aber herablassend. »Flickschusterei mit einer Hand kann ich selbst betreiben.«

»Flickschusterei? Ich bitte Euch!«, sagte Zhu tadelnd. »Mönche haben ganz gewiss keine Diener! Im Gegensatz zu Euch habe ich meine Kleider einen Großteil meines Lebens selbst ausgebessert. Ich weiß, wie man mit einer Nadel umgeht. Außerdem habe ich – auch das im Gegensatz zu Euch – Übung darin, Sachen einhändig zu machen.« Sie schleppte ihren Stuhl in die Mitte des Zeltes. »Setzt Euch!«

Damit ging sie holen, was sie brauchte. Sie war milde erstaunt, dass er ihrer Anordnung tatsächlich Folge geleistet hatte. Als sie neben ihm niederkniete, stieß er einen erstickten, ungläubigen Laut aus.

»Kein respektabler Mann würde sich je so erniedrigen, wie Ihr es tut!«

Der Ausdruck eisiger Unnahbarkeit schien nie von seinem gequälten, schönen Gesicht zu weichen. »Ich finde nicht, dass es erniedrigend ist, jemandem zu helfen oder um Hilfe zu bitten.«

»Das ist mir aufgefallen«, sagte er angewidert. Aber nach einem Augenblick schob er achtlos den Ärmel hoch, ohne sich darum zu kümmern, dass der Stoff an der Wunde klebte.

Sie war tief: Durch das Blut schimmerte gelbes Fett. Aber das war es nicht, was Zhus Blick gefangen nahm. Ums Handgelenk trug Ouyang ein Armband aus Jade- und Goldperlen.

Ähnliche Perlen schmückten die Enden seiner Zöpfe wie die aller mongolischen Krieger. Aber Zhu wusste sofort, wessen Perlen das gewesen waren.

Sie dachte an die furchtbare Verzweiflung in Ouyangs Miene vor den Toren Bianliangs, als sein Verrat am Fürsten von Henan kurz bevorgestanden hatte. An die Qual in seiner Stimme, als er gefragt hatte, ob Esen Temür unter seinen Geistern war. Und nun dieses Andenken an den Toten, eine zu vertrauliche Würdigung für einen Freund, ja selbst für einen Bruder ...

Er hatte Esen Temür geliebt, dachte sie schaudernd. Doch nicht einmal seine Liebe zu ihm hatte ihn davon abhalten können, ihn zu ermorden.

Er zuckte nicht zusammen, als sie zu nähen begann. Halb hatte sie damit gerechnet, dass er abfällige Bemerkungen machen würde, sooft sie den Faden mit den Zähnen halten musste, um einen Knoten zu machen, aber er sagte nichts. Sie blickte zu ihm auf: Gewiss hatte er die Lippen aufeinandergepresst? Doch stattdessen war sein Blick nach innen gerichtet, und seine Züge wirkten beinahe gelöst.

Erst heute Morgen hatte er ohne große Anstrengung ein Dutzend Männer getötet. Und nun sollte ein Kind ihn im Kampf verletzt haben? Hatte er es unterschwellig gewollt? Vor ihrem geistigen Auge sah sie seine zerschnittenen Füße; seine Fäuste, so fest geballt, dass sich die Nägel in die Handflächen bohrten und das Blut zwischen den Fingern hervordrang. *Das kann nützlich sein.*

Da begriff sie, was er gemeint hatte: Nur Schmerz ließ ihn vergessen, was er getan hatte.

Sie hatte immer das Gefühl, etwas in ihr würde in Schwingung versetzt, sobald Ouyang in ihre Nähe kam. Nun war die Vibration so stark, dass es ihr schwerfiel, mit ruhiger Hand weiterzuarbeiten. Ouyang war willens gewesen, den Menschen umzubringen, den er liebte, obwohl er sein Leben durch diesen Akt in einen Albtraum verwandelt hatte. Was er wollte, wollte er um jeden Preis. Und er würde vor nichts Halt machen, würde *alles* dafür opfern.

Wie ich, dachte Zhu. Ach, wie sie sich in ihm erkannte! Ein Schauer ging durch ihr Innerstes. Dass sie einander ähnlich waren, hatte sie immer gewusst. Doch nun war es, als durchströmte die Wahrheit sie wie ihr Qi: Er war der Mensch, der ihr auf der Welt am ähnlichsten war.

Sie beugte sich über seinen Arm und biss den Faden durch. Der Blutgeruch war so stark, dass er alles andere überdeckte. Ouyang stand auf, um zu gehen.

»Wartet, Herr General.«

Sie holte sein Schwert aus einer Truhe und balancierte es auf Handfläche und Armstumpf. So bot sie es ihm dar. Er griff nicht gleich danach, aber sein Blick hing mit einem sehnsüchtigen, beinahe verzweifelten Ausdruck daran. Als sähe er kein Schwert, sondern einen verlorenen Teil seiner selbst.

»Ich weiß, Ihr seid entschlossen, so bald wie möglich nach Dadu zu marschieren und Euch dem Kanzler allein zu stellen. Es steht jedoch keinesfalls fest, dass Ihr so den Sieg davontragt. Ihr könntet sehr wohl verlieren – und dann wäre alles, was Ihr getan und hingegeben habt, vergeblich gewesen. Bevor Ihr mich getroffen habt, hattet Ihr keine andere Wahl. Aber nun möchte ich Euch etwas anderes vorschlagen.« Sein Blut an ihrer Hand wurde bereits braun. Es erinnerte sie nicht so sehr an Schlachtfeldverletzungen, sondern vielmehr an die Spuren jener monatlichen Flut auf der Innenseite von Mas Schenkeln. »Ich gebe Euch die Befehlsgewalt über Euer Heer zurück. Ihr sollt nicht länger mein Gefangener sein. Anstatt dass ich Eure Männer gegen Euren Willen führe, führt Ihr sie an meiner Seite gegen die Herrin Zhang! Und ist diese Schlacht erst geschlagen, ziehen wir gemeinsam gegen Dadu. Kämpft Schulter an Schulter mit mir, und zusammen bezwingen wir den Kanzler!«

Sie schöpfte Atem. »Wir wollen beide dasselbe – und wir wollen es so sehr, dass wir dafür alles tun, alles ertragen.« Sie hatte das Gefühl, nicht nur ihren unerschütterlichen Glauben in die Worte hineinzugießen, sondern die pure Essenz ihres Gleichseins. »Tut Euch mit mir zusammen, Herr General. Denn sind wir beide vereint, so kann uns niemand aufhalten!«

Mit gesenktem Kopf betrachtete er sein Schwert. Die tränenförmigen, mit schwarzen Perlen besetzten Schlaufen seiner ausgefransten Zöpfe strichen ihm über die Wangen. Schließlich nahm er die Waffe. Auf dem Schlachtfeld erkannte man ihn immer an seiner Rüstung, doch als er die Klinge aus der Scheide zog, sah sie, wie schlicht sie war: weder verziert noch mit einer Inschrift versehen.

Und doch hätte sie dieses Schwert überall und jederzeit wiedererkannt. Ihre rechte Hand schien sich zu materialisieren: Sie schloss sie um die Klinge, wie sie es getan hatte, als Ouyang sie ihr in den Leib gestoßen hatte. Durch dieses Schwert war sie zu dem Menschen geworden, der sie heute war. Der Resonanzton schwoll an, und Ouyangs Augen weiteten sich. Zhu erinnerte sich, wie er sie damals im Kloster angeschaut hatte, als sie aus der langen Reihe frisch geweihter Mönche herausgetreten war – lange bevor er überhaupt gewusst hatte, wer sie war. Die Verbindung zwischen ihnen nahm er ebenso deutlich wahr wie sie. Doch im Gegensatz zu ihr hatte er nie verstanden, was sie bedeutete: dass er in dieser Welt, die ihn verabscheute, nicht allein war.

»Euer Schicksalspfad und meiner führen auf denselben Ort zu, Herr General. Sie sind miteinander verflochten, seht Ihr das nicht? So war es immer schon, denn Ihr und ich – wir sind einander gleich!« Sie hielt sein Schwert in ihrer Geisterhand, aber sie waren einander so nahe, als hätte sie in seinen Leib gegriffen und sein schlüpfriges, schlagendes Herz umfasst. Ihr Atem ging im selben Rhythmus. »Helft Ihr mir?«, fragte sie.

Seine geweiteten Pupillen hatten die bernsteingefleckte Iriden verschlungen; es waren die schwarzen Augen eines Toten. Zhu blickte hinein und glaubte, sie sähe darin sein brennendes, gefoltertes Selbst. »Ja«, sagte er mit rauer Stimme.

Sie ließ sein Schwert los, doch noch immer empfand sie innige Vertrautheit mit dem einzigen Menschen auf der Welt, der wusste, wie es war, so zu begehren.

Mit dem Schwert in der Hand war seine kleine Gestalt wieder vollkommen. Als er die Zeltklappe hob, konnte sie sich nicht zurückhalten.

»Was war er für ein Mensch?«, fragte sie.

Er drehte sich zu ihr um. Sein Blick war so verwundet, als wäre sein ganzer Schmerz offengelegt. Zuerst schien es, als würde er ihr nicht antworten, aber dann sagte er, traurig und verwirrt: »Er war ganz anders als Ihr.«

10

PINGJIANG

Erstarrt standen die Dienerinnen der Königin um sie herum. Für alle Zeiten, das wusste sie, würde sich diese Szene in ihr Gedächtnis eingraben – gleich dem Krater eines Meteors, verglast durch Hitze und Schockwellen. Ihre eigene Erschütterung war schmerzlos. Es kam ihr vor, als hätte sie lediglich eine heftige, aber nicht näher identifizierbare leibliche Störung erlitten.

»Wie?«, fragte sie. Sie dachte nicht, reagierte bloß. »Wie?«

Mit gesenktem Kopf stand der Eunuch vor ihr, stumm wie ein Baum. Wie dumm und irrelevant die Frage auch war! Es war nicht von Bedeutung. Nichts war von Bedeutung, nur eins – und das war bereits gesagt worden.

Plötzlich war sie zornig. Wie konnte er es wagen? Einen Fehler zu begehen, der sich nicht rückgängig machen ließ; alles zu zerstören, wofür sie so hart gearbeitet hatte! Beinahe sah sie sein Gesicht vor sich: die Augen, dunkel und entschuldigend, die kummervoll gerunzelte Stirn. Ihr war nach Schreien zumute. Immer tat ihm alles so leid! Aber sie wollte sein Bedauern nicht. Wollte nicht, dass er still hinnahm, wenn sie ihm verletzende Worte entgegenschleuderte. *Warte nur!*, dachte sie.

Wenn er das nächste Mal zu ihr kam, würde sie es ihm zeigen! Sie würde so grausam zu ihm sein, dass er wahrhaft litt …

Wieder die schmerzlose Erschütterung.

Nein. Das war unmöglich. Er würde sich nie wieder in ihre Gemächer schleichen. Für diesen Fehler konnte sie ihn nicht bestrafen.

Sie wankte und musste sich an der Kante des Schminktisches festhalten, um nicht hinzufallen. Da begriff sie, was mit ihr los war. Sie spürte es nicht, erkannte jedoch das Muster wieder: Dieses Gefühl einer inneren Störung ging oft mit der Beobachtung einher, dass sich die zerschmetterten Knochen in ihren Füßen bewegten oder sich ihre Glieder nach einer Tracht Prügel nur steif beugen ließen. *Mein Leib hat Schmerzen.*

General Zhang war gefallen. Sie war überrascht, dass die Nachricht seines Todes sie getroffen hatte wie ein Hieb. Immerhin war er ihr bloß nützlich gewesen. Sie hatte einen Mann wie ihn gebraucht: stark der Leib, edel das Gemüt und das Herz unendlich töricht. Das hätte nicht *er* sein müssen. Ihn hatte sie nur genommen, weil er da gewesen war.

Doch dann dachte sie, heftig und abrupt, dass sie ihn geliebt hatte. Es war ein Gedanke, der nach einem Widerhall verlangte. Es hätte wehtun müssen, sodass sie sicher sein konnte, dass es auch stimmte und nicht bloß ein Wunsch war. Aber ihr Wissen um die Störung in ihrem Leib war wie eine Felswand, die sich in weiter Ferne am kalten Wüstenhorizont erhob. Sie hatte keine Ahnung, wie sie dieses Wissen in ein Gefühl verwandeln sollte.

Zusammengekrümmt stand sie da und starrte das Räuchergefäß auf ihrem Schminktisch an, da hörte sie mit einem Mal im Korridor ihren Gemahl. Auf dem Weg in ihre Gemächer, die er noch nie betreten hatte. Es war abstoßend. Mit seiner Anwesenheit entweihte er nicht nur ihr Refugium, sondern auch ihre Erinnerung …

Ein neues Gefühl blitzte auf und verwandelte sich in Wut, bevor sie es identifiziert hatte. In ihrer Vorstellung strömten all ihre Gefühle wie Wasser durch ein Labyrinth aus Kanälen, die alle ins selbe Reservoir mündeten, und aus dem speiste sich ihr nie versiegender Zorn. Aber sie war dankbar dafür. Wenigstens den Zorn konnte sie empfinden.

Als der Reiskübel hereinkam, stand die Königin aufrecht und elegant da und lächelte.

Sobald sie sein selbstgefälliges, triumphierendes Gesicht sah, wusste sie, was geschehen war. Noch immer war das »Wie« bedeutungslos. Dies war die furchtbare Wahrheit: General Zhang war nicht umgekommen – ihr Gemahl war verantwortlich für seinen Tod.

Ihr Lächeln veränderte sich nicht. Es glich dem aufgemalten Lächeln einer Porzellanpuppe; mit ihr hatte es nichts zu tun.

Ihr habt ihn ermorden lassen!

Deshalb war er gekommen. Er wollte, dass sie es wusste. Wollte sich an ihrem Schmerz weiden.

Gern hätte sie sich darauf eingelassen und ihrem verhassten Gemahl ihre Schwäche offenbart, wäre sie dafür imstande gewesen zu fühlen, was sie fühlen sollte.

Sie verneigte sich. »Diese Frau hat die traurigen Neuigkeiten vernommen. Auch wenn ihre unbedeutenden Worte ihren Gemahl in seiner Trauer wohl kaum zu trösten vermögen, möchte sie ihm doch in aller Bescheidenheit ihr Beileid aussprechen.«

Er war ihr zu nah. Sein Körpergeruch überfiel sie: Massageöl, in das sich die bittere Note seiner Heiltinkturen mischte. Unwillkürlich erinnerte sie sich, wie er auf ihr gelegen hatte, an den unebenen Seidenteppich unter ihr. Als er sie zu Boden gestoßen hatte, war sie über den Boden gerutscht, und der Teppich hatte sich zusammengeschoben. Dann sah sie das Bild von außen: ihr leeres Gesicht, ihre weißen, verdrehten Glieder; die Diener, die ausdruckslos zuschauten, wie er sie bestrafte. In Stücke brach.

»Dein Beileid?«

Wie sie sein Gesicht verabscheute; die rüpelhafte Brutalität, die es zum Leuchten brachte. Ihn erregte seine eigene Boshaftigkeit, mit der er ihr wehtun wollte. In seiner Dummheit wusste er nicht, dass Porzellan nicht blutete.

»Aber treue Gemahlin, du solltest mir gratulieren!«

Er packte sie am Kinn, wie an jenem Tag, als er das Plakat gesehen hatte. Seine Finger gruben sich in ihre Haut. Vorausschauend war er nur, wenn es um Grausamkeiten ging. Vielleicht war es auch nur Instinkt. Für ihn lag die wahre Lust nicht darin, einem Menschen Qualen zuzufügen – er wollte die ohnmächtige Gegenwehr spüren.

Die andere Hand hielt er ihr vors Gesicht. Natürlich wusste sie, was er ihr zeigen wollte, aber der Eindruck eines inneren Ungleichgewichts verstärkte sich. Erst als sie seine Genugtuung sah, merkte sie, dass sie heftig zitterte. Er war gekommen, um sich an ihrem Leid zu ergötzen, und nun hatte er, was er wollte. Dass er Erfolg hatte, fachte ihre Wut abermals an. Er raubte ihr, was sie nicht einmal selbst wahrnehmen konnte. Wie sehr wollte sie die Hülle aufschlitzen, die sie von sich selbst trennte, damit ihre Gefühle wie Eingeweide daraus hervorquollen! Aber weder Verzweiflung noch Zorn waren scharf genug, lasteten nur so schwer auf ihr, dass sie mechanisch nach Atem rang.

»Hatte er das hier, als er dich bestiegen hat? Hat er sich eingebildet, es wäre *sein?*«

In der Handfläche des Reiskübels loderte das orangefarbene Himmelsmandat. Es erstaunte sie immer wieder von Neuem, dass es lautlos brannte. Jede Lichtquelle verursachte ein Geräusch, die Sonne einmal ausgenommen.

»Zhang Shide hatte wahrlich großen Ehrgeiz! Dabei hatte er alles seiner Familie zu verdanken – mir!«

Der Anblick der Flamme in seiner Hand war so grotesk, als hielte er General Zhangs Herz oder seine Leber. Wie war es nur möglich, dass der *Reiskübel* noch am Leben war? Es schien den Naturgesetzen zuwider zu sein. Er hatte den Mord an seinem eigenen Bruder befohlen, jenem Mann, der klaglos den Erfolg der Familie gesichert hatte. Was der Reiskübel als Triumph erachtete, war in Wirklichkeit Ruin. Und dafür war ihm die Anerkennung des Himmels zuteilgeworden? Es schien zu bitter, um wahr zu sein.

Doch gleichzeitig wusste sie, dass sie dumm gewesen war: Wie hatte sie nur glauben können, ein *guter* Mann könne siegreich sein?

Der Reiskübel drehte ihr Gesicht mal hierhin, mal dorthin, als suchte er nach dem idealen Winkel, um ihren Schmerz zu bewundern. Wie ein Sammler sein Objekt nahm er sie in Augenschein. »Dich sollte ich ebenfalls umbringen, du verlogene Schlampe.«

Er umfasste ihren Hals. Sie wusste, was er wollte: Ihr Leiden hatte seinen Appetit angeregt, und ein Vielfraß stopfte sich unweigerlich alles in den Mund, was er in die Finger bekam. Sie fragte sich, ob ihr Leib Angst empfand und der Reiskübel sie spürte. In ihrem Inneren war es kalt und still; sie fühlte gar nichts.

Nach einer Weile sagte er: »Du hast Glück, dass ich ein großmütiger Mann bin. Ich vergebe dir. Für den Augenblick. Aber wenn ich Zhu Yuanzhang besiegt und Dadu erobert habe – wenn ich Kaiser bin –, dann wirst du mir beweisen müssen, dass du es noch wert bist, eine meiner Konkubinen zu sein!« Er drückte zu, bis sich das Blut in ihrem Kopf staute; dann ließ er sie los.

Zumindest unbewusst war ihm klar, dass er sie brauchte. Zhu Yuanzhang marschierte auf Pingjiang zu, würde die Stadt belagern, und sie waren ohne General. Misslich war die Lage zweifellos. Trotzdem könnte sie den Reiskübel wohl auf den Thron bringen. Aber die Vorstellung erfüllte sie mit Abscheu.

Er ging. Diesmal brach sie nicht zusammen, was ihr wie ein weiteres Versagen vorkam: Sie war nie ehrlich mit Zhang Shide gewesen, und nun konnte sie nicht einmal ehrlich um ihn trauern. Ihr kam der merkwürdige Gedanke, dass sie vielleicht gar kein Mensch war, sondern ein Geist, der Besitz von einem Leib ergriffen hatte. Und nur Zhang Shide, der das Mandat besessen hatte und deshalb in die Geisterwelt hatte schauen können, war imstande gewesen, sie zu sehen.

Ihre Dienstmädchen drückten sich am Rande ihres Gesichtsfeldes herum. Sie kannten die Kälte der Königin allzu gut, schienen jedoch überzeugt zu sein, dass sie etwas fühlen musste. Wahrscheinlich glaubten sie, sie habe den Reiskübel ihre Tränen nicht sehen lassen wollen. Nun warteten sie darauf, dass sie in Weinen ausbrach.

Ihr Zorn lohte auf. Sie packte eins der Fläschchen auf ihrem Schminktisch und warf es zu Boden. Es zerbrach, und die heftige, unmittelbare Befriedung machte sie schwindelig. Sie fasste die unbezahlbaren Flakons, die Perlmuttkästchen, die verkorkten Porzellandöschen und zerschmetterte sie wie im Rausch. Hier war sie der Nimmersatt: Die spritzenden Flüssigkeiten, die scharfen Splitter und die glitzernde Wolke aus Perlenpuder und Parfümöltröpfchen bereitete ihr das höchste Vergnügen. Wahllos schmiss sie alles hin, bis ihre tastenden Hände nichts mehr finden konnten.

Dann stand sie inmitten der Scherben. Ihre Rippen hoben und senkten sich wie ein Blasebalg, drückten sich gegen die unnachgiebige Seide ihres Gewands. Die Dienstmädchen duckten sich bange. Wie verabscheuenswürdig sie waren! *Das* hatte sie erschüttert? Vorher hatten sie noch mit ausdruckslosen Mienen beobachtet, wie der Reiskübel sie misshandelt hatte.

Sie setzte sich und griff nach ihrem Handspiegel. Am Kinn war ihre Schminke verschmiert. Unter den hässlichen, breiten Spuren, die seine Finger hinterlassen hatten, war gerötete Haut zu sehen. Morgen würden dort Blutergüsse blühen. Wieder spürte sie den wilden Drang, ihre Wut in die Welt zu schleudern. »Kommt«, sagte sie, eher an den Spiegel gerichtet als an die Dienstmädchen. »Macht mich zurecht.«

Sie kostete ihre Angst aus: Sie fürchteten sich davor, mit ihren dünnen Schühchen das glitzernde Feld zu überqueren. Wertlose Schuhe, wertlose Füße. Die Vorstellung der großen Füße mit den geraden Knochen und den beweglichen Zehen ekelte sie an. Sollten die Scherben sie doch wie Fleisch in Stücke schneiden! Sie verdienten es nicht besser.

Die Lust stieg wie eine Woge, aber ungebeten drang ein Gedanke zu ihr durch: *Er hasst es, wenn ich mich so benehme.*

Prompt zitterte ihre Hand so sehr, dass sie ihr Gesicht im Spiegel nicht mehr erkannte, und da richtete sich ihre vernichtende Wut mit einem Mal gegen ihren Leib, der sich nicht beherrschen ließ. Um ihn loszuwerden, hätte sie die Welt zerstört, wenn sie es vermocht hätte.

Sie warf den Metallspiegel mit solcher Wucht auf den leeren Schminktisch, dass er davon abprallte und davonsprang. Dann sagte sie sanft zu den Dienstmädchen: »Wenn ihr nicht sofort kommt, lasse ich euch auf Händen und Knien kriechen.«

☯

Die Zeit verstrich. Am Rande nahm sie wahr, wie ihr Leib sich durch die Tage bewegte: Sie lächelte, tanzte und wurde begattet. Doch innerhalb der makellosen Keramikhülle war ihr Selbst kaum mehr als ein gleichgültiger Totengeist.

Dann kam der Brief.

Sie las ihn noch einmal. Die elegante Kalligrafie erinnerte an schlanke Schilfrohre, die sich im Wind bogen. Der Verfasser stellte sich höflich noch einmal vor, aber sie hatte seine

Handschrift gleich erkannt: Prinz Wang Baoxiang, jener Gelehrte mit dem kühlen Blick. Sie hatte oft geschäftlich mit ihm zu tun gehabt, als er noch das reiche Landgut des Fürsten von Henan verwaltet hatte. Nun war er selbst der Fürst.

Die unsichtbaren Fäden des Universums schlangen sich um sie beide und banden sie aneinander, ein Werk so ordentlich wie seine Kalligrafie. Die Königin hatte wesentlich dazu beigetragen, Esen Temür beiseitezuschaffen; so hatte sie es Wang Baoxiang ermöglicht, den Titel zu erben. Und hier war er nun und machte ihr ein Angebot, gerade jetzt, da sie Hilfe brauchte. Er musste wahrhaftig gut vernetzt sein: Weit fort in Dadu, wusste er doch, was General Zhang zugestoßen war.

Jeden normalen Menschen hätte der Brief aufgewühlt. Wang Baoxiang hatte ihren Verlust genommen und ihn wie ein Buchhalter behandelt: Durch blutleere Rechnerei hatte er einen negativen Wert in einen positiven verwandelt. Sie nahm es ihm nicht übel; vielmehr begrüßte sie seine logische Herangehensweise. Nun konnte sie akzeptieren, was sie sich vergebens hatte einreden wollen. *Es ist bedeutungslos, dass er gestorben ist und ich nicht um ihn trauern kann.*

Falls stimmte, was Wang Baoxiang behauptete …

Dann würde ich ein weiteres Mal mit ihm ins Geschäft kommen, dachte sie kalt.

11

KHANBALIQ

Gelähmt vor Grauen lag Baoxiang im Bett. Zugluft zupfte an seiner Decke. Das ins Fenster gespannte Papier flatterte so heftig gegen das Gitterwerk wie sein Herz gegen die Rippen. Aber nicht das Unwetter hatte ihn geweckt; es war jenes Geräusch gewesen, das ihn wieder und wieder aus seinen Träumen riss. Schweißgebadet und entsetzt ließ es ihn zurück. Vor Erschöpfung und Frustration war ihm übel. Es war sein eigener Verstand, der ihm den Schlaf verweigerte, als zuckte er vor einem inneren Schrecken zurück, der ihm unerträglich war. Baoxiang konnte sich allerdings nichts vorstellen, was schlimmer sein sollte als diese Qual.

Der Donner kam näher. Bisher hatte es im trockenen Khanbaliq noch nicht geschneit, aber es gab heftige Gewitter. Seine Angst vor Donner hatte er zwar vor langer Zeit überwunden, aber er spürte jedes Krachen in den Knochen.

Einmal hatte sein Vater versucht, ihm die Angst auszutreiben. Es war eine jener frühen Erinnerungen, die mit nichts verknüpft waren, sondern einzeln aufragten wie Brandungspfeiler. Er war nicht sicher, wie alt er gewesen war. Alt genug, so viel wusste er, dass er sich nicht hätte fürchten sollen.

Das Birkenpech, das die Dielen in der Residenz seines Vaters versiegelte, war in der Sommerhitze weich geworden. Baoxiang langweilte sich. Er lag auf dem Bauch und drückte seine Fingernägel hinein. Das Pech roch verbrannt und metallisch, wie ein frisch geschärftes Messer. Hin und wieder stieß er auf eine gefangene Ameise. Er rettete sie alle, auch wenn sich herausstellte, dass keine mehr am Leben war. Hoffentlich würde Esen bald zurück sein. Dann hätte er jemanden, mit dem er sich gemeinsam langweilen konnte. Aber Esens Ausritte am Nachmittag dauerten immer ewig, und Baoxiang konnte bloß warten.

Der erste Donnerschlag überraschte ihn. Gewitter hatten ihn schon immer verstört. Das Krachen war überwältigend – sogar wenn er sich die Ohren zuhielt, hörte er es. Die Erschütterungen drangen ihm durch Haut und Fußsohlen, bis er so nervös war, dass er schreien wollte. Doch nun, da das Gewitter ernstlich begann, vergaß er sein eigenes Unbehagen, denn er hatte das furchtbare Gefühl einer sich anbahnenden Katastrophe: Esen war in dem Unwetter draußen! Das Gelände ringsum war flach und offen, es gab nirgendwo Schutz. Auf dem Heimweg konnte Esen vom Blitz getroffen werden; er konnte sterben. Je länger Baoxiang darüber nachdachte, desto wirklicher wurde es. Mit jedem Donnerschlag wurde ihm klarer: Esen *war* bereits tot. Er schluchzte verzweifelt. Esens Verlust war nicht vergleichbar mit der abstrakten Abwesenheit seiner Mutter oder jenes Mannes, dessen Namen und Blut er geerbt hatte. Es war, als hätte jemand ein lebenswichtiges Organ aus ihm herausgeschnitten. Niemals würde er das überleben!

Sein Vater fand ihn hysterisch weinend auf dem Boden. Chaghan war erschrocken, missbilligend, aber nicht abgestoßen oder verächtlich. Noch glaubte er, Baoxiang könne sich ändern.

»Baoxiang! Was ist hier los? Steh auf!«

Aber er brachte es nicht fertig. In seinem Entsetzen konnte er bloß schreien und an den Dielen scharren, als entkäme er so seinem Elend. Er nahm kaum wahr, dass sein Vater ihn am Kragen packte, auf die Beine stellte und hinter sich herzerrte, durch die ganze Residenz und hinaus in den sturmgepeitschten Innenhof.

»Hör hin!« Chaghan musste brüllen, um den Wind zu übertönen. Der Innenhof war ein lärmender Höllenpfuhl, erhellt von gleißendem, flackerndem Licht, und Baoxiang zappelte und schrie im eisernen Griff seines Vaters. »Es ist bloß Getöse! Was gibt es da zu fürchten? Jetzt stell dich aufrecht hin und lerne, deine Angst zu meistern!«

Jahre später, lange nachdem Chaghan ihn aufgegeben hatte und sie sich unversöhnlich gegenüberstanden, hatte er sich gefragt: Hätte er den Erwartungen seines Vaters überhaupt je entsprechen können? Nun dachte er daran zurück, wie er im Hof geschrien hatte, bis ihm die Sinne geschwunden waren, und wie enttäuscht Chaghan von ihm gewesen war – und da wusste er, die Antwort lautete Nein. Seine Angst war irrational gewesen, aber er hatte sie wirklich empfunden. Sie war ein Teil von ihm. Als Kind war er nicht in der Lage gewesen, sich auszudrücken, aber im tiefsten Innern hatte er schon damals erwartet, dass die Menschen, die ihm nahe waren, ihn verstanden. Und wenn sie es nicht konnten – es nicht einmal versuchten –, dann würde er sich nicht zerreißen, um sie zufriedenzustellen.

Erstaunlich, dass ein kleines Kind sich schon so hartnäckig weigern konnte, sich anzupassen! Und doch, dachte er verblüfft und mit heftigem Stolz, war er sogar damals schon er selbst gewesen.

Durch das Windgeheul und das Donnergrollen hörte er Stimmen am Vordertor, und dann gingen plötzlich Leute ein und aus. Als Seyhan klopfte und mit einer regenbespritzten Laterne hereinkam, war Baoxiang bereits angekleidet. Er war nicht sicher, ob man nur Seyhan alles vom Gesicht ablesen konnte, oder ob es in seinem Volk einfach nicht üblich war, die Miene zu verschließen – jedenfalls war nicht zu übersehen, dass er beunruhigt war. Ohne Vorrede sagte er: »Die Herrin Zhang hat eine Botschaft geschickt.« Doch als Baoxiang ungeduldig die Hand ausstreckte, schüttelte er den Kopf. »Nein. Kommt, seht es Euch selbst an.«

Im größten Zimmer der Residenz stand eine ordentlich gekleidete Dienstmagd. Mit gesenktem Kopf verneigte sie sich. In den Schatten hinter ihr regten sich Geister, doch Baoxiang beachtete sie nicht weiter. »Deine Herrin schickt ihre Antwort?«

Die Magd antwortete nicht. Seyhan murmelte: »Sie kann nicht sprechen.«

Eine stumme Botin zu schicken, die weder bestochen noch gezwungen werden konnte, die Geheimnisse ihrer Herrin zu verraten – nach wie vor arbeitete die Herrin Zhang mit dem Scharfsinn, den er von ihr gewohnt war. Er erinnerte sich daran, wie er sie vor Jahren zum ersten Mal getroffen hatte. Natürlich hatte er um ihren Ruf gewusst. Trotzdem war es ihm schwergefallen, das bemalte Püppchen an Reiskübel Zhangs Seite ernst zu nehmen. Doch als ihr Gatte das Zimmer verlassen hatte, war sie aufgeblüht wie eine getrocknete Blume in einer Teetasse. Er hatte sich zwar von ihr angezogen gefühlt, aber selbst damals schon hatte er erkannt, dass sie ihm genauso etwas vorspielte wie ihrem Gemahl. Sie hatte lediglich seine Wünsche erfüllt.

Die Magd hielt noch immer den Kopf gesenkt. Sie holte einen Brief hervor und hielt ihn Baoxiang hin. Er las ihn laut vor, und sein Triumphgefühl verstärkte sich mit jedem Satz. »›Die Salzkönigin dankt dem Fürsten von Henan für seinen ehrenwerten Brief und seinen Antrag, ihr Beistand zu leisten. Sollte er den Beweis erbringen können, dass er das

Himmelsmandat tatsächlich besitzt, nimmt sie sein Angebot dankbar an.‹« Also musste er bloß dem stummen Mädchen die Flamme zeigen? Nichts leichter als das. Aber der Brief ging noch weiter. »›Wie viele Hochstapler behaupten nicht, mit dem Mandat gesegnet zu sein? Die Augen der Menschen lassen sich allzu leicht täuschen. Deshalb schicke ich jemanden, der nicht getäuscht werden kann. Spricht der Fürst wahr, so möge er in seiner Antwort eine Tatsache über meine Dienstmagd festhalten, die sich nur einem Mann mit dem Mandat erschließt.‹«

Die Magd hob das Gesicht. Die Augen hatte sie geschlossen, doch offensichtlich nicht, weil sie müde oder schüchtern war. Ihre Lider wölbten sich nach innen. Die Verletzung war so frisch, dass Wundflüssigkeit ihre Wimpern verklebte. Verstört sah Baoxiang, dass ihr Tränen über die Wangen liefen und rosarote Spuren hinterließen. Sie weinte, stumm und blind.

»Eure zukünftige Verbündete ist eine grausame Herrin«, sagte Seyhan.

In der Dunkelheit hinter dem Mädchen wogte es träge, als bewegte die Strömung die Kleider einer Wasserleiche. Baoxiang schaute genauer hin, und da, angelockt von seiner Aufmerksamkeit, schwebte einer der Geister näher heran. Die Magd der Königin schien seine Gegenwart zu spüren. Sie öffnete den Mund – diese schreckliche zungenlose Höhlung – und stieß ein gurgelndes, trauervolles Geheul aus. Die Härchen auf Baoxiangs Armen richteten sich auf.

Kein Historiker hatte je über die andere seltsame Gabe geschrieben, die das Himmelsmandat seinen Trägern verlieh. Kaiser sprachen nicht darüber. Baoxiang hatte nicht einmal Seyhan davon erzählt. Doch die Herrin Zhang wusste Bescheid: General Zhang musste jene Gabe besessen haben, so wie Baoxiang sie besaß, Zhu Yuanzhang und jeder andere Anwärter. Der Himmel mochte sie alle gleichermaßen gesegnet haben, aber nur einer von ihnen konnte den Thron gewinnen.

»Sie hatte eine Zwillingsschwester«, sagte er kurz.

Plötzlich stieß ihn der Schmerz des Mädchens ab. Er hatte von der Herrin Zhang etwas erlangen wollen, und das war ihm gelungen. Was bedeutete es schon, dass diese beiden Dienstmägde dafür ihr Leben hatten geben müssen? Gar nichts. Schon immer hatte er darum gerungen, gegen den Widerstand seiner Familie sein Wesen zu bewahren. Das war gewesen, als wäre er ein Lachs, der sich tagein, tagaus gegen den Strom den Fluss hinaufquälte. Doch nun hatte er aufgegeben. Nun war er der Mann, für den sie ihn immer alle gehalten hatten. Und siehe da: Mit einem Mal war alles ganz einfach! Grausam zu sein, Verderben zu bringen, die Welt mit Elend zu überziehen, um seinen Willen durchzusetzen. Es war so einfach, dass es ihm wie Schicksal vorkam.

Doch als Baoxiang die beiden Mägde anblickte, das Gesicht der Toten nicht länger ein Spiegelbild ihrer lebenden Schwester, verließ ihn sein Triumphgefühl. Wie ein Stein schien es in schwarze Tiefen zu sinken. Jener Schrecken erfasste ihn, der ihn stets aus seinen verdrängten Träumen ins Wachen verfolgte: das Bewusstsein, dass sich etwas Furchtbares ereignet hatte, was sich niemals wiedergutmachen ließ.

☯

Das Unwetter war schlimmer geworden, als Baoxiang sich nach der Arbeit durch den Sturm zum Palast des dritten Prinzen kämpfte. Im Kristallzimmer war er nicht. Baoxiang fand ihn im hinteren Flügel seiner Residenz, in einem der Übungsräume. Aber der dritte Prinz übte sich nicht im Schwertkampf: Er lag bäuchlings auf dem Sofa hinten an der Wand, in Socken, die Fußknöchel gekreuzt. Als er die Tür aufgehen hörte, schob er hastig etwas unter ein Kissen und sprang mit schuldbewusster Miene auf. Dann erkannte er Baoxiang und entspannte sich.

»Ihr habt gelesen?«, fragte Baoxiang überrascht.

Der dritte Prinz errötete heftig. »Gelesen? Ihr mögt ja kaum etwas anderes tun! Aber was gibt es auf Papier nicht alles zu bestaunen … Besseres als *Wörter,* so viel ist sicher.«

Baoxiang wusste recht gut, welche Form der gedruckten Unterhaltung in Gruppen junger Männer zirkulierte. Doch so, wie Esen ein Reh am Horizont nie mit einem Pferd verwechselt hätte, sah Baoxiang auf einen Blick den Unterschied zwischen einem dünnen Pornografie-Bändchen und einem richtigen Buch. Ein Krieger, der zum Vergnügen las! Die Vorstellung war bizarr. Doch vermutlich waren die Freunde des Prinzen mehr und mehr von ihm abgerückt: Die Aura der Einsamkeit, mit der ihn sein uneingestandenes, unerfülltes Verlangen umgab, war für sie so abstoßend, wie es das Wissen um sein Verlangen selbst gewesen wäre. Und nun flüchtete er sich in Bücher.

Jäh wünschte Baoxiang sich, er hätte nichts gesehen. Was er über den dritten Prinzen wissen musste, wusste er bereits; und Mitgefühl konnte er nicht gebrauchen. Ein ganzes Netz aus verstrickten Emotionen schien sich zusammenzuziehen um diesen verletzten Jungen und Baoxiangs eigenes jüngeres Selbst, das ihn verstand.

»Da steht mir der Sinn nach billigem Vergnügen«, sagte der Prinz, »und was geschieht? Das Universum schickt mir etwas noch Billigeres! Was habe ich doch für ein Glück. Nun denn, Herr Fürst! Womit sollen wir uns an diesem ungemütlichen Abend die Zeit vertreiben?« Sein Blick wanderte zu den stumpfen Übungswaffen an der Wand und dann zu seinem eigenen Schwert auf dem niedrigen Tisch beim Sofa. Der Griff war mit einer Einlegearbeit aus Türkisen verziert: einem prächtigen Drachen. »Ihr mögt ein Nichtsnutz sein … Aber sogar Ihr könnt doch sicher ein Schwert halten!«

Baoxiang hatte im Lauf der Jahre genug Übungskämpfe gesehen. Zweifellos fanden Krieger Gefallen daran, aufeinander einzudreschen, aber Baoxiang hatte stets den Eindruck, dass es ihnen vor allem um den Körperkontakt ging. Wenn er nicht die Zügel in die Hand nahm, würde der dritte Prinz ihn gegen eine Wand drängen oder sich mit ihm über den Boden wälzen und sich dabei einreden, sie rangelten bloß wie Brüder. Das würde er vor sich entschuldigen können. Leugnen. Und eben das konnte Baoxiang nicht zulassen.

Er zog sich das regenfeuchte kastanienbraune Obergewand über den Kopf und ließ es auf den Boden fallen. Die Robe darunter war seine eigene und daher von deutlich besserer Qualität. Er ließ sie sich von den Schultern gleiten. Der Stoff bildete keine Lache um seine Knöchel, sondern stand steif auf dem Saum.

Dem dritten Prinzen blieb der Mund offenstehen, als er Baoxiang in seinen Unterkleidern sah. Mühsam nahm er sich zusammen. »Was *tut* Ihr denn da?«, fragte er ungläubig.

Baoxiang antwortete nicht. Als er sein Unterhemd öffnete, verwandelte sich die Verblüffung des dritten Prinzen in blinde Begierde. War ihm überhaupt bewusst, dass er sich vorlehnte? Die Lust war ihm deutlich anzusehen. Mit nacktem Oberkörper hielt Baoxiang inne. Ein Schauer überlief ihn, geschuldet zu gleichen Teilen der Kälte und der Erwartung. Auch er wollte, was hier geschah, wenn sein Verlangen auch etwas anderem galt. Er zog das Taillenband seiner Unterhose auf und ließ sie herabfallen.

Der Atem des Prinzen hatte sich beschleunigt. Groß starrte er Baoxiang an. Nur ein Junge konnte einfache Nacktheit erotisch finden! Baoxiang war wie berauscht von seiner Macht: Seine Männlichkeit war unbestreitbar. Die schmale, kaum behaarte Brust, die kantigen Flanken, der weiche Penis – alles, was er selbst als neutral wahrnahm – erregte den Prinzen.

Baoxiang empfand eine vertraute grausame Regung. Sie erinnerte ihn an ein Feuer, das kaum sichtbar die schwarzen

Kohlen in einer Feuerschale umhüllte. Dieses Mal würde er dem Prinzen nichts schenken – er würde zugeben müssen, was er wollte. Seidig sagte er: »Falls der dritte Prinz Anweisungen im Sinn hat, so wird er sie vorbringen müssen.«

Erstickt stieß der dritte Prinz hervor: »Ihr wagt es ...«

Was für ein Unterschied es doch war, ob man etwas mit sich geschehen ließ oder ob man darum bitten musste! Der Prinz war hin- und hergerissen zwischen brennender Scham und Wut, aber er konnte kein Auge von Baoxiang wenden. Wie merkwürdig, das Objekt der Begierde zu sein! Bisher hatte sein Leib andere Männer immer nur dazu verlockt, ihn zu verletzen. Doch plötzlich war er ein Instrument, um jemandem wehzutun. Ein Messer, das den dünnen Schutz der Selbstverleugnung zerschnitt wie Gaze. Fühlte sich so eine Kurtisane, wenn ein schlotternder junger Mann zu ihr kam, der für sein sinnliches Verlangen keinen anderen Ausdruck fand als ungeschickte Fummelei?

Der Prinz hatte einen hochroten Kopf. Er wollte Baoxiang mit bloßen Blicken befehlen – aber er war nur ein Kind, und Baoxiang hatte sein ganzes Leben lang nicht mit dem Schwert, sondern mit seinem Willen gekämpft. Als wollte er gefällig sein, sagte er: »Der Wunsch des dritten Prinzen sei mir Befehl.«

Draußen heulte der Sturm. Im Übungsraum war es dunkler als um diese Zeit üblich. Baoxiang fühlte sich an jene zärtlichen Momente erinnert, wenn man eine nackte Geliebte im Halbdunkel sah. Nun betrachtete er jemanden, der vollständig bekleidet war, dabei aber gehäutet wirkte, entblößt bis aufs verletzliche Innere, das nie ein Mensch hätte zu Gesicht bekommen dürfen.

Der dritte Prinz wisperte: »Ich ...«

Baoxiang schaute an sich herab und spürte, wie der Blick des dritten Prinzen seinem folgte. Weder beugte er sich hinab, noch ließ er eine Hand über seine Genitalien oder sein Gesäß streifen – das wäre lächerlich gewesen. Nur mit seinem Blick bot er seinen Leib dar.

Noch nie war ihm solche Aufmerksamkeit zuteilgeworden. Gewöhnlich liefen seine Begegnungen mit anderen Menschen nach wiederkehrenden Mustern ab: Er war der in Ungnade gefallene Sohn, der armselige Gelehrte oder die Schwuchtel; sein Gegenüber der strafende Hausherr, der missbilligende Bruder oder der unterdrückerische Krieger. Doch der dritte Prinz hatte vergessen, seine Rolle zu spielen. Nun drängte sein nacktes Selbst gegen Baoxiangs unsichtbare Fassade. Regen peitschte das Dach, und Zugluft fuhr durchs Zimmer.

»Ich will …«

Wie jung er mit einem Mal wirkte, nun, da seine geheimste Begierde bloßgelegt war! Noch immer war er schamrot. Baoxiang beobachtete, wie er am Abgrund schwankte, und wartete atemlos. Sein Verlangen, ihn stürzen zu sehen, quälte ihn wie den dritten Prinzen die Lust. Es war, als würden sie aufeinander zugezogen, der eine die Erlösung des anderen.

»Eure Hoheit!« Sie fuhren beide zusammen, als sie den Hausdiener durch die geschlossene Tür rufen hörten. »Eure Hoheit, im Sturm ist ein Baum auf die Stallungen gestürzt …«

Der Bann war gebrochen. Ob der dritte Prinz nun wirklich gebraucht wurde, um die Pferde wieder einzufangen, oder nicht – er stürmte jedenfalls mit wildem Blick zur Tür und war im nächsten Augenblick fort.

Baoxiang blieb allein zurück, nackt und wütend. Er war so nahe daran gewesen! Es schien sein Fluch zu sein, dass man ihn für Pferde stehen ließ. Mit dem Gefühl zu ertrinken, erinnerte er sich an das letzte Mal zurück, dass Esen ihm so davongelaufen war. Die brennenden Bücher, das schreiende Pferd – und ein Verräter, der sich unter dem Filzvorhang hindurchstahl, gerade als Baoxiang endlich begriffen hatte, was er wollte.

Ertränken galt als ehrenvolle Hinrichtung mongolischer Aristokraten. Es hieß, das sei ein recht unangenehmer Tod. Als nun das schwarze Meer in Baoxiang anstieg und seine Lunge füllte, bekam er ein Gefühl dafür, was daran so schlimm war. Sein Zorn verwandelte sich in panische Furcht. Wie viele Versuche würde es ihn noch kosten, sich unter den Schutz des dritten Prinzen zu stellen? Wie viel Zeit würde noch verstreichen, ehe es ihm gelang? Die Kaiserin mochte es nicht eilig haben, sich Genugtuung zu verschaffen – aber lange würde sie nicht mehr warten. Er erstickte, und ihm blieb keine Zeit!

☯

»Seid Ihr immer noch hier?« Der Minister steckte den Kopf in Baoxiangs Büro. Der konnte kaum glauben, wie dunkel es schon war. Seine Lampe brannte, und die Feuerschale verbreitete ihren schwachen roten Schein, doch davon abgesehen drangen nur ein paar Lichtsplitter der helleren Korridorlaternen durch den gestuften Bücherberg auf seinem Schreibtisch. Es war erst Nachmittag, aber merkwürdig still im Ministerium. Nun, da die Tage kurz geworden waren, eilten viele Beamte früh nach Hause zu ihren Familien. Auch Baoxiang wäre aus Furcht vor der Kaiserin lieber noch vor Einbruch der Dunkelheit aufgebrochen, hätte er nicht gute Gründe gehabt, noch zu bleiben.

Der Minister kam hereingehinkt und rief über die Schulter: »Mädchen! Bring die übrig gebliebenen Knabbereien aus meinem Büro her!«

Kurz darauf erschien eine Dienstmagd in der Tür, verneigte sich stumm und stellte einen Teller mit herzhaften Mungobohnenfrikadellen auf Baoxiangs Schreibtisch.

Der Minister schaute ihr nach. »Besonders helle ist sie nicht. Eine Schande, dass die andere junge Frau zurück aufs Land gehen musste, um für ihre Eltern zu sorgen … Sie war so lebendig, findet Ihr nicht?«

Also war dem Minister aufgefallen, dass sie mit Baoxiang geschäkert hatte. Er tat so harmlos, war jedoch ein scharfsinniger alter Mann. Baoxiang sagte unverbindlich: »Ich erinnere mich nicht.«

»Ein junger Mann sollte den schönen Mädchen um sich ein wenig Aufmerksamkeit schenken und nicht bloß die ganze Zeit arbeiten«, tadelte der Minister. »Glaubt nicht, ich hätte es nicht gemerkt: Seit einem halben Monat oder sogar länger seid Ihr stets der Letzte im Büro!«

Der Geruch nach Lauch und abgestandenem Öl drehte Baoxiang den Magen um. »Der Minister sollte seine Zeit nicht mit einem derart niederen Beamten vergeuden.«

Der Minister antwortete nicht, sondern nahm sich stattdessen eine Frikadelle und aß sie mit offenkundigem Genuss. Da er allem Anschein nach nichts hinzuzufügen hatte, wandte Baoxiang sich wieder seiner Arbeit zu. Vor Erschöpfung war er halb ohnmächtig; dennoch hatte er Freude daran, mit gestochener Präzision die Schriftzeichen zu Papier zu bringen. Gerade hatte er seinen Rhythmus wiedergefunden, da unterbrach ihn der Minister erneut.

»Habt Ihr schon gehört, dass der Kanzler eine private Audienz beim Großkhan hatte? Er hat ihn überzeugen können, dass die Ostküste zurückerobert werden muss. Sobald wie möglich will er das Heer gegen Pingjiang führen.«

Vor ein paar Tagen hatte ein ausländischer Würdenträger den Palast besucht, und Baoxiang hatte zu der Gelegenheit einen Blick auf den Kanzler erhascht. In seiner schwarz lackierten Prunkrüstung, deren Lamellen mit Gold umrandet waren wie Drachenschuppen, hatte er so vornehm gewirkt wie die Khane alter Zeit. Wer um die Zukunft Groß-Yuan fürchtete, musste bloß den Kanzler anschauen, und Gewissheit erfüllte sein Herz: Die Familie Zhang und auch die übrigen Rebellen im Süden würden niedergeworfen werden, und sodann würde das Kaiserreich zu alter Pracht und Herrlichkeit erblühen.

»Da ist die Herrin Ki wohl kaum begeistert.«

»Ganz und gar nicht! Uns stehen interessante Zeiten bevor. Wir können nur auf einen raschen Sieg des Kanzlers hoffen, sodass die Herrin Ki in seiner Abwesenheit nicht allzu viel Gelegenheit hat, Unruhe zu stiften. Allerdings ist diese Händlersippe stark, das muss man ihr lassen! Gut möglich, dass die Zhangs länger aushalten, als uns lieb ist. Wir müssen wohl einfach abwarten.«

Doch die Herrin Zhang war ohne ihren General nicht so stark, wie der Minister annahm. Vor seinem Tod hätte sie dem Kanzler standhalten können. Nun nicht mehr. Es sei denn, die Lage änderte sich.

Sein nächster Pinselstrich misslang.

Der Minister sah zu, wie Baoxiang das Zeichen schwärzte und noch einmal neu schrieb. »Wisst Ihr, Wang Baoxiang: Selbst begabte Menschen finden nicht oft eine Stellung, die so gut zu ihren besonderen Talenten passt. Es freut mich zu sehen, dass es bei Euch anders ist.«

Dieses Mal unterbrach Baoxiang seine Schreibarbeit, um kein weiteres Zeichen zu verschmieren. Seine Hand zitterte kaum merklich. »Ach, der Herr Minister hätte meinen Bruder kennenlernen sollen! Er war der geborene Fürst, genau der Richtige für die Aufgabe. Im ganzen Reich Groß-Yuan gab es keinen größeren Krieger! Sein Tod hat sogar jene bekümmert, die ihn gar nicht kannten: Der Welt ist ein guter, würdiger Mann verloren gegangen.«

Draußen schlug ein umherziehender Teeverkäufer zwei gehöhlte Bambushölzer zusammen, um Kunden anzulocken. Aus irgendeinem Grund brachte das Geräusch Baoxiangs Herz zum Rasen, als wäre er mitten im Satz eingeschlafen und schreckte nun auf, erfüllt von kaltem Grauen.

»Esen Temür war für seine Fähigkeiten weithin bekannt. Doch glaubt Ihr wirklich, Ihr müsstet den Vergleich mit ihm scheuen? Wenn ich Euch anschaue, sehe ich den vielversprechendsten jungen Menschen, den ich seit Langem gesehen habe. Und nun hat er endlich einen Platz gefunden, an dem seine besonderen Talente gebraucht werden!«

»Behauptet nicht, Ihr hättet nicht dasselbe Urteil über mich gefällt wie alle anderen, als Ihr mich zum ersten Mal gesehen habt!«, stieß Baoxiang hervor. Er ertappte sich dabei, in affektierten Tonfall zu sprechen: Er war die altvertraute Provokation, das Beharren, dass man ihn wahrnehmen solle – selbst wenn es ihm nur Kummer bringen würde. »*Ihr* mögt Euch entschieden haben, an meinem Äußeren und meinen ... Vorlieben vorbeizuschauen, weil ich eine Begabung habe, die Ihr wertschätzt. Aber Esen war ein Krieger; Gelehrsamkeit bedeutete ihm nichts; er sah nur meine Fehler. In seinen Augen und den Augen aller Menschen seines Schlags: Wie könnte ich etwas anderes sein als vollkommen nutzlos?«

Lange war es still. Der Minister hatte die langen, ergrauten Brauen zusammengezogen. Sie überschatteten seine Augen wie zwei Fächerpalmwedel. Endlich sagte er: »Mein Sohn ist ein Krieger, ein Kommandeur im Heer des Kanzlers. Ich zweifle nicht daran, dass er eine verwandte Seele in Eurem Bruder erkannt hätte, wären sie einander je begegnet. Und es stimmt: Seine Erfolge machen mich stolz. Doch ich bilde mir ein, dass ich nicht weniger stolz auf ihn wäre, wenn er mit einer Behinderung auf die Welt gekommen wäre und nie hätte reiten oder laufen können. Die Freude liegt darin, ihn zum Sohn zu haben; zu wissen, dass er meinen Namen trägt und nach meinem Tod für mich beten wird. Esen Temür war zwar ein Krieger, aber er war auch Euer Bruder! Ich bin überzeugt, dass er ...«

Da überkam Baoxiang mit einem Mal eine solche Wut, dass er einen Augenblick lang nichts als Schwärze sah. »Dass er *was?*«, fauchte er. Dass Esen so unvoreingenommen gewesen war wie der Minister selbst? Dass Baoxiang es nur nicht *erkannt* hatte? »Nein. Ich habe ihn gehasst und er mich. Wir konnten einander unmöglich verstehen.«

Der Minister war ein kluger Mann und beließ es dabei. Er erhob sich mit einem leisen Stöhnen – die Glieder waren ihm steif –, drückte Baoxiangs Schulter und sagte: »Geht nach Hause, Wang Baoxiang.«

Dann hörte Baoxiang ihn über den Korridor davonhinken. Türen öffneten und schlossen sich, und die Diener brachten die Kutsche des Ministers zum Eingang. Schließlich war der Minister fort, und es senkte sich eine Stille herab, als hätte es soeben geschneit.

Jeden Tag wartete Baoxiang auf diesen Moment, da er endlich allein war. Er ging zum Büro des Ministers. Sein Schatten mit dem Beamtenhut glitt über die Papierfenster des Korridors wie der eines Schurken aus einem Schattentheaterstück. Wie schon so oft, nahm er das aktuelle Hauptbuch aus dem Regal, kehrte damit in sein Büro zurück und holte aus seinem Schreibtisch den Zwilling hervor. Bereits am Vorabend hatte er sein eigenes Buch halb gefüllt; nun nahm er die geduldige Arbeit des Übertragens wieder auf.

☯

Baoxiang stand auf dem Platz vor der Halle des großen Glanzes, in der Zweierreihe der Beamten, den Minister neben sich. Anders als in Henan, wo die Luft im Winter frisch und klar war, hing der Himmel über Khanbaliq voll Staub und Rauch. Er hatte die schmutzige Farbe eines trockenen Rests gelber Bohnenpaste in einer geleerten Schale. Über ihnen auf der obersten Marmorterrasse erwartete der Großkhan den Gesandten aus dem Ausland. Die Herrin Ki nahm den Platz an seiner Seite ein. Heute war ihr großer Tag. Zum Anlass der jährlichen Tributzahlung Goryeos trug sie die traditionelle

Tracht aus ihrer Heimat: eine kurze Jacke, die mit einer großen Schleife vor der Brust geschlossen war, und einen weiten, kelchförmigen Rock. Exotisch und herrschaftlich wirkte sie. Litt sie darunter, dass sie ihren Einfluss bei Hofe der Unterwerfung ihres Landes durch die großen Yuan verdankte? Goryeos Tributzahlungen brachten ihr die Gunst des Großkhans ein, aber der Preis dafür waren die Verarmung und der Gesichtsverlust ihres eigenen Volks. In ihrem Gesicht zeigte sich keine Regung.

Die Tribut-Prozession kam über den Platz. Zuerst die so wichtigen Blöcke aus schneeweißem Salz, dann Truhen mit Gold und Ginseng, Pferde und Jagdvögel, Tuche, Wagen voll Gerste und Weizen und ganz zum Schluss die lange Reihe gepflegter junger Eunuchen und Dienstmägde. Sie waren in jene weiß gebleichten Gewänder gekleidet, die an Unterwäsche erinnerten, in Goryeo aber gewohnheitsmäßig getragen wurden. Einst war die Herrin Ki selbst auf diese Weise nach Groß-Yuan gekommen: ein junges Mädchen, seiner Familie entrissen und in ein fremdes Land verschifft, wo es keine Verwandtschaft hatte, kein Ansehen genoss und nicht einmal die Sprache verstand. Nur ihren Willen hatte sie gehabt. Und hier stand sie nun, elegant und fein herausgeputzt, die Mutter eines Prinzen. Gleichgültig blickte sie über die neuen Dienstboten hinweg.

Der Gesandte aus Goryeo, der allem Anschein nach so viel mongolisches Blut in den Adern hatte wie Baoxiang – vielleicht sogar mehr –, kniete vor den Marmorstufen nieder. »Zehntausend Jahre dem Großkhan!«

Der Tribut aus Goryeo schien gewaltig, reichte aber doch nicht, um die Reichtümer zu ersetzen, die Groß-Yuan an die Familie Zhang verloren hatte. Wenn der Kanzler erst die Ostküste zurückerobert hatte und wieder die übliche Menge an Salz und Getreide über den Großen Kanal nach Khanbaliq kam, würde der Tribut aus Goryeo wieder zu dem werden, was er sonst immer gewesen war: ein Symbol. Die Herrin Ki verlöre ihre Macht.

»Wir sind hocherfreut über das großzügige Geschenk des Königs von Goryeo«, verkündete der Großkhan. Er wandte sich der Herrin Ki zu und fügte gütig hinzu: »Sollen Wir ein Geschenk zurücksenden, um die Großzügigkeit Eures Heimatlandes zu würdigen?«

Die Kaiserin hatte mit dem Kanzler und dem dritten Prinzen im Säulengang gestanden, doch nun trat sie rasch vor. Vor dem reinweißen Stein der Halle wirkte sie mit ihrem hohen Hut und dem kamelienblütenroten Gewand wie ein Blutfleck. »Bitte, Herrin Ki, bemüht Euch nicht!«, rief sie. »Ich habe mir die Freiheit genommen, mich im Namen meines Gemahls, des mächtigen Großkhans, um ein passendes Geschenk für den König von Goryeo zu kümmern. Ich habe die unbescheidene Hoffnung, dass es ihm gefallen wird!«

Die Herrin Ki hätte einer der steinernen Drachen auf dem Geländer sein können, so reglos überdachte sie diese unerwartete Wendung. Die Kaiserin war die ranghöchste Palastdame. Zwar war ihr Vorstoß äußerst ungewöhnlich, wenn man bedachte, dass die Herrin Ki aus Goryeo stammte, aber genau genommen war es tatsächlich die Aufgabe der Kaiserin, Geschenke für ausländische Würdenträger auszusuchen. Die Herrin Ki konnte sich empören und hoffen, dass der Großkhan die Hierarchie missachtete und die Kaiserin tadelte – oder nachgeben und darauf vertrauen, dass es ihr gelang, die Kaiserin auszustechen. Kühl sagte sie: »Meine Schwester, die Kaiserin, hat an alles gedacht.«

Die Kaiserin lächelte bösartig. Aber ihre Feindseligkeit schien nicht der Herrin Ki zu gelten. Plötzlich beschlich Baoxiang ein nebulöses Unbehagen. »Der König von Goryeo verdient nicht weniger als ein persönliches Geschenk, das sein

Herz rührt. Da er an diesem Hof aufgewachsen ist, ist uns sein Geschmack glücklicherweise kein Geheimnis!«

Selbst ein Provinzadeliger wie Baoxiang wusste, was sie meinte. Die Kronprinzen der Vasallenstaaten Groß-Yuans mussten als Kinder nach Khanbaliq geschickt werden; sie kehrten erst in ihr Heimatland zurück, wenn sie dort den Thron bestiegen. So war der derzeitige König von Goryeo jahrelang mit der kaiserlichen Gesellschaft zur Frühjahrsjagd des Großkhans gekommen. Baoxiang erinnerte sich an einen koketten Jüngling, der versucht hatte, über sein mittelmäßiges Aussehen hinwegzutäuschen, indem er stets mit der neusten Hofmode angetan umherstolzierte. Seine Ehrenwache hatte aus einem Dutzend verdächtig hübscher junger Goryeo-Männer bestanden. Er war von der Art gewesen, die man in Khanbaliq nicht gern sah – es sei denn, es handelte sich um Thronfolger unterworfener Nationen.

»Erst habe ich ein traditionelleres Geschenk erwogen«, sagte die Kaiserin. »Einen Bogen oder ein Pferd ... Doch dann ist mir eingefallen, wie sehr er sich stets an den schönen Künsten gefreut hat. Malerei, Literatur, Kalligrafie – all das gehört zu seinen Interessen.«

Baoxiangs Unbehagen schlug in eiskalten Schrecken um, doch es gab kein Entkommen.

Die Kaiserin rief in die Menge: »Mir scheint, Ihr habt einiges gemeinsam mit dem König – Herr stellvertretender Finanzminister!« Ihre Worte trafen ihn so zielsicher wie niedergehende Pfeile.

Wie gelähmt stand er da. Aus dem Augenwinkel sah er ein blasses Flackern – keine Geister, sondern die leidenschaftslosen Gesichter der Beamten in der anderen Reihe, die sich ihm zuwandten. *Zu früh!*, dachte er voller Grauen. Die Eunuchen der Kaiserin rannten herbei und stellten am Fuß der Treppe ein niedriges Schreibpult auf. Er war noch nicht so weit! Er hatte nicht genug Zeit gehabt! Hoch über ihm stand der dritte Prinz im Schatten des Säulengangs. Seine Miene war nicht zu deuten.

»Ihr seid für Euer künstlerisches Geschick bekannt, Herr stellvertretender Minister, habe ich nicht recht?«, schnurrte die Kaiserin. »Da versteht Ihr es doch gewiss, eine Kalligrafie anzufertigen, die des Königs von Goryeo würdig ist! Ich bitte Euch: Kommt näher. Ich habe alles für Euch vorbereiten lassen!«

Der ganze gewaltige Platz schien mit einem Mal leer. Nur das ferne Pult stand noch da; Papier, Tusche und verschiedene Schreibpinsel lagen für ihn bereit. Er war fest davon ausgegangen, die Kaiserin werde ihn auf eine hässliche und hinterhältige Art und Weise vernichten – doch nein! Sie hatte einen Sinn für poetische Gerechtigkeit: Er hatte einst ihren Bruder vor dem Großkhan gedemütigt, und nun würde sie ihm dasselbe antun. Irgendetwas würde sie an seinem Werk auszusetzen finden – eine Beleidigung der Würde des Großkhans! –, und dafür würde man ihn verbannen oder hinrichten.

Dies war der eine Traum, aus dem es kein Erwachen gab. Die Eunuchen holten ihn ab und geleiteten ihn trotz seines Widerspruchs zu dem Schreibpult. Dann kniete er auch schon schlotternd davor, einen Pinsel in der Hand.

»Rasch nun!« Die Kaiserin labte sich an seiner Angst wie an Wein. Noch nie hatte er sie so gut gelaunt gesehen. »Langweilt nicht den Großkhan!«

Baoxiang war schwindelig vor Angst. Doch als er verzweifelt nach seinem Zorn rief, kam er sofort. Das schwarze Meer durchflutete ihn und löschte alle Furcht aus. Das Zittern ließ nach. Bildete die Kaiserin sich ein, er würde es gar nicht erst versuchen? Mit seinem Talent nichts anzufangen wissen, sondern einen dummen Fehler machen? Glaubte sie ernsthaft, er habe der ganzen Welt getrotzt, um etwas zu tun, worin er *nicht gut* war?

Die Kalligrafie floss in einem so mächtigen Strom düsterer Empfindungen aus ihm heraus, dass es beinahe war, als ergösse sich sein Mandat selbst auf das Papier. In den hingeworfenen kantigen Schriftzeichen offenbarte sich sein innerstes Wesen: sein schwarzes Herz, seine bösen Absichten. Doch niemand hier war bewandert genug in der Kunst der Kalligrafie, um es zu erkennen. Nur eines sahen sie.

Dass die Kalligrafie makellos war.

In wildem Triumph stieg er zum zweiten Treppenabsatz hoch, kniete nieder und hielt mit gesenktem Kopf das Papier in die Höhe, sodass die über ihm Stehenden es betrachten konnten. »Zehntausend Jahre dem Großkhan!«

Kurz war es still. Er stellte sich vor, wie das Gesicht der Kaiserin sich verfinsterte. Gewiss ärgerte es sie maßlos, dass er ihrer Falle entronnen war! Er musste nicht lange auf ein Urteil warten. »Ein schönes Werk«, sagte der Großkhan mit gleichgültiger Stimme. »Unser Kompliment dem stellvertretenden Minister.«

Der Großkhan winkte ihn schon davon, da legte ihm die Kaiserin eine Hand auf den Arm. »Eure Hoheit«, sagte sie reizend, »sollte er dann nicht belohnt werden?« Ohne abzuwarten, rief sie: »Der Großkhan ehrt den stellvertretenden Finanzminister mit einem Becher Wein!«

Baoxiang erschrak. Ein Eunuch kam die Treppe heraufgeeilt, ein Tablett mit einem Jadebecher darauf in Händen. Also war Baoxiangs erster Eindruck doch richtig gewesen. Warum sollte sich die Kaiserin mit poetischer Gerechtigkeit aufhalten, wenn man den Verhassten auch einfach ermorden konnte? Fürwahr, sie hatte alles vorbereitet! Er wusste, was dieser Becher neben dem zeremoniellen Wein für ihn bereithielt: den Tod. Und er würde so schleichend eintreten, dass niemand die Kaiserin verdächtigen würde.

Sie lächelte ihn an, und ihre Augen tanzten.

Der Blick des dritten Prinzen zuckte zwischen Baoxiang und der Kaiserin hin und her. Dann wandte er sich ab, und Baoxiang erfasste wieder jene tiefschwarze Wut. Gleich einer drohenden Woge aus Obsidian türmte sie sich höher und immer höher auf. Umschloss ihn, als wäre er ihr steinernes Herz. Wie ein heller Funke tief unter ihm glomm seine Angst – spüren konnte er sie nicht. Der dritte Prinz hatte verstanden, was die Kaiserin vorhatte. Da sie ihn ohnehin schon als ihren Feind betrachtete, hätte es ihn nichts gekostet, einzugreifen. Doch er fürchtete sich zu sehr davor, was es über ihn sagen würde, wenn er Baoxiang beisprang. Lieber ließ er ihn sterben.

Der Prinz hatte die Wahl und entschied sich dafür, die Augen zu verschließen. Baoxiang dagegen hatte nie eine Wahl gehabt. Er hatte immer nur er selbst sein können.

Er griff nach dem Becher und ließ dabei die Kalligrafie los. Der Wind packte das Papier. Als diente er Baoxiangs Willen, trug er es die Treppe hinauf und schlug es dem dritten Prinzen gegen die Schienbeine. Baoxiangs zornige Gedanken überwanden mühelos die Distanz und übertrugen sich auf ihn, unmittelbar wie Knochenschall.

Seht mich an! Nehmt mich wahr!

Der dritte Prinz fing das widerspenstige Papier, und dann schaute er Baoxiang endlich an. Um seinen Mund lag ein bitterer Zug. Natürlich wusste er, dass es ihm nichts nützen würde, wenn Baoxiang aus seinem Leben verschwand – an seiner Neigung würde es nichts ändern. Doch für einen Augenblick hatte er sich der Illusion hingegeben. Nun blitzte Hass aus seinen Augen. Baoxiang starrte herausfordernd zurück.

Seid kein Feigling! Gesteht Euch ein, was Ihr wollt!

Er hob den Jadebecher. »Zehntausend Jahre dem Großkhan!«

Auf dem breiten Gesicht des dritten Prinzen mit den hohen Buddha-Wangen und dem grausamen Mund wirkte Kapitulation wie Trauer.

In wenigen Schritten war er die Stufen herunter und schlug Baoxiang den Becher aus der Hand. Er beschrieb einen langen, eleganten Bogen und zog den Wein wie ein durchscheinendes Band hinter sich her. Dann schlug er auf dem Marmor auf und zerstob zu einer glitzernden Wolke.

»Was hat das zu bedeuten?«, rief die Kaiserin.

Der dritte Prinz hatte bereits wieder sein verächtliches Grinsen aufgesetzt. Er drehte sich zu der Kaiserin um. »Gewiss hat Eure Hoheit nicht vor, den König von Goryeo mit einem derart schlampigen Geschenk zu beleidigen!« Das Papier hatte sich zusammengerollt. Mit einer heftigen Bewegung schüttelte der dritte Prinz es auf, sodass Baoxiangs Kalligrafie zu sehen war. »Wie sollte dies mehr sein als wertloser Tand? Eins der Zeichen ist falsch!«

Die Kaiserin wurde so rot wie ihr Hut. Plötzlich erinnerte sich Baoxiang, dass der dritte Prinz die Zeichen auf seinem Buch hatte lesen können. Esen hatte sich nie die Mühe gemacht, eine andere Schrift als die mongolische zu lernen. Offenbar galt das Gleiche für die Kaiserin und den Großkhan. Einzig der dritte Prinz, der allem Anschein nach hämisch frohlockte, wusste: Baoxiangs Werk war vollkommen.

Der Prinz sagte etwas in einer fremden Sprache, woraufhin ein schockiertes Raunen durch die Delegation aus Goryeo lief. Dann wechselte er zurück ins Mongolische. »Ihr werdet doch wohl kaum geglaubt haben, der stellvertretende Minister sei ein bedeutender Gelehrter! Diesem Ruf wird er wahrlich nicht gerecht. Seht ihn Euch doch an! Er ist zu nichts zu gebrauchen. Und ausgerechnet ihm wolltet Ihr es überlassen, Groß-Yuan Ehre zu machen? Ich kann nicht umhin, Euer Urteilsvermögen infrage zu stellen, Kaiserin. Das Geschenk ist für sich genommen schon unpassend.«

Rasch öffnete er seinen Waffengurt und bot dem Großkhan auf den Handflächen sein Schwert mit der Einlegearbeit aus

Türkisen dar. »Wir sind ein Kriegervolk, und der König von Goryeo ist hier bei Hofe aufgewachsen. Er ist so geschickt mit dem Schwert, wie es einem Herrscher wohl ansteht. Fraglos ist dies eine schicklichere Gabe als Tusche auf Papier!« Er blickte Baoxiang nicht an.

Quälend langsam verstrich ein Augenblick. Endlich nickte der Großkhan knapp.

»Dann muss er bestraft werden!«, platzte die Kaiserin zornig heraus. »Eure Hoheit, Eure Beamten bringen Euch Schande mit ihrer Achtlosigkeit! Verbannt ihn!«

»Weshalb eine Ehrverletzung noch belohnen?« Der dritte Prinz lächelte höhnisch. »Ein derart verderbter Mensch wie der stellvertretende Minister würde sich bei den Barbaren sicher wohlfühlen! Wenn Ihr ihn schon bestrafen wollt, dann richtig: Dreißig Hiebe mit dem schweren Bambus, gleich hier auf dem Platz vor der Halle des großen Glanzes – auf dass ein jeder sehe, was geschieht, wenn man dem Großkhan Schande antut mit seiner Schwäche und Unfähigkeit!«

Das war geschickt eingefädelt: Der Rachedurst der Kaiserin wäre vorerst gestillt, doch da die Züchtigung ein öffentliches Spektakel war, konnte man Baoxiang dabei nicht »versehentlich« zu Tode prügeln.

Allerdings würde eine Prügelstrafe durch die fähigen Folterknechte des Großkhans wohl kaum weniger schmerzvoll sein als der Tod durch Gift. Baoxiangs Furcht, bislang unter seinem Zorn begraben, brach sich ihren Weg an die Oberfläche. Den verachtungsvollen Mienen über sich sah er an, dass sich seine Angst auf seinem Gesicht spiegelte. Er zitterte und hatte einen sauren Geschmack im Mund, doch zugleich regte sich eine perverse Freude in ihm. Sollten sie ihn ruhig erniedrigen, ihn mit Schande überhäufen und in einen kleinmütigen, gequälten Mann verwandeln, der nirgends gern gesehen war!

Und dann wartet nur, was für ein Herrscher ich sein werde, wenn ich erst auf dem Thron sitze und ihr alle vor mir auf den Knien liegt!

»So sei es!«, fauchte die Kaiserin. »Schreien soll er!«

☯

Entrückt lag Baoxiang in der runden Bambuswanne seines Hauses. Im dampfenden Wasser schwammen Blätter und Rindenstückchen von Heilpflanzen.

Seine öffentliche Bestrafung am Nachmittag hatte ein großes Publikum angezogen. Die Königin hatte eine unterhaltsame Schau geboten bekommen, und er hatte sich nicht einmal Mühe geben müssen, sie zufriedenzustellen. Er wäre auch außerstande gewesen, ihr etwas vorzuspielen: Schon nach dem ersten Schlag hatte er nicht mehr klar denken können. Anstelle einer ausgefeilten Vorstellung hatte er ihr seinen Schmerz dargeboten, und die Kaiserin mit ihren glänzend scharlachrot geschminkten Lippen hatte ihn sich einverleibt wie ein Hungergeist, der sich über einen nächtlichen Wanderer hermacht. Der Schmerz hatte sich zu Qual gesteigert und war endlich unwirklich geworden. Das war eine große Erleichterung gewesen: als wäre er aus seinem Leib hinausgetreten, der ohne ihn weiter litt und schrie.

Hinterher hatte Seyhan ihm eine Arznei eingeflößt, die den Schmerz gnädigerweise hatte abklingen lassen. Allerdings hatte sie gleichzeitig die Klarheit seines Geistes getrübt. Einst war er ein Adler gewesen, hatte jeden einzelnen Faden in einem Brokatstoff erspähen können, der sechs Li unter ihm ausgebreitet lag. Doch nun hatte eine Wolke ihn verschlungen. Selbst die scharfe schwarze Klinge seines Zorns war zerlaufen und verblasst, nunmehr so weich und zart wie die Dämmerung. Schwach entsann er sich, dass ihn die Wirkung der Arznei zuerst geängstigt hatte: Entsetzt hatte er versucht, sich festzuhalten, damit er nicht fortgeschwemmt würde. Doch das lag hinter ihm. Nun ließ er sich treiben.

Der dritte Prinz kam herein. Baoxiang nahm das ohne Überraschung zur Kenntnis. Sorglos sagte er: »Ah, da seid Ihr ja.«

Statt der üblichen Ohrringe aus Lapislazuli trug der Prinz in Silber eingefasste Eisvogelfedern. Die Farbe beunruhigte Baoxiang; er hatte den Eindruck, dass der Anblick ihm hätte wehtun sollen, spürte jedoch nur eine nebulöse Regung, als hätte Seyhans Arznei nicht nur seinen Leib, sondern auch sein Herz betäubt.

»Wie ich sehe, habt Ihr es soweit gut überstanden.« Unter seiner verächtlichen Maske wirkte der Prinz befangen. Baoxiang fiel ein, wie er im Moment der Kapitulation ausgesehen hatte: als würde er trauern. Er hatte die Hoffnung aufgeben müssen, dass er vielleicht doch sei, wer er sein sollte. Auf seinen Wangen standen rosarote und weiße Flecke wie auf einen Oberarm, der ungeschützt der Kälte ausgesetzt worden war.

»Euch habe ich dafür jedenfalls nicht zu danken.«

Der Prinz lachte ungläubig. »Wem sonst?«

»Solltet Ihr der Kaiserin noch einmal einflüstern wollen, wie sie mich bestrafen könnte«, philosophierte Baoxiang, »hätte ich ein paar Vorschläge.«

»Jammert Ihr wegen der dreißig Hiebe? Ihr habt ja nicht einmal alle bekommen!« Der dritte Prinz hatte seine Stiefel ausgezogen. Seine bloßen Füße auf dem Lattenrostboden wirkten übermäßig groß, wie die Pfoten eines Welpen. Das Bad hatte nur drei Wände – anstelle der vierten gab es einen hängenden Sichtschirm aus Bambusstreifen wie in vielen alten Häusern –, aber eine Myriade Feuerschalen hielt die Kälte fern. »Wart Ihr schon so weggetreten, dass Ihr Euch nicht erinnert? Der Finanzminister hat fünf Eurer Hiebe auf sich genommen. Ihr unterstehet seiner Verantwortung, hat er vorgebracht. Und ich sage Euch: Keinen Laut hat er von sich gegeben! Man erkennt deutlich, dass er der Vater eines Kriegers ist.«

Da sah Baoxiang es doch vor sich: das faltige Gesicht des Ministers; wie er in seiner weißen Unterkleidung über der Bank gelegen hatte. Darum hatte Baoxiang nicht gebeten. Er hatte den Minister nie darum gebeten, gütig zu sein! In seiner Benommenheit wusste er seine Gefühle nicht zu deuten. Sie quollen auf wie Nebelwolken. Schmerzhaft waren sie nicht. Nach einer Weile verflüchtigten sie sich einfach wieder.

»Ich hätte Euch vermutlich auch ins Verlies werfen lassen können«, sagte der dritte Prinz. »Aber da wärt Ihr nicht wieder rausgekommen. Mein Vater hat noch nie jemanden begnadigt. Es wäre Euch ergangen wie diesem Manji-Verräter, der schon länger da unten hockt, als ich auf der Welt bin. Oh, aber Ihr seid ja selbst ein halber Manji – Ihr hättet Euch mit ihm anfreunden können! Vielleicht aber auch nicht. Wie der Vater, so der Sohn, hab ich recht? Und wenn diese mürrische kleine Schlampe von einem Eunuchen nach ihm kommt, ist er wohl kaum angenehme Gesellschaft.« Er grinste. »Allerdings wäre Euer Bruder da wohl anderer Ansicht gewesen.«

Ha. Unter normalen Umständen hätte ihn das erschüttert. Die Toten erwachten wieder zum Leben! Baoxiang war zumute, als sähe er sich ein Bühnenstück an. Er hatte noch Zöpfe getragen, als der ältere General Ouyang besiegt und nach Khanbaliq gebracht worden war. Dort war er – angeblich – vom Großkhan hingerichtet worden, und die Auswirkungen seines Todes hatten Baoxiangs Schicksal sowie die Schicksale der Menschen um ihn her bestimmt.

Er merkte, dass er lachte: schwerelos, ungehemmt. Das Gelächter blubberte aus ihm heraus wie der unkontrollierbare Strom einer Körperflüssigkeit. Als er den Kopf zurückwarf, spürte er keinen Schmerz, nur Druck, wo der Rand der Wanne sich in seinen Nacken grub. *Alles hätte anders sein können.* Atemlos sagte er: »Aber so ist es auch gut! In Hinblick auf das Ende. Es wird dadurch sogar noch besser.«

Er war ein Schwamm; seine Pupillen mussten so riesig sein, dass sie die ganze Welt verschlingen konnten.

»Ihr seid ja berauscht!«, sagte der Prinz vorwurfsvoll.

»Seyhan hat mir irgendwas gegeben. Es ist sehr wirksam. Ich fühle gar nichts! Wunderbar ist das. Schrecklich.« Denn wenn er nicht mehr seinem scharfen Zorn und seiner Bosheit folgen konnte – was würde ihn dann zu seiner Bestimmung führen? Nichts, dachte er. Er wäre verloren.

»Seyhan? Euer Semu-Mann draußen?« Der dritte Prinz verspannte sich. »Wird er nicht ...«

Baoxiang räkelte sich im Wasser. Der Blick des dritten Prinzen blieb an den dunkelroten Höfen seiner Brustwarzen hängen. »Sorgt Euch nicht! Es kümmert ihn nicht, was ich tue. Mit Ausländern ist es anders. Wäre ich jemand aus seinem Heimatland, würde er mich ebenso verachten wie alle anderen auch. Aber mir hier zu dienen, kränkt seinen Stolz nicht. In seinen Augen sind wir alle gleichermaßen sittenlos.« Da er nun schon an Ausländer gedacht hatte, fiel ihm etwas ein. »Ich wusste nicht, dass Ihr die Sprache Eurer Mutter beherrscht. Die habt Ihr doch gesprochen, oder? Als Ihr mich gerettet habt. Ihr seid gar nicht so dumm, wie Ihr ausseht.«

»Die Leute unterstellen mir so einiges, aber für dumm hält mich niemand. Bloß Ihr.«

»Und doch steckt Ihr immer noch in Euren Gewändern.«

Der dritte Prinz schluckte schwer. Nach einem Augenblick öffnete er mit zitternden Händen seine Kleider, alle drei Lagen. Seine Brust war weißer als Baoxiangs, gesprenkelt mit derselben Röte wie seine Wangen. Seinen Muskeln war noch das Wachstum anzusehen; sie waren lang gestreckt und flach. Brustbein, Rippen und Hüftknochen zeichneten sich spitz unter der Haut ab. Ein starker Leib, jedoch so verletzlich in seinem offengelegten Verlangen. Frauen konnten ihr Begehren verbergen, aber Männern war es unmöglich. Der dritte Prinz stand nackt vor ihm, entblößt bis auf die Wahrheit. Die Eisvogelfedern verschwanden hinter seinen Zöpfen, als er den Kopf senkte, um Baoxiangs Blick auszuweichen. Offenkundig hatte den dritten Prinzen noch niemand so gesehen; Baoxiang war der Erste. Wieder quollen Gefühle in ihm auf, dumpf und unergründlich.

Leise sagte der Prinz: »Ich wollte Euch nicht retten.«

Er mochte den Mut gefunden haben, sich seine Neigung einzugestehen, hielt sie jedoch immer noch für eine Schwäche. Wie viele Menschen gaben wohl niemals zu, was sie wollten, nicht einmal vor sich selbst? Versonnen sagte Baoxiang: »Ihr seid tapferer, als er es war.«

Dann stand er auf und wandte sich um. Wasser floss an ihm herab. Er fröstelte. Die rätselhaften aufwallenden Gefühle hatten ihn matt zurückgelassen. Nun pochte sein ganzer Leib, heftig, aber schmerzlos.

Der dritte Prinz stieg hinter ihm in die Wanne. Baoxiang hatte eine Gänsehaut. Instinktiv wollte er sich zurücklehnen, voller Sehnsucht nach der Wärme des anderen Menschen. Das Pulsieren erinnerte ihn angenehm an Erregung.

Bebend strich der dritte Prinz über seine Gesäßbacke. Dann ließ er die Hand dort liegen, als wagte er nichts weiter, hätte sich schon zu viel des Verbotenen herausgenommen. Unter seinen Fingern pochte Baoxiangs Haut. Er fühlte sich aufgeweicht, empfänglich und ganz außerstande zu verletzen.

»Noch nie habe ich einen Mann gesehen, der so rasch Blutergüsse bekommt! Es ist, als wärt Ihr anders als wir anderen. Wie schmal Ihr seid; wie Ihr immer mit den Händen flattert und die Hüften schwingt, als würdet Ihr Euch ersehnen, dass wir Euch berühren!« Der dritte Prinz umfasste sich selbst, atmete nun schwerer. »Ihr habt einen Schwanz, aber kriegt Ihr den überhaupt hoch? Oder seid Ihr da auch anders? Könnt Ihr nur wie eine Frau Lust empfinden, wenn ein Mann … in Euch …«

Seine Fingerknöchel strichen über Baoxiangs unteren Rücken, während sich die andere Hand hektisch in dem engen Raum zwischen ihnen hin und her bewegte. Zwischen zwei Leibern, die sich nicht wirklich voneinander unterschieden – zumindest nicht so, wie der dritte Prinz es sich ausmalte. Baoxiang hatte keine Ahnung, wie es Männern ging, die andere Männer begehrten, wusste aber sehr wohl, dass sein Körper keinen geheimen inneren Mechanismus besaß, der ihm Lust bereiten würde, sollte der dritte Prinz sich irgendwann ein Herz fassen und ihn nageln. Es würde bloß eine weitere schmerzhafte Demütigung sein. Doch in diesem Traum, in dem es weder Schmerz noch Angst gab, störte ihn der Gedanke ausnahmsweise nicht weiter.

Der dritte Prinz stöhnte auf; sein Samen spritzte warm gegen Baoxiangs Rücken und rann ihm zwischen die Pobacken. Man konnte sich nicht einbilden, mit einer Frau zusammen zu sein, dachte er träge. Weder die Männerstimme noch der durchdringende Birnenblütengeruch des Spermas erregten ihn auch nur im Geringsten. Und doch rief die einfache Vertrautheit, dem Höhepunkt eines anderen Menschen beizuwohnen, ein Gefühl der Befriedigung in ihm hervor.

Sein Blick fiel auf sein Spiegelbild im trüben Badewasser. Benebelt, wie er war, kam es ihm faszinierend vor: das blasse Gesicht, die dunklen Ringe um die Augen, die riesigen Pupillen. Das offene nasse Haar klebte ihm auf der Brust. Er war so abgelenkt, dass es eine Weile dauerte, bis er den Geist bemerkte.

Esens bärtiges Antlitz waberte auf dem Wasser. Er trug sein eisvogelblaues Reitkostüm. Die nach unten geneigten Brauen verliehen seinen Lidern einen sanften Gänseflügelschwung. Der Mund folgte der absinkenden Linie seines Schnurrbarts. Jede Einzelheit war Baoxiang so vertraut, und doch konnte er Esens Miene nicht deuten. Unter der trügerisch glatten

Oberfläche seines inneren Ozeans brodelte sicher ein Sturm, aber er spürte nichts. Er musste mit dem Geist sprechen, ihn rufen – ihn *verfluchen* –, doch die Arznei hatte ihn seiner Wildheit beraubt, ihn von seinem zornigen Selbst getrennt, ihm alles genommen, was ihn auszeichnete. Er war verloren, und das war so unerträglich, dass er hätte weinen mögen. Aber er vermochte es nicht.

Der Prinz stieg aus der Wanne und wühlte dabei das Wasser so sehr auf, dass die Spiegelbilder zersplitterten und zerstoben. Während er sich anzog, ließ Baoxiang sich zurück ins Bad sinken. Er nahm kaum wahr, wie der Prinz ging. Die Gegenwart des Geistes war wie ein Echo in einem leeren Zimmer, doch als die Wasseroberfläche endlich wieder still geworden war, sah Baoxiang nur noch sich selbst darin.

☯

Baoxiang weigerte sich, mehr von Seyhans Arznei einzunehmen. Die Schmerzen ließen sich nur ertragen, indem er sie ertrug, die ganze Zeit so übellaunig wie ein Nerz. Im Ministerium ertappte er sich dabei, wie er alle und jeden innerlich anspornte, eine dumme Bemerkung über sein Sitzkissen zu machen, damit er eine geharnischte Antwort geben könnte. Wie gern hätte er einen unbedachten Beamten mit seinen Worten *eingeäschert* – am liebsten einen, der zugeschaut hatte, wie er geschlagen worden war! Doch jeder, der es dahin gebracht hatte, in einem Ministerium zu arbeiten, hatte längst gelernt, nur mit Vertrauten hinter vorgehaltener Hand zu lästern, und so konnte Baoxiangs Zorn sich an nichts weiter nähren als an sich selbst. Trotz seines Elends wusste er das Erlebnis in gewisser Weise zu schätzen: So fiel es ihm leicht, noch ruchloser zu sein als je zuvor.

In der Stadt herrschte großer Aufruhr. Baoxiang hatte damals eigens an der Organisation der Feldzüge in Henan mitgewirkt, doch das Hauptheer der Yuan auf den Abmarsch vorzubereiten, war eine Anstrengung ganz anderer Größenordnung. Die Straßen waren verstopft mit berittenen Soldaten, Fußvolk, Dienstboten, Kaufleuten und Semu-Viehhändlern, die aneinandergebundene Pferde frisch aus der Steppe brachten. Beamte eilten zwischen den Ministerien und Ämtern im südlichen und östlichen Viertel Khanbaliqs hin und her, und auf den Märkten wurde alles angeboten, was die Familie eines einberufenen Soldaten ihm kaufen konnte, um seine Überlebenschancen zu erhöhen.

Im Finanzministerium ging es ebenso hektisch zu. Eine Flut von Gesuchen, Belegen und Erstattungsanträgen kam hereingespült, und alles musste einzeln geprüft werden. Tagein, tagaus hockte Baoxiang auf seinem Sitzkissen und stempelte in heiligem Zorn Dokumente, während sich ein ungeduldiger Büttel nach dem nächsten hinter ihm herumdrückte. Alle konnten sie es kaum erwarten, ihm die gestempelten Papiere zu entreißen, um sie weiterzutragen.

Aus diesem Chaos würde eine Gelegenheit erwachsen. Noch konnte Baoxiang sie nicht klar erkennen, doch er spürte sie wie die Spitze einer Akupunkturnadel auf einer Entzündung: eine Ahnung von Schmerz und zugleich Erleichterung.

Der Minister lächelte betrübt, als Baoxiang steif in sein Büro gestakt kam. Hinter Bücher- und Dokumentenstapeln saß er selbst auf einem Kissen. Auf seinem Schreibtisch dampfte ein übelriechender Arzneitee. Schon fünf Hiebe reichten aus, um einem Menschen die eigene elende Körperlichkeit wieder bewusst zu machen. »Geht Ihr nach Hause, Herr stellvertretender Minister?«

Den Minister Schmerzen leiden zu sehen, erinnerte Baoxiang unangenehm an die nebelhaften Gefühlswolken, die unter dem Einfluss von Seyhans Arznei in ihm aufgestiegen waren. Aber da war er nicht er selbst gewesen. Nun war er wieder ganz bei sich, sein Verstand so scharf wie ein Filetiermesser.

Es dauerte nur einen Augenblick, das unerwünschte Gefühl aus sich herauszuschneiden und die zurückbleibende Leere mit Finsternis zu füllen.

Er legte eine Hand auf einen der Stapel. Er war ehrfurchtgebietend hoch. »Das ist zu viel Arbeit für Euch allein, Herr Minister. Ihr müsst delegieren.«

»Das würde ich, müssten diese Aufgaben nicht vom Minister höchstselbst erledigt werden.« Er seufzte. »Leider vergehen die Tage zu rasch, als dass ich all das höchstselbst bewältigen könnte ...«

»Die Regeln berücksichtigen nicht, dass derjenige, der sie befolgen soll, ein Mensch ist. Wenn Ihr Euch nicht helfen lasst, überarbeitet Ihr Euch und werdet krank. Dann wird die ganze Sache nur noch schlimmer.« Dies war der Moment, auf den er gewartet hatte. Er hatte das Vertrauen des Ministers gewonnen, hatte sich unentbehrlich gemacht. Alles war vorbereitet. Der sesamschwarze Ozean füllte nun jeden Winkel in ihm aus; für Zweifel blieb kein Raum. »Lasst mich Euch mit den Bewilligungen helfen. Ich kann sie heute Abend fertigmachen und morgen früh wieder mitbringen. Niemand wird davon erfahren.«

Der Minister seufzte noch einmal. »Ihr habt natürlich recht.« Eifersüchtig legte er die Hand auf das mit Schnitzereien verzierte Kästchen aus Paulownienholz. Dann reichte er es Baoxiang.

Darin lag der Stempel des Ministers, gebettet auf Samt. Der Griff war abgenutzt und glatt, die elfenbeinerne Stempelfläche zinnoberrot verfärbt. Hiermit wurden von höchster Stelle alle Geldangelegenheiten im Reich Groß-Yuan bewilligt. Der Minister durfte sich unter keinen Umständen davon trennen, und nie durfte der Stempel von einem anderen als dem Amtsinhaber verwendet werden; die Todesstrafe stand darauf. Der Minister sagte mit einem kleinen Lächeln: »Verliert ihn nur nicht.«

Baoxiang schloss den Deckel des Kästchens. Doch als er aufblickte, erstarb ihm das Wort auf der Zunge.

Im Halbdunkel hinter dem Minister stand eine Dienstmagd. Strähnig fielen ihr die Haare ins Gesicht; ihre Augen starrten schwarz und blind durch ihn hindurch. In ihrem hübschen Gesicht sah man keine Grübchen mehr.

Sie musste zurück aufs Land gehen, um für ihre Eltern zu sorgen. Er hatte sich gestattet, es zu glauben, hatte sich nicht eingestehen wollen, was er bereits gewusst hatte. Die lachende Dienstmagd hatte ›herausgefunden‹, dass er Männer Frauen vorzog; damit einhergehend hatte sie jedoch auch zu viel über den dritten Prinzen erfahren. Natürlich hatte die Herrin Ki sie ermorden lassen.

Er hatte geglaubt, sie zurückzuweisen sei gnädig, aber in Wirklichkeit hatte er sie damit zum Tode verurteilt. Er dachte an das blinde, zungenlose Mädchen und ihre Zwillingsschwester. So viele Tote. So viele Geister. Und wie viele würden erst noch sterben.

»Wang Baoxiang?« Der Minister blickte ihn besorgt an.

Baoxiang hielt das Kästchen so fest umklammert, dass seine Knöchel weiß hervortraten. Rasch entspannte er seine Hand. »Ich verliere ihn nicht«, versprach er. »Ich weiß doch, wie wichtig er ist.«

12

VOR DEN TOREN PINGJIANGS

»Pingjiang, ein Juwel unter Juwelen!«, spottete Zhu. »Noch nie habe ich eine Stadt gesehen, die so sehr einem Scheißhaufen gleicht.«

Das flackernde orangegelbe Licht der Fackeln fiel auf die steinerne Wehrmauer: Sie war frisch mit einer huckeligen Schicht Seeschlamm verputzt. Die Zinnen waren dicht mit Netzen behängt. Der Anblick erinnerte an Obstbäume, deren Kronen man vor Fledermäusen schützen wollte.

»Schlamm und Netze zerstreuen die Einschlagswucht von Geschossen, sodass weniger Schaden am Mauerwerk entsteht«, belehrte Jiao sie vom Rücken seines Pferdes aus. Zhu war mit ihm und General Ouyang dem Heer vorausgeritten, um Pingjiang in Augenschein zu nehmen. »Steinmauern mit einem Kern aus komprimierter Erde halten traditionellen Geschossen sehr gut stand, wenn zusätzlich solche Vorbereitungen getroffen werden. Daher greifen die Mongolen auch auf Brandbomben zurück.«

»In der Tat«, sagte Ouyang kühl. Nun, da Zhu ihm das Kommando über sein Heer zurückgegeben hatte, war er wieder ganz der hochmütige, unberührbare General in dunkel schimmernder Spiegelpanzerung. Die Lederklappen am unteren Rand seines Helms ließen nur einen mondsichelförmigen Spalt seines Gesichts frei, als wollte er, dass seine Rüstung gesehen wurde, nicht aber er selbst. Doch Zhu hatte einen Blick auf ihn erhascht. Sie kannte ihn. Er mochte sich wieder in seinen Panzer zurückgezogen haben, aber sie würde ihn dennoch nie wieder als jene mythische Figur wahrnehmen, die ihr über das Schlachtfeld entgegengeblickt hatte. Er war ein Mensch wie sie, stand an ihrer Seite. Er fuhr fort:

»Man kann auch die ansässige Bevölkerung auf die Wehrmauern zutreiben, sodass die Verteidiger der Stadt ihre Pfeile verschwenden, und dann mit den Leichen den Wehrgraben auffüllen. Das ist eine recht wirksame Taktik.«

Zhu verzog schmerzlich das Gesicht. »Aber bin ich wirklich ein Regent, wenn niemand mehr da ist, den ich regieren könnte?«

Am Nachthimmel hinter Pingjiang glühte schwach die Unterseite der Wolken: Xu Da führte Zhus ursprüngliches Heer aus Richtung Osten auf die Stadt zu. Ouyangs Streitkräfte hatten den kürzeren Weg genommen und sich von Westen genähert. In den Wochen seit General Zhangs Ermordung hatten Zhu und Ouyang mit ebensolchen Zangenangriffen eine Stadt der Salzkönigin nach der anderen eingenommen. Zhu war sich bewusst gewesen, welch großes Wagnis sie einging: Ouyang hätte jederzeit entscheiden können, mit seinem Heer abzuziehen. Was hätte sie dagegen tun sollen? Doch er war noch da, und ihre zahlreichen gemeinsamen Siege gaben ihr recht: Zusammen waren sie unschlagbar.

Die Herrin Zhang konnte sich nun nirgendwohin mehr zurückziehen und hatte sich daher mit ihren Truppen in Pingjiang verschanzt. Zweifellos hoffte sie, der Belagerung standzuhalten, bis der Kanzler aus dem Süden eintraf. Stellte er fest, dass er an die Herrin Zhang nicht herankam, würde er höchstwahrscheinlich die Gelegenheit ergreifen und sich zunächst einmal um Zhu und Ouyang kümmern.

Doch Mongolenheere waren ausgesprochen gut darin, befestigte Nanren-Städte aufzubrechen, dachte Zhu zufrieden. Mit Ouyangs Beistand würde sie Pingjiang lange vor der Ankunft des Kanzlers erobert haben.

»Wir könnten einen Tunnel graben«, sagte Ouyang.

»Neben einem See? Seid doch kein Narr.« Jiao klang sogar noch herablassender als üblich. Diesen Ton kannte Zhu nur zu gut: Hier sprach ein Mann zu jemandem, der ihm unterlegen, der selbst kein Mann war. Seit Jiao Zhus Geheimnis kannte, gab er ihr freimütig bei jeder Gelegenheit zu verstehen, dass er an ihren Fähigkeiten zweifelte. Bewies sie ihm, was sie konnte, hatte sie stets das Gefühl, dass er ihren Erfolg als einmalige Ausnahme betrachtete. Nichts schien seine Meinung ändern zu können.

»Ach, Ihr haltet das für unmöglich?« Ouyangs Stimme war eisig. »Die Techniker der Yuan hätten damit keine Schwierigkeiten gehabt. Das waren allerdings auch Semuren aus Choresmien und Chorasan. Das technische Wissen der Völker in den westlichen Khanaten ist fraglos überragend.«

Ein Schwarm Fledermäuse kam kreischend über die Mauer geflogen und hielt auf den See zu.

»Ich habe nicht gesagt, es sei unmöglich«, sagte Jiao steif. »Eure Techniker haben sicher zunächst mit Stützbalken gearbeitet und dann die fertigen Abschnitte mit Mauerwerk verstärkt. Und dann werden sie wohl Pumpen gebraucht haben, um den Tunnel trocken zu halten. Der Arbeitsaufwand wäre gewaltig!«

»Glücklicherweise sind meine Männer Wehrpflichtige. Anders als *seine* Männer«, Ouyang gönnte Zhu keinen Blick, »sind sie raue Behandlung gewohnt. Wenn man ihnen befiehlt zu graben, dann tun sie das auch.«

»Ein einziger Tunnel reicht nicht«, sagte Zhu. »Wir brauchen gleich mehrere, oder wir bekommen nicht genug Männer auf einmal in die Stadt. Und wir müssen eine glaubwürdige Erklärung finden, warum unsere Heere vor der Stadt herumlungern, aber nicht angreifen. Vielleicht können wir es so aussehen lassen, als würden wir Belagerungsgerät errichten …« Sie wandte sich Ouyang zu. »Wie lange würde es dauern, Bliden zu bauen, wie Ihr sie vor Bianliang hattet?«

Schmerz flackerte in seinen Augen, und nun wusste sie, wo er herrührte: Er dachte an Esen Temürs Tod zurück. Einer seiner ledernen Armschutze verbarg den Schnitt, den General Zhangs Sohn ihm zugefügt hatte. Sie sah jedoch, wie er das Handgelenk des verletzten Arms überstreckte, um sich durch den Schmerz Erleichterung zu verschaffen. Dann sagte er in einem unheimlichen, entrückten Ton, der ihr bestätigte, dass es ihm gelungen war:

»Ist das Material vorhanden, muss man von einem halben Monat ausgehen. Auch ein ganzer wäre plausibel, wenn man Unerfahrenheit und Unfähigkeit Rechnung trägt.«

Es ging Zhu nichts an, mit welchen Mitteln Ouyang seine Gefühle beherrschte, solange er sich tatsächlich in der Gewalt hatte. »Dann stützen wir uns auf meine Unfähigkeit!«, sagte sie munter. »Techniker Jiao, scheue keine Mühe bei dieser Aufgabe. In einem Monat müssen diese Tunnel fertig sein!«

Ouyangs Heerlager lag recht weit hinter ihnen am Ufer des Tai Hu. Sie waren gerade auf dem Weg dorthin, da näherte sich auf einem Pfad, der mit ihrem zusammenlief, ein berittener Bote, der offenbar in dieselbe Richtung wollte.

»Ist das eine Nachricht von General Xu?«, rief Zhu in königlichem Tonfall und trieb ihr Pferd an, um zu ihm aufzuschließen. »Da Wir nun schon einmal hier sind, kannst du sie Uns direkt übergeben.«

Sie erhaschte einen flüchtigen Blick auf das erschütterte Gesicht des Boten; dann riss er sein Pferd herum und sprengte in die Dunkelheit davon.

»Hm.« Zhu spähte ihm hinterher. Die Hufschläge verklangen bereits. Bei Tageslicht hätte Ouyang den Flüchtenden leicht eingeholt, doch unter den gegebenen Umständen würden nicht einmal seine Reitkünste das Blatt zu ihren Gunsten wenden. Trocken sagte sie: »General Xu *könnte* ihn geschickt haben … Dem armen Mann ist nur gerade aufgefallen, dass er die Botschaft vergessen hat, und jetzt ist er los, um sich aus Verlegenheit in den Tai Hu zu stürzen. Wie hoch stehen wohl die Chancen, dass es so war?«

Deutlich wahrscheinlicher war, dass es in Ouyangs Lager einen Spion gab. Sie rief sich den Boten ins Gedächtnis. Sein Pferd hatte geschäumt. Waren nicht auch seine Kleider staubig gewesen, wie nach einem langen Ritt?

Wenn sie recht hatte, war er von weither gekommen. Dann steckte nicht die Herrin Zhang dahinter, obwohl sie im Augenblick das größte Interesse daran haben dürfte, in Erfahrung zu bringen, was Zhu und Ouyang vorhatten. Bedeutete das, Spion und Bote arbeiteten für die Yuan? Die Vorstellung, dass der Kanzler über ihre Pläne im Bilde sein könnte, während sie über seine im Dunkeln blieben, gefiel ihr überhaupt nicht. Sollte er herausfinden, wie rasch sie Pingjiang einzunehmen gedachten, würde er sicher gar nicht erst versuchen, die Ostküste zurückzuerobern. Er würde in Dadu bleiben und sich darauf vorbereiten, die Stadt gegen Zhu und Ouyang zu verteidigen.

Vielleicht rief er sogar Verbündete zu Hilfe.

Nein, das durfte sie nicht zulassen. Es konnte nämlich sehr gut bedeuten, dass sie selbst mit Ouyangs Unterstützung nicht stark genug wäre, sich die Hauptstadt anzueignen. Sollte der Kanzler einen Spion eingeschleust haben, blieb ihr nichts anderes übrig, als ihn auszuheben.

☯

Im Lager vor Pingjiangs westlichen Toren herrschte ein ameisenhaftes Gewimmel. Ouyang ritt mit Geng und Chu auf die Blidenattrappen zu, als wollte er die Fortschritte begutachten. Dabei mussten sie unzähligen Eselskarren ausweichen sowie Männern, die Körbe voller Erde auf den Köpfen schleppten; wäre Ouyang gesagt worden, Zhu habe seine Soldaten angewiesen, lieber hier eine eigene Stadt zu erbauen, als sich in eine hineinzugraben, er hätte es geglaubt. Um die Lage noch unerträglicher zu machen, fütterten die Männer ihre Kochfeuer mit grünem Bambus, um Beobachtern aus Pingjiang die Sicht zu erschweren. Auch das war Zhus Idee gewesen. Die Maßnahme war ein großer Erfolg, und gerade das machte sie zum Albtraum: Die schwere Seeluft drückte den Rauch nach unten, sodass er sich wie eine erstickende Decke über das Lager breitete. Allen tränten die Augen und liefen die Nasen, wie barfüßigen Straßengören im Winter.

Während seiner Gefangenschaft hatte Ouyang immerzu darüber nachgegrübelt, wie er sein Heer zurückbekommen konnte. Nun hatte er es endlich wieder, doch so vieles, was er früher als ganz gewöhnlich empfunden hatte, gab ihm jetzt das Gefühl, er läge in einem Fiebertraum. Seine Männer in den dunklen Rüstungen der Yuan; die Gers, die überall zwischen den Zelten standen; die Pferde – all das gehörte zu einer Welt, der er den Rücken gekehrt hatte. Bei jedem vertrauten Anblick brach eine Flut Erinnerungen über ihn herein. In seiner Verzweiflung legte er seine Armschutze nicht mehr an, sodass er seine Fingernägel bei Bedarf direkt in die Wunde graben konnte. Doch selbst das verschaffte ihm kaum noch Erleichterung. Er hatte den Heilungsprozess schon so oft gestört, dass das körnige Narbengewebe mit dem nässenden roten Spalt zwar hässlicher aussah als je zuvor, aber durch die wiederholten Misshandlungen langsam gefühllos wurde. Immer energischer musste er vorgehen, auch wenn er im Stillen wusste, dass er Gefahr lief, ernsthaften Schaden anzurichten. Er konnte es einfach nicht lassen.

»Die Ernte ist gut dieses Jahr«, stellte Geng fest, als eine Reihe Versorgungswagen vorbeirollte. »Endlich ein fruchtbares Jahr nach fünf schlechten!«

Sein Interesse an der Landwirtschaft machte ihn zum wohl langweiligsten Mann, den Ouyang je gekannt hatte. Allerdings war ein langweiliger Stellvertreter wohl immer noch besser als ein verschlagener, wie Shao einer gewesen war – oder jemand wie Chu, dessen bloße Gegenwart Ouyang aus irgendeinem Grund reizte.

Geng schwadronierte weiter über Ernteerträge, die Bedeutung von Bewässerung und seine Hoffnung, ein neuer Kaiser werde den Himmel so weit besänftigen, dass die unaufhörlichen Naturkatastrophen ein Ende fanden, die das einfache Volk ins Elend stürzten. Ouyang hörte kaum zu. Dann warf Chu ein:

»Können wir denn sicher sein, dass Zhu Yuanzhang dieser Kaiser sein wird? Ich war zwar mit Shao Ge nicht immer einer Meinung, aber *ihn* konnte ich mir wenigstens auf dem Thron vorstellen! Zhu Yuanzhang ist ... Nun, er mag das Mandat haben, aber er ist bloß so groß wie ein Käfer! Mein vierzehnjähriger Vetter hat eine tiefere Stimme als er, und ich kann's kaum ertragen, ihn anzuschauen, verkrüppelt, wie er ist.« Sein rundes Gesicht spiegelte Besorgnis. »Kann einer wie er tatsächlich die Herrschaft gewinnen?«

Hätte Ouyang den Thron selbst beansprucht, wäre er zweifellos denselben Vorbehalten begegnet. Ouyang musste an den Ernst auf Zhus kleinem hässlichem Gesicht denken, als er das Schwert zurückgegeben und darauf bestanden hatte, sie seien einander ähnlich.

Gleich und gleich. Ouyang hatte sein ganzes Leben lang geglaubt, niemand empfände wie er oder könne sich auch nur vorstellen, wie es war, er zu sein – gesetzt den Fall, es versuchte überhaupt jemand. Nicht einmal Esen, der eine Ewigkeit mit Ouyang verbracht hatte, hatte an seiner Maske vorbeischauen und sein wahres Selbst sehen können. Doch Zhu … Zhu verstand ihn.

Ouyang hatte nicht mehr in den Spiegel geschaut, seit er zu einem Jüngling herangewachsen war. Doch als Zhu mit dem Schwert vor ihm gestanden hatte, hatte er in ihm das Spiegelbild erkannt, vor dem er so lange davongelaufen war. Alles, was ihn an Zhu bis aufs Blut reizte – die abstoßende Winzigkeit, das helle Stimmchen, die körperliche Versehrtheit –, machte sie einander gleich. Und deshalb, hatte Zhu gesagt, seien ihre Schicksale miteinander verwoben.

Ouyang hatte sogleich gewusst, dass es stimmte – mit derselben Gewissheit, mit der er wusste, was er wollte.

»Zhu Yuanzhang mag nicht dem Bild eines Königs entsprechen, doch seine bisherigen Siege sind ein schlagender Beweis seiner Eignung«, sagte er scharf. »Wäre ich nicht davon überzeugt, so stünde ich nicht an seiner Seite, da könnt Ihr Euch gewiss sein. Gemeinsam mit ihm haben wir die besten Aussichten, unsere Ziele zu erreichen. Sollte das nicht länger der Fall sein, seid versichert: Dann ziehen wir allein gegen Dadu!«

Missgelaunt ritt er weiter und machte sich Gedanken über Chu. Shao war ein unangenehmer Mensch gewesen, aber weshalb er ein Bündnis mit Ouyang eingegangen war, hatte immer klar auf der Hand gelegen: Sein Ehrgeiz hatte ihn dazu getrieben. Auch Gengs Beweggrund war offensichtlich: Wie er ihnen allen langatmig erklärt hatte, sehnte er sich nach Stabilität. Er wollte heimkehren und seine kostbare Hirse anbauen (oder was er eben anbaute, Ouyang hatte keine Ahnung). Was aber wollte Chu? Ouyang war bisher davon ausgegangen, er glaube an die Sache der Nanren. Doch nun stellte sich die

Frage, ob er tatsächlich an Zhus Tauglichkeit zweifelte. Wollte er in Wirklichkeit den Thron für sich?

Nicht dass es von Bedeutung war. Der neue Kaiser würde erst nach Ouyangs Ende gekrönt werden. Ach, wie er sich seinen Tod herbeiwünschte! Es war, als schwebte dicht über seiner Haut eine Messerklinge und verspräche jene Erleichterung, die nur die Auslöschung des Selbst brachte ... *Denn sind wir beide vereint, so kann uns niemand aufhalten!* Er hatte sich darauf eingelassen und sein Schicksal mit Zhus verknüpft. Nun musste er nichts weiter tun, als noch ein wenig länger durchzuhalten. Bald würden sie Pingjiang einnehmen. Dann Dadu. Ouyang würde seine Bestimmung erfüllen, und nichts, was er getan hatte, würde vergeblich gewesen sein. Und schließlich, endlich, würde er keine Qualen mehr leiden müssen.

☯

Ouyang stand im Tunnel und bemühte sich, nicht darüber nachzudenken, dass die Decke zwischen den Stützbalken durchhing wie zum Trocknen aufgehängte Tofuhaut. Im Gegensatz zu beinahe allen Männern unter ihrem Kommando konnten Zhu und er aufrecht stehen, wenn auch nur gerade so. Zhus Haarknoten war von einer Schicht gelben Tons gekrönt.

Abgesehen von ihnen beiden war der Tunnel leer. Sie waren während der Pause zwischen den beiden Nachtschichten heruntergekommen und bis zum Ende durchgegangen. Hier waren die Wände noch nicht gemauert, sondern bestanden aus nackter Erde, feucht und von den Schaufeln zerfurcht. Ouyang hatte erwartet, dass die Luft abgestanden sein würde wie in einer Grabstatt, aber stattdessen roch es überraschend frisch und würzig: wie zerdrücktes Moos bei einem Ausritt im Wald nach dem Regen.

Zhu leuchtete ihnen mit dem Mandat. Nun hob er die glühende Geisterhand und berührte damit die Wand am Ende des

Tunnels. Seine Hand leuchtete heller als die diffuse Aura, die ihn umgab, und Schatten spielten über die Tunnelwände. Es war verstörend.

»Beinahe geschafft!« Zhu flüsterte: Sie hatten die Außenkante von Pingjiangs Mauer erreicht, und auch wenn niemand wusste, ob eine Stimme bis an die Erdoberfläche dringen konnte, wollten sie doch kein Risiko eingehen. Vor einer Woche war einer der Tunnel zusammengebrochen, und sie hatten stundenlang befürchtet, die List würde auffliegen. Doch sie hatten Glück gehabt. Anscheinend war der Lärm nicht in die Stadt aufgestiegen, sondern aus dem Tunnelausgang geweht wie Luft aus einem Blasrohr. Die Menschen Pingjiangs hatten weitergeschlafen, und Zhu hatte widerwillig Männer aus den anderen Tunneln abgezogen, um die Verschütteten auszugraben. »Ein rätselhaftes Grollen in der Erde ist das eine«, hatte er gesagt, »aber die Hilfeschreie von zwanzig Männern wird nicht einmal Reiskübel Zhang für ein Naturphänomen halten.«

Zhus Geisterfinger bewegten sich über die Wand, als wären sie wirklich. »Unglaublich, nicht wahr?«, murmelte er. »Gleich auf der anderen Seite liegt unser Triumph! In ein paar Wochen schon sind wir in Dadu. Dann erfüllt sich all unser Verlangen!«

Einst hatte ein Reisender Ouyang erzählt, weit nördlich der mongolischen Steppenhauptstadt Karakorum, über dem blauen Eis des nördlichen Binnenmeers am Ende der Welt, tanze der Atem himmlischer Drachen über den Nachthimmel. Handelte es sich dabei um das gleiche Licht, das auch aus Zhu hervorbrach? Sein kleines Gesicht wirkte abwesend, während er von seiner Zukunft träumte. Er würde nie etwas anderes sein als erbärmlich hässlich. Doch in diesem Moment, im unirdischen Schimmern des Mandats, nahm die Intensität seines Sehnens Ouyang ebenso gefangen wie Schönheit.

So ähnlich sie einander auch waren, eines trennte sie wie eine tiefe Kluft: Zhu freute sich auf die Zukunft, während sie für Ouyang nichts weiter bereithielt als die Hoffnung aufs Ende. Mit einem Anflug von Wehmut sagte er: »Wie befriedigend die Vorstellung sein muss, alle auf den Knie zu sehen, die einen verachtet und in den Staub getreten haben!«

Er erinnerte sich noch schwach an die Genugtuung, die es ihm einst bereitet hatte, kleinliche Rache an jenen zu üben, die ihn gekränkt hatten. Wenn es Zhu um diese Befriedigung ging – ins Unendliche potenziert, weil es die ganze Welt war, die er niederwarf –, dann war es kein Wunder, dass er den Gedanken daran genoss.

»Ihr glaubt, deshalb strebe ich nach Macht?« Zhu betrachtete ihn neugierig.

»Wer täte es nicht deswegen?« Ouyang war ziemlich sicher, dass es Shaos Grund gewesen war. Und dasselbe galt für die Herrin Zhang, die schließlich einmal eine gewöhnliche Kurtisane gewesen war.

In der Stille tropfte Wasser von der Decke. Nach einer Weile sagte Zhu nachdenklich: »In meinen frühen Jahren sagte man mir, ich sei ein Nichts. Niemand sah einen Wert in mir; die Welt hätte mich geopfert, ohne mit der Wimper zu zucken. Ich glaube, Ihr kennt das Gefühl. Ihr hattet zwar Eure Rache, an der Ihr Euch festhalten konntet ... Doch wenn die Leute Euch wie eine elende Kreatur behandelt haben, habt Ihr da nicht wie ich davon geträumt, ein Mensch zu sein? Euch und mir, Herr General, hat man verwehrt, so zu leben, wie wir es wollten und Größe zu erlangen, daran war erst recht nicht zu denken. Niemand will sich an unsere Namen erinnern, und weshalb? Nur weil wir sind, wer wir sind!« In dem engen Tunnel schien es, als spräche Zhu ihm direkt ins Ohr. »Keiner rührt einen Finger, um die Verhältnisse für uns zu ändern, Platz für uns zu schaffen. Welche Wahl bleibt uns da, als es selbst zu tun?«

Es mutete eigentümlich an, in Zhus Vision eingeschlossen zu sein. Es war, als hätte Ouyang sich nicht nur mit ihm verbündet, um sein Schicksal zu erfüllen, sondern um eine bleibende Zukunft zu erstreiten. Seit er seine Bestimmung kannte, hatte er gewusst, dass seine Rache das Ende aller Dinge sein würde, denn für ihn gab es keine Hoffnung. Nur das Nichts erwartete ihn, das immerhin eine kurze Unterbrechung des Leidens versprach, ehe mit seinem nächsten Leben alles wieder von vorne begann. Ohne Zukunft war die Gegenwart kein Leben, sondern eher ein ausgesetzter Tod. Manchmal glaubte er beinahe, er sei Esen bereits ins Geisterreich gefolgt, und nur Zhu, der Geister sehen konnte, nehme ihn noch wahr.

Aber Zhu sah ihn tatsächlich. Beinahe schien es, als stünde er an der brennenden Grenze zwischen Diesseits und Jenseits, die leuchtende Phantomhand ausgestreckt. Als könnte Ouyang sie mit seiner Totenhand ergreifen und den Schritt zurück ins Reich der Lebenden tun – in Zhus neue Welt, die fortbestehen würde.

Doch wollte er das überhaupt? Er konnte sich nicht einmal vorstellen, wie würdelos, wie auf den Kopf gestellt ein Ort sein musste, um jemanden wie ihn aufzunehmen. Und selbst wenn er sich Zhu anschließen wollte – konnte er es? Wie viel Kraft würde es ihn kosten? Es erschöpfte ihn doch bereits, einfach bloß weiterzumachen …

Er wusste es nicht. Doch hier stand er nun, in dieser tropfenden Unterwelt, und während um ihn her unsichtbare Lebewesen durch die Erde krabbelten, fragte er sich zum ersten Mal, ob es möglich sei, das Ende zu überdauern.

☯

Der Tunneleingang befand sich am Rand des Lagers. Zhu trat vor Ouyang in den Rauch hinaus, der dicht wie Nebel über allem lag. Er verwandelte das Licht der Fackeln in helle Strahlen, die zwischen die schattenhaften Erdhaufen und Holzgerüste fielen. Einige Männer eilten von einer Aufgabe zur nächsten weiter. Ihre Silhouetten waberten im Trüben.

Sie gingen gerade auf die Mitte des Lagers zu, da blieb Zhus Blick an einem verschwommenen Umriss hängen. Möglicherweise handelte es sich um zwei Reiter, die angehalten hatten, um ein paar Worte miteinander zu wechseln. Daran war nichts offenkundig Verdächtiges: Ouyangs Heer war so groß, dass es bequemer war, von einer Seite des Lagers zur anderen zu reiten, und es war den Männern nicht verboten, sich zwischen den Schichten frei zu bewegen. Aber Zhus Instinkt meldete sich. Der Bote des Kanzlers fiel ihr wieder ein. Letztes Mal hatte sie ihn daran gehindert, seine Botschaft zu überbringen; würde er es da nicht erneut versuchen? Und hier, in der ruhigen Zeit zwischen zwei Nachtschichten, am verlassenen Rand des Lagers, trafen sich nun zwei Männer – genau wie man es von einem Boten und seinem Kontaktmann erwarten würde.

Zhu packte Ouyangs schmales Handgelenk und zog ihn hinter einen Stapel Eimer. Empört starrte er sie an. Sie deutete auf die beiden Männer und formte mit den Lippen ein Wort: *Spion!*

Seine Miene blieb finster, aber er begriff. Geduckt lief Zhu zu einem Erdhaufen, einen Steinwurf näher bei den Männern, und Ouyang folgte ihr auf dem Fuß. Der Rauch gereichte ihnen nicht nur zum Vorteil: Er verbarg sie wohl, verhinderte aber auch, dass sie den Spion erkannten, es sei denn, sie kämen dicht an ihn heran.

Sie huschten von Deckung zu Deckung, bis sie schließlich im Schutz eines kleinen Steinhaufens kauerten, kaum zehn Chi von den Männern entfernt. Von hier aus würden sie doch gewiss die Gesichter ausmachen können! Zhu reckte den Hals, um über die Steine zu spähen. Eine harte Kante von Ouyangs Rüstung bohrte sich in ihre Schulter. Der Rauch erschwerte nicht nur die Sicht, er dämpfte auch alle Geräusche: Sie hörte noch immer bloß Gemurmel. Es war nicht einmal auszumachen, in welcher Sprache sich die beiden unterhielten. Zu Zhus Enttäuschung waren zudem die Züge der Männer noch immer nicht zu erkennen. Wenn doch nur eine Windbö den Rauch ein wenig lichten wollte …

Dann scheute plötzlich eins der Pferde. Zhu hätte schwören können, dass weder Ouyang noch sie das kleinste Geräusch verursacht hatten. Alarmiert schrie der Reiter auf und versuchte, das tänzelnde Tier zu zügeln. Der Qualm geriet in Bewegung, und da sah Zhu, was das Pferd erschreckt hatte: Weiße Gestalten trieben durch das Grau, so schwer zu sehen wie Schneeflocken vor einem perlmutternen Himmel. Sie hätte fluchen mögen: Ouyangs Geister!

Nicht nur das Pferd war unruhig. Zhu sah, wie der andere Mann sich suchend umschaute. Manche Pferde scheuten wegen nichts – Zhu, die mit seelenruhigen Klosterbüffeln aufgewachsen war, zweifelte stark an der Vernunft von Pferden –, doch der Mann wollte offenbar kein Risiko eingehen. Er sprengte davon, tiefer ins Lager hinein. Die gedämpften Hufschläge entfernten sich rasch und waren bald gar nicht mehr zu hören.

Der andere Reiter gewann endlich die Kontrolle zurück. Unsicher verhielt er, schimpfte leise vor sich hin und trieb dann sein Pferd in einen leichten Galopp. Eilig zog Zhu den Kopf ein. Sie schaute zu Ouyang hin – aber der war fort! Kaum hatte sie es bemerkt, hörte sie auch schon ein kurzes Handgemenge. Jemand stürzte zu Boden. Das nun reiterlose Pferd jagte an ihr vorbei und verschwand im Rauch.

»Ich weiß, Ihr könnt nicht an Euch halten«, sagte sie emphatisch, »aber lebendig hätte er uns mehr genützt!«

Ouyang hockte neben dem Toten. Mit Bedauern sah Zhu, dass es der Bote war, dem sie bereits begegnet waren, und nicht der Spion.

»Wenn Euch nicht gefällt, wie ich die Dinge handhabe, werft Euch das nächste Mal selbst vor das Pferd.« Er durchsuchte die Kleider der Leiche und zog ein Papier hervor. »Wenigstens haben wir nun das hier!«

Zhu nahm ihm die Botschaft ab, ließ ihr Mandat aufleuchten und begutachtete die elegante Handschrift. Eindeutig Mongolisch – das hatte sie im Kloster gelernt. Doch aus irgendeinem Grund konnte sie kein Wort lesen. »O ja, das ist wirklich sehr hilfreich!«

»Gebt her. Bauer!« Ouyang nahm Zhu die Nachricht ab.

Sie protestierte: »Ich *kann* lesen, aber …« Als er zornig auf den Text hinunterstarrte, fühlte sie sich bestätigt. »Da seht Ihr's selbst!«

»Das muss ein Geheimkode sein«, sagte er ungnädig.

Ein Kode in mongolischer Schrift. Das passte, sollte der Spion für den Kanzler arbeiten. Allerdings … »Wenn die Botschaft von den Yuan kommt, warum könnt Ihr den Kode nicht entschlüsseln?«

»Sie stammt nicht von den Yuan. So etwas habe ich noch nie gesehen. Jemand anderes muss das geschickt haben.« Ouyang runzelte die Stirn, als reizte irgendetwas an der fließenden Schrift seine Erinnerung, aber er bekäme es nicht zu fassen. Schließlich schüttelte er den Kopf und gab ihr die Nachricht zurück.

Während sie zurück ins Lager gingen, grübelte Zhu. Wenn der Spion nicht für die Yuan arbeitete, für wen dann? Wieder überkam sie jenes Unbehagen, das sie schon in Zhenjiang verspürt hatte. Jetzt war es stärker: Das Gefühl, dass jene Bewegungen in den Schatten – das Plakat, der Mord an General Zhang und nun der Spion – auf einen ganz bestimmten Menschen zurückzuführen waren. Auf jemanden, der wusste, wer sie waren, und sie im Blick behielt, während sie keine Ahnung hatten, wer *er* war. Das missfiel ihr zutiefst.

Zhu begleitete Ouyang zu seinem Ger, ging dann aber nicht gleich zu ihrem eigenen Kommandozelt weiter, sondern machte erst einen kurzen Abstecher. Ein halbes Dutzend Männer aus ihrer eigenen Armee waren hier stationiert; ihre Zelte standen beisammen. Aus einem wehte ein durchdringender Geruch. Jiao war entweder noch wach oder hatte noch gar nicht geschlafen. Auf seiner Feuerstelle drängten sich Töpfe mit fragwürdigem Inhalt, in denen er herumstocherte. Zhu hielt ihm die kodierte Botschaft unter die Nase. »Ich habe ein amüsantes kleines Geschenk für dich.«

Jiao tat nichts lieber, als alle Welt wissen zu lassen, wie klug er war – und nichts machte ihn verrückter als ein Problem, das er nicht lösen konnte. Sie konnte beinahe hören, wie sich sein Interesse regte, als er begriff, was er da in Händen hielt. Wenn jemand den Kode knacken konnte, dann er.

»Berichte mir, was du in Erfahrung bringst!«

☯

»Buddha behüte uns!«, rief Zhu, als Xu Da sich hustend krümmte, und hielt ihm einen Becher hin. »Verendest du mir? Hier, trink einen Schluck!«

Er warf ihr aus tränenden Augen einen vorwurfsvollen Blick zu. »Wie könnt ihr bloß so leben?«

Zhu bemerkte den Qualm gar nicht mehr, nicht einmal, wenn sie an einem der Feuer saß und ihn direkt ins Gesicht bekam. Nach beinahe einem Monat kam es ihr vor, als gehörten die dichten Schwaden ganz natürlich zu ihrer Umgebung – wie Weihrauch, der durch ein Kloster zog.

»Aber Weihrauch riecht *angenehm!*« Xu Da war mit einer Handvoll von Zhus Kommandeuren aus der östlichen Stellung herübergeritten, um mit Zhu und Ouyang eine Besprechung abzuhalten. »Ihr verbrennt Bambusrohre und getrockneten Pferdemist!«

»Aber denk doch nur, wie köstlich wir sein werden!«, sagte Zhu sehnsuchtsvoll. »Unwiderstehlicher noch als Jinhua-Schinken: geräucherte Männer aus Pingjiang ...«

Erst als sich die Besprechung dem Ende zuneigte, hörte Xu Da auf zu röcheln. Jiao hatte Bericht über die Fortschritte des Tunnelbaus erstattet; sie hatten lebhaft darüber diskutiert, ob sie die Bliden, die sie ja eigentlich nur zur Ablenkung hatten bauen lassen, beim Angriff tatsächlich einsetzen sollten (betriebsfähig waren sie); und sie hatten ihren Plan verfeinert, wie sie mehrere Hundert Männer so rasch wie möglich durch die Tunnel bekämen. Xu Da erhob sich und warf Zhu einen finsteren Blick zu. »Ich kann nur hoffen, dass wir bald soweit sind. Wenn ich noch einmal herkommen muss, huste ich mir wahrscheinlich die Lunge aus dem Hals! Jetzt hau ich jedenfalls erst mal ab ...«

Zwei Wachen tauchten im Laufschritt aus dem Rauch auf und salutierten. »Wir setzen den strahlenden König darüber in Kenntnis, dass ein Unbefugter aufgegriffen wurde! Er hat sich dem Lager mit einer Nachricht genähert. Bitte gebt Eure Befehle!«

Zhus Herz klopfte schneller. Nachdem ihnen der Spion entwischt war, hatte sie Ouyang gebeten, das Lager noch besser bewachen zu lassen. Eben hierauf hatte sie gehofft! Nun war ihnen ein Bote in die Hände gefallen, der noch lebte. Entweder mit Freundlichkeit oder mit Nachdruck würden sie ihn dazu bringen, die Identität des Spions preiszugeben. Es war ein wenig merkwürdig, dass der Bote tagsüber gekommen war, da er so leichter gefasst werden konnte, aber vielleicht hatte das mit der Besprechung zu tun. Wenn der Spion einer von Ouyangs gewöhnlichen Soldaten war, würde er natürlich einen Zeitpunkt für das Treffen mit dem Boten wählen, wenn alle Befehlshaber beschäftigt waren.

Sie erhob sich und sagte scharf: »Bringt ihn her!«

Die Wachen salutierten wieder. Einer rief: »Wir gehorchen dem Befehl des strahlenden Königs! Möchte der strahlende König auch die Nachricht selbst sehen? Sie ist ... recht groß.«

Also begleiteten sie die Wachen. Der Bote und seine Nachricht waren am Rande des Lagers voneinander getrennt worden. Zhu, Ouyang und Xu Da betrachteten den Handwagen und den gewaltigen Steinguttopf, der darauf festgezurrt war. Er war mannshoch und trug einen losen Strohdeckel wie einen Reisehut. Ein stechender Geruch durchdrang selbst den Rauch.

»Ist das eine Botschaft oder ein Wintervorrat an eingelegtem Kohl?«, fragte Ouyang mit der Verachtung eines Menschen, der sich noch nie dazu herabgelassen hatte, Gemüse zu essen.

»Ich weiß es nicht!«, jammerte der Bote, dem Anschein nach ein Bauer aus der Gegend. »Ich kannte den Kerl nicht! Er hat mich bloß bezahlt und gesagt, Ihr würdet die Lieferung erwarten …«

Als Xu Da nach dem Deckel griff, musste Zhu plötzlich an Feuerpulver denken: Das roch ganz ähnlich wie gepökeltes Schweinefleisch. »Nicht anfassen! Jemand soll Techniker Jiao holen. Es könnte eine Bombe sein!«

»Unmöglich«, sagte Jiao, kaum dass er da war. »Der Deckel liegt ja nur auf.« Wie üblich klang er hochmütig. »Und Gift wird es in Anbetracht der Menge auch nicht sein.«

Zhu kam sich ein wenig dumm vor. »Na schön, dann holt das Ding mal runter«, wies sie die Wachen an, nur um gleich darauf zu rufen: »Wartet, doch nicht so!«

Aber es war schon zu spät: Der Mann hatte das Seil bereits angeschnitten. Dabei hatte er nicht bedacht, dass eine schwere, schwankende Last im Lauf einer Fahrt ihre Verschnürung unter mehr und mehr Spannung setzte. Das Seil knallte wie eine gerissene Bogensehne, der Karren hob sich auf ein Rad, und der Steinguttopf erwog seine Möglichkeiten, während alle Umstehenden erwogen, ob sie ihn auffangen sollten oder lieber weglaufen, damit sie nicht zerquetscht wurden. Bevor sie sich entscheiden konnten, nahm der Topf die Sache selbst in die Hand und warf sich heldenhaft zu Boden. Der Inhalt flutete heraus.

Diese Botschaft hatte nicht der geheimnisvolle Kodierer geschickt – sie *sollte* verstanden werden.

Über den Boden ergoss sich ein Schwall Salzlake, und darin eingelegt: abgetrennte Hände, von Männern, Frauen und Kindern. Sie schwappten gegen ihre Füße wie Seesterne, die an den Strand gespült wurden.

Ein Soldat würgte, und die anderen sahen prompt so aus, als wollten sie es ihm gleichtun. Zhu scheuchte sie alle fort. Der Geruch nach Salzlake war nicht weiter unangenehm, wenn man einmal davon absah, was darin eingepökelt war. Mengte man nun allerdings noch den Gestank nach Erbrochenem bei ... Nun ja. Darauf wollte sie lieber verzichten.

Jiao betrachtete die Hände mit dem kühlen Blick eines Mediziners. »Die sind amputiert – von Leichen stammen sie nicht. Seht dort: Die Verfärbungen um die Schnitte herum deuten auf Blutungen hin ...«

Eine einzige längere Gliedmaße ragte aus dem Gewirr der Hände hervor. Mit sichtlichem Widerwillen fischte Ouyang mit der Spitze seines Schwertes danach. Es war der Unterarm eines Mannes, wie Zhus eigener unter dem Ellenbogen abgeschlagen. Schriftzeichen waren mit einer Klinge in die Haut geritzt. Die Schnitte klafften auf, farblos wie Kiemen.

Respektvolle Grüße von Chen Youliang aus Nanchang.

Nanchang war Zhus südlichste Stadt. Sie war so erschüttert, dass es einen Moment dauerte, bis sie begriff. Während sie mit der Familie Zhang beschäftigt gewesen war, hatte ihr alter Feind Wuchang verlassen und ihre Stadt erobert! Er hatte ihre Untertanen misshandelt und verstümmelt und ließ es sie nun wissen.

Doch wie war das überhaupt möglich? Chen mochte dabei gewesen sein, sich ein Heer aufzubauen, war aber noch weit davon entfernt gewesen, eine Bedrohung darzustellen. Nie hätte sie ihm den Rücken gekehrt, wäre sie davon nicht überzeugt gewesen! Er hätte nicht in der Lage sein dürfen, gegen sie vorzurücken – geschweige denn, Erfolge zu erringen!

Doch wie er es auch bewerkstelligt hatte, dachte sie grimmig, es war geschehen. Sie hatte so kurz davor gestanden, Pingjiang einzunehmen, aber nun würde ihr nichts anderes übrigbleiben, als sich zunächst um Chen zu kümmern. Wenn sie es nicht tat, würde sie ihr Königreich verlieren. Und somit war alles dahin, was sie seit dem Tod General Zhangs bereits erreicht hatte.

Eben das passiert, dachte sie tief verärgert, *wenn man die Dinge nicht zu Ende bringt.*

☯

Zhu schien mit Ouyangs Zorn gerechnet zu haben. Wachen umringten sein Kommandozelt – nicht Ouyangs Männer, sondern Zhus eigene. Er musste nach ihnen geschickt haben, gleich nachdem er Chens Nachricht erhalten hatte. Kommandeur Chang stand vor dem Eingang. Er hielt sein Schwert in der Scheide waagerecht vor sich und versperrte ihm den Weg. »Herr General. Ich muss Euch bitten, mir Eure Waffe auszuhändigen. Auf Befehl des strahlenden Königs.« Ouyang starrte ihn finster an, aber Chang erwiderte ruhig seinen Blick. »Bitte macht mir keine Schwierigkeiten.«

Zhu stand mitten im Zelt und erwartete ihn.

Ouyang stakte auf ihn zu. »Sagt mir, dass Ihr Euch nicht zurückziehen wollt!«, knurrte er.

»Was bleibt mir für eine Wahl?«, fragte Zhu unverblümt.

Wenigstens, dachte Ouyang gequält, ersparte er ihm leere Beschwichtigungsgesten.

»Ich kann nicht Pingjiang hier im Osten erobern und halten, gleichzeitig nordwärts gegen Dadu marschieren *und* mich gegen Chen Youliang im Rücken verteidigen. Zuerst muss ich ihn loswerden.«

»Unsinn! Dadu ist das Wichtigste! Darum geht es uns, oder habt Ihr das vergessen? Wir müssen rasch Pingjiang niederwerfen und dann gen Dadu ziehen! Sobald Ihr auf dem Thron sitzt, könnt Ihr Chen die verlorenen Städte wieder abnehmen ...« Vage war Ouyang bewusst, dass Chen nur Asche und Leichen zurücklassen würde. Aber das spielte keine Rolle. Nichts spielte eine Rolle, nur eins: dass es voranging!

»Wir schaffen es noch nach Dadu.« Zhu sprach mit sanfter Gewalt, wie um Ouyang seine Sichtweise aufzuzwingen. Ouyang blickte in das kleine Gesicht mit dem kantigen Kiefer und wäre beinahe einen Schritt zurückgewichen. »Ich verspreche es Euch«, sagte Zhu. »Chen Youliang kämpft mit einer Schiffsflotte – um ihm zu begegnen, brauchen wir also ebenfalls eine. Die besorgen wir uns, vernichten ihn, kommen hierher zurück und nehmen Pingjiang ein. Und *dann* gehen wir nach Dadu! Wenn es sein muss, Herr General, sperre ich Euch wieder ein, übernehme das Kommando über Euer Heer und mache alles allein. Aber lieber möchte ich mit Euch zusammenstehen! Ihr seht es ja: Gemeinsam sind wir stärker. Geht den Weg mit mir zusammen! An meiner Seite habt Ihr immer noch die besten Aussichten, Eure Vergeltung zu bekommen.«

Doch selbst, wenn das stimmte, was bedeutete es angesichts des Schmerzes, den er auch jetzt schon kaum ertragen konnte?

Zhu schien seine Gedanken zu lesen. »Haltet nur noch ein wenig länger aus, Herr General.«

Am Ende würden das Leid, der Schmerz und die Opfer es wert gewesen sein. Aber weiter abwarten zu müssen ...

»Ich *kann* nicht!«, stieß er hervor, und das Elend trieb seine Stimme in die höchsten Lagen. Es war, als bräche die Verzweiflung einfach aus ihm hervor. Er erschauerte bei dem Klang, doch zu seiner Überraschung wirkte Zhu nicht abgestoßen.

»Doch, das könnt ihr. Aber Ihr müsst es nicht allein schaffen. Schlagt Euren Ärmel hoch.«

Verständnislos schaute Ouyang ihn an. Zhu wusste von der Wunde; er hatte sie selbst genäht. Aber was hatte das mit der gegenwärtigen Situation zu tun? Mit Ouyangs Schmerz?

Zhu lächelte schief. »Seid Ihr schüchtern? Ich sehe ja nichts, was ich nicht schon zu Gesicht bekommen hätte.«

Widerstrebend schob Ouyang seinen linken Ärmel hoch. Esens Perlen lagen um sein Handgelenk; der rosarote Streifen mit dem nässenden dunkleren Spalt zog sich beinahe über seinen ganzen Unterarm. Zhu inspizierte ihn mit merkwürdigem, lebhaftem Interesse, und da wurde Ouyang klar: Zhu wusste, was er tat, um die Seelenqual zu ertragen. Und nun begriff Ouyang auch, was Zhu vorhatte. Plötzlich war er fiebrig vor Erwartung; beinahe fühlte es sich wie Sehnsucht an. Zhu würde die Hand um seinen Arm schließen, vielleicht einen Augenblick nur zudrücken. Und dann würde er die Fingernägel in den Schnitt graben, würde bohren, stochern, reißen ...

Aber würde das helfen, täte Ouyang es doch selbst! Er hatte die Wunde schon viel zu oft malträtiert; so konnte er sich längst keine Erleichterung mehr verschaffen. Er zitterte zwar begierig, wusste aber: Es würde nicht reichen.

Zhu nickte, als hätte er sich nach sorgfältiger Betrachtung des Schnitts für eine Vorgehensweise entschieden. Ouyang stutzte kurz, als Zhu seine Hand ergriff: Sogar ihre Hände hatten dieselbe Größe! Es war, als hielte er seine eigene Hand. Dann hob Zhu Ouyangs Finger an seine Lippen und nahm zwei davon in den Mund.

Ouyang hatte noch nie etwas Bizarreres erlebt. Er wusste nicht, wie ihm geschah. Zhu wirkte hart – er bestand bloß aus Winkeln und Linien –, aber sein Mund war ganz weich. Seine Zunge ruhte unter Ouyangs Finger; weder saugte noch leckte er daran. Er nahm sie lediglich in sich auf. Sein Blick war offen. Die Situation war ein wenig lächerlich, aber gleichzeitig lag eine rituelle Feierlichkeit in der Luft, auf die Ouyang nicht einzugehen wusste.

Plötzlich erinnerte er sich daran, wie seine Klinge in Zhus Leib gedrungen war, und ihm wurde merkwürdig warm: So innig hatte das Schwert sie miteinander verbunden! Ihre Gesichter, immer auf derselben Höhe, waren einander ganz nah gewesen. Zhu hatte ihm direkt in die Augen geblickt. Und wie still es gewesen war ... So wie jetzt auch.

Ohne fortzuschauen, biss Zhu zu.

Ouyang brachte einen Laut hervor, hätte aber selbst nicht sagen können, wie er geklungen hatte. Die Welt schrumpfte auf seine Finger zusammen und löste sich dann auf. Nie zuvor hatte er etwas Vergleichbares empfunden: Der Schmerz, so konzentriert, umschloss ihn zugleich ganz. Zhu schien ganz genau zu wissen, was er benötigte. Nichts war Ouyang je so willkommen gewesen.

Noch immer stand er vor Zhu. Angemessener wäre es wohl gewesen, auf die Knie zu fallen, dachte er benommen. Die Stirn auf seine Stiefel zu legen und in atemloser, hilfloser Dankbarkeit seine Beine zu umschlingen.

Er hörte sich selbst keuchen. Es hätte beschämend sein müssen, in seiner Bedürftigkeit gesehen zu werden, aber glücklicherweise war er zu emotionalen Reaktionen bereits nicht mehr in der Lage. Er konnte sich nur jener überhitzten Ekstase hingeben, während Zhu ihn von seinen Qualen erlöste, von seinen Gedanken und dann, endlich, auch von sich selbst.

☯

Nachdem Ouyang gegangen war, kehrte Zhu an ihren Schreibtisch zurück. Sie schmeckte noch immer sein Blut auf der Zunge.

Wie er sich dem Schmerz hingegeben hatte, der gleich einem Sturm durch ihn gefegt war! Die Pupillen geweitet, die Lippen zu einem stummen Schrei geöffnet, hatte er sie angeschaut. Hatte sie genauso ausgesehen, als er sie mit dem Schwert durchbohrt hatte? Die ganze Zeit hatte er sich aufrecht gehalten, auch dann noch, als sein Zittern schon in unterdrückte Krämpfe übergegangen war. Sie hatte den Schmerz immer weiter gesteigert, bis zu seinem Höhepunkt. Dort hatte sie Ouyang festgehalten: an jenem metaphysischen Ort, an dem Pein und Erlösung eins wurden.

Er würde bleiben. Der körperliche Schmerz hatte ihn seine Seelennot vergessen lassen, sodass er nun den verzweifelten Drang bezähmen konnte, allein in sein Verderben zu rennen. Sie hatte ihm gegeben, was er brauchte, um ihn für ihren Plan zu gewinnen – und für sich. Und sollte er ihrer Hilfe erneut bedürfen, würde sie da sein.

Bei dem Gedanken empfand sie tiefe Befriedigung.

Raschelnd hob sich die Zeltklappe, und Jiao kam herein. Gerade hatte sie noch einen verletzlichen Moment mit Ouyang geteilt; da war ihr Jiaos selbstgefällige Antipathie gleich noch unangenehmer als sonst. Ob er Ouyang draußen noch getroffen hatte? Er respektierte sie so wenig, da hatte ihm die Vorstellung bestimmt gefallen, wie der zornige General ins Kommandozelt gestürmt war, um ihre Autorität anzufechten. Kühl betrachtete sie Jiao. *Ich bin seiner Herr geworden. Was denkst du, könnte ich erst mit einem wie* dir *anstellen?*

Jiao lächelte dünn, als wollte er sie an eine Tatsache erinnern, die ihnen beiden bewusst war: Sie brauchte ihn. Er gab ihr die kodierte Nachricht zurück. »Ohne den Schlüssel kann ich nichts tun.«

Sie hatte nicht damit gerechnet, dass sich die Nachricht so leicht entschlüsseln ließe, musste aber zugeben, dass sie es gehofft hatte. »Und es gibt keine andere Möglichkeit? Nicht einmal für einen derart außergewöhnlichen Mann wie dich?«

Seine Augen funkelten spöttisch, als amüsierte er sich über ihre missliche Lage. »Ich entschuldige mich dafür, den strahlenden König mit meiner Unzulänglichkeit enttäuscht zu haben!«

Wie ärgerlich, den Spion seine Arbeit fortsetzen lassen zu müssen! Ärgerlich auch, dass sie Jiao über ihre Schwierigkeiten hatte unterrichten müssen, ohne dass es ihr etwas genützt hatte. Doch nun blieb ihr nichts anderes übrig, als wachsam zu bleiben und auf eine neue Gelegenheit zu warten, den Spion auf frischer Tat zu ertappen.

Jiao wandte sich zum Gehen, zögerte dann aber, als wäre ihm gerade noch etwas eingefallen. »Chen Youliang hat Nanchang mit einer Kriegsflotte eingenommen. Ihr jedoch habt nur Landstreitkräfte. Eure Majestät, woher bekommt Ihr die nötigen Schiffe?«

Er täuschte Zhu nicht mit seiner Milde. Sie verstand sehr wohl, was er eigentlich in Erfahrung bringen wollte: Konnte sie immer noch gewinnen? Kurz schlug ihre Abneigung in blanken Hass um. Wieder und wieder verlangte er, dass sie sich bewies, und sie war es müde. Aber auch wenn sie es noch so gerne wollte, konnte sie ihn nicht so einfach loswerden. Sein technisches Wissen – insbesondere seine Erfindungsgabe im Bereich der Feuerpulverwaffen – war eine ihrer größten Stärken. Beherrscht sagte sie: »Fang Guozhen hat Schiffe.«

»Weshalb sollte dieser Pirat Euch helfen? Für seine Menschenfreundlichkeit ist er nicht unbedingt bekannt.«

War sein Ton herausfordernder als gewöhnlich? Allerdings bekam Jiao immer schlechte Laune, wenn es ihm nicht gelungen war, ein Rätsel zu lösen.

»Jeder vernünftige Mann hilft seinem zukünftigen Herrscher mit Freude«, sagte sie knapp.

Jiaos Gesicht mit dem spärlichen Bart hatte noch nie besonders freundlich gewirkt. Zhu hatte schon lange nicht mehr an ihren Vater gedacht, doch nun versetzte das vernichtende

Urteil in Jiaos Blick sie in ihre Kindheit zurück. Als wertlos hatte man sie erachtet. Ihr ein Schicksal aufgezwungen, das ihr Tod gewesen wäre. Wut regte sich in ihr. Jiao betrachtete sie, als wäre sie ein Nichts.

»Aiya!«, sagte er. »Ich kann nur hoffen, Ihr habt noch bessere Argumente.«

13

PINGJIANG

Die Königin betrat den Bankettsaal, als der Vorkoster ihn gerade verließ. An den Wänden standen stumm die königlichen Leibwachen und die Dienstboten. Der Reiskübel saß allein an dem gewaltigen Tisch. Alle Teller waren um ihn gruppiert, als wäre er eine Seeanemone, umgeben von den Gräten und Schalen vergangener Mahlzeiten. Er schaute nicht auf, sondern säbelte an der Backe eines Schweinskopfs in Sülze herum. Dabei machte er weniger einen hungrigen denn einen missmutigen Eindruck. Was mochte ihn verärgert haben? Einst hätte sie es als in ihrem Interesse betrachtet, das herauszufinden. Sie hätte ihn besänftigen wollen. Aber diese Zeiten waren vorbei.

Sie verneigte sich. Ohne sich wieder aufzurichten, sagte sie: »Meinem Gemahl ist zum Rückzug Zhu Yuanzhangs zu gratulieren.«

Zuerst schien es, als würde er sie so stehen lassen: niedergebeugt. Er kaute laut mit offenem Mund. Doch schließlich warf er ihr einen Seitenblick zu und ruckte mit dem Kopf: Sie sollte ihm gegenüber Platz nehmen.

Die Dienstmädchen brachten ihr Essstäbchen, eine Schale Reis und auf ihre Anweisung hin eine kleine Portion Gemüse. Es war in dem roten Öl angebraten, das man gewöhnlich für Fisch verwendete. Anderen hätte es zweifellos geschmeckt, aber sie empfand bei jedem Bissen nur den üblichen leisen Ekel.

»Zhu Yuanzhang! Dass er es gewagt hat, mich anzugreifen! Dachte er ernsthaft, bei Zhenjiang hätte mich besiegt? Ich hab ihm bloß einen Knochen hingeworfen, mehr nicht.«

Was ihn auch beschäftigt haben mochte, nun hatte er es vergessen. Er lehnte sich zurück und breitete die Arme über die Lehnen der benachbarten Stühle. Die mit rotem Öl verschmierten Essstäbchen hielt er noch locker in einer Hand. Er hatte die gut gelaunte Miene eines freundlichen Familienoberhaupts aufgesetzt, doch die Härte seiner Augen wollte nicht recht dazu passen. Niemand interessierte ihn außer ihm selbst. Diese fundamentale Gleichgültigkeit hatte es stets beinahe unmöglich gemacht, ihn zu provozieren. Hatte sie deshalb die Gefahr so unterschätzt? *Ich habe ihm einen Knochen hingeworfen.* Ihre Essstäbchen klapperten gegeneinander. Überrascht stellte sie fest, dass ihre Finger taub waren. Weiß und zart wie die Stängel von Frühlingszwiebeln waren sie schon immer gewesen. Nun bebten sie jedoch, als gehörten sie einer Fremden. Dabei war sie im Inneren ganz ruhig.

»Der kleine Wichser hat geglaubt, es sei ganz leicht, sich in meine Stadt zu graben … Ha! Da hat er sich aber getäuscht! Meine Mauern sind stark. Sie brechen nicht zusammen, bloß weil ein kleiner Wichser sich davor in Pose wirft!«

Er grunzte höhnisch. Sie bemerkte jedoch, dass ihm kurz der Atem stockte – als wäre die Häme so heftig aus ihm herausgebrochen, dass es ihm Schmerzen verursachte. Doch er erholte sich rasch. »Eine Kostprobe meiner Macht, und schon will er zurück in die Fotze seiner Mutter kriechen!«

Es war nicht weiter verwunderlich, dass er keine Ahnung hatte, welche Rolle Chen Youliang beim Abzug Zhus gespielt hatte. Ein Mann, dessen Welt einzig und allein aus ihm selbst bestand, glaubte natürlich fest daran, dass aller Erfolg nur ihm zuzurechnen sei. Kalt dachte sie: Rein gar nichts hatte er aus eigener Kraft erreicht.

Er lachte keuchend, so herzlich wie ein Sägeblatt. »Und du, mein Weib! Was hast du die ganze Zeit getrieben, wenn ich fragen darf? Die Stadt ist nicht mehr in Gefahr. Liegst du bloß auf der faulen Haut? Das Heer muss vorbereitet werden! Ich will es nach Dadu schicken. Es ist an der Zeit, dass ich Anspruch auf mein Recht erhebe!«

Ein ranziger Geruch hing in der Luft, nach altem Tofu, der schleimig geworden war. Obwohl er rasch stärker wurde, schien der Reiskübel ihn gar nicht zu bemerken.

»Selbst unsere größte Streitmacht«, sagte sie nüchtern, »wird kaum ausreichen, um den Kanzler und das Hauptheer Groß-Yuans zu schlagen. Seid gewiss: Er wird tun, was in seiner Macht steht, um Dadu zu verteidigen.«

Der Reiskübel schlug sich auf den Schenkel, als wäre er ungemein belustigt. Doch das Lachen rutschte ihm so abrupt wieder vom Gesicht, dass es bedrohlich wirkte. Ihr Blick wanderte zu seiner erhobenen Hand.

»Du zweifelst an mir? Wenn ich sage, mein Heer gewinnt, dann gewinnt es auch. Es sei denn, jemand stünde mir im Weg und wollte mich zum Scheitern bringen. Ein Verräter.« Leise fragte er: »Willst du mich erneut verraten, Gemahlin?«

Wieder schien der Schmerz aufzuflackern, stärker diesmal. Er ließ die Hand sinken, die Aufmerksamkeit nach innen gerichtet. Die ersten Schweißperlen standen ihm auf der Stirn.

»Macht Euer Magen Euch wieder zu schaffen?«, fragte die Königin. Sie wollte sich an die Dienstboten wenden, doch er ließ sie nicht zu Wort kommen.

»Ja, denkst du denn, ich wüsste nicht, wie sich eine Magenverstimmung anfühlt?«, rief er verärgert. »Das ist es nicht! Es muss das Essen sein.« Seine Stimme hob sich, und nun klang eine Spur Angst darin mit. »Gift! Man hat mich vergiftet!«

»Unmöglich«, sagte die Königin ruhig. Die Leibwachen ihres Gemahls wollten zu ihm eilen, aber sie hob eine Hand, um sie zurückzuhalten. Klar und deutlich, damit alle Anwesenden es gut hören konnten, sagte sie: »Wir wären sofort gewarnt worden, hätte der Vorkoster Symptome einer Vergiftung gezeigt. Außerdem habe ich ja von denselben Gerichten gegessen wie Ihr, und schaut, mir geht es gut. So beruhigt Euch, mein Gemahl, ich bitte Euch! Ich schicke nach dem Arzt.«

Der Reiskübel schrie auf. »O weh! Es ist ein Eindringen kalten Qis! Ich spüre es da unten ...« Mit zitternden Händen zerrte er an seinem Gewand, riss die Bänder auf und schob seine weißen Unterkleider hinunter. »Es greift die Quelle meines Yang an! Ich fühle, wie es mir in den Leib kriecht ... Wenn es in mich einströmt, muss ich sterben!«

Die Königin erhob sich und ging zu ihm. Unter seinem nackten, vorgewölbten Wanst lugten seine Genitalien hervor, so blass und wächsern, als wären sie erfroren. Sein Hodensack war hart und an den Körper gezogen. Der Reiskübel zitterte und stöhnte. Wie bleich er war! Auch schwitzte er stark. Sein Elend erinnerte die Königin an den Affen eines Bettlers, den sie einmal auf der Straße gesehen hatte. Sein Herr hatte ihn gerade verprügelt. Der Anblick des runzeligen Gesichtchens, jämmerlich verzerrt vor Schmerz und Bedrängnis, hatte ihr ein distanziertes, grausames Vergnügen bereitet. Als das Tier sich vor Angst entleert hatte, hatte Ekel sie befallen und zugleich eine wilde Lust.

Sie lachte, so sorglos sie nur konnte. »Ach, mein Gemahl, beruhigt Euch! Ihr könnt Euch nicht vorstellen, wie viele

Männer mit diesem Leiden in den Freudenhäusern ein und aus gehen! Wahrlich, Ihr müsst Euch nicht bekümmern.« Sie rückte seine Unterkleider zurecht und schloss sein Gewand. Dabei murmelte sie fürsorglichen Unsinn. Den Wachen und Dienstboten rief sie zu: »Hinaus mit euch! Der Arzt soll die Arznei gegen den Tripper vorbereiten und rasch herkommen!«

Sie eilten hinaus. Die Königin schloss selbst die Tür hinter ihnen und kam dann zum Tisch zurück.

»Wie lange muss ich noch warten?«, stöhnte der Reiskübel. »Es schmerzt immer schlimmer! Unerträglich ist es ...«

»Ist es so schlimm?«, fragte sie mit einem Anflug von Interesse. »Wie ärgerlich! Der Arzt wird feststellen, dass ihm ausgerechnet die Heilkräuter ausgegangen sind, die er braucht. Er wird nach ihnen schicken müssen. Und dann musste er sich ja auch um Eure Konkubine kümmern ... Ich fürchte, es wird seine Zeit dauern.«

Verständnislos sah er sie an. »Meine Konkubine ...?«

»Ach, die Ärmste! Sie hatte stets nur Euer Bestes im Sinn. Überall hat sie nach einem Mittelchen gesucht, um es auf Euren Silberring zu schmieren ... Es sollte Euch das Liebesspiel versüßen! Da habe ich meinerseits eine Kreation für sie mischen lassen. Ob es ihren Dienstmädchen wohl unangenehm war, dem Arzt zu sagen, wo ihre Beschwerden ihren Ursprung genommen haben? Sie war ein hübsches Mädchen, findet Ihr nicht? Aber sterbend ist wohl niemand mehr schön.«

Sie konnte zuschauen, wie ihm die Bedeutung ihrer Worte dämmerte. Dann sprang er auf, zornentbrannt wie ein verwundeter Bär. Er wollte sich auf sie stürzen, doch dazu kam es nicht. Er wurde aschfahl, wankte und fiel auf seinen Stuhl zurück. Zitternd stützte er sich auf den Tisch. Der Mund stand ihm offen, als wollte er schreien oder stöhnen, doch er brachte keinen Laut heraus. Vergeblich versuchte er, Luft zu holen, und sein Wanst wackelte dabei.

Die Königin bebte, als müsste sie auf Stelzen das Gleichgewicht halten, aber sie sagte mit tiefer Verachtung: »Was für ein Jammer, Gemahl! Es scheint, als wäre der Kübel nun leer.«

»Aber ich habe ... habe doch ...«

»Das Mandat? Habt Ihr Euch denn wirklich eingeredet, es würde Euch unbesiegbar machen? Im Wissen, dass Ihr den Mord an Zhang Shide selbst in Auftrag gegeben habt? Narr. Ihr seid nicht der Einzige mit dem Mandat.«

Als Wang Baoxiang an sie herangetreten war, hatte sie nicht gewusst, wie er sein Versprechen einzulösen gedachte, die Belagerung Pingjiangs zu beenden. Sie dachte an ihr Treffen mit Chen zurück. Sie hatte ihm zwar nicht unter die Arme gegriffen, aber anscheinend hatte er doch noch einen reichen Gönner gefunden. Einen, der nur auf die Gelegenheit gewartet hatte, ihn und seine Flotte einzusetzen. Flüchtig streifte sie der Gedanke, dass sie ohne Zhang Shides Tod gar keine Unterstützung gebraucht hätte.

Dem Reiskübel sank der Kopf zur Brust. Er röchelte. Sie liebkoste sein Gesicht, dann grub sie ihm die Fingernägel ins Kinn und drückte seinen Kopf nach oben. Könnte sie sie doch tiefer in ihn hineinbohren, bis hoch ins Gehirn! Er schaute sie aus hervortretenden, panischen Augen an. Sie wusste nicht, ob er überhaupt noch sprechen konnte.

»Es stehen genug Kaiser zur Wahl. Ich habe mich für einen besseren Mann als Euch entschieden. Mein Heer *wird* gegen Dadu ziehen, doch Ihr, Zhang Shicheng, habt keine Bedeutung mehr für meine Pläne.«

Sein Atem war zu einem grauenhaften Pfeifen geworden. Der Gestank nach verdorbenem Tofu vermengte sich mit dem scharfen Geruch der Angst und war nun beinahe unerträglich. Wie der Reiskübel sie anwiderte! Sie wollte ihn aus sich herausschrubben, sich ganz vor ihm verschließen. Wie ein polierter Stein kam sie sich vor, mit dem man auf jemanden eingeprügelt hatte, der unter der Kruste aus Blut und Gewebe aber noch immer weiß schimmerte.

»Ihr sterbt, wie Ihr gelebt habt. Amüsant, fürwahr! Ich dachte nicht, Euer Bruder und Ihr hättet auch nur eine Gemeinsamkeit. Doch auch er ist gestorben, wie er gelebt hat: niedergestreckt von einem Pfeil auf dem Schlachtfeld. Im Vergleich ist Euer Tod wohl unangenehmer. Vielleicht hättet Ihr lieber ein sinnvolles Leben geführt!«

Doch während sie zuschaute, wie ihr Gemahl nach Luft rang, seine Lippen sich bläulich verfärbten und ihm rosaroter Schaum vor den Mund trat, erfasste sie mit einem Mal Grauen. Nun, da sie von Zhang Shides letzten Augenblicken gesprochen hatte, konnte sie an nichts anderes mehr denken. Sie wusste nicht, ob ihn der tödliche Pfeil in die Brust getroffen hatte. Hatte er ebenso gelitten wie der Reiskübel? War seine Lunge voll Blut gelaufen, bis er schließlich qualvoll erstickt war? Hatten sich seine letzten Atemzüge so angehört wie die ihres Gemahls?

Bisher hatte sie sich vorgestellt, er habe im letzten Moment an sie gedacht und erkannt, dass sie ihn mit ihren harschen Worten nur hatte verletzen wollen. Dass sie es nicht so gemeint hatte. Sie hatte glauben wollen, er habe ihr vergeben. Doch nun beobachtete sie, wie das Leiden den Reiskübel seiner Menschlichkeit beraubte. Im Sterben war er nur noch ein Tier, das keine Sprache kannte, keine Gedanken; das sich nur noch an das schwindende Bewusstsein seiner selbst klammerte. Nein, Zhang Shide hatte ganz sicher nicht an sie gedacht.

Sie hatte bis zum Ende beim Reiskübel bleiben wollen, hatte sich sogar darauf gefreut. Jetzt aber keuchte sie, und ihr Herz hämmerte. Die Empfindungen ihres Leibes drohten, sie zu überwältigen. Kaltes Entsetzen befiel sie, als sie begriff, dass ihre Hülle durchlässig geworden war. Sie konnte sich nicht schützen.

Sie stolperte davon, auf ihren zerstörten Füßen, mit denen sie nicht rennen konnte. Der Boden schien sich in einem scharfen Winkel zu neigen. Sie torkelte, hielt sich mit tauben Händen erst an einem Rauchgefäß fest, dann an einer heißen Feuerschale. Endlich war sie an der Tür, riss sie auf und fiel nach draußen. Ihr unterer Rücken verkrampfte sich. Die Trauer durchbohrte ihre Nieren, ihre Leber, ihre Milz. Sie konnte es kaum ertragen, wie ihr Leib sich geltend machte, sich ihr unerbittlich aufzwang.

Hinter ihr im Bankettsaal ertrank ihr Gemahl auf dem Trockenen. Durch das Rauschen in ihren Ohren hörte sie ihn auf dem Tisch herumscharren. Es klang, als kröchen lebende Schildkröten in dem heißen Wok herum, in dem sie gedämpft wurden. Es wurde und wurde nicht still.

Unter dem Ansturm leiblicher Eindrücke zerbrach sie, bis sie glaubte, nur noch aus Splittern zu bestehen – nur ihr Selbst hielt sie noch zusammen. Sie hätte bloß loslassen müssen – sie *wollte* loslassen. Sie hatte geliebt und war geliebt worden; sie wollte den Schmerz des Verlusts empfinden wie alle anderen Menschen auch. Doch obwohl ihr Leib zuckte und sich am Boden wand, obwohl sie sich hingeben wollte, konnte sie es nicht. Ihr innerer Widerstand war unüberwindbar. Eine junge Kurtisane fiel ihr ein, die sie vor langer Zeit gekannt hatte: Sie hatte sich das Leben nehmen wollen, indem sie zu atmen aufhörte. Doch der Reflex war stets stärker gewesen als ihr Wille. Sie hatte den Selbsterhaltungstrieb des Leibes schließlich bloß dadurch überlisten können, dass sie sich in einen der Kanäle gestürzt hatte, die an Yangzhous grün-schwarzen Freudenhäusern vorbeiströmten. Der Reflex, der sie so beharrlich am Leben halten wollte, hatte ihr am Ende geholfen, den Tod zu finden.

Langsam wurde sich die Königin gewahr, dass aus dem Bankettsaal nun nichts mehr zu hören war.

Viel später kam der Arzt gerannt. Als er sie zusammengekrümmt im Korridor liegen sah, riss er entsetzt die Augen auf und stürzte in den Saal. Sein Gesicht hatte keine Spur Misstrauen gespiegelt, denn was er erblickt hatte, passte vollkommen ins Bild: eine Frau, die der Gram niedergeworfen hatte. Aber das war nichts als Schein und Trug. Eine Porzellanpuppe war kein Mensch, sie fühlte weder Schmerz noch Trauer.

Mühsam stand sie auf. Die Krämpfe waren verebbt; ihr Verstand war wach und kühl. Der Arzt, das wusste sie, war zu spät gekommen. Sie ging ihm nach, zurück in den Bankettsaal.

19

KHANBALIQ

Schon seit Wochen verhieß der weiße Himmel Schnee. Die ganze Stadt hielt gespannt den Atem an, doch wurde ihr vorenthalten, wonach sie sich verzweifelt sehnte. Sie wartete so vergeblich auf den Schnee wie Baoxiang auf den Schlaf. Und noch immer mühte sich alles mit den Vorbereitungen für den Feldzug des Kanzlers ab. Auf der wintergelben Grasebene südlich der Stadt sammelte sich das Heer, zusammen mit den Herden, Versorgungswagen und dem Belagerungsgerät. Selbst vom obersten Stock der Seepagode in der Kaiserstadt aus, dem Mondpalast, konnte man nicht mehr über das gewaltige Lager hinwegschauen. Banner flatterten darüber. Innerhalb und außerhalb der Stadtmauern froren die Seen zu. Es war die richtige Jahreszeit, um in den Krieg zu ziehen; selbst im Süden wurde es nun kälter. Und in wenigen Tagen würde es so weit sein: Die Armee Groß-Yuans würde ausziehen.

Baoxiang stand im größten Zimmer seines Hauses und betrachtete gerade die Geldtruhen, da kam Seyhan herein und bemerkte:

»›Möge dein Reichtum eine Halle füllen‹, so heißt es doch. Buchstäblich wahr wird das wohl für die wenigsten!«

Einst musste die Struktur des inneren Dachs ein sauberes Zusammenspiel aus dunklem und hellem Holz gewesen sein. Doch über die Jahre hatten sich die beiden Holzarten unterschiedlich stark verzogen, und nun wellte sich das Muster, als sähe man es durch den bewegten Ozean.

»Es ist an der Zeit«, sagte Baoxiang, und Seyhan neigte den Kopf.

»Wollt Ihr etwas zurückbehalten, falls Chen Youliang noch Unterstützung braucht?«

»Ich mag einem hungernden Tiger geholfen haben«, sagte Baoxiang düster, »aber ich werde ihn nicht für den Rest seines Lebens füttern! Nimm alles.«

Die Gelegenheit, auf die er gewartet hatte, hatte sich erst an diesem Nachmittag ergeben. Der Minister hatte ihn im Korridor erspäht und nach ihm gerufen. »Herr stellvertretender Minister – habe ich Euch gefunden!« Er hatte recht mitgenommen gewirkt. Aus dem Papierstapel in seinen Armen hatte er eine Rechnung gefischt. »Dieser Sattelverkäufer muss dringend bezahlt werden … Es ist überfällig. Nun hat er eine Mahnung geschickt. Würdet ihr einen Kurier mit dem Geld losschicken?«

Niemand sonst hätte erkannt, welche Möglichkeit sich hier bot. Und ohne Baoxiangs sorgfältige Vorbereitungen hätte es auch nichts zu sehen gegeben. Doch nun hielt er den Faden in die Hand, der das Gewebe des ganzen Kaiserreichs auflösen würde, sobald man daran zöge. Er war ihm so sanft zugeweht wie Spinnweben im Wind.

Kurz hatte er gezögert. Er hätte die Hand wieder öffnen können; der Faden wäre davongeschwebt, ohne eine Spur zu hinterlassen, und nur er hätte gewusst, dass es ihn überhaupt gegeben hatte.

Doch warum hätte er das tun sollen? Jäh hatte sein Zorn die Unsicherheit aus ihm herausgebrannt. Nur Finsternis war zurückgeblieben. Der Minister vertraute ihm und war durchaus gut zu ihm – aber wo war er gewesen, als Baoxiang der Zuwendung noch wert gewesen war? Als er sie gebraucht hatte? Die Welt hatte ihn voller Grausamkeit gelehrt, wen sie schätzte und wen nicht, und niemand hatte eingegriffen. Alles könnte anders sein, hätte er einen einzigen Menschen auf seiner Seite gehabt. Aber niemand hatte sich für ihn eingesetzt, und nun würden sie alle bekommen, was sie verdienten. Sie hatten ihn hierzu getrieben und würden die Konsequenzen tragen müssen.

Als er dem Minister die Rechnung abgenommen hatte, war seine Hand ganz ruhig gewesen. »Betrachtet es als erledigt.«

☯

Nackt saß Baoxiang auf der Bettkante des dritten Prinzen. Das Sperma auf seinem Oberschenkel wurde rasch kühler. Sein Kiefergelenk knackte, als er vorsichtig den Mund öffnete. Er konnte wohl davon ausgehen, dass er morgen die Male von Fingern im Gesicht haben würde. Seit der Prinz zu Baoxiang in die Badewanne gestiegen war, lernte er fortwährend dazu und befriedigte mit zunehmendem Selbstvertrauen seine Lust. Sein Griff war jedoch zu fest, als wäre er voller Angst und müsste immer wieder beweisen, dass ein Unterschied bestand zwischen einem Krieger wie ihm und einem Schwächling wie Baoxiang, selbst wenn er sich an seinem Bauch rieb oder in seine zusammengedrückten Schenkel rammelte.

Überall im Palast des unermesslichen Segens herrschte eine Atmosphäre kaiserlicher Erhabenheit. Das Schlafgemach des dritten Prinzen bildete die Ausnahme – die Unordnung hier war geradezu beeindruckend. Die staubigen Wandteppiche hätten im Sommer abgenommen, ausgeklopft und gelüftet werden müssen, hingen aber allem Anschein nach schon lange ungestört. Der Boden sowie alle anderen verfügbaren Flächen waren Landschaften aus Büchern, Schalen, Gewändern so verkrumpelt wie weggeworfene Papierfaltarbeiten, Rüstungsteilen, Kürbisflaschen und einer Menge dekorativer Quasten für Schwerter und Speere, die mit unterschiedlich großem Geschick aus Schnüren gebastelt worden waren. Baoxiang entdeckte zwei Hüte, einen Beutel mit Weihrauch und Nelken zum Beduften der Achselhöhlen, ein extravagantes ausländisches Gürtelmesser aus Stahl und viel zu viele schmuddelige Unterkleider. Es roch verdächtig nach Tier, so ähnlich wie ein Fellkragen, der in der Sonne liegen geblieben war. Mit einigem Unbehagen erkannte Baoxiang dies als den Geruch ungewaschenen Bettzeugs; junge Männer hinterließen recht strenge Gerüche in ihren Laken.

»Ihr habt Diener! Ihr seid Euch doch hoffentlich im Klaren darüber, dass es deren Aufgabe ist, für Euch sauber zu machen?« Er zog ein Unterhemd aus dem Durcheinander und rieb sich damit den Oberschenkel ab.

Der Prinz, ebenfalls nackt, lag auf der zerwühlten Decke, ein Knie angewinkelt wie ein watender Storch. Als er merkte, dass Baoxiang ihn anschaute, verspannte er sich: Von einem Mann betrachtet zu werden – besonders in seinem wehrlosen, erschlafften Zustand –, war etwas ganz anderes, als selbst einen Mann zu betrachten. Sein Unbehagen verflog jedoch rasch. Baoxiangs ewig weicher Penis bedrohte nun wirklich niemandes Männlichkeit. Der Prinz grinste und sagte ohne Bosheit: »Ihr seid es doch, der gern auf den Knien liegt! Wenn's Euch so stört, räumt selber auf.«

Wie zart die Haut in seiner Kniekehle war! Das war bei Männern nicht anders als bei Frauen. Kurz verspürte Baoxiang das Bedürfnis, die Hand dorthin zu legen, auf diese beinahe geheime Körperstelle, an die gewöhnlich niemand dachte, die niemand sah oder berührte.

Welch törichter Impuls. Er widerstand ihm und suchte auf dem Boden nach seinen Kleidern. Wichtig war nur, dass er den dritten Prinzen hatte, wo er ihn haben wollte! Alles andere erübrigte sich. Beiläufig sagte er: »Habt Ihr morgen Abend die übliche Verabredung mit Eurer Mutter? Dann bleibe ich zu Hause.«

»Kommt einfach ein wenig später als sonst. Meistens hat sie nicht viel Zeit für mich, weil der Großkhan nach ihr schickt.« Der Prinz holte irgendetwas aus einer Schale und fummelte daran herum. Spöttisch fuhr er fort: »Wisst Ihr, wie Frauen für meinen Vater vorbereitet werden, Herr stellvertretender Minister? Die Diener ziehen sie aus und bringen sie in Decken gewickelt in seine Gemächer – wie eingeschlagene Fleischstücke! Lasst Euch vom eleganten Äußeren meiner Mutter nicht zum Narren halten. Ihr solltet sehen, wie begierig sie darauf ist, sich vom Großkhan besteigen zu lassen ... Als wäre sie nicht besser als eine Hure. Wahrhaftig, würden Bemühungen mit Ergebnissen belohnt, hätte sie mich längst ein Dutzend Mal ersetzt!« Nun richtete er die Häme gegen sich selbst. Allerdings schwankte die Darbietung wie ein Akrobat, der das Gleichgewicht verloren hatte. »Wie enttäuscht sie doch sein muss!«

Der Kummer des dritten Prinzen erinnerte Baoxiang daran, wie lange er gebraucht hatte, um zu verstehen, dass er nie bekommen würde, wonach er sich sehnte: die Billigung und das Wohlwollen anderer. Er war älter gewesen als der Prinz, als er sich endlich angepasst und die Hoffnung begraben hatte, an die er sich aller gegenteiligen Beweise zum Trotz ewig geklammert hatte: dass er geliebt werden könne.

Ein unheimlicher Schauer durchrieselte ihn, doch der einzige Geist im Zimmer war sein jüngeres Selbst, das ihn durch die Augen eines anderen Menschen anblickte.

Etwas Kleines flog auf ihn zu und prallte an seiner Stirn ab; er hatte sich nicht mehr rechtzeitig ducken können. »Aua! Sohn einer Schildkröte!«

Der Prinz lächelte schwach. »Seid lieber vorsichtig, wessen Vater Ihr beleidigt.«

Baoxiang hob das Wurfgeschoss auf: eine geschälte Marone. Er mochte Maronen, aber er knackte sie nicht gern. Wenn man nicht gut aufpasste, bohrte sich ein Splitter der harten Schale unter den Fingernagel, und dann litt man eine Woche lang. Das war es nicht wert. In Esens Augen aber war der Kampf mit der Marone immer der halbe Spaß an der Sache gewesen. Manchmal, im Winter, wenn ihr Vater fort gewesen war, hatten sie in der stillen Residenz gesessen, eine Pfanne über dem Feuer. Draußen war Schnee gefallen, Baoxiang hatte gelesen, und Esen hatte ihm geschälte Maronen gereicht, eine nach der anderen.

Plötzlich brachte der Gedanke an den mehlig süßen Geschmack ihn beinahe zum Würgen. Er legte die Marone beiseite und sortierte seine Kleider.

Der dritte Prinz sah ihm beim Anziehen zu. Schüchtern sagte er: »Es ist schon spät. Ihr … Ihr könntet auch hierbleiben.«

Um die Güte des Ministers hatte Baoxiang nie gebeten. Doch mit dem dritten Prinzen, dachte er unbehaglich, war es anders. Ihn hatte er dazu gebracht, sich verletzlich zu machen, und nun war es, als hielte er das Herz eines geliebten Menschen in Händen, das es zu behüten galt.

Aber sie waren kein Liebespaar, und er war aus einem bestimmten Grund hergekommen.

»Nächstes Mal.« Er gab sich Mühe, bedauernd zu klingen. »Ich muss noch einmal ins Büro. Heute Nachmittag hat mich der Minister gebeten, einen Lieferanten des Kanzlers zu bezahlen. Also habe ich einen Kurier mit dem Geld geschickt, aber nun sorge ich mich: Ich erinnere mich nämlich nicht, dass mit diesem Händler noch eine Rechnung offen war.« Am anderen Ende seines Fadens hing die Herrin Ki: eine Puppe, die er zum

Tanzen bringen würde. »Normalerweise würde mich das nicht weiter beschäftigen. Es gibt so viele Verträge; ich kann mir nicht alle merken. Nur ist die Geldsumme so groß, dass es mir vorkommt, als müsste ich mich daran erinnern.« Zufrieden stellte er fest, dass der dritte Prinz ihn aufmerksam ansah. »Ich bin sicher, es ist nichts weiter. Aber wenn ich mich nicht darum kümmere, liege ich die ganze Nacht wach.«

Er hatte an dem Faden gezogen.

Natürlich kehrte er nicht ins Büro zurück. Und natürlich würde er die ganze Nacht wach sein, ganz gleich, was er tat. Er ritt zu seiner Residenz zurück und wünschte sehnlich, es möge schneien – aber der Himmel verweigerte ihm selbst diese Erleichterung.

☯

Der Minister streckte seinen Kopf in Baoxiangs Büro. »Aha, da seid Ihr ja! Der Großkhan hat die Minister zusammengerufen. Begleitet Ihr mich? Der Moment ist unglücklich gewählt, wo doch der Kanzler noch in der Stadt ist und wir so viel zu tun haben ... Aber es lässt sich nicht ändern. Wir können nur hoffen, dass es nicht allzu lange dauert.«

Man zog an einem Faden, und sofort begann das ganze Gewebe, sich aufzutrennen. So sollte es sein. Das hatte Baoxiang erreichen wollen.

»Stimmt etwas nicht?« Der Minister sah ihn prüfend an. »Ihr könnt auch hierbleiben, wenn Euch das lieber ist.«

»Nein.« Baoxiang erhob sich und strich seine Beamtenrobe glatt. »Ich komme mit Euch.«

Noch immer hatte es nicht geschneit. Der schwere Himmel wirkte leidend. Sie eilten durch den Torbogen, der auf den Platz vor der Halle des großen Glanzes führte. Der Minister erschrak: Die übrigen Beamten in ihren kastanienbraunen Roben waren bereits versammelt. »Wie kann denn das ... Sind wir spät dran?«

Das trübe Licht verwandelte das goldene Gewand des Großkhans in einen teebraunen Mönchsumhang. Der Kanzler in seiner Drachenschuppenrüstung erweckte hingegen einen noch majestätischeren Eindruck als gewöhnlich. Die Ungeduld war ihm anzusehen: Er war von seinen Vorbereitungen fortgezerrt worden. Neben ihm stand die Kaiserin, steif vor Misstrauen. Eindeutig wusste keiner von beiden, warum die Herrin Ki diese Zusammenkunft einberufen hatte. Und natürlich war sie es gewesen.

»Wie schön, dass Ihr uns mit Eurer Gegenwart beehrt, Herr Finanzminister!«, rief die Herrin Ki. Ihr schimmernder Hermelinmantel war weiß wie der Schnee, der nicht fallen wollte. Die Farbe der Geister und der Trauer. Unter ihr auf dem Platz standen die Beamten mit ihren schwarzen Hüten in Reih und Glied, wie Zeilen auf Papier. »Vielleicht könnt Ihr uns bei der Klärung einer Angelegenheit behilflich sein. Tretet vor den Großkhan!«

Der Minister warf Baoxiang einen verblüfften Blick zu. Baoxiang erwiderte ihn – *Seht her, auch ich bin überrascht!* – und freute sich an seiner vollkommenen Maske. Der alte Mann hinkte über den Platz auf die Treppe zu, und Baoxiang war sich seiner eigenen Verwerflichkeit bewusst, als wäre sie ein Bluterguss. Elend fühlte es sich an, aber auch befriedigend. Allem Anschein nach war keine Tat so abscheulich, dass er keinen Genuss daran finden konnte!

»Herr Finanzminister«, sagte die Herrin Ki liebreizend. »Ist es wahr, dass gestern auf Eure Veranlassung hin ein Kurier mit einer beträchtlichen Summe ausgeschickt worden ist, um einen Händler zu bezahlen?«

Baoxiang sah nur den Rücken des Ministers, hörte seiner Stimme jedoch die Verwirrung an. »Edle Kaisergemahlin, das Finanzministerium leistet täglich solche Zahlungen.«

»Nun, ich spreche von einer ganz bestimmten Zahlung. Angeblich war sie für Sättel bestimmt.« Die Herrin blickte über die Köpfe der versammelten Beamten hinweg und befahl: »Nur herbei!«

Ein kaiserlicher Kurier, die Uniform noch staubig und mit Pferdeschaum beschmiert, kam schlotternd über den Platz. Ihm folgte eine lange Reihe Eunuchen. Die Herrin Ki sagte: »Vielleicht kann uns der Herr Minister ja überzeugend darlegen, warum es sich um einen ganz gewöhnlichen Vorgang handelt?«

Die ganze Sache war äußerst wirkungsvoll aufgezogen. Jeder Eunuch trug nur einen kleinen Sack, den er dem Minister vor die Füße warf, sodass der Berg wuchs und wuchs. Der letzte Eunuch öffnete seinen Sack und drehte ihn um. Tael regneten heraus. Das satte Geräusch des weichen Golds auf den Steinen des Platzes war unverkennbar.

»Ich persönlich«, bemerkte die Herrin Ki, »glaube ja eher, hier handelt es sich um etwas ganz und gar Ungewöhnliches. Mit so viel Gold könnte man ein Königreich erstehen – vielleicht sogar zwei. Stellt Euch nur einmal vor, wie viele Sättel man dafür hätte bekommen können! Allerdings war es ja nie für Sättel gedacht, habe ich recht?« Sie wandte sich dem Großkhan zu. Ihre Darbietung machte ihr ganz offensichtlich Spaß. »Eure Hoheit, dieser Kurier ist auf dem Weg zu den Steppenvölkern festgesetzt worden. Dass er so viel Gold bei sich hatte, lässt keinen Zweifel daran, was sich hier abspielt: Der Finanzminister hat im Namen seines Gönners Gelder aus der kaiserlichen Schatzkammer abgeschöpft, um Unterstützung für den Verrat am Großkhan zu erkaufen!« Sie lächelte und wartete, um die Spannung noch zu steigern. »Hätte man auch weniger von einem Mann wie dem Kanzler erwartet? Selbstverständlich verlangt es ihn nach dem Thron!«

Das Gesicht des Großkhans war immer finsterer geworden, und nun war er völlig außer sich. Die Herrin Ki musste nichts weiter tun, um ihn zu überzeugen – sie hatte bereits seine schlimmsten Befürchtungen bestätigt. Er stützte sich auf den Kanzler, und es war ihm zuwider, wie unentbehrlich er ihm war. Die Herrin Ki kannte den Großkhan gut.

Der Kanzler erholte sich rasch von seinem Schrecken. »Die edle Kaisergemahlin ist zu weit gegangen!«, rief er empört. »Hoffentlich hat sie die Konsequenzen bedacht und erhebt solche ungeheuerlichen Vorwürfe nicht ohne Beweis! Woher das Gold stammt, weiß ich nicht. Doch kann ich mit Bestimmtheit sagen, dass niemand, nicht einmal der Herr Finanzminister höchstselbst, eine derartige Summe aus der kaiserlichen Schatzkammer hätte stehlen können, ohne dass es aufgefallen wäre. Wie sollte man einen solchen Diebstahl verschleiern? Das Finanzministerium ist eben dafür da, über jeden ausgegebenen Tael Rechenschaft abzulegen!« Zornig und herausfordernd starrte er die Herrin Ki an. »Meine Treue zum Großkhan ist unverbrüchlich. Ich verwahre mich gegen diese Beschuldigung. Es ist eine haltlose Verleumdung!«

»Haltlos! Woher sollte dieser Reichtum stammen, wenn nicht aus der kaiserlichen Schatzkammer? Wer verfügt im Geheimen über die Mittel, ganze Heere anzuwerben? Ich sage es Euch, Herr Kanzler: Im ganzen Reich Groß-Yuan gibt es keinen solchen Mann. Und was die Beweise angeht, habt Ihr ganz recht: Der Herr Finanzminister legt tatsächlich über jeden ausgegebenen Tael Rechenschaft ab.«

Wieder kamen die Eunuchen auf den Platz. Diesmal trugen sie stapelweise Bücher in den Armen. Der Minister zuckte zusammen, als er sie sah.

Die Herrin Ki lächelte. »Ja, Herr Minister. Die Hauptbücher des Finanzministeriums. Könnt Ihr mir versichern, dass sie die Wahrheit enthalten und Ihr sie stets selbst geprüft habt?«

Der Minister zögerte kaum. »Ich habe nichts zu verbergen«, sagte er bestimmt. »Die Bücher werden die Wahrheit enthüllen!«

»In der Tat.«

Der Wind brachte den Geruch nach Schnee mit sich. Er fuhr über den Platz und bewegte die Seiten der Bücher, die die Eunuchen aufgeschlagen vor der Treppe auf den Boden gelegt hatten. Baoxiang hatte gar nicht gemerkt, wie kalt ihm geworden war – so kalt, dass es sich paradoxerweise so anfühlte, als würde er verbrennen. Aber weshalb? Was war nur los mit ihm? Er begriff es nicht. Von Anfang an hatte er gewusst, dass sein Plan hierhin führen würde.

»Ich muss Euch für Eure präzise Buchführung Lob aussprechen, Herr Minister«, sagte die Herrin Ki. »Es ist alles derartig ordnungsgemäß, dass selbst erfahrene Buchprüfer eine Weile gebraucht haben, um Eure Methode zu verstehen. Doch bitte, schaut selbst.«

Die Schultern des Ministers verspannten sich. So rasch, als würde er vorwärtsgezogen, tat er die wenigen Schritte zu den Büchern, fiel auf die Knie und blätterte durch die Seiten.

»Sicher werdet Ihr zustimmen, Herr Minister, dass sich ein Muster erkennen lässt. Geld wurde von offiziellen Käufen abgeschöpft. Daraus wurde eine Rücklage gebildet. Und seht Ihr? Die Summe dieser Rücklage ist identisch mit der Geldsumme, die der Kurier bei sich hatte.« Sanft, beinahe neugierig sagte sie: »Wie lange Ihr und der Herr Kanzler schon geplant haben müsst, meinen Gemahl, den Großkhan, zu stürzen!«

Der Minister kniete nun reglos über den Büchern. Es sah aus, als hätte er sich niedergeworfen, um seine Unschuld zu beteuern. Um Gnade zu flehen. Aber es gab keine Hoffnung für ihn.

Der Großkhan donnerte: »Finanzminister, ist das sein Stempel?«

Nur mit dem Stempel des Finanzministers hatte Baoxiang die gefälschten Hauptbücher vervollkommnen können. Doch selbst, wenn dem Minister nicht bekannt gewesen wäre, wer ihn in Händen gehabt hatte – er hätte trotzdem sogleich gewusst, wer verantwortlich war. Wer sonst hätte die Fähigkeit besessen, Geld gleichsam aus dem Nichts zu erschaffen und zu stehlen?

Es war der Reichtum des Fürsten von Henan, der da in Säcken auf dem Platz lag. Die Herrin Ki hatte recht: Man hätte Königreiche damit aufkaufen können. Es war mehr als genug gewesen, um die Vernichtung des letzten großen Verteidigers Groß-Yuans zu erwerben.

Alle Anwesenden sahen: Der Großkhan hegte nicht mehr den geringsten Zweifel. Auch der Minister wusste, dass Protest ihm nichts nützen würde. Würdevoll sagte er: »Es ist mein Stempel.«

Keiner der beiden Männer musste zu seiner Hinrichtung geschleppt werden. Beide legten sie ihre Amtszeichen ordentlich am Fuß der Treppe ab: der Kanzler Schwert und Rüstung, der Minister Hut und Obergewand. Dann folgten sie den Eunuchen des Großkhans vom Platz.

Als der Minister an Baoxiang vorbeikam, blieb er kurz stehen. Sein Gesicht wirkte älter denn je, aber er war gefasst. Baoxiang dagegen war von einer fiebrigen Gehässigkeit erfüllt, als brannte er auf Streit. Er wollte nicht, dass der Minister ihm mit Ruhe begegnete. Er sollte ihm schonungslos ins Gesicht sagen, was für ein Mensch er war. Baoxiang hatte die Tat nicht nur begangen, sondern sich auch noch daran ergötzt. *Weil ich ein Scheusal bin.*

»Ihr hättet Eurem ersten Eindruck von mir trauen sollen«, sagte er kalt und spürte die harte Maske vor seinem Gesicht. »Die Abscheu, die Ihr empfunden habt, als Ihr mich zum ersten Mal saht, weshalb habt Ihr sie unterdrückt? Ich habe Euch die Wahrheit nicht verheimlicht. Alle haben stets nur meine Fehler gesehen. Und sie hatten recht. Ich bin so verdorben, wie sie immer geglaubt haben. Nur Ihr habt die Augen davor verschlossen. Deshalb ist es nun so gekommen. Ihr habt Euch getäuscht.«

Doch zu seinem großen Verdruss ließ sich der Minister nicht reizen. Auf seinem Gesicht lag eine tiefe, ernste Empfindung. Eigentlich hätte Baoxiang imstande sein müssen, sie zu deuten, aber aus irgendeinem Grund gelang es ihm nicht.

»Ich habe nie daran gezweifelt, dass Ihr alles erreichen könnt, was Ihr Euch vornehmt, Wang Baoxiang. Ich weiß nicht, was Euer Ziel ist. Aber um Euretwillen hoffe ich, dass es sich auch tatsächlich als das erweist, was Ihr wolltet.«

Dann ging er weiter, und Baoxiang blieb schäumend vor Wut zurück. Er wusste, was er wollte! Er hatte sich den Augenblick seines Triumphs so oft ausgemalt, dass er ihm wirklicher erschien – die begleitenden Gefühle reiner – als alles, was er je erlebt hatte. Er blickte zur Herrin Ki auf, die ihrerseits triumphierte. Sie sah nicht, dass jemand an einem Faden gezogen hatte und die ganze Welt sich nun auflöste. Ihr Sieg bezeichnete den Anfang des Endes. Von nun an würde jeder ihrer Schritte Baoxiang helfen, den Thron zu besteigen und seine grausame Herrschaft der Finsternis und der Verzweiflung auszurufen. Und das war alles, was er je gewollt hatte.

☯

Die Hinrichtungen fanden am nächsten Tag statt und waren öffentlich. Baoxiang ging nicht hin. Er saß in seinem Büro, in dem es langsam dunkel wurde, und starrte das Kästchen mit dem Ministeriumsstempel an. Nun stand es auf seinem Schreibtisch. Es erschütterte ihn, dass die Arbeit im Ministerium einfach weitergegangen war. Wie oft war wohl schon ein Minister von einem Tag auf den anderen verschwunden – verraten und verkauft –, dass es bereits zum Alltag gehörte? Durch den Korridor spazierten Beamte – paarweise, ihrer Flügelhüte wegen jedoch mit großem Abstand. In der Nähe trank jemand frisch gebrühten Buchweizentee. Dienstboten trugen körbeweise Papiere aus dem Büro des Ministers.

Unbehagen schnürte Baoxiang die Kehle zu. Er hatte erwartet, dass der Augenblick Gewicht haben würde. Dann hätte er Genugtuung empfinden können, einen Siegesrausch – denn immerhin war es ihm gelungen, der Welt seinen Willen aufzuzwingen. Doch der Untergang des Ministers hatte nicht mehr Wellen geschlagen als ein Stein, der in einen dunklen Teich versank. Und Baoxiang war bang ums Herz. Er konnte sich selbst nicht erklären, warum ihm so elend zumute war.

Auf der Straße schlug jemand Bambushölzer zusammen, ein hohles Geräusch. Bloß ein fliegender Händler, der frittiertes Gebäck feilbot – aber in Baoxiangs Ohren klang es so unheimlich, dass sein Unbehagen in Schrecken umschlug. Einen Augenblick lang wusste er nicht, ob er wach war oder schlief. Gleich würde er etwas erblicken. Was, wusste er nicht, aber es wäre so grauenhaft, dass sein schlafendes Selbst nicht anders konnte, als sich abzuwenden …

Er zitterte heftig, war zugleich jedoch plötzlich ungeduldig mit sich. Rasch steigerte sich die Gereiztheit zu Zorn. Hatte Esen sich so gefühlt, wenn Baoxiang Schwäche gezeigt hatte? Jetzt verstand Baoxiang ihn. Er konnte seine eigene Jämmerlichkeit kaum ertragen. Wie gern er sie aus sich herausgerissen hätte! Er zagte und bibberte doch ganz ohne Not! War denn nicht alles glatt über die Bühne gegangen? Die Leute hielten ihn ohnehin für verlogen und unehrenhaft, und er hatte bloß ihren Erwartungen entsprechen müssen, um zu erreichen, was er wollte! Er hatte den Grundstein für alles gelegt, was noch kommen würde. Wunderbar hätte sich das anfühlen müssen!

Er floh aus dem Ministerium. Die schweren Wolken, aus denen es nicht schneien wollte, ließen ihn an Augen denken, in denen ungeweinte Tränen brannten. Die Augen eines Schlaflosen. Sein Elend und seine Wut befeuerten sich gegenseitig und nährten zugleich sein verzweifeltes Verlangen nach Erlösung. Beinahe hatte er seinen Bestimmungsort erreicht, da kam ihm eine Kutsche entgegen. Die Herrin Ki, auf dem Heimweg. Durch die Vorhänge traf ihn ihr kühler Blick. Sie glaubte zu wissen, wohin er wollte. *Was* er wollte. *Dieses Mal,* dachte er grimmig, *habt Ihr sogar recht!*

Der dritte Prinz stand in seinem Empfangszimmer und spielte mit einem Weinbecher. An der Seite warteten Dienstboten, die wohl seinen Gast bedient hatten. Es hing noch ein Hauch Parfüm in der Luft. Als der Prinz Baoxiang sah, grinste er. »Ein Geist!«, rief er aus. »Man sagt, der Finanzminister sei hingerichtet worden – doch hier steht er nun!«

Kurz war Baoxiang wie erstarrt. Der Prinz war fröhlich! Es schien unmöglich, dass ein derartiges Gefühl – so obszön hell! –, in dieser Finsternis überhaupt existieren konnte. Allerdings war es auch nicht ganz echt: Der Prinz freute sich nur, weil seine Mutter guter Dinge war. Sie hatte ihren Jubel und ihren Triumph in ihn hineingegossen, als wäre er ein leeres Gefäß. Hier hatte sie gesessen und in ihrer Genugtuung geschwelgt – eben jener Genugtuung, die *Baoxiang* hätte empfinden sollen, der ihren Sieg erst ermöglicht hatte!

»Ach, in der Tat: ein Tag des zweifachen Segens!« Er konnte den verächtlichen Unterton nicht aus seiner Stimme verbannen. Vielleicht wollte er es auch gar nicht. Sein Zorn war eine schwarze Flut, die über die Ufer steigen wollte. »Nicht nur hat die Herrin Ki ihren Feind stürzen sehen, nein – sie hat sich in ihrer feierlichen Stimmung sogar dazu hinreißen lassen, ihren Sohn zu besuchen!«

Die höhnische Bemerkung vermochte es nicht, die Laune des Prinzen zu trüben. »Noch nie habe ich sie so zufrieden gesehen. Habt Ihr gehört?« Er schritt auf Baoxiang zu, trank seinen Becher aus und warf ihn achtlos fort. Er zerbrach nicht, sondern rollte über den Teppich davon. »Sie hat den

Großkhan gebeten, den schleichenden Tod als Hinrichtungsart zu wählen.« Weiß blitzten seine Zähne auf: Er sah aus wie ein Knabe, der mit unpersönlicher Grausamkeit einer Libelle die Flügel ausgerissen hatte. »Der Kanzler war ein so hochmütiger Mann! Ist in seiner schwarzen Rüstung durch den Palast stolziert, als wäre er der Herrscher ... Er sollte sich daran erinnern, wo er hingehört. Sie sagt, es sei ein größeres Spektakel gewesen als erhofft! Die Henker sind sehr geschickt darin, den Verurteilten nach und nach zu zerstückeln, ohne zu viel Blut zu vergießen. Der Kanzler hat wohl den halben Tag geschrien, bevor er das Bewusstsein verloren hat! Offenbar war es, als schaute man einem Meisterkoch dabei zu, wie er einen Fisch filetiert.« Belustigt fügte er hinzu: »Kann sein, dass er sogar noch lebt, falls Ihr einen Blick auf ihn werfen wollt ... Nicht dass noch viel von ihm übrig sein dürfte.«

Ein Gesicht blitzte vor Baoxiangs innerem Auge auf – vielleicht das schreiende Gesicht des Ministers –, aber er verschloss sich instinktiv davor. Nicht einmal ein Eindruck blieb zurück.

»Nun, da der Kanzler nicht mehr ist, will meine Mutter mir das Kommando über das Hauptheer geben.« Ein Heer, das die Herrin Ki nicht einzusetzen gedachte. Ein schmückender Rang für einen Prinzen, der selbst nur Beiwerk war. Feixend sagte der Prinz: »Ihr mögt aus der Sache eine Beförderung herausgeschlagen haben, Herr Minister, doch wie es scheint, bin ich noch immer höher gestellt als Ihr!«

»Fürwahr!«, sagte Baoxiang seidig. »Ich sollte dem dritten Prinzen angemessen gratulieren.« Er wandte sich den Dienstboten zu. »Hinaus mit euch!«

Genussvoll schaute der dritte Prinz dabei zu, wie Baoxiang sich auszog, dann tat er es ihm nach. Die Diener waren fort, aber es schien dennoch ein Wagnis zu sein, nackt in dem großen Empfangszimmer zu stehen. Nun, wenn es den dritten Prinzen nicht kümmerte, kümmerte es Baoxiang sogar noch weniger. Das Gefühl, verletzlich zu sein, war in dem schwarzen Strudel in seinem Inneren ertrunken. Voller Vorfreude nahm der Prinz sein steifes Glied in die breite Hand. Er lächelte. »Ihr habt es immer so eilig!«

Doch als er auf Baoxiang zutrat, legte der ihm eine Hand auf die Brust. Wie warm die Haut des Prinzen war! Es war beinahe ein Schock. Baoxiangs selbst fror immerzu. Plötzlich wollte er die Finger in diesen jungen Leib graben, bis Blut floss. Den dritten Prinzen so zum Schreien bringen, wie der Minister geschrien hatte. Seine Hand blieb reglos und flach auf der Brust des dritten Prinzen liegen. »Dieses Mal«, sagte er freundlich, »keine halben Sachen.«

Das Aufflackern von Unsicherheit im Gesicht des dritten Prinzen entging ihm nicht. Eine Schwachstelle, nicht unähnlich der Lücken im Schädel eines Säuglings oder einem Loch in einer Rüstung. Das schwarze Meer in ihm brodelte. Dieser Augenblick hatte unausweichlich kommen müssen, aber bisher hatte er ihn gefürchtet: den Schmerz, die Einzelheiten der Erniedrigung. Nun wollte er, dass es geschah. Lechzte danach: Endlich würde er ganz unten ankommen.

»Das könnt Ihr doch, oder etwa nicht? Ficken?« Baoxiang hielt kurz inne. »Es sei denn, Ihr wollt gar nicht.«

Sie waren einander so nah wie zwei Männer, von denen einer den anderen mit dem Schwert durchbohrt hatte. Doch es war nicht mehr so einfach, in den Augen des Prinzen zu lesen. Also hatte er doch etwas dazugelernt. Früher war es ein Leichtes gewesen, ihn zu durchschauen.

»Vielleicht wollt Ihr ja etwas anderes«, fuhr Baoxiang glatt fort. »Vielleicht wollt Ihr gar nicht ficken, sondern gefickt werden. Ist es so? Ihr seid immer schnell dabei, darauf hinzuweisen, wie verschieden wir sind. Doch wenn Ihr allein im Dunkeln liegt, Euren Schwanz in der Hand: Träumt Ihr dann womöglich davon, Euch für jemanden zu bücken? Im Innersten seid Ihr so verdorben, dass Euch die Vorstellung erregt, wie ein anderer Mann Euch das antut. Glaubt Ihr, das ließe sich auf ewig verbergen? Es steht Euch ins Gesicht geschrieben. Eines Tages wissen es alle: Ihr seid ganz genau wie ich.«

Er hatte ihn getroffen. Jetzt lächelte der Prinz nicht mehr. Hektische Röte war ihm in die Wangen gestiegen. Doch zu Baoxiangs Überraschung ging er nicht gleich auf ihn los. In seinem Blick lag eine beunruhigende Wachheit. Er war nicht dumm; das vergaß Baoxiang zu oft. Am Anfang war er so manipulierbar gewesen, dass es Baoxiang immer vorgekommen war, als zöge er ein Spielzeug auf. Aber der Prinz hatte sich verändert. Er lernte, entwickelte sich. Schon jetzt war der Jüngling, für den Baoxiang ihn hielt, nur noch der Geist des Mannes, der er einmal werden würde.

»Ich dachte nicht, dass wir so ehrlich miteinander sein würden. Nun denn …« Seine geschwungene Oberlippe war blasser als die Unterlippe. Sein Bart umschloss seinen Mund nicht ganz: links und rechts gab es daumengroße Flecken nackter weicher Haut. Wäre er ein anderer gewesen, hätten sich dort vielleicht Lachfältchen gezeigt. »Ich habe Euren Bruder getroffen, das eine Mal in Hichetu.« Leise fragte er: »Ist es nicht ein Zufall, dass ich ihm so ähnlich sehe?«

Baoxiang wankte. Der Prinz packte ihn am Handgelenk, wirbelte ihn herum und stieß ihn mit dem Gesicht voran auf den Teppich. Baoxiang stieß einen Schrei aus und dann gleich noch einen, als der Prinz in seine Hand spuckte und brutal in ihn eindrang. Er mochte den Akt nie vollzogen haben, aber er wusste, wie man den eigenen Körper als Waffe einsetzte, ganz so, als wäre Gewalttätigkeit sein Erbe. Er musste sich mit mehreren Stößen voranarbeiten, und es tat genauso weh, wie Baoxiang erwartet hatte. Er erstickte einen weiteren Schrei. Der Prinz lag nun mit seinem ganzen Gewicht auf ihm. Er raunte ihm ins Ohr. »Habt Ihr ihn geliebt? Wolltet Ihr, dass er Euch so beschläft?«

Baoxiangs Wut verzehrte ihn, ein gieriges, willkommenes Feuer. Deswegen war er hier. Auf diesen Schmerz war er aus, diese Demütigung. Von Esen hatte er das nicht gewollt – er hatte seinen Bruder nie mit Verlangen angesehen –, aber er wollte ihm das hier geben. Seinethalben würde er sich ficken lassen. Herabsetzen, bis er tiefer nicht sinken konnte. Er würde sich unrettbar ruinieren. Es wäre sein Geschenk an seinen ach so vollkommenen, dem Reich blind ergebenen Heuchler von einem Bruder. Und *das* wollte er von ganzem Herzen.

Seine Hüftknochen rieben schmerzhaft über den Boden. Die Knie des Prinzen gruben sich in seine Kniekehlen, als wären sie zwei zusammengeschobene Satztische. Klebrig schmatzte Haut auf Haut. Für den Prinzen konnte es kaum bequemer sein. Immer wenn er vorwärtsdrängte, entfuhr Baoxiang keuchend der Atem. Seine Qual glich einem heftigen Krampfanfall. Er wurde in die schreckliche Finsternis seiner Seele gestoßen. Gewiss hielt der Schmerz auch Befriedigung bereit – wenn er sie nur finden könnte! Er war hergekommen, um die abartige, grausame Lust an dem Wissen auszukosten, dass er die ganze Welt mit sich in den Abgrund reißen würde, dass alle im Reich teilhaben würden an seinem ewigen Albtraum. Nun suchte er fieberhaft, krallte in der Finsternis umher. Beinahe bekam er das Hochgefühl zu fassen, aber es war schlüpfrig und drohte, ihm zu entgleiten und nichts als graues Elend zurückzulassen. Mit einer letzten monumentalen Anstrengung packte er zu, und dann endlich fühlte sich gut an, was er gewollt hatte. Die bebende Erleichterung kam ihm beinahe wie Verzweiflung vor.

Wasser rann aus seinen Augen in den Teppich. Was spielte es schon für eine Rolle, was er früher einmal von Esen gewollt hatte? Jetzt hatte er das hier. Er wollte es, und wenn erst alles überstanden war, würde sein Sieg so wunderbar sein wie dieser Augenblick. Am Ende würde er jedes Opfer wert gewesen sein.

☯

Weiße Marmorbrücken überkreuzten den gefrorenen schwarzen See wie ein Spinnennetz. Auf der Felseninsel in seiner Mitte stand die Kutsche der Herrin Ki vor dem glitzernden, leuchtenden Mondpalast. An den Dachvorsprüngen der Pagode hingen Laternenschnüre. Spiegelmosaike an den Außenmauern vervielfachten das Licht – eintausend neue Sterne für den sternenlosen Himmel.

Im ebenerdigen Schrein vor einem deckenhohen vergoldeten Buddha kniete die Herrin Ki. Ihr karmesinroter Kapuzenumhang warf tiefe Falten; wie ein gefrorener Wasserfall sah er aus. Trotz der beißenden Kälte hatte sie hier auf Baoxiang gewartet. Sie hatte gewusst, dass er auf dem Heimweg ihre Kutsche sehen würde. Es war erstaunlich, dass ihr überhaupt jemand die Rolle des zarten, zur Ohnmacht neigenden Geschöpfs abnahm. Bemaß man die Willensstärke eines Menschen daran, wie weit er sich in der Gesellschaft aufschwang, dann bewies der Aufstieg der Herrin Ki – von einer Tributfrau zur Konkubine und schließlich zur Lieblingsgemahlin des Großkhans – eine Entschlossenheit, die Baoxiangs noch übertraf.

Er kniete neben ihr nieder. Der Pagodendiener reichte ihm brennende Weihrauchstäbchen, und Baoxiang verneigte sich dreimal damit. Der Schmerz in seinem Innern war so groß, als wäre der dritte Prinz leibhaftig bei ihnen im Schrein.

Die Herrin Ki wartete, bis der Diener sich zurückzogen hatte. »Betet Ihr für den ehemaligen Finanzminister?«, erkundigte sie sich dann. »Seid lieber vorsichtig. Ehrt man einen Verräter und wird dabei beobachtet, so gerät leicht die eigene Loyalität in Zweifel.«

Wusste sie von seinem Verrat am Minister? Oder glaubte sie, er habe sie lediglich über dessen Machenschaften in Kenntnis gesetzt? Er konnte es nicht sagen. Kühl erwiderte er: »Die Kraft meiner Loyalität mag überraschen, wenn man als schändlich erachtet, woran im Besonderen sie sich knüpft.«

Die Herrin Ki wandte sich ihm zu. Wie eigenartig, sie von Nahem zu sehen! Bisher hatte er immer zu ihr aufblicken müssen, als wäre sie eine Statue. Gefasst schaute sie unter ihrer karmesinroten Kapuze hervor. Ihre Nasenspitze war rosa von der Kälte. Er betrachtete ihren Schwanenhals und die schmalen, eleganten Lippen. Der dritte Prinz kam ganz nach seinem Vater. Vielleicht war das auch der Grund, weshalb der Großkhan ihm so abgeneigt war: Sah man sich seinem jugendlichen Ebenbild gegenüber, es unterschied sich jedoch in einem wesentlichen Merkmal von einem selbst, so sah man womöglich nichts anderes mehr als ebendieses Merkmal.

»Täuscht Euch nicht, Herr Minister. Stünde es in meiner Macht, meinen Sohn von der Blindheit seines Herzens zu erlösen, täte ich es. Wollte er sich doch voller Abscheu von Euch abwenden und Eure Gesellschaft meiden, die für jeden Mann unpassend ist, ganz besonders jedoch für den Thronfolger Groß-Yuans! Aber«, ihre Stimme klang plötzlich rau, »solchen Einfluss hat anscheinend nicht einmal eine Mutter.«

Es war, als wäre bei den letzten Worten ihre Maske gesprungen. Ehrlich überrascht, dachte Baoxiang: *Sie ist ihm zugetan!*

So oft hatte sie dem dritten Prinzen die kalte Schulter gezeigt, um dafür den Großkhan mit Zärtlichkeiten zu überhäufen. Wie alle anderen hatte Baoxiang geglaubt, sie hielte nur deswegen die Hand über ihren Sohn, weil er ihr Weg zur Macht war. Aber vielleicht … Ja, vielleicht tat sie es, weil er ihr Sohn war. Sie war allein am Kaiserhof eines Reichs, dem ihr eigenes Volk untertan war. Möglicherweise beschützte sie ihren unvollkommenen, verletzlichen Sohn auf die einzige Art und Weise, die ihr blieb: indem sie immerzu um die Gunst des Großkhans warb. Und war es ein Wunder, dass sie es nicht wagte, ihre Zuneigung offen zu zeigen? Allzu leicht konnte man es gegen sie verwenden.

In Baoxiangs Brust saß ein Schmerz: als steckte in seinem Herzen eine gefrorene Klinge, und bei jedem Schlag schnitt es sich daran. Die Herrin Ki mochte ihrem Sohn zugetan sein. Doch ob der Prinz nun ungeliebt war oder es bloß glaubte, was änderte es an seinem Kummer? Ein Band zwischen zwei Menschen konnte nur bestehen, wenn beide davon wussten. Eine Brücke mit nur einem Ende war keine Verbindung. Und im Geheimen zu lieben, war keine Liebe.

Das Gesicht der Herrin Ki hatte sich bereits wieder verschlossen. »Wie erstaunt ich war, als mein Sohn mich gestern über das Treiben des ehemaligen Finanzministers in Kenntnis gesetzt hat! Ich war nicht überzeugt, der Quelle trauen zu können. Doch letzten Endes hat sich der Hinweis als ausgesprochen dienlich erwiesen.« In ihrer Stimme lag keine Wärme. »Es scheint, eine Bekanntschaft, die ich als nachteilig für meinen Sohn erachtet habe, könnte doch von Nutzen sein.«

Baoxiang verlangte nicht nach Wärme, und ihren unverhohlenen Ekel konnte er ertragen. Er war ebenso kalt wie sie. Wenn sie ihn weiterhin als nützlich erachtete, wollte er zufrieden sein.

»Bleibt uns treu, Herr Minister«, sagte die Herrin Ki und erhob sich. »Dann werde ich Euch belohnen, wenn ich erst Kaiserin bin.« Damit ging sie.

Baoxiang blieb, wo er war. Unermüdlich pochte der Schmerz. Der Tod des Kanzlers hatte die Kaiserin verwundbar gemacht, und die Herrin Ki würde darauf brennen, sich ihrer Rivalin zu entledigen. Sie mochte nicht imstande sein, ihrem Sohn die abartige Neigung auszutreiben – doch wenn sie erreichen konnte, dass er der einzige Thronfolger blieb, würde sich das Mandat einstellen *müssen.* Seit der Gründung Groß-Yuans hatten Kublai Khans Nachkommen es in ungebrochener Reihe besessen. Welche andere Möglichkeit sollte es geben?

Kurz spürte Baoxiang den zitternden dritten Prinzen über und in sich. Nicht nur die Berührung eines anderen Leibes, sondern vielmehr die einer anderen verwundbaren Seele, auch sie in Ketten gelegt von ihren Unsicherheiten und Sehnsüchten, dem ewigen Leiden ausgeliefert.

Er schüttelte den Gedanken ab. Weshalb war ausgerechnet dieser Eindruck zurückgeblieben? Der Zweck seines Besuchs war gewesen, sich Schmerz und Herabwürdigung auszusetzen – sich in den Ruin zu ergeben. So hatte er sich in dieses pechschwarze Scheusal verwandeln können, das das Ende herbeiführen würde. Denn nicht Baoxiang war nützlich für andere – der dritte Prinz und die Herrin Ki würden ihm nützlich sein.

Er erhob sich und verließ den Mondpalast.

15

YINGTIAN

»Es leuchtet ein, dass Chen Youliang die Herrin Zhang um Hilfe ersucht hat, um seine Kriegsflotte aufzubauen«, sagte Ma. »Aber warum hätte sie einwilligen sollen?«

Sie lagen im Bett. Zhu war nur für eine Nacht in der Stadt: Sie hatte die Heere zurückgebracht, damit die Männer sich ausruhten und unter Xu Das Aufsicht die Vorräte aufstockten. Gleich am nächsten Morgen würde sie nach Qingyuan aufbrechen, dem Stützpunkt des Piraten Fang Guozhens. Es war nicht gerade die siegreiche Heimkehr, von der Ma zu träumen gewagt hatte. Der Gedanke daran, was Chen den Menschen in Nanchang angetan hatte, verursachte ihr Übelkeit. Schlimmer war nur die Vorstellung, dass Zhu sich ihm in der Schlacht stellen musste. »Man sollte doch meinen, die Herrin Zhang wäre die Letzte, die einen hungrigen Tiger am Busen nährt, selbst wenn er verspricht, sie nicht zu beißen. Sie konnte ja nicht wissen, dass sie General Zhang verlieren und infolgedessen belagert werden würde! Weshalb hätte sie glauben sollen, sie bräuchte irgendwann einmal seine Unterstützung? Da stimmt doch was nicht. Glaubst du, es steckt noch etwas anderes dahinter?«

Wie gemütlich es war, sich mit Zhu zusammen unter die Decke zu kuscheln, die Köpfe auf demselben Kissen. Ma fühlte sich sicher und geborgen. Unweigerlich wünschte sie sich, Zhu müsste nicht so bald wieder fort. Das »Abenteuer« in Bianliang hatte ihr gar nicht gefallen, aber es war auch nicht leicht, immer zurückzubleiben, zu warten und sich zu sorgen.

»Doch, ich glaube, du hast recht: Irgendetwas übersehen wir.« Zhu blickte mit gerunzelter Stirn zum Betthimmel auf. »Aber selbst, wenn es wirklich noch jemanden gibt, der Absichten auf den Thron hat – fällt es wirklich ins Gewicht? Um wen es sich auch handeln mag, er hat kein Heer, sonst wüssten wir es. Man könnte es ja schlecht verstecken. Wie gefährlich kann mir jemand ohne Heer werden? Ich habe zwei!«

Ma war unangenehm überrascht gewesen, dass Zhu General Ouyang sein Kommando zurückgegeben hatte. Ein gemeinsames Ziel zu haben, hieß in ihren Augen noch lange nicht, dass man einander genug vertraute, um wahrhaftig an einem Strang zu ziehen. Bisher schien das Ergebnis Zhu recht zu geben. Aber ... »Ist es wirklich eine gute Idee, sich so auf General Ouyang zu verlassen?«

»Du kannst ihn wirklich gar nicht leiden, oder?« Zhu lächelte schief. »Es stimmt schon: Wenn einem der Sinn nach guter Gesellschaft steht oder man jemandem einen Witz erzählen möchte, der auch darüber lacht, dann ist er tatsächlich nicht der Richtige. Will man allerdings Leute umbringen ... Gäbe es da einen Wettbewerb, und er würde den zweiten Platz belegen, wer würde wagen, den ersten für sich zu beanspruchen? Er war mir bisher schon sehr nützlich. Wie dem auch sei, es besteht kein Grund zur Sorge: Ich weiß, wie man ihn im Zaum hält! Ich verstehe ihn. Schließlich sind wir einander ähnlich.«

Ma dachte daran zurück, wie Ouyang in seinen weißen Unterkleidern allein in dem Zimmer mit den vernagelten Fenstern gestanden hatte, die Augen schwarz vor Hass, das aufgelöste Haar so strähnig wie das eines Geistes. Er bedauerte nichts – nicht einmal jene Tat, die er selbst als grauenvoll erachtete! Alles würde er tun, um zu bekommen, was er wollte, ohne sich von Mitgefühl, Moral oder wenigstens von zärtlichen Banden zurückhalten zu lassen. Und alles nur, weil er glaubte, letzten Endes werde der Vergeltungsakt jedes Opfer aufwiegen, ungeachtet der Qualen, die er oder irgendjemand sonst bis dahin erleiden musste. Erschrocken sagte sie: »Werde ihm nur nicht zu ähnlich!«

QINGYUAN

Das Meer bei Qingyuan war braun und seicht wie ein Fluss. Inseln ragten daraus hervor wie die gewaltigen Höcker eines Drachenleibs – so viele, dass es schien, als könnte man von einer zur anderen springen, ohne je das Wasser zu berühren. Die Stadt lag am Nordende einer von Häfen zerklüfteten Küstenlinie, die sich bis zu den Salzlagerhäusern im südlichen Taizhou erstreckte. Überall lagen Schiffe vertäut; weitere sprenkelten das offene Meer wie Papierdrachen während eines Himmelsfests.

»Da wird man schon nachdenklich«, rief Zhu. »Wenn ein Stein, der sich sehr gut benimmt, als Mensch wiedergeboren werden kann – wäre es dann nicht denkbar, dass ein schlechter Mensch zu einer Existenz als Gegenstand verdammt werden könnte?« Sie starrte die Schiffe an, die im flachen Wasser vor Anker lagen, und die starrten mit ihren auf den Bug gemalten Augen grimmig zurück. Mord und Plünderung stand darin geschrieben. »Befördern diese Schiffe Menschen, oder verschlingen sie sie?«

»Drei Masten, zwei Decks, Laderäume unter der Wasserlinie, zur Stabilisierung gekielt«, ratterte Jiao herunter. »Das sind klassische Piratenschiffe, prädestiniert dafür, rasch anzugreifen und hinterher die Flucht zu ergreifen. Weder eignen sie sich für die Ausrüstung mit schwerer Artillerie noch für den direkten Kampf mit Chen Youliangs Kriegsflotte.« Den Berichten zufolge, die aus dem Umland des eroberten Nanchang eingetroffen waren, ragten Chens dreistöckige Schiffe über gewöhnlichen Flussschiffen auf wie Chen selbst über gewöhnlichen Leuten. Die Kanonenkugeln des Flaggschiffs hatten Nanchangs Mauern durchschlagen wie geschleuderte Steine ein Papierfenster.

»Dann sind sie eben kleiner, na und?«, sagte Yuchun streitlustig, »Größer muss nicht unbedingt besser sein! Wir legen unsere Strategie eben auf Schnelligkeit aus.« Yuchun war bloß eine Handbreit größer als Zhu und wie sie eher drahtig gebaut, doch er rühmte sich, auf jedem Schlachtfeld einer der Flinksten zu sein. Xu Da war in Yingtian geblieben, um die Heere wieder abmarschbereit zu machen, darum hatte Yuchun beschlossen, Zhu, Jiao, Ouyang und dessen zwei Oberbefehlshaber zu begleiten. »Du hast den Blick des Eunuchen nicht gesehen, als er erfahren hat, dass du die Belagerung Pingjiangs aufgeben wolltest«, hatte er gesagt. »Ich aber schon. Jemand muss sich dazwischenwerfen, falls er wieder wegen irgendwas durchdreht. Und da ich mir nicht vorstellen kann, dass Jiao sich für irgendwen opfern würde, muss ich das eben machen.«

Es stimmte schon. Ouyangs Schmerz staute sich immer weiter in ihm an, und je schwerer er litt, desto unberechenbarer wurde er. Dann verließ ihn die Vernunft, und er gehorchte nur noch seinem Instinkt. Das hätte ein Grund zur Sorge sein können. Aber, dachte Zhu vergnügt, nun wusste sie ja, wie sie ihm Erleichterung verschaffen konnte. Sie konnte ihn bändigen.

Ihn zu beißen, war zwar äußerst befriedigend gewesen, aber sie hatte bald einsehen müssen, dass sie es übertrieben hatte.

Seine Hand war gewaltig angeschwollen: Das war unmöglich zu verbergen und schwer zu erklären gewesen. Danach hatte Zhu sich zusammengenommen. Nun blickte Ouyang über das Meer und musste für alle anderen so unnahbar erscheinen wie eh und je. Nur sie allein wusste von den Malen unter seinen Ärmeln, die sie auf seiner Haut hinterlassen hatte; wie er aussah, wenn menschlicher Schweiß auf seinem vollkommenen Jadegesicht stand; wie er klang, wenn er sich dem Schmerz hingab.

Und es war Schmerz. Er wollte es, aber das änderte nichts daran, dass sie ihm wehtat. Gewöhnliche Menschen hätten einem Bekannten das niemals angetan, selbst dann nicht, wenn er darum bettelte. Sie ahnten ja nicht, wie gut es sich anfühlte! Jede gepeinigte Reaktion Ouyangs war ein körperlicher Ausdruck ihrer Verbindung – ihres gemeinsamen Verlangens, das sie auf die Zukunft zutrieb. Zusammen würden sie den Ort ihrer Bestimmung erreichen: Khanbaliq.

Jiao sagte: »Solltest du dein Wissen über die Kunst des Seekriegs bisher bloß verschwiegen haben, Kommandeur Chang, wäre jetzt der richtige Augenblick, es mit uns zu teilen. Das Wort ›Strategie‹ bloß auszusprechen, macht einen noch nicht zum Strategen.« In zurückhaltendem Ton fügte er hinzu: »Es ist interessant, dass Fang Guozhen sich bisher weder mit den Yuan noch mit einem ihrer Feinde verbündet hat. Es würde mich wundern, wärt Ihr der Erste, der ihn zu gewinnen sucht.«

»Zu unserem Glück bin ich sehr überzeugend«, erwiderte Zhu kühl. Seine Skepsis erinnerte sie an das letzte Mal, als er an ihr gezweifelt hatte: Damals war sie Ouyang vor Bianliang entgegengetreten. Sie musste allerdings zugeben, dass die Erinnerung ihr nicht gänzlich unwillkommen war. Immerhin hatte sie Erfolg gehabt!

Qingyuan war in Verruf geraten, aber dennoch gut bevölkert – und zwar, wie Zhu mit Belustigung bemerkte, vornehmlich von Frauen, als wäre die Stadt ein Nonnenkloster. Ouyang stand das Missfallen ins Gesicht geschrieben. Wohin man auch blickte, sah man Ladenbesitzerinnen, Gassenmädchen, Händlerinnen, Lieferantinnen und natürlich Piratinnen mit tief gefurchten Gesichtern und schwieligen Händen, die sich durch die Straßen drängten. Es gab auch ein paar Männer, aber das Verhältnis war etwa vier zu eins – und Zhu war nicht überzeugt, dass nicht doch alle Anwesenden Frauen waren.

»Die ganze Stadt ist sein Harem?«, staunte Yuchun. »Ich kann nicht fassen, dass ich meine Jugend in einem Lager voll ekliger Männer verschwendet habe!«

»Willst du denn zu einem Harem gehören oder selbst einen haben?«, fragte Zhu. »Für einen Haremsjungen bist du nicht hübsch genug. Und ich sag's dir ungern, aber Leute, die sich einen Harem zulegen – Könige beispielsweise –, haben meistens sehr viel Zeit in Lagern voll ekliger Männer verbracht!«

»Pah! Jeder weiß, dass Ma Xiuying dir die Eier abschneiden würde, wenn du dir eine Konkubine nähmst!«

Und das, dachte Zhu, war im Wesentlichen richtig, wenn auch nicht im anatomischem Sinne.

Sie kamen an ihr Gasthaus. Zhu beauftragte einen von Ouyangs untätigen Stellvertretern – den rundlichen, bärtigen Chu –, zu Fang Guozhens Residenz zu laufen und dort ein Schreiben abzugeben. Dann stieg sie die marode Treppe hinunter, begleitet vom Knarren der Segel und dem Kreischen der Meeresvögel. Der Kanal, der auf die Küste zufloss, stank wie ein Nachttopf. Ein großes Schwein planschte im braunen Wasser.

Das Speisezimmer war bis auf den letzten Platz besetzt, aber seltsam still. Als Zhu sich zu ihren Reisebegleitern gesellte, wurde ihr klar, dass sie die einzige Gruppe waren. Ansonsten waren nur Frauen hier, die allein unterwegs zu sein schienen. Sie waren nicht so wettergegerbt wie die Piratinnen draußen, trugen aber keine Röcke, sondern Hosen und kurze schlichte Roben. Sie aßen schweigend.

»Ins ehrwürdige Gasthaus dieses Onkels kommen viele Pilgerinnen«, merkte Zhu an, als der Gastwirt ihnen Süßkartoffelnudeln mit gewürfelter Jamswurzel, Schweinefleisch, Frühlingszwiebeln und süßer Bohnensoße an den Tisch brachte. »Ob sie alle zum Putuo Shan wollen?« Das war einer der vier Berge, die den Buddhisten heilig waren. Er erhob sich auf einer der Drachenhöckerinseln vor der Küste. Jeder zweite Mönch, der das Kloster Wuhuang besucht hatte (zumindest war es Zhu so vorgekommen), hatte weitschweifig erzählt, wie rücksichtslose Sänftenträger auf dem einen oder anderen heiligen Berg ihn beinahe zu Tode gestürzt hätten. Zhu, die in Klostertreppen umgerechnet mehrere Hundert Berghänge hochgestiegen war, ein Tragjoch mit Wassereimern auf den Schultern, hatte nur sehr wenig Mitgefühl mit ihnen gehabt.

»Diese Frauen?« Der Wirt stellte so schwungvoll die Schalen auf den Tisch, dass die Nudeln darin hüpften. (Er war eindeutig ein Mann, befand Zhu, allerdings vielleicht einer wie sie selbst: Die Klangfarbe seiner Stimme brachte sie darauf. Ouyang, der ihr gegenübersaß, verzog verächtlich den Mund.) »Das sind keine Pilgerinnen. Sie sind hier, um am Wettkampf teilzunehmen! Seid *ihr* denn keine Pilger?« Es war eine naheliegende Vermutung. Zhu hatte nicht die ganze Welt wissen lassen wollen, dass der strahlende König ein Bündnis mit Fang Guozhen einzugehen suchte, daher waren sie und ihre Leute noch schlichter gekleidet als die Frauen hier. Der Wirt erklärte: »Jedes Jahr richtet Fang Guozhen anlässlich seines Geburtstags ein großes Fest aus. Den Höhepunkt bildet ein Kampfwettbewerb für Frauen, die auf seinen Schiffen anheuern wollen. Er wählt nur diejenigen aus, die sich gut dabei schlagen. Die Gewinnerin hat einen Wunsch frei; solange es in seiner Macht steht, erfüllt er ihn. Ein beeindruckender

Siegespreis, wenn man bedenkt, wie mächtig Fang ist! Die Frauen kommen von weither, um antreten zu können.«

»Das kann ja kein besonders schwerer Wettkampf sein, wenn bloß Frauen mitmachen!«, lachte Yuchun.

»Du wärst überrascht, junger Mann! Schaut euch ein paar Kämpfe an, bevor ihr weiterreist. Bestimmt wird euch ihr Können beeindrucken.«

»Heutzutage begegnet man Frauen wirklich an unvermuteten Orten«, sagte Jiao und lächelte nur schwach, als Zhu ihm einen scharfen Blick zuwarf.

»Ich rate euch allerdings, sie nicht zu belästigen, wenn ihr nicht am eigenen Leib erfahren wollt, wie gut sie sind. Letztes Jahr hat's einen Kerl erwischt, der eine Kämpferin ohne ihre Erlaubnis angefasst hat. Sollten sie natürlich auf euch zukommen ...« Der Wirt lachte leise. »Dann ist das euer Glückstag.«

Yuchun sagte lässig: »Ach, das sieht aber gut für mich aus! Immerhin besteht unsere kleine Tischgesellschaft – abgesehen von mir – aus recht erbarmungswürdigen Mannsbildern: einer alt, einer hässlich wie die Nacht, einer so langweilig, dass wir auf dieser Reise wahrscheinlich schon öfters unbemerkt von ihm getrennt worden sind«, das bezog sich offenbar auf Ouyangs zweiten Stellvertreter Geng, »und einer entmannt! Was denn?«, fragte er, als Ouyang ihn finster anstarrte. »Kein Grund, gekränkt zu sein ... Ich sag's doch bloß, wie es ist!«

»Du warst so ein reizloser Knabe«, stellte Zhu fest. »Und nun sieh dich an! Dein Selbstvertrauen ist mit dir gewachsen. Hoffentlich hat dein *anderes* Schwert mit dieser Entwicklung Schritt gehalten, sonst sind die Frauen am Ende noch enttäuscht!«

Chu kam herein und übergab Zhu die Antwort des Piraten.

Ihr entging nicht, dass sie bereits geöffnet war. Diese Beobachtung schob sie jedoch beiseite, um sich zunächst auf das größere Problem zu konzentrieren.

»Was steht drin?« Yuchun bemerkte ihre verhaltene Reaktion gar nicht.

Sie steckte den Brief ein und tat ihr Bestes, um Sorglosigkeit vorzuspiegeln. »Wie erwartet. Er empfängt mich, um die Angelegenheit zu besprechen. Mehr wollte ich erst einmal gar nicht.«

Im weiteren Sinne stimmte das auch. Sie hatte nicht erwartet, dass Fang sie mit offenen Armen willkommen heißen werde. Aber sie hatte doch mit einer sofortigen Einladung gerechnet, wie ihre gesellschaftliche Stellung es gebot – immerhin war sie einer der Machthaber dieser Gegend. Stattdessen besaß er die Unverschämtheit, sie tagelang warten zu lassen. Er wollte ihr zu erkennen geben, dass sie hinter seiner belanglosen Geburtstagsfeier zurückstand. Er würde sich nicht bereitwillig überzeugen lassen, wie Zhu insgeheim gehofft hatte – ganz im Gegenteil.

Chu sah sie über den Tisch hinweg an. Sein Blick war nicht zu deuten. Er hatte den Brief gelesen, daran bestand kein Zweifel. Er wusste, wie ernst die Lage war. Auch Jiao beobachtete sie, allerdings ohne sich Zurückhaltung aufzuerlegen: In seinem Gesicht stand eine wissende Überlegenheit. *Ich kann nur hoffen, Ihr habt noch bessere Argumente.*

Die Herausforderung war größer als angenommen, doch Zhu würde nicht versagen. Wie könnte sie auch? Dazu war ihr Verlangen viel zu stark.

☯

»Oberbefehlshaber Chu hat die Nachricht von Fang Guozhen gelesen«, merkte Geng an.

Die Lamellen der Bambusjalousien in Ouyangs kargem Gasthauszimmer klapperten im eisigen Wind. In Qingyuan hatte es noch nicht geschneit – falls es das hier überhaupt je tat. Das glatte braune Küstenvorland war von einer hellen, blasigen Schicht überzogen.

»Es war eine offene Beleidigung! Er hat nicht vor, ein Bündnis mit Zhu Yuanzhang einzugehen.«

Ob man wohl über diese glänzende Oberfläche laufen konnte? Vielleicht sank man ein. Zhu hatte auf der Reise noch keine Gelegenheit gehabt, Ouyang wehzutun, und seine Qual steigerte sich immer mehr. Sie war bereits so groß, dass sie ihn zu zerreißen drohte. *Haltet nur noch ein wenig länger aus, Herr General.*

»Hört Ihr mir zu? Weder besitzt Zhu Yuanzhang eine Flotte noch hat er eine in Aussicht! Chen Youliang wird ihn vernichten! Ihr habt es uns versprochen: Sobald er uns keine Hilfe mehr ist, trennen wir uns von ihm!«

Er konnte an nichts anderes denken als an Zhu, der jenen anderen Schmerz in ihn hineingoss, eine Empfindung, die rein körperlich war, eine Gnade. Alles, was ihm unerträglich war, riss Zhu aus ihm heraus, bis nichts mehr von ihm übrig war als ein fleischloser Kern, der gewichtslos im erlösenden, vollkommenen Schmerz schwebte. Weshalb ließ Geng ihn nicht in Ruhe? Er konnte seine Gier kaum beherrschen. Käme doch Zhu und brächte ihm die gesegnete Erleichterung!

»Habt Ihr etwa vergessen, warum Ihr das hier tut?«

Die Frage traf ihn wie ein Schlag, was Geng zweifellos auch beabsichtigt hatte. »*Vergessen?*«

Es bedurfte einer gewaltigen Anstrengung, die Erinnerungsflut zurückzudrängen. Niemals könnte er es vergessen, dachte er wild. Noch im Tode würde er sich erinnern!

Geng hatte sich von seinem Zischen nicht einschüchtern lassen; er wartete einfach. Dass ein Untergebener Rechtfertigungen von ihm forderte! Geng hätte sich lediglich befleißigen sollen, Ouyangs Befehle auszuführen. Da er aber keine Anstalten machte zu gehen, stieß Ouyang hervor: »Unterbreitet Zhu Yuanzhang erst sein Angebot, wird Fang Guozhen einlenken! Zhu Yuanzhang kann sehr …« Er hielt inne und suchte nach dem richtigen Wort. Schließlich sagte er düster: »… überzeugend sein.«

»Er hat nur nichts anzubieten«, sagte Geng mit erzwungener Geduld.

»Ihm fällt etwas ein. Ihr werdet schon sehen, es glückt. So ist es immer bei ihm.« Und so bitter es war, es stimmte. Zhu hielt auf die Zukunft zu, als wäre sie wirklicher als die Gegenwart. Die schiere Kraft seines Glaubens und seiner Entschlossenheit zwangen alles und jeden, ihm Platz zu machen. »Und vergesst nicht, dass uns in Dadu der Kanzler erwartet. Wenn wir uns ihm allein stellen und geschlagen werden …«

Ein Schauer durchrieselte ihn. Er wollte sich nicht einmal ausmalen, wie er starb, ohne sein Schicksal erfüllt zu haben, in dem Wissen, dass alles, was er getan hatte, vergeblich gewesen war.

»Um den Kanzler solltet Ihr Euch keine allzu großen Gedanken machen«, sagte Geng merkwürdig unbeschwert. Die klappernden Jalousien klangen beinahe wie Windspiele. »Er hatte immer viele Feinde bei Hofe. Wer weiß, ob er überhaupt noch das Kommando führt.«

»*Wer weiß?*« Geng war nicht ganz bei Trost. Wollte er wirklich, dass Ouyang die folgenreichste Entscheidung seines Lebens auf Grundlage bloßer Vermutungen fällte? »Ich stehe zu meinem Wort«, sagte er in einem Ton, von dem er hoffte, dass er keinen Widerspruch zuließ. »Sollte sich die Zusammenarbeit mit Zhu Yuanzhang nicht mehr lohnen, verabschieden wir uns. Doch dafür gibt es keinen Grund, wenn er sich eine Flotte beschaffen und Chen Youliang tatsächlich besiegen kann.«

»Ich verstehe.« Gengs kantiges Gesicht verriet nichts. Kurz fragte Ouyang sich, was wohl in ihm vorging. War er denn wirklich so versessen darauf, auf seinen Bauernhof zurückzukehren, dass er in aller Eile Dadu angreifen wollte, koste es, was es wolle? Doch Ouyangs flüchtiges Interesse schlug beinahe sofort in Ungeduld um. Das hier war seine Sache – seine Bestimmung und sein Schmerz. Geng und Chu hatten nur eine Rolle zu spielen: ihm zum Erfolg zu verhelfen. Sie waren sogar noch unwichtiger, als Shao es gewesen war.

»Es ist reine Zeitverschwendung«, sagte Geng. »Aber gut, warten wir, bis er scheitert. Und wenn es soweit ist, ändert Ihr gewiss Eure Meinung.«

☯

Auf der steilen Treppe zu den Zimmern stieß Zhu heftig mit Oberbefehlshaber Chu zusammen, der ihr von oben entgegenkam.

»Da hatten wir es wohl beide zu eilig«, lachte sie. Chu entschuldigte sich wortreich. Er wollte sich an ihr vorbeischieben, um eilig das Lederfutteral aufzusammeln, das ihr aus der Hand gefallen und auf einer niedrigeren Stufe gelandet war, aber Zhu winkte ab. »Bemüht Euch nicht!« Sie pfiff auf ihre königliche Würde, ging in die Hocke und hob es selbst auf, zusammen mit einem davongeflatterten Zettel.

»Ist das Eurer?« Zhu warf einen neugierigen Blick darauf. »Ihr verwendet die mongolische Schrift?« Selbst mit Ouyang hatte sie Chu immer nur Han'er sprechen hören. Sein Akzent stammte aus der Provinz Henan, hatte allerdings einen nördlichen Einschlag, der in Zhus Ohren ungewöhnlich klang. Nun wurde ihr bewusst, dass sie ihn mit ihren eigenen Soldaten gleichgesetzt hatte, obwohl er jahrelang in einer mongolischen Armee gekämpft hatte.

Die Handschrift gewöhnlicher Leute ähnelte nie der sauberen mongolischen Schrift, die Zhu im Kloster gelernt hatte. Mühsam entzifferte sie den Zettel. Es war eine Bedarfsanforderungsliste. Sie gab sie Chu zurück.

»Mit chinesischen Schriftzeichen käme ich nicht weit, wenn es um militärisches Gerät und Ausrüstung geht«, sagte er zerknirscht. »Die Mongolen haben mich mit sechzehn zum Kriegsdienst eingezogen. Seitdem schreibe ich solche Listen auf Mongolisch. Gerade habe ich mit dem General besprochen, was wir alles für den Marsch gegen Dadu brauchen werden. Möge der strahlende König ihn wissen lassen, falls er noch etwas hinzufügen möchte; dann kümmere ich mich darum, sobald wir zurück in Yingtian sind!« Er drückte sich mit dem Rücken an die Wand, und sie quetschten sich aneinander vorbei.

Zhu stieg die Treppe weiter hoch und dachte dabei nach. Chu konnte Mongolisch lesen und schreiben. Vielleicht traf das auf alle Befehlshaber eines mongolischen Heers zu. Allerdings hatte er auch Fangs Antwortschreiben geöffnet. War er nur neugierig gewesen, oder hatte er andere Beweggründe gehabt?

Als sie sich mit Ouyang an den Spion und den Boten angeschlichen hatte, hatte der Spion die Flucht ergriffen. Er musste zu dem Schluss gekommen sein, dass das Pferd des Boten sich vor Ouyang erschreckt hatte. Unter den Soldaten war hinlänglich bekannt, dass der General eine unheimliche Ausstrahlung besaß. Wenn er vorbeiging, flackerten Flammen, und viele Tiere nahmen eine Drohhaltung ein oder nahmen Reißaus. Deshalb war es nicht weiter verwunderlich, dass der Spion alarmiert gewesen war. Sein eigenes Pferd war jedoch ruhig geblieben, und das war auffällig. Pferde gewöhnten sich mit der Zeit an Ouyangs Geisterparade, sonst würde keins ihn je aufsitzen lassen. Bedeutete das, der Spion stand Ouyang nahe, und sein Pferd war daher bereits mit Geistern vertraut?

Ouyang hatte weder Freunde noch einen vertrauten Kreis aus ranghöheren Offizieren. Soweit Zhu wusste, erachtete er nur zwei Männer seiner kostbaren Zeit als würdig: die beiden Nan-Befehlshaber, die von Anfang an in den Plan eingeweiht gewesen waren, den Fürsten von Henan zu verraten.

Und war das nicht interessant? Zhu kam im obersten Stock an. Sie hatte Ouyang besuchen wollen, aber nun ging sie den Flur hinunter, schob die Tür ganz am Ende mit dem Fuß auf und trat ein.

Von den drei Bambusmatten auf dem Boden war nur die mittlere belegt. Yuchun fuhr in die Höhe, und die Decke rutschte ihm in den Schoß. Seine Brust war entblößt. Als er sah, dass sie es war, entspannte er sich. Die nackte Frau neben ihm warf Zhu einen strafenden Blick zu und zischte: »Was fällt dir ein!« Sie wirkte, als erwöge sie ernsthaft, Zhu auf kreative Art und Weise umzubringen.

»Na, hör mal! Wenn du nicht willst, dass jemand reingetrampelt kommt, hättet ihr was Schweres vor die Tür legen sollen! *Ich* bin ganz sicher nicht scharf drauf zu sehen, wie du mit meinem kleinen Bruder Qi Gong übst.« Zhus Blick fiel auf einige auffällige Kleidungsstücke auf dem Boden. »Warte mal. Bist du eine dieser kämpfenden Nonnen?«

Als die Frau ein saures Gesicht zog, sagte Zhu schnell: »Nichts für ungut – ich finde Nonnen großartig! Mönche bilden sich ein, sie seien wer weiß wie zäh, aber wir wissen doch alle, dass Nonnen ihnen da den Rang ablaufen. Ihr müsst immerzu Schwarz tragen, aber die Haare müsst ihr euch nicht scheren, das ist doch schön! Du bist wirklich sehr hübsch. Beinahe hätte ich gesagt, so viel Schönheit sei an eine Nonne verschwendet, aber ich sehe ja, dass es dir nichts ausmacht, diesen Teil deines Gelübdes zu brechen! Zu meiner Zeit kannte ich einige Mönche, die haben's genauso gemacht.«

»Es ist keine zölibatäre Schule«, zischte die Frau. »Wie man sieht!«

»Wenn du schon zu einer Schwesternschaft gehörst«, sinnierte Zhu, »bist du bestimmt nicht nach Qingyuan gekommen, um dich den Piratinnen anzuschließen. Willst du den Wunsch gewinnen? Woher weißt du, dass Fang Guozhen

Wort hält? Er wäre wahrlich nicht der Erste, der einer Frau das Blaue vom Himmel verspricht, nur um sie dann mit einer einzigen Kupfer-Käsch aus dem Bett zu schubsen!«

Die Frau runzelte die Stirn. Wie die meisten Nonnen schien sie nicht viel Sinn für Humor zu haben. Wie erstaunlich, dass sie ausgerechnet mit Yuchun ins Bett gehüpft war!

»Auf Fang Guozhen ist Verlass. Vor vier Jahren hat eine der Schwestern aus meinem Orden den Wettkampf gewonnen, und er hat ihr ihren Wunsch erfüllt. Als sie noch ein Kind war, haben Piraten aus Goryeo ihr Heimatdorf überfallen, die noch immer die Küste südlich Qingyuans tyrannisierten. Sie hat Fang gebeten, sie unschädlich zu machen. Und das hat er getan, obwohl es ihn ein Jahr gekostet hat und er seine ganze Flotte einsetzen musste.«

»Damit ist er zweifellos ein Anwärter auf den Titel ›ehrenhaftester Mann im Reich Groß-Yuan‹!«, sagte Zhu beeindruckt. »Nicht dass er da viel Konkurrenz hätte … Wer hat in diesen unruhigen Zeiten nicht sein Wort schon das eine oder andere Mal gebrochen, ohne deswegen Kopf und Kragen zu riskieren?« Noch während sie flachste, kam ihr eine Idee. Fangs unhöfliche Antwort auf ihren Brief hatte sie beunruhigt. Ihr Ruf als der strahlende König und die Tatsache, dass sie das Herrschaftsgebiet der Herrin Zhang beinahe vollständig erobert hatte, hätten ihm Respekt abnötigen sollen. Noch dazu besaß sie nun, da General Zhang tot war, als Einzige das Himmelsmandat. Wie konnte Fang unter diesen Umständen anzweifeln, dass sie Erfolg haben würde? Aber … Es war wohl trotzdem besser, wenn sie sich absicherte.

»Kleine Schwester, ich schwöre dir: Was ich dich jetzt frage, würde ich wirklich nicht jede Frau fragen, die ich gerade erst kennengelernt habe! Aber du kommst mir nicht besonders schüchtern vor …« Zhu nahm ihren Geldbeutel vom Gürtel und hob ihn verheißungsvoll. »Verkaufst du mir deine Kleider?«

Vielleicht war die Nonne doch nicht so humorlos, denn sie brach in Gelächter aus. »Sag nicht, du bist selbst auf den Wunsch aus, kleiner Mann! Vielleicht würden dir meine Kleider sogar passen. Aber falls du wirklich darüber nachdenkst, beim Wettkampf mitzumachen, möchte ich dir abraten. Ein Kostüm wird Fang Guozhen nicht zum Narren halten. Das hat es durchaus schon gegeben, dass Männer sich eingeschlichen haben, aber sie sind immer aufgeflogen. Fang Guozhen handelt edelmütig an seinen Freunden sowie an jenen, denen er sein Wort gegeben hat. Doch gegenüber allen, die ihn ausnutzen wollen, kennt er kein Erbarmen!«

Damit ließ sie es allerdings gut sein. Nonnen waren nicht nur zäh, sondern auch ausgesprochen praktisch veranlagt. Nach kurzer Verhandlung schlenderte sie aus dem Zimmer, im weißen Unterkleid, aber mit einer Handvoll Silber.

»Noch nie habe ich eine Frau derart fürstlich dafür entlohnt, einen *anderen* Mann zu unterhalten!«, kommentierte Zhu und hängte sich ihren Geldbeutel wieder an den Gürtel.

»Selbst schuld, wenn du so viel Asche mit dir rumschleppst.« Yuchun schien kein Mitgefühl zu haben – immerhin hatte sie seine Hoffnungen auf eine lange Liebesnacht mit der Nonne zunichte gemacht.

»Man kann über die Mongolen sagen, was man will«, sinnierte Zhu, »aber es ist ein Jammer, dass aus dieser Papiergeldsache nichts geworden ist. Beim Reisen wäre es so viel praktischer, bloß Scheine dabeihaben zu müssen ... Andererseits gleicht das Gewicht des Geldbeutels gut den fehlenden Arm aus.«

Zhu und Ouyang hatten je ein Einzelzimmer genommen – beide wollten ihre Gründe dafür nicht öffentlich diskutieren –, aber Yuchun übernachtete zusammen mit Chu und Geng. Zhu betrachtete Chus Gepäck auf der rechten Bambusmatte. »Du kommst mit Oberbefehlshaber Chu ganz gut zurecht, oder?«

»Er ist ein anständiger Kerl.« Yuchun ließ sich in sein Deckennest zurücksinken. »Im Gegensatz zu seinem frigiden General kann er auch mal einen Spaß vertragen. Und er lispelt so lustig, wenn er betrunken ist. Wieso?«

Zhu hob die Kleider der Nonne auf, rollte sie zusammen und klemmte sich das Bündel unter den Arm. »Geh heute Abend mit ihm was trinken. Und wenn ihr auf dem Heimweg seid – bring ihn um.«

☯

Belustigt stellte Zhu fest, dass Ouyang das schönste Zimmer im ganzen Gasthaus abbekommen hatte. An einer Wand stand ein Bett mit drei geschlossenen Seiten, und der Boden war wunderbarerweise splitterfrei. Sogar Bambusjalousien hingen vor den Fenstern und klapperten im Wind, der den Geruch nach Seetang mit sich brachte. Sie schloss die Tür hinter sich. Ouyang saß mit untergeschlagenen Beinen auf dem Bett und schliff seine Schwertklinge mit einem rechteckigen Wetzstein. Sie hatte sich schon wieder so daran gewöhnt, ihn in Rüstung zu sehen, dass er ihr in gewöhnlicher Kleidung klein und verletzlich schien. Er trug nicht einmal die üblichen Lagen mongolischer Seide, die selbst wie eine Art Rüstung wirkten, sondern eine kurze weiche Robe nach Nanren-Fasson.

Sie sprachen nie über das, was Zhu tat, wenn sie zu ihm kam. Doch als er aufschaute und sie allein dort stehen sah, war ihr, als springe ein Funke zwischen ihnen über.

»Ich muss Euch bitten, etwas für mich zu tun.« Zhu warf das Kleiderbündel aufs Bett. »Es geht um Fang Guozhens Wettkampf. Ihr müsst daran teilnehmen, so tun, als wärt Ihr ich, und gewinnen.«

Ihr war bewusst, wie grausam es war, ihn jetzt darum zu bitten: Er hatte auf etwas anderes gehofft. Steif hielt er sich immer, doch nun steigerte sich seine körperliche Anspannung noch. Sein Blick ruhte auf dem Bündel. Die Stille dehnte sich aus. Endlich sagte er beunruhigend tonlos: »Ich soll so tun, als wäre ich Ihr, der so tut, als wäre er eine Frau, die gegen andere Frauen antritt.«

Plötzlich kam es ihr dumm vor, ihn um so etwas zu ersuchen, während er ein Schwert in der Hand hielt. Sie wusste sehr gut, worum sie ihn bat. Andere Menschen hätten sich vielleicht gefragt, weshalb es ihn kümmern sollte, für eine Frau gehalten zu werden – denn im Grunde erachteten sie ihn sowieso für eine. Doch Ouyang sah das anders. Sein Leben lang hatte er sich bemüht, als der gesehen zu werden, der er war. Nun als Frau wahrgenommen zu werden – ohne jeden Zweifel –, wäre ein Eingeständnis, dass er in seinem Kampf gescheitert war. Die Welt hatte ihn nie als Mann akzeptiert, sondern lediglich in der Rolle geduldet. Steckte Zhu ihn nun in Frauenkleider, so zwang sie ihm auf, was er immer abgelehnt hatte, weil es ihm nicht entsprach. Er würde in aller Öffentlichkeit beschämt.

»Wenn ich könnte, würde ich es selbst tun. Das wisst Ihr doch, oder?« Ihr war, als stemmte sie sich mit all ihrer Aufrichtigkeit gegen unbewegliche Jade. »Ihr wart dabei, als *ich* in die Rolle einer Frau geschlüpft bin. Und ich würde es wieder tun, ohne mit der Wimper zu zucken! Nur kann ich nicht gut genug kämpfen, um zu gewinnen. Ich brauche aber den Siegespreis, Herr General: die Gunst, die Fang Guozhen der Gewinnerin gewährt! Ich will Euch nicht demütigen. Ich bitte Euch nur, weil ich keine andere Wahl habe. Yuchun würde vielleicht in die Kleider passen und kann wohl auch gut genug kämpfen, aber …« Es war zu offensichtlich, dass er ein Mann war. Sie schluckte die Worte hinunter, um nicht alles noch schlimmer zu machen. »Ihr kommt als Einziger infrage.«

Vor Abscheu verzerrte er den Mund. Dass er ablehnen wollte, war ihm deutlich anzusehen. Sie sagte, im Wissen, dass sie ihn damit treffen würde:

»Wolltet Ihr nicht alles Nötige tun, damit wir gewinnen?«

Der Schmerz, der über sein Antlitz zuckte, schien zu grässlich, als dass ein Mensch ihn überhaupt ertragen konnte. Mit weiß hervortretenden Fingerknöcheln umklammerte er den Schwertgriff. Zhu konnte nicht umhin, mit ihm zu fühlen: Ein weiteres Mal war er gezwungen, etwas zu tun, was ihm zutiefst widerstrebte.

Es war ihr unangenehm, Zeuge zu werden, wie er aufgab. Auch er spürte wohl ihren Blick und wandte sich ab. Nach einer ganzen Weile sagte er heiser:

»Wenn Ihr wollt, dass ich das tue …« Eine innere Blockade ließ ihn verharren. Endlich stieß er in einem Anfall von Hass hervor, der sich gegen ihn selbst, aber ebenso gegen sie zu richten schien: »Dann zwingt mich!«

Zhu saß ein unvertrauter Knoten in der Brust: So nah war er einer Bitte um Hilfe noch nie gekommen. Sie holte das Lederfutteral hervor, das sie auf der Treppe hatte fallen lassen, und öffnete es, um ihm die haarfeinen Nadeln darin zu zeigen. »Ich habe Jiao Yu gefragt, wie ich jemandem den größten Schmerz zufügen könnte, ohne ihm bleibenden Schaden zuzufügen. Er hat mir hierzu geraten. Vermutlich glaubt er, ich wolle jemanden foltern.« Wenig überraschenderweise hatte die Vorstellung Jiaos Gewissen nicht beunruhigt. »So wie man mittels Akupunktur Schmerzen lindern kann, kann man sie auch erzeugen. Den Höhepunkt des Leidens herbeizuführen, erfordert Können und Erfahrung; aber ein grundlegendes Wissen über die Meridiane reicht allemal, um Leute zum Schreien zu bringen.«

»Nicht mich«, sagte er, den Blick auf die Nadeln gerichtet. »Ich schreie nicht.«

Jemanden dabei zu beobachten, wie er sich seine Erlösung vorstellte, war beinahe intimer, als zuzusehen, wie sie ihm zuteilwurde. Wie lebendig man wurde! Man zitterte und bebte, gab sich unwillkürlich dem Verlangen hin, obwohl einem die Befriedigung noch verwehrt werden konnte.

»Zieht Eure Robe aus«, sagte sie leise.

Er hatte noch nicht darüber nachgedacht, was nötig sein würde, damit sie zur Tat schreiten konnte, doch nun begriff er. Scham färbte seine Begierde, vermochte sie jedoch nicht zu ersticken – diese Gnade blieb ihm verwehrt.

Erst nach langer Zeit legte er sein Schwert aufs Bett und stand auf. Ohne sie anzusehen, legte er zuerst die Robe ab, dann das Untergewand und schließlich sein Unterhemd.

Die Sehnen an seinem glatten Hals traten hervor. Weder hatte er eine Wölbung an der Kehle noch den Schatten eines Barts. Zhu sah Ouyang nun, das wusste sie instinktiv, wie ihn noch nie jemand gesehen hatte. Er lieferte sich ihr aus – ganz und gar –, und es raubte ihr den Atem. Sie hatte bereits durch den Schnitt in seinem Arm in ihn hineingeschaut, hatte Fett, Muskeln und Blut gesehen. Doch das hier war die wahre Grenzüberschreitung. Diese Schranke zwischen ihnen, einmal niedergerissen, würde sich nie wieder errichten lassen.

Ouyang verbarg unter seiner Männerkleidung das Gleiche wie Zhu unter ihrer. Es war keine Ähnlichkeit, die man in einem Spiegel hätte sehen können, sondern vielmehr eine Gleichheit der Substanz. Weder sein Leib noch ihrer entsprachen den Rollen, die sie in der Gesellschaft ausfüllten. Und das verband sie so eng miteinander, dass Zhu glaubte, ihre Herzen und Lungen müssten im Gleichtakt arbeiten. Berührten sie einander, wäre es wohl kaum die alltägliche Berührung zweier Menschen, sondern eine Verschmelzung, eine das Bewusstsein übersteigende, vollkommene Akzeptanz. Ein jeder verstand die Gefühle und die körperliche Existenz des anderen. Sie waren einander gleich.

Noch ehe sie die Spitze der ersten Nadel auf die Haut setzte, richteten sich seine feinen Härchen auf, als streckten sie sich nach ihr. Sie erzitterte, ein körperliches Echo ihrer Ähnlichkeit.

Er ahnte ja nicht, wie weit sie ging! Mit einem Mal ergriff sie ein heftiger, köstlicher Drang, den sie nie zuvor verspürt hatte: ihre Gewänder zu öffnen und sich ihm zu zeigen. Dann würde er wissen, weshalb sie ihn verstand. Es wäre mehr, als ihm nur ihr Geheimnis zu verraten: Sie würde sich hingeben, sich dem einzigen Menschen anvertrauen, der sie in ihrer Ganzheit begreifen konnte.

Doch ehe sie diesen Wunsch ergründen konnte, sagte er verzweifelt: »So tut es doch schon!«

Und als zöge eine Meeresströmung sie zueinander, verlor sich auch der letzte geringe Abstand zwischen ihnen. Ohne Widerstand drang die Nadel in Ouyangs Leib.

☯

Ouyang stand in der Reihe der Wettkämpferinnen. Auf dem sandigen Boden war mit doppelt mannshohen Bambusstangen ein ovaler Kampfplatz abgesteckt worden; die gebogenen Enden wölbten sich darüber. Zur Dekoration waren geflochtene, mit Bändern geschmückte, schimmernde Kugeln aufgehängt worden, die im feuchten Seewind hüpften. Es war kalt, aber das hatte die Ansässigen nicht abgehalten, in Scharen zu kommen. Die bunte Menge war laut und begeistert; die Leute schubsten, drängelten und setzten ihre Ellenbogen ein, um sich einen guten Platz zu sichern. Fliegende Händler, die Speis und Trank feilboten, kreischende Kinder, Hunde, Hühner, ein paar Männer und mehr Weibervolk, als Ouyang in seinem Leben auf einem Haufen gesehen hatte. Alles wollte die Schau bestaunen.

Er trug eine schwarze Robe mit Satinkragen, die über einem hauchzarten, flatternden Rock mit Schlitz gegürtet war, eine leichte schwarze Hose und hohe weiche Stiefel. Ein schwarzer Halbschleier verhüllte seine untere Gesichtshälfte. Sein Haar war offen; nur die äußeren Strähnen waren zu einem kleinen Knoten am Hinterkopf gebunden, damit es ihm nicht in die Augen schwang. Zusammengeknüllte Lumpen steckten in seinem Untergewand; er wagte es nicht, an sich hinabzuschauen.

Das alles hätte er nicht überstanden, wäre Zhu nicht mit den Nadeln zu ihm gekommen. Zuerst war er enttäuscht gewesen, wie schmerzlos sie in seine Haut gedrungen waren. Doch dann, als Zhu die letzte hinzugefügt hatte, war in seinem Innern ein Blitz aufgeflammt. Geschrien hatte er tatsächlich nicht. Mit Willenskraft hatte das allerdings nichts zu tun gehabt: Er hatte bloß nicht mehr gewusst, wie es ging. Es war ihm nicht einmal in den Sinn gekommen. Intensiviert durch die Demütigung seiner Blöße war der Schmerz geradezu überwältigend gewesen. Irgendwann war ihm bewusst geworden, dass er keuchend und zitternd vor Zhu auf Händen und Knien lag. Sein Schweiß war auf die ungewachsten Dielen getropft und hatte sie dunkel gefärbt. Doch es hatte ihn nicht gekümmert. Weshalb konnte ausgerechnet Zhu ihn seinen Stolz vergessen machen? Und weshalb hätte er niemand anderen so an sich heranlassen können? Er wusste es nicht. Nur eins war unleugbar: Für das, was Zhu ihm gab, wäre er ewig auf den Knien geblieben.

Selbst jetzt noch knisterten und summten seine Nerven, ein wunderbarer Schmerz, der für den Augenblick alles erträglich machte.

Über ihnen räkelte sich Fang Guozhen auf seinem erhöhten Piratenthron. Er war fett, wirkte aber stattlich und unbestreitbar maskulin. Sein reich verzierter Silberharnisch und die fellbesetzten Schulterstücke ließen ihn noch gewaltiger erscheinen. Auf seinem Wanst ruhte eine Löwenkopf-Gürtelschnalle so groß wie Ouyangs beide Fäuste zusammen. Zwischen seinen gespreizten Beinen baumelte der Leistenschutz der Rüstung. Das Haar trug er offen, unzivilisiert wie ein Bandit.

Den meisten Männern hätten weder die Haltung noch die Rüstung gut zu Gesicht gestanden; sie hätten wie Pfauen gewirkt. Doch Ouyang hatte viele Krieger gekannt, und er spürte Fangs gewaltige Kraft. Der Piratenkönig konnte sich geben, wie er wollte – denn wenn es darauf ankam, könnte er sich beweisen.

»Lasst die Kämpfe beginnen!«, rief er lässig.

Ouyangs erste Gegnerin war im Alter der Herrin Zhang – betagt für eine Frau. Sie verneigte sich höflich. Über ihre beiden Kurzschwerter hätte Ouyang unter normalen Umständen die Nase gerümpft, doch jetzt – das Schwert in der linken Hand, die rechte in einem Wachsverband, damit sie wie eine Holzhand aussah – fühlte er sich unwohl und benachteiligt. Er erwiderte die Verneigung nicht.

Die Frau verzog das Gesicht. »Wenn du's so haben willst«, sagte sie und griff an.

Ouyang wich zurück, aber sie ließ ihm keine Zeit, drang sogleich mit einer merkwürdig unvorhersehbaren Folge von Hieben auf ihn ein. Ihm war gar nicht bewusst gewesen, wie sehr er sich gewöhnlich darauf verließ, die Absicht seiner Gegner zu durchschauen. Doch gegen eine Frau kämpfte er zum ersten Mal, und zu seinem Missfallen war es vollkommen anders. Sie war so klein und schnell, dass er sie ständig aus den Augen verlor, und er verschätzte sich immerzu, was ihre Gelenkigkeit anging. Er machte einen Satz, um einigen tief geführten Schlägen auszuweichen – ein abgetrenntes Stück seines Rocks flatterte davon –, und ärgerte sich, weil er beim Aufsetzen schwankte. Mit jemandem wie ihr hatte er noch nie gekämpft, abgesehen vielleicht von …

Zhu, dachte er überrascht. Andererseits hatte er gegen ihn nur ein einziges Mal gekämpft. Vielleicht bildete er sich die Parallelen nur ein.

Als sie erneut zusammenstießen, raunte seine Gegnerin ihm ins Ohr: »Ich will dich nicht verletzen, kleine Schwester, aber ich bin auf den Wunsch aus! Wenn du bloß für eine der Mannschaften ausgesucht werden möchtest, vergeude lieber nicht deine Kräfte, sondern schau, dass du gegen die anderen Mädchen eine gute Vorstellung ...«

Angewidert stieß Ouyang sie von sich.

Sie fiel in den Sand und sprang mit einem wütenden Knurren wieder auf. »Ach, so ist das? Jung und hochmütig ... Dir muss wohl mal jemand eine Lektion erteilen!«

Ihr Zorn spornte sie offenbar an: Ihr linkes Schwert ritzte seine Schulter, dann fuhr das rechte so dicht an seinem Gesicht vorbei, dass sein Schleier im Luftzug flatterte. Er hörte Brandungsrauschen, was bei dem stets ruhigen braunen Meer eigentlich kaum möglich war. Dann begriff er, dass es die Menge war, die jubelte und johlte.

»Du haust um dich, als wolltest du Holz hacken!«, spottete die Frau. »Da bist du schon so biegsam und klein und hast keine Ahnung, wie du das zu deinem Vorteil einsetzen sollst! War dein Sifu ein Mann? Du kämst besser zurecht, wenn du deine Stärke nicht so überschätzen würdest ...«

Aber Ouyang griff bereits wieder an. Frauen kämpften wirklich anders, aber er war der beste Schwertkämpfer im Reich und konnte sich gewiss anpassen! Seine Gegnerin riss erschrocken die Augen auf – sie musste seine herabsausende Klinge mit beiden Kurzschwertern abfangen.

Wie befriedigend es war, sie niederzuzwingen! Sie hielt ihm nicht stand. Und wie sollte sie auch? Er hatte sich nie geschont, sich immerzu in den Kriegskünsten geübt wie alle anderen Männer auch, obwohl sie so viel größer und breiter waren als er. Er hatte sich mehr angestrengt, seine Technik verfeinert und seinen unterlegenen Leib gestählt. Seine Stärke überschätzte er keinesfalls: Er wusste ganz genau, was er leisten konnte. Noch mit der linken Hand war er stärker als sie.

Mit einem heiseren Schrei befreite sie sich. Sie war nicht nur überrascht, sondern auch misstrauisch.

Als sie wieder aufeinander zuhielten, fauchte sie: »So begabt und doch so schüchtern?« Sie schlug nach ihm, verfehlte ihn jedoch. »Oder trägst du den Schleier, weil du was zu verbergen hast? Ich hab noch nie mit einer Frau gekämpft, die so stark war wie du! Du kämpfst nicht wie eine Frau, und du hast noch kein Wort gesagt.« Sie grinste höhnisch. »Weißt du, was aus dem letzten Mann geworden ist, der sich in den Wettkampf eingeschlichen hat? Fang Guozhen hat ihm ein ganz besonderes Festessen servieren lassen …«

Ihren nächsten Angriff sah Ouyang kommen, wehrte ihn aber ganz bewusst nicht ab: Sie trat ihm zwischen die Beine. Es tat weh – das Narbengewebe war empfindlich –, aber er krümmte sich nicht zusammen, wie sie erwartet hatte. Stattdessen klemmte er ihr Bein zwischen seinen Schenkeln ein, und als sie mit den Armen ruderte, um das Gleichgewicht zu halten, packte er sie am Handgelenk, wirbelte sie herum und warf sie bäuchlings in den Sand.

Sie schrie vor Wut und zappelte, obwohl er ihr ein Knie in den Rücken stemmte. Was für eine Genugtuung, dass er es ihr heimzahlen konnte! Sie bildete sich ein, ihn durchschaut zu haben. Am liebsten hätte er sie fortgewischt wie einen hässlichen Fleck. Denn er war nicht stärker als sie, weil er ein Mann war – er war ja keiner, das hatte die Welt ihm stets vermittelt. Nein, er war stärker, weil er unter der Last der allgemeinen Verachtung aufgestanden war und sich mehr abverlangt hatte als jeder andere.

Er verdrehte ihr den Arm, bis ihre Gegenwehr erlahmte. Es kostete ihn Mühe aufzuhören, als sie endlich aufgab. Dann beugte er sich zu ihr hinab und sagte voller Abscheu: »Fang Guozhen hat ihm seine Eier serviert? Ich hoffe, sie haben ihm geschmeckt. Doch mir wird das wohl kaum passieren!«

Der Selbsthass fraß an ihm, sodass er seine übrigen Gegnerinnen kaum wahrnahm. Eine Frau nach der anderen trat ihm entgegen, aber sie alle waren schwächer und weniger entschlossen als er. Seine linke Hand schmerzte von der ungewohnten Belastung, ein Schwert zu halten. Endlich stand er keuchend da und stellte fest: Die Sonne stand am Horizont. Es war vorbei.

Eine hölzerne Marke flog auf ihn zu. Reflexhaft fing er sie aus der Luft. Fang schaute von seinem Thron auf ihn herab.

»Meinen Glückwunsch dieser furchtlosen Kämpferin! Ich habe nie geglaubt, eine körperliche Beeinträchtigung müsse der Meisterschaft im Weg stehen. Viele Jahren schon habe ich nichts Vergleichbares mehr gesehen!« In seinen schwerlidrigen Augen glomm Interesse. »Komm zu mir, wann es dir beliebt, meine Gewinnerin. Ich freue mich schon sehr darauf, dir deinen Wunsch zu erfüllen!«

Erschüttert begriff Ouyang, woran Fang eigentlich Interesse hatte. Wie oft war er nicht schon das Ziel sexueller Anspielungen geworden – aber keiner der Männer, der sich gerade noch in Hörweite über ihn lustig gemacht, Spekulationen angestellt oder seine Fantasien laut ausgesprochen hatte, hatte wirklich geglaubt, er sei eine Frau. Noch nie hatte ein Mann ihn mit Blicken ausgezogen, wenn sich unter seinen Kleidern auch etwas anderes verbarg, als Fang wähnen mochte. Plötzlich wurde sich Ouyang der Fülle dieses Leibs bewusst, so viel massiger und schwerer als sein eigener. Fangs Ansinnen bannte ihn an Ort und Stelle wie eine Drohung.

Er umklammerte die Holzmarke so fest, dass die Ränder sich in seine Haut bohrten. Es reichte nicht, um das eigenartige Kribbeln in ihm zu verscheuchen. Es war wohl nichts weiter als eine Reizung des Narbengewebes, schien seinen Ursprung jedoch in jenem Körperteil zu nehmen, den er verloren hatte. Unheilvoll dachte er: *Ich hätte alles getan!*

Doch es war nichts weiter nötig. Er hatte seinen Teil bereits getan. Was nun folgte, würde Zhu bewältigen müssen.

»Der strahlende König! Es hätte mich wirklich jemand vorwarnen können, dass Ihr so eine kleine, dünne Garnele seid …« Fang ließ Zhus Anblick auf sich wirken: das prächtige goldene Gewand, die Prunkhand. Er hatte sie vor die Estrade treten lassen, als wäre er der König. Hinter seinem thronähnlichen Stuhl drang kaltes Winterlicht durch ein rundes reinweißes Papierfenster. Jaspisrote Seide hing vor den Wänden und trennte die Empfangshalle von Fangs übrigen Gemächern. Sein Gewand hatte einen Kragen aus silbernem Marderfell und spannte sich über seinem mächtigen Bauch. Die Beine hatte er so weit gespreizt, als wollte er die ganze Halle dazwischen einfangen. Die Bevölkerung Qingyuans war ein überzeugender Beweis dafür, dass seine Kühnheit ein bewunderndes Publikum fand. Doch die Belustigung in seinen Augen war kalt und hielt Zhu fern.

»Ich soll Euch also unterstützen, in der Annahme, Ihr seiet der kommende Kaiser. Doch wieso sollte ich das glauben? An mächtigen, ehrgeizigen Männern, die Groß-Yuan beherrschen wollen, mangelt es nun wahrhaftig nicht!«

»Das ist wahr«, pflichtete Zhu ihm bei. »Doch nur ich habe das Recht darauf. Von all jenen, die um den Thron konkurrieren, wer außer mir besitzt das Himmelsmandat? Mein künftiger Erfolg ist bereits festgeschrieben!«

Fang lächelte, jedoch spöttisch. »Aber seid Ihr wirklich mit dem Mandat gesegnet, Zhu Yuanzhang? In der Tat haben Geschichten über das himmlische Mandat des strahlenden Königs auch Qingyuan erreicht. Doch kann ein geschickter Erzähler eine Geschichte leicht zu seinen Gunsten schönen. In diesen unruhigen Zeiten mache ich es mir zum Grundsatz, nichts zu glauben, was mir aus der Ferne zugetragen wird. Lasst mich einmal mit eigenen Augen die Garantie Eures Erfolgs sehen!«

Zhu streckte ihre goldene Hand aus, die geschnitzte Handfläche nach oben gekehrt, und ließ den Glanz ihres Mandats davon aufsteigen, ein Licht weißer als das Papier des Fensters, ja so weiß wie das Sonnenauge am Himmel! Hunderttausend Männern hatte es Glauben eingeflößt. Nun verwandelte es die Staubkörnchen vor der jaspisroten Seide in Sterne und brachte die Salzkristalle in der Meeresluft zum Leuchten, sodass es schien, als wäre die Halle mit glitzerndem weißem Nebel gefüllt, mit Milch oder dem Qi, das zusammen mit jener Körperflüssigkeit austrat, die Leben schuf. Sie hatte es schon so oft gesehen, aber jedes Mal schlug ihr Herz höher. »Könnt Ihr es leugnen, Fang Guozhen?«

»Dass Ihr das Mandat besitzt, ist wohl unbestreitbar.« Zhus Erleichterung war jedoch von kurzer Dauer, denn er fuhr fort: »Doch eine Garantie Eures Erfolgs ist das nicht. Und weiß?« Er hob die Brauen. »Ich hoffe doch, Ihr habt diese unheilvolle Farbe nicht selbst gewählt! Euer kleines Lichtspiel ist nichts Besonderes, Zhu Yuanzhang, und dasselbe gilt für Euch. Ihr habt doch sicher nicht geglaubt, Ihr seiet der Einzige mit dem Mandat. Oder hat Euch niemand von General Zhang erzählt?«

Die Herrin Zhang und ihr General hatten bei ihm vorgesprochen und waren abgewiesen worden? Zhu runzelte die Stirn. Das hatte sie nicht gewusst. Wie unerfreulich, dass Fang eine Gewohnheit daraus zu machen schien, Bündnisangebote auszuschlagen! »General Zhang lebt nicht mehr. Man kann sich wirklich nicht darauf verlassen, was einem aus der Ferne zugetragen wird.«

»Ach, ist er gestorben?« Fang war offenkundig unbekümmert. »Eine Schande. Er war ein netter Kerl. Auf ihn hätte ich gewettet! Nun, dann ist ja nur noch der andere übrig ... Der ist allerdings gesund und munter.«

Er hatte sie vorgeführt.

»Welcher andere?«, fragte sie beunruhigt.

»Ah ja! Ein Mandat mit einer guten Farbe! Glück verheißt sie, Erfolg, und dann ist sie auch noch so schön dramatisch. Ein zeitloser Klassiker!« Er lümmelte sich auf seinem Thron, ein bewusster Affront gegen Zhu und ihren förmlichen Auftritt. Mit einem Lächeln sagte er: »Rot!«

Rot war die Farbe des alten Mandats gewesen, um das sich die Roten Turbane geschart hatten. Zhu war beruhigt. Kurz hatte sie geglaubt, Fang spräche von jener unsichtbaren Hand, die aus der Finsternis heraus die Strippen zog, ohne dass sie erkennen konnte mit welchem Ziel. Aber wenn das Mandat rot gewesen war ...

Zhu erinnerte sich an den unheimlichen Knaben, den strahlenden Prinzen, der sein blutrotes Licht über die Menge hatte fluten lassen. »Dieses Mandat ist nicht mehr. Dafür habe ich vor langer Zeit gesorgt.«

»Habt Ihr das? Da habt Ihr wohl keine besonders gute Arbeit geleistet. Erst letzten Monat habe ich es mit eigenen Augen gesehen. Sein Träger stand mit demselben Anliegen vor mir, das Euch zu mir geführt hat: Er wollte ein Bündnis mit mir eingehen.«

Da wusste Zhu plötzlich Bescheid. Sie sah die abgeschlagenen Hände vor sich, die Botschaft, in Menschenhaut geritzt.

»So ist es«, sagte Fang, der ihre Miene zu deuten wusste. »Ihr wollt mithilfe meiner Flotte Chen Youliang besiegen, habe ich nicht recht? Zu Eurem Glück habe ich ihn abgewiesen, so wie auch schon die Zhangs. In diese Angelegenheit mische ich mich nicht ein. Es kümmert mich nicht, wer die Yuan stürzt. Ich bin nicht einmal überzeugt, dass Chen *oder* Ihr das Rennen macht! Wenn es drei Mandatsträger gab, von denen wir wissen, wer kann da sagen, ob nicht noch mehr herumlaufen? Tragt das untereinander aus. Dem, der es letztendlich auf den Thron schafft, kann ich gewiss auch dann noch nützlich sein.«

Zhu fühlte sich, als versuchte sie, Glauben in ihn hineinzubrennen. »Ich werde gewinnen!«

Doch Fang breitete bloß die Hände aus. »Ach ja? Kommt wieder zu mir, wenn es so weit ist. Dann reden wir miteinander.«

Der Rand der Holzmarke bohrte sich schmerzhaft in ihre Handfläche, so fest hatte sie die Faust darum geballt. Sie sah Ouyang vor sich, wie er vor ihr gekniet hatte, bebend vor Ekstase, entblößt und gedemütigt. So hatte sie ihn zwingen können, gegen seinen Willen zu handeln. Doch eigentlich hatte sie gleich gewusst, dass er ihre Bitte erfüllen würde – noch ehe sie sein Zimmer betreten hatte. Um zu bekommen, was er wollte, würde er alles tun.

So wie auch sie.

»Wenn ich den Thron gewinne«, sagte sie, »bin ich Kaiser. Ihr werdet dann zu *mir* kommen.« Sie warf ihm die Marke zu. Er grinste noch, als er sie fing – doch damit war es befriedigend rasch vorbei, als er sah, was er in der Hand hielt. Mit tragender Stimme sagte sie:

»Ich fordere meinen Siegespreis!«

»Ihr wart das? Die linkshändige Kämpferin im Schleier?« Nun wirkte er nicht mehr ungezwungen, sondern war ganz auf sie konzentriert. Ernste Gefahr lag in der Luft. Die feinen Härchen auf ihren Armen stellten sich auf. »Wie seid Ihr so weit gekommen, ohne aufzufliegen? Immer wieder versuchen Männer, sich einzuschleichen, aber die Frauen merken das normalerweise schnell.« Die Seide ringsum bewegte sich im Zug, schwer nun, als wollte sie nicht sanft umfangen, sondern einschließen. »Wie Ihr sehr gut wisst, ist der Wettkampf nur für Frauen. Den Wunsch der Gewinnerin erfülle ich mit Stolz, doch ich lasse mich nicht ausnutzen.« In seinem Zorn sprach Fang leise. »Nein, ich lasse mich nicht zum Narren halten.« Er beugte sich vor, um sein Schwert vom Tisch zu nehmen.

Zhus Gewand wurde nicht wie üblich durch einen schweren goldenen Gürtel zusammengehalten, sondern durch ein einfaches Band. Sie hatte sich auf diese Eventualität vorbereitet, ohne allzu genau darüber nachzudenken. Ihrer Ansicht nach unterschied sich ihr Vorhaben kaum davon, einen unschuldigen Knaben zu ermorden oder einen anderen zu foltern. Sie wollte es nicht, und es bereitete ihr auch kein Vergnügen. Aber sie war stark genug dafür. Und das würde sie auch bleiben, dachte sie unbarmherzig. Deshalb würde sie auch nie besiegt werden.

Sie öffnete das Band und ließ ihr Königsgewand aufklaffen. Darunter war sie nackt. »Ich bin rechtmäßig angetreten.«

Fang hielt mit der Hand am Schwert inne. Sie konnte ihn überhaupt nicht einschätzen. Dann, als sie schon glaubte, sie habe einen Fehler gemacht, brach er in überraschtes Gelächter aus. »Deshalb seid Ihr so eine kleine Garnele mit dünnem Stimmchen! Ich dachte, Ihr seid vielleicht erst fünfzehn. Ha! Aber *das* gefällt mir wesentlich besser.«

Seine Überraschung war verflogen. Nun musterte er sie mit dem Interesse eines Kunden am Metzgerstand. Allerdings spielte noch etwas anderes mit hinein, an das sie nicht gewöhnt war: die fleischliche Begierde eines Mannes. Noch nie war sie ihr ausgesetzt gewesen. Es fühlte sich unnatürlich an, als wäre die Welt auf den Kopf gestellt.

Ohne fortzusehen, rief Fang den Dienstboten hinter den Türvorhängen zu: »Ich will nicht gestört werden!«

Zu Zhu sagte er: »Ihr hättet Euer Gesicht nicht verschleiern müssen. Ich verstehe schon, weshalb Ihr schüchtern seid – aber für nutzlose, hübsche Frauen hatte ich noch nie etwas übrig. Ich mag Frauen, die es mit mir aufnehmen können!« Er verengte die Augen. »Ihr habt den Leib einer Frau, aber auch das Mandat – und Ihr geht, redet und kämpft wie ein Mann. Wie viel Frau steckt in Euch?«

Kurz sah Zhu sich durch seine Augen. Sein Blick bannte sie in ihr Fleisch, zwang ihr das grillenbraune Gesicht auf, jenen Körper mit den spitzen Hüftknochen, den schlanken muskulösen Beinen und den kleinen Brüsten. Sie hätte sich nicht ausmalen können, wie unangenehm das Gefühl sein würde.

Fang warf sein Gewand ab. Darunter war er ebenfalls nackt, als hielte er sich immerzu bereit, die vielen Frauen zu besteigen, die ihn umgaben. Sein großspuriges Grinsen war zurück; er sah sie herausfordernd an. Zhu betrachtete seinen großen, plumpen Leib. Das luxuriöse Leben hatte Weichheit mit sich gebracht, aber es war nicht zu übersehen, wie stark er war. Da saß er auf seinem Thron, die strammen Schenkel weit geöffnet, und der körperliche Ausdruck seines Interesses wuchs zusehends.

Fang mochte sie auf eine bestimmte Weise sehen, aber er täuschte sich. Jäh schien der Bann seines Blicks gebrochen, und sie war wieder sie selbst. Niemand konnte sie in einen anderen Menschen verwandeln, dachte sie bestimmt. Sie blieb, wer sie war; ihr Aussehen, ihre Kleider und auch ihre Taten würden nichts daran ändern.

Sie stieg aus dem Gewand. Der goldene Brokat war so steif, dass die Robe halb aufrecht stehen blieb, eine leere Hülle, wie die zurückgelassene Haut einer jungen Heuschrecke. Der Stein unter ihren nackten Füßen war unangenehm kalt. Dies war nur ein Tropfen Leid; er fiel in einen Becher, der größer wurde, je weiter er sich füllte. Er konnte unendlich viel aufnehmen. *Ich bin stark genug, um alles zu ertragen.*

»Sorgt Euch nicht«, sagte sie. »Ich kann Euch Frau genug sein.«

☯

Erst bei Anbruch der Dunkelheit kam Zhu ins Gasthaus zurück. Ihr Triumph war so groß, dass er sie das ungewohnte, objektiv gesehen einigermaßen unangenehme Stechen zwischen den Beinen beinahe vergessen ließ. Fang hatte überrascht, aber freundlich gelacht, als Zhu aufgestanden war (schließlich waren sie doch noch in einem Bett gelandet) und er zwischen den übrigen Flecken das Blut gesehen hatte. »Sagt nicht, Ihr wart noch Jungfrau!«

Zhu ging darüber hinweg. »Also kann ich über Eure Flotte verfügen«, sagte sie forsch und zog sich dabei bereits an.

Unbeeindruckt räkelte Fang sich im zerwühlten Bett. Beim Spiel von Wolken und Regen hatte sich sein ungeheures Selbstvertrauen in Großzügigkeit verwandelt. Andere Frauen fanden daran zweifellos Gefallen. Zhu selbst hatte der Sache nichts abgewinnen können, aber ganz und gar uninteressant war die Erfahrung auch nicht gewesen. Enger physischer Kontakt verriet einem immer etwas über den anderen, ob man nun miteinander kämpfte oder schlief. Oder jemandem Schmerzen zufügte.

»Ach, Zhu Yuanzhang. Ihr könntet sehr wohl die teuerste Bettgeschichte meines Lebens sein. Aber ja: Ich bin ein Ehrenmann. Ihr könnt über meine Flotte verfügen.«

»Ihr derweil könntet der Einzige sein, der je einen künftigen Kaiser beschlafen hat«, stellte Zhu fest. »Ich danke Euch für Eure Hilfe. Wenn ich erst auf dem Thron sitze, will ich Euch meinerseits eine Gunst erweisen. Was Ihr Euch auch wünscht, es soll Euer sein.«

»Ihr seid zu gütig«, sagte Fang amüsiert. »Was, wenn ich wieder mit Euch ins Bett steigen wollte?«

»Ihr könnt bitten, worum Ihr mögt. Aber eincs solltet Ihr bedenken.« Zhu in ihrem goldenen Gewand war schon auf dem Weg zur Tür. »Es wäre nicht unter meiner Würde, Euch hinterher zum Eunuchen machen zu lassen! Das gäbe doch zumindest eine gute Geschichte ab, meint Ihr nicht? Der herrschende Kaiser, Eure allerletzte Eroberung. Ich überlasse Euch die Entscheidung, ob es die Sache wert ist.«

Nun, zurück in ihrem Gasthauszimmer, trug sie einer Dienstmagd auf, ihr eine Waschschüssel mit warmem Wasser zu bringen. Sie war mit dem Ergebnis ihrer Bemühungen äußerst zufrieden. Fangs Schiffe würden es ihr ermöglichen, Ouyangs und ihr Heer gegen Chen zu führen. Derweil würde sich die Herrin Zhang am Kanzler aufreiben, ihn dabei aber schwächen. Wenn Chen geschlagen war und Zhu nach Dadu marschieren ließ, was würde dann noch groß zwischen ihr und dem Thron stehen?

Sie war tief in Gedanken und merkte erst nach einem Augenblick, dass jemand durch die offene Tür ins Zimmer getreten war. Sie schaute auf und stellte überrascht fest, dass es nicht die Magd mit der Waschschüssel war, sondern Ouyang.

Er bebte am ganzen Leib. Zhu sah es, brauchte jedoch einen Augenblick, um zu begreifen, dass er wütend war – wütender, als sie ihn je gesehen hatte. Seine geballten Fäuste waren weiß.

Ach ja! Beinahe hätte sie vergessen, dass sie den Mord an einem seiner Stellvertreter befohlen hatte. Schuldbewusst wurde ihr klar, dass sie gerade eben durch das Speisezimmer voller lachender, lärmender Frauen gegangen war – jetzt, da der Wettkampf vorbei war, waren sie alle viel freundlicher –, dort aber keine Spur von Yuchun gesehen hatte. Hockte er in seinem Zimmer, säuberte sein Schwert und grübelte? Er war schon immer recht kaltschnäuzig gewesen, vom Leben abgehärtet wie Zhu selbst. Doch einen nichtsahnenden Kameraden umzubringen, Spion hin oder her – das musste selbst ihm an die Nieren gegangen sein.

Ouyang hatte natürlich jedes Recht, sich darüber zu ärgern, dass sie ihn nicht zu Rate gezogen hatte, aber diese heftige Reaktion erstaunte sie dann doch. Sie hatte nicht geglaubt, dass er sich groß um einen seiner beiden Stellvertreter scherte.

»Oberbefehlshaber Chu war der Spion«, erklärte sie. »Er hat die verschlüsselten Botschaften empfangen und geschickt.

Hätte ich nichts unternommen, hätte er unsere Pläne weitergegeben. Spätestens wenn wir nach Dadu aufbrechen, können wir das gar nicht gebrauchen!«

»Oberbefehlshaber …«, wiederholte er, als hätte der Titel keine Bedeutung für ihn. Sein zorniger Blick wanderte über sie.

Aber er war nicht nur zornig. Er war angewidert.

Ein Schauder lief ihr über den Rücken. *Es geht nicht um Chu!*

Er warf etwas nach ihr. Unwillkürlich duckte sie sich, aber es war nur eine zusammengeknüllte Nachricht; harmlos fiel sie zwischen ihnen zu Boden. Zhu musste sich nicht danach bücken. Auch wenn sie es nicht fassen konnte: Sie wusste, was Ouyang erfahren hatte. Nichts anderes hätte ihn so außer sich gebracht.

Sein heiseres Krächzen klang kaum wie die Stimme eines Menschen. »Ich hätte es wissen müssen!«

Er hatte seine Abscheu gegen sie schon zu anderen Gelegenheiten gezeigt – aber bisher hatte sie sich stets gegen den Menschen gerichtet, der sie war, gegen ihr wahres Wesen. Nun sah er sie jedoch an, wie er sonst immer nur andere angeschaut hatte. Sein Blick nahm ihr alles und verwandelte sie in einen Gegenstand.

Draußen schrien die Möwen. So kalt hatte Zhu ihn noch nie erlebt. »Hätte ich doch nur meinen Augen getraut! Aber ich wollte an dich glauben. Dabei verrät dich alles: dein Aussehen, dein Benehmen! Die ganze Zeit lag es klar auf der Hand. Wie du dich bereitwillig für Männer erniedrigst, ihnen dienst, vor ihnen niederkniest! Hast du dich von Fang Guozhen besteigen lassen? Ach, selbstverständlich hast du das.«

Die Muskeln in seinem Hals zuckten. Es sah aus, als müsste er hart arbeiten, um die Worte hervorzubringen. »Wie konnte ich nur so dumm sein? Jeder Mann würde lieber sterben, als wie du zu sein!«

Er trat näher. Auch früher hatten sie schon so dicht beisammengestanden, doch nun lag keine Vertrautheit mehr in der Nähe, sondern nur noch eine Drohung. Er machte eine Bestandsaufnahme ihrer Körperteile; verwarf seine bisherige Vorstellung von ihr; reduzierte sie auf die Gestalt ihres Leibes. Und nicht nur sie sah er in einem anderen Licht, sondern auch alles, was sie getan hatte. Was er und sie *zusammen* getan hatten. Ein neues, heftiges Verlangen zeichnete sein Gesicht: Sie hatte ihn verletzlich gesehen, und nun wollte er nichts weniger, als diese Tatsache auszulöschen. Dies musste ihm am unerträglichsten sein: Er hatte sich dem ausgeliefert, was er auf der Welt am meisten hasste, woran er sich immerzu maß.

»Wie du gelacht haben musst, mich als Frau gekleidet zu sehen! Hat es dir gefallen, mich zu dir herabzuziehen? Mir meinen Stolz zu nehmen? Erniedrigt habe ich mich vor dir! Entblößt! Ich habe alles gegeben, weil du es verlangt hast. Ach, was war ich für ein Tor … Du hast gesagt, du könnest mir helfen, meine Ziele zu erreichen! Und ich habe dir geglaubt, weil du mir immerfort erzählt hast, du verstündest mich, wir seien einander gleich, wir wollten dasselbe.«

Wie merkwürdig es war, im Flur Schritte zu hören, als wäre alles ganz normal. Aus dem Speisezimmer unten drang noch immer Gelächter herauf. Und doch fiel gerade alles auseinander.

»Wir beide haben nichts gemein!«

Ihre Gleichheit war etwas Kostbares gewesen. Nun war ihr, als hätte er sie mit dem Hammer zertrümmert. Sie hatte nicht für möglich gehalten, dass etwas so wehtun könnte. Von einem Augenblick auf den anderen hatte sie seine Achtung verloren – in seinen Augen verdiente sie nicht einmal, am Leben zu sein. Sie musste sich zusammennehmen, um nicht vor Schmerz zu keuchen. Nichts, was sie getan hatte, was sie ihm gewesen war, spielte mehr eine Rolle angesichts dessen, was er ihr nicht vergeben konnte: ihre Weiblichkeit.

Er war in seiner eigenen schrecklichen Wirklichkeit gefangen, und sie wusste, dass sie ihn dort nicht erreichen konnte. Dennoch versuchte sie es. Ihre Stimme klang fremd in ihren eigenen Ohren. »Was Ihr erfahren habt, hat rein gar nichts damit zu tun, wer ich bin! Nur eines ist anders als gestern: Ich habe nun alles, was ich zum Sieg brauche! Fang Guozhen hat mir seine Flotte gegeben. Wenn wir bloß zusammenbleiben, den Kurs halten …«

»Es hat nichts mit dir zu tun? Dein Scheitern steht festgeschrieben in den Sternen, und du hast es mir vorenthalten! Du redest dir ein, dass du den Thron gewinnen kannst. Aber begreifst du nicht?« Seine Augen waren wild. »Du bist kein Mann! Du kannst mir nicht geben, was ich will. Kaiser? Du?« Er lachte rau und ungläubig. »Du bist auch bloß eine Hure.«

Die Magd kam mit der Waschschüssel herein. Ouyang erschrak heftig; wäre er bewaffnet gewesen, er hätte sie wohl an Ort und Stelle aufgespießt. So fuhr er nur zu ihr herum, und sie ließ mit einem Aufschrei die Schüssel fallen.

Ouyang zischte und drängte sich an Yuchun vorbei, der keuchend hinter ihr in der Tür aufgetaucht war. Er schaute Ouyang nach. »Ich hab Geschrei gehört …«

Zhu zitterte heftig. Jetzt erst wurde ihr klar, dass es sie schon die ganze Zeit schüttelte – als wäre die Schwingung zwischen Ouyang und ihr am Ende doch zu mächtig gewesen und hätte sie zerrüttet. Er war der einzige Mensch, der sie wirklich verstehen konnte. Doch er hatte sie nicht verstanden; er hatte ihre Schwäche gesehen und ausgenutzt.

Sie hätten gewonnen! Zusammen hätten sie gewonnen! Aber jetzt …

So fühlt sich also Verrat an.

Sie konnte kaum atmen. Aber sie war Zhu Yuanzhang und stark genug, um mit allem fertig zu werden.

Sie hob die zerknüllte Nachricht vom nassen Boden auf, ehe die Tusche zerlaufen konnte. Natürlich kannte sie die Handschrift. Nur einer ihrer Männer hier kannte ihr Geheimnis und wusste, dass er mit der Enthüllung Ouyang und sie auseinanderreißen konnte.

»Vergiss General Ouyang«, sagte sie zu Yuchun. »Geh und finde Jiao Yu!«

Jiao war stets auf der Seite des Siegers. Deshalb war er von Anfang an ihr gefolgt. *Aber was hat sich geändert?* Jiao hatte Zweifel an ihr gehabt, das stimmte. Aber sie hatte die Flotte bekommen, die sie brauchte! Wieso glaubte er trotzdem nicht, dass sie mit Ouyang zusammen gewinnen konnte?

Dann fiel ihr plötzlich die unsichtbare Hand ein. Der Strippenzieher. Sie wühlte in ihrem Gepäck und kramte die Nachricht des Spions hervor. Mit sinkendem Mut starrte sie auf die unsinnigen Worte. Jiao hatte ihr erzählt, er hätte sie nicht dechiffrieren können.

Yuchun kam zurück. »Jiao Yu ist fort.« Er klang plötzlich sehr jung.

»Dasselbe gilt für General Ouyang«, sagte sie wie betäubt. »Jetzt holt er sein Heer aus Yingtian. Ich habe keine Sicherheitsvorkehrungen getroffen, um ihn daran zu hindern. Er wird Dadu ohne uns angreifen. Und wir stehen Chen Youliang allein gegenüber.«

Sie hörte seinen Schreckenslaut kaum. Ja, sie hatte Fangs Schiffe, aber Yuchun wusste so gut wie sie, was Ouyangs Weggang für die Schlacht gegen Chen bedeutete.

Jiao hatte den Kode geknackt und die unsichtbare Hand enttarnt. Anders als Zhu sah er nun den Fremden, den Verborgenen, und er setzte darauf, dass er Zhu schlagen und den Thron gewinnen würde.

16

KHANBALIQ

In der Banketthalle waren eigens für das Winterfest neue weiße Laternen aufgehängt worden. Hell leuchteten sie vor den wolkig vereisten Papierfenstern. Vor der Estrade des Großkhans knieten die Minister an niedrigen Einzeltischen, Becher mit erwärmtem Wein vor sich. Baoxiang kam das alles ganz unwirklich vor.

Zuerst war es so ein trockener Winter gewesen, aber nun lag Khanbaliq in tiefem Schnee. Wie verwandelt war die Hauptstadt, allerdings nicht allein durch das Wirken der Natur. Die Herrin Ki hatte sich sehr bemüht, die Unterstützer des Kanzlers aus dem Heer zu entfernen, und es auf diese Weise drastisch verkleinert. Noch dazu hatten viele einfache Bürger die Stadt verlassen, als Getreide und Salz knapp geworden waren. Jeden Tag beim Ritt zum Ministerium sah Baoxiang weitere Zeichen des Niedergangs. Wie schnell der gezogene Faden das Gewand schrumpfen ließ – man konnte förmlich zusehen, wie es sich auflöste! Doch die abgeschirmte Palaststadt glich dem Inneren einer Laterne: Endlos brach sich das Licht an der Oberfläche, sodass niemand sah, was draußen geschah. Nun hielt der Hof Groß-Yuans ein Festmahl, nichtsahnend, dass seine Vernichtung bevorstand.

»Die Herren Minister!« Wegen der trockenen Winterluft war das Gesicht des Großkhans noch geröteter als sonst. Er war, sinnierte Baoxiang, der lebende Beweis dafür, dass rosige Wangen nicht zwangsläufig mit einem fröhlichen Wesen einhergingen. »Als Belohnung für treue Dienste an Uns, dem Großkhan, sowie dem Reich Groß-Yuan gewähren Wir ihnen einen Becher Wein. Möge er ihnen wohl bekommen!«

Wie viele Minister mochten diesem Dummkopf tatsächlich treu ergeben sein? Sicher nur eine Handvoll. Baoxiang hob seinen Becher gemeinsam mit den anderen. »Zehntausend Jahre dem Großkhan!«

Der dritte Prinz saß an dem Tisch, der am dichtesten vor der Estrade stand. Mit hochmütigem Desinteresse trank er seinen Wein, stellte den Becher aber nicht gleich wieder ab. Es mutete Baoxiang seltsam an, wie gut er ihn kannte: Allein an der Handhaltung sah er, dass der Prinz erwog, den Becher über den Tisch rollen und zu Boden fallen zu lassen. War es unmöglich, die Gunst seines Vaters zu gewinnen, so würde er sich wenigstens einen Tadel zuziehen.

Dann stellte er den Becher doch hin. Nicht einmal das wagte er: auf diese traurige Art und Weise Beachtung einzufordern. Baoxiang gelang es nicht, die übliche Verachtung für seine Angst aufzubringen.

»Auch mit Speisen sollen die Herren Minister belohnt werden!«, verkündete die Herrin Ki an der Seite des Großkhans. Prompt kamen Dienstboten hereingeeilt und servierten Schälchen mit weichen weißen Klebreisbällchen in süßer Ingwersuppe. Nach dem Tod des Kanzlers war die Herrin Ki praktisch zur Kaiserin geworden – nur der Titel fehlte ihr noch. Aber es war wohl nur eine Frage der Zeit, bis sie den Großkhan überzeugt haben würde, ihren Aufstieg offiziell zu erklären. Ihre neue Rolle stand ihr gut: Im Laternenlicht glitzerte sie wie ein tauender Eiszapfen.

Die Kaiserin hatte darauf verzichtet, sich wie üblich die Lippen rot anzumalen, und wirkte blass und unscheinbar. Es musste eine Qual für sie sein, zu spüren, wie ihr die Macht – ihre Stellung – durch die Finger schlüpfte. Sie rührte ihre Reisbällchen nicht an; immerhin stand ihr frei, nichts zu essen. Baoxiang, der ebenfalls keinen Appetit verspürte, musste sich dazu zwingen, die erwartete Dankbarkeit zur Schau zu tragen. Kaum hatte er das erste Bällchen im Mund, platzte die zarte Hülle auf, und die Füllung aus körnigem schwarzem Sesam quoll unaufhaltbar daraus hervor.

Als die Minister ihre Schalen geleert hatten, stand die Kaiserin ungeduldig auf, um zu gehen, doch dann erstarrte sie, und ein Ausdruck der Verwirrung trat auf ihr Gesicht. Einen Moment später begann sie zu schwanken und brach zusammen.

Ein Raunen ging durch die versammelten Minister. Sie klangen eher neugierig als beunruhigt. Selbst Baoxiang, der stets lieber andere die Leichen forträumen ließ, erkannte, dass die Kaiserin nicht tot war. Das wäre auch eine Überraschung gewesen. Die Zeit war ohnehin aufseiten der Herrin Ki; durch einen Anschlag hätte sie nichts zu gewinnen. Baoxiang warf ihr einen Blick zu ihr hinüber. Kurz schien sie ehrlich überrascht, doch dann trat verhohlenes Kalkül auf ihre Züge. Er war grimmig amüsiert: Offenbar war die Herrin Ki nicht die Einzige, die es verstand, mit dramatischen Auftritten die Aufmerksamkeit des Großkhans zu erregen.

Der Palastarzt kam ein wenig zu früh hereingeeilt, als dass es glaubwürdig gewesen wäre, aber sonst machte er seine Sache gut. Mit besorgter Miene fühlte er den Puls der Hingesunkenen, riss die Augen auf und hastete zum Großkhan. Während er ihm etwas zuflüsterte, scharten sich die Dienstmägde der Kaiserin um ihre Herrin und halfen ihr auf. Blass und wankend stand sie da, ein Lächeln auf den ungeschminkten Lippen.

Der Großkhan sprang auf und rief: »Der Himmel hat die Kaiserin gesegnet!«

Baoxiang machte sich nicht die Mühe, sich dem Sturm der Gratulanten anzuschließen. Er beobachtete den dritten Prinzen, der sich ebenfalls nicht erhoben hatte. Sein gepeinigter Gesichtsausdruck gab Baoxiang einen Stich. Zu gut wusste er, wie es war, wenn sich die schlimmsten Befürchtungen bewahrheiteten, die man sein Leben lang gehegt hatte. Kurz war er wieder auf jenem Berghang; sein Vater lag zerschmettert am Grund der Schlucht, und Esen starrte Baoxiang hasserfüllt an. Anklagend. Zuerst hatte Baoxiang es nicht glauben können. Zwischen ihnen war viel geschehen, aber es schien ganz und gar unmöglich, dass Esen annehmen könnte, er habe den Tod seines Vaters gewollt.

Doch das hatte er. Und als Baoxiang das begriffen hatte, war ihm gewesen, als blutete die Farbe aus der Welt. So musste es wohl sein, dachte er, wenn man starb.

Der dritte Prinz schaute hilflos zu seiner Mutter auf der Estrade, doch die merkte es gar nicht. Ihr Gesicht war starr wie Eis.

Schließlich gelang es Baoxiang, dem Gedränge zu entkommen. Seyhan wartete draußen auf ihn. Natürlich hatte sich die Neuigkeit bereits herumgesprochen.

»Sie könnte ein Mädchen bekommen.«

»Würdest du deinen Kopf darauf verwetten?«, fragte Baoxiang.

Sie spazierten in den verschneiten Granatapfelhain. An den Ästen hingen noch die braunen, verschrumpelten Früchte des letzten Jahres, aufgeplatzt wie Leichen; die roten Kerne waren lange fort. Was für ein Glück die Kaiserin gehabt hatte! Schwanger zu werden, war ihre einzige Rettung gewesen. Baoxiang hatte noch immer den Geschmack schwarzen Sesams im Mund. Die Süße hätte angenehm sein sollen, verursachte ihm jedoch Übelkeit. Er sagte:

»Die Herrin Ki wird ganz sicher nicht tatenlos abwarten.«

Eine Gestalt kam aus der Banketthalle geschlüpft. Im Laternenschein glommen die silbernen Drachen auf dem Mantel des dritten Prinzen. Er kam auf Baoxiang und Seyhan zu, die unter den Granatapfelbäumen standen, schien aber nichts und niemanden zu sehen. Wortlos ging er an ihnen vorbei.

Etwas Schweres saß Baoxiang in der Brust. Er blickte dem Prinzen nach. Die Drachen flimmerten immer schwächer, je tiefer er in die Finsternis des Gartens eintauchte. »Warte hier«, sagte er zu Seyhan.

Der Prinz war nicht viel weiter gegangen. Baoxiang fand ihn in einer der offenen Gartenpagoden. Hier, fern der Lichter und des Lärms der Banketthalle, war es dunkel, kalt und still. Baoxiang zitterte. Sein Beamtenobergewand war ein dürftiger Ersatz für einen Pelz. Über den schneebedeckten Dächern des Palastes stand der zunehmende Mond. In der Ferne schauten versilberte Baumkronen über die Mauer; es sah aus, als schlüge eine Brandungswelle an ein dunkles Ufer.

Der Prinz sah nichts davon. Er blickte auf seine geballte rechte Faust hinab. Sie musste vor Kälte gerötet sein, doch im fahlen Mondlicht wirkte seine Haut so blass und leblos wie die ganze Umgebung. »Wisst Ihr was? Trotz allem habe ich geglaubt, ich könnte der Erbe sein.«

Aber das hatte er eben nicht, dachte Baoxiang niedergedrückt. Hätte er tatsächlich daran geglaubt, besäße er das Mandat. Er hatte immer nur darauf gehofft. Wie oft hatte er wohl so dagestanden, allein im Garten oder in seinen Gemächern? Wie oft die Hand geöffnet, um nachzuschauen, ob darin die blaue Flamme brannte? Bestimmt hatte er sich jedes Mal gesagt, dass sie leer sein würde, und insgeheim gehofft, eines Tages könnte es anders sein.

Von vergeblicher Hoffnung verstand Baoxiang etwas. Noch lange nachdem er begriffen hatte, dass sich die Beziehung zwischen Esen und ihm nie ändern würde, hatte er gehofft. Er wusste, wie schwer es war, eine Zukunft aufzugeben, die man sich so sehr wünschte, dass sie einem wirklich vorkam. Manchmal konnte man es nicht. Dann musste das, woran man sich klammerte, zertrümmert werden, sodass einem die Bruchstücke entglitten.

»Habt Ihr gesehen, wie er sich gefreut hat?« Die Stimme des Prinzen brach. »Alle haben es mitbekommen. Er kann es gar nicht erwarten, jemanden an meine Stelle zu setzen.«

Er wollte die Faust gegen das Geländer der Pagode rammen, aber Baoxiang fing sie ab. Der Prinz erschrak heftig und starrte ihn an, als hätte er erst jetzt gemerkt, dass er da war. Seine Hand zitterte in Baoxiangs Griff.

»Eure Mutter wird sich darum kümmern«, sagte Baoxiang sanft. »Vertraut darauf, dass sie es richten kann.«

»Es richten«, wiederholte der Prinz. »Ja, das tut sie immerzu, nicht wahr? Sie hat die Sache mit meinen Brüdern und ihrer Mutter gerichtet, die mit dem Kanzler, und nun wird sie sich ganz bestimmt auch um die Kaiserin kümmern. Aber wisst Ihr, was sie nicht richten kann? Mich.« Ein vertrauter Ton lag in seiner Stimme: betäubt, losgelöst. So klang ein Mensch, der in seinem eigenen Innern ertrank, schon zu tief versunken, als dass man ihn noch erreichen konnte. »So viele Söhne hätte der Himmel ihr schenken können, und doch ist sie mit mir gestraft. Sie verabscheut mich ... ebenso wie er. Der einzige Unterschied ist, dass sie mich braucht. Sonst hätte ich mich ihrethalben lieber längst umgebracht ...«

Baoxiang erinnerte sich an die Zärtlichkeit unter der polierten Steinfassade der Herrin Ki. Das Leben im Palast war gefährlich: Ein kleiner Fehler konnte den eigenen Untergang herbeiführen. Er verstand, weshalb sie es für sicherer gehalten hatte, ihre Zuneigung vor ihrem eifersüchtigen Gemahl und ihrer habgierigen Rivalin geheim zu halten. Aber sie hatte sich nicht einmal ihrem Sohn offenbart. Sie mochte glauben, dass es Liebe war. Doch wie sollte es das für ihn sein, wenn er nicht einmal davon wusste?

Baoxiang tat das Herz weh. Er hatte keine Ahnung, ob er um sich selbst oder um den Prinzen trauerte.

»Ayushiridara.« Noch nie hatte er den Namen des dritten Prinzen ausgesprochen. Er fragte sich, ob es überhaupt je einer tat. Der Prinz war so überrascht, dass er zu sich kam. Baoxiang sah ihn aus jenem tiefen dunklen Wasser wieder auftauchen. Er legte ihm die Fingerspitzen unters Kinn und wandte sein Gesicht seinem eigenen zu. Der Prinz, hineingeboren in den Palast und seine Rolle, kannte nur dieses eingeschränkte Dasein. Baoxiang war, als hätte er, indem er ihn beim Namen gerufen hatte, zum ersten Mal seine Seele erweckt. Einen Moment sah er ihn nur an, dann küsste er ihn.

In der eisigen Kälte war die Berührung warm. Unvertraut knisterte der Bart des Prinzen unter seinen Lippen. Ihm war, als hätte er seinen eigenen Panzer durchbrochen. Dieser Impuls schien seinem früheren Selbst entsprungen, das nun die Finsternis verschlungen hatte. Es war die Erinnerung an einen Menschen, der sich den Schmerz eines anderen nicht instinktiv zunutze machte, um ihn noch tiefer zu verletzen, sondern stattdessen sagte: *Ich verstehe dich.*

Er umfasste den Nacken des Prinzen und küsste ihn noch heftiger. Ein Kuss war für ihn immer etwas anderes gewesen, als mit jemandem ins Bett zu steigen. Beim Akt kam es vor, dass er unabsichtlich in sich selbst versank. Er vergaß seine Geliebte dann nicht, war ihr aber doch so entrückt, dass ihr Wesen für sein sinnliches Erleben keine Rolle mehr spielte. Küsste er aber jemanden, so war ihm der andere gegenwärtiger denn je. Nun begriff er auch, weshalb er gerade diesen Impuls verspürt hatte. Ein Kuss war das Gegenteil von Zurückweisung. Man schuf sich gegenseitig neu, indem man einander wahrnahm, einander Leben einhauchte. Eine Seele berührte die andere, und dadurch gewannen beide an Wirklichkeit.

Der Prinz reagierte unbeholfen, aber bereitwillig. Ihr Kuss gewann einen tiefen Ernst, eine große, flammende Innigkeit. Ein Gefühl des Überflusses bemächtigte sich Baoxiangs: als könnten sie ewig auseinander schöpfen, ohne dass der Quell je versiegte. Er umklammerte den Nacken des Prinzen, als könnte er sie beide nur so zusammenhalten. Seine Lippen brannten, so heftig küssten sie sich. Es war ein stummes Zeugnis: *Ich sehe dich!*

Den dritten Prinzen zu trösten, kam ihm nicht wie Berechnung vor, nicht wie Täuschung. Es schien wirklich – eine Wahrheit, nicht aus Leidenschaft geboren, sondern aus ihrer Verbindung. Doch noch während er den Prinzen küsste, ihn hielt und so tat, als schmeckte er seine Tränen nicht, wusste er schon, dass er sich etwas vormachte. Sein Trost war eine Lüge.

Über den Baumwipfeln erglomm gerade der weite Himmelsfluss. Doch die Zukunft barg kein Licht. Es gab keinen Grund, ihr zuversichtlich entgegenzuschauen. Die Kaiserin würde niemals ein Kind mit dem Mandat zur Welt bringen, aber auch der dritte Prinz würde nie damit gesegnet sein. Als Baoxiang ihn losließ und zurücktrat, sah er sich vor seinem inneren Auge selbst: Aus seiner ausgestreckten Hand schlug jene schwarze Flamme, löschte den Mond aus, die Sterne, die Stadt mit ihren versilberten Mauern und jeden Funken Licht, bis auf der Welt nichts mehr übrig war als Finsternis.

Einst war sie seine Zuflucht gewesen, doch nun gab es keine Schranke mehr zwischen ihm und jenem endlosen schwarzen Meer. Es war das schrecklichste Gefühl, das er jemals empfunden hatte. Sein Mandat war wie der dunkle Widerpart der Sonne. Er konnte es nicht anblicken. Immer wenn er es versuchte, schreckte er davor zurück, wie in seinen Träumen, an die er sich nie erinnerte. Er wusste bloß eins:

Ließ er ihm erst freien Lauf, dann würde es nicht nur über die Welt hereinbrechen, sondern auch über ihn selbst.

☯

»Ach, auch Ihr seid bei diesem zauberhaften Ausflug mit dabei, Herr Minister?«, fragte die Herrin Ki bitterböse. Ihr Zorn galt allerdings nicht Baoxiang. Sie waren einander zwischen den heißen Quellen begegnet – Männer und Frauen badeten getrennt –, und die Herrin Ki hatte ihr Gefolge geheißen, anzuhalten. »Ich kann nur hoffen, dass Ihr mehr Freude daran habt als wir anderen.«

Die Kaiserin hatte den Besuch der heißen Quellen angeregt, die zwanzig Li außerhalb Khanbaliqs in den Bergen lagen – angeblich zum Wohle ihrer Schwangerschaft. Nun, da sie die Gunst des Großkhans genoss, zögerte sie nicht, ihren Einfluss auszunutzen: Sie hatte alle kaiserlichen Haushalte gezwungen, an dem Ausflug teilzunehmen und ihre Vorzugsbehandlung zu bezeugen. Kein Wunder, dass die Herrin Ki außer sich war.

Ein halber Monat war verstrichen, und die Kaiserin hatte die Herrin Ki zu jeder sich bietenden Gelegenheit gedemütigt. Das hatte der Herrin offenkundig zugesetzt. Durch den Sonnenschirm, den ihre Dienstmagd über sie hielt, fiel zwar rosiges Licht, aber ihr Teint, der sonst immer glattem weißem Stein geglichen hatte, wirkte grau, ihre Züge abgespannt. Plötzlich wirkte sie tatsächlich so alt wie eine Frau, die einen einzigen makelbehafteten Sohn geboren hatte und dann in achtzehn langen Jahren nicht wieder schwanger geworden war. So, dachte Baoxiang, sah Verzweiflung aus.

»Wenn der Sohn der Herrin Ki diesen bescheidenen Beamten auf einen Ausflug einlädt, wie könnte er da ablehnen?« Er lächelte höflich. »Vielleicht steht dem dritten Prinzen ja der Sinn danach, die Technik der Landschaftsmalerei zu erlernen, für die ich ein bescheidenes Talent habe. Nun, wie ich ihm auch von Nutzen sein kann, ich stehe zu Diensten.«

Die Herrin Ki betrachtete ihn, und plötzlich wollte er, sie würde sich verabschieden. Er wusste nicht wieso; immerhin war er eigens hergekommen, um dieses Gespräch mit ihr zu führen. Sie wandte sich ihrem Gefolge zu.

»Der Geruch dieser Quellen ist höchst unangenehm! Holt mir Tee und einen Beutel mit duftenden Kräutern, den ich mir beim Baden unter die Nase halten kann. Bringt alles gleich zum Becken.« Als alle bis auf das Mädchen mit dem Sonnenschirm gegangen waren, sagte sie: »Schwebt Euch ein bestimmter Dienst vor, Herr Minister?«

»Ich habe vielleicht eine Lösung für ein gewisses Problem anzubieten.« Baoxiang warf der Magd mit dem Sonnenschirm einen Blick zu.

»Man kann ihr trauen. Sprecht offen, aber fasst Euch kurz. Eine Gemahlin des Großkhans sollte nicht dabei gesehen werden, wie sie einem Mann Gehör schenkt. Nicht einmal einem Mann wie Euch.«

Der eigentümliche Wunsch, sie möge ihn nicht anhören, war verflogen. Die Gärtner des Großkhans hatten große Mengen Pflaumenzweige mitgebracht. Zwar war es mitten im Winter, aber sie hatten sie vor Feuerschalen zum Blühen gebracht. Nun waren sie überall zu natürlich wirkenden Arrangements dekoriert, um die Illusion eines Frühlingswäldchens zu erschaffen. Ging es daran, dem Großkhan zu dienen, so durften wohl nicht einmal die Toten ruhen.

»Wenn nichts geschieht«, sagte er, »wird die Kaiserin mit einem Sohn niederkommen, der den Platz des dritten Prinzen einnimmt. Das wollt weder Ihr, noch will ich es. Ich möchte Euch meine Hilfe antragen. Ich habe leichter Zugang zur äußeren Stadt als Ihr, und weniger Augen sind auf mich gerichtet.«

Es war ein Wagnis: Setzte sie bereits genug Vertrauen in ihn? Schließlich sagte sie ruhig:

»Sollte die Kaiserin eine Fehlgeburt erleiden, müsste es nach einer natürlichen Ursache aussehen. Bestünden Zweifel daran, würde der Verdacht auf mich fallen.«

Der Brief, auf den er gewartet hatte, war heute Morgen eingetroffen. »Ich kann das Nötige beschaffen. Niemand wird Argwohn schöpfen.«

»Ich will auch nicht, dass der dritte Prinz davon erfährt«, warnte die Herrin Ki. Sie wandte sich ab, aber er sah noch ihre Sorge: ein seltsam weicher Ausdruck auf einem Gesicht aus Stein. »Beschützt ihn, Herr Minister.«

☯

Irgendetwas stimmte nicht. Etwas Furchtbares spielte sich gerade ab, aber auch mit seinen Augen war etwas nicht in Ordnung, denn er konnte nichts sehen ...

Verwirrt begriff er, dass er wach war. Ein Schrei steckte ihm in der Kehle. Im Schlafgemach des dritten Prinzen war es dunkel: Deshalb sah er nicht richtig! Er lag auf der Seite, dem Rücken des schlafenden dritten Prinzen zugewandt, aber seine ganze Aufmerksamkeit war auf das gerichtet, was er hinter sich spürte.

Esen stand dort.

Nichts verriet, wer die geisterhafte Erscheinung war, aber Baoxiang wusste es. Es war, als hätten sich alle Gefühle, die seinem Bruder galten, und alle ihre Begegnungen zu einem eigenen Sinn verdichtet, mit dem er Esen unfehlbar erkannte.

Er musste ganz nah stehen, vielleicht gleich am Bett, so deutlich war seine Gegenwart. Esen hätte seine nackte Schulter berühren können, von der die Decke gerutscht war. Kälte rollte über ihn hinweg wie Wogen der Angst. Im Schlafgemach war es so still, dass er es knistern hörte, als seine Härchen sich aufstellten und über die Bettdecke strichen.

In der Dunkelheit konnte er den Prinzen gerade so ausmachen. Baoxiang hatte Schmerzen, aber sie waren schwächer als beim letzten Mal. Nach ihrer Rückkehr von den heißen Quellen war der Geschlechtsakt überraschend zärtlich vonstattengegangen. Baoxiang hatte vorgehabt, hinterher gleich aufzubrechen, zu seiner nächsten Verabredung. Er hatte nicht erwartet, dass er einschlafen würde – hatte es nicht einmal für möglich gehalten. Doch nun war es schon spät, und er spät dran.

Er musste sich wirklich auf den Weg machen: Seine Verabredung wartete auf ihn. Doch es fiel ihm schwer, sich aus dem warmen Bett zu quälen. Neben ihm lag ein anderer Mensch, den er in den Armen gehalten, in sich aufgenommen hatte. Plötzlich fühlte er sich schrecklich allein. Der Prinz war ihm nicht so nah, wie es schien. Er war in weiter Ferne, an einem Ort, an den Baoxiang ihm nicht folgen konnte. Nur der Geist leistete ihm in der Finsternis Gesellschaft.

Doch er könnte den Prinzen zurückrufen. Er müsste nur seinen Namen sagen, dann würde er die Augen öffnen und wäre wieder bei ihm. So einfach wäre das. Baoxiang könnte es tun – es läge in seiner Macht. Noch konnte er einen anderen Weg einschlagen. Er konnte immer noch aufhören.

Aber der Geist hinter ihm strahlte die vertraute Missbilligung und Verachtung aus, und prompt spürte Baoxiang, wie schwarze Wellen ihn ihm aufbrandeten. Es war ein Kreislauf, aus dem sie nie würden ausbrechen können. Diese tosende Flut hatte ihn schon so weit gebracht, sie würde ihn bis zum Ende tragen. Doch als er sich nun mitreißen ließ, überkam ihn ein grässliches Gefühl der Entfremdung. Er hatte die Dunkelheit zwar hereingelassen, aber wirklich verstanden hatte er sie nie.

Er stand auf. Der Geist hatte ihn so in Rage versetzt, dass er zitterte. Die Euphorie, die früher seinen Zorn begleitet hatte, wollte sich nicht mehr einstellen, aber was bedeutete das schon? Er war der schwarze Ozean, war längst darin aufgegangen. Er konnte sich nicht mehr vorstellen, ohne ihn zu leben. Ohne ihn wäre er gar nichts.

In seinen Träumen, so schien es, kehrte er sich stets von etwas ab. Doch in diesem Albtraum, zu dem sein Leben geworden war, wandte er sich ewig hin zu jenem Geist, der sich seinen Blicken entzog.

Er erwartete ihn, als er aus der Residenz des dritten Prinzen kam. Glitt neben ihm her, während er durch die Straßen ritt. Der Schnee fiel, ein dichter Vorhang, hinter dem der Geist verborgen blieb. Doch hätte er nur einen Schritt getan, hätte Baoxiang ihn endlich zu Gesicht bekommen. So groß war sein Verlangen, Esen zu sehen, dass es beinahe erotisch war. Er würde ihn zu sich rufen, wenn er erst die Macht dazu hatte, dachte er wutentbrannt. Wenn er erst Kaiser war, würde er Esen zwingen, sich zu zeigen. Und dann würde Esen sich anschauen müssen, was Baoxiang zu tun gedachte.

Sein Ministerausweis öffnete ihm die Tore, und bald ritt er durch die Vorstadt jenseits der äußeren Mauer. Die luxuriösen Herrenhäuser rückten immer weiter auseinander, jedes eine erleuchtete Insel in der Finsternis. Er fand die unauffällige Residenz, die er suchte, klopfte an und wurde eingelassen.

Sie hatte auf ihn gewartet. Ihr Willkommenslächeln war nach wie vor von keramischer Vollkommenheit. Daran erinnerte er sich gut.

In ihrer südlichen Sprache sagte er: »Seid gegrüßt, Gemahlin.«

Die Schönheit der Herrin Zhang war nie stark an ihre physische Erscheinung geknüpft gewesen. Es war ihre ungeheure Selbstbeherrschung – ihre *Darstellung* der Schönheit – die eine Illusion von Vollkommenheit erschuf. Baoxiang hatte sie zwar jahrelang nicht gesehen, aber schön war sie noch immer. Ihre Wangen waren schwerer geworden, und die Zartheit ihres Teints war nun auf Puder und nicht mehr nur auf die Natur zurückzuführen. Doch in den weiten goldbestickten Ärmel blitzten hin und wieder ihre Handgelenke auf, und ihr Hals glich dem gebogenen Stiel einer Blume. Zwar stand sie ganz still, doch die hängenden Edelsteine ihres Haarschmucks glitzerten lebendig im Lampenlicht, und ihre mit Perlenpuder bestäubte Haut schimmerte. Eine einzelne Haarsträhne umspielte ihren Nacken.

Es war eine Inszenierung für einen Mann, der Frauen begehrte. Früher hätte Baoxiang bei ihrem Anblick ein Aufflackern von Hitze verspürt – eine unwillkürliche Reaktion darauf, dass sich hier gewisse Möglichkeiten boten, auch wenn er nicht vorhatte, sich darauf einzulassen. Doch stattdessen peinigte ihn das Gefühl, dass all dies nichts mit ihm zu tun hatte. Es grenzte an Abscheu. Ihr Auftritt richtete sich an sein vergangenes Selbst: einen Mann ohne das Mandat, der sich noch nicht von einem anderen Mann hatte besteigen lassen und imstande war, etwas anderes zu empfinden als jene schwarze Qual. So musste es sein, von Angesicht zu Angesicht an seinen eigenen Leichnam gefesselt zu sein. Grotesk.

»Muss diese Frau sich um die Gesundheit ihres Gemahls sorgen?«, schnurrte sie. »Wie dünn er wirkt!«

Sie machte Anstalten, ihn zu berühren, aber er fing ihre Hand aus der Luft und hielt sie fest; grob, beinahe grausam. »Lasst das!«

Sie verzog keine Miene, als spürte sie seinen Griff gar nicht. »Das wünscht Ihr? Mir ist wohl zu Ohren gekommen, dass Ihr die Leute dieser Tage etwas anderes glauben lasst, aber ich erinnere mich: Als junger Mann hattet Ihr ganz gewöhnliche Vorlieben. Wieso gönnt Ihr Euch also nicht meine Gesellschaft? Immerhin sind wir Mann und Frau.«

Allem Anschein nach wünschte sie sich nichts sehnlicher, als dass er sie auf den zweckmäßigen Möbeln dieses gemieteten Hauses vor ihrer stumpfsinnig zuschauenden Dienerschaft in Besitz nahm. Aber wie sie sich hielt, das hatte etwas Schreckliches. Starr war sie, unempfänglich, als wäre keine menschliche Wärme in ihr. Es schauderte ihn. Er selbst hatte ihr das angetan. Er hatte die Eifersucht ihres Gemahls geweckt und so den Tod ihres Geliebten herbeigeführt. Alle Hoffnung und Macht hatte er ihr genommen. Sie glaubte zwar, sie habe sich ihm aus freien Stücken zugewandt, aber in Wirklichkeit hatte sie ebenso wenig die Wahl gehabt wie Wasser, das den Berg hinabrann.

Plötzlich konnte er es nicht mehr ertragen. Ihre Fassade stieß ihn ab. Er wollte die Wahrheit wissen, einen Beweis für das, was er getan hatte. Er ließ ihre Hand los und sagte scharf: »Für mich braucht Ihr Euch nicht ins Zeug zu legen. Ich weiß, dass Ihr General Zhang geliebt habt.«

Und kurz sah er tatsächlich ihre Trauer. Aber es war, als erhaschte er einen Blick auf einen großen Unterwassersturm, der den Seetang niederdrückte und den Sand vom Meeresgrund aufwirbelte, jedoch ohne die glatte Wasseroberfläche zu stören.

»Liebe!«, sagte sie, und ihr Selbst, das leise und zornig lachte, schien vollkommen losgelöst von ihrem Leib zu sein, der durchtränkt war von salzigem Schmerz und Verzweiflung. »Wie soll es Liebe gewesen sein, wenn nur einer von uns beiden sie empfunden hat?«

Sie setzte die Fingernägel auf seine Wange. In ihrem Zorn wollte sie etwas ausweiden wie eine Leopardin. Sie genoss den Schmerz anderer, weil sie ihren eigenen nicht spüren konnte. »Doch vielleicht hat mein Gemahl recht, und Eheleute sollten einander zunächst besser kennenlernen, um zu einer gemeinsamen Harmonie zu finden. Ihr müsst wissen, Wang Baoxiang: Ich spüre es, wenn ein Mann Macht besitzt. Als Ihr noch Provinzverwalter wart und mich so viele Male besucht habt, hattet Ihr keine. Euer ganzer Ehrgeiz war darauf gerichtet, Eure Arbeit gut zu machen.« Die lackierten Spitzen ihrer Nägel bohrten sich in seine Haut, und ihr Wunsch, ihn zu verletzen, schien vorgespielt und aufrichtig zugleich zu sein. »So sagt mir: Welche Entscheidung hat Euch das Himmelsmandat eingebracht?«

War es überhaupt eine Entscheidung gewesen? Die Erinnerung brachte den Schmerz zurück – einen Schmerz so groß, dass nur noch Gleiches mit Gleichem vergolten werden konnte. Dass Instinkt die Vernunft verdrängte. Allein hatte er in Esens Ger gestanden und zugesehen, wie seine Bücher verbrannten. In der Ferne hatte er das Pferd schreien hören. Er dachte an die furchtbare, beispiellose Klarheit des Wunsches zurück, der ihn beseelt hatte, in jenem Moment, als die Geister erschienen waren. Wie ein Eissplitter war er ihm ins Herz gedrungen.

Esen sollte sterben.

Als der Mann hereingekommen war, der Ouyang hatte verraten wollen, hatte es schon kein Zurück mehr gegeben. Damals hatte die schwarze Flut ihn zum ersten Mal mit sich fortgerissen (er hatte noch nicht gewusst, dass die Finsternis einmal zu diesem unentrinnbaren Verlies des Elends und der Verzweiflung werden würde). Nie zuvor hatte er eine solche Erleichterung empfunden.

»Ihr habt mir gesagt, Ihr wollet die Dynastie der Großen Yuan vernichten«, sagte sie. »Den Thron besteigen, regieren. Aber ist es wirklich das, wonach es Euch verlangt?«

Ihm war, als wäre ihm die Brust durchschlagen worden. Wovon wusste er nicht, nur dass es die reine Qual war. Es tat so weh, dass er vorübergehend nicht einmal mehr denken konnte.

Sie lächelte, offenbar zufrieden mit der Wirkung ihrer Worte. Ihr Lächeln war so unbarmherzig wie ihre Berührung.

»Es ist schön, dass wir eine Übereinkunft haben. Aber wir sollten darauf verzichten, einander unser innerstes Wesen zu offenbaren, mein Gemahl. Ich glaube nicht, dass einer von uns beiden es ertragen könnte.«

Sie gab einer Dienstmagd ein Zeichen, und die eilte aus dem Zimmer. »Ich muss Euch meine Anerkennung aussprechen. Chen Youliangs Herausforderung hat die Belagerung beendet. Das habt Ihr sehr geschickt eingefädelt. Mein Heer steht nun bereit und stößt zu uns, sobald Ihr den Befehl gebt.«

Die Magd kam mit einem Tablett zurück, auf dem ein Päckchen lag. Die Herrin Zhang nahm es herunter, bot es ihm aber nicht sofort an. »Was den Rest Eures Plans angeht: Hier habe ich, worum Ihr mich gebeten habt. Aber seid Ihr sicher, dass Ihr nach der richtigen Rezeptur verlangt habt? Wird es falsch verabreicht, kann das Mittel gefährlich sein.«

Baoxiang pflückte ihr das Päckchen aus der Hand. Sein innerer Aufruhr hatte sich zwar gelegt, aber nun fühlte er sich leer. »Seid unbesorgt«, sagte er. »Ich weiß, was ich tue.«

☯

»Ihr seid wirklich sehr hilfreich, Herr Minister«, sagte die Herrin Ki.

Vom obersten Balkon der Tempelpagode hatte man einen weiten Ausblick über den spiegelglatten See mit seinem steifgefrorenen Schilfgürtel. Die Marmorbrücken beschrieben elegante weiße Bögen zwischen den schneebedeckten Inselchen. Klagend rief ein Vogel, den Baoxiang noch nie gehört hatte. So hoch oben waren sie, dass er die Dächer des Palastes des dritten Prinzen sehen konnte, nahe der Westmauer der Kaiserstadt. Dahinter breitete sich Khanbaliq selbst aus. Bäume und Häuser lagen unter Schnee begraben, und so glich die Stadt von hier aus weniger einer Miniatur und mehr einer Ruine.

»Ich habe das Mittel einer Prüfung unterzogen«, fuhr die Herrin fort und betrachtete ihn abschätzend. Auch er wurde gerade einer Prüfung unterzogen: Sie wollte wissen, ob er es als Kränkung empfand, dass sie Vorbehalte gehabt hatte. Aber er erwiderte ruhig ihren Blick. Er wusste ja längst, dass sie nichts auf gut Glauben hinnahm. Er schmeckte noch immer die Finger ihres Handlangers im Mund.

Dann lächelte sie – er hatte bestanden. »Es hat ausgezeichnet gewirkt! Meine Prüferin fand es ununterscheidbar von normalem Tee. Woher habt Ihr es?«

»Von einer Kurtisane, die ich kenne.« Baoxiang blickte über Khanbaliq und sah vor seinem geistigen Auge nicht Ruinen, die mit der Zeit versanken – nein, die Erde selbst erhob sich, als wollte die Unterwelt die Stadt umarmen. Sie stieg an den Baumstämmen hoch, an den Glocken- und Trommeltürmen, den Begrenzungsmauern, höher und immer höher, bis selbst die Ziegel der Dächer begraben lagen. »Eine Freundin.«

»Man lobt die Kurtisanen Khanbaliqs, das weiß ich wohl. Allerdings habe ich auch gehört, ihnen fehle die Finesse der Damen aus Lin'an.« Nachdenklich fügte sie hinzu. »Ich habe nie eine Kurtisane getroffen. Aber nach der Wirksamkeit der Arznei zu urteilen, kennt Eure Freundin sich gut aus.« Ihre naive Neugier erstaunte Baoxiang. Doch dann wurde ihm klar, dass eine Gemahlin des Großkhans beinahe ihr gesamtes Erwachsenenleben innerhalb der Mauern der Kaiserstadt verbrachte. Die einzige Ausnahme waren Ausflüge in der Gesellschaft des Großkhans. Die Herrin Ki hatte ebenso wenig Freiheit, die äußere Stadt oder gar andere Orte zu besuchen, wie eine Gefangene.

»Nun kann ich mich um die Angelegenheit mit der Kaiserin kümmern. Lieber früher als später, dann sieht es natürlicher aus.« Sie verließ den Balkon und stieg vor ihm die Stufen im Inneren der Pagode hinunter. Ihre zügigen, trittsicheren Schritte kamen Baoxiang verstörend männlich vor. Er hatte sich bereits wieder an die winzigen, schwankenden Schrittchen der Herrin Zhang gewöhnt – anmutig, aber mit einem Anklang von Zögerlichkeit, die dem Betrachter ihre Zerbrechlichkeit auf angenehme Weise ins Bewusstsein rief. Vor dem Schrein kniete die Herrin nachlässig nieder. Als Baoxiang ihrem Beispiel folgte, sagte sie: »Doch vorher muss ich Euch ein weiteres Mal um Euren Beistand bitten, Herr Minister.«

Durch die offene Tür sah er die Eunuchen der Herrin auf den Tempel zukommen. Zwischen sich schleppten sie eine zusammengesunkene Frau. Herein brachten sie sie nicht: Selbst die Herrin Ki schreckte davor zurück, einen Tempel durch die Gegenwart von Eunuchen und blutenden Frauen zu entweihen.

»Wie Ihr sehen könnt, hat Euer Mittel eine kleine Schweinerei angerichtet.« Die Herrin erhob sich. »Ich gehe zuerst. Ich vertraue darauf, dass Ihr Euch darum kümmert.«

Die Zofe war noch am Leben. Vermutlich hatte ihre Herrin eben das wissen wollen: ob Baoxiang ihr Gift untergeschoben hatte. Das Gesicht der jungen Frau war vom Weinen geschwollen, und man hatte sie mit einem Stoffstreifen geknebelt. Nicht den Ruf eines Vogels hatte er vom Balkon aus gehört, sondern gedämpfte Schreie. Auf dem blasslila Dienstgewand hob sich das Blut deutlich ab.

Armes, törichtes Ding. Er konnte sich die unschuldige Freude der Hofdame vorstellen, als sie ihre Schwangerschaft gestanden und die Herrin sich warm und mitfühlend gegeben hatte. Gewiss war ihr Liebster eine der Wachen, und sie hatte der Herrin Ki erzählt, dass sie heiraten wollten, sobald sie beide den Palast verlassen hatten. Dass sie sich noch mehr Kinder wünschte, Wohlstand und ein glückliches Leben. Bei dem Gedanken krampfte sich Baoxiangs Magen zusammen. Wer wagte es, sich ein glückliches Leben zu erhoffen? Nur Menschen, die immer zu gut behandelt worden waren und nie erfahren hatten, wie grausam die Welt war.

Doch er empfand keine Verachtung, sondern Schmerz. Dass die Herrin Ki das Mittel ausprobieren würde, hatte er erwartet, aber nicht, dass es auf diese Weise geschehen würde – dass so viel Trauer, Verlust und Leid daraus entspringen würden. Trotzdem verstand er nicht, weshalb ihm das so wehtat. Er hatte selbst schon so vielen Menschen Elend gebracht.

Er kniete noch immer vor dem Schrein, da stieg Seyhan über das zusammengekrümmte Mädchen auf der Schwelle und kam herein. Er blickte sich neugierig um, jedoch ohne die übliche Wandlung durchzumachen: Gewöhnlich beschwerte Tempelgänger die Last ihrer Ehrfurcht. Kurz war Seyhan in Baoxiangs Augen wieder ein Fremder, ein Ausländer: Er hatte einen anderen Glauben und existierte somit jenseits der Weltordnung.

Was natürlich auch der Grund war, aus dem er Baoxiang so unentbehrlich war. »Bring das Mädchen zu meiner Gemahlin. Sieh zu, dass es gut versorgt wird.«

Seyhan warf einen Blick auf die weinende Zofe in dem blutfleckigen Kleid. »Mir scheint, die Herrin Ki hat Euch um etwas anderes ersucht.«

»Wenn sie herausfindet, dass ich ihren Befehl missachtet habe, lässt sie uns beide umbringen.« Baoxiang erhob sich und klopfte sein Gewand ab. »Sei also vorsichtig.«

»Das bin ich immer.« In den blassen Augen des Sekretärs blitzte jene Unbarmherzigkeit auf, die Baoxiang sich oft zunutze gemacht hatte. Wie viele Menschen hatte Seyhan still und verlässlich auf sein Geheiß ausgelöscht? »Ich nehme an, Ihr habt Eure Gründe.«

Im Geiste sah Baoxiang eine Parade aus Gesichtern vorüberziehen: die lebhafte junge Frau mit den Grübchen, die Zwillingsschwestern im Dienst der Herrin Zhang, den Minister. Er hatte sie nicht umgebracht, ihnen nicht einmal ein

Haar gekrümmt. Und doch waren sie seinetwegen gestorben. Er war verantwortlich, und ganz gleich, wie er sich deswegen fühlte: Es ließ sich niemals ungeschehen machen.

»Vielleicht will ich ja nur etwas Gutes tun«, sagte er bitter.

Esen ging fort, den langen Korridor hinunter, aber sie waren im Palast des dritten Prinzen, daher wusste Baoxiang, dass er träumte. Er schien klein zu sein, als wäre er wieder ein Kind. Esen dagegen war erwachsen, aber nicht aus Fleisch und Blut – er war ein Geist.

Mehr und mehr verschwand er im Halbdunkel. Bog er um die Ecke, würde er verschwunden sein. Baoxiang eilte ihm nach und rief, obwohl er wusste, dass es vergebens sein würde: »Bruder, warte!« Er war verzweifelt. Er konnte Esen nicht einholen: Seine Beine waren nicht lang genug, und er war zu schwächlich. Er hatte das furchtbare Gefühl, Esen enttäuscht zu haben. »Es tut mir leid, ich wollte das nicht! Ich wollte nicht böse sein. Nächstes Mal gebe ich mir mehr Mühe ... Du musst nie wieder wütend auf mich sein! Bitte lass mich nicht zurück ...«

Esen wandte sich um. Er trug seine Prunkrüstung. Ein schwarzer Umhang mit Pelzbesatz hing ihm von den Schultern. Der Anblick war überhaupt nicht ungewöhnlich, und doch erfüllte er Baoxiang mit erbärmlichem Grauen. Was einst so vertraut, hatte sich unmerklich in etwas Unbekanntes, Unbegreifliches verwandelt, und er wusste: Es gab keinen Weg, es wieder rückgängig zu machen.

Esens Bart und seine Zöpfe waren schwarz, aber in seinen Augenwinkeln zeichneten sich Fältchen ab, auch wenn er nicht lächelte. Kleine, alltägliche Spuren menschlicher Verletzlichkeit. Er war immer so viel in der Sonne gewesen. Nun blickte er über Baoxiangs Kopf hinweg, als wartete in der Ferne etwas auf ihn, das wichtiger war als Baoxiang.

Selbsthass übermannte ihn. Er wusste, er verdiente es nicht besser. Sogar er fand seine verzweifelten Versuche, sich an Esen zu klammern, bedürftig, unwürdig und lästig. Aber er konnte es nicht lassen. Er musste Esen erklären, weshalb er so gehandelt hatte, wollte sein Gesicht mild werden sehen, weil er ihn verstand. Natürlich wusste er, dass das unmöglich war. Auf keinen Fall durfte er in Tränen ausbrechen. Esen hasste das, so wie er alles an Baoxiang hasste. Lieber hätte er gar keinen Bruder gehabt als den, mit dem er gestraft war. Ganz gleich, wie Baoxiang sich anstrengte – Esen verabscheute ihn bloß noch mehr.

Da schaute Esen auf ihn herunter und sagte ernst: »Ich hasse dich nicht, Baoxiang.«

Weinend erwachte er. Die Schluchzer schüttelten ihn wie Krämpfe. Er wusste nicht, wo er war; er hatte den Eindruck großer Weite, aber alles war schwarz. Esen, der Korridor – er hatte es geträumt. Doch er wusste ohne jeden Zweifel: Das war keine Erinnerung gewesen, keine Halluzination eines Schläfers. Er hatte Esens Geist in seinen Traum gerufen. Esen selbst hatte zu ihm gesprochen. Er bekam keine Luft, so heftig weinte er. In seiner Brust saß ein unerträglicher Schmerz, und in dieser schwarzen Weite würde er gewiss ewig währen.

Sein eigenes Keuchen weckte ihn. Seine Wangen waren trocken. Er lag neben dem dritten Prinzen in dessen schattenverhangenem Schlafgemach. Ein Traum im Traum, nichts weiter. Als zerrisse ein Vorhang vor seinen Augen, sah er nun, wie dumm und unvernünftig das war, was sein träumendes Selbst so sehnlich hatte glauben wollen. Natürlich hatte er Esen nicht wirklich gesehen! Nichts von alledem war real gewesen.

Noch immer hatte er Schwierigkeiten zu atmen. Die Traumgefühle waren ihm ins Wachsein gefolgt wie ein Spuk. Er war den Tränen nahe, und das war so widersinnig, dass es ihn rasend machte. Warum konnte er sich nicht zusammennehmen?

Er wusste doch, wie es eigentlich war! Esen hatte ihn gehasst. Weshalb sollte sein Verstand ihn mit der wilden Fantasie quälen, es sei anders? Es ihn gar glauben machen, sodass er wollte, es sei so? Mühsam setzte er sich auf.

Der Prinz regte sich, erwachte aber nicht. Er warf allerdings einen Arm über die Stelle, an der gerade noch Baoxiang gelegen hatte. Wäre das Gleiche in jener Nacht geschehen, in der er zur Herrin Zhang weitergeritten war, hätte er sich davon abhalten lassen? Nicht dass die Antwort jetzt noch von Bedeutung war. Er umschlang seine angezogenen Knie, krampfartig zitternd. Was getan war, ließ sich nicht mehr ungeschehen machen.

Draußen hörte er fernen Hufschlag, der langsam näher kam. Wahrscheinlich war er deswegen aufgewacht. Und war es nicht äußerst passend, dass es gerade jetzt so weit sein sollte, in der kalten Stille zwischen der dritten und vierten Wache? Es war die Stunde der Nacht, in der Kinder geboren wurden und Menschen starben. Die Finsternis schien endlos, und niemand glaubte, dass einst wieder Morgen werde.

Schließlich gelang es ihm, sich anzukleiden. Er schlüpfte in den langen, kalten Korridor hinaus. Vielleicht war es sogar derselbe wie in seinem Traum. Der Geist folgte ihm, aber er blickte sich nicht um.

Er ging ins Gästezimmer und wartete darauf, dass der Bote den Haushalt weckte und seine Nachricht überbrachte: Die Kaiserin war tot.

☯

Als Baoxiang und der dritte Prinz die Halle des großen Glanzes erreichten, kniete die Herrin Ki bereits am Fuß der Treppe im Schnee. Sie trug nur ihr weißes Untergewand, und das Haar fiel ihr offen über die Schultern. Zwar hatte es aufgehört zu schneien, aber es war, als hinge noch immer ein regloser weißer Schleier in der Luft, hinter dem alles verschwand. Allein die Halle des großen Glanzes existierte noch; die übrigen Palastgebäude, die Mauern, die Stadt dahinter – alles war ausgelöscht. Einst das Herz der Welt, stand die Halle nun inmitten einer grenzenlosen Leere. Die roten Säulen hoch über ihnen glichen lang hingeschmierten Streifen aus Blut.

Trotz ihrer Erschütterung hatte die Herrin Ki Haltung bewahrt. Sie wirkte klein in dieser gewaltigen weißen Ödnis, eine jadeblasse, zerbrechliche Schönheit, der jederzeit die Sinne schwinden konnten. Ihr gequälter Blick hing am Großkhan, der wutentbrannt oben auf der Treppe stand und auf sie herabstarrte. Stumm flehte sie ihn an, sich seiner Zuneigung zu entsinnen und zu erkennen, dass sie unschuldig war.

Der dritte Prinz drängte sich durch die Menge der Beamten, rannte auf die Treppe zu und warf sich neben seiner Mutter nieder. Die Herrin Ki warf ihm nicht einmal einen flüchtigen Blick zu, doch Baoxiang sah, wie ihre Schultern sich verspannten. Sie wollte den Prinzen nicht an ihrer Seite haben, weil sie fürchtete, er werde ihre Lage noch verschlimmern.

»Der dritte Prinz soll zurücktreten!«, bellte der Großkhan und machte eine zornige Geste, als könnte er ihn so tatsächlich beiseitestoßen. Der Prinz zögerte, hoffte vielleicht, die Herrin Ki möge seine Gegenwart auf irgendeine Weise zur Kenntnis nehmen. Endlich erhob er sich und wich ein paar Schritte zurück. Ihm war deutlich anzusehen, wie verletzt er war. Durch den Tod der Kaiserin war er nun wieder der einzige männliche Nachkomme des Großkhans – doch er war so ungewollt wie eh und je. Einsam stand er im endlosen Weiß zwischen seiner flehenden Mutter und der rostbraunen Ansammlung der Beamten. Es wirkte, als triebe er in einem Meer.

Baoxiang wurde mit einem Mal bewusst, dass er etwas hörte: ein fernes Geräusch, so leise, dass er es kaum wahrnahm. Angestrengt horchte er darauf. Es war von quälender Unregelmäßigkeit, und er konnte es nicht identifizieren. Aber was es auch war, es war nichts Alltägliches, nicht das Tönen gehöhlter Bambushölzer eines fliegenden Händlers, das ihn an das Geräusch aus seinem Traum lediglich erinnerte. Eisiges Entsetzen wühlte in seinem Inneren, denn er wusste: Es *war* das Geräusch. Und wenn er es erst richtig hörte – wenn er herausfand, was es war –, dann würde etwas Unerträgliches geschehen.

Seyhan schlängelte sich durch die Beamten und blieb dicht neben ihm stehen. »Alles ist bereit«, raunte er. »Aber warum hat sie die Kaiserin umgebracht? Ich dachte, sie wollte bloß so diskret wie möglich eine Fehlgeburt herbeiführen.«

Abgelenkt erwiderte Baoxiang: »Das wollte sie auch.«

»Hat die Arznei nicht gewirkt, wie sie sollte? Bei der Zofe hat es doch geklappt!«

Auf der Treppe brüllte der Großkhan: »Diese Gemahlin verlässt sich zu sehr auf Unsere Güte und Gunst, dass sie es wagt, Unserer kaiserlichen Person und dem Reich Groß-Yuan solch einen schlechten Dienst zu erweisen!«

»Die Kaiserin war nicht schwanger«, sagte Baoxiang. »Sie hat gelogen. Es war ihre einzige Chance, ihren Titel zu behalten. Der Großkhan hätte sonst die Herrin Ki zu seiner Kaiserin gemacht. Richtig angewandt, wirkt das Mittel sehr gut. Aber es bringt auch Gefahren mit sich – die Frauen, die es regelmäßig einnehmen, wissen darum: Nimmt man es ein, ohne schwanger zu sein, vergiftet man sich damit.«

Er konnte das Geräusch nicht ignorieren. Es erschien ihm vage wie Musik, aber die Töne klangen flach und leer. Es konnte unmöglich die Musik atmender Menschen sein. Zum ersten Mal seit seiner Kindheit wollte er sich zusammenkauern, sich die Ohren zuhalten und gegen das Entsetzen anschreien. Die Angst schüttelte ihn. Seine Haut war klamm vor Schweiß, als wäre er selbst der Vergiftete. Er fühlte sich, als würde jeden Moment etwas in ihm zerspringen. »Dieses verfluchte Geräusch!«, brach es aus ihm hervor. »Es treibt mich noch in den Wahnsinn ...«

Die Herrin Ki raufte sich die Haare und weinte. In der Geschichte Groß-Yuans hatte vielleicht noch nie eine Frau beim Weinen so schön ausgesehen. Die Winterkälte steigerte ihren Liebreiz noch, verlieh ihr die bezaubernde Zerbrechlichkeit eines Eiszapfens. Dies war nicht nur eine hervorragende Darbietung; es war das Bravourstück der einzigen Frau zwischen den vier Ozeanen, der es gelungen war, die Aufmerksamkeit des Himmelssohns nicht nur zu gewinnen, sondern zu fesseln.

»Diese Unwürdige wird dem Großkhan bis in den Tod treu ergeben sein«, sagte sie mit leisem, herzzerreißendem Stolz. »Nie hat sie ihm einen Augenblick des Kummers gewünscht! Sollte es wirklich ihr Schicksal sein, diesen falschen Anschuldigungen zum Opfer zu fallen, so wird sie ihre Strafe gern hinnehmen – ist es doch in diesem Leben ihre letzte Gelegenheit, ihrem geliebten Gemahl, dem Großkhan, zu dienen!«

Seyhan runzelte die Stirn. »Welches Geräusch?«

»Falsche Anschuldigungen?«, donnerte der Großkhan. »Hat sie denn nicht vor Neid auf die Schwangerschaft der Kaiserin gebrannt?«

»Wie hätte diese Frau etwas anderes empfinden können als Freude darüber, dass ihre Schwester, die Kaiserin, mit einem Kind des Großkhans gesegnet war?«, rief die Herrin Ki. »Um die Gesundheit der Kaiserin und ihres Ungeborenen habe ich gebetet! Einen Sohn habe ich erfleht, auf dass Eure Hoheit seinen Thronfolger selbst hätte bestimmen können! Es hat mich nie danach verlangt, die Frucht meiner eigenen Lenden triumphieren zu sehen. Stets lag mir nur das Gedeihen und die Ewigkeit unseres Reiches am Herzen!«

»Dieses Klappern und Tönen!«, stöhnte Baoxiang. »Hörst du es denn nicht? In weiter Ferne. Horch!« Es durfte nicht sein! Das Geräusch gehörte in seine Träume, wo er ihm entfliehen konnte. Dass er es hier und jetzt vernahm, kam ihm verheerend vor, als wäre sein Inneres nach außen gekehrt. Was einst in ihm verschlossen, strömte nun aus ihm heraus. Aufgehoben war die Trennung zwischen Traum und Wirklichkeit, innen und außen, der Finsternis und ihm selbst. In seiner Herzensangst keuchte er.

Bei der Rede der Herrin Ki hatte der dritte Prinz die Schultern hochgezogen. Er liebte seine Mutter mehr als jeden anderen Menschen auf der Welt. Aus ihrem Mund zu hören, was er im Stillen bereits gewusst hatte, wog schwer. Zuvor hatte er gehofft, wenn auch nicht mehr geglaubt, diese Hoffnung könne sich noch verwirklichen. Wer ihn nun anschaute, wurde Zeuge, wie selbst diese letzte, zaghafte Hoffnung erlosch.

Doch die Miene des Großkhans war weich geworden, so machtvoll war die Darbietung der Herrin Ki. Und vielleicht hätte sie sich sogar retten können – unter anderen Umständen.

Unter den Beamten in ihren schwarzen Hüten brach Unruhe aus, und dann teilte sich die Menge, um eine zierliche Frau durchzulassen – entsetzt und angewidert wichen die Männer vor ihr zurück. Wie ihre Herrin Ki war die Zofe nur mit einem Untergewand angetan, doch war es nicht länger weiß. Die großen rötlich-braunen Flecken darauf waren getrocknet und hatten den Stoff des Rocks so steif werden lassen, dass der Saum über den Schnee schabte, ein Geräusch so rau wie Baoxiangs mühsamer Atem.

»Was ist Euch?« Seyhan ergriff seinen Arm und stützte ihn. Er wirkte besorgt, aber auch verwirrt. »Es läuft doch alles wic am Schnürchen! Seid Ihr krank?«

In einigem Abstand zur Herrin Ki kniete die Zofe nieder, ohne ihre ehemalige Gebieterin anzublicken. »Diese demütige Dienerin wagt es, vor dem Großkhan Zeugnis gegen die Kaisergemahlin abzulegen, die Herrin Ki. Heimlich und wider meinen Wunsch gab sie mir ein Mittel ein, das wie gewöhnlicher Tee schien. Es hat mein ungeborenes Kind in dieses Blut verwandelt, das Eure Hoheit vor sich sieht!«

Der Großkhan fuhr zurück, als sie den Rock mit den schrecklichen Flecken darauf ausbreitete. Nun war seine Miene nicht mehr weich. »Ist das wahr?«, fuhr er die Herrin Ki an. »Hat sie dieses Mittel auch der Kaiserin gegeben und sie damit ermordet?«

Ein Wind kam auf und trieb Schnee über den Platz. Baoxiang war zumute, als stürzte er in die weiße Leere, gleich einem taumelnden Wanderer, der den Horizont aus den Augen verloren hat und nicht mehr weiß, wo oben und unten ist. Plötzlich wünschte er verzweifelt, die Herrin Ki möge ihn anblicken. Wollte sie ihn doch nur so beschuldigend und hasserfüllt anschauen, wie er es verdiente! Dann hätte er etwas, an dem er sich orientieren könnte. Wie ein Wegweiser würde es ihn zurückführen zu jenem Selbst, das vor langer Zeit nachtschwarz dafür gebrannt hatte, der Welt den Untergang zu bringen.

Aber die Herrin Ki hatte keine Zeit für ihn. Ihre Sorge galt einzig und allein ihrem eigenen Überleben. »Eure Hoheit, hört nicht auf die unbesonnenen Worte dieser Dienerin! So viele Unglückliche verlieren in der frühen Schwangerschaft ihre Kinder ... Unter Frauen ist diese tragische Tatsache wohlbekannt. Und auch die kaiserlichen Ärzte wissen es! Das trauernde Herz dieser Elenden sucht nach einer Erklärung, weshalb sie ihr Kind verloren hat. Und da es keine gibt, richtet sie ihren Zorn gegen mich.« Die Darbietung der zerbrechlichen Schönen geriet ins Wanken: Ihr ungeheurer Überlebenswille verwandelte die Herrin Ki zurück in weißen Stein. »Die Umstände selbst strafen sie Lügen! Hätten wirklich meine Zofe und die Kaiserin dasselbe Mittel genommen, weshalb sollte die eine ihr Kind verlieren, die andere aber ...«

Kurz spiegelte sich Begreifen in ihrem Gesicht. Sie überdeckte es sofort, war jedoch nicht schnell genug. Auf den

Zügen des Großkhans zeigte sich hämische Bitterkeit. So sah er dem dritten Prinzen unwahrscheinlich ähnlich. »Durchsucht die Gemächer der Kaisergemahlin.«

Es dauerte nicht lange, bis die Eunuchen zurückkehrten. Hätte die Herrin Ki nur den Beweis vernichtet – doch wer hätte schon eine derart nützliche Waffe aus der Hand gegeben? Die Eunuchen präsentierten der Zofe einige Päckchen, und sie deutete ohne zu zögern auf das richtige.

Andere Eunuchen hatten ein Tablett mit einer Teekanne und einem einzelnen Becher geholt.

»Wenn es nur Tee ist«, sagte der Großkhan, »dürfte es niemandem schaden, davon zu trinken, nicht wahr?«

Während der oberste Eunuch des Großkhans den Tee braute und dann den dampfenden Becher brachte, kniete die Herrin Ki still da, den Kopf hoch erhoben, stolz bis zuletzt. Denn dies wusste sie: Sie mochte verloren haben, hatte ihre Hand jedoch so gut ausgespielt, wie es einer Frau nur möglich war.

Doch als sie nach dem Becher greifen wollte, sagte der Großkhan kalt: »Nicht sie.« Er ließ die Herrin Ki nicht aus den Augen. Sein Blick war feindselig. Zu seinem Eunuchen sagte er: »Bringe er ihn dem dritten Prinzen.«

Es war erschütternd, die Herrin Ki brechen zu sehen. In einem einzigen Augenblick zersprang die Maske, die sie ihr ganzes Leben lang getragen hatte. Darunter kam die Wahrheit zum Vorschein, der einzige Verrat, den der Großkhan ihr niemals würde vergeben können: dass sie ihren Sohn mehr liebte als ihn. »Nein!«, schrie sie.

Der oberste Eunuch eilte zum Prinzen und bot ihm mit einer Verneigung das Tablett dar, auf dem der Becher stand. Zögernd schaute der Prinz zwischen seinen Eltern hin und her.

Baoxiang rasselte der eigene Atem in den Ohren, und trotzdem hörte er noch immer das Geräusch. Es kam von überallher, schlug über ihm zusammen wie der Ozean, und er wusste, er würde ertrinken.

Damals, auf der unglückseligen Frühjahrsjagd des Großkhans, hatte der traurige, verzweifelte Jüngling ihn über die Bankettische hinweg beobachtet, fasziniert und abgestoßen zugleich. Schon in dem Moment hatte Baoxiang vor sich gesehen, was er damit anfangen könnte – und wie es enden würde.

Nun wandte er sich ab, doch vor seinem geistigen Auge sah er alles so klar und deutlich, als wären Visionen eine weitere Gabe des Mandats. Der dritte Prinz packte den Becher, den Rücken seiner Mutter zugekehrt. Ihr Protest kam zu spät. Sie hatte selbst dafür gesorgt, dass ihr Sohn sich nicht mehr vorstellen, geschweige denn glauben konnte, sie habe ihr Leben für ihn riskiert und immer alles nur für ihn getan.

Baoxiang sah den Prinzen den Becher heben, als wollte er dem Großkhan zutrinken; eine bittere Geste. Er sah, wie er ihn leerte.

Die Welt verschwamm, als quölle ihm die Schwärze aus den Augen. Er bewegte sich ohne Willen, torkelte und stolperte durch den Schnee wie eine Puppe mit gebrochenen Gliedern, vorwärtsgetrieben von einem einzigen blinden Bedürfnis: dem Tod des dritten Prinzen zu entkommen.

Er wollte fort, nur fort von dem, was er getan hatte und nie würde ungeschehen machen können.

☯

Taumelnd kam Baoxiang in dem Durchgang zwischen den hohen Mauern zum Stehen. Hier lag alles in eisigem Schatten. Stiefel und Hufe hatten den Schnee zerwühlt, aber darunter lag nur weißer Sand, so ununterscheidbar vom Schnee wie gebleichte Knochen. Vom Platz war ein dünner, hoher Schrei zu hören: die Klage einer Mutter. Er schien zum Himmel aufzusteigen wie eines jener Bänder, mit denen die Tänzer aus Goryeo auftraten.

Alles drehte sich um ihn. Er hatte das furchtbare Gefühl, nicht zu wissen, ob er wachte oder schlief. Er war in einem Albtraum gefangen, ebenjenem Traum, aus dem er stets auffuhr. Ein weiteres Mal geschah, was bereits geschehen war, und er konnte nicht entfliehen. Er träumte, aber der Traum war zugleich eine Erinnerung. Schon einmal hatte er sich abgekehrt.

Er erinnerte sich an jene Woge wilden Triumphs, die ihn mitgerissen hatte, fort von Esen und Ouyang auf der zerbrochenen weißen Marmorbrücke, die Stufen zum Pavillon hinauf und hinein in Bianliangs verfallene Halle der Kaiser. *Nun heißt es Abschied nehmen, Bruder.* In seiner ungewohnten schweren Rüstung war er sich stark und grausam vorgekommen: ein Obsidianmesser, das beinahe schon schnitt, ehe es die Haut berührte. Wilde Schauer, die ihn durchjagten, während er durch die Halle schritt. Der Ausdruck auf Esens Gesicht bei der Enthüllung, wie Baoxiang unbemerkt Ouyang bei seinem Verrat unterstützt hatte! Köstlich, dieser Anblick. Was für eine Freude: Er hatte Esen wehgetan! Genau das hatte er gewollt. Ewig würde er sich an diesen Augenblick erinnern!

Er war schon beinahe am gegenüberliegenden Ausgang angekommen, da traf ihn die Erkenntnis wie ein Blitz aus heiterem Himmel. Zunächst war es ein rein körperliches Gewahrsein: das Grauen, etwas Entscheidendes übersehen zu haben, etwas so Wichtiges, dass die ganze Welt zu erstarren schien.

Esen würde sterben.

Er strauchelte. Esens Tod war der Zweck all seines Strebens gewesen; das Ziel, auf das sein Zorn ihn zugetrieben hatte. Wieder und wieder hatte er sich die Genugtuung ausgemalt, die er empfinden würde, einen Blutgeschmack martialischer Freude im Mund. Aber er hatte nicht wahrhaftig begriffen, was es bedeuten würde.

Ihm war, als risse ihn etwas herum und zurück durch die Halle. Eine furchtbare Verzweiflung hatte sich seiner bemächtigt. Wie in einem Albtraum schien er kaum voranzukommen; er mühte sich, stolperte auf die große Doppeltür zu, die sich auf den weißen Himmel und die blutrote Wildnis darunter öffnete. Er musste es schaffen, musste Esen erreichen, auch wenn er nicht wusste wofür.

Aber er überquerte die Schwelle nicht.

Während er in der Tür stand, wehte ein unheimliches, melodiöses Klacken zu ihm herab. Im Dachgewölbe der verfallenen Halle hingen Bambuswindspiele. Sie waren so alt, dass ihre Töne trocken und hohl klangen. Willkürlich wurden sie lauter und verklangen, nur um jäh wieder einzusetzen. Unerbittlich strich der Wind durch die Halle und läutete die Windspiele. Und Baoxiang blickte auf die Verheerung hinab, die er selbst angerichtet hatte.

Esen war bereits einmal zuvor gestorben: in jenem Sommergewitter ihrer Kindheit, als Baoxiang im Griff des Vaters auf dem Innenhof vor Angst und Trauer geschrien und geweint hatte. Er wusste noch genau, wie überwältigend sein Schmerz gewesen war. Er hatte es nicht nur geglaubt, sondern in tiefster Seele gewusst: Die Welt war zu Ende gegangen.

Am nächsten Morgen war er in Esens Zimmer geschlichen und hatte ihn im Bett liegen sehen. Er musste nach dem Sturm nach Hause gekommen sein. Selbst im Schlaf hatte sein unversehrter Leib vor Lebendigkeit geradezu gebebt. Baoxiang war aufs Bett geklettert und hatte sich neben ihn gesetzt. Den Tränen nah hatte er Esen angeschaut, fassungslos und beinahe verehrungsvoll.

Als Esen erwacht war, hatte er schläfrig gelächelt. »Baoxiang. Was ist denn los?«

Er hatte nicht gewusst, dass er gestorben und ins Leben zurückgekehrt war. Dass ein Wunder geschehen war.

Dieses Mal würde kein Wunder Esen retten.

Ouyang wiegte Esens Leichnam in den Armen. Über den weißen Marmor hatte sich eine blutrote Flagge gebreitet. Die Windspiele tönten, ihr geisterhafter Klang verlieh der Szene etwas Unwirkliches. Esen war immer da gewesen. Ganz gleich, was Baoxiang in Hinblick auf ihn gerade empfunden haben mochte – Esen war *da* gewesen. Anders konnte er es sich nicht einmal vorstellen. Und doch war eingetreten, was er sich mit der Kraft seines Zorns und seines Schmerzes herbeigesehnt hatte. Dabei hätte es unmöglich sein müssen!

Nun vermischte sich die Geistermusik jener Windspiele mit der Klage der Herrin Ki. Baoxiang war nur mehr ein Fleck auf der Oberfläche einer schwarzen Sonne, ein Fetzen Baumwollstoff über einem Gefühl so gewaltig, dass er nicht imstande sein würde, es zurückzuhalten. Er erinnerte sich, wie er im Dunkeln neben dem dritten Prinzen gelegen hatte. Warm und lebendig war er da noch gewesen, und Baoxiang hatte erwogen, sein Vorhaben aufzugeben. Aber das hatte er nicht getan. Und nun war der Prinz tot, und es ließe sich niemals ungeschehen machen.

Er zitterte so sehr, dass es ihn schüttelte. Der Geist! Der hatte ihn vorwärtsgetrieben, als er schon hatte aufhören wollen. Und jetzt, davon war er plötzlich überzeugt, *beobachtete* er ihn. Das schwarze Meer kochte in ihm auf, drohte ihn zu zerreißen. Nie zuvor hatte er solche Qual empfunden, und es war alles die Schuld des Geistes! Die Sturzflut aus Leid und Schmerz, die sich aus ihm in die Welt ergossen hatte: Der Geist hatte ihn zu alledem gezwungen. Baoxiang brannte vor Wut, kannte nichts anderes mehr. Er hörte sich schreien: »Ich hasse dich, ich hasse dich, ich hasse dich! *Ich hasse dich!*«

Nur war das eine Lüge. Es hatte nie gestimmt.

Die Schwärze, die aus ihm hervorbrach, war sein eigener Untergang, das schrecklichste Gefühl der Welt. Aber Wut war es nicht. Auch nicht Rachedurst oder Abscheu. Nein, was er für Zorn gehalten hatte, war nur eine scharfe Kante gewesen, hochgedrückt von dem gewaltigen Gefühl darunter, das immer weiter angeschwollen war, so unerträglich schmerzhaft wie der freiliegende Nerv eines Zahns.

Er hatte Esen nicht gehasst. Geliebt hatte er ihn, sogar dann, wenn Esen ihm wehgetan hatte. Er hatte nicht einmal aufhören können, als Esen ihn nur noch hasserfüllt angeschaut hatte. Und deswegen war sein Schmerz so unvorstellbar groß. Man konnte ihn nur begreifen, wenn man ihn empfand.

Er kauerte im Schnee an der Mauer. Nun drückte er seine Wange gegen den eisigen Stein und weinte bitterlich. Er sah nichts als Schwärze. Sie schien aus ihm hervorzuquellen wie aus einer Wunde, die unstillbar blutete: schwarzes Blut, giftiges Blut, Finsternis und Zerstörung.

Ihm war, als ließe sich der Geist auf der anderen Seite der Mauer nieder und lehnte sich durch den Stein hindurch, bis seine Wange an Baoxiangs lag. Die todeskalte Berührung war eine elende Pein. Ein Schmerz, der niemals abklingen würde.

Wäre der Geist nicht gewesen, er hätte nichts von alledem getan. Nie hätte er Menschen verraten und zu Tode kommen lassen, die ihm etwas bedeuteten. Er hätte nicht einmal das Mandat! Doch was blieb ihm anderes übrig? Es war die einzige Möglichkeit, Esen seinen Schmerz nachempfinden zu lassen.

Wenn du ihn erst spürst, verstehst du mich.

17

POYANG HU, UNWEIT NANCHANGS

An den Ufern des schmalen Flusses wuchs ein dichter Gürtel weißen Schilfs, der mit dem Nebel verschmolz. Es schien, als glitten sie durch reines Weiß. Zhus Schiffe bildeten eine Kolonne. Der Wind war gerade stark genug, um sie vorwärtszutreiben, ohne dass gerudert werden musste. Die gelatteten Papiersegel knarrten, wenn die Besatzungen – Fangs Piratinnen – kleine Anpassungen vornahmen. Auf den mittleren und unteren Decks standen die Geschütze, und auch Zhus Männer drängten sich dort. Ihr Flaggschiff mit den weißen Masten, das größte der Flotte, segelte an der Spitze der Flotte. Ein kleines, wendiges Lotsenschiff mit einer Laterne am Heck führte es.

Zhu stand mit Xu Da auf dem Oberdeck, vorn an der Reling. Es hatte neun Tage gedauert, mit der Flotte von Yingtian den Fluss Yangzi hinaufzufahren. Ihre Späher hatten ihr berichtet, dass Chen sie bereits auf dem Poyang-See erwartete: unweit der gefallenen Stadt Nanchang, am Zufluss des Gan, der den See mit dem Yangzi verband. Er erwartete offenbar, dass sie über diesen Weg kam: Das würde sie zwingen, ihm direkt zu begegnen. Doch ohne Ouyang und sein Heer wäre ein Frontalangriff glatter Selbstmord gewesen.

Nein – ihre einzige Chance bestand darin, Chen zu überraschen. Deshalb zwängte sich ihre Flotte nun durch einen der kaum bekannten Nebenflüsse auf den See zu. Eigentlich war er zu schmal. Wären die Piratenschiffe nur ein wenig größer gewesen, hätten sie ihn nicht befahren können. Selbst so war es ein Wagnis: Dicht unter der grünen Wasseroberfläche lagen Sandbänke verborgen. Es waren kleine Schiffe, aber keine Flussschiffe mit flachen Rümpfen. Blieb eins mit dem Kiel in einer Sandbank stecken, würden alle folgenden festsitzen. Aber falls sie es schafften, konnten sie in Chens Flanke einbrechen. Das wäre der Vorteil, den sie so dringend brauchten.

Doch hier, inmitten des stillen weißen Nebels, beschlich Zhu mit einem Mal Unbehagen. Sie hatte ihre Handimitation gegen einen Haken getauscht – an Bord eines Schiffes war der deutlich praktischer –, und während sie grübelte, fingerte sie an der scharfen Spitze herum. Chen plante immer sehr sorgfältig. Damals in Anfeng hatte er ihr nicht direkt misstraut – aber als er gegen den Minister zur Rechten vorgegangen war, hatte er dennoch Xu Da als Geisel genommen, einfach um sicher zu gehen. Er pflegte nichts dem Zufall zu überlassen. Falls er also von diesem Nebenfluss wusste, würde er sich nicht blind darauf verlassen, dass er unbefahrbar war. Er würde sich irgendwie absichern.

In den vergangenen Wochen hatte sich Zhus Wut auf Ouyang in einen dumpfen Schmerz verwandelt. Doch während sie jetzt ihre Möglichkeiten erwog, erwachte ihre Frustration erneut. Ouyang hatte sie ohne Not in eine schwierige Lage gebracht. Wären sie zusammengeblieben, hätten sie Chen leicht schlagen können! Dann wäre dieses riskante Manöver nicht notwendig gewesen. Aber es war nicht zu ändern. Mit einer bewussten Anstrengung ließ sie die Vergangenheit und die damit verbundenen unangenehmen Gefühle los und konzentrierte sich auf die Gegenwart. Es mochte schwer werden, aber sie war noch keinem Problem begegnet, für das es keine Lösung gegeben hätte. Bisher war sie nicht gescheitert, und auch diesmal würde sie es nicht tun. Weder Ouyang noch Chen würde sie aufhalten und auch sonst niemand.

Sie rief zu Yuchun auf dem mittleren Deck hinunter: »Macht die Geschütze fertig und behaltet die Ufer im Auge. Sollten wir angegriffen werden, müssen wir rasch reagieren.«

Das Schilf war noch nicht zurückgewichen, aber der Wind hatte sich verändert, als läge vor ihnen eine weite offene Fläche. Gedämpfte Trommelschläge vom Lotsenschiff warnten vor einer Reihe flacher Stellen. Der Nebel wurde dichter; Zhu konnte kaum noch die Hecklaterne des Lotsen sehen. Die Temperatur fiel.

Xu Da neben ihr zitterte. »Der See hat sein eigenes Wetter.«

Zhu kam nicht dazu, ihm zu antworten, denn gerade, als sie den Mund öffnete, tat es vor ihnen einen scharfen Knall.

Zhu spannte sich. Dies war der Angriff, auf den sie gewartet hatte! Sie wollte Befehle rufen, doch noch während sie sich ihren Männern zuwandte, begriff sie schon, dass sie sich geirrt hatte, denn es folgten keine weiteren Explosionen und auch keine Kampfgeräusche. Niemand schrie. Es war unheimlich still.

Dann erblühte hoch über ihnen im Nebel eine Blume aus rotem Licht. Das war der Knall gewesen: Das Lotsenschiff hatte ein Notsignal gezündet!

»Alle anhalten!«, schrie Zhu. Ihre Gedanken arbeiteten fieberhaft. War das Lotsenschiff auf Grund gelaufen? Das wäre wahrlich eine schlechte Nachricht. Aber vielleicht waren sie schon nah genug am See, um es bei der nächsten Flut wieder freizubekommen. »Schickt den Befehl die Kolonne runter. Halt!«

Überrascht stellte Zhu fest, dass sich ihr Magen zusammenzog. Eigentlich hatte sie keine Angst. Aber die merkwürdig grimmige Kälte schien ihr in die Knochen zu kriechen, und die Härchen auf ihren Armen richteten sich auf. Ihr Leib reagierte, als fürchtete sie sich.

Laternen flammten auf, und Frauen riefen. Die Segel der Flotte ächzten und schwangen herum, und die Schiffe wurden langsamer. In der Mitte des Flusses kamen sie zum Halten. Dort warteten sie und wiegten sich leicht. Voraus lag nur die weiße Nebelwand.

»Diese Kälte hat etwas Seltsames an sich«, sagte Xu Da unbehaglich. »Findest du nicht?«

Eisige Wogen rollten über sie hinweg, während sie beklommen in den Nebel starrten. Und dann tauchte daraus plötzlich eine Silhouette auf.

Jeder Maßstab fehlte in dem konturlosen Weiß, und so dauerte es einen Moment, bis Zhu begriff, dass nicht das Lotsenschiff auf sie zukam, sondern eins der Boote, mit denen sie an Land übersetzten. Es schien durch den Nebel zu fliegen wie ein Vogel. Eine einzelne dunkle Gestalt stand in der Barke und stakte sie vorwärts. So unheimlich war dieser Anblick, dass Zhu hätte glauben können, die Flotte hätte sich in die Unterwelt verirrt.

»Er gehört zu uns, oder?« Xu Da spähte mit verengten Augen. Als die Barke näherkam, sahen sie, dass dunkle Bündel darin lagen. »Aber warum hat er Ladung dabei?«

»Das ist keine Ladung«, erwiderte Zhu düster.

Der Nebel dämpfte die panischen Rufe des einsamen Mannes, aber je näher er kam, desto besser verstanden sie ihn. »Kommt nicht näher! Fahrt nicht über die Grenze! Wir haben sie überquert, und jetzt sind alle tot!«

☯

»Da war nichts«, sagte der Mann. Sie hatten ihn an Bord geholt. »Gar nichts! Kein Anzeichen, keine Warnung. Sie sind umgefallen, wo sie standen, ohne einen Laut. Neun von zehn waren einfach dahin. Sobald wir das Schiff wieder im Griff hatten, hat uns der Kommandeur zurückgeschickt, um Euch zu warnen.« Der Mann zitterte vor Furcht und Erschütterung. »Anfangs waren wir zu viert in der Barke. Dann ist es wieder passiert ... Ich schwöre, es war dieselbe Stelle! Es war, als würden ihnen die Seelen aus dem Leib gerissen. Sie sind hingefallen, und plötzlich war nur noch ich übrig ...« Sein Gesicht war starr und weiß vor Entsetzen.

»Sieh zu, dass erst einmal niemand davon erfährt!«, sagte Zhu eindringlich zu Yuchun. Die lauernde, unbekannte Gefahr war so greifbar, dass es sie kalt überlief. Eine dunkle Vorahnung befiel sie. Zusammen mit Xu Da ging sie über das schwankende Deck zum Bug.

»Da ist nichts ...«, murmelte er, brach dann jedoch ab und zog sein Schwert. Da war ein Farbschimmer gewesen, dicht über dem Wasser.

Er war sofort wieder verschwunden, verschluckt vom wallenden Nebel. Aber Zhu hatte den Speer deutlich gesehen, der aufrecht in einer Untiefe stand, am Schaft eine rote Flagge und obendrauf eine aufgespießte schwarze Hand, die ausgesehen hatte, als winkte sie ihnen zu.

Xu Da fluchte. »Chen Youliang!«

Zhus Vorahnung verstärkte sich. Das war Chens Handschrift. Was aber war die Botschaft?

Wie kalt es war! Schneidend, als führen einem die geschärften Spitzen von Hacken direkt in die Knochen. Und dann, ganz unvermittelt, begriff Zhu. Sie hatten geglaubt, es sei die Kälte vom offenen See, die da heranwehte, aber so war es nicht. Diesen eisigen Hauch hatte sie schon einmal gespürt. Instinktiv hob sie die Hand und ließ ihr Mandat erstrahlen. Gewöhnliches Licht hätte der Nebel zurückgeworfen, doch ihr Mandat durchdrang ihn und enthüllte, was sich darin verbarg.

Ungefähr ein halbes Li voraus schwebten Geiser über dem Fluss. Die blassen Gestalten bildeten eine lange Kette quer über dem Wasser, die sich an den Ufern im Nebel verlor. Sie sahen aus wie die Front eines Totenheers. Zhu starrte sie in stummer Abscheu an. Die Geister glichen jenem, den sie in dem unterirdischen Verlies in Bianliang gesehen hatte. Voller Hass und Bosheit hatte er sie beobachtet. Dies waren keine gewöhnlichen Geister, sondern Hungergeister.

Geister, die Sterbliche ermordeten. Sie fraßen.

Zhus Lotsenschiff war nur durch sie hindurchgefahren, doch der kurze Moment des Kontakts hatte gereicht: Die Geister hatten das Qi ihrer Männer sowie der Piratinnen verschlungen und sie so umgebracht. Hatten sie überhaupt mitbekommen, dass sie starben? Dass unsichtbare Ungeheuer die Lebenskraft aus ihnen heraussaugten?

Das Wasser unter den Geistern war zu trüb, um zu erkennen, was Chen am Grund des Flusses verankert hatte, aber dicht unter der Oberfläche in der Strömung wogten einige vertraute rote Stoffstücke.

»Was ist denn da?«, fragte Xu Da, der vergeblich Zhus Blicken folgte.

»Weißt du noch, was man über Tote sagt, die verstümmelt begraben werden? Deren Leiber geschändet wurden?« Geschändet. Wie ihr eigener Leib, wie Ouyangs Leib, wie die Leiber so vieler anderer, die Gliedmaßen verloren hatten. Die Leute schraken vor ihnen zurück, weil sie sich vor dem fürchteten, was nach dem Tod aus ihnen werden würde. Zhu hingegen war stets bereit gewesen, ihren Frieden nach dem Tod für ein lebenswertes Dasein zu opfern. »Ihre Geister können nicht nach Diyu gehen. Sie werden zu Hungergeistern, die bis zu ihrer Reinkarnation ans Diesseits gebunden sind und danach lechzen, sich an den Lebenden zu rächen.«

»Das siehst du? Hungergeister?« Xu Da war einer der wenigen, denen Zhu von dieser Gabe erzählt hatte. Sie sah, wie er schauderte. »Die Leute reden über so etwas, aber ich dachte nie … Und Chen Youliang hat sie erschaffen?«

»Er hat ein Mandat.« Nachdem Ouyang sie im Stich gelassen hatte, hatte sie beiseitegeschoben, was Fang ihr erzählt hatte. Es hätte ihr wenig geholfen, darüber zu brüten, dass der Himmel ihren Feind als gleichermaßen würdig erachtete wie sie selbst. »Er kann also ebenfalls ins Geisterreich schauen. Und ihm ist klar geworden, wie er das gegen uns einsetzen kann.« Trotz allem musste sie seine Schlauheit anerkennen. »Er hat geschändete Leichen versenkt, um eine Barrikade aus rachsüchtigen Geistern zu schaffen. Sie trinken die Lebenskraft derjenigen, die sie berühren, und die sterben auf der Stelle. Die wenigen Überlebenden hatten das Glück, durch die Lücken zwischen den Geistern zu schlüpfen.«

»Verstümmelte Leichen? Unsere Leute aus Nanchang?« Ihm stand das Grauen ins Gesicht geschrieben. Sicher dachte er an die eingelegten Hände, an die Frauen und Kinder, denen sie abgeschlagen worden waren.

Doch der wogende rote Stoff unter Wasser verriet Zhu, was wirklich geschehen war. Wie oft hatte sie auf dem Schlachtfeld, inmitten der Gefallenen, solche Kopftücher liegen sehen.

»Warum sollte er irgendwelche Leichen mitschleppen, wenn es auch leichter geht?« Sie war nicht sicher, ob sie nicht dasselbe getan hätte. »Er hat seine eigenen Männer ermordet.«

Xu Da erbleichte. Auf dem Schlachtfeld hatte er selbst schon viele Männer in den Tod geschickt; es war jedoch etwas ganz anderes, ihnen nach dem Tod die Ehre zu verweigern, das sah auch Zhu ein. Sie fuhr fort:

»Er weiß, dass ich die Barrikade sehen kann. Er will, dass wir kehrtmachen und doch über den Gan auf den See kommen, sodass er uns empfangen kann.«

Xu Da warf ihr einen beredten Blick zu.

»Ich weiß schon: So *hätte* er es gern, und er glaubt, er kann mich dazu zwingen.« Zhu spürte ihre Entschlossenheit wie eine geballte Faust. Ouyang hatte den Glauben an sie verloren, ihr den Rücken gekehrt und sie im Stich gelassen. Doch unabsichtlich hatte er ihr eine Waffe an die Hand gegeben, mit der sie nun gewinnen konnte – wenn sie stark genug war, sie einzusetzen. »Aber das kann er nicht. Wir fahren mittendurch.«

☯

»Mittendurch? Aber wenn wir so neun von zehn Männern verlieren, welche Aussichten haben wir hinterher noch, Chens Flotte zu schlagen?«

»Wir verlieren sie nur, wenn man sie umbringen kann. Es gibt durchaus Menschen, die nicht sterben können!« Als Xu Da sie nur verwirrt ansah, erklärte sie: »Nämlich die, die schon tot sind.«

Ouyang hatte ihr gezeigt, dass man Ertrunkene zurück ins Leben holen konnte. Ertränkten sie die Männer, sodass sie tot waren, wenn sie die Geistergrenze überquerten, konnten sie sie auf der anderen Seite wiederbeleben. Dann würde ihr gelingen, was Chen nicht für möglich hielt, und sie konnte ihn überraschen.

»Wir lassen auf jedem Schiff ein paar Leute am Leben, die das Schiff steuern und die Toten zurückholen. Da ich die Geister sehen kann, begleite ich alle Schiffe über die Grenze und lotse, so gut es geht, die Lebenden durch die Lücken, damit nicht so viele umkommen.«

Xu Da war noch blasser geworden. Dieser Tage war er oft blass, und sein Gesicht war ungewohnt hager. Er brauchte ein bisschen Ruhe; das brauchten sie alle. Manchmal war sogar Zhu so müde, dass ihr zumute war, als könnte sie sich jeden Moment in ein verschrumpeltes Gemüse verwandeln.

Aber sie waren jung. Wenn sie erst Kaiser war, würden sie noch ihr ganzes Leben vor sich haben. Zeit genug, sich zu erholen.

»Kleiner Bruder«, sagte Xu Da schließlich. »Ich folge dir überallhin, das weißt du. Aber die Soldaten ertränken ... Das sind ganz gewöhnliche Männer. Sie werden es mit der Angst zu tun bekommen. Und zu Recht! Ich weiß, wie es ist, zu ertrinken. Es ist, als würde man sterben.« Die Finger um die Reling gekrallt, starrte er in den Nebel, durch die Geister hindurch, die er nicht sehen konnte. »Man stirbt ja auch.«

»Aber nur kurz!«, rief Zhu entrüstet. »Dann fürchten sie sich also und erleben etwas Schlimmes. Na und? Angst und Leid drohen ihnen jedes Mal, wenn sie dir in die Schlacht folgen! Das lässt sich gar nicht vermeiden. Und wir haben keine andere Wahl. Wir können sie nicht zu Fuß an der Barrikade vorbeischicken – sie zieht sich über die Ufer und wer weiß wie weit noch ins Land hinein! Außerdem müsste ich dann mit ihnen gehen *und* die Schiffe begleiten. Wie lange würde das dauern? Und wie würden wir die Barken zurückbekommen? Nein, nein ... Den Männern bliebe nur, sich von den Hungergeistern niedermetzeln zu lassen. Sie sollen dankbar sein, dass es eine bessere Möglichkeit gibt!«

Xu Da durchlief ein krampfähnlicher Schauder, als durchlebte er gerade jene »bessere Möglichkeit« noch einmal in der Erinnerung. Aber er sagte nur: »Wenn du überzeugt bist, dass es so sein muss, dann unterstütze ich dich. Was auch nötig sein mag – ich tue es.«

Zhu ließ die Soldaten und die Schiffsbesatzung zusammenrufen und besprach sich mit Xu Da und Yuchun. Als sie schließlich gemeinsam mit Xu Da vor die Menge trat, nickte er ihr zu.

Als sie den Plan erklärte, lief ein erschrockenes Raunen durch die Reihen. Ruhig sagte sie: »Ich verstehe euch. Ihr habt

Zweifel, dass so etwas überhaupt möglich ist. Doch das ist es! Schaut her.«

Während Yuchun einen Wassereimer heranschleppte, hatte Xu Da die Hände hinterm Rücken verschränkt, der Inbegriff eines entspannten Befehlshabers. Niemand schien das Grauen hinter seiner Fassade zu sehen. Er hatte vorhergesagt, dass die Männer sich ängstigen würden. Aber wie viel schlimmer musste es erst für ihn sein? Sie würden sich den Schrecken ausmalen, aber er kannte ihn bereits. Und doch stellte er sich seiner Furcht aus freien Stücken – für Zhu. Sollte sie ihm die Demonstration ersparen? Sie rang mit sich. Es war eindeutig die beste Herangehensweise: Lieber hatte sie Soldaten, die Angst und Unbehagen in Kauf nahmen, weil sie ihr vertrauten, als solche, die mit gezücktem Schwert zum Gehorsam gezwungen werden mussten.

»Halt dich bloß nicht zurück, kleiner Bruder«, sagte Xu Da so leise, dass die Männer ihn nicht hören konnten. »Du magst nicht so hübsch sein wie der Eunuch, aber ich kann gerade nicht wählerisch sein.« Er lächelte sie schwach an, und sie erinnerte sich an das, was er zu ihr gesagt hatte, ehe sie damals bei Jining gegen Ouyang gekämpft hatten: *Zahllose vergangene Leben haben mich hierhergeführt, an deine Seite! Vertrau darauf, dass ich stark genug bin.*

Sie riss sich zusammen. Wenn er stark für sie sein wollte, würde sie ihn nicht aus Schwäche daran hindern.

Er kniete nieder. »Dieser General folgt dem Befehl des strahlenden Königs bis in den Tod!«

Niemand musste seinen Kopf unter Wasser halten. Die Männer waren ganz starr vor Ehrfurcht und Entsetzen. Sie begriffen, wie viel Willenskraft ihr General aufbringen musste, um seinen Instinkt zu beherrschen; wie mutig er war. Zhus Brust krampfte sich zusammen, als würde auch sie Wasser anstelle von Luft einatmen. *Es ist, als würde man sterben.* Zweifellos litt er, aber wenigstens war es schnell vorbei.

Xu Da hatte die Männer gebannt. Jetzt war sie an der Reihe. Wenn sie unsicher wirkte, wäre alles zunichte. Yuchun hatte sie angewiesen, eine unbewegte Miene aufzusetzen, doch es gelang ihm nicht. Kühl sagte sie:

»Zieh ihn raus.«

Sie ertrug es kaum, ihn anzuschauen, ihn noch einmal leblos vor sich liegen zu sehen. Aber damals war er nicht tot gewesen, und nun war er es auch nicht.

Sie drückte ihre Lippen auf seine und hauchte ihm ihr Qi ein. Dabei stellte sie sich vor, wie ihre Energie und seine gemeinsam durch seinen Leib zirkulierten. Und passte das nicht wunderbar zu ihnen? Blutsverwandt waren sie nicht, aber ihr gemeinsames Leben hatte sie zu Brüdern gemacht. Sein Gesicht war kalt und bläulich, aber sie wusste, dass er lebte. Hinter einem dünnen Schleier wartete seine Seele, streckte die Hand nach ihr aus … Doch er regte sich nicht, und ihre Sorge wuchs. Wie lange hatte Ouyang gebraucht, um ihn ins Leben zurückzuholen? Es kam ihr vor, als wäre schon deutlich mehr Zeit verstrichen. Xu Das Lippen waren warm geworden, aber sie fürchtete, dass es nur an ihrem Atem lag. Sein eigenes Qi verrann. Alle schauten zu, und es gelang ihr nicht, ihn zurückzuholen! Ihr war schwindelig vor Anstrengung. *Es wird gutgehen, weil es gutgehen muss,* dachte sie verzweifelt. *Denn ich weiß, ich werde niemals verlieren!*

Und dann spürte sie etwas unter ihren Lippen und Händen, schwächer noch als ein Zittern. Ein Geist glitt zurück in seinen Leib. Fleisch und Energie verschmolzen miteinander, und Zhu war gerade noch geistesgegenwärtig genug, ihr Mandat erstrahlen zu lassen, da kam Xu Da auch schon keuchend wieder zu sich. Ringsherum jubelten fassungslos die Männer: Sie hatten ein Wunder gesehen.

Xu Da hustete erbärmlich und rollte sich auf dem Deck zusammen. Sie wollte ihn ausruhen lassen, wusste aber, dass sie jetzt nicht nachlassen durften. *Schaut nur, es geht ihm gut!* Vor den Augen der Menge konnte sie ihm keinen Trost spenden; sie konnte ihm bloß aufhelfen und ihn stützen. Er bebte an allen Gliedern. Es war verwirrend, dass seine Kleider trocken waren. Nur aus seinem Haar tropfte Wasser.

Er wusste, wie es weiterging. Nur weil sie so dicht bei ihm stand, spürte sie, wie viel Kraft es ihn kostete, der Menge zuzurufen: »Habt ihr den Mut, dem strahlenden König eure Treue zu beweisen?«

Ihre Zustimmung war einhellig. Erst als sie sich zerstreut hatten, ließ Xu Da sich gegen Zhu sinken. Unter seinem Gewicht geriet sie ins Taumeln, und sie sanken zusammen auf die Planken. Er hustete und keuchte. Erst nach einer ganzen Weile brachte er heraus: »Wer wäre ich, dich zu kritisieren, aber … deine Technik lässt zu wünschen übrig. Das war sogar noch schlimmer als letztes Mal!«

Zhu nahm seine Hand; sie zitterte heftig, schloss sich jedoch um ihre. Er war am Leben! Sie hatte ihn zurück! Um ihretwillen hatte er das Reich der Toten durchwandert, und sie würde dafür sorgen, dass dieses Opfer nicht umsonst gewesen war.

»Ein letztes Mal noch, mein General«, sagte sie. »Tu es für mich!«

☯

Das Flaggschiff segelte auf die Geisterbarrikade zu. Zhu stand ins Licht ihres Mandats gehüllt auf dem Vordeck. Hinter ihr standen in langer Schlange die Piratinnen, als wäre sie Guanyin, die einen vielarmigen Schatten warf. Die Frauen würden nur überleben, wenn Zhu sie sicher durch eine Lücke zwischen den Geistern geleitete. Ihr Sieg hing daran, denn wenn sie einen Fehler machte und zu viele Frauen verlor, hätte sie nicht mehr genug Leute, um die Schiffe zu steuern oder ihre Männer ins Leben zurückzuholen. Und das wäre wirklich das Ende.

Im Frachtraum unter ihren Füßen trieben die Leichen der Soldaten im eiskalten Wasser. Das Schiff ging tief, schwer beladen mit den ausgesetzten Leben in seinem Bauch. Xu Da hatte die Männer in eins der versiegelten Abteile unterhalb der Wasserlinie geführt, die dafür sorgten, dass das Schiff auch dann nicht sank, wenn es leckgeschlagen war. Die Frauen hatten die Luke zugenagelt und das Abteil dann mit Wasser volllaufen lassen. Zum Glück war Xu Da bei den Männern gewesen. Auf den anderen Schiffen würden die Soldaten womöglich schreien und sich gegen die Luken werfen, wenn das Wasser in der Finsternis stieg. Aber hier hatte Xu Das Gegenwart die Männer beruhigt, und es war einfach still geworden unter Deck. Allerdings war es eine trügerische Stille: Zhu wusste sehr wohl, dass ihr gerade das Leben der Männer durch die Finger rann. Was hatte Ouyang gesagt? Sie durften nicht länger unter Wasser bleiben, als man brauchte, um eine Kanne Tee zu kochen.

Als sie sich der Barrikade näherten, breitete sich die Eiseskälte der Geister über sie. Zhu konnte sie sehen: Sie warteten im Nebel, die schwarzen Augen tückisch, die Münder mit den spitzen Zähnen aufgerissen. Bisher war sie vor übernatürlichen Leiden gefeit gewesen. Aber wäre dies auch bei Hungergeistern der Fall? Oder würde sie, wenn sie einen von ihnen streifte, ebenfalls tot umfallen? Das Schiff glitt so ruhig und lautlos dahin, als würde es von einem unsichtbaren Seil gezogen. Hätte Zhu nicht die Barriere heranrücken sehen, wäre es ihr vorgekommen, als bewegten sie sich kaum; so sah sie, dass sie schneller fuhren, als ein Mann rennen konnte. Näher und näher kam das Totenschiff den gräulichen Schreckgestalten, und da regten sie sich plötzlich und streckten gierig die Arme nach ihr aus. Erschrocken machte Zhu sich so klein wie möglich, um noch durch die Lücke zu passen …

Und dann war sie hindurch. Hinter sich hörte sie die Kleider der Frauen rascheln, die versuchten, genau hinter ihr zu bleiben. Dann folgte eine beunruhigende Folge dumpfer Schläge. Zhu sank der Mut. Das Schiff war zu schnell gewesen. Die Frauen weiter hinten in der Reihe hatten nicht genug Zeit gehabt, die richtige Position einzunehmen.

Sie wirbelte herum. Zuerst sah sie bloß die toten Frauen, die nach links und rechts auf die Planken gestürzt waren. Doch etwa die Hälfte stand noch. Das reichte – musste reichen! Und nun gemahnte sie jeder Schlag ihres Herzens, dass die Herzen der Männer unter Deck noch stillstanden. Ihre Bindung an die Welt wurde immer schwächer.

»An die Pumpen!«, schrie sie.

Sie hievten Männer aus dem Abteil und legten sie auf die Planken. Sie boten einen grauenhaften Anblick: Ihre maskenhaften grauen Gesichter erinnerten Zhu an Chens Fass voll eingelegter Körperteile. Neben der nächstbesten Leiche warf sie sich auf die Knie, und ringsherum taten die Frauen es ihr gleich. Noch nie war Zhu so froh gewesen, Leute röcheln und sich übergeben zu hören. Sobald die Männer sich aufsetzen konnten, half man ihnen beiseite, sodass weitere hochgeholt werden konnten.

»Der hier wacht nicht auf!«, rief eine der Frauen, und Zhu rief voll eisiger Furcht zurück: »Kümmere dich um den nächsten!«

Sie beugte sich über einen Toten nach dem anderen. Längst waren sie keine Männer mehr, die sie gekannt hatte, sondern Aufgaben, die erledigt werden mussten. Ihre Brust schmerzte, ihre Kleider waren so nass wie die der durchweichten Soldaten. Wie viel Zeit durfte sie an einen Mann verschwenden, der sich nicht regen wollte, wenn so viele ihre Hilfe brauchten? Auch für die anderen wurde es knapp.

So viele Männer und so viel weniger Frauen, als sie gehofft hatte. Sie hatte es von Anfang an gewusst, hatte aber nicht darüber nachdenken wollen. Es würde ihnen nicht gelingen, alle Männer zurückzuholen.

Einem Toten nach dem anderen blies sie ihren Atem in den Mund. Wer jetzt die Augen wieder aufschlug, mochte gleich in der Schlacht fallen, die ihnen bevorstand. Schließlich wollte sie sich dem nächsten Toten zuwenden, und es war keiner mehr da. Benommen vor Erschöpfung schaute sie auf. Überall auf dem Deck kauerten Soldaten, die Köpfe zwischen den Knien; sie husteten, würgten und stöhnten. Zwischen ihnen lagen die Leichen. Wie viele es waren. Ihr Blick wanderte weiter; sie wusste gar nicht, wonach sie suchte. Aber dann entdeckte sie Xu Da, und eine ungeheure Erleichterung überwältigte sie.

Er saß unter dem Vorsegel, den Hinterkopf gegen den Mast gelehnt, und rang nach Luft. Sie eilte zu ihm. Vage beklommen sah sie, dass er sich Blut vom Mund gewischt haben musste: Ein wenig klebte noch darunter. »Du blutest.«

Xu Da fuhr sich mit zitternder Hand über den Mund. »Ich hab mir auf die Zunge gebissen, als ich untergegangen bin. Ich muss leider sagen: Man gewöhnt sich nicht daran.«

»Das musst du auch nicht!«, sagte Zhu entschieden. »Du hast es hinter dir. Drei Mal bist du für mich gestorben, mehr kann wirklich niemand verlangen! Du musst es nie wieder tun.«

Xu Da lachte atemlos und stand auf. Dabei schwankte er nur ganz leicht. Er schaute sich zwischen den Soldaten um, die langsam wieder auf die Beine kamen, und schüttelte ungläubig den Kopf. »Es hat geklappt. Niemand sonst hätte auch nur erwogen, so etwas zu versuchen, geschweige denn, seinen Männern so viel abzuverlangen! Aber sie waren stark genug … Und du hast es gewusst!«

Vor ihnen lag nun der See. Und am Horizont zahllose Berge mit schneebedeckten Gipfeln: Chens Flotte, die vor der

Mündung des Gan wartete. Zhu hatte nichts auf ihrer Seite als das Überraschungsmoment, Geschwindigkeit und Manövrierfähigkeit. Sie dachte an Yuchuns Worte: *Größer muss nicht unbedingt besser sein! Wir legen unsere Strategie eben auf Schnelligkeit aus.* Das würde für den Sieg reichen müssen.

Xu Da wusste wie immer, was sie gerade dachte. »Nun haben wir eine echte Chance. Und wir werden mit allen Kräften kämpfen!«

☯

Der Trommelschlag auf Zhus Flaggschiff war zum Puls der Flotte geworden. Er bestimmte den Rhythmus der Herzen und trieb die Ruderer der flinken Piratenschiffe an. Wie aus dem Nichts würden sie Chen in die Flanke fallen. Der Wind in den Papiersegeln war so stark, dass jeder Ruderschlag sie mit unwahrscheinlicher Leichtigkeit vorwärtszutreiben schien – es war, als führen sie nicht, sondern flögen über den See. Noch nie hatte Zhu sich mit solcher Geschwindigkeit bewegt. Die Segel knatterten ohrenbetäubend laut über ihnen, und das Holz unter ihren Füßen ächzte wie ein Büffel unter einer schweren Last. Sie stand am Bug, und die aufspritzende kalte Gischt wusch endlich die Bitterkeit über Ouyangs Fortgang und Jiaos Verrat fort. Trotz der großen Herausforderung, der sie gegenüberstanden, beseelte sie ein Hochgefühl. Wenn die Menschen an Zhus Eignung zweifelten, nicht an sie glauben wollten, dann würde sie ihnen eben das Gegenteil beweisen – wie sie es wieder und wieder getan hatte. Sie würde den Thron erobern, und dann würden sie schon sehen!

Chens Flotte wuchs rasch zu gewaltigen Ausmaßen heran. Es war eine Sache, zu wissen, wie groß die Schiffe waren, aber eine ganz andere, sie vor sich zu sehen. Wie Stadtmauern erhoben sich die rot lackierten Bordwände, gesäumt von Bullaugen wie der Panzer eines Käfers von Atemlöchern. Decks türmten sich übereinander; ganz oben ragten mit Eisen gepanzerte Stellungen für die Bogenschützen auf. Zwischen den elfenbeingelben Segeln hingen rote Flaggen wie blutige Hautfetzen von Knochen.

»Bereitmachen zum Angriff!«, schrie sie dem Trommler zu. Der Rhythmus veränderte sich, verkündete dröhnend ihr Kommando. Die Ruder verschwanden in den Schiffsbäuchen. Adler waren sie, die Flügel zum Sturzflug angelegt! Nur der Wind trieb sie noch vorwärts. Die Büge mit den aufgemalten wilden Augen schnitten forsch durchs Wasser. Zhu war eins geworden mit dem Flaggschiff: Blähten sich die Segel, weitete sich ihre Brust, und so rasch wie die Wellen gegen den Bug schlugen, schlug auch ihr Herz. Jetzt fächerte sich ihre Flotte auf: Jedes Schiff steuerte einen der Kolosse an.

Vor ihnen ragte ihr eigenes Ziel auf. Das Deck neigte sich scharf, als das Flaggschiff herumschwenkte. Zhu wahrte das Gleichgewicht, und kaum waren sie gleichauf, schrie sie den Männern an den Geschützen zu: »Feuer!«

Die Planken ächzten, als die Soldaten die Bliden auslösten. Brennende Geschosse stiegen hoch in die Luft. Unmöglich, das gewaltige Schiff zu verfehlen! Chens Soldaten musste dieser unerwartete Angriff in helle Panik versetzen. Gesichter konnte sie aus der Entfernung nicht ausmachen, aber es herrschte hektische Geschäftigkeit. Langsam schwangen die riesenhaften Segel herum, während die Mannschaft verzweifelt versuchte, die riesenhafte Dschunke zu drehen. Es war jedoch bereits zu spät: Zhus Geschosse mit den flammenden Kometenschweifen durchschlugen Masten und zerrissen Taue. Das Hauptsegel fing Feuer wie eine trockene Kiefer, in die ein Blitz einschlägt. Zhu roch nur die Gischt, aber der bloße Gedanke an den Gestank nach Qualm und Teer berauschte sie. Ihre Männer brüllten siegesgewiss. Sollte Chen sie ruhig schreien hören, dachte Zhu voller Genugtuung. Er sollte seine Flotte brennen sehen und wissen, dass er verloren hatte!

In ihrem Taumel begriff sie nur langsam, dass die erwartete Feuersbrunst ausblieb. Nach und nach merkten es auch ihre Männer. Der Jubel erstarb. Auf dem Festungsschiff rannten winzige Gestalten durcheinander, schnitten brennende Segel von den Masten und löschten einzelne Brandherde. Nun sah Zhu – entsetzt, ungläubig und viel zu spät –, dass das Oberdeck mit dicken Matten ausgelegt war. Chen hatte einen Angriff mit Feuer vorhergesehen und seine Schiffe dagegen geschützt. Als Zhus mit Pech getränkte Geschosse auf dem Oberdeck aufgeschlagen waren, hatten seine Männer sie in die Matten gewickelt und die Flammen erstickt, bevor sie auf die Planken übergreifen konnten. Zhu hatte nichts weiter zerstört als ersetzbare Segel und Taue.

Bedrückt sah sie, dass es überall dasselbe war. Zwar hing wabernder Rauch in der Luft, aber Chens Flotte war so gut wie unversehrt. Sie hatte jedoch keine Zeit, enttäuscht zu sein. Zwar hatte sie nicht mit einem Schlag gewonnen, aber noch war sie in der Offensive. Sie durfte nicht warten, bis Chen sich so weit erholt hatte, dass er zum Gegenangriff übergehen konnte! Gab sie ihm dazu Gelegenheit, würde er ihre Schiffe vernichten.

»An die Waffen!«, rief sie zum Hauptdeck hinunter. »Handrohre in die erste Reihe, dahinter die Zündtöpfe, ganz hinten die Bogenschützen! Sobald wir nah genug heran sind: Schießt!«

Xu Da drängte sich durch das Gewimmel auf dem Hauptdeck und ordnete die Reihen. Auf dem hinteren Oberdeck bereitete Yuchun die Kanonen vor, größere Versionen von Jiaos Handrohren. Dann war der Abstand überbrückt, und Zhu schrie: »Jetzt!«

Der Donner der Handrohre war ohrenbetäubend. Männer taumelten und fielen; die Kanonen schlugen große Löcher in den Rumpf des Festungsschiffs. Heiser schrie sie: »Noch einmal!«

Wieder dröhnten die Feuerwaffen und hüllten beide Schiffe in eine Wolke aus wirbelnden Splittern und beißendem schwarzem Qualm. Zhu konnte kaum noch über ihren eigenen Bug hinaussehen. Sie hörte schlecht; es war, als wäre die Welt mit Watte ausgestopft.

Kurz darauf tauchte aus dem Rauch etwas Gewaltiges auf. Zhu hatte gerade noch Zeit, daran aufzublicken – höher und immer höher –, dann rammte sie auch schon die gewaltige blutrote Bordwand. Aus den vielen Bullaugen stakten Speere und spießten Männer an der Reling auf. Von weiter oben kam etwas herabgeschossen und traf das Oberdeck mit einer solchen Wucht, dass es Zhu von den Füßen riss. Hustend rappelte sich auf, von Kopf bis Fuß voller Holzstaub. Dann stellte sie mit Schrecken fest, dass das Geschoss eine Harpune war – sie hatte das Deck glatt durchschlagen. Ein straff gespanntes Seil lief zu Chens Schiff zurück. Halb taumelte Zhu, halb kroch sie darauf zu, um das Seil mit ihrem Säbel zu durchschlagen, da gingen weitere Harpunen nieder. Eine nagelte einen Mann aufs Deck; er schrie grauenhaft, wenn auch nicht lange. Xu Da rannte zu ihm, wenn auch nicht um ihn zu retten – er war längst tot –, sondern um das Seil zu kappen. Doch es waren einfach zu viele Harpunen, und sie drangen in das Flaggschiff wie die Klauen eines Tigers in seine Beute. Zhu hatte das Ungeheuer bloß gereizt; es scherte sich nicht um seine Wunden. Und jetzt kam es, um sie zu zerreißen!

Den Harpunen folgte ein übelriechender Regenguss; Schwefelgestank überlagerte den Geruch nach Qualm und Feuerpulver. Es musste eine brennbare Flüssigkeit sein! Chens Männer leerten sie eimerweise über dem Flaggschiff aus. Sobald sie fertig waren, würden sie ein paar Fackeln hinterherwerfen und zuschauen, wie sie verbrannten.

Eine weitere Harpune pfiff durch die Luft und bohrte sich hoch oben in den Hauptmast. Unwillkürlich blickte Zhu zu der langen Rah auf. Eine Waffe hing daran, von der sie noch keinen Gebrauch gemacht hatten: Hunderte kleine Feuerwerkskörper, zusammengeschnürt wie eine Bananenstaude. Gewöhnlich baumelte das Bündel hoch über dem Wasser. Es sollte Funken in die Segel längsseits gehender Schiffe speien.

Chens Schiff war so hoch, dass die Rahe nicht einmal in die Nähe der Segel kam; sie drückte sich gegen die Reling des Oberdecks. Aber vielleicht reichte das ja! Zhu verschwendete keine Zeit: Sie packte den Henkel eines Zündtopfs mit den Zähnen, rannte zum Mast und zog sich in die Takelage hinauf. Wie froh war sie um den Haken! Sie kletterte und mühte sich, bis endlich die Zündschnur in Reichweite war.

Sie war sehr lang, brannte aber erstaunlich schnell ab. Die Flamme raste auf das Bündel zu und verschwand darin. Zuerst geschah gar nichts.

Dann jedoch begann das Feuerwerk zu explodieren und hörte gar nicht wieder auf. Es klang, als würde der Himmel selbst entzwei gerissen. Funken und brennende Splitter stoben über die Reling und trafen Chens Männer. Geschrei brach los, Eimer fielen aus Händen, und stinkende Flüssigkeit durchtränkte die dicken Matten auf dem Oberdeck. Der nächste Funkensturm entflammte sie. Kurz darauf brannte auch ein Mast, als hätte ihn allein die aufsteigende Hitze entzündet. Das hatte Zhu von Anfang an gewollt!

Aber ihre Erleichterung war nur von kurzer Dauer: Wenn es ihnen nicht gelang, sich zu befreien, würde das Feuer auf ihr Schiff übergreifen!

Sie fiel mehr aus der Takelage, als dass sie kletterte. Kaum war sie unten, stolperte sie zur nächsten Harpune und sägte hektisch an dem Seil. Sie warf einen gehetzten Blick übers Deck und sah, dass Xu Da es ihr gleichtat. Chens gewaltige Dschunke erbebte wie ein sterbendes Tier, während sich die

Flammen hineinfraßen. Dann krängte sie plötzlich und hob dabei Zhus Schiff aus dem Wasser, das noch immer an sie gefesselt war. Verzweifelt klammerte Zhu sich an einem Spill fest. Das Deck näherte sich der Senkrechten, und sie starrte in den aufgerissenen Bauch von Chens Dschunke. Flammen schlugen daraus hervor und leckten über das Deck. Gleich würden sie die Reste der Brennflüssigkeit entzünden ...

Dann rissen die übrigen Seile – es klang, als knallte eine Peitsche mehrmals rasch. Zhus Flaggschiff fiel, gefolgt von einem Gewirr aus Seilen und Tauen wie Gedärm, und landete heftig schwankend im See.

»An die Ruder!«, brüllte Zhu. »Wir müssen hier weg!«

Es gelang ihnen gerade noch, genug Abstand zu dem sinkenden Koloss zu gewinnen, um nicht mit in die Tiefe gerissen zu werden. Zhu hing keuchend über der Reling. Erst jetzt hatte sie wieder Zeit, nach ihrer Flotte zu sehen, und prompt überkam sie Verzweiflung.

Eine Handvoll von Chens Festungsschiffen sank, doch zu vielen war es gelungen, die Piratenschiffe mittels der Harpunen an sich zu binden, anzustecken und dann loszuschneiden. Brennend trieben sie auf dem See. Und die Ungeheuer formierten sich bereits wieder. Mit beinahe nachdenklichem Ernst wandten sie sich Zhus verstreuten Schiffen zu. Die leuchtend roten Flaggen am rauchschwarzen Himmel glichen einer Sturmwarnung.

Xu Da warf sich neben ihr gegen die Reling. Er keuchte noch heftiger als sie. »Wir müssen da durch! Runter von diesem verfluchten See ...«

Zhus Trommler kroch an ihnen vorbei auf seinen Posten am Bug zu. Einer seiner Schlägel rollte Zhu gegen den Fuß. Sie warf ihn dem Mann zu. »Wenn wir das versuchen«, sagte sie zu Xu Da, »verlieren wir ganz sicher.«

Verstört sah er sie an. »Wir haben bereits verloren!«

»Nein. Erst wenn ich es sage. Wenn wir nicht aufgeben, findet sich eine Lösung!«

»Es ist ein schmaler Grat zwischen Entschlossenheit und Starrsinn!«

Doch sie hatte in der Ferne helles Wasser erspäht. Eine seichte Stelle! Dorthin würde Chen ihnen nicht folgen können. Gelang es ihr, die Flotte dort zu sammeln, verschaffte ihr das zumindest eine Atempause. Sie wies den Trommler an: »Befiehl den Schiffen, sich in die Untiefe zurückzuziehen! Wir sammeln uns dort.«

Dann wandte sie sich wieder Xu Da zu. »Wir haben erst verloren, wenn ich es sage. Und das wirst du nicht erleben!«

☯

Zhus Flotte dümpelte in der Untiefe. Chens riesenhafte Dschunken lagen im dunkleren Wasser und versperrten den Fluchtweg. Zhu hatte keinen Zweifel: Chen würde geduldig darauf warten, dass sie entweder selbst die Nerven verlor oder aber ihre Männer meuterten. Ouyangs Fortgang hatte die Kampfmoral bereits geschwächt, und der Schrecken der Geisterblockade hatte ein Übriges getan. Nun tatenlos herumzusitzen, während Angst und Ungewissheit wuchsen, war für die Soldaten schwer zu ertragen. Wahrscheinlich hätte man sie leichter dazu gebracht, sich brüllend in die Schlacht zu stürzen, so selbstmörderisch das auch sein mochte.

Die Festungsschiffe bildeten eine eng geschlossene Reihe. Als die Sonne hinter ihnen unterging, verwandelten sie sich in ein einziges schwarzes Massiv. Zhu betrachtete es nachdenklich von der Reling aus. Hatte Chen die Kolosse zu dicht zusammengerückt? Gewiss wollte er sichergehen, dass sie nicht die geringste Aussicht hatte, irgendwo durchzubrechen. Aber machte er sich dadurch nicht auch angreifbar? Nur die äußersten Dschunken hatten Platz zum Manövrieren; alle anderen konnten weder ausweichen noch sich zurückziehen.

Die Wellen schwemmten Treibgut gegen den Rumpf ihres Flaggschiffs. Sie erspähte den gebrochenen Hals eines Ölkrugs und einen Regenbogenfleck auf dem Wasser.

Feuer von oben hatte nicht das erwünschte Ergebnis erzielt. Aber vielleicht konnte Feuer von unten ja mehr ausrichten …

Xu Da bedachte sie mit einem zweifelnden Blick. »Im Ernst?«

»Oh ja! Zeig den anderen, wie man sie macht.« Auffordernd hielt Zhu ihm die Papierrolle hin. Das meiste Segelpapier hatten sie dafür verwendet, ein großes Harpunenloch im Hauptdeck abzudecken, aber es war noch genug übrig. »Du weißt schon, die Lotuslaternen, die wir im Kloster für den Geistermonat gebaut haben! Deine waren furchtbar, das stimmt schon … Aber nun kann ich dir die Arbeit nicht mehr abnehmen. Hoffentlich erinnerst du dich wenigstens grob, wie das geht!«

»Als hätten wir nicht schon genug Geister um uns«, murrte Xu Da. »Außerdem ist das Jahre her!«

»Die Hände merken sich so was«, sagte Zhu mitleidlos. »Zumindest, wenn man's wenigstens ein paar Mal selbst gemacht hat. Sonst musst du wohl improvisieren.«

Als der Mond unterging, ließ sich Zhus Trupp ins Wasser. Die Männer trugen Ringe aus aufgeblasenen Wasserschläuchen um die Taillen und hatten je zwei Krüge Speiseöl in den Armen. Chens Wachen würden die schwarzen Silhouetten so tief unten im Wasser kaum sehen können. Die Männer würden zur Blockade paddeln, das Öl um das Schiff in der Mitte verteilen und dann ungesehen zurückpaddeln.

Xu Da stand neben Zhu an der Reling und zählte leise. Endlich waren alle Männer zurück und wurden an Bord geholt. Sie zitterten vor Kälte. Zhu rief: »Jetzt die Laternen!«, und sie wurden massenhaft über die Reling geworfen.

Im Gegensatz zu den Schwimmern würde Chen die brennenden Laternen kommen sehen. Man konnte hoffen, dass er sie für eine Flottille Barken halten und sich auf einen Angriff vorbereiten würde. Er konnte schließlich nicht ahnen, dass in Wahrheit einhundert Lunten auf ihn zutrieben, die auf Papierböden herunterbrannten. Bald hätten sie den Ölteppich erreicht, der seine Dschunken umgab. Und wenn er endlich begriff, was gerade vor sich ging, würde er die gewaltigen Festungsschiffe nicht mehr rechtzeitig auseinanderbewegen können. Das würde sein Verhängnis sein!

Die Strömung trug den Schwarm kleiner Lichter aus der Untiefe und auf Chens Flotte zu. Zhu und Xu Da hörten die fernen Rufe der Wachen, als sie die Laternen entdeckten. Die Dochte mussten nun schon weit heruntergebrannt sein; das Öl konnte jeden Moment entflammen. Zhu starrte so konzentriert auf die schwachen Lichtlein, dass es ihr vor den Augen flimmerte.

»Was ist da los?«, murmelte Xu Da.

Es lag nicht an ihren Augen, dachte Zhu erschrocken. Die Lichter flackerten! Offenbar erloschen die Laternen, aber *wieso?* Die Luft war feucht, als zöge ein Unwetter herauf, aber noch regnete es nicht. Auch wehte kein Wind, der die Flammen hätte ausblasen können. Wie viele schwimmende Lotuslaternen hatte Zhu schon verbrennen sehen! Mit Feuer auf Papier konnte man nicht fehlgehen; mit brennendem Papier auf einem Ölteppich erst recht nicht. Es sei denn …

»Wir haben die Laternen aus Segelpapier gebaut«, sagte Zhu entmutigt, »nicht aus gewöhnlichem Papier. Sicher hat Fang Guozhen es feuerfest machen lassen.«

Xu Da fluchte, als auch die letzten Lichter verglommen. Ein Seufzen lief durch die Menge der Soldaten, dem Zischen einer verlöschenden Kerze ähnlich. »Dann sind wir verloren.«

»Nein!«, sagte Zhu instinktiv, und noch bevor sie das Wort ganz ausgesprochen hatte, hatte sie das Problem auch schon gelöst. »Jemand muss mit einer Barke rausfahren und das Öl mit einem Zündtopf und einer Fackel in Brand stecken. Aber wir müssen schnell sein! Chen weiß jetzt, dass wir keine Angriffstruppe geschickt haben. Er braucht nur eine Laterne aus dem See zu fischen, dann weiß er, was wir vorhaben, und bewegt seine Flotte aus dem Ölteppich!«

»Um das Öl anzustecken, muss der Mann sehr nah heranfahren«, gab Xu Da zu bedenken. »Die Barken sind aber noch deutlich entzündlicher als die Dschunken. Er wird verbrennen.«

»Nur die Barke verbrennt, er selbst nicht«, sagte Zhu. »Er taucht unter dem brennenden Öl durch und schwimmt dann hierher zurück, wie's die anderen auch gemacht haben. Es muss doch wenigstens einen Mann im Heer geben, der in einer Fischerfamilie aufgewachsen ist oder so ... einen einzigen Schwimmer. Such ihn und schick ihn sofort los. Falls du aber niemanden findest ...«

Dann würde ihnen nichts anderes übrigbleiben, als einen Mann in den Tod zu schicken.

»Keine Sorge. Die meisten Nanren mögen auf dem Land aufgewachsen sein, aber es gibt genug Seen und auch Fischerdörfer. Ganz sicher können nicht nur die Barbaren schwimmen.« Xu Da drückte ihre Schulter und eilte davon. »Überlass das mir!«

Zu Zhus Erleichterung hatte Xu Da offenbar keine Schwierigkeiten, jemanden zu finden: Schon nach kurzer Zeit wurde eine Barke zu Wasser gelassen. Sie war erst ein paar Zhang weit, da konnte Zhu sie vor dem dunklen Wasser schon kaum noch ausmachen. Den Mann, der darin hockte und auf Chens Flotte zustakte, sah sie gar nicht. Einen Augenblick später verschmolz der Umriss der Barke mit der Dunkelheit. Nun konnte sie bloß Ausschau halten und warten. Alle um sie her taten dasselbe.

Dann plötzlich, weit draußen auf dem See vor der pechschwarzen Flotte, der feurige Bogen einer geworfenen Fackel.

Lautlos breitete sich das Feuer um die Dschunken. Die Flammen brannten blau und waren anfangs so dunkel und durchsichtig, dass sie nicht weiter gefährlich wirkten. Doch dann kletterten sie an den lackierten Rümpfen hoch und wurden dabei immer heller: rot zuerst, dann orange und schließlich gelb. Sie schlüpften durch die Bullaugen ins Innere, sprangen auf die Decks über und von dort aus in die Segel. Anders als der erfahrene Pirat Fang hatte Chen sein Segelpapier nicht gegen Feuer gefeit. Im Nu brannte seine Flotte lichterloh. Die Schiffe am Rand lösten sich aus der Formation: Die Mannschaften hofften wohl, wenn sie Abstand zu der Feuersbrunst gewannen, könnten sie wenigstens sich selbst retten.

Über Chens Flotte war Chaos hereingebrochen. Der Plan war aufgegangen! Zhu schaute sich nach Xu Da um: Er sollte den nächsten Vorstoß leiten. In unmittelbarer Nähe fand sie ihn nicht, also versuchte sie ihn zwischen den Soldaten zu erspähen. Als sie ihn zuletzt gesehen hatte, war er zum Mittelteil des Schiffs gelaufen. Sie hielt einen Mann an, der aus der Richtung gerannt kam. »Wo ist der General?«

Doch sie musste nicht auf seine Antwort warten; sie begriff von allein.

Anstatt Zeit damit zu verschwenden, einen Soldaten zu suchen, der schwimmen konnte – oder den nächststehenden mit gezücktem Schwert in die Barke zu zwingen –, hatte Xu Da sich selbst auf den Weg über das dunkle Wasser gemacht, um dieses brüllende, sprühende Inferno zu entfachen. Es schien halb in den Himmel zu reichen und, da es sich im See spiegelte, auch halb in die Hölle.

Xu Da konnte nicht schwimmen, aber Zhu war merkwürdig ruhig. Er war irgendwo da draußen, geborgen in der Dunkelheit. Sie wusste, dass sie ihn wiederfinden würde: Schon so oft hatte sie ihn verloren, und er war immer zu ihr zurückgekehrt. Es ging ihm gut, und sie würde siegen.

Das Krachen und Ächzen von Chens sterbenden Schiffen mischte sich mit dem Gebrüll des Feuers. Zhu musste schreien, um den Höllenlärm zu übertönen. »Gebt die Botschaft an alle Schiffe weiter: Verlasst die Untiefe und greift an!«

Zhus Flaggschiff schob sich durch die Trümmer; die Piratinnen manövrierten trotz der Finsternis geschickt zwischen Wracks und schwelenden Rümpfen. Nur wenige der Kolosse waren davongekommen. Regen fiel. So weit das farblose Licht ihres Mandats reichte, sah Zhu Flaggen, Trommeln, Planken, Körbe und verkohlte Leichen dicht an dicht im Wasser treiben, wie Eisschollen bei wärmerem Wetter, die einzelnen Formen kaum voneinander zu unterscheiden.

Chens Flaggschiff hatte sich im Mittelpunkt der Feuersbrunst befunden. Eingekeilt zwischen seinen brennenden Nachbarn war es schon vor einer geraumen Weile untergangen. Chen war so lange ihr Feind gewesen, dass sein Ende ihr seltsam unpersönlich vorkam. Sie wollte, sie hätte sein Gesicht sehen können. Er hatte einen so großen Einfluss auf ihr Leben ausgeübt – wenn auch meistens unerkannt wie das Schicksal oder die Erdanziehungskraft –, aber nun hatten ihn die Naturgewalten verschlungen, ohne dass er auch nur ein letztes Wort zu ihr hatte sprechen können. Anstelle von Triumph empfand sie eine merkwürdige Leere. Ob nun wohl sein Geist irgendwo über dem See schwebte, so einsam und hungrig wie die jener Männer, deren Leiber er entweiht hatte?

Sie erreichten eins von Chens Wracks. »Geht an Bord und sucht nach Überlebenden«, befahl Zhu. Das Unwetter brach nun erst richtig los, und der Regen fiel dichter. Ihr Flaggschiff und das Wrack, längsseits miteinander vertäut, schwankten auf den Wellen und stießen gegeneinander. Sie wandte sich an die Soldaten und Piratinnen, die nicht an Bord des Kolosses gegangen waren. »Nehmt die Barken und sucht nach General Xu!«

War es nicht beruhigend, dass so viele Trümmer im See trieben? So machte es nichts, dass Xu Da nicht schwimmen konnte! Nachdem er unter dem flammenden Ölteppich hindurchgetaucht war, hatte er sich einfach an irgendetwas festklammern können. Vor ihrem geistigen Auge sah sie ihn über einem abgebrochenen Mast hängen. Sie konnte ihren Männern vom Gesicht ablesen, dass sie ihn für tot hielten. Aber das war er nicht! Sie wüsste es, wenn es so wäre.

Ihr Schiff leerte sich. Gewöhnlich herrschte an Deck so ein Gewimmel, dass es sie sonderbar anmutete, ganz allein zu sein. Der silbrige Regen prasselte unaufhörlich auf sie nieder; schon nach kurzer Zeit war sie vollkommen durchnässt. Sie wiegte sich mit dem schwankenden Deck, um das Gleichgewicht zu wahren. Schiffe hielten niemals still, so viel hatte sie begriffen; sie waren immerzu in Bewegung. Auch war es an Bord grundsätzlich laut: Seile knarrten, Planken ächzten, und Segel knatterten im Wind. Die Piratinnen schienen sich weniger auf ihre Augen und Ohren zu verlassen als auf einen sechsten Sinn. Vielleicht erwachte er langsam auch in Zhu, denn plötzlich wusste sie, dass irgendetwas nicht stimmte.

Sie fuhr herum.

Jemand kam über das Deck auf sie zugeschritten: ein hünenhafter Mann in einer Rüstung und einem Helm mit dunklen Flügeln. Er triefte, als wäre er einer gefluteten Unterwelt entstiegen.

Und das war er auch, dachte Zhu entsetzt. Er hatte es zuerst aus seiner sinkenden Festung und dann aus dem tiefen dunklen See herausgeschafft, der ihn vor Zhus Feuersbrunst gerettet hatte.

Sie kannte Chen nur in der schwarzen Robe eines Gelehrten, doch einst war er ein Kriegsherr gewesen. Er hatte schon Männer in die Schlacht geführt und Städte dem Erdboden gleichgemacht, da war sie gerade als Novize im Kloster aufgenommen worden. Doch das hatte sie vergessen. Alle hatten es vergessen. Stets war er seiner enormen Masse zum Trotz so würdevoll durch Anfeng geschritten, wie es sich für einen Minister gehörte. Niemand hatte je darüber nachgedacht, wie kraftvoll er sein musste, um sein beträchtliches Gewicht so mühelos zu bewegen. Nein, Chen hatte seine Vergangenheit nie hinter sich gelassen. Der Kriegsherr hatte immer in ihm gesteckt, und nun war er wieder an die Oberfläche gestiegen. Vor ihr stand Chen, der Schlächter, umgeben vom schwachen blutroten Glühen seines Himmelsmandats.

Und über seiner Schulter ...

Er trug seine tropfende Last wie einen Sack Lehm, nicht wie einen Menschen.

Zhu hatte Chen noch nie wahrhaft wütend gesehen. In seiner Verfassung war er sogar noch beherrschter als sonst: Sein Zorn brannte mit derselben zurückgehaltenen Kraft, mit der sein Mandat ihn umstrahlte. »Es ist schon eine Weile her, Zhu Chongba.«

In Anfeng hatte Zhu überlebt, indem sie sich so unauffällig verhalten hatte wie möglich. Doch nun ruhte Chens gesamte Aufmerksamkeit auf ihr, und sie konnte nichts mehr tun, um ihn von sich abzulenken. Die Schauspielerei hatte ein Ende. Sie war der strahlende König und stand nun Auge in Auge dem Mann gegenüber, den sie hätte verfolgen und niederstrecken lassen sollen, als sie noch die Gelegenheit dazu gehabt hatte.

Chen warf den leblosen Xu Da auf die Planken. Sein Gesicht war blau und still, und Zhus Brust krampfte sich schmerzhaft zusammen. Chen setzte Xu Da einen seiner gewaltigen Stiefel aufs Handgelenk und belastete den Fuß allmählich immer mehr, bis Xu Da heiser aufschrie. Und gegen ihren Willen schrie Zhu mit ihm. Dabei hatte sie gewusst, was Chen vorhatte, sobald sie ihn mit Xu Da gesehen hatte.

»So ist's gut«, sagte Chen. »Braver Junge! Hast noch genug Leben in dir, um mir von Nutzen zu sein.«

Chen sprach laut, um den trommelnden Regen zu übertönen. »Ihr habt mir eine Menge Ärger gemacht, Zhu Chongba, aber damit ist nun Schluss. Ihr wollt ja sicher nicht, dass Euer Bruder stirbt!«

Die Schiffslaternen waren erloschen. Nur ihre Mandate spendeten noch Licht: Chens blutiges Glühen färbte seine Haut rot, sodass er einem Gemälde des gottgleichen Kriegers Guan Yus glich, und Zhus weißes Leuchten verwandelte den Regen in glitzerndes Silber. Xu Da war beunruhigend blass und lag zuckend auf dem Deck. Mit Mühe erstickte sie ihre Gefühle.

»Was wollt Ihr für das Leben meines Bruders?«, rief sie zurück.

»Ihr glaubt wohl, Ihr wärt auf dem Markt und könntet feilschen?«, fragte Chen kalt. »Ich nehme alles, was Ihr habt! Das dürfte gerade reichen, um die maßlosen Verluste wettzumachen, die Ihr mir hier zugefügt habt. Immerhin habe ich noch die Herrin Zhang zu schlagen.«

»Wie konnte die Herrin nur glauben, sie könne sich Eure Treue erkaufen?« Verstohlen schaute Zhu sich um. Gab es nicht irgendetwas, das sie zu ihrem Vorteil einsetzen konnte? »Ihr wart ein Nichts, und so wäre es geblieben, hätte sie Euch nicht diese Flotte verschafft!« Sie hatte ihren Säbel, aber was konnte die kurze Klinge schon gegen einen derart massiven, gepanzerten Gegner wie Chen ausrichten? Aber wenn sie nicht kämpfte, sondern floh – was wurde dann aus Xu Da? Noch nie hatte sie sich so gefühlt: benommen und gleichzeitig außer sich. Hatte sich General Zhang so gefühlt, als sie kaltherzig seinen Sohn entführt hatte? Sie konnte kaum denken, so aufgewühlt war sie. *Es gibt immer einen Weg!* Aber sie sah ihn nicht. »Würdet Ihr denn wirklich jeden verraten, Chen Youliang?«

Chen lächelte sie wissend und humorlos an. »Die Herrin Zhang, meine Gönnerin? Glaubt Ihr, nur sie allein hätte ein scharfes Auge auf Euch gehabt? Das ist der Haken daran, wenn man sich selbst großartige Titel verleiht: Es wissen viele vom strahlenden König und seiner dreisten Anmaßung, von denen Ihr Eurerseits noch nie gehört habt. Mein Gönner hat mich außerordentlich gern mit Mitteln ausgestattet, um Euren hehren Zielen ein Ende zu setzen.« Der Regen hämmerte so heftig auf die Planken, dass feine weiße Tröpfchen aufspritzten. Chen sagte: »Und ich habe ebenso gern angenommen.«

Aber wenn nicht die Herrin Zhang seine Gönnerin war ...

Ehe Zhu den Gedanken zu Ende führen konnte, bückte sich Chen, packte Xu Da an seinem wirren Haarknoten und zerrte ihn auf die Knie.

Er war immer so robust gewesen. Ihn nun hilflos in Chens Griff hängen zu sehen, tat ihr im Herzen weh.

»Es ist vorbei, Zhu Chongba. Ergebt Euch.«

Sie konnte nicht denken! In der durchtränkten Finsternis fühlte sie sich in einen Albtraum gestoßen, in eine uralte Zeit, lange bevor es Zivilisationen gegeben hatte, eine Ära der Asche und der Leichen, in der Gewalt immer wieder neue Gewalt hervorbrachte, ohne dass sich je etwas änderte. Vielleicht war es auch nicht die Vergangenheit, sondern die Zukunft.

»Ihr zögert? Muss ich Euch wirklich erst zeigen, was auf dem Spiel steht?« Chen ließ den Haarknoten los und zog ein Messer. Einen Moment wankte Xu Da auf den Knien, dann nahm Chen seine schlaffe Hand und setzte die Klinge an. Xu Da schrie nicht, als wäre selbst diese Anstrengung schon zu viel für ihn, aber sein gequältes Wimmern ging Zhu durch Mark und Bein. Ein abgetrennter Finger fiel weiß auf die dunklen Planken. Der Regen wusch ihn sauber.

»Wie viele seiner Finger lasst Ihr mich abschneiden, bis Ihr Euch zur Kapitulation durchringt? Ich weiß, Ihr kommt mit fünfen zurecht; aber wie ergeht es ihm wohl mit dreien? Einem? Man möchte meinen, dass das Leben recht beschwerlich wird … Entscheidet Euch!« Chens Messer blitzte auf, als wollte er seine Worte unterstreichen.

Xu Da leiden zu sehen, war schrecklich. Sie konnte ihn beschützen, indem sie vor Chen kapitulierte. Aber wenn sie das täte, wäre ein Sieg dann noch möglich?

Ouyang fiel ihr ein, der auf seinen zerschundenen bloßen Füßen fortgerannt war. Lange hatten ihn weder Schmerz noch Erschöpfung aufhalten können, er hatte beinahe Übermenschliches geleistet – doch zum Schluss war auch er zusammengebrochen. Manches schien unmöglich, konnte aber mit Entschlossenheit doch noch geschafft werden. Anderes war jedoch tatsächlich unmöglich. Zhu wusste, was es bedeutete, wenn sie vor Chen kapitulierte. Hätte Xu Da ihr nichts bedeutet, sie hätte keinen Augenblick gezaudert.

Dass sie ihn verlieren könnte, hatte sie immer gewusst. Jedes Mal, wenn er ihr Heer in die Schlacht geführt hatte, war sie mit dieser Möglichkeit konfrontiert gewesen. Sie hatte gedacht, sie sei bereit, dieses Opfer zu bringen. Erst jetzt begriff sie, dass sie nie wahrhaftig geglaubt hatte, er könne sterben.

Sie liebte ihn, und er wurde vor ihren Augen gefoltert. Wie es ihr zusetzte! Xu Da entglitt ihr, wurde vom Schmerz verschlungen, und sie konnte es nicht ertragen. In einer Hand hielt sie sein Leben, in der anderen ihr Schicksal, und obwohl es sie zerriss, konnte sie keins von beidem loslassen. Ein Laut entrang sich ihr, beinahe so kläglich wie Xu Das Schmerzenslaut.

»Ein spannendes Experiment: Welcher Mönch bricht zuerst?« Chen wollte, dass sie aufgab, aber in seinem Zorn ergriff er gern die Gelegenheit, grausam zu sein. »Vielleicht gehen uns die Finger aus, bevor wir das mit Gewissheit sagen können, aber es gibt ja noch andere Körperteile. Ihr könnt skrupellos sein, Zhu Chongba, das ist mir nicht neu! Wir drei wissen ja, was Ihr dem ersten Minister angetan habt, ganz zu schweigen von jenem armen, kleinen Knaben. Aber das hier ist etwas anderes, habe ich nicht recht? Schaut Eurem Bruder ins Gesicht. Fleht er Euch nicht mit Blicken an, ihn zu retten? Wollt Ihr denn wirklich …«

Das Deck schwankte so heftig, dass Zhu auf die Knie geworfen wurde. Sogar Chen stolperte. Kurz lockerte sich sein Griff, und da sah sie, wie Xu Da sich spannte.

Trümmer übersäten das Deck des Flaggschiffs. »Splitter« wäre das falsche Wort dafür – nur in den Augen von Riesen hätten diese scharfen, hölzernen Bruchstücke Splitter sein können. Sie waren armlang und länger. Chens Harpunen hatten sie aus den Hartholzplanken gebrochen. Xu Da schaute Zhu in die Augen. Sein Blick war klar und wach. Sie konnte sich nicht einmal vorstellen, wie viel Kraft es ihn gekostet haben musste, sich durch den Schmerz zu ihr zurückzukämpfen.

Er zögerte nicht, denn er wusste genau, er hatte nur einen Moment Zeit. Mit der unverletzten Hand packte er eins der gewaltigen Bruchstücke. Gewiss kostete es ihn seine ganze Willenskraft, den Selbsterhaltungstrieb zu unterdrücken, wie er es schon einmal getan hatte, als er ihr zuliebe Wasser eingeatmet hatte. Er holte aus – und dann stieß er sich das spitze Holz in die Brust.

Noch immer schaute er ihr in die Augen. Dann öffnete er den Mund, als wollte er ihr etwas zurufen, und der Regen, der ihm vom Kinn tropfte, war mit einem Mal azaleenrot, kamelienrot. Es war das klarste, hellste Rot, das Zhu je gesehen hatte.

Ihre Kehle verschloss sich, als erstickte auch sie an seinem Blut. Seine Hand fiel herab. Es war ein grässlicher Anblick, wie das Holz aus seiner Brust ragte, und Zhu ergriff der heftige Drang, es herauszuziehen und in den See zu schleudern. Schrecklich war es ihr, dieses Ding, das seinen Leib zerstörte und das Leben aus ihm herauszog wie einen roten Schicksalsfaden, der grausam wieder auf die Spindel gewickelt wurde!

Xu Da sank der Kopf auf die Brust, und er fiel vornüber aufs Deck. Reglos lag er da, aber Zhu wusste, dass er nicht tot war. Sie *wusste* es. Immerhin war sie selbst bereits aufgespießt worden. Xu Da hatte sie gerettet, also würde auch sie in der Lage sein, ihn zu retten. So musste es sein. Sie taumelte bereits über das Deck auf ihn zu, da brüllte Chen, riss sein Schwert aus der Scheide und warf sich ihr entgegen.

☯

Chen war ein Berg, der eine Ameise zu zermalmen drohte. Erwischte er sie, wäre es so rasch vorbei, wie man in die Hände klatscht. Doch nun konnte er Xu Da nicht mehr gegen sie verwenden, und ihr stand offen, was vorher nicht infrage gekommen war: die Flucht zu ergreifen.

Das Schiff war ihr vertraut geworden, aber in diesem Zustand wirkte es vollkommen fremd: Überall lagen zertrümmerte Planken, verhedderte Taue und zerstörte Segel. Zhu tauchte in das wilde Durcheinander. Das grauenhafte Bild des Holzspießes in Xu Das Brust stand ihr vor Augen. Sie musste einen Weg finden, Chen zu schlagen – und zwar schnell! Während sie rannte, war ihr, als ränge sie gemeinsam mit Xu Da nach Luft. Sie hatte nur so wenig Zeit … Aber es würde reichen. Das musste es!

Sie war halb über das Deck, dichtauf gefolgt von Chen, da brach eine Woge über die Reling, riss sie beide von den Beinen und schwemmte sie in verschiedene Richtungen davon. Das war die Gelegenheit, die Zhu gebraucht hatte! Sie blieb dicht am Boden und schlängelte sich durch die Trümmer. Über ihr flatterte ohrenbetäubend laut ein Segel, das sie kaum sehen konnte. Der

Lärm sowie die Trümmer und die Dunkelheit würden es Chen schwer machen, sie zu finden, aber das Hauptproblem blieb: Sie konnte nicht entkommen. Sie wusste es, und Chen ebenso.

»Zhu Chongba!«, brüllte Chen über das Getöse. Sie hatte sich hinter ein Spill geduckt und sah ihn bei der Reling stehen. Er war eine scharf umrissene Silhouette, umgeben vom düsteren Licht seiner blutroten Aura. Sein geflügelter Helm drehte sich von einer Seite auf die andere: Er hielt Ausschau nach ihr. »Lauft nicht davon! Ich will Euch nichts. Mein Gönner hat mich gegen Euch ins Feld geschickt, aber wir müssen keine Feinde sein. Schließt Euch mir an! Stellt Euch nur vor, wie stark wir wären! Glaubt Ihr, es könnte noch irgendjemand gegen uns bestehen?«

Und da spürte sie wieder den vertrauten Zug seines Charismas. Er war nicht der Anführer der Roten Turbane gewesen, und doch hatte man stets den Eindruck gehabt, er sei der Mittelpunkt, um den sich alles drehte. Unverrückbar wie ein Fels nahm er seinen Platz in der Welt ein, sodass alle anderen ihm weichen mussten. Am Anfang hatte sie das an ihm bewundert.

»Euer Bruder hat sich für Euch geopfert, aber das wäre gar nicht nötig gewesen, habe ich nicht recht? Ihr hättet ihn sterben lassen. Ich kenne Euch doch! Als Ihr noch den harmlosen Mönch gespielt habt, habe ich schon erkannt, was in Euch steckt! Ich wusste: Um Eure Ziele zu erreichen, würdet Ihr alles tun! Gleich und gleich erkennt sich. *Wir beide* sollten eine Familie sein! Also folgt mir, Zhu Chongba! Zwischen uns besteht zwar keine Bluts-, wohl aber eine Wesensverwandtschaft. Helft mir auf den Thron, und ich rufe Euch als meinen Sohn und Erben aus! Mein Reich wird Euer Reich sein. Und wenn ich sterbe, vermache ich Euch alles. Das wollt Ihr doch, nicht wahr? Folgt mir, und es ist Euer!«

Einen schaurigen Moment lang leuchtete es ihr ein. Schon immer hatte sie in Chen ihre mögliche Zukunft gesehen, als wäre er ein verzerrtes Spiegelbild ihrer selbst: ein Mensch von solch rücksichtsloser Grausamkeit, dass er alles tun und jeden opfern würde, um sein gewaltiges Verlangen zu stillen.

Er war schon näher; sie sah seine Stiefel auf sich zukommen. Der Regen prasselte jetzt mit solcher Wucht aufs Deck, dass der Sprühnebel kniehoch aufstieg. Um Chen herum glühten die Wassertröpfchen rubinrot, als umgäbe ihn ein Dunst aus eintausend zersetzten Leichen.

»Kommt heraus, Zhu Chongba! Mir seid Ihr gleich. Ich bin Euer Schicksal, Eure Zukunft! Tretet vor mich und schwört mir die Treue!«

Doch sie wollte nicht dasselbe wie er. Er glaubte nur, dass er sie verstand. Wie hätte er sie auch verstehen sollen? Er hatte ja keine Ahnung, wer sie war! Er war auf das zurückgeworfen, was sich von außen erkennen ließ: das Verlangen eines Mannes. Deshalb bot er ihr, was er selbst begehrte. Er konnte sich nicht vorstellen, dass ein Mann etwas anderes wollen könnte als ebendies: eine geerbte Welt, erschaffen von Männern wie ihm, die alle seine Ansprüche erfüllte.

Doch selbst wenn sie Chens Versprechen getraut hätte: Sie wollte sein Erbe nicht.

Jedes Mal, wenn das Deck schwankte, rollte etwas Metallenes gegen ihre Füße. Jiaos Handrohre. Zhu fasste eines. Die Kakofonie auf dem Schiff übertönte ihre rauen Atemzüge. Sie bekam Luft, doch zugleich war ihr, als erstickte sie zusammen mit Xu Da, der sterbend lag, wo sie ihn zurückgelassen hatte.

Er hatte die Angelegenheit in die eigenen Hände genommen. Die schreckliche Wahrheit war: Sie wusste nicht, wie sie sich entschieden hätte.

Chen konnte sich jedoch nicht anmaßen, es zu wissen – denn sie war nicht wie er!

Sie balancierte das Rohr in ihrer linken Armbeuge. Es war bereits abgefeuert worden, daher war es nicht einmal eine richtige Waffe, sondern bloß ein leeres Rohr. Sie legte die linke Hand über das Loch am schmaleren Ende.

Nur Licht war schneller als ein Gedanke. Noch ehe sie ihren Wunsch in Worte gefasst hatte, schoss ihr Mandat durch das Rohr, fiel durch die andere Öffnung und warf einen hellen Kreis auf ein Nest aus verknoteten Seilen schräg hinter Chen. Er wirbelte herum, und da sprang Zhu auf und schwang ihm das Rohr mit aller Kraft gegen den Kopf.

Sogar über das Trommeln des Regens hörte sie das Scheppern. Durch ihre Arme ging ein so heftiger Ruck, als hätte sie eine Axt tief ins Holz getrieben. Chen taumelte. Hätte er nicht den Helm getragen, dann hätte sie ihm den Schädel zertrümmert. Doch er trug ihn, und sie war darauf gefasst gewesen, dass es nicht reichen würde. Ohne innezuhalten warf sie das Rohr beiseite, zog ihren Säbel und schlug nach dem Streifen Haut, der zwischen Helm und Rüstung hervorschaute …

… doch im selben Moment riss Chen den gepanzerten Arm hoch und blockte ihre Klinge. Sein Gesicht war eine Grimasse; vor Wut und Schmerz hatte er die Zähne gefletscht. Er schlug den Säbel beiseite, als wäre Zhu bloß ein lästiger Moskito, war im Nu bei ihr und versetzte ihr einen Hieb mit der Rückhand, dass ihr Hören und Sehen verging.

Sie wusste nicht, wie es geschehen war, aber plötzlich lag sie auf dem Rücken und schnappte nach Luft. Schmerz spürte sie nicht direkt – als wäre der Sinneseindruck zu mächtig, um ihn zu verarbeiten. Chen stand über ihr. Sie schaffte es nicht, sich wegzurollen. Er stampfte ihr auf die Hand, mit der sie noch immer den Säbelgriff umklammerte, und dieses Mal drang der Schmerz zu ihr durch. Ihre Hand knirschte unter seinem Stiefel, und sie schrie. Chen trat zuerst den Säbel fort, und dann trat er sie.

Zhu hatte zugesehen, wie ihr Vater zu Tode getreten worden war, und nun begriff sie voller Entsetzen, dass sie auf die gleiche Weise sterben würde. Erst brächen ihre Rippen, und als Nächstes würden ihre Organe zermalmt werden. Fürchterliche Qualen fraßen sie bei lebendigem Leib; hilflos fiel sie in jenes Nichts, nach dem Ouyang sich so gesehnt hatte.

Dann war das Deck mit einem Mal nicht mehr unter ihr. Sie stürzte und ruderte reflexhaft mit den Armen. Die Spitze ihres Hakens bohrte sich in die Planken und verhinderte, dass sie weiter das scharf abgekippte Deck hinunterrutschte. Dort hing sie und hörte die fernen Schreie einer Frau im Wind. Erst nach einer ganzen Weile wurde ihr klar, dass sie selbst schrie.

Chen war die Schräge hinunter verschwunden, aber als das Deck sich in die andere Richtung neigte, kam er mit einem Schwall Wasser zurückgerollt. Ein Stück von ihr entfernt blieb er liegen. Er arbeitete sich auf, langsamer jetzt. Schwerfälliger.

Zhu mühte sich erst auf die Knie hoch und endlich auf die Füße. Sie konnte kaum stehen. Den linken Arm mit der zertrümmerten Hand schlang sie um ihre gebrochenen Rippen, dann torkelte sie davon, Chen dicht auf den Fersen. Im Zickzack taumelten und stürzten sie über das schwankende Deck, wie zwei Schiffe, die gegen den Wind kreuzten.

Zhu schlingerte durch den Regen auf den Vormast zu und sah eine Stelle vor sich, die heller war als die dunklen Planken. Zuerst glaubte sie, ein Segel müsse herabgefallen sein, aber dann fiel ihr das abgedeckte Harpunenloch ein. Es sah aus, als befände sich unter dem Segelpapier fester Grund, aber tatsächlich lag über dem Loch nur ein hastig gezimmertes Gitter aus Bambuslatten. Es war wohl stark genug, um ihr Gewicht zu halten, dachte sie benommen. Wenn sie Chen darauf locken könnte …

Sie stolperte vorwärts. Das Gitter bebte, hielt aber. Sie wagte es nicht, sich umzuschauen. Hinter sich spürte sie Chens Gegenwart so deutlich, als versetzte sein Mandat die Luft in Schwingung. Stärker und stärker fühlte sie die

Vibration; kaum zu glauben, dass er sie noch nicht gepackt hatte …

Dann ruckte das Gitter so heftig, dass sie nach vorn geschleudert wurde und auf die Knie fiel. Chens erschrockener Schrei hallte ihr in den Ohren. Vor Schmerz war ihr schwindelig, aber sie hatte keine Zeit. Ohne aufzustehen, zog sie sich herum und warf sich auf Chen, der damit beschäftigt war, seine Beine aus dem Gewirr aus zerbrochenen Bambuslatten und zerrissenem Papier zu befreien. Mit letzter Kraft trieb sie den Haken durch den ungepanzerten Stoff an seiner Taille.

Er brüllte, als sich die Spitze tief in ihn bohrte. Sie spürte deutlich, wie der Haken einem stumpfen Messer gleich in sein Fleisch eindrang …

Dann kam sie nicht weiter, denn Chen hatte den Haken gepackt. Zhu riss daran, aber es nützte nichts: Chens Griff war eisern. Sie zerrte noch einmal, verzweifelt, und dieses Mal gelang es ihr, den Armstumpf aus der Manschette zu befreien. Auf der anderen Seite des Gitters stürzte sie auf die Planken und blieb zusammengekrümmt und keuchend liegen. Sie konnte nur hoffen, dass sie Chen schwer genug verwundet hatte, um ihn aufzuhalten. Blut strömte aus der Wunde in seiner Seite. Knurrend zog er den Haken heraus und warf ihn beiseite. Durch den Riss im gesteppten Stoff sah Zhu die klaffende Wunde, das gelbe Fett an den Rändern. Aber Chens Eingeweide quollen nicht daraus hervor. Grauen drang durch ihre Erschöpfung, als sie begriff, dass sie ihn nicht schwer genug verletzt hatte. Mehr noch als Fang Guozhen besaß Chen jene Masse, die Männern in der Schlacht so nützlich war: Sie waren schwer, wuchtig und – wie sich in diesem Moment zeigte – gut geschützt.

Zhus verzweifelter Vorstoß hatte sie das letzte bisschen Kraft gekostet. Es war nicht daran zu denken, aufzustehen und davonzulaufen. Mit der gebrochenen Hand und dem nutzlosen

Armstumpf konnte sie nicht einmal richtig kriechen. Sie robbte auf den Ellenbogen vorwärts. Als das Deck erbebte, wusste sie, dass Chen sich soeben aus dem Loch gezogen hatte. Und dann war er bei ihr.

So mühelos, wie ein Tiger einen Fisch fängt, ergriff er sie am Knöchel und drehte sie auf den Rücken. Dann setzte er sich ihr rittlings auf die Brust. Er zerquetschte sie unter sich, musste ihr gar nicht erst die Hände um den Hals legen. Trotzdem tat er es. Vage erinnerte sie sich, wie betrogen sie sich gefühlt hatte, weil er scheinbar in seinem brennenden Flaggschiff umgekommen war. Es hatte sie nach der Genugtuung verlangt, seine letzten Augenblicke zu bezeugen. Er seinerseits schien nun ihr Sterben nicht nur mit ansehen zu wollen – er wollte es spüren. Unter dem geflügelten Helm war sein Gesicht die Fratze eines Höllendämons: Er lächelte mit der blutrünstigen, selbstgerechten Bosheit eines Mannes, der nie daran gezweifelt hatte, dass er gewinnen würde. »Gut, Euch endlich los zu sein, Zhu Chongba!«

Sie keuchte und röchelte. Mit der gebrochenen Hand trommelte sie schwach gegen seinen Brustpanzer; mit dem Armstumpf erreichte sie ihn nicht einmal – hilflos winkte sie damit vor seinem Gesicht herum. Ihr Bewusstsein schwand, und eine große Verzweiflung brach über sie herein. Sie handelte nicht mehr absichtsvoll; eher war es so, als klammerte ihr Geist sich an den Leib, als beschwüre er ihn herauf, wie er einst gewesen war – und da erschien auch ihre rechte Hand, aus Licht geschaffen.

Zhus Himmelsmandat war zumeist eine blasse weiße Flamme, die man während des Tages kaum sehen konnte. Doch als sie nun ihre Phantomhand nach Chens Gesicht streckte, war sie gleißend hell; von Augenblick zu Augenblick strahlte das Licht heller, und bald glühte es so unbarmherzig weiß wie die Sonne selbst.

Chen schrie, zuckte zurück und schlug die Hände vors Gesicht, aber seine Haut schlug bereits Blasen und löste sich vom Bindegewebe darunter. Die Augen waren nur noch schwarze Löcher; Zhu musste daran denken, wie er vor langer Zeit einem Mann die Zunge herausgeschnitten und dann ganz Anfeng gezwungen hatte, bei seiner Hinrichtung zuzuschauen.

Sie krächzte: »Ich heiße nicht Zhu Chongba!«

Chen war nicht ihr Schicksal. Sie war Zhu Yuanzhang, und dieser Name, den sie selbst gewählt hatte, stand für ihre Zukunft. Die Herrschaft der Yuan würde zu Ende gehen, und sie würde kein Erbe antreten, sondern eine neue Welt nach ihren Wüschen schaffen.

Im nächsten Moment verwandelte sich das horizontale Deck in eine steile Klippe, und sie stürzten. Zhu fiel an einem abgeknickten Mast vorbei und warf beide Arme über eine Spiere. Chen, blind, griff ins Leere, brach mit seinem massigen Leib durch die verwirrte Takelage und landete schwer auf der Reling.

Dann neigte sich das Schiff noch ein wenig mehr, und er flog über die Reling, als hätte ihn ein Pferd abgeworfen. Zhu sah ihn noch in das schwarze Wasser stürzen. Dann war er fort.

☯

Zhu torkelte und schlitterte das Deck hinab, zurück zu Xu Da. Sie kam sich wie eine Schattentheaterfigur mit zerbrochenen Gelenken vor: Ihre Glieder waren entweder zu steif oder schlenkerten unkontrollierbar. Während sie um ihr Leben gekämpft hatte, war alles andere in den Hintergrund getreten, doch nun hatte die Seelennot sie erneut im Griff. Es schien ihr, als liefe eine von Jiaos Blutuhren ab: Jeder verstreichende Augenblick entsprach einem Blutstropfen, der in eine Schale von unbekannter Größe fiel. Der Pegel stieg, doch sie drängte die Angst zurück. Xu Da würde es überstehen. Wie sollte es anders sein? Er hatte Banditen und das Schlachtfeld überlebt, war dreimal ertrunken und zu ihr zurückgekehrt! Endlich sah sie ihn zwischen Trümmern eingeklemmt am Boden liegen und warf sich neben ihm nieder.

Er war noch am Leben, als hätte ihr Wille allein dies bewirkt. Zwar war er bleicher als ein gekochtes Huhn, aber in ihrem Licht sah schließlich alles so aus. Der Anblick des Holzspießes in seiner Brust war noch schlimmer als in ihrer Erinnerung, aber wenigstens waren seine Kleider durchtränkt vom Regen und nicht von seinem Blut. Sie selbst hatte sicher schlimmer ausgesehen, nachdem Ouyang sie aufgespießt hatte. Sie hatte damals so viel Blut verloren, und trotzdem hatte sie überlebt.

»Warum?«, krächzte sie. »Warum bist du selbst gefahren, du hirnlose Melone? Jeder hätte das Öl anzünden können! Du hättest es nicht selbst machen müssen.«

Ihre linke Hand war bereits grotesk geschwollen und zu nichts mehr nütze, deshalb streichelte sie seine Wange mit ihrer Phantomhand. Eine Berührung, die keine war – aber was machte das schon? Ihr Wille war stark genug, das Universum nach ihren Wünschen zu gestalten. Kraft ihres Willens hatte sie Chen geschlagen und Xu Da am Leben gehalten, bis sie zu ihm zurückkehren konnte – und nun würde ihr Wille den Tod selbst besiegen, denn das war ihr Begehr.

Vielleicht spürte er ihre Berührung ja doch, denn er regte sich schwach. »Du bist zurück«, wisperte er. »Ich wusste, du würdest ... gewinnen.«

»Das habe ich«, sagte sie grimmig und versuchte, nicht auf das Blut zu achten, das der Regen fortwusch, sobald es ihm über die Lippen stieg. »Es ist vorbei. Chen Youliang ist tot. Auf den anderen Schiffen gibt es Ärzte; ruh dich aus, ich hole sie! Wir bringen dich in kürzester Zeit wieder auf die Beine.«

Ihr war, als lachte er, obwohl sein schrecklich verzerrtes Gesicht nichts dergleichen erkennen ließ. »Ein Jammer, dass Jiao nicht hier ist … Dieser Dreckskerl.« Er sprach langsam und musste zwischendurch immer wieder abbrechen. Sie hielt ihr Ohr dicht an seine Lippen, um ihn zu verstehen. Doch selbst aus dieser Nähe spürte sie seine Körperwärme nicht. »Nicht einmal er könnte das hier richten.«

»So ein Unsinn!« Sie hatte keine Ahnung, warum ihre Stimme so eigenartig klang. Es gab keinen Grund dafür, denn das hier war kein Abschied. »Sei nicht so dramatisch. Ich glaube dir ja, dass es sich so anfühlt, aber du stirbst nicht! Wie könntest du auch? All die unartigen Mädchen Yingtians warten auf dich. Wenigstens eins musst du heiraten, ein Dutzend Kinder bekommen und mir ein paar abgeben! Wer soll mir sonst einen Erben schenken?«

»Ich bin in die Barke gestiegen«, hauchte er, »weil ich dachte: Lieber gehe ich als jemand, der noch sein ganzes Leben vor sich hat.«

Was sagte er da? Es ergab überhaupt keinen Sinn.

»Ich war … schon …« Er rang schwer um Atem, stieß endlich hervor: »… todgeweiht. Die Festungsinsel … Nachdem der Eunuch mich zurückgeholt hatte. Seitdem weiß ich es.«

Zhu war, als hätte ihr Herz vergessen, dass es schlagen musste. In ihrer Brust war es ganz still. *Die Festungsinsel.*

Wie zufrieden sie mit diesem Einsatz gewesen war! Beglückwünscht hatte sie sich: Ihr Triumph hatte sie nur zwei Menschenleben gekostet, die ihr nichts weiter bedeutet hatten. Sie hatte sich gesagt, dass sie aus freien Stücken mehr gegeben hätte.

Nun wurde ihr bewusst, dass Xu Das Husten sich nie ganz gelegt hatte. Wie oft hatte er sich verstohlen den Mund abgewischt? Immer hatte er ihr versichert, es gehe ihm gut. Er hatte ihr das Wissen ersparen wollen, wie viel sie wahrhaftig geopfert hatte.

Wenn er seit der Festungsinsel sterbenskrank war, dann war nicht Chen schuld daran, dass Xu Da ihr zu entgleiten drohte.

Eisiges, kristallklares Grauen erfüllte sie. *Ich bin schuld!*

Es gelang ihr, die gebrochene Hand unter seinem Nacken durchzuschieben, sodass sie seinen Hinterkopf auf ihrem Handgelenk halten konnte. Mit der Phantomhand strich sie über seine kalten weißen Wangen. Der Schmerz hatte seinem Gesicht Falten eingegraben. »Ich verbiete dir zu sterben«, sagte sie, und die Welt schien sich um die Gewalt ihres Willens herum neu zu formen. »Ich lasse es nicht zu!«

Nun brachte er doch noch ein Lächeln zustande. Nie hatte Zhu etwas Schrecklicheres gesehen.

»Es gibt Zeiten, da kann man nicht einmal dem Befehl eines Kaisers gehorchen. Was soll die Aufregung, kleiner Bruder? Dies ist mein Los. Ich wusste von Anfang an, dass ich einmal mein Leben für dich geben würde ... Für dich, der du dem Schicksal getrotzt hast. Der vermag, die Welt zu verändern. Ich dachte, du wüsstest es auch.« Es rasselte in seiner Kehle, und sein Blick richtete sich voller Schrecken nach innen. »Ich wollte nur, es ... täte nicht so ...« Die letzte Kraft schien ihn zu verlassen. Er röchelte, als erforderte das Atmen seine ganze Kraft, als bliebe ihm sonst nichts mehr.

»Nein!«, rief Zhu. Er schien gar nicht mehr richtig da zu sein. Entschlüpfte sein Geist bereits seinem Leib? Könnte sie ihn doch dort festhalten, wo er hingehörte! Beinahe glaubte sie, es sei tatsächlich möglich. Sie konnte Geister sehen! Weshalb sollte sie da nicht einen binden können? Vielleicht war das eine Gabe, die nur sie besaß und niemand sonst: sich dem Himmel zu widersetzen und mit reiner Entschlossenheit den Tod selbst in die Flucht zu schlagen.

Etwas Furchtbares schüttelte sie. Sie drückte ihre Stirn gegen Xu Das, als könnte sie ihn so daran hindern, seinem Leib zu entfliehen. Er war schon an ihrer Seite gewesen, als sie noch gar nicht sie selbst gewesen war. Eine Welt ohne ihn konnte sie sich nicht vorstellen. Ihr war, als würde die Küste unter ihren Füßen von einer Flut fortgespült, die stärker und mächtiger war als sie selbst. Sie schrie und kämpfte dagegen an, wusste aber schon: Die Kraft, die ihn fortriss, war das kalte, unerbittliche Schicksal. Doch sie hatte sich ihm bereits einmal verweigert!

»Der Himmel kann dich mir nicht nehmen! Ich lasse es nicht zu. Ich lasse es nicht zu!«

Es war ihr immer leichtgefallen, sich vom Elend anderer abzugrenzen. Sie hatte zugeschaut, wie Chen Youliang einen Mann bei lebendigem Leib hatte häuten lassen. Und wie oft hatte sie ihre eigenen Männer ohne zu zögern in den Tod geschickt? Nicht einmal die Unschuld eines Kindes hatte sie davon abgehalten, es zu ermorden. Den Schmerz anderer hatte sie immer bloß von außen betrachtet. Nie war ihr in den Sinn gekommen, dass es so unerträglich sein könnte, jemanden leiden zu sehen! Xu Da war immer da gewesen. Er hatte sie von Beginn an akzeptiert und behütet. Sie liebte ihn, und seine Qual brannte sich in ihr ungeschütztes Herz. Sie starb mit ihm zusammen.

Aber wenn sie seinen Schmerz spürte – bedeutete das nicht, dass sie gemeinsam kämpften? Teilte sie dann nicht ihren unbezwinglichen Lebenswillen mit ihm? Sie war stark genug für zwei, für eintausend – stark genug, sich dem Lauf der Welt zu widersetzen!

Das Schiff schwankte heftig auf den Wellen. Ihre kleine Lichtblase in der Finsternis wurde vom endlos strömenden Regen durchbrochen. Zitternd krümmte sie sich über Xu Da zusammen, schützte ihn, so gut sie konnte. Hielt ihn. Doch schließlich genügte ihr Wille allein nicht mehr. Seine Augen waren noch offen, doch als der Regen ihm diesmal das Blut aus dem Mund wusch, stieg kein neues mehr darin auf. In dem Leib in ihren Armen wohnte kein Geist mehr.

Sie hatte ihrem Verlangen sein Leben geopfert. Wenn sie aufblickte, würde sie ihn sehen: Xu Da stünde hinter einem Vorhang aus Regen, getrennt von ihr. Ihre Stimme war so heiser, dass sie sie selbst nicht wiedererkannte. »Ich werde dafür sorgen, dass es das wert war«, versprach sie ihm.

18

VOR DEN TOREN DADUS

Ouyangs Heer lagerte am Rand des kahlen braunen Ackerlands, das die Stadt umgab. So weit im Norden war er noch nie gewesen. Dadu war trockener, als er gedacht hatte: Der Schnee war nur knöcheltief. Ideale Bedingungen, um Krieg zu führen. Der Gedanke erfüllte ihn weder mit Zufriedenheit noch mit gespannter Erwartung; es war nichts weiter als eine nüchterne Beobachtung. Das Hauptheer der Yuan war zur Verteidigung vor den Randbezirken aufmarschiert. Die vielen Herren- und Freudenhäuser lagen im Schatten der hohen Stadtbefestigung. Innerhalb dieser Mauern erhoben sich die der Kaiserstadt und wieder darin die des Palasts. Nur das stand noch zwischen Ouyang und seinem Schicksal: ein Heer und drei Mauern. *Es ist beinahe vorbei.*

Der Filzvorhang seines Gers war hochgerollt; bitterkalt pfiff der Wind durch den Eingang. Früher hätte ihm die Kälte etwas ausgemacht. Vielleicht hätte er sich darüber beklagt. Doch nun kam ihm alles so fern vor. War er überhaupt wirklich hier? Er war gefangen in einer Welt des Elends, in die nichts Äußerliches einzudringen vermochte. Beherrschen ließ sich der Schmerz nicht mehr. Es gab keine Grenze zwischen ihm und der Erinnerung. Der schlimmste Schmerz brach in Wellen über ihn herein. Der Anstieg zum Kamm war jedes Mal so qualvoll, dass er sich nicht einmal vorstellen konnte, wie er weitermachen sollte, doch die elende Frist des Wellentals war sogar noch schlimmer: Die Betäubung war ein schwaches, verzerrtes Abbild jener Auslöschung, die er vergeblich herbeisehnte.

Nach dem langen, eiligen Marsch erweckten seine Soldaten einen abgerissenen und erschöpften Eindruck. Chu musste in der Piratenstadt Qingyuan etwas zugestoßen sein; Ouyang hatte keine Ahnung, was eigentlich, und es kümmerte ihn auch nicht. Er hatte ja noch den langweiligen, verlässlichen Geng mit dem quadratischen Gesicht, der die Ordnung im Heer aufrechterhielt. Die Männer hatten nicht gerade erfreut gewirkt, als Ouyang allein aus Qingyuan zurückgekehrt war, und die Neuigkeit, dass sie ohne Zhus Streitkräfte gen Dadu ziehen würden, hatte die Stimmung nicht gehoben. Die Gefühle Wehrpflichtiger scherten ihn jedoch herzlich wenig. Seine Kommandeure gehorchten Geng, und Geng gehorchte ihm. Die Wehrpflichtigen wurden gepeitscht, bis sie ebenfalls gehorchten. Sein Heer war ein einziger großer Organismus, angetrieben von seinem Verlangen.

Und er hatte Erfolg: Bisher hatte seine Armee jede Verteidigungslinie durchschlagen. Zwar hatten sie erhebliche Verluste erlitten, aber er hatte Schlimmeres erwartet. Es hatte ihn verwundert, wie chaotisch das Hauptheer vorgegangen war; das passte nicht zu dem, was er über den Kanzler wusste. Beinahe schien es, als gäbe es aufseiten der Verteidiger gar keinen Feldherrn.

Ouyang erinnerte sich vage an Gengs Mutmaßung, der Kanzler könnte Hofmachenschaften zum Opfer gefallen sein. Vielleicht behielt er ja tatsächlich recht. Doch was auch der Grund war: Es zählte bloß, dass er Zhu nicht gebraucht hatte – nie gebraucht hatte. Er war nur noch eine Armeslänge von seinem Ziel entfernt. Bald schon würde er sich an dem Mann rächen, der Esens und sein Schicksal festgeschrieben und ihnen jede Wahl genommen hatte. Der Tod des Großkhans würde jedes Opfer, all das unsägliche Leiden, endlich aufwiegen.

»Wollt Ihr das nicht lieber ansehen lassen? Vielleicht muss es sogar genäht werden.« Höflich machte Geng einen Schritt über die Schwelle des Gers hinweg.

Ouyang folgte dem Blick des Oberbefehlshabers und stellte überrascht fest, dass seine Hände mit blutenden Schnitten übersät waren. Er konnte sich nicht daran erinnern, sie sich beim letzten Gefecht zugezogen zu haben. Heute erschienen ihm seine Hände – klein, zart und verhasst – sogar noch fremdartiger als sonst. Sie taten nicht weh. Hatte er noch andere Verletzungen erlitten, die er nicht spürte? Vielleicht zerfiel er nicht nur in jener furchtbaren Welt in seinem Inneren, sondern auch in der Wirklichkeit. »Das ist nichts weiter.«

Es spielte keine Rolle, dass sein Leib in Auflösung begriffen war. Er musste nur noch so lange zusammenhalten, dass Ouyang tun konnte, was getan werden musste. Er sehnte sich jedoch nach seiner alten Empfindungsfähigkeit. Ohne sie konnte er der unaufhörlichen seelischen Qual gar nicht mehr entkommen. Vor seinem geistigen Auge sah er das gewalttätige, beinahe lustvolle Bild, wie er sich die eigene Haut abzog, um sich Erleichterung zu verschaffen. Doch diese Zeit war vorbei, das wusste er. Jetzt wartete nur noch das Ende auf ihn.

»Vermutlich ziehen sie sich schon in den nächsten Tagen in die Stadt zurück«, sagte Geng. »Dann werden wir mit der Belagerung beginnen müssen, denn ein Sturmangriff wird uns der Verluste wegen vielleicht nicht gelingen. Es wäre also gut möglich, dass sich die Sache hinzieht.«

Eine lange Belagerung war das Letzte, was Ouyang wollte. Natürlich hatte er gewusst, dass es wahrscheinlich so kommen würde. Trotzdem konnte er den Gedanken an die endlose Warterei kaum ertragen.

Geng schien das zu spüren. »Vielleicht können wir uns die Belagerung ja ersparen. Was, wenn wir eine kleine Vorhut in die Stadt schicken, die später das Tor für uns öffnet?«

Ouyang wollte, Geng hätte recht. »Genau auf so etwas werden die Torwachen besonders achten. An denen schleusen wir niemanden vorbei. Die Mühe können wir uns sparen.«

»Vielleicht gelingt es uns doch. Ich habe einen Kontakt in Dadu. Wenn ich ihn großzügig entlohne, hilft er uns vielleicht, ein paar Männer in die Stadt zu bringen, eine kleine Gruppe. Ich bin nicht sicher, ob das reicht. Doch falls Ihr es versuchen wollt, müssten wir schnell sein. Bald wird die Stadt abgeriegelt.«

Wie seltsam, dass Geng, der doch aus Henan stammte, jemanden in Dadu kennen wollte. Zugleich erschien es Ouyang passend: Das Schicksal bereitete ihm den Weg. Ihm war, als geschähe nun alles unweigerlich. Vielleicht hätte er sich darüber freuen sollen, aber er spürte nur das Ende nahen.

»Wendet Euch an Euren Kontakt«, sagte er. »Dann stellt eine Truppe zusammen. Wir gehen es unverzüglich an.«

☯

Ouyang und Geng näherten sich zu Fuß dem Haupttor in Dadus Südmauer. Ihre Schwerter und Rüstungen waren in den Packtaschen eines Esels verstaut, und sie führten Ziegen an einem langen Seil mit sich: ihr Vorwand, um in die Stadt zu gelangen. Immerhin mussten auch die Bürger einer belagerten Stadt essen. Die Truppe bestand aus acht Mann, aber sie hatten sich in Zweiergrüppchen geteilt. Gengs Kontakt hatte ihnen Passierscheine für Händler zukommen lassen. Sie würden an verschiedenen Toren um Einlass ersuchen: So flogen nicht gleich alle auf, wenn ein Paar gefasst wurde. In Dadu würden sie sich wiedertreffen.

Die Dämmerung sank herab. Das Tor wurde von Fackeln erleuchtet, aber die Mauer selbst war nur noch ein schwarzer Schatten, so gewaltig, dass der Himmel dahinter verschwand. Sie bestand aus gestampftem Lehm und war solide wie ein Berg. Es war die höchste Stadtmauer, die Ouyang je gesehen hatte. Direkt davor zu stehen, machte ihm noch einmal bewusst, was für ein Glücksfall Gengs Kontakt für sie war. Während der Gründung Groß-Yuans hatte ein mongolisches Heer eine Nanren-Stadt drei Jahre lang belagern müssen, ehe die Eroberung gelungen war. Was, wenn es Jahre gedauert hätte, Dadu auszuhungern? Notfalls wäre Ouyang dazu imstande gewesen; er war jedoch überzeugt, dass es ihn um den Verstand gebracht hätte.

Sie waren so spät gekommen, weil sie gehofft hatten, müde Wächter würden sie ohne allzu genau Prüfung durchwinken. Doch nun, während sie in der Schlange der Händler, Boten und Yuan-Soldaten immer weiter vorrückten, sah Ouyang mit Schrecken, dass ein Wächter jeden Passierschein mithilfe einer Liste genau prüfte. Geng und er würden es mit ihrem gestohlenen Dokument nie durch das Tor schaffen. Sich aber jetzt aus dem Staub zu machen, wäre verdächtig; sie waren schon zu nah heran. Mit dumpfer Beunruhigung musterte Ouyang aus den Augenwinkeln das Dutzend schwer bewaffneter Wachen. Konnte er das Schwert aus der Packtasche ziehen und so viele niederstrecken, dass er an den übrigen vorbei in die Stadt rennen und in den Gassen untertauchen konnte? Er wäre allein, hätte keine Rüstung und auch sonst nichts. Nur sein Schwert. Aber vielleicht würde das reichen. Er musste bloß ein einziges Mal in die Nähe des Großkhans gelangen.

Am Tor nahm der Wächter mit der Liste Gengs Passierschein an und glich ihn ab. Dann fasste er Geng scharf in den Blick.

Unauffällig trat Ouyang dichter an den Esel heran. Vor seinem inneren Auge sah er, wie und in welcher Reihenfolge er die Wachen töten würde. Es war, als träumte er von etwas, das bereits geschehen war.

»Kennst du die Regeln nicht?«, fragte der Wächter verärgert. Doch zu Ouyangs Erstaunen rief er nicht, ihr Passierschein sei gefälscht oder gestohlen, sondern gab ihn Geng zurück. »Ich weiß ja, dass nicht an allen Toren so sorgfältig kontrolliert wird. Aber die Regeln sind eindeutig: Jeder Händler braucht einen eigenen Passierschein. Zwei Personen, zwei Scheine!«

»Zwei ... Ach! Aber der da ist kein Händler.« Ouyang erstarrte, eine Hand an der Packtasche, als Geng die Stimme senkte und murmelte: »Das ist bloß ein Sklavenjunge, der mir mit den Tieren hilft. Brauche ich für das Bürschchen wirklich einen eigenen Passierschein? Schau dir die halbe Portion doch an! Ich passe in der Stadt schon gut auf ihn auf.«

Der Wächter kniff die Augen zusammen, um Ouyang in der Dämmerung besser zu erkennen. Früher hätte dieses ungenierte Starren Ouyang wütend gemacht. Doch nun kümmerte es ihn nicht, auch wenn er genau wusste, was der Mann dachte.

»Auf der langen Reise hat man gern ein bisschen Gesellschaft, hm?«

Dem faden Geng gelang ein dreckiges Grinsen. »Er ist nicht nur hübsch, sondern auch ausgesprochen gefällig!«

Der Torwächter grinste zurück und trat beiseite, um sie durchzulassen. Ouyang empfand nicht einmal Erleichterung. Es war natürlich zweckdienlich, dass der Passierschein echt war. Gengs Vetter – oder wer sein Kontakt auch sein mochte – war wohl ein Beamter. Aber selbst, wenn der Passierschein gestohlen gewesen wäre ... Nun, für Geng wäre es wohl übel ausgegangen, hätte Ouyang die Wächter ermordet und wäre allein weiter vorgedrungen. Doch sein Geschick hätte sich so oder so erfüllt. Wie sollte es auch anders sein?

Sie eilten durch die gitterartig angelegten Straßen zu einem Haus im Westviertel, das Gengs Kontakt als Sammelpunkt für die Gruppe bestimmt hatte. Beim Eintreten streifte Ouyang ein merkwürdiges Gefühl: Als hätte jemand, den er kannte, gerade erst das Zimmer verlassen. Vielleicht hing der Hauch eines vertrauten Parfüms in der Luft. Aber das musste ein Zufall sein, denn er kannte niemanden in Dadu. Er holte noch einmal Atem, aber wenn er tatsächlich etwas gerochen hatte, war es schon verflogen.

☯

Bei Einbruch der Nacht hatte sich die Truppe vollständig im Haus versammelt. Die Rüstungen, die die Männer anlegten, unterschieden sich in nichts von denen, die auch alle anderen gewöhnlichen Yuan-Soldaten in Dadu trugen. Nur Ouyangs Spiegelpanzer stach hervor. Er war auffällig, vor allem in Verbindung mit den unverwechselbaren körperlichen Merkmalen seines Trägers, aber selbst, wenn sich ein einfacher Harnisch in passender Größe gefunden hätte, Ouyang hätte sich geweigert, ihn zu tragen. Zum Schluss, wenn es darauf ankam, sollte man ihn erkennen.

Auf der Straße vor dem Haus teilten sie sich auf: Die Männer, die mit Sabotage beauftragt waren, schlichen sich auf das nahe Westtor zu; Ouyang, Geng und ihr Grüppchen brachen in Richtung Kaiserstadt auf.

Geng war von seinem Kontakt gut instruiert worden. Er führte sie an einem dünn vereisten Kanal entlang, der durch mehrere Wohnviertel und schließlich durch ein Wäldchen innerhalb der Stadt floss. Dort war es so finster, dass Ouyang durch die Zweige der Lärchen spähen musste, um nachzuschauen, ob die Sterne noch da waren. Dabei stellte er fest, dass eine zweite gewaltige Mauer ihren Schatten über das Wäldchen warf – deshalb war es hier so dunkel. Nun stiegen sie in den Kanal selbst – das rasch dahinfließende Wasser unter dem Eis reichte allen bis an die Oberschenkel, Ouyang jedoch bis an die Taille – und wateten bis zu der Mauer. Vor ihnen verschwand das Wasser in einem finsteren, etwa brusthohen Loch. Geng sagte leise: »Eigentlich versperrt hier ein Gitter den Zugang, aber mein Kontakt konnte es entfernen lassen. Der Tunnel bringt uns in die Kaiserstadt. Dann steht uns nur noch eine Mauer im Weg.«

Sie zogen die Köpfe ein. Im Tunnel hing ein scharfer Geruch in der Luft, wie nach Wurzeln. Es dauerte einen Augenblick, bis Ouyang wieder einfiel, woher er ihn kannte: aus den Tunneln unter Pingjiang. Seine Zeit mit der Frau, die sich selbst Zhu Yuanzhang nannte, kam ihm bereits wie ein Traum vor: Es spielte jemand darin mit, den es nie gegeben hatte. Undeutlich war ihm noch die grenzenlose Verzweiflung im Gedächtnis, weil er auf ihre List hereingefallen war: Nur ihretwegen hatte er auf ein anderes Ende zu hoffen gewagt. Doch nun tat es nicht mehr weh. Es war ihm gleich. Wer Zhu auch sein mochte: Für Ouyangs Zukunft war sie bedeutungslos.

Der Tunnel öffnete sich auf einen gefrorenen See. Hier – anders als über dem dahinströmenden Kanal – war das Eis so dick, dass sie darauf stehen konnten. Rasch überquerten sie die weite schwarze Fläche, huschten über einen ebenfalls gefrorenen Wehrgraben und kletterten die Böschung am Fuß der Palaststadtmauer hinauf.

Nass, wie sie waren, drängten sie sich zu einem engen Kreis zusammen, um sich gegenseitig zu wärmen. Zitternd warteten sie. Die trockene Stadtluft war so unbewegt, dass ihr Atem wie weißer Nebel über ihren Köpfen hing, leuchtend im Sternenlicht. Die Glocke im Turm der äußeren Stadt läutete zur ersten Nachtwache, dann zur zweiten. Und dann endlich kam, worauf sie gewartet hatten: nicht Glocken-, sondern Trommelschlag. Über der Wehrmauer erblühten Feuerblumen. In der äußeren Stadt erhob sich ein Murmeln wie von einem

Bächlein, das sich jedoch rasch in einen brausenden Wasserfall verwandelte, als die Bevölkerung erwachte und begriff, was gerade geschah: Der Feind fiel in die Stadt ein.

Auch in der Palaststadt brach Tumult los. Immer mehr Fackeln flammten auf und verwandelten sie in eine leuchtende Insel. Die Sterne verblassten, als wäre die Morgendämmerung gekommen. Schließlich klaffte das Haupttor auf, und eine große Zahl berittener Männer preschte daraus hervor: Die zehntausend Mann starke Leibwache des Großkhans selbst, die helfen sollte, Ouyangs Heer aufzuhalten.

»Jetzt!«, befahl Ouyang, sobald die Soldaten außer Sicht waren, und seine Männer schleuderten ihre Wurfhaken über die Mauer. In der Kaiserstadt war es so dunkel gewesen, dass das strahlende Licht in der Palaststadt beinahe blendete. Sie sprangen in den Gang zwischen den beiden Mauern hinab. Zwei Palastwachen, die auf dem Posten geblieben waren, erblickten die Eindringlinge und schrien, doch Ouyang streckte sie rasch nieder und rannte los, gefolgt von seinen Männern. Mehrmals bogen sie ab, liefen durch Gassen, immer auf den Stadtkern zu. Zuletzt stürmte Ouyang durch einen Torbogen und auf einen weiten Platz hinaus. Weiße Marmorstufen führten zu einer hell erleuchteten Halle hinauf, die in der Nacht erstrahlte. Ouyang hatte zwar um die Pracht gewusst, die im Herzen Groß-Yuans zu finden war, aber er konnte dennoch kaum begreifen, wie groß der Palast war, der selbst in der Nacht wie ein Juwel glitzerte.

Auf dem Weg hierher hatten Palastwächter in Paaren Wache gestanden, aber vor der Freitreppe warteten sie scharenweise. Ouyang stürzte sich zwischen sie, watete durch Leiber wie zuvor durch das knisternde Eis des Kanals. Links und rechts fielen Männer, während seine Klinge in pausenlosem Rhythmus niederfuhr. Schritt für Schritt brachen sie sich Bahn.

Als er die Freitreppe erreichte, stürzte ein neuer Schwall Wachen die Stufen herunter auf ihn zu. Er rannte ihnen entgegen. Hierfür war er geschaffen worden: für Schlacht, Blut und Tod. Vage war er sich bewusst, dass Geng sich an seiner Seite hielt. Etwas traf ihn am Bein. Noch immer spürte er keine Schmerzen, wusste aber ohne hinzusehen, dass seine Rüstung den Schlag nicht abgefangen hatte. Aber die Wunde hielt ihn nicht auf, daher kümmerte sie ihn nicht. Nun sah er die gewaltige offene Tür der hell erleuchteten Halle. Weitere Wachen quollen daraus in den Säulengang. Ouyang kamen sie nicht wie Menschen vor, sondern wie unwesentliche Hindernisse. Wie hätten sie ihn aufhalten sollen? Dort oben erwartete ihn sein Schicksal.

Als der letzte Leibwächter durch sein Schwert gestorben war, betrat Ouyang die Halle. Sie war mit so vielen weiß blühenden Zweigen geschmückt, dass der Großkhan in seinem kostbaren Gewand auf dem erhöhten Thron am anderen Ende der Halle wie ein einzelner goldener Tael im Schnee wirkte.

Falls die Blüten einen Duft verströmten, konnte Ouyang ihn über das Blut nicht riechen.

Geng stand hinter ihm. Ouyang befahl: »Verriegelt die Tür!«

☯

Ouyang hinkte auf die dunkle Estrade an der Rückwand der Halle zu, auf deren oberster Ebene der riesenhafte Drachenthron stand. Ouyang war, als bräche alles in ihm zusammen, jede mit Bedacht errichtete Scheidewand. Dies war die Zukunft und zugleich die Gegenwart; für diesen Augenblick war er geboren. Mit seinem Bein stimmte etwas ganz und gar nicht, aber das war ohne Belang. Er war, wo er sein musste. Damals, als er über die Marmorbrücke auf Esen zugegangen war, war es ihm vorgekommen, als verstrichen zehntausend Jahre. Der Weg durch die Halle währte ebenso lange. Voller Grauen blickte der Großkhan ihm entgegen. Dies musste er gerade vor sich sehen: eine einzelne, unaufhaltbare Gestalt, die sowohl seine Vergangenheit verkörperte als auch seinen Tod, umspült von einer Woge aus Geistern.

Wie leicht es war, das hilflose Gefuchtel des Großkhans abzuwehren! Sein nichtiges Flehen hörte Ouyang kaum. Der Khan sagte auch etwas über seinen Vater, also hatte er zumindest verstanden, wer Ouyang war und weshalb er das hier tat. Aber auch das war irrelevant.

Er stieß ihn zurück auf den Thron. Nun konnte nichts ihn mehr aufhalten. Er setzte dem Großkhan die Spitze seines Schwerts auf die Brust, lehnte sich nach vorn und ließ die Klinge ganz langsam eindringen. Der Großkhan lebte noch, hörte jedoch abrupt auf zu sprechen. Dass er litt, kümmerte Ouyang nicht; er wollte nur auf keinen Fall den Moment seines Todes verpassen.

Es war anders, jemanden auf diese Weise umzubringen: intim und gleichzeitig das Werk eines Schlachters. Stoff und Haut waren erstaunlich widerstandsfähig, wenn man die Klinge so langsam in einen Leib schob, und nach dem großen Gemetzel draußen war sein Schwert stumpf. Die gequälten, entsetzten Augen des Großkhans blickten in seine, während das Schwert tiefer und tiefer in seine Brust sank. Wie weh konnte es schon tun, dachte Ouyang mit Verachtung. Solch eine kleine Wunde, so ein flüchtiger Augenblick des Schmerzes! Was war das im Vergleich zu dem, was er selbst durchgemacht hatte?

Schwerer und schwerer lehnte er sich auf den Knauf. Die Hände des Großkhans hoben sich flatternd, als wollte er nach Ouyang greifen, dann fielen sie wieder herab. Über Ouyang kam ein Wahn. Seine ganze Kraft wollte er an diese Aufgabe setzen, um es zu Ende bringen. Immer weiter trieb er das Schwert durch den Leib des Großkhans, bis die Klinge hart gegen die hohe Rückwand des Throns stieß und brach.

Es war vorbei.

Doch als Ouyang keuchend über der Leiche des Großkhans stand, wurde ihm klar, dass ihm der Moment bereits entwischt war. Es gab nur zwei Zustände: lebendig oder tot. Der Tod selbst war nur ein Übergang. Er hatte seine Rache bekommen, aber sie war bereits vergangen.

Ouyang hatte schon Männer mit schlimmen Kopfverletzungen gesehen, mit aufgebrochenen Schädeln, sodass das Gehirn freilag. Ihre Lungen hatten noch geatmet, ihre Herzen noch geschlagen, aber ein Bewusstsein hatten sie nicht mehr gehabt. Nichts gespürt. So erging es nun auch ihm, begriff er. Er empfand weder Triumph noch Erleichterung; vielmehr erlosch alles in ihm: die Hoffnung, das Verlangen, der Schmerz. Enttäuscht war er nicht. Ebendas hatte er gewollt.

Im Kampfgetümmel waren seine Zöpfe aufgegangen. Er musste an Esen denken, dessen Haar sich immer so schwer hatte bändigen lassen. Nun fielen die Strähnen wie ein Zelt um ihn und die Leiche. Er blickte auf sie herab, auf das Spiegelbild dessen, was ihm von der Zukunft noch blieb.

Die Geister konnte er nicht sehen, aber er stellte sich vor, dass sie nun um ihn und den Großkhan herumstanden, ein Kreis aus weißen Gesichtern mit schwarzen, erwartungsvollen Augen. Er sagte zu ihnen: »Es ist getan.«

Alles, was vom Tod seines Vaters und bis zu diesem Tag geschehen war: Nun hatte es seine Berechtigung. Die gelungene Vergeltung war jedes Opfer wert gewesen. Er riss sein zerbrochenes Schwert aus der zusammengesunkenen Leiche und trat zurück. Eine dunkle Lache breitete sich unter dem Thron aus. Es war das Blut des Großkhans, aber es mischte sich mit Ouyangs eigenem. Er hatte gar nicht gemerkt, dass ihm Wunden geschlagen worden waren, aber nun hieß er den Schwindel willkommen, der ihn überkam. Gleich würde er sich abwenden, die Halle verlassen und seinem Ende entgegentreten.

Doch plötzlich fühlte er sich sonderbar orientierungslos: als wäre er, ohne sich dessen gewahr zu sein, bereits nach draußen getreten, um seinem Tod zu begegnen.

Aber nein, so war es nicht. Er stand noch immer vor dem Thron. Der Wind, der über ihn hinwegstrich, kam durch die Tür hereingeweht; eben noch verriegelt, stand sie nun weit offen.

☯

Weshalb hatte Geng die Tür geöffnet? Und noch etwas war seltsam. Vorhin war der Platz vor der Halle hell erleuchtet gewesen; überall hatten Fackeln gebrannt. Doch nun sah Ouyang nichts weiter als pechschwarze Dunkelheit, als hätte eine undurchdringliche Schwärze die Welt dort draußen verschlungen. Sie schien sich auch in die Halle selbst zu ergießen, eine anrollende Woge aus Finsternis. Ihr Mittelpunkt schien eine dünne Gestalt mit einem schwarzen Hut zu sein, die nun durch die Tür trat.

»Ich gratuliere Euch, Herr General«, sagte Wang Baoxiang auf Mongolisch. »Nach all den Jahren ist es Euch endlich gelungen: Ihr habt den Großkhan umgebracht. Doch o weh – Ihr habt Euer gutes Aussehen eingebüßt! Ich erkenne Euch kaum wieder!«

Ouyang lachte auf, rau und überrascht. »Prinz Wang! Ich hätte es wissen müssen.« Er hatte gedacht, er würde nie wieder Mongolisch sprechen, aber als es ihm nun unwillkürlich über die Lippen kam, fühlte es sich richtig an. Es war die Sprache ihrer Vergangenheit, der toten Vergangenheit. »Wie üblich zieht Ihr die Strippen. Habe ich denn alles so gemacht, wie Ihr es wolltet?«

Einst hätte es ihn verärgert, herauszufinden, dass Prinz Wang ihn für eine seiner Intrigen missbraucht hatte. Doch jetzt spürte er gar nichts. Er war gefangen in jenem losgelösten Moment kurz vor seinem gewaltsamen Tod, wie ein Tier mit herausgerissener Kehle oder ein Mann, den ein Schwert durchbohrt hatte. Sein Leib wusste bereits, dass er nicht überdauern konnte, und so schenkte er seiner Seele Frieden in Form von Empfindungslosigkeit. Vom Verstand her war ihm durchaus klar, dass es eine Zeit gegeben haben musste – bevor sie ihn kastriert hatten; bevor sein Schicksalspfad sich ihm offenbart hatte –, da sein Leben wie das aller anderen Menschen gewesen war. Auch er hatte einst nur unter den üblichen Unbequemlichkeiten des irdischen Daseins gelitten. Doch schien dies der erste Augenblick seines Lebens, in dem er keine Qualen litt. Ihm war, als würde er schweben.

»Prinz Wang? Nicht doch«, sagte sein Gegenüber mit der vertrauten Bösartigkeit. »Sprecht mich mit meinem wahren Titel an, Herr General, denn Ihr wart doch so freundlich, ihn mir überhaupt erst zu verschaffen: Ich bin der Fürst von Henan!«

Ouyang wusste, dass er furchtbar aussehen musste, aber eher war es doch Prinz Wang – o ja, Prinz Wang, ganz sicher nicht der Fürst von Henan! –, der kaum wiederzuerkennen war. In Henan war er stets makellos gepflegt in seinen lächerlichen Gewändern herumgeflattert. Nun trug er eine triste Beamtenrobe und schien nur noch ein Schatten seiner selbst zu sein. Sein ausgemergeltes Gesicht glich einem Schädel, und auf seinen Zügen lag der Ausdruck eines Menschen, der nichts als Pein mehr kennt.

»Ihr habt mir wirklich sehr geholfen, Herr General«, sagte Prinz Wang. »Als ich ein Bündnis mit der Herrin Zhang einging, um Dadu zu erobern, war ich mir natürlich im Klaren, dass ihr Heer mir nicht reichen würde. Es ist nicht stark genug, um das Hauptheer zu schlagen, müsst Ihr wissen. Also brauchte ich jemanden, der für mich die Verteidigung der Stadt durchbricht. Es musste jemand sein, der sich durch nichts und niemanden aufhalten ließe, selbst wenn er seine ganze Armee in den Tod schickte. Und sagt selbst: Habe ich nicht vortrefflich für Euch gesorgt? Aber gewiss habt Ihr Euch nie darüber gewundert, dass Ihr es so unverhofft leicht hattet. Weder seid Ihr im Verlies in Bianliang gestorben noch von General Zhang in der Schlacht geschlagen worden. Selbst Dadus Tore haben sich wie von Zauberhand für Euch geöffnet!«

»Oberbefehlshaber Geng«, sagte Ouyang langsam. »Er hat für Euch gearbeitet. Ihm habt Ihr diese kodierten Botschaften geschickt.« Geng, so ging ihm nun auf, hatte ihm wieder und wieder gesagt, worauf er aus war: Seine Familie und sein Hof in der Provinz Henan bedeuteten ihm alles; dorthin wollte er zurückkehren. Daher wünschte er sich einen Kaiser, der das Reich so regierte, wie Prinz Wang Henan verwaltet hatte. Ja, Geng hatte es ihm gesagt – Ouyang hatte bloß nicht zugehört.

Alles passte zusammen, aber was interessierte ihn das Bild, das sich ergab? Nun, da die Rachetat vollbracht war, sehnte er sich nur noch nach dem, was als Nächstes kommen würde. Mit einiger Mühe zerrte er die Leiche des Großkhans zu Boden. »Seid Ihr wegen des Throns hier? Ich will ihn nicht. Nehmt ihn.«

Prinz Wang schien von einem großen Gefühl ergriffen, einem Gemisch aus Trauer und einer sonderbar fiebrigen Erwartung. Er tat keinen Schritt auf den Thron zu. Seine Aufmerksamkeit ruhte voll und ganz auf seinem Gegenüber. Ouyang war trotz seiner Losgelöstheit vage unbehaglich zumute.

»Esen hat mich gehasst«, sagte Prinz Wang nach einer Weile. »Ich wollte ihn meinerseits hassen, aber das ist mir nie gelungen. Es war, als steckte es mir in den Knochen, als hätte ich es im Blut: Er war mein Bruder, und ob ich wollte oder nicht, ich musste ihn schätzen, ja verehren. Ihr ahnt nicht, wie sehr es schmerzt, jemanden zu lieben, der es einem nicht bloß mit Gleichmut, sondern mit schierem Hass vergilt! Aber auch Euch hat er verletzt, ist es nicht so? Und er hat es nicht einmal gemerkt. So war das mit meinem Bruder, Herr General: Er hat die Menschen nie verstanden. Deshalb tut mir den Gefallen und sterbt noch nicht: Abgesehen von Groß-Yuan bedeutet nur Ihr ihm noch etwas auf der Welt; mit Eurer Hilfe werde ich ihn lehren, was es heißt, zu leiden!«

Trotz aller Benommenheit stellten sich Ouyang die Nackenhaare auf. Prinz Wang wollte Esen lehren? Noch nie hatte Ouyang solch irrationale Heftigkeit in der Stimme eines anderen gehört. *Nur in meiner eigenen.* Unbehaglich sagte er: »Esen ist tot.«

»Ja, nicht wahr? Dafür habt Ihr eigenhändig gesorgt. Er mag tot sein, Herr General, aber fort ist er nicht! Ihr habt doch recht viele Männer mit dem Mandat getroffen und wisst daher bestimmt, was wir erschauen. Seit Esen gestorben ist, quält er mich ohne Unterlass: beobachtet mich, verfolgt mich, stört meinen Schlaf! Doch wenn die Toten die Lebenden martern können, dann lässt sich der Spieß auch umdrehen.«

Und dann schrie Prinz Wang los, so gequält, als sei er nun wahrhaftig wahnsinnig geworden. »Esen! Du bist doch hier, oder? Schau gut hin, Bruder – all das habe ich nur für dich arrangiert!«

Er brüllte seinen Schmerz in die Welt hinaus, hoffte verzweifelt auf irgendeinen Widerhall. Doch dafür war Ouyang nicht der Richtige; er wollte bloß, dass das Ende kam. Mühevoll humpelte er die Holzstufen der Estrade hinab und durch die Halle zu Prinz Wang hinüber. Dumpf staunte er darüber, wie wenig sein Leib ihm gehorchte – als hätte er ihn nun doch zugrunde gerichtet. Er drückte Prinz Wang sein zerbrochenes Schwert in die Hand. »Wollt Ihr mich umbringen, so tut es.«

Prinz Wang blickte auf das Schwert hinab. Wie klein der Griff wirkte, selbst in dieser zarten Gelehrtenhand. Ouyang hätte es vielleicht als verletzend empfinden sollen, ihn diesen verstümmelten, zerstörten Teil seiner selbst halten zu sehen.

Doch die Waffe hatte ihre Aufgabe erfüllt. Welchen Wert hatte sie jetzt noch? Ebenso wenig wie der Rest von ihm.

»Mit diesem Schwert habt Ihr meinem Bruder das Leben genommen, nicht wahr? Vielleicht glaubt Ihr ja, unser Schicksal – Eures, Esens und meins – werde sich entwirren, sobald ich Euch damit niederstrecke.« Er schwieg einen Moment. »Doch wie kann ich ihn treffen, wenn ich Euch gebe, was Ihr wollt?«

Eigentlich galt es nur noch zu sterben. Nichts hätte mehr von Bedeutung sein sollen. Doch irgendetwas stimmte nicht. Eine bange Ahnung bemächtigte sich Ouyangs.

»Bringt ihn herein!«, rief Prinz Wang.

Dann wandte er sich wieder Ouyang zu. »Ihr habt immer nur ein Ziel gekannt: Euren edlen Vater zu rächen, getötet durch die Hand des Großkhans, doch standhaft bis zuletzt. Auf die Knie seid Ihr gefallen, habt Euch vor aller Augen beschämen und entehren lassen. Sogar den Mann, den Ihr liebtet, habt Ihr verraten – und nur, um Euren Vater rächen zu können!«

Durch die Tür kamen Soldaten herein. Sie führten einen zaudernden, stolpernden alten Mann mit grauem Haar und langem Bart – eine verfallene Elendsgestalt.

»General Ouyang«, sagte Prinz Wang freundlich.

Verwirrt begriff Ouyang, dass Prinz Wang nicht mehr mit ihm sprach.

»Mir scheint, Ihr müsst gar nicht gerächt werden! Wie ich höre, habt Ihr Euch vor dem Großkhan niedergeworfen und ihn um Gnade angefleht. Er hat Euer Leben verschont und Euch ins Verlies werfen lassen. Ist das nicht bitter? Euer Sohn ist den ganzen Weg nach Dadu gekommen, um Vergeltung für Euren Tod zu üben! Unsägliche Taten hat er in Eurem Namen begangen, den schändlichsten Verrat! Ja selbst den Großkhan hat er entleibt! Ihr jedoch wart die ganze Zeit am Leben.« Dies war eine Darbietung, jedoch nicht für den Alten und auch nicht für Ouyang; sie richtete sich an ein Publikum, das keiner von beiden sehen konnte. »Nun, Euer Leiden soll nicht vergeblich gewesen sein. Ihr seid nicht zu alt, um eine neue Familie zu gründen. Lasst Eure Blutlinie nicht enden. Gehet hin.«

Ouyang konnte kaum fassen, was geschah – was unmöglich geschehen konnte –, aber der Schmerz war zurück. Er hörte seine eigene entsetzte Stimme. »Vater.«

Da hob der Alte den Kopf. Der Geste war noch eine Spur Hochmut anzusehen, wie sie einem General wohl anstand. Er schaute Ouyang an, ohne ihn zu erkennen. In seinem Blick lagen Verwirrung und Abscheu. So sah man einen Sklaven an. Ein Ding. »Du …« Einen Augenblick rang er um Worte, als wüsste er kaum noch, wie man sprach, dann wandte er sich ab. Ehe er davonstolperte, sagte er noch: »Du bist nicht mein Sohn.«

Ouyang starrte ihm hinterher. Mit einem Mal war ihm so kalt, dass seine Zähne klapperten. *Ich habe immer alles nur für dich getan.* Die Qual war unbeschreiblich. Er fror, doch gleichzeitig verbrannte er bei lebendigem Leib. *Es war alles vergeblich. Für Rache gab es keinen Grund. Ich habe ihn umgebracht …*

Ich habe ihn umgebracht …

Die Halle drehte sich. Er wusste kaum, wo er war; ob er überhaupt noch auf den Beinen stand. Die Welt brach in Trümmer.

Wie aus weiter Ferne hörte er Prinz Wang sagen: »So, Herr General. Nun sagt mir: War es die Sache wert? War es das Leben meines Bruders wert?«

Ouyang keuchte, bekam keine Luft.

»Ihr hattet alles, worauf es ankommt, aber Ihr konntet nicht daran glauben. Er hat Euch geliebt und Ihr ihn. Doch Ihr musstet Euch an Euer vermeintliches Schicksal klammern. Ohne Not habt Ihr ihn umgebracht! Nicht der Himmel hat

Euch verflucht – das wart Ihr selbst. Wie Ihr mich für meine Angst verachtet habt! Dabei wart Ihr es, der nicht gewagt hat, er selbst zu sein und zu ergreifen, was Euch gereicht wurde.« Prinz Wang wirkte hektisch, verzückt geradezu, als wäre nichts je köstlicher gewesen als Ouyangs Qual. Er hatte die Quelle seines Schmerzes gefunden und trank in gierigen Zügen. »Nun, vielleicht finden der Herr und sein General einander ja wieder, im nächsten Leben oder in eintausend Jahren, wenn die Welt sich gewandelt hat. Vielleicht fassen dann beide den nötigen Mut.«

Ein Schlag traf ihn von hinten, und Ouyang wusste, was das hieß: Seine Zeit war abgelaufen. Nichts ließ sich mehr ändern, rückgängig machen oder rechtfertigen. Seine grauenvolle Tat stand ihm vor Augen. Sie war bedeutungslos gewesen.

Er stand in Flammen. So gewaltig war seine Agonie, dass sie zweifellos ewig währen würde, noch über den Tod hinaus. Eintausend Jahre des Leidens standen ihm bevor.

Esen, dachte er. *Warte auf mich!*

☯

Geng musste alle Kraft aufgeboten haben, um mit dem Schwert Rück- und Vorderseite von Ouyangs Harnisch zu durchstoßen. Die Klinge war durch die unverkennbare Platte in der Mitte seiner Brust ausgetreten. Es sah aus, als wäre um die Spitze herum eine Blume aus spiegelndem Metall erblüht. Blut sprenkelte die verdrehten Kanten. Ouyang brachte einen gequälten Laut hervor.

Ein überwältigendes Erfolgsgefühl ergriff Baoxiang. Auf der Welt gab es kaum noch etwas, das Esen geliebt hatte, neben Groß-Yuan nur noch Ouyang, und der würde gleich nicht mehr sein. Er hatte den Tod gewollt, doch nun, da er die Wahrheit über seinen Vater kannte, war seinem Schicksal und seinem ganzen elenden Leben jede Bedeutung genommen. Baoxiang hatte ihn zugrunde gerichtet.

Ouyang sah nicht auf die Klinge hinab, die aus seiner Brust ragte. Er selbst hatte zahllosen Menschen den Tod gebracht und kannte den Anblick. Unverwandt schaute er Baoxiang an. Eine grenzenlose Verzweiflung stand ihm ins Gesicht geschrieben. Baoxiang war plötzlich außer sich. Wie konnte Ouyang es wagen, sich so zu fühlen? Er hatte doch immer alles gehabt! Alles, wonach Baoxiang sich vergeblich gesehnt hatte! Er hatte es nie geschätzt, hatte es fortgeworfen für eine Lüge. Ehre! Ha! Eine Wildheit übermannte Baoxiang, ließ ihn hecheln wie einen Raubvogel, kurz bevor er seine Beute schlug. Also litt Ouyang im Sterben Seelenqualen? Gut! Er sollte ebenso leiden wie Baoxiang.

Ich will, dass du ihn leiden siehst!

Nach und nach verwandelte sich Ouyangs verzweifelte Miene, wurde so fremdartig, dass Baoxiang ein Schauer durchjagte. Seine Augen erinnerten nun an die eines Tieres; der Tod raubte ihm jede Menschlichkeit. Sein verhasstes, hochmütiges Gesicht mit den zarten Zügen und den mädchenhaften feinen Brauen verzerrte sich in stummer Qual.

Innerlich schrie Baoxiang, grausam und unerbittlich wie die Klinge, die aus Ouyangs Brust hervorragte. *Schau hin, Bruder!*

Er hatte nicht einmal gemerkt, dass er nähergetreten war. Erst als er die Spitze des Schwerts an seinem Brustbein spürte, blieb er stehen. Kurz verspürte er den heftigen Impuls, weiter nach vorn zu drängen – dann gäbe es wenigstens einen Grund für den ungeheuren Schmerz in seiner Brust. Endlich konnte er es dem heimzahlen, der ihn verursacht hatte.

Tut es weh, ihn leiden zu sehen? Tut es auch weh genug?

Anklagend brach es aus ihm hervor: »Er hat Euch geliebt!«

Er glaubte, das Echo einer Kinderstimme zu hören: *Nächstes Mal gebe ich mir mehr Mühe … Du musst nie wieder wütend auf mich sein! Bitte lass mich nicht zurück …* Er schreckte vor der

Erinnerung zurück. Sein Selbsthass war so gewaltig wie der Schmerz, verschlang ihn mit Haut und Haar.

Ouyangs Blick flackerte, als kämpfte sich sein Bewusstsein noch einmal aus der Finsternis. In seinen Augen sah Baoxiang kein Mitleid, doch Verständnis. Es war die letzte schwache Resonanz jener Verbindung, die trotz Hass, Verbitterung und Eifersucht zwischen ihnen bestanden hatte: Sie beide hatten Esen geliebt. Baoxiang rang so schwer nach Luft, als müsste er für Ouyang mitatmen, der es nicht mehr konnte. Plötzlich wurde ihm die schreckliche Endgültigkeit des Augenblicks bewusst: Ouyang war der einzige Mensch, der wusste, wie es war, von Esen geliebt zu werden. Starb er, so stürbe dieses Wissen mit ihm, wäre unwiederbringlich verloren. Es ließe sich niemals ungeschehen machen.

Dann das Kreischen von Metall, als Geng sein Schwert zurückzog und die Klinge über Ouyangs Rüstung streifte. Baoxiang fuhr heftig zusammen. Kurz hatte es bloß Ouyang und ihn gegeben. Nun war es, als hätte Geng zwischen sie gegriffen und das dünne Band zerrissen, ehe Baoxiang bereit gewesen war, davon zu lassen.

Ouyang wankte. Wie klein er war! Baoxiang erschien er kleiner denn je; selbst in der Rüstung hätte er ihn tragen können. Doch die Verbindung zwischen ihnen war gekappt, und nun war Ouyang bloß noch ein Teil der sich auflösenden Welt, aus der Baoxiang nach Lust und Laune Fäden zog.

Als er stürzte, fing Baoxiang ihn nicht auf.

Er lag da wie eine zerbrochene Puppe. Sein schönes Gesicht, blutbespritzt und schmutzig, war der hohen Decke zugewandt. Seine Augen schimmerten feucht, als wäre er noch am Leben. Die furchtbare Grimasse des Schmerzes hatte sich gelöst. Nur eine Empfindung verharrte noch auf seinen Zügen, wie eine Spur im Staub, ehe der Wind sie verwehte: eine bodenlose Trauer.

Baoxiang hatte die ganze Zeit Ouyangs zerbrochenes Schwert umklammert gehalten. Es lag nicht gut in seiner Hand: Die Vertiefungen, die Ouyangs Finger im Lauf der Zeit ins Leder des Griffs gegraben hatten, waren zu klein. Von Kindheit an war Ouyang in Baoxiangs Leben dräuend gegenwärtig gewesen. Stets an Esens Seite, Baoxiang mühelos überlegen, seine Miene ebenso missbilligend wie Esens. Selbst im Erwachsenenalter war Ouyang ihm immer als all das erschienen, was er selbst nicht hatte sein können. Doch nun waren Ouyangs zornerfüllter Kriegergeist und seine ewige Gewaltbereitschaft dahin; zurück blieb nur der kleine Leib, übel zugerichtet und unvollkommen, den die Finsternis ringsum nach und nach verschlang.

☯

»Lass mich allein.«

Geng verließ die Halle, und die Tür fiel hinter ihm zu. Im flackernden Licht der Laternen tanzten die Schatten über die Toten. Die Zugluft hatte weiße Blütenblätter von den schmückenden Zweigen gerissen; still schwebten sie herab, ihr Fall gespiegelt in den silbergetäfelten Wänden. In großer Höhe schimmerte schwach das Silberdach, als sähe man durch Gewitterwolken undeutlich die Sterne glitzern.

Auf diesen Augenblick hatte Baoxiang die ganze Zeit gewartet. Nun würde er endlich Erleichterung erfahren. Seine Taten hatten dies zum Ziel gehabt. Nun würde ihm all sein Schmerz vergolten werden.

Zwischen den gewaltigen mit Drachen verzierten Säulen flimmerten unzählige bleiche Totengeister. Baoxiang stieg die Stufen zum Thron hinauf und wusste, dass einer der Geister ihm dabei zuschaute. Esen war hier, nur durch einen Vorhang aus Schatten von ihm getrennt, jener hauchfeinen Membran zwischen den Reichen der Lebenden und Toten. Nun konnte er ihn rufen. Ihn zwingen, vor ihn zu treten.

So musste es sich anfühlen, jemanden mit bloßen Händen umzubringen! Wild und grausam war die Macht, die nun in ihm brannte. Als gewöhnlicher Mensch war er nicht imstande gewesen, das Universum zu beeinflussen. Er hatte Esen nicht herbeirufen können. Doch der Sohn des Himmels besaß die nötige Gewalt. Eine üppige Finsternis, die Kraft der Zerstörung, wuchs und wuchs in ihm, während er vor dem Thron stand. Die gewundenen goldenen Drachen leuchteten nun nicht mehr hell. Sie waren blutverschmiert und im Halbdunkel nur schwer zu erkennen.

Baoxiang setzte sich. Ihm war, als wäre seine Haut zu eng und spannte über dem aufwallenden Schmerz seines Erfolgs. Er zitterte wie im Fieber.

Mit großer Mühe und Sorgfalt hatte er sich in den verwandelt, für den man ihn hielt. Nun war er die Verkörperung all dessen, was die Welt fürchtete, verabscheute, mied und bekämpfte. Mit jedem Atemzug und jeder Tat beschämte er seine Ahnen. Und nun war er der Mittelpunkt der Welt. Der Himmelssohn zwar, doch nicht etwa die lebensspendende Sonne am Himmel, sondern die Eklipse, die Licht und Leben aus der Welt stahl. Der Mond, der die Sonne fraß. Sein rasender Schatten brachte der Welt unter sich Verderben! Er war der Großkhan des Mischlingsbluts; der Großkhan auf den Knien, gefickt, geschlagen und beschämt; der Großkhan der Schwäche, Feigheit, Heimtücke, Grausamkeit, Scham und Furcht. Mit ihm nahm alles Gute, Edle und Ehrenhafte sein schmähliches Ende.

Die Finsternis floss aus ihm heraus, löschte alles Licht in der Halle und breitete sich über das Blutbad zu seinen Füßen. Sie verschlang die Leiche des Großkhans, die Leichen der Leibwächter, Ouyangs Leiche. In dieser Finsternis gab es nichts mehr außer ihm selbst.

Die Erwartung wurde nahezu unerträglich. Köstlich war sie und zugleich schmerzhafter als alles, was er sich hätte ausmalen können – ein schwindelerregendes Gefühl. Ihm war, als sähe er sich selbst durch einen lang gestreckten Tunnel in weiter Ferne. »Esen! Ich weiß, dass du hier bist. Tritt vor mich und siehe: Ich habe mir deinen Hass verdient! Habe ich deine Erwartungen gar übertroffen?«

Er war erfüllt von reinem, freudvollem Verlangen nach jenem kosmischen Gleichgewicht, das sich nun einstellen würde: Sein Schmerz und Esens Schmerz würden einander aufwiegen, und dann wäre er frei.

»Esen!«, rief er abermals.

Durch den Spalt in der großen Tür fuhr ein Windstoß. Er brachte den Geruch nach fremdländischem Schnee mit sich und ließ die weißen Blüten flattern und tanzen.

»Esen! Ich weiß, dass du mich die ganze Zeit schon beobachtest!«

Wie leer die Finsternis war! Wie seine Stimme hallte! Die Brust wurde ihm immer enger, und bald schon drehte sich alles um ihn. In dem verzweifelten Versuch, sich zu orientieren, sprang er auf und wäre beinahe gestürzt.

Wo war Esen? Monatelang hatte Baoxiang ihn in unmittelbarer Nähe gewusst, hatte ihn so oft aus den Augenwinkeln gesehen. Wieso war er jetzt nicht hier? Er begriff nicht, was vor sich ging. Wie konnte Esen nicht da sein, um seinen Augenblick des Triumphs zu bezeugen?

Er horchte, spähte, spürte nach Esen, war sich seiner Umgebung so bewusst, dass es eine Qual war. Das Gefühl seiner Gegenwart war ihm vertrauter als alles andere auf der Welt. Doch nun war da nichts. Er strengte sich an, sehnte sich, doch nichts geschah.

»Komm, Esen, und schau dir an, wozu du mich getrieben hast! Komm schon! Du wagst es, dich mir zu widersetzen, wo ich doch alles unter dem Himmel befehlige?«

Doch immer noch: nichts.

Keuchend stand er da. Er löste sich auf, fiel in sich zusammen wie ein Haus, sodass kein verborgener Winkel mehr blieb. »Das hier habe ich für dich getan.« Er war der Großkhan, doch nun sprach er nicht mehr im Befehlston; seine Worte waren nur noch ein hilfloses, untröstliches Flehen: »Wo bist du?«

Doch noch ehe ihm die Frage ganz über die Lippen gekommen war, wusste er es.

Esen war nie da gewesen.

Wenn er seinen Geist wirklich gesehen hätte, hätte er dann Rüstung getragen? Das Reitkostüm? Hätte er ausgesehen, als wäre er noch am Leben? Nein. Er hätte ein Schemen in grässlichen weißen Lumpen sein müssen wie alle anderen auch.

Er hatte es immer gewusst. Er hatte es bloß nicht wissen wollen.

Esen war nie dagewesen. Baoxiang hatte ihn nur deshalb überall gesehen, weil er unauslöschlich zum Gewebe seiner Welt gehörte. Das Trugbild hatte fortgedauert, weil jemand sich an den Gestorbenen erinnerte, ihn suchte und vermisste, sich das Leben ohne ihn nicht vorstellen konnte.

Es war bloß ein Hirngespinst gewesen, dachte Baoxiang schaudernd. Er hatte in die Leere gerufen. Alle seine Taten hatten jemandem gegolten, der nicht mehr da war.

Aus einem Traum im Traum hörte er Esen sagen: »Ich hasse dich nicht.«

Nun erinnerte er sich wieder. Eine Ewigkeit schien seither vergangen zu sein. Es war in jenem Winter gewesen, als Esen und Ouyang die Niederlage gegen die Roten Turbane erlitten hatten, aber vor der Frühjahrsjagd, die alles zwischen ihnen verändern sollte. Baoxiang hatte gerade in seinem Büro gesessen und einen Plan aufgestellt, wie er die Felder der Bauern besser gegen Überflutungen schützen konnte, da war Esen hereinspaziert. Er hatte sich so neugierig umgeschaut, dass

Baoxiang ungnädig gedacht hatte, sein Bruder habe wohl zum ersten Mal Fuß in einen bürokratischen Apparat gesetzt.

»Bruder! Hier steckst du also.«

»Wo sollte ich sonst sein?«, fragte Baoxiang säuerlich.

»Tja«, sagte Esen, »das weiß ich auch nicht. Aber es kann nicht gut für dich sein, jede wache Stunde deines Lebens nur hier drinnen zu hocken! Die Bauern können ruhig mal ein bisschen warten, bis du …« Hilflos brach er ab.

»Bis ich was?«, fragte Baoxiang interessiert. Hatte Esen auch nur die leiseste Ahnung, womit er seine Tage verbrachte?

»Na, was du für deine Bauern eben so tust.« Esen winkte ab. »Wie eilig kann es schon sein? Eine kleine Pause wird dir sicher nicht schaden.« Und obwohl Baoxiang protestierte, zerrte Esen ihn aus dem Büro und setzte ihn auf ein Pferd.

Sie ritten nach Westen in das Sumpfgebiet, in dem Esen gern jagte. Baoxiang war zwar an seinem Schreibtisch vollkommen zufrieden gewesen und fand die Idee verachtenswert, Tiere zur bloßen Unterhaltung zu schießen, aber ausnahmsweise störte es ihn nicht, Esen entgegenzukommen. Modriges, schlammiges Wasser spritzte von den Hufen ihrer galoppierenden Pferde auf; Schwäne flogen aus dem Schilf auf, wenn sie vorbeiritten. Die Ländereien des Fürsten von Henan erstreckten sich, so weit das Auge reichte. Mit einem Mal war Baoxiang danach zumute, die melancholische Wildheit der Landschaft zu malen: den stahlgrauen Himmel und die weißen Reiher, die am westlichen Horizont über die dunklen Berge flogen. Er wusste genau, wie viel Schaden der viele Regen dem Landgut zugefügt hatte, hätte ihn bis auf den letzten Tael beziffern können. Und doch lag Schönheit in diesen weiten, überfluteten Gefilden.

Esen preschte voran. Sein eisvogelblaues Reitkostüm war bereits von oben bis unten mit Schlamm und Wasser bespritzt. Waren sie beide allein, dann konnten sie so unbeschwert miteinander sein. Es herrschte kein Druck, dass sie anders sein sollten, als sie waren; niemand stellte Erwartungen. Ihr Vater war nicht zugegen, um sein Urteil abzugeben. Esen zog seinen Bogen aus der Ledertasche an seiner Seite und schoss blindlings auf einen auffliegenden Schwan. Der Pfeil ging weit vorbei, und Baoxiang überkam ein starkes Gefühl der Zuneigung: Es war, als sähe man zu, wie ein Jagdhund vor lauter Aufregung über seine eigenen Beine stolperte. Baoxiang war ein ganzes Stück hinter Esen und hatte mehr Zeit, den Pfeil nicht nur auf die Sehne zu legen, sondern auch zu zielen.

Esen jubelte, als der Schwan vom Himmel fiel. Mühelos lehnte er sich aus dem Sattel, um ihn aus dem knietiefen Wasser zu fischen. Dann wendete er und kam zurückgaloppiert, die Wangen gerötet, das Haar bereits aufgelöst, die Augen strahlend. Tropfnass war er, und er lachte.

Sie machten auf festerem Boden Rast, ohne abzusitzen. »Du könntest ein wunderbarer Bogenschütze sein, wenn du dich ein bisschen anstrengen würdest«, sagte Esen, als sie beide wieder zu Atem gekommen waren. »Vater will stolz auf dich sein. Ich verstehe nicht, warum du es nicht wenigstens versuchst ... Es würde dir ja überhaupt nicht schwerfallen.«

Baoxiang wollte nicht streiten. Es dauerte ihn, dass Esen die Außenwelt zu ihnen hereingeholt hatte. »Da magst du recht haben.« Die dunkelgrauen Wolken über den Bergen versprachen mehr Regen, weitere Überflutungen. Baoxiang dachte an die Bauern, die auf den Ländereien lebten und den Reichtum mehrten. Nur er sah ihre Not. Er ließ Gräben, Straßen und Dörfer bauen und sorgte als Einziger dafür, dass das Gut ordentlich verwaltet wurde. Er tat es gern, auch wenn niemand sonst begriff, wie wichtig es war. »Aber ich will etwas anderes.«

»Du hast immer schon getan, was du wolltest, ganz gleich, was alle anderen gedacht haben.« Im Profil, auf seinem prächtigen Ross, war Esen der vollkommene Prinz.

»Du brauchst es dir nicht zu verbeißen«, sagte Baoxiang bitter. »Sag es ruhig. Ich bin selbstsüchtig. Eine Schande.«

»Ich denke bloß, es könnte so viel leichter sein. Nicht nur für dich, sondern auch für alle anderen. Du lässt dein Talent verkümmern und nutzt deine Möglichkeiten nicht.«

Baoxiang wollte aufbrausen, aber Esen kam ihm zuvor:

»Aber ich sehe ja, wie viel es dir bedeutet. Wie hart du darum kämpfst, so zu leben. Was macht es schon, dass ich es nicht verstehe? Vielleicht muss ich das gar nicht.«

Dies war das Bild Esens, an das Baoxiang sich am deutlichsten erinnern sollte: wie der Wind durch den Fellbesatz seines eisvogelblauen Kostüms strich, ihm die Haarsträhnen ins Gesicht wirbelte, die sich aus seinen Zöpfen gelöst hatten; sein Lächeln, die Fältchen in seinen Augenwinkeln. »Wir sind uns nicht besonders ähnlich. Wir haben verschiedene Pfade gewählt und wollen ganz unterschiedliche Dinge. Aber du wirst immer mein Bruder sein.«

Wieder war es, als erwachte er in der Finsternis, nur war sein Erwachen dieses Mal kein zweiter Traum. Inmitten jener schwarzen Welt, die er selbst erschaffen hatte, sank er auf die Knie und weinte. Schon damals waren sie unbemerkt von jener Strömung getragen worden, die schließlich zu Esens Tod führen sollte. Aber auch da hatte er Esen geliebt. Und Esen hatte ihn auf seine eigene frustrierte Weise ebenfalls geliebt. Selbst später, als sie einander nur noch hatten hassen wollen, war es ihnen unmöglich gewesen. Weil sie eine gemeinsame Geschichte hatten. Weil sie Brüder waren.

Baoxiang hatte nicht gewusst, dass man so leiden konnte. Der Zorn war sein Schutzschild gewesen, doch nun war er fort. Der Schmerz, der in ihm wütete, wandelte sich ständig, sodass er sich nicht einmal daran gewöhnen konnte. Es war unerträglich, seine Trauer unendlich.

Seine Beherrschung war dahin. Das schwarze Meer brach aus ihm hervor, ertränkte die Welt und ihn mit ihr. Er hatte den Thron gewonnen und sich an den Verstorbenen gerächt, doch es bedeutete nichts. Denn Esen war tot, und nichts, was er tat, würde ihn jemals wieder zurückbringen.

Dritter Teil

19

YINGTIAN

Zhu stand im Thronsaal mit ihren Befehlshabern zusammen. Sie trug kein Weiß, aber das war auch nicht nötig: Ihre Trauer umgab sie wie eine Aura. Auch die Gesichter ihrer Kommandeure waren vom Verlust gezeichnet. Xu Da war geliebt worden, und zwar nicht nur von ihr. In der vertrauten Runde fehlte er so sehr, dass sie ständig über seine Abwesenheit stolperte. Immer wieder glaubte sie, er sei bloß kurz vor die Tür gegangen, sei an einem seiner Lieblingsplätze, und wenn sie ihn fand, würde er sich zu ihr umdrehen und sie ungezwungen anlächeln …

Dann entsann sie sich, und er starb ein weiteres Mal. Immer wieder sah sie vor sich, wie er sich Blut vom Mund wischte und dann eine Ausflucht machte: Die Lippe sei ihm gesprungen; er habe sich auf die Zunge gebissen. Hätte sie bloß einmal richtig darüber nachgedacht, wäre sie dahintergekommen. Aber sie hatte es nicht wissen wollen.

Xu Da war ihr in jenen überfluteten Tunnel gefolgt, im Wissen, dass er dort sterben könnte. Und er *war* gestorben, auch wenn es Monate gedauert hatte. *Ich habe ihn umgebracht,* dachte Zhu gepeinigt. Um ihres Verlangens willen hatte sie ihm seine Zukunft genommen. Ihn seiner Freuden und Genüsse beraubt. Noch immer spürte sie seine Todesqual, als hätte sie sich ihr eingebrannt. Nichts vermochte sie zu mildern. Es war ein Leiden gänzlich anderer Art als der Schmerz in ihren Rippen und in ihrer Hand. So furchtbar war es, dass sie zitterte und schwitzte. Mal um Mal wurde sie von Anfällen des Entsetzens überrascht, und dann raste ihr das Herz in der Brust.

So hatte Ouyang sich die ganze Zeit über gefühlt. Den gleichen Schmerz hatte er empfunden, die gleiche Verzweiflung. Sie hatte sich eingebildet, sie verstünde ihn, doch wie sollte man das Unvorstellbare begreifen? Ihr fiel ein, wie sie zum ersten Mal Geister erblickt hatte. Das war ein ähnliches Erlebnis gewesen: Ihr allein war ein schreckliches Wissen enthüllt worden, während alle anderen ahnungslos ihr Leben fortführten. Nun war ihr, als wäre sie in ein düsteres Schattenreich hineingetaumelt, aus dem es kein Zurück mehr gab. Einst hatte sie es gewagt, die ganze Welt zu begehren. Doch nun kannte sie den Preis ihres Verlangens. Wie sollte ein Mensch diese Qual erdulden und überleben?

Dies war die wahre Prüfung ihrer Stärke. Es war nie darum gegangen, ob sie rücksichtslos sein konnte. Die entscheidende Frage war, ob sie dieses Leid würde tragen können. Sie hatte nicht einmal gewusst, dass sie zu derart starken Empfindungen imstande war. Ein solches Elend beständig in sich zu halten, obwohl schon ein einziger Augenblick unerträglich war, wie hätte sie sich das auch nur vorstellen können?

Aber das musste sie, wenn sie dafür sorgen wollte, dass ihr Kampf es wert gewesen war.

Yuchun sagte: »Den letzten Berichten zufolge war die Bestie in Menschenhaut«, er meinte Ouyang, dem er seinen Verrat wohl weder in diesem noch im nächsten Leben vergeben würde, »vor zehn Tagen bis auf hundert Li an Dadu herangerückt. Er macht wohl große Fortschritte gegen das Hauptheer der Yuan, auch wenn er bereits erhebliche Verluste hinnehmen musste.«

Ein überraschender Erfolg, wenn der Kanzler tatsächlich der überragende General war, für den alle Welt ihn zu halten schien. Als Zhu das zu bedenken gab, erwiderte Yuchun:

»Offenbar hat ihn noch niemand zu Gesicht bekommen. Unsere Quellen konnten nicht mit Gewissheit sagen, ob er noch als General dient.«

Wie eigenartig. War dem Kanzler etwas zugestoßen? Zhu musste an die andere Nachricht denken, die sie erhalten hatte, als sie nach Yingtian zurückgekehrt war: Entgegen aller Erwartung war der Kanzler nicht gegen die Herrin Zhang ausgerückt. Für die Zhangs war das eine überaus günstige Fügung.

Zudem hatte Chen gesagt, die Herrin Zhang sei nicht seine Gönnerin gewesen. War es möglich, dass er die Gunst jener unsichtbaren Hand genossen hatte, die im Verborgenen die Strippen zog? Stand das alles in Verbindung mit dem Verschwinden des Kanzlers? Der Gedanke, dass es so sein könnte, beunruhigte Zhu zutiefst. Sie hatte die dumpfe Ahnung, dass es einen größeren Zusammenhang gab. Doch hier in den Süden drang jede Kunde erst spät und zumeist unvollständig. Frustriert dachte sie: *Ich sehe nicht das ganze Bild!*

»Wenn der Eunuch nicht nachgelassen hat«, sagte Yuchun, »könnte er die Yuan mittlerweile in die Stadt zurückgetrieben haben. Gut möglich, dass er bereits mit der Belagerung begonnen hat.«

»Aber wenn seine Verluste tatsächlich so hoch waren, hat er nicht mehr genug Männer, um die Mauern zu erstürmen«, stellte Zhu fest. »Und falls er gezwungen ist, Dadu auszuhungern, werden die Yuan ihre Verbündeten zu Hilfe rufen.«

»Wen denn? Sie haben niemanden mehr. Der Fürst von Henan ist tot, das Reich zersplittert.«

»Im Reich mögen sie keine Verbündeten mehr haben, aber es gibt noch die Vasallenstaaten. Sie werden Goryeo um Unterstützung ersuchen.«

Ouyang hatte Glück gehabt: Er hatte sich dem Kanzler nicht stellen müssen und war daher weiter gekommen als erwartet. Aber sein Glück würde ihn verlassen, sobald Goryeo auf den Plan trat. Yuchun, der offenbar ihrer Ansicht war, sagte ohne das geringste Bedauern: »Dann ist es aus mit ihm.«

»Nein«, erwiderte Zhu. »Wir springen ihm bei.«

Kurz war Yuchun still. »Wir springen ihm bei? Diesem Abschaum, der uns die Treue gebrochen und kaltschnäuzig dem Tod überlassen hat?«

Sie war selbst nicht gerade begeistert von der Aussicht. Ouyangs harsche Zurückweisung hatte sie verletzt. Aber wenn all der Kummer sich am Ende auszahlen sollte, dann gab es nur diese eine Möglichkeit.

»Ja, er hat uns in einem entscheidenden Augenblick im Stich gelassen, was uns einiges gekostet hat. Mein Ziel ist jedoch immer noch dasselbe, und deshalb werden wir ihm beim Sturm auf Dadu zur Seite stehen, ob er unsere Anwesenheit nun billigt oder nicht. Soll er ruhig meine Vorfahren verfluchen oder mich anspucken, das ist mir gleich. Wichtig ist einzig und allein, dass er in die Stadt gelangt, die letzten Reste der Yuan-Armee zerschlägt – hoffentlich ohne dabei ganz Dadu niederzubrennen – und den Großkhan niederstreckt.« Sie ließ alle ihre wilde Entschlossenheit sehen. »Und dann besteige ich den Thron!«

Sie sah ihnen an, dass sie ihr folgen würden, selbst als Kommandeur Lin unsicher fragte: »Aber was ist mit Goryeo? Wenn die Yuan jetzt Beistand einfordern, erreichen die Hilfstruppen Dadu zeitgleich mit uns. Sogar wenn General Ouyang bereit wäre, sich gut mit uns abzusprechen, würde uns das vor eine Herausforderung stellen ... Immerhin haben auch wir in der Schlacht gegen Chen Youliang Verluste erlitten.«

»Goryeo wird kein Problem sein.« Zhu wandte sich Yuchun zu. »Dich muss ich bitten, das Heer neu auszurüsten und den Marsch nach Norden anzuführen.«

Yuchuns Miene verdüsterte sich. Plötzlich wirkte er älter. Er wusste, was ihr Befehl zu bedeuten hatte: Er sollte Xu Das Aufgaben übernehmen. »Und wo wird der strahlende König sein?«

Gramerfüllt dachte Zhu daran, wie sie mit Xu Da über die goldene Ebene geblickt hatte. Sie hatte sich das weite Land vorgestellt, das sich bis zum östlichen Meer erstreckte, jenseits davon das Königreich Goryeo auf seiner Halbinsel. *Eines Tages wird all das mein sein*, hatte sie gedacht. Jetzt konnte sie kaum noch begreifen, wie sie sich so übermütig an ihrem Ehrgeiz hatte freuen können. Noch immer brannte er hell, doch nun paarte er sich mit Verzweiflung. Sie musste erreichen, was sie sich vorgenommen hatte – und nicht mehr nur, um ihr Verlangen zu stillen. Xu Da war dafür gestorben. Sie musste erreichen, dass er sein Leben nicht vergeblich hingegeben hatte!

»Es ist an der Zeit, ein Königstreffen zu veranstalten«, sagte sie.

☯

Als Ma ins Schlafgemach kam, saß Zhu reglos auf dem Bett. Es war beunruhigend, sie so vollkommen in Gedanken versunken zu sehen. Früher war sie nie ohne Beschäftigung gewesen.

Ma ließ sich neben ihr nieder. Der Rock ihrer weißen Trauerrobe fiel über Zhus goldenes Gewand. Sie nahm ihre Hand, ganz vorsichtig, weil sie wusste, wie weh sie noch tat. »Gerade habe ich Nachricht erhalten, dass dein Schiff bereit ist. Du kannst morgen früh nach Goryeo aufbrechen.«

Der Verlust Xu Das hatte Zhu verändert. So vielen hatte sie Leid zugefügt, aber dass ihr Ähnliches widerfahren könnte, dieser Gedanke war ihr anscheinend nie gekommen. Sie gab sich nicht die geringste Mühe, ihren Schmerz und ihre Trauer zu verbergen. Die Haut über ihren Augen war leicht erschlafft, als hätte der Kummer mit seinem Gewicht ihre unverwüstliche Jugend nun doch besiegt. So wirkte sie älter. Trübsinnig. Es zerriss Ma das Herz, sie so zu sehen. Vielleicht hätte sie froh sein sollen, dass Zhu eine gewöhnliche menschliche Regung wie Trauer überhaupt empfinden konnte. Doch es war schwer, die Qual eines geliebten Menschen nicht lindern zu können.

»Yingzi.« Zhu konnte ihre Hand nicht drücken, schob aber ihre Finger zwischen Mas. Zwei kleine Hände, die sich küssten. »Wir sind so nah dran. Kannst du es spüren? Stell dir nur vor: Wenn ich die Sache mit Goryeo geregelt habe, folgt bloß noch ein letzter Feldzug. Ein einziger Angriff. Und das war's! Dann ist Schluss mit all den Opfern, dem Kummer und dem Leid. Dann habe ich endlich meine neue Welt. Und dann war es das alles wert!«

Zhu hatte immer so freudvoll von der Zukunft gesprochen. Nun schwang ein Unterton von Verzweiflung in ihrer Stimme mit, der Ma unangenehm vertraut war. Es dauerte einen Augenblick, bis sie begriff, woher sie ihn kannte: General Ouyang hatte ganz ähnlich geklungen.

»Begleitest du mich, Yingzi? Auch du hast hierfür gelitten. Von Goryeo aus gehen wir direkt nach Dadu und treffen dort das Heer. Ich hätte dich gern bei mir, wenn ich den Thron einnehme.« Zhu blickte von ihren verschränkten Händen auf und lächelte sie schwach an – ein Schatten ihres üblichen Lächelns. »Meine Kaiserin.«

Ma hatte nie daran gezweifelt, dass Zhu ihren Anspruch durchsetzen würde. Und es war eine wundervolle Welt, die ihr da vorschwebte: eine Welt, in der alle Menschen sie selbst sein konnten. Ma wusste noch sehr gut, wie unglücklich sie selbst gewesen war, weil andere über sie und ihr Leben bestimmt hatten. Dann hatte Zhu ihre Hand ergriffen und sie von jenem vorgeschriebenen Pfad heruntergezogen. Nun sah Ma die verheißene Zukunft vor sich, als wäre sie bereits Wirklichkeit:

Zhu würde die Hände aller Menschen nehmen, wie sie zuvor Mas genommen hatte, und sie alle befreien.

Doch gelang es ihr nicht, den Gedanken an das Leiden all derer fortzuschieben, die bereits für Zhus Traum gestorben waren. Nicht nur Xu Da, sondern auch die vielen anderen, deren Tod Zhu nicht auf dieselbe Weise berührt hatte. Soldaten, gefallen in der Schlacht. Ganz gewöhnliche Leute, gefoltert und ermordet nach der Eroberung ihrer Städte; jenes Kind, das Ma einst in den Armen gehalten hatte.

Wieder musste sie an Ouyang denken. Durch seine Taten hatte er sich selbst ewigen Höllenqualen ausgeliefert. Und doch, dachte sie schaudernd, hatte er nichts bedauert.

»Und was, wenn der Thron die Opfer am Ende nicht aufwiegt?«, fragte sie leise.

Zhu sah sie so überrascht an, als hätte Ma sie mit einem paradoxen Koan konfrontiert. »Wie könnte das sein? Der Kaiser besitzt die ganze Welt, also ist der Thron von unermesslichem Wert. Das wiegt jedes Opfer auf.«

Das mochte sein. Aber wenn jeder Sterbende seine ureigene Welt verlor …

Ist dann nicht auch Schmerz unermesslich?

SONGDO, HAUPTSTADT GORYEOS

Es schneite in Songdo, als das Schiff in den Hafen einlief. Eine Woche hatte die Reise gedauert, die Zhu und Ma über den Fluss Yangzi aufs östliche Meer und schließlich nach Goryeo geführt hatte. Noch nie hatte Zhu so viel Schnee gesehen: Hohe Wehen lagen vor den schlichten Holzgebäuden der kleinen Stadt, und ein dichter Vorhang aus Flocken verschleierte die Sicht. Wie Zhus Heimatland gehörte auch Goryeo den Mongolen, aber alles hier war fremdartig: nicht nur die sonderbare Kleidung der Menschen, sondern selbst die kalte Luft, die nach Kiefern duftete. Zhu fühlte sich schrecklich einsam. So viel von der Welt hatten sie und Xu da gemeinsam gesehen. Doch nun war er ohne sie weitergezogen, und sie hatte mit ihrem Verlangen so viel schlechtes Karma angehäuft, dass selbst tausend Jahre künftiger Leben nicht reichen mochten, um sich ein Wiedersehen mit ihm zu verdienen. Sie konnte nur weiter auf den Sieg zulaufen, der nun in greifbarer Nähe war. Näher sogar: Sie hätte die Zunge herausstrecken und ihn ablecken können! *Wenn es erst soweit ist,* dachte sie mit wehem Herzen, *wird es alle Opfer wert gewesen sein.*

Sie erreichte den Palast. War er so schlicht, weil das dem Geschmack hierzulande entsprach, oder lag es daran, dass alle Reichtümer Goryeos nach Groß-Yuan flossen? Sie wusste es nicht. Vielleicht stimmte beides. Palastdiener eilten an ihr vorbei, die Arme beladen mit Feuerholz – überall sonst hätten sie Kohlen geschleppt –, und Zhu sah, dass sie ihr verstohlen neugierige Blicke zuwarfen. Doch nicht nur sie mutete Zhus Aufzug eigenartig an, auch sie selbst erkannte sich kaum wieder. Sie trug eins von Mas Königinnengewändern aus Brokat und darüber einen Pelzumhang. Ma hatte ihr das Haar geflochten, aufgesteckt und ein Haarteil hinzugefügt, das beinahe so groß war wie Zhus Kopf. Ihre Holzhand war in ihrem Ärmel verborgen.

Die Verkleidung war notwendig, denn in Songdo wimmelte es nur so von getreuen Gefolgsleuten der Yuan. Bekäme einer von ihnen Wind davon, dass Zhu Yuanzhang eine Übereinkunft mit dem König getroffen hatte – wer konnte sagen, ob sie ihn nicht dazu bewegten, es sich anders zu überlegen? Gelang es ihr nicht, ihren Besuch geheim zu halten, würde alles noch vor ihrer Abreise auseinanderfallen.

Noch letztes Jahr hatte Bayan Temür, wie er damals genannt worden war, am kaiserlichen Hof Groß-Yuans als Prinzengeisel gelebt. Nun war er König Gongmin von Goryeo. Als Zhu den Thronsaal betrat, den Kopf gerade so weit gesenkt, dass sie sich noch verstohlen im Saal umschauen konnte, sah sie auf dem erhöhten Thron einen kräftigen Mann sitzen. Er war in ein prächtiges Gewand in der Farbe gerösteter Pfefferkörner gekleidet; auf Brust und Schultern war es mit extravaganten goldenen Verzierungen geschmückt, und es gehörte ein Faltenrock in mongolischem Stil dazu. Das Haar des Königs war jedoch nicht zu mongolischen Zöpfen geflochten, sondern wurde von einer goldenen Spange in einem Knoten gehalten – eine ganz ähnliche Frisur, wie Zhu sie normalerweise trug. Sein knollenförmiges Gesicht war so ausnehmend sorgfältig geschminkt, dass es effeminiert wirkte. Zhu war bitter amüsiert. Wie ironisch: Ouyang war so abgestoßen von der Weiblichkeit und musste sich nun von zwei unmännlichen Königen retten lassen.

Sie kniete nieder, so unelegant, wie man es am Hofe Gongmins vermutlich selten sah: Die voluminösen Röcke waren deutlich schwerer zu bändigen, als es den Anschein hatte, wenn Ma sie trug. »Hochachtungsvoll grüßt diese bescheidene Frau den König von Goryeo«, murmelte Zhu in stark akzentgefärbtem Mongolisch. »Wenn sie um eine private Audienz ersuchen dürfte …?«

Ihm war anzusehen, dass er sie am liebsten abgewiesen hätte – doch dann erinnerte er sich wohl an die goldenen Tael, die diese Fremde so bereitwillig verteilt hatte, um zu ihm durchzudringen. Er wedelte mit der Hand, und der Saal leerte sich. Nachdem der letzte Höfling die Tür hinter sich geschlossen hatte, sagte Gongmin mit schonungsloser Geringschätzung: »Spreche sie.«

Auch in Männerkleidern hätte er ihr seine Aufmerksamkeit gewiss nicht ohne Unmut geschenkt: Sie war einfach nicht gut aussehend genug, und er befasste sich nicht gern mit Dingen, die ihm missfielen oder ihn langweilten.

Sie erhob sich. Ihre Sittsamkeit abzustreifen, war so befriedigend, als legte man nach einem langen Tagesmarsch die Rüstung ab. Sie straffte die Schultern. »Wir hoffen, der König Goryeos begegnet dem strahlenden König als Gleichgestelltem. Wir sind recht weit gereist, um Eure Hoheit zu treffen.«

Gongmins Ausdruck der Bestürzung war äußerst befriedigend. »Ihr seid der, der die Großen Yuan herausgefordert hat?« Er rang sichtlich mit dem Widerspruch, mit dem er sich konfrontiert sah: Zhu Yuanzhang war in Goryeo, entsprach jedoch nicht dem Bild, das alle von ihm hatten. »Aber Ihr seid eine … *Seid* Ihr eine Frau?«

Zhus Ambiguität schien ihn ernsthaft zu beunruhigen: das maskuline Auftreten, die Unerschrockenheit, das unattraktive Gesicht, das schöne Frauengewand – und natürlich alles, was er über die beeindruckenden Erfolge des strahlenden Königs Zhu Yuanzhang gehört hatte. »Oder seid Ihr ein Eunuch wie jener andere? Wie viele verräterische Eunuchen kann ein Reich denn bloß hervorbringen? Den anderen habe ich einmal auf einer der Jagden des Großkhans getroffen. Mit ihm war es ganz ähnlich …« Er deutete mit einer unbestimmten Geste auf Zhus Gesicht. »Man konnte ihn für eine Frau halten, nur stimmte irgendetwas nicht … Es war jedoch schwer zu sagen, was eigentlich!«

»Nur wenige sind so schön wie General Ouyang«, sagte Zhu und freute sich daran, wie sein Unbehagen mangels einer eindeutigen Antwort noch wuchs: Sie zwang ihn, ihr so zu begegnen, wie sie war.

»Nun denn!« Gongmin sammelte sich. »Das ist eine Überraschung. Hätten Wir gewusst, wer Ihr seid, wären Wir Eurer Bitte um eine Audienz gewiss nicht nachgekommen. Wir haben kein Interesse daran, einen Feind Groß-Yuans zu empfangen!« Sein Mongolisch hatte denselben Dadu-Akzent wie Mas. »Es wäre für alle das Beste, Ihr würdet wieder gehen.« Ohne Zweifel sorgte er sich um die vielen Spione der Yuan.

Ehe er die Audienz für beendet erklären konnte, sagte Zhu eilig: »Ihr habt General Ouyang erwähnt. Ich gehe wohl recht in der Annahme, dass Eure Hoheit von den Großen Yuan über ihre derzeitigen Schwierigkeiten in Kenntnis gesetzt worden ist?«

Er hatte sich bereits vorgebeugt, um seine Höflinge zurückzurufen. Nun betrachtete er Zhu nachdenklich, wenn auch immer noch unfreundlich. Doch sein Wohlwollen brauchte sie nicht, um zu bekommen, was sie wollte. Sie musste sich nicht einmal Respekt verschaffen.

»Mein Heer wird vor den Toren Dadus zu General Ouyang stoßen. Vereint werden wir die Yuan schlagen – jedoch nur, wenn Goryeo ihnen nicht zu Hilfe kommt! Sicher hat Euch ein derartiges Ersuchen bereits erreicht. Doch anstatt ihm stattzugeben, bitte ich Euch: Verbündet Euch mit mir! Versteht mich nicht falsch: Es geht mir nicht um militärische Unterstützung, sondern nur darum, dass Ihr den Yuan keine Truppen schickt, Euch heraushaltet. Dafür verspreche ich Euch dies: Sitze ich erst auf dem Thron, belohne ich Euch mit dem, was Goryeo am meisten begehrt.«

Sein Gesicht war ausdruckslos, aber er hörte ihr aufmerksam zu.

»Wie Euer Land gelitten haben muss! So viele Jahre lang wart Ihr gezwungen, Tribut zu zahlen, Prinzengeiseln an den kaiserlichen Hof zu schicken und die Schande zu ertragen, Vasall eines fremdländischen Herrschers zu sein. Doch ich bereite all dem ein Ende!« Triumphierend rief sie: »Ich gebe Goryeo seine Freiheit zurück!«

Auf dem niedrigen Tisch vor dem Thron stand ein Schälchen aus lackiertem Bambus mit eingelegten Lotuswurzelscheibchen, manche rosarot, andere goldgelb eingefärbt.

Bedächtig nahm Gongmin mit stählernen Essstäbchen ein goldenes heraus, führte es zum Mund und kaute in aller Ruhe. Was hatte das zu bedeuten? Zhu konnte sich keinen Reim darauf machen. Endlich schluckte er. »Eine Belohnung fürs Nichtstun – wer könnte ein solches Angebot ablehnen? Ich hätte es auch tatsächlich nicht getan – wäre die Lage so, wie Ihr offenbar glaubt! Euer Stützpunkt ist wohl recht abgelegen, dass Ihr so schlecht unterrichtet seid.«

Im verschneiten Songdo war es ungeheuer still. Es war, als rückte alles immer weiter auseinander, je weiter man nach Norden kam. Plötzlich überfiel Zhu Schwindel. Ihr war, als wäre sie zu weit gewandert und fände nun den Weg nach Hause nicht mehr. Vielleicht hatte sich auch etwas in ihr aufgetan, eine große Leere, die sich nicht überbrücken ließ. Denn als Gongmin sich von seinem Thron erhob, die Stufen der Estrade hinabschritt und sie sich von Nahem beschaute, hörte sie seine Stimme wie aus weiter Ferne.

»Ah, jetzt sehe ich Euch besser: doch kein Eunuch, bloß ein hässliches kleines Mädchen, das von Größe träumt. Unglaublich, wie weit Ihr gekommen seid. Doch selbst, wenn jemand wie Ihr die Herrschaft über Groß-Yuan ergreifen könnte: Ihr seid zu spät. Dadu ist vor einer Woche gefallen. Das Spiel ist aus. Ein anderer hat den Thron gewonnen.«

☯

Im Palastgarten dunkelte es, und unaufhörlich fiel der Schnee. Die Stille drückte Zhu auf die Ohren. Sie lag auf den Knien, und ihre schweren Röcke bauschten sich um sie; die Dämmerung wusch die Farbe heraus. Einst hatte sie dieses ferne Land beherrschen wollen. Nun war sie bloß noch ein winziger Lichtfunke unter dem gewaltigen Nachthimmel, der sie umarmte und verschlang.

Ouyang war tot. Der Großkhan ebenfalls. Die Herrin Zhang war die neue Kaiserin. Und nun kannte sie auch den

Namen desjenigen, der stets im Verborgenen gewirkt hatte, aus den Schatten heraus, die alles und jeden berührten. Nun, da er Großkhan war, durfte jener Name nicht mehr genannt werden – die Todesstrafe stand darauf.

Wang Baoxiang.

Der Fürst von Henan. Nicht Ouyangs Liebster, sondern sein jüngerer Bruder, der den Titel geerbt hatte. Zhu erinnerte sich schwach: Er war an jenem Tag dabei gewesen, als sie vom Dach des Klosters auf das Gefolge des alten Fürsten hinabgeblickt hatte. Ein Gelehrter unter Kriegern. Doch damals war noch keine Dunkelheit in ihm gewesen. Sie sah einen schlaksigen Jüngling vor sich, sein Gewand so farbenprächtig, als wäre es aus Schmetterlingsflügeln gemacht. Er hatte noch geringeres Ansehen genossen, war von seinem Vater und Bruder noch weniger geliebt worden als der verachtete Eunuch. Viele Jahre waren seither vergangen. Und nun war er als Einziger in der Hauptstadt gewesen, während alle anderen Thronanwärter vor ihren Toren miteinander gekämpft hatten. Er hatte alle getäuscht, auch Zhu. Mit ihm hatte niemand gerechnet.

Der Großkhan mochte ein anderer sein, doch König Gongmins Verpflichtung an das Reich war noch dieselbe. Zhus flehentliche Bitten, seine Streitkräfte mit ihren zu vereinen, um Dadu anzugreifen, hatte er rundheraus abgelehnt. Fürs Nichtstun hätte er sich gern belohnen lassen, davon war sie überzeugt. Sein Leben und seine Königswürde würde er jedoch niemals aufs Spiel setzen, auch nicht zum Wohl seines Volkes. Überraschend war es nicht: Wäre er ein Mann von Charakterstärke, hätten ihm die Yuan nie den Thron Goryeos gewährt.

Zhus Armee allein war nicht stark genug, um Dadu einzunehmen. Das Hauptheer Groß-Yuans – oder doch zumindest der Überrest – unterstand nun Wang Baoxiang, zusammen mit den Streitkräften der Herrin Zhang. Bei der Schlacht gegen

Ouyang hatte dem Hauptheer noch Führung gefehlt, doch das würde nun nicht mehr der Fall sein. Wang Baoxiang würde es nicht schwerfallen, Dadu zu verteidigen.

Zhu hatte keine Möglichkeit mehr, die Lage zu ihren Gunsten zu beeinflussen. Es war niemand übrig, mit dem sie ein Bündnis hätte eingehen können, und ihr war kein Druckmittel geblieben, das sich einsetzen ließe.

Trotzdem konnte sie nicht aufgeben. Gongmin täuschte sich! Wang Baoxiang mochte auf dem Thron sitzen, aber ihr Wille war noch nicht gebrochen! Ihr Verlangen nicht gestillt! Solange sie weiterkämpfte, hatte er nicht gewonnen. Und sie würde nach Größe streben, solange sie lebte! Sie würde weitermachen, selbst ohne Aussicht auf den Sieg. Selbst wenn sie vor sich sah, wie ihre Soldaten allesamt niedergemetzelt wurden.

Ouyang war in einer ganz ähnlichen Situation gewesen, aber er hatte sich gegen alle Widerstände durchgesetzt. Was er sich vorgenommen hatte, hatte er geschafft! Er hatte sein Schicksal erfüllt, und somit waren alle seine Taten zu guter Letzt gerechtfertigt gewesen. Sein Leiden war nicht vergeblich gewesen.

Zhu dachte mit bebender Entschlossenheit: *Auch ich mache mein Schicksal wahr!*

Sie kniete im Schnee, die Faust in ihre Röcke gekrampft, da wurde sie sich einer Gestalt gewahr. Wie gut doch ein Geist in diese tote Winterlandschaft passte! Seine zerlumpte Kleidung verschmolz mit dem Weiß ringsherum, und das lange strähnige Haar hatte die Farbe der nassen Trauerweidenzweige. Immer klarer erkannte sie ihn, als ließe der Schneefall nach. Dann ein Schrecken: Der Geist kam auf sie zu.

In dem dunklen, stillen Garten gab es kein Leben außer Zhu. Kurz glaubte sie, der Geist sei gekommen, um zuzuschauen, wie sie im schwarzen Wasser der Nacht ertrank.

Dann sah sie jedoch, dass die weißen Schühchen des Geistes nicht über dem Schnee schwebten, sondern darin versanken. Und es entstanden Fußabdrücke, auch wenn der fallende Schnee sie sogleich wieder verschwinden ließ. Es kam kein Geist auf sie zu, sondern eine Frau.

Sie strich sich das Haar aus dem hageren Gesicht. Zhu kannte sie nicht. Einst mochten ihre Züge elegant und stolz gewesen sein, doch nun zeichnete sich unter der papierdünnen Haut allzu deutlich der Schädel ab.

Die Frau blickte auf sie herunter. »Zhu Yuanzhang, bekannt als der strahlende König, den es nach nichts Geringerem verlangt als nach dem Thron Groß-Yuans.« Durch den Mund einer Lebendigen eine gequälte Seele sprechen zu hören, war unheimlicher, als Geister zu erblicken. Diese Frau empfand, was Zhu empfand, was Ouyang empfunden hatte. Sie brannte vor Trauer, Schmerz und Zorn über einen schrecklichen Verlust, irrte durch die Finsternis, schon kein Mensch mehr, nur mehr eine Hülle aus Asche. »Ein jedes Begehren wird durch Leid aufgewogen, ebenso groß oder größer. So sag mir, kleine Schwester: Was nimmst du noch bereitwillig auf dich, um dein Begehren zu erfüllen?«

Da überkam Zhu inmitten dieses verschneiten Geisterreichs der Finsternis und des Elends eine wilde Hoffnung. *Alles,* versprach sie stumm. Wie der Weg zum Sieg auch aussehen mochte, sie würde jedes Opfer bringen, so schrecklich es ihr auch erscheinen mochte. *Ich kann alles ertragen.*

Die Frau las ihr die Antwort vom Gesicht ab. »Bist du wirklich so stark?«, murmelte sie. Ein grausamer Ausdruck glitt über ihr eisweißes Gesicht wie ein blutiger Schleier über eine Sonnenfinsternis. Hätte sie in diesem Augenblick die Zähne gebleckt, gewiss wären sie so scharf und spitz gewesen wie die Zähne eines gierigen Hungergeistes. »Auch ich war einst stark. Ich war die liebste Gemahlin des verstorbenen

Großkhans, und mein Sohn war der dritte Prinz des Kaiserreichs Groß-Yuan. Was hätte ich nicht getan für das einzige Kind meines Leibes! So lange habe ich ihn beschützt. Doch dann habe ich einen Fehler gemacht: Ich habe dem Falschen vertraut, dem einen Mann, dem ich nie hätte trauen dürfen …«

Kurz schloss die Herrin Ki die Augen. »Der König von Goryeo wird dir nicht beistehen, Zhu Yuanzhang. Doch nach dem, was Wang Baoxiang meinem Sohn angetan hat, werde ich es tun.«

20

DIE PALASTSTADT, DADU

Der Eunuchen-Aufseher hatte keine Peitsche, brauchte aber auch keine. »Vorwärts, Slavinnen!«, bellte er.

Zhu eilte in der Reihe der zerlumpten Frauen durch den steinernen Torweg in die Palaststadt. Auf dem Weg nach Dadu waren sie alle erschüttert gewesen beim Anblick der ungeheuren Zerstörung, die Ouyang auf seinem Vormarsch angerichtet hatte. Zwischen den Ruinen kleiner Dörfer und verwüsteter Sommerresidenzen ragten geschwärzte, gebrochene Baumstämme auf, und in den Feldern wucherte das erste grüne Unkraut durchs alte Getreidestroh. Es hatte den Mann nicht gekümmert, was er hinter sich zurückließ, denn er hatte starr nach vorn geblickt, auf seinen Triumph, der zugleich sein Untergang sein würde. Hier in der Palaststadt hatte er beides gefunden.

Mönche reisten gemeinhin mehr als andere Menschen, und viele, die das Kloster Wuhuang besucht oder dorthin zurückgekehrt waren, hatten von der prachtvollen Hauptstadt der Mongolen berichtet. Goldene Mauern und Gebäude hatten sie beschrieben, die vor dem Hintergrund der kargen Hügel wahrhaftig leuchteten. Doch nun schien Dadu alle Farbe und allen

Glanz eingebüßt zu haben. Dunkle Wolken hingen über der Stadt. Die flatternden Fahnen auf den Mauern waren nicht von jenem Azurblau, das Zhu vom Schlachtfeld kannte, sondern hatten die dunkle Tönung eines Waldsees in der Abenddämmerung. Es war, als hätte sich über die Großen Yuan nun doch der Schatten der Nacht gebreitet. Die Mauern und die Gebäude waren zwar tatsächlich vergoldet und die Innenhöfe mit dem edelsten weißen Marmor ausgelegt. Und doch erstrahlte nichts. Als Zhu über eine einstmals weiße Brüstung strich, waren ihre Fingerspitzen hinterher schwarz. Alles war mit einer Schicht aus Ruß und Schmutz überzogen – das waren die Spuren des Krieges. Wang Baoxiang, der aus der Finsternis hervorgetreten war, um Zhu den Thron zu stehlen, hatte nicht das Ende von Groß-Yuan herbeigeführt. Das Reich bestand fort, begraben unter der Asche seiner eigenen Zerstörung.

So hätte es nicht kommen müssen, dachte Zhu trauervoll. Wäre Ouyang an ihrer Seite geblieben – hätte er nur seinen Selbsthass überwinden und ihr trauen können –, dann könnte er jetzt noch leben. Gemeinsam hätten sie eine andere Welt erschaffen statt einer, die Licht in Dunkelheit verwandelte und Schmerz in ewiges Leiden.

Die Sklavinnen stapften mit gesenkten Köpfen vorwärts. Zhus Haar war offen, ihr ungefärbtes Gewand fleckig und verschlissen; die Holzhand hing leblos herab. Sie bot wahrlich keinen ungewöhnlichen Anblick an diesem dunklen, elenden Ort. Bloß eine weitere gebrochene Frau aus der gefallenen Stadt Nanchang, vergewaltigt von Chen Youliangs Männern, verstümmelt, nur um seinen Feind Zhu Yuanzhang zu verhöhnen, dann in die Sklaverei verkauft. Ihr Gesicht war von Gram gezeichnet. Es kostete Zhu keine Mühe, ihre Tarnung aufrechtzuhalten: Sie tat einfach nichts, um ihren wahren Schmerz zu verbergen. Darauf reagierten die anderen Sklavinnen noch feindseliger als auf ihre Holzhand. Zhu verstand auch weshalb:

In Gegenwart eines leidenden Menschen war stets die Gefahr gegeben, dass man seinen Schmerz mitempfand – es sei denn, man kappte die Verbindung, indem man ihn hasste; und da es die meisten Menschen danach verlangte, Schmerz zu vermeiden, zogen sie diese Wahl selbstverständlich vor.

Die Sklavinnen folgten dem Aufseher über eine ummauerte, mit blauen Schatten verhangene Straße, da hörte Zhu in der Ferne Geschrei. Sofort befahl der Aufseher in scharfem Ton: »Runter mit euch!« Die Sklavinnen verharrten unsicher. Der Aufseher packte die erste Frau in der Reihe und trat ihr gegen das Bein. Sie schrie auf und fiel auf ein Knie. Er drückte ihren Kopf nach unten. »Wollt ihr sterben? Falls nicht, zollt ihr dem Großkhan lieber den schuldigen Respekt!« Zhu und die anderen Frauen sanken rasch auf den kalten weißen Sand nieder. Der Lärm kam auf sie zu, dann wurde im Laufschritt eine offene Sänfte vorbeigetragen. Beim Anblick der vielen Beine musste Zhu an einen Tausendfüßler denken.

Bis die Sklavinnen alle wieder aufgestanden waren und sich ordentlich hintereinander aufgestellt hatten, hatte die Sänfte den großen Platz erreicht, den man durch den Bogen am Ende der Straße sehen konnte. Sie hielt am Fuß einer Treppe an, die zu einer gewaltigen Halle hinaufführte, umgeben von einem Säulengang; die Dächer spielten in allen Farben und hätten zu anderen Zeiten sicher wie Kristall in der Sonne geschimmert. Zhu konnte gerade so die Gestalt des Mannes ausmachen, der sich in der Sänfte erhob. Im Gegensatz zu seinen Vorgängern trug er schwarz: Die goldenen Drachen, Zeichen seines Rangs, glichen Sternbildern am Nachthimmel.

Atemlos starrte Zhu den Großkhan an. Wang Baoxiang. Eine große Empfindung quoll in ihr hoch, weder Hass noch Zorn, sondern einfaches Erkennen. Das war der Mensch, der besaß, was sie haben wollte. Der Mann, der zwischen ihr und ihrem Verlangen stand.

Als er aus der Sänfte stieg, verschwand er kurz in dem Gewühl aus Eunuchen, Dienern und Wachen.

Zhu sah vor ihrem inneren Auge die geisterhafte Erscheinung der Herrin Ki, weiß im Schnee. »Ein Heer kann ich dir nicht geben«, hatte sie gesagt. »Doch wenn du wirklich zu allem bereit bist, so kann ich dir auf andere Weise zum Sieg verhelfen. Wang Baoxiang hat noch keinen Erben. Das traf zwar auch auf den letzten Großkhan zu, aber die Regel ist es nicht. Gewöhnlich hat ein Großkhan, noch ehe er den Thron besteigt, seine Nachfolge geklärt, mit einem Kronprinzen, der auch das Mandat besitzt. Stürbe jedoch ein Großkhan, ohne einen rechtmäßigen Erben zu hinterlassen, würden die Minister und das Militär zweifellos jemanden auf dem Thron akzeptieren, der ebenfalls vom Himmel für würdig befunden wird. Besonders dann, wenn sein Heer vor den Toren der Stadt steht.«

Die Herrin Ki hatte Zhu betrachtet, die noch immer gekniet hatte. »Der Sohn des Himmels war stets ein Mann. Mit dieser Tradition zu brechen, scheint die fundamentale Ordnung zu gefährden, auf der unsere Welt aufbaut. Doch vielleicht ist es nur recht so. Soll der, der die Dynastie der Großen Yuan stürzt, auch die Welt vernichten, die sie geschaffen haben. Ein neuer Herrscher für eine neue Welt. Ich kann nicht sagen, dass ich die alte vermissen werde, denn sie bot meinem Sohn keinen Platz. Sein eigener Vater hat ihn umbringen lassen, vermeintlich des Erbes unwürdig, nur weil er war, wer er war.«

Der Wind strich durch den Garten und schüttelte den Schnee von den Zweigen der Weiden.

»Du bist kein Mann, Zhu Yuanzhang. Bist du dennoch befähigt?«

Da schob Zhu ihren Schmerz und ihre Trauer beiseite. In ihr brannte ein unauslöschliches Feuer, seit jenem Moment, in dem sie sie selbst geworden war und ihr Schicksal zum ersten Mal wirklich für sich in Anspruch genommen hatte. In Erinnerung daran rief sie nun: »Das bin ich!«

»Dann lass dich von mir in den Palast bringen. Erschlage Wang Baoxiang und erkläre dich selbst zum neuen Kaiser. Erobere den Thron von innen heraus.«

Nun blickte Zhu über den Platz und sah die dichte Schar der Bediensteten die weiße Freitreppe hinaufsteigen. Golden blitzte es in der Mitte auf. In den dunklen Winkeln und kalten Schatten der Palaststadt drängte sich eine Unmenge Geister, das Ergebnis so vieler Morde und Intrigen. Frühere Herrscher fanden sich jedoch nur wenige darunter, und dafür gab es einen guten Grund.

Der Großkhan stand als Einziger im Mittelpunkt der Welt, doch er war niemals allein.

☯

Sklavinnen erledigten in der Palaststadt jene Arbeiten, die selbst die niederste Magd nicht angerührt hätte. Eine Aufseherin führte sie durch die vielen Residenzen: Sie leerten die Nachttöpfe in Eimer und schleppten sie an Tragjochen aus der Palaststadt, wo die Wagen zum Abtransport der Fäkalien warteten. Es war keine unerträgliche Arbeit. Zhu hatte schon Schlimmeres tun müssen – ihr war noch in lebhafter Erinnerung, wie sie die Latrine des Klosters ausgeschaufelt hatte –, und den übrigen Frauen ging es sicher nicht anders. Nein, die wahre Qual der Sklaven bestand in dem Wissen, dass sie nichts mehr hatten als ihren Dienst. Sie würden ihn verrichten, bis sie nicht mehr dazu in der Lage waren, und dann kümmerte ihr Schicksal niemanden mehr, denn sie waren wertlos.

Zhu fand rasch heraus, dass Sklavinnen für alle anderen im Palast so gut wie unsichtbar waren. Über ihnen standen die niederen Mägde, die Wäsche wuschen und mit Körben voller Kohlen herumrannten. Dann kamen die Küchenmägde und die Mägde mit besonderen Begabungen, die man zu

Dutzenden über Stickereien sitzen sah. Noch höher gestellt waren die Aufseherinnen, Zofen und Haushaltsvorsteherinnen, außerdem die Eunuchen, die alles Mögliche taten, vom Tragen der Sänften bis hin zu Handreichungen für die kaiserlichen Ärzte. Die Dienstboten stammten offenbar aus allen Winkeln des Kaiserreichs, daher hörte man hier alle Sprachen, die zwischen den vier Ozeanen gesprochen wurden. Allerdings waren Menschen aus Goryeo und den anderen Vasallenstaaten in der Überzahl: Vermutlich waren sie als Teil der Tributzahlungen nach Groß-Yuan gegeben worden. Die Palaststadt, dachte Zhu, war tatsächlich eine Stadt. Im Augenblick lebte in den Frauengemächern nur die Kaiserin, aber bald schon würden Dutzende Gemahlinnen und Konkubinen Einzug halten, jede mit ihrem eigenen Haushalt: Die Tausenden Dienstboten würden dringend gebraucht und vielleicht sogar mehr.

Das Einsammeln der Fäkalien war nur die erste Aufgabe des Tages gewesen. Danach hatten die Sklavinnen eimerweise Asche aus den Feuerschalen der Residenzen und Essensreste aus den Küchen fortgeschafft. Nun standen sie Schlange am Brunnen, um Wassereimer zu befüllen und an die Haushalte zu verteilen. Zhu war erstaunt darüber, wie erschöpft sie war – sie hatte sich wohl zu sehr an das bequeme Leben eines Königs gewöhnt.

»Weiter, weiter!«, rief die Aufseherin, und die Sklavin in der Reihe vor Zhu schleppte ihre beiden vollen Eimer fort.

Mit einer Hand zu tun, wofür man eigentlich zwei brauchte, war nicht leicht, aber schaffbar. Der Ziehbrunnen war mit einem einfachen Flaschenzug ausgestattet. Zhu hängte ihren ersten Eimer an das Seil und warf ihn in den Brunnen. Sobald er mit Wasser vollgelaufen war, hievte sie ihn wieder in die Höhe und stellte sich auf das Zugseil, um den Eimer oben zu halten.

Sie hatte den Henkel schon ergriffen, den Eimer aber noch nicht vom Haken gehoben, da ertönte der Ruf: »Der Großkhan kommt! Auf die Knie, Sklavinnen!«

Die Sklavinnen wandten sich allesamt der Straße zu, und dabei bekam Zhu das Tragjoch der Frau hinter ihr in den Rücken. Sie schrie auf und taumelte einen Schritt nach vorn – vom Zugseil herunter. Der schwere Eimer stürzte zurück in den Brunnen und hätte sie beinahe noch mitgerissen. Sie ruderte mit dem rechten Arm, um das Gleichgewicht zu wahren; dabei geriet ihre Holzhand in eine Schlinge des Seils, das über die Rolle des Flaschenzugs raste.

Es knirschte schauderhaft, und der Eimer hüpfte und schwang, auf halbem Weg den Brunnen hinab.

Keuchend schaute Zhu hoch und sah ihre Holzhand, verstrickt im Seil und eingeklemmt zwischen Rolle und Halterung. Ihr Arm fühlte sich an, als wäre er um ein Haar aus der Gelenkpfanne gerissen worden. Heftig zerrte sie an der Hand, bekam sie aber nicht frei. Sonst blieb sie immer als Einzige stehen, während alle ringsum sich verneigten, doch jetzt wollte sie nur eins: nicht auffallen. *Falls ihr nicht sterben wollt, zollt ihr dem Großkhan den schuldigen Respekt!*

Sie lehnte sich nach hinten und zerrte erneut. Den Rücken hatte sie der Straße zugewandt; er stach, als läge sie auf einem Nagelbrett. Immer näher kam die Finsternis, galoppierte wie ein vielbeiniger Verschlinger auf sie zu. Wie bitter es doch wäre, als Sklavin zu Tode geprügelt zu werden, weil sie sich nicht vor dem Mann niederwarf, der ihr den Thron gestohlen hatte! Sie warf sich mit aller Kraft gegen den Zug. Sie *musste* sich befreien …

Dann taumelte sie vom Brunnen fort und fiel am Straßenrand auf ein Knie, den Kopf gesenkt, gerade als der Zug des Großkhans vorbeilief, ohne anzuhalten. Zhus Herz hämmerte. Ihr schmerzender Stumpf lag auf dem aufgestellten rechten

Knie, die Bandage hing halb abgewickelt herab. In ihrer Verzweiflung hatte sie den Stumpf aus der engen hölzernen Manschette gezogen.

Jetzt erst bemerkte sie, dass ein Schatten über sie gefallen war. Zuerst begriff sie gar nicht, warum zehn Paar Eunuchenfüße in Sandalen in ihrem Blickfeld standen. War der Großkhan nicht längst vorbei?

Dann sagte eine Frau über ihr: »Du da!«

Zhu erkannte die Stimme. Sie erinnerte sich an eine Frau hinter einem Kutschenvorhang aus Gaze; an zwei Heere, die sich auf einer weiß glitzernden Salzebene gegenüberstanden. Ein Menschenalter schien das nun schon her zu sein. Eine eisige Vorahnung befiel sie.

Wieder sprach die Herrin Zhang sie an: »Du, Sklavin.«

Ein Eunuch kann zu ihr gerannt und trat ihr gegen das Schienbein. Zhu biss sich auf die Lippe. »Ihre Hoheit spricht mit dir, du wertloses Geschöpf!«

Was hatte sie für eine Wahl? Ihre Vorahnung verstärkte sich, bis sie das Gefühl hatte, am Rand eines Abgrunds zu stehen. Sie hob den Kopf, hielt den Blick jedoch ehrerbietig gesenkt. Die Herrin Zhang, hoch über ihr, war bloß eine Silhouette vor der diffusen Sonne des Nordens.

»Sklavin, warum fehlt dir eine Hand?«

Es war immer am besten, wenn man so nah wie möglich bei der Wahrheit blieb. Zhu hielt den Blick auf die Straße gerichtet. »Diese Nichtswürdige wagt es, der Kaiserin zu antworten: Einst lebte sie als freie Frau in Nanchang. Die Kaiserin, die alles weiß, hat sicher auch gehört, was dort geschehen ist, als Chen Youliang die Stadt von Zhu Yuanzhang erobert hatte.«

»Zhu Yuanzhang!«, rief die Herrin Zhang triumphierend, als hätte Zhu bestätigt, was sie sich beim Anblick einer knienden Frau mit nur einer Hand bereits gedacht hatte.

Da begriff Zhu, dass sie gar nicht misstrauisch gewesen war. Vor Erleichterung wurde ihr ein wenig schwindelig. Wer würde auch einen König in einer Sklavin erkennen, einen Mann in einer Frau? Bloß die Erinnerung an ihren einstigen Feind hatte das Interesse der Herrin Zhang geweckt. Nun sagte sie:

»Dieser dumme Junge! Er hätte sich mir unterwerfen sollen. Aus Gier hat er all jene verraten, auf deren Rücken er sein Königreich errichtet hat! Schau dich an, wie du hier vor mir kniest: eine elende Sklavin.«

»Er hat nie an uns gedacht. Um seinen Ehrgeiz zu befriedigen, hat er uns leiden lassen. Und der Preis? Meine Hand, mein Leib. Mein großer Bruder ...« Sie war erschüttert, als ihre Stimme brach. Kurz war sie tatsächlich, wer sie zu sein vorgab: eine verstümmelte, trauernde Frau, der Zhu Yuanzhang die Familie genommen hatte, aufgrund jenes Verlangens, für das er jeden opfern und alles tun würde.

Zhu Yuanzhang hat ihn umgebracht. Ich habe ihn umgebracht. Ich habe ihn für mein Verlangen leiden lassen.

Eine Sklavin sollte unsichtbar sein, stumm. Doch Zhus Schmerz, der aus ihr hinausflutete, machte sie zu einem Menschen. Der Eunuch trat rasch vor sie. »Du wertloses Stück Dreck! Wagst es, ungefragt vor der Kaiserin ...«

Doch die Herrin Zhang hob eine Hand und brachte ihn zum Schweigen. Ihre juwelenbesetzten Fingernagelschutze glitzerten. »Wie tief du fühlst!« Allem Anschein nach betrachtete sie Zhu mit leicht angewiderter Belustigung, als wäre ihr Schmerz eine schmutzige Aura. Doch unter der zur Schau gestellten Gleichgültigkeit verbarg sich etwas anderes: ein reges Interesse, das Hunger glich. *Neid,* dachte Zhu erschrocken. Aber wer neidete einem anderen seinen Schmerz?

»Sicher hast du dir gewünscht, Zhu Yuanzhang möge ebenfalls leiden. Hast von Rache geträumt, von Gerechtigkeit – vielleicht ist ja auch beides dasselbe. Wusstest du, dass er auf dem Weg hierher ist? Ein Narr, der in sein Verderben rennt. Gegen Dadus Mauern will er sich werfen und sich dabei den Kopf einschlagen.«

Die Herrin Zhang von Zhu Yuanzhang sprechen zu hören, gab Zhu das unheimliche Gefühl, an zwei Orten gleichzeitig zu sein, als wäre sie gespalten worden. Es waren verflachte Versionen ihrer selbst, die für die Welt jedoch leichter zu verstehen waren: Mann und Frau; König und Sklavin; wert und unwert.

Nachlässig winkte die Herrin Zhang die Zofe heran, die ihrer offenen Sänfte am nächsten stand. Zu Zhus Überraschung und Beunruhigung sagte sie: »Nehmt sie mit. Macht sie sauber und steckt sie in eine Dienstmädchenkluft.«

Ihr leises Lächeln legte nahe, dass sie einer Laune folgte und nur auf ein wenig Unterhaltung aus war. Zhu jedoch spürte noch immer ihr Verlangen nach dem Schmerz anderer, als wäre sie bloß eine hohle Porzellanpuppe, die hoffte, Zhus starke menschliche Gefühle könnten auf sie übergreifen.

»Zhu Yuanzhang kommt hierher«, sagte die Herrin Zhang. »Sein Ehrgeiz hat dich viel gekostet. Es wird mir Freude machen, dich zuschauen zu lassen, wenn ihn sein Verhängnis ereilt!«

☯

Zhu war noch nie in einer Voliere gewesen. Nicht einmal als König war es ihr in den Sinn gekommen, dass sie eine haben sollte.

Die Voliere der Herrin Zhang war eindeutig ihr Stolz. Dies war kein Käfig mehr, sondern ein eingezäunter Garten. Das feine Drahtgeflecht hoch über den frühlingsblühenden Bäumen war kaum zu sehen. Gepflegte Wege aus Kieselsteinen wanden sich zwischen dichten Büschen und Sträuchern hindurch. Überall waren Vögel: Vögel, so klein wie Teetassen; Vögel, die auf Beinen dahinstelzten, die länger waren als Zhus; Vögel mit

Kämmen und Schöpfen; Vögel mit buntem, schimmerndem Gefieder. Sie mussten ein Vermögen gekostet haben. Die einzigen, die Zhu erkannte, waren die Fasane (köstlich) und die Tauben (ebenfalls köstlich, aber nützlicher, wenn man sie am Leben ließ und als Brieftauben einsetzte). Die sorgfältig gezüchteten Tauben der Herrin Zhang hatten jedoch ganz sicher noch nie eine Botschaft überbracht. Sie schillerten und sahen durch und durch exotisch aus. Manche hatten Krägen, andere Locken; es war ein Wunder, dass sie überhaupt fliegen konnten.

Die Herrin Zhang, so farbenfroh und prächtig geschmückt wie ihre Vögel, stand inmitten einer Schar trist gekleideter Mägde vor den hölzernen Nistkästen. »Nun nimm ihn schon!«, sagte sie ungeduldig. Eine Magd griff zögerlich in einen der Kästen. Darin flatterte es panisch, und als das Mädchen rasch die Hand zurückzog, schoss ein kleiner Vogel in der Farbe von Chrysanthemen wie ein Pfeil davon. Die Mägde schrien und duckten sich. »Ihr schafsgesichtigen Maultiere!«, keifte die Herrin Zhang.

Zhu, die in der Nähe einen Pfad geharkt hatte, streckte reflexartig den Arm aus und fing den Vogel aus der Luft.

»Lass ihn nicht los!« Die Herrin Zhang eilte zu ihr.

Zhu starrte den Vogel an, und der Vogel starrte mit seinen Pfefferkornäugelein zurück. Sein kleines Herz pochte wie Regen gegen ihre Handfläche. Sie hatte ihn so unwillkürlich gefangen, wie sie eine herabfahrende Schwertklinge pariert hätte.

Die Herrin Zhang maß sie mit einem abschätzenden Blick, und Zhu verspürte einen Anflug von Besorgnis. Falls es jemanden im Palast gab, der die Spuren ihrer Maskulinität entdecken konnte, wäre es eine Kurtisane, die ihr Geld damit verdiente, die Körpersprache von Männern zu deuten.

Doch die Herrin Zhang sagte nur: »Wie erfreulich! Eine Grille, der man ein Bein ausgerissen hat, kann immer noch dienen.« Nur ihre Lippen hoben sich, wenn sie lächelte, als hätte sie gelernt, nicht mit unnötigen Gesichtsbewegungen Risse in ihrer Schminke entstehen zu lassen. »Und nicht nur als Vogelfutter! So, nun breite seine Flügel aus …«

Mit einer goldenen Schere schnitt sie rasch durch die aufgefächerten Federn. »Schön«, gurrte sie. Ihr Porzellangesicht trug einen beinahe sinnlichen Ausdruck. »Das hätten wir. Jetzt ist alles fein ordentlich.« Sie nahm den nun flugunfähigen Vogel auf den Finger. Panisch versuchte er, sich am Metall ihres klauenartigen Fingernagelschutzes festzuklammern. Sein kleiner Schnabel stand offen, und er keuchte entsetzt.

Die Herrin Zhang streichelte ihn mit einer Klauenspitze. »Wusstest du, dass der Großkhan selbst mir jeden einzelnen dieser Vögel geschenkt hat? Für einen Mongolen hat er wirklich Kultur! All die schönen Dinge sind ein Zeichen seiner Hochachtung.« Nachdenklich fügte sie hinzu: »Vielleicht gebe ich das Vögelchen hier der neuen Konkubine aus Goryeo als Willkommensgeschenk. Wie ich höre, ist sie ein süßes, fügsames Mädchen. Ein süßer Vogel für ein süßes Mädchen. Ja, das wäre passend. Und sie freut sich bestimmt über ein wenig Gesellschaft, wenn der Großkhan kein Interesse an ihr zeigt.«

Sie musste ein Flackern in Zhus Blick gesehen haben, denn sie lachte leise. »Nicht aus dem Grund, der dir vielleicht vorschwebt! Trotz seines Auftretens kann ich dir versichern, dass er etwas mit Frauen anfangen kann. Aber ich würde nicht sagen, dass süß nach seinem Geschmack ist.« Ihr Lächeln erinnerte an eine zufriedene Katze. Sie trippelte auf ihren winzigen Füßen in ihre Gemächer zurück. Mägde waren damit beschäftigt, kunstvoll einen runden Tisch für zwei zu decken. »Komm, kleine Grille!«, rief die Herrin Zhang. »Ich habe so wenig nützliche Mägde, da sollst du deine Talente nicht draußen verschwenden. Der Großkhan besucht mich heute Abend; du kannst meinen Zofen helfen, mich für ihn schön zu machen.«

Kurz nach Sonnenuntergang, zur Stunde des Hahns, saß die Herrin Zhang am Tisch und wartete. Sie war so makellos schön wie das Geschirr. Der oberste Eunuch des Großkhans kam in die Residenz gerauscht, als gehörte sie ihm. »Der Großkhan kommt!«

Zhu und die übrigen Mägde warfen sich nieder. Die Herrin Zhang erhob sich und verneigte sich elegant, als der Großkhan das Zimmer betrat, umgeben von seinen schwarz gekleideten Leibwächtern.

Erst als Zhu ihn aus der Nähe sah, verstand sie die Bemerkung der Herrin Zhang über sein Auftreten. Einen gewöhnlichen Mann wie Wang Baoxiang hätte die Welt verachtet. Doch dass der mächtige Sohn des Himmels sich derart gebärdete, war geradezu erschütternd. Unerwartet durchlief Zhu ein Schauer – wie damals, als sie zum ersten Mal Ouyang in seiner Zwitterhaftigkeit erblickt hatte.

Anstatt zu schreiten, glitt der Großkhan vorwärts, wobei seine blassen Hände mit den langen Fingern flatterten. Haltung und Gesten waren die einer Frau; sein Leib hingegen war zwar auffällig schlank, jedoch eindeutig der eines Mannes. Das weibische Verhalten mochte seinem Wesen entsprechen, war aber gleichzeitig auch Theater, befand Zhu. Genau deswegen hatten ihn bei Hofe alle übersehen. Die ganze Zeit über war er in ihrer Mitte gewesen, Mordlust im Herzen und von einem Ehrgeiz beseelt, der den aller anderen weit übertraf – doch nicht im Traum hätten sie daran gedacht, dass jemand wie er ein solches Wesen haben könnte. Für die Gefahr, die von ihm ausging, waren sie blind gewesen.

Es war nicht besonders hell im Raum; als der Großkhan vorbeiging, war Zhu dennoch, als fiele ein Schatten über sie. Sie musste an die Fahnen denken, die über der einstmals strahlenden Stadt flatterten, ihr Blau so dunkel, dass es beinahe schwarz wirkte.

Schwarz für einen Herrscher, dessen Mandatsflamme kein Licht, sondern Finsternis verbreitete.

Der Schatten streifte die Ränder der hellen Lichtkugel in Zhus Inneren. Zwei Mandate, einander ähnlich und doch gegensätzlich, erzeugten gemeinsam einen Ton wie ein angeschlagenes Glas. Der Großkhan zuckte zusammen und schaute sich mit gerunzelter Stirn im Zimmer um. Niemand hatte das Unheil vorausgesehen, das er bringen würde: weil er war, wer er war. Doch nun strich sein Blick über die Mägde, zwischen denen Zhu in ihrer ununterscheidbaren Dienstmädchenkluft kniete, und sie dachte: *Niemand hat mit Euch gerechnet. Aber Ihr rechnet Eurerseits nicht mit mir!*

Er war nur wenige Schritte von ihr entfernt. Vermutlich würde sie ihm nie wieder so nah kommen. Doch seine Leibwächter bildeten eine Mauer um ihn. Sie trugen die Scheiden mit ihren Schwertern in der Hand, sodass sie jederzeit blankziehen konnten. Selbst wenn Zhu die goldene Schere der Herrin Zhang oder ein Messer aus der Küche gestohlen und in ihrem Ärmel verborgen hätte, es hätte ihr nichts genützt. Der Abstand zwischen ihnen hätte ebenso gut eintausend Li betragen können.

Der Großkhan setzte sich. Nichts an dem Umgang von Kaiser und Kaiserin miteinander schien natürlich. Der Vorkoster probierte die Gerichte; der Großkhan erging sich in höflichen Floskeln; die Herrin Zhang war charmant und schmeichelte ihm. Ob sie so wohl mit all ihren Männern gewesen war? Ihr Gestus hatte eine unpersönliche Note, als spielte sie das immer gleiche Bühnenstück, in dem bloß ein Schauspieler ausgetauscht worden war. Und auch der Großkhan schien von ihrer Gesellschaft nicht wahrhaft erfreut. Sie gaben beide nur vor, mit ihren Rollen glücklich zu sein. Nicht den Dienstboten oder Wachen zuliebe, die so tief unter ihnen standen, dass sie sie kaum wahrnahmen – nein, sie taten es einzig und allein für sich selbst.

Zhu wurde unbehaglich zumute, während sie ihnen zuschaute. Für ihr Verlangen hatte sie so viel Leid auf sich genommen. Nun saßen zwei Menschen vor ihr, die dasselbe getan und in ihrem Streben nach Höherem Erfolg gehabt hatten. Über ihnen war nur noch der Himmel.

Doch obwohl sie sie genau beobachtete, fand sie keine Spur dessen, was sich unter dieser blutleeren Darbietung doch verbergen musste: jene Befriedigung, dass alle Opfer es am Ende wert gewesen waren.

☯

Zusammen mit den übrigen Mägden der Herrin Zhang stand Zhu hinten in der gut gefüllten Halle des großen Glanzes. Die Prozession aus Goryeo bewegte sich auf die weit entfernte Estrade zu, um dem Großkhan ihren Tribut zu bringen. Die große Distanz verwandelte die Herrin Zhang und Wang Baoxiang in die kleinen Figuren eines Schattenspiels. Im Halbdunkel waren sie kaum zu erkennen; zwar standen die großen Türen weit offen, um den Frühlingssonnenschein einzulassen, und es brannten auch etliche Laternen, doch die Düsternis ließ sich nicht vertreiben.

Die silbergetäfelten Wände reflektierten die vielen Menschen. Ihre Spiegelbilder glichen jedoch nicht denen, die man in sorgfältig polierten Bronzespiegeln sah: Es waren verschwommene, verzerrte Gestalten mit bleichen Gesichtern. Zhu hatte den verstörenden Eindruck, es handle sich gar nicht um Wände, sondern um durchscheinende Häute, hinter denen ein anderes Reich lag. Eines Tages würden sie alle diese Welt besuchen, in der nur Geister lebten.

Die Halle hatte etwas zutiefst Beunruhigendes an sich. Zhu war nicht sicher, was sie erwartet hatte. Oft hatte sie an Ouyang gedacht, wenn sie durch die Palaststadt gegangen war. Dann war ihr gewesen, als folgte sie seinen geisterhaften Fußstapfen durch die Straßen und über die Plätze. Nun hatte sie das Ende seines Wegs erreicht. Dort saß Wang Baoxiang, auf ebenjenem goldenen Thron, auf dem Ouyang den vorigen Großkhan ums Leben gebracht hatte. Hier hatte er seine Vergeltung geübt. Bis dahin hatte er zahllose Menschen ermordet; seinen Liebsten verraten; Zhu im Stich gelassen und verletzt – aber sein Schicksal hatte er erfüllt.

Unter den Füßen der Leute mussten noch die letzten Spuren des Leibes sein, den er so verabscheut hatte. Sein Blut war fortgeschrubbt worden, doch ein wenig war gewiss zurückgeblieben, ein schwacher, aber unauslöschlicher Abdruck seiner selbst, hier im Zentrum der Welt.

Wenigstens litt er nicht länger. Dieses Wissen hätte ihr Erleichterung bringen sollen. Doch als sie nun in der Halle stand, in der Ouyang gestorben war, spürte sie nichts dergleichen. Ihre Fußsohlen wurden feucht, ihr Magen verkrampfte sich, und eine Gänsehaut überlief sie.

Es war Angst.

Und sie wuchs weiter an, in einem Ausmaß, das sich nicht erklären ließ. Zhus Instinkt drängte sie zur Flucht, flüsterte ihr zu, dass in der Halle etwas Schreckliches lauere, und begegnete sie ihm, so müsse sie sterben. Es war, als resonierte Gleiches mit Gleichem, doch anstelle der vertrauten Schwingung in ihrem Inneren spürte sie etwas Namenloses, so grotesk, dass sie vor Grauen wimmern wollte. Noch nie zuvor hatte sie etwas Ähnliches empfunden.

Doch so oft sie sich auch umblickte, sie konnte die Quelle nicht entdecken.

Die Tributprozession war beinahe vorbei. Nur noch eine einzelne Frau war übrig. Sie trug ein voluminöses kelchförmiges Gewand und darüber einen steif plissierten Mantel aus demselben Stoff. Er hing nicht über den Schultern, sondern war über den Kopf der Frau drapiert, und sie hielt ihn vorne zusammen wie einen Schleier. Vor dem Thron sank sie nieder.

Hinten in der Halle war die Stimme des Großkhans noch schwach zu hören. »Erhebe sie sich, getreue Prinzessin.«

Die Prinzessin aus Goryeo stand auf und warf dabei den Mantel ab. Die Großen Yuan hatten Sorge getragen, dass der Adel Goryeos mehr Steppenblut in den Adern hatte als der Mischling Wang Baoxiang. In den Augen der Nanren wäre die Prinzessin keine vollkommene Schönheit gewesen, doch in denen der Mongolen war sie es durchaus. Die Höflinge hauchten Ohs und Ahs. Mit ihren weichen Zügen war die Prinzessin der Inbegriff unverdorbenen Liebreizes, und die Sanftheit ihres Blicks wurde vom Schatten bittersüßer Trauer noch hervorgehoben.

Die Herrin Ki hatte natürlich Bescheid gewusst. »Der Großkhan ist nie allein«, hatte sie gesagt.

»Wie soll ich dann an ihn herankommen?«

Über den verschneiten Garten hatte sich tiefe Finsternis gesenkt.

»Es gibt eine einzige Gelegenheit, zu der die Leibwache und Dienerschaft des Großkhans nicht um ihn ist: wenn er eine Konkubine in sein Schlafgemach ruft.«

Zhu war auf das Schiff in Songdos Hafen zurückgekehrt. »Es ist das allerletzte Mal, Yingzi, das verspreche ich dir. Aber ich brauche deine Hilfe!«

Wie blass Ma bei der Erklärung wurde! Und danach schwieg sie so lange, dass Zhu ehrlich nicht wusste, wie die Antwort ausfallen würde.

Als sie endlich sprach, lag in ihrer Stimme eine ungekannte Verzweiflung. »Bitte mich nicht darum, Zhu Yuanzhang.«

Zhus Herz krampfte sich zusammen. Ein merkwürdiger Druck im Kopf erschwerte ihr das klare Denken. Doch ehe sie etwas sagen konnte, wiederholte Ma: »Bitte mich nicht.«

Abermals hatte Zhu das Gefühl, in der Fremde gestrandet zu sein. Ma und sie waren so weit von dort entfernt, wo sie einmal angefangen hatten. Vielleicht waren sie schon zu weit gewandert, als dass sie es noch ertragen konnten. In der kleinen, engen Kabine roch es nach dem Meer. Mas Blick war immer so offen, dass es Zhu so vorkam, als müsste sie ihr nur in die Augen schauen, damit ihre Herzen einander berührten. Nun schienen Trauer und Schmerz daraus, doch auch Verständnis. Ma nahm Zhus Hand und verschränkte ihre Finger, eine warme, vertraute Geste. »Ich helfe dir, aber ich will nicht, dass du mich darum bittest. Befiehl es mir nicht. Zwing mich nicht.« Zhu begriff nicht, weshalb ihr das so wichtig war, aber ihre sanfte Gemahlin sagte eisern: »Lass mir die Entscheidung.«

Jetzt stand Zhu in der Halle des großen Glanzes und konnte nicht mehr aufhalten, was sie selbst in Gang gesetzt hatte. Ihr blieb nichts, als das Leid zu bezeugen, das ein weiterer geliebter Mensch an ihrer Stelle erfahren würde. Sie hatte Xu Das qualvollen Untergang herbeigeführt, und das schmerzte noch immer mehr, als sie es je für möglich gehalten hatte. Nun drohte eine andere Art der Folter. Nicht die Zerstörung eines Leibs, sondern die einer Seele. Der Tod der Güte, des Mitgefühls und der Sanftheit jener Frau, die Zhus Herzen am nächsten stand.

»Diese Frau grüßt Seine Hoheit, den Großkhan des mächtigen Reichs Groß-Yuan«, sagte Ma Xiuying, die Einzige, die je imstande sein würde, nah genug an den Großkhan heranzukommen, um ihn zu ermorden.

21

»Meine Ehrerbietung der Kaiserin.« Ma stand in tiefer Verneigung. Sie war dankbar für die Fremdartigkeit ihrer Kleider: Ihretwegen vergaß sie nie, wen sie darstellte. Vor lauter Angst war ihr ein wenig schwindelig. Ihr war, als flöhe sie durch einen Wald und wüsste, dass früher oder später ein Zweig unter ihren Füßen brechen und sie verraten würde. Fand jemand heraus, wer sie waren, würden sie beide sterben. Aber auch jeder andere Fehler konnte verheerend sein. Ein falscher Blick, eine Feindin im Palast … Hinter ihr verneigte sich ihr kleines Gefolge aus Goryeo-Dienstmädchen.

Die Herrin Zhang ließ sie einen Augenblick zu lange in ihrer unbequemen Position verharren, dann sagte sie kultiviert: »Wir heißen die Dame Shin willkommen, die neue Konkubine aus Goryeo!«

Die weitläufigen Gemächer der Herrin Zhang mit ihren großen Fenstern waren so prunkvoll ausgestattet, dass es einschüchternd wirkte. Ma mochte eine Königin sein, doch Zhus junger Reichtum konnte sich nicht mit dem messen, den eine beinahe hundertjährige Dynastie angehäuft hatte. Jede neue

Bewohnerin hatte diesen Zimmern etwas Eigenes hinzugefügt, und nun war es, als versuchte man, die Pracht schillernden Perlmutts mit einem Blick zu erfassen. Die Herrin Zhang hatte offenbar die goldenen Vogelkäfige an den Balken aufhängen lassen. Unter dem Duft des parfümierten Weihrauchs lag schwach der scharfe Geruch von Vogeldreck.

Auf der Stirnseite des Zimmers stand auf einer niedrigen Estrade eine Sitzbank, auf der die Herrin Zhang thronte. Makellos wie eine Vase war sie, aber älter, als Ma erwartet hatte – wenigstens ein Jahrzehnt älter als ihr Gemahl – und nicht so schön, wie ihr geschickt arrangierter Auftritt glauben machte.

Ma wusste, sie hätte ihre gesamte Aufmerksamkeit der Kaiserin widmen sollen, von der ihre Sicherheit hier im Palast abhing. Sie konnte jedoch kaum den Blick von Zhu wenden, die mit anderen Dienstmädchen zusammen an der Seite ihrer Herrin stand.

Zhu in der Kluft einer Magd, das Haar ungeschickt geflochten: ein Fuchs, der seine Gestalt gewandelt hatte. Sie so zu sehen, gab Ma das eigenartige Gefühl, unter einer scheinbar gewöhnlichen Oberfläche, die außer ihr niemand durchdringen konnte, eine jenseitige Wahrheit zu erblicken.

Aber das gehörte nicht zum Plan! Hatte Zhu die Nähe der Herrin Zhang gesucht, oder war sie unerwartet in diese heikle Situation geraten? Ma versuchte, sich selbst gut zuzureden. Sogar sie erkannte Zhu in ihren Frauengewändern kaum wieder; da konnte die Herrin Zhang unmöglich ahnen, wer sie wirklich war! Und doch hatte Ma das unangenehme Gefühl, den Boden unter den Füßen zu verlieren. Es war wieder genau wie in Bianliang.

Ma erinnerte sich lebhaft an die entsetzliche Angst. Zhu hatte das damals nicht verstanden. Durch Xu Das Tod hatte sie sich verändert. Doch was, wenn ihr Schmerz die sture

Unerbittlichkeit, mit der sie ihr Verlangen verfolgte, noch steigerte? Denn genau so war es Ouyang ergangen. Einmal hatte Ma sie nahezu angefleht: *Werde ihm nur nicht zu ähnlich!* Aber ob sie damit etwas bewirkt hatte, wusste sie nicht.

»Euer Han'er ist sehr gut, wenn man bedenkt, dass Ihr aus Goryeo stammt!« Der prüfende Blick der Herrin Zhang bohrte sich in Ma wie eine Nadel. »In Eurem Heimatland werdet Ihr sicher als Schönheit angesehen. Wie unterschiedlich doch die Geschmäcker der Völker sind!« Ihr kleines Auflachen jagte Ma einen Schauder über den Rücken; es fühlte sich an, als strichen Klauen über ihre Kehle. Die Herrin griff in einen Käfig, den Zhu ihr hinhielt, und holte einen kleinen gelben Vogel heraus. Ma sah ein winziges, dunkles Auge. Das Tierchen zitterte in den kleinen weißen Händen der Herrin. »Mögt Ihr Vögel, Dame Shin? Dieser hier ist ein seltener Singvogel aus der Gegend um Yangzhou, wo ich einst gelebt habe. Der Großkhan hat mich damit bedacht. Seht Euch um: All dies sind Zeichen seiner Freigebigkeit.« Ma verstand, was die Kaiserin ihr wirklich zeigen wollte: Wie sehr der Großkhan sie für ihren Beistand schätzte. »Der Vogel soll Euch gehören. Er ist mein Willkommensgeschenk.«

Die Herrin Zhang lächelte zwar, aber Ma war sich der Gefahr deutlich bewusst, in der sie schwebte. *Ein falscher Blick, eine Feindin im Palast …* Wenigstens würde man damit rechnen, dass eine neue Konkubine vor Angst schlotterte, wenn sie vor der Kaiserin stand. Ma senkte den Blick so tief, dass sie nur noch den kostbaren Teppich sah. »Wie könnte diese unbedeutende Konkubine es wagen, ein Geschenk anzunehmen, mit dem der Großkhan die Kaiserin selbst bedacht hat?«

»Unbedeutend? Weshalb so bescheiden, Dame Shin? Ihr müsst recht viele Begabungen besitzen. Immerhin habt Ihr Euch gegen die übrigen Prinzessinnen Goryeos durchgesetzt. Gewiss haben sie alle die Ehre begehrt, Konkubine des

Großkhans zu werden!« Die Herrin Zhang hielt nachdenklich inne. »Oder betrachtet Ihr es womöglich nicht als Ehre?«

Ma wagte nicht, darauf zu antworten. Ihr war schlecht vor Angst. Stand eine Strafe darauf, wider Willen Konkubine geworden zu sein?

»Arme kleine Schwester!« Die Herrin Zhang lächelte plötzlich. Es war kein wohlwollendes Lächeln, aber wenigstens war die Drohung daraus verschwunden. Vor Erleichterung hätte Ma beinahe aufgeseufzt.

»Natürlich seid Ihr verängstigt! Doch seid ganz beruhigt: Die Aufmerksamkeit eines Mannes gewinnt man nicht versehentlich; es ist eine Kunst, die gelernt und geübt sein will. Ihr könnt Euer Leben in Frieden und Luxus verbringen, ohne dass er Euch öfter als ein- oder zweimal in seine Gemächer ruft, wenn es das ist, was Ihr wollt.«

Eine Magd hatte ein Tablett mit Tee und Leckereien zum Tisch gebracht; die Herrin Zhang stieg mit Zhus Hilfe von ihrer Estrade und bedeutete Ma, Platz zu nehmen.

Ma nahm sich ein Küchlein, und die Herrin Zhang sagte im Konversationston: »Da Ihr aus dem Ausland stammt, frage ich mich, ob Ihr von Bolud Temür aus der Provinz Shanxi gehört habt? Er ist der Vater der vorigen Kaiserin. So ein unbesonnener Narr! Kaum hatte er erfahren, dass mein Gemahl den Thron bestiegen hat, da hat er versucht, die westlichen Steppenvölker zu einem Aufstand aufzuwiegeln. Ein recht klägliches Unterfangen, das im Keim erstickt wurde. Er wird bald eintreffen. Ihr solltet unbedingt mit mir zu seiner öffentlichen Hinrichtung gehen! Danach bleibt nur noch eins zu tun, nämlich diesen kleinen Moskito zu zerquetschen, Zhu Yuanzhang. Gewiss hat mein Gemahl für ihn ein noch weit spektakuläreres Ende im Sinn.«

Mas Mund war plötzlich so trocken, dass sie nicht wusste, wie sie den Bissen hinunterschlucken sollte, den sie genommen hatte. Zhu hingegen, die hinter der Herrin Zhang stand, war so ruhig, ihr Gesicht so ausdruckslos, dass es schien, als hätten sie und Zhu Yuanzhang sich in zwei verschiedene Menschen geteilt. Ma war natürlich klar, dass Zhu nicht reagieren konnte. Dennoch fühlte sie sich plötzlich schrecklich verlassen.

»Blinder Ehrgeiz muss bestraft werden. Nur wenn ein jeder seinen Platz kennt, kann Harmonie entstehen. So wie im Reich Ordnung herrscht, muss sie auch in diesem Palast aufrechterhalten werden, der den Willen des Himmels reflektiert. Ja.« Die Herrin Zhang biss behutsam in ein Küchlein, ohne die Farbe auf ihren Lippen zu verwischen oder ihre Zähne zu zeigen. »Solange klar bleibt, wer wohin gehört, werden wir hier beide recht glücklich sein.«

☯

Die Prinzessin aus Goryeo wartete in ihren Gemächern auf ihn.

Es hatte ihm immer schon gefallen, seine Gegenwart weithin bekannt zu machen. Mit dem Rascheln seiner Gewänder, dem Duft seines Parfüms und dem Flattern seines Fächers zwang er sich allen auf, die ihn verachteten, so sehr sie auch versuchen mochten, vor ihm zurückzuweichen. Und nun, da er der Großkhan war, wie wunderbar gewaltig war seine Präsenz! Er widerte sie noch immer alle an; so viel war klar. Doch wenn sie ihn nahen spürten, warfen sie sich nieder und drückten die Stirnen auf den Boden. Ihn nur zu erblicken, erfüllte sie mit Grauen. Sie wandten die Gesichter dem Mittelpunkt der Welt zu, wo die Sonne hätte erstrahlen sollen, und erblickten statt ihrer ein schreckliches schwarzes Loch, das alles Gute in sich hineinzog, bis nichts mehr übrig war als Verzweiflung.

Als er eintrat, sank die Prinzessin ehrerbietig nieder.

»Erhebe sie sich.«

Er nahm am Tisch Platz. Seit er Großkhan war, musste er sich nicht mehr mit ordinären menschlichen Handlungen aufhalten. Weder musste er den Stuhl selbst zurückziehen noch jemanden anweisen, es für ihn zu tun. Er war die Verkörperung Groß-Yuans, und alles kreiste um ihn. Er brauchte sich nur zu setzen, schon ordnete sich die Welt ringsum neu, wie es seinem Willen entsprach.

Der Besuch war reine Höflichkeit; er gedachte nicht, eine Gewohnheit daraus zu machen. Die Prinzessin saß mit gesenktem Kopf da, während der Vorkoster um den Tisch huschte und die verschiedenen Speisen probierte. Sie trug noch immer die Mode aus ihrer Heimat: voluminöse mehrlagige Röcke und eine kurze Brokatjacke, die mit einem flachen Band geschlossen wurde. Die Farbtöne waren passend gewählt für eine rangniedere kaiserliche Konkubine: pfirsichgelb und pastellgrün. Sie war ein klein wenig älter, als er zuerst gedacht hatte: eine junge Frau, kein Mädchen. Hübsch war sie auch, auf die Weise der breitgesichtigen Steppenfrauen. Jeder normale Mongole hätte sie begehrenswert gefunden. Es war erstaunlich, dass sie noch unverheiratet gewesen war.

Der größte Teil des Tisches wurde von einer Platte eingenommen, auf der ein großer gelber Pfannkuchen ruhte. Lange grüne Frühlingszwiebeln waren darin eingebacken, Kalmarenstücke mit eingeritztem Kreuzmuster, die sich beim Kochen zu Blüten gewellt hatten, und ganze, winzige Tintenfische mit purpurroten Köpfen. Wahrscheinlich war das eine Spezialität aus Goryeo. Früher hätte es ihn gereizt, das Gericht zu kosten. Doch heutzutage war er nie mehr hungrig. Ihm war, als hätte er vergessen, wie Hunger sich überhaupt anfühlte. Als die Prinzessin sich erhob, um ihn zu bedienen, winkte er ab. »Wir haben keinen Appetit.«

Sie hielt den Kopf gesenkt, aber er sah dennoch, wie ihr Blick an seinen Händen hängen blieb. Sofort empfand er Hass. Ganz instinktiv reagierten sie alle gleich, als zwänge sie ein Urtrieb, stärker noch als Furcht, zu katalogisieren, wie seine Bewegungen, sein Duktus, seine Haltung von der Norm abwichen.

Zornig begriff er, dass die Prinzessin den Kopf nicht aus Sittsamkeit gesenkt hielt. Sie wollte ihn nicht anschauen! Sie war sein und hoffte doch, der Beschmutzung durch ihn zu entgehen? Grausamkeit regte sich in ihm. Er wollte, dass sie die Fassung verlor und ihre wahre Abscheu zeigte. Entblößen wollte er sie, ungeschützt sollte sie vor ihm stehen, und dann würde er zusehen, wie sie verzweifelte.

Grazil griff er nach dem Weinbecher, spürte ihren Blick. Es würde ihren Ekel nur weiter anfachen. Sie alle konnten nicht umhin, sich auszumalen, was er sonst noch auf diese Weise umfasst haben mochte. Welche Dienste er erbracht hatte.

»Dame Shin, verrate sie mir eins: Welchen Klankrieg hat ihre Familie verloren, dass sie hierhergeschickt worden ist? Anders kann es kaum gewesen sein. Wer würde seine unschuldige Tochter nicht vor der Verderbtheit des neuen Kaisers Groß-Yuans beschützen, stünde es in seiner Macht! Wie sie geweint haben muss, als sie erfahren hat, was ihr bevorsteht: Jemandem wie *mir* als Konkubine geschickt zu werden!«

Wie wunderbar, dass eine ganz gewöhnliche Aussage aus seinem Mund zur Perversion werden konnte! Dass der Großkhan von sich selbst wie von einem gewöhnlichen Mann sprach, anstatt den herrschaftlichen Plural zu benutzen, war eigentlich undenkbar. Doch er war der Makel im Herzen der Welt. Er kompromittierte ein ganzes Kaiserreich.

»Sicher habt Ihr gehört, wie ich Großkhan geworden bin. Wie schamlos ich mich verhalten habe, um den Thron zu gewinnen. Für wen ich mich gebückt habe. Womöglich wird darüber spekuliert, ob ich es nicht sogar genossen habe. Es könnte ja schließlich sein, dass ich nicht nur den dritten Prinzen rangelassen habe, sondern jeden, der Interesse bekundet hat. Weil ich eigentlich bloß erniedrigt werden wollte, nicht Kaiser werden.«

Mit Genugtuung nahm er wahr, dass seine Worte Wirkung zeigten. Er brachte sie aus der Fassung.

»Nun, da Ihr hier seid, was denkt Ihr? Erfülle ich Eure Erwartungen?« Er verspürte den Drang, die Abscheu aus ihr hervorbrechen zu sehen wie Eiter aus einer Wunde. »Oder haltet Ihr meinen schlechten Ruf für bloße Verleumdung? Vielleicht seht Ihr in mir ja einen begehrenswerten Mann. Vielleicht begrüßt Ihr meine Berührungen, macht bereitwillig die Beine für mich breit und fleht mich gar an, mir bei Euch Befriedigung zu verschaffen! Ist es so?«

Er langte über den Tisch, legte ihr einen Finger unters Kinn und hob es. »Schaut mich an!«

Sie gehorchte. Ihr Blick war leuchtend und klar, wie Wasser, auf dem Sonnenlicht flimmerte. Er war erschüttert, als er nicht das sah, was er erwartet hatte. Kurz dachte er, sie müsse wohl imstande sein, ihren Ekel zu verbergen. Allerdings war dies ein Gefühl, das stets an die Oberfläche stieg. Wer Ekel empfand, wollte ihn gar nicht verbergen. Mit seiner Hilfe zeigte man anderen Menschen, dass man wusste, was sich gehörte, wie man zu sein hatte – und zwar nicht wie er!

»Ich wusste um den Charakter des Großkhans«, sagte die Prinzessin leise. »Ich bin aus freiem Willen hier.«

In seinen Zorn mischte sich Unglauben. Er hatte keine Ahnung, warum sein unmännliches Verhalten sie nicht abstieß, aber bildete sie sich tatsächlich ein, ihn zu kennen? Er existierte jenseits der Vorstellungswelt eines behüteten Mädchens. Ihr Gesicht war so arglos. Es konnte sich ihr bisheriges Leben nur allzu gut vorstellen: Sicher war sie verwöhnt und geliebt worden und hatte noch nie ein böses Wort gehört. Zweifellos nahm sie an, alle Menschen seien von Natur aus wohlmeinend, und die Welt sei gut und gerecht. Von Grausamkeit und Menschen wie ihm wusste sie nichts.

»Aus freiem Willen?«, fauchte er. »Damit wäre eins wohl geklärt: Ihr seid ganz und gar ahnungslos!«

Abrupt erhob er sich und unterdrückte sein Bedürfnis, sie weiter anzufahren. »Ich verabschiede mich.«

Was bedeutete ihm eine Konkubine? Sie war nichts weiter als lebendiger Schmuck für den Palast. Er musste sich nicht mit ihr befassen. Wenn er nicht nach ihr schickte, um eine Nacht mit ihr zu verbringen, würde er sie nie wieder sehen.

Auf dem Weg zur Tür spürte er zwischen den Schulterblättern wieder ihren Blick, der unfassbarerweise nicht die Spur Abscheu enthielt.

☯

Paläste waren Ma nicht fremd, aber es war doch merkwürdig, in einem eingesperrt zu sein. Ob sie wollte oder nicht, sie konnte ihn unter keinen Umständen verlassen. Wäre sie wirklich eine Konkubine, dann wäre ihre Welt nun auf seine Größe zusammengeschrumpft.

Die Palaststadt war zweifelsohne von atemberaubender Herrlichkeit. Nie hatte Ma an einem so monumentalen Ort gelebt. Die Gebäude auf ihren gestuften Terrassen waren riesig, die breiten Straßen von derart hohen Mauern umgeben, dass man wie in einer Schlucht bloß einen Streifen Himmel sah. Erholung von diesen gigantischen Maßstäben boten die Gärten hinter den Residenzen und Plätzen. Von Pagoden hatte man Ausblick über Meere aus Frühlingsblumen; geschwungene Bogenbrücken aus edlem Marmor spannten sich über Seen, auf denen Lotus blühte. Die Schönheit hätte einen ganzen Harem erfreuen können. Der bestand im Augenblick jedoch bloß aus der Kaiserin und Ma, und die Kaiserin ging nicht gern spazieren, also gehörten die Gärten Ma ganz allein. Hier konnte sie sich der Fantasie des Friedens hingeben, konnte beinahe vergessen, dass Yuchun bald mit Zhus allzu kleinem Heer vor der Stadt stehen würde.

Dass sie dann würde tun müssen, wofür sie hergebracht worden war.

Zu ihren Füßen lag ein zusammengeknülltes Blatt Papier. Überrascht hob sie es auf. Nur wenige Worte standen darauf – Poesie, aber nur ein Fragment und daher unverständlich. Zum Schluss musste der Dichter seinen Pinsel so fest aufs Papier gedrückt haben, dass die Borsten sich aufgefächert hatten. Es sah aus, als wäre hier ein frustrierter Schrei festgehalten. Sie schaute sich um und stellte fest, dass die Papierbälle so zahlreich waren wie Fallobst. Sie waren aus einer offenen Pagode geworfen worden, die dicht von Eunuchen und Dienstboten umstanden war. Darin schlief ein schwarz gewandeter Mann, den Kopf auf die Arme gelegt. Eine goldene Spange fasste seinen Haarknoten ein.

Der Großkhan. Er schlief nicht wirklich, und kaum hatte sie ihn erspäht, setzte er sich auch schon auf. Kurz sah Ma sein schmales Gesicht. Es wirkte noch hagerer als bei seinem Besuch in ihren Gemächern, als hätte es ihn nicht erfrischt, sich auszuruhen, sondern nur noch mehr ermüdet. Der Blick seiner rotgeränderten Augen blieb an ihr hängen, wie sie mit dem zerknitterten Papier in der Hand dastand.

Rasch verneigte sie sich. Er war ganz anders als sie erwartet hatte. Sie hatte mit einem Mann wie Chen Youliang gerechnet, der unerreichbar blieb, mit seiner Macht Distanz schuf, sodass er alle, die ihn umgaben, leicht vernichten oder beherrschen konnte. Stattdessen schien der Großkhan sich selbst als Waffe zu betrachten. Sie erinnerte sich an seine schmalen Finger, in denen man sich besser einen Pinsel als einen Bogen vorstellen konnte, an das Rascheln seiner Säume und die Seidigkeit seiner Stimme. Er war ein femininer Mann, und sie hatte sich gereizt gefühlt, ihn verstohlen zu beobachten, um ihn vielleicht einmal unbefangen zu erleben. Was ihr gefiel, stieß andere ab; das wusste sie instinktiv. Und er hatte sich große Mühe gegeben, sie abzustoßen, aus welchem Grund auch immer.

Darum war er auch so verwirrt gewesen, dachte sie jetzt. Weil er mit seiner Provokation sonst immer Erfolg hatte.

Er schwebte die Stufen der Pagode herab und blieb vor ihr stehen. Es war beunruhigend, dass er sie nicht aufforderte, sich aufzurichten.

»Dame Shin! Wollt auch Ihr beklagen, Poesie sei keine Zerstreuung für einen Großkhan? Unermüdlich ermuntern mich meine Höflinge, mir eine angemessenere Beschäftigung zu suchen. Im Frühjahr sollte ein Großkhan Schwäne jagen, müsst Ihr wissen. Hätten sie allerdings wie Ihr gewagt, meine fortgeworfenen Papiere einzusammeln, wären sie wohl beruhigt gewesen ... Denn meine jämmerlichen Versuche verdienen kaum die Bezeichnung Poesie!«

Die Bitterkeit seiner Selbstgeißelung schien eine Antwort zu erfordern. Ma öffnete den Mund, aber er kam ihr zuvor.

»Ach«, rief er beißend spöttisch, »aber die edle Konkubine kann gewiss mit einer kenntnisreichen Einschätzung meiner Verse dienen! Ich vergaß, dass Frauen auf diesem einen Gebiet sehr gebildet sind. Bestimmt habe ich mich selbst zu harsch verurteilt. Vielleicht hat ja seit der Zeit jenes elenden Jämmerlings, des Kaisers Huizong, kein Herrscher mehr schönere Zeilen geschrieben! Oder wolltet Ihr mir ein Kompliment für meine hervorragende Kalligrafie machen? Es heißt ja, die Energie, die aufs Papier fließt, enthülle das Herz des Mannes. Und bestätigt nun meine Pinselführung, was Ihr über mein Wesen wisst?«

Er hatte ihr nicht verziehen.

Wie dünn er war, wie angespannt! Er hatte etwas Fiebriges an sich, als wäre er so stark vergiftet, dass er selbst giftig geworden war – und das bösartige Gift verlangte nach Übertragung. Zum ersten Mal hatte Ma Angst vor ihm.

»Vielleicht«, sagte er leise, »wollt Ihr mich ja ein wenig besser kennenlernen.«

Er rief seinen obersten Eunuchen herbei und raunte ihm einige Worte zu, die ihn davonstürzen ließen. Der Großkhan folgte ihm in gemäßigterem Tempo. »Alles ist bereit; ich habe nur auf den geeigneten Augenblick gewartet. Kommt, edle Konkubine.«

Er führte sie vor die große Halle. Noch ehe Ma richtig begriffen hatte, was es mit dem eigentümlichen Aufbau auf sich hatte, der in der Mitte des großen Platzes errichtet worden war, blieb sie wie angewurzelt stehen. Sie hörte ihr eigenes entsetztes Wimmern.

Der Großkhan sah sich nach ihr um. Seine Belustigung war durch und durch grausam. »Geht es denn in Goryeo so gesittet zu? Ich kann mir kaum vorstellen, dass es am dortigen Königshof keine Hinrichtungen gibt! Oder vollstreckt man sie im Geheimen? Wir ziehen es vor, ein abschreckendes Beispiel für all diejenigen zu geben, die Unsere Herrschaft nicht anerkennen wollen.« Er ging weiter, ohne einen Gedanken daran zu verschwenden, dass Ma ihm nicht folgen könnte – denn welche Wahl hatte sie schon?

»Nicht dass Wir glauben würden, Zhu Yuanzhang würde sich abschrecken lassen.«

Dienstboten schwärmten um den Aufbau. Auf einem Haufen aus Holz und Reisig stand ein eiserner Kessel, der so groß war, dass Ma ihn nicht hätte umfassen können. Darauf ruhte ein enormer Dampfgarer aus Bambus. Ein Mann hätte Platz darin, falls er auf der Seite lag und die Beine anzog. Der Deckel war bereits zugebunden. Wie der Großkhan gesagt hatte: Alles war bereit.

Er musste keinen Befehl geben; seine Gegenwart war genug.

Zuerst geschah nichts weiter, als dass die Dienstboten das Feuer entzündeten und schürten. Im Plauderton sagte der Großkhan: »Ihr könnt stolz sein, Dame Shin, denn Euer

König hat mir geholfen, diesen Mann gefangen zu nehmen! Er heißt Bolud Temür und war einst der Gouverneur der Provinz Shanxi. Zudem ist er der Vater der ehemaligen Kaiserin. Er hätte wohl jeden anderen auf dem Thron dulden können, aber gegen mich hegt er schon außergewöhnlich lange einen Groll.« Kurz sann er nach. »Nun, aber wohl nicht länger als ich gegen ihn: Sein Sohn hat mir nämlich früher das Leben schwer gemacht. Ich habe seine Verbannung herbeigeführt; er hatte es nicht besser verdient. Und gewiss habt Ihr von dem Unglück gehört, das seine Tochter befallen hat? Ich gestehe, dass ich auch daran nicht unschuldig war.« Über das Knistern und Prasseln der Flammen war jetzt ein Laut zu hören. Der Großkhan sagte grimmig: »Doch für den Vater, der es gewagt hat, sich gegen mich zu erheben, habe ich diese besondere Strafe ersonnen.«

Es war kein Schrei – noch nicht –, sondern ein klagendes Heulen, ausgestoßen in existenzieller Furcht von einem Mann, der begriff, dass ihm der Leib genommen würde, den seine Ahnen ihm gegeben hatten.

»Bitte hört auf!«, flehte Ma. »Hört damit auf!«

Verächtlich betrachtete er ihre nassen Wangen. »Wollt Ihr dem Großkhan Befehle geben, Weib? Dies ist mein Wille. Mein *Wesen.*«

Eine unbändige Wildheit schien ihn zu erfassen, so voll Selbsthass, dass sie über seinen schmalen Leib hinauszuwachsen schien. Um ihn waberte die Luft und färbte sich nachtschwarz. »Alle, die mir im Weg standen, und alle, die mir Mittel zum Zweck waren: Ich habe ihnen ausnahmslos den Tod gebracht und bin nicht einmal geblieben, um ihr Sterben zu bezeugen!«

Während er sprach, schwoll auch das Heulen an, wurde schließlich doch noch zu einem gepeinigten Schrei. Bolud Temür mochte ein Fremder sein, doch ein leidender Mensch war ein leidender Mensch. Ma konnte sich vor seinem Schmerz nicht verschließen, so sehr sie es auch wollte. Es schien, als wäre sie unwandelbar empfänglich; als hätte der Himmel sie erwählt, auf dass durch ihre hilflose Anteilnahme alles Leid auf der Welt erst Wirklichkeit werde.

»Genießt das Spektakel bis ganz zum Schluss, meine Dame«, sagte der Großkhan zum Abschied.

Später fragte sie sich, was über sie gekommen war. Vielleicht hatte der Schrei sie bereits zermürbt. Jedenfalls rief sie ihm nach: »Aber Ihr bedauert es, habe ich nicht recht?«

Er blieb so abrupt stehen, als hätte ihn ein Speer an Ort und Stelle festgenagelt. Dann wirbelte er herum und pirschte auf sie zu. Der oberste Eunuch holte schon aus, um sie für die Dreistigkeit zu schlagen, aber der Großkhan hob rasch eine Hand, um es zu verbieten. Angesichts seines Zorns fiel sie auf die Knie, aber sie spürte keine Furcht, sondern Schmerz – *seinen* Schmerz, für den sie ebenso offen war wie für den des Sterbenden.

»Bedauern? Was sollte ich bedauern? Mein Sieg ist vollkommen! Ich regiere die Welt!«

Heftig zitternd stand er vor ihr, und sie fragte sich, ob er sie an Ort und Stelle hinrichten lassen würde. Doch nach einem Augenblick entkrampfte er die Hände und ging ohne ein weiteres Wort.

Ma kniete noch immer da, als Boluds Schrei zu einem unmenschlichen Pfeifen wurde und kurz darauf ganz verstummte. Der Großkhan hatte sie zum Bleiben gezwungen, doch Bolud war rascher gestorben als viele andere, die Ma gekannt hatte. Darin lag eine gewisse Ironie. Mit bebender Hand wischte sie sich die Augen ab und stand auf.

Mein Sieg ist vollkommen! Ich regiere die Welt!

Das hatte er hervorgestoßen, als wäre es eine unleugbare Tatsache. Doch ehe der Zorn alles andere ausgelöscht hatte,

hatte Ma noch etwas anderes in seinem Gesicht gesehen: eine tiefe Trauer, scharfkantig wie ein gespaltener Baum.

Solchen Schmerz – so gewaltig, dass er die Welt in ein Spiegelbild des eigenen Elends verwandelte – konnte man nur empfinden, wenn man einst jemanden geliebt hatte.

Er regierte die Welt. Aber gewollt hatte er etwas anderes.

☯

Vermutlich war diese spezielle Aufgabe als Auszeichnung zu betrachten: Es musste aufgefallen sein, dass Zhu nicht zimperlich war. Sie kniete vor der Schüssel mit dem würzig duftenden Heilwasser und wusch der Herrin Zhang die Füße. Sie rochen wie Zhus Armstumpf, wenn sie ihre Holzhand fünf Tage ohne Unterbrechung getragen und die Bandagen nicht gewechselt hatte.

»Fester, Mädchen – mach ordentlich unter jedem Zeh sauber!« Die Herrin goss sich eine Tasse dampfenden Fruchtbarkeitstee ein. Mit einigem Interesse sah Zhu, dass jeder Fuß nur drei Zehen zu haben schien: Die beiden kleinsten waren unter die Sohle gekrümmt. Die Füße sahen aus wie Klebreiskeile, gedünstet in Lotusblättern. Vielleicht rührte der Name »Lotusfüße« ja daher. Zhu sah den Reiz nicht. Sorgfältig wusch und bandagierte sie die Füße, wobei sie unauffällig die Zähne zu Hilfe nahm. Dann zog sie der Herrin Schühchen an, die mit Granatäpfeln bestickt waren. Sie waren nicht einmal so lang wie eine Frauenhand.

Die Herrin Zhang nahm einen Schluck von ihrem Tee und verzog missfällig das Gesicht. »Weshalb schmeckt es so viel schlechter, eine Schwangerschaft zu beginnen, als eine zu beenden?«

Neugierig fragte Zhu: »War die Kaiserin denn nie …?« Bisher hatte sie nicht darüber nachgedacht, doch nun wurde ihr bewusst, wie ungewöhnlich es war, wenn eine Frau im Alter der Herrin nicht wenigstens ein Kind hatte.

»Muss jeder Mann, der einen Samen pflanzt, ihn auch sprießen sehen?«, fragte die Herrin bissig. »Mein vorheriger Gemahl hatte keine Nachkommen verdient. Und andere Männer besuchen Kurtisanen gewiss nicht, weil sie sich Söhne wünschen. Nicht einmal ...«

Ein Ruck ging durch ihren Körper. Tee schwappte aus der Tasse auf ihren Schoß. Die zarte Haut ihrer Schenkel war nur von einer dünnen Lage Seide geschützt, und der Tee war siedend heiß. Jeder andere wäre zusammengefahren oder hätte sogar aufgeschrien, doch die Herrin Zhang warf bloß einen flüchtigen Blick. Es wirkte, als wären der Krampf und die darauffolgende Verbrühung jemand anderem zugestoßen. Zhu dachte an die bezaubernden, wiegenden Schrittchen der Herrin, die gegen Ende des Tages unsicherer wurden. Die Herrin entspannte sich merklich, wenn sie sich setzen konnte, doch ihr Gesicht verriet nie auch nur das geringste Unbehagen. Vielleicht war sie einfach nur sehr gut darin, ihren Schmerz zu verbergen, hatte Zhu bisher gedacht, doch nun gewann sie den sonderbaren Eindruck, die Herrin nehme ihn vielleicht gar nicht wahr. Ein leiser Schauder durchrieselte sie bei dem Gedanken, dass der Leib einer Frau so taub werden konnte wie der einer Puppe!

Die Herrin Zhang hatte Zhu um ihren Schmerz beneidet. Als Zhu jenes Mahl mit dem Großkhan beobachtet hatte, hatte sie sich gefragt, ob die Herrin ihre Männer als austauschbar betrachtete, aber nun schien es, als sei der Name eines bestimmten Mannes von jener unüberwindlichen Schlucht zwischen dem Inneren und dem Äußeren verschlungen worden. *Andere Männer besuchen Kurtisanen gewiss nicht, weil sie sich Söhne wünschen.*

General Zhang! Zhu hatte geglaubt, die Herrin habe ihn lediglich benutzt wie zuvor den Reiskübel und hinterher den Großkhan. Hatte sie etwa doch wahre Zuneigung für ihn empfunden?

Anscheinend hatte die Herrin den Vorfall bereits vergessen. Ruhelos sagte sie: »Wo bleibt die Einladung des Großkhans, die Nacht mit ihm zu verbringen? Sie sollte längst hier sein. Du da!« Die Metallklauen auf ihren letzten drei Fingern wiesen auf eine unglückliche Magd an der Tür. »Lauf zum Verwaltungsbüro der kaiserlichen Familienordnung und hol sie ab!«

Das Mädchen verneigte sich und eilte hinaus. Die Herrin stellte ihre Teetasse beiseite und öffnete ihr Schmuckkästchen. Und nun vergaß auch Zhu, worüber sie gerade noch nachgedacht hatte, denn zwischen all den Ketten, Ringen und Haarnadeln lag ein einfaches Armband aus Jade- und Goldperlen.

Die Herrin sah Zhus Blick und nahm es aus dem Kästchen. »Schön, nicht wahr?« Sie streifte das Band über, und es passte ihr so gut, als wäre es für eine Frau gemacht. »Ich habe es diesem traurigen Narren abgenommen, dem Eunuchengeneral. Ein Jammer, dass es dem Großkhan nicht gefällt, wenn ich es trage. Er wird nicht gern an seinen Bruder erinnert.« Sie drehte und wendete ihr Handgelenk und freute sich daran, wie das Gold im Licht glitzerte.

Als Zhu das Armband das letzte Mal an Ouyangs Handgelenk gesehen hatte, hatte er halbnackt und zitternd vor ihr gekauert. Sie hatte ihm wehgetan – ihm geholfen. Aber es hatte nicht ausgereicht. Eher war es gewesen, als gäbe man einem Verwundeten ein schmerzlinderndes Mittel, der schon viel zu viel Blut verloren hatte, um zu überleben. Sie würde die Welt verändern, aber Ouyang würde es nichts mehr bringen. Ein unbekanntes Gefühl saß in ihrer Brust. Mit einiger Schwierigkeit erkannte sie es als Kummer.

Doch etwas, das die Herrin gesagt hatte, nagte an ihr. »Weshalb war der Eunuchengeneral ein Narr? Soweit ich weiß, hat er den Großkhan umgebracht und Vergeltung geübt. Er ist zwar umgekommen, aber er hat doch erreicht, was er wollte!«

»Ah, also hast du von ihm gehört. Der berühmte Eunuchengeneral!« Die Herrin warf ihr einen schalkhaften Blick zu. In ihre Belustigung spielte so viel Gehässigkeit hinein, dass Zhu unbehaglich zumute wurde. »Es sollte mich wohl nicht überraschen, dass Dienstboten und das gemeine Volk einander seine Geschichte erzählen. Vergeltung, Tod und Ehre ... Ist das nicht unwiderstehlich? Doch lass mich dir erzählen, wie es *wirklich* war!

Fürwahr, General Ouyang hat Dadu gestürmt und den vorigen Großkhan noch auf dem Thron hingemetzelt. Doch Vergeltung war die Bluttat wohl kaum – denn der Großkhan hatte den Vater des Generals nie hinrichten lassen! Die ganze Zeit über saß er lebendig im kaiserlichen Verlies! Es gab keine Kindespflicht zu erfüllen: weder des Vaters Ehre zu verteidigen noch seinen Tod zu rächen. General Ouyangs ganzes Leben war auf einer Lüge aufgebaut. Er glaubte, sein Vater sei einen edlen Tod gestorben, doch der hatte den Großkhan wie ein elender Feigling um Gnade angefleht! Statt seine Strafe stolz hinzunehmen, hatte er es vorgezogen, in Schande dahinzurotten.

Mein Gemahl hat ihn begnadigt. Er ist nicht einmal so alt: Er kann noch eine neue Familie gründen und *echte* Söhne haben, die sich nach seinem Tod an ihn erinnern. Für den Ouyang-Klan hat es also einen glücklichen Ausgang genommen.« Mit einem Lächeln legte die Herrin das Armband ins Schmuckkästchen zurück. »Vom Eunuchengeneral einmal abgesehen.«

Zhu war erschüttert, wankte beinahe. Sie konnte an nichts anderes denken als an die unerklärliche Angst, die sie in der Halle des großen Glanzes ergriffen hatte. An das grausige Gefühl, als riefe gleich nach gleich, jedoch mit einem Schrei unermesslicher Qual. Ouyang hatte geglaubt, das Ergebnis werde seine Taten rechtfertigen, werde am Ende alle Opfer wert gewesen sein. Es *müsse* so sein, hatte er gedacht. Aber letztlich ...

Letztlich ...

Wie gelähmt von der Erkenntnis stand sie da. Die Tür öffnete sich, und die Magd kam hereingeschlüpft, einen goldenen Käfig mit einer weißen Lockentaube in den Armen. Sie verneigte sich tief vor ihrer Herrin und flüsterte: »Der Großkhan verbringt die Nacht mit seiner neuen Konkubine. Dieses Geschenk sendet er als Zeichen seiner ungebrochenen Wertschätzung für die Kaiserin.«

Die Herrin Zhang ballte die Hand mit den Nagelschutzen; es sah aus, wie wenn ein Greifvogel zupackt. Kurz darauf lächelte sie dünn. »Ich hätte nicht gedacht, dass er sie so bald rufen ließe. Nun gut – soll er seine Nacht mit ihr haben! Ist der Reiz des Neuen verflogen, wird er rasch merken, dass sie ihm sonst nichts zu bieten hat.«

Mit gehässiger Miene legte sie Ouyangs Armband wieder an.

Die Herrin Zhang war die Kaiserin, die mächtigste aller Frauen. Doch nun sah Zhu in ihr eine Frau, die ihren Liebsten verloren hatte und nicht einmal um ihn trauern konnte. Der Großkhan schickte nach Lust und Laune nach ihr, aber wurde sie nicht schwanger, konnte er sie jederzeit verstoßen.

Der Großkhan, Sohn des Himmels, stand über der ganzen Welt und warf doch über alles und jeden einen Schatten, als bräuchten sein Unglück, sein Schmerz und seine Verzweiflung eine stoffliche Gestalt.

Und Ouyang hatte den Mann ermordet, den er geliebt hatte – um einer Blutschuld willen, die es gar nicht gab.

Alle drei hatten anderen Menschen Furchtbares angetan und selbst erduldet, um ihr Verlangen zu stillen, und sie hatten ihre Ziele erreicht. Aber, dachte Zhu und ein dunkles Grauen stieg dabei in ihr auf, für keinen von ihnen hatte der Erfolg das Leid aufgewogen.

☯

Nackt stieg Ma aus der in den Boden eingelassenen Bambuswanne und ließ sich von ihren Dienstmädchen abtrocknen. Der Duft des Badewassers blieb auf ihrer Haut zurück.

Als ein Eunuch ihr das hölzerne Schild überbracht hatte, auf dem »Dame Shin« stand wie auf einem Grabstein, hatte sie gleich gewusst: Der Großkhan wollte sich an ihr rächen. Sie hatte die Frechheit besessen, seinen Schmerz nicht nur zu durchschauen, sondern ihn ans Licht zu zerren. Sie hatte ihn verwundet, und das sollte sie bereuen.

Es gelang ihr nicht, die Erinnerung an Boluds schreckliche Strafe abzuschütteln. Die Blüten im Wasser hatten nicht den Geruch nach nassem Bambus überdeckt, der von der Wanne ausging. Vor ein paar Tagen noch hätte ihr dabei das heimelige Bild gestapelter Dampfgarer in einer Pfanne vor Augen gestanden. Nun war ihr vor Entsetzen schlecht.

In der Tat: Schmerz und Kummer bestimmten sein Wesen. Aber auch die Grausamkeit, die er ihr gezeigt hatte, gehörte dazu. Bolud hatte er zugrunde gerichtet, und jetzt war sie an der Reihe.

Allerdings war in ihrem Fall keine Exekution vonnöten. Sie war eine Frau, die ein Mann einem anderen geschenkt hatte. Um sie zu ruinieren, musste er ihr nur das Einzige nehmen, was die Welt an ihr schätzte.

Die Dienstmädchen massierten sie und rieben sie mit Bimssteinen ab. Sie stutzten ihr Schamhaar und entfernten mit einer Paste die Haare aus ihren Achseln und von ihren Unterarmen. Sie bestäubten ihre Haut mit schillerndem Puder aus zerstoßenem Perlmutt, färbten ihre Fingernägel mit dem Saft roter Blütenblätter und polierten ihre Zähne mit Holzkohle. Sie schminkten ihr Gesicht und ihre Lippen und kämmten ihr Haar, bis es wie bei einem kleinen Mädchen seidig über ihren Rücken fiel. Aber sie kleideten sie nicht an.

Sie dachte daran, wie sich alles im Palast um die Bedürfnisse des Großkhans drehte. Stühle tauchten auf, wenn er sich setzte; Türen öffneten sich, wenn er darauf zuschritt; Mahlzeiten wurden aufgetischt, noch ehe es ihn hungerte. Wurden Frauen nackt in Decken gewickelt in seine Gemächer getragen, so ging es nicht nur darum, ihn vor Attentaten zu beschützen. Es diente seiner Bequemlichkeit. Ohne dass er ein Wort sagen musste, wurde ihm etwas gebracht, dessen er sich bedienen konnte.

Doch als Ma ihre Wahl getroffen hatte, hatte sie gewusst, was auf sie zukam.

Sie rief ihre Eunuchen herein. »Bringt mich zu ihm!«

22

Ruhig stand die Konkubine da, während die Eunuchen sich zurückzogen und die Türen hinter sich schlossen. Ihre Nacktheit schien ihr nicht unangenehm zu sein. Sie benahm sich nie so, wie er es erwartete; er verstand sie einfach nicht. Dafür hasste er sie. Sie hatte die Augen und das sanfte Auftreten eines unschuldigen Mädchens. Der Tod eines Fremden war ihr eine Qual gewesen. Doch jetzt, da sie fraglos hätte Angst haben müssen, hatte sie ganz offensichtlich keine.

Wieder flammte sein Zorn auf. Wie hatte sie es wagen können, ihn seiner Reue und Trauer auszuliefern, als bedeuteten diese Gefühle etwas? Nur eins war jetzt noch von Belang: Er war die Finsternis im Herzen der Welt. Und diese Welt war ein Ort des Schmerzes, des Elends und der Verzweiflung und konnte auch nichts anderes mehr sein, weil er mit jedem Atemzug und jeder Tat dafür sorgte, dass es so blieb.

»Legt Euch aufs Bett«, sagte er kalt. »Auf den Rücken.«

Mit Blicken verwandelte er sie in ein Ding. Sie gehörte ihm, und er konnte mit ihr tun, wie ihm beliebte. Hinterher würde sie wie alle anderen sein, die sich voll Furcht und Entsetzen vor ihm duckten. Er war der Großkhan, und nichts hielt seinem zersetzenden Einfluss stand.

Sie gehorchte. Wie sie sich doch von der Kaiserin mit ihrer gepflegten Vollkommenheit unterschied! Er fühlte sich merkwürdig an die Mädchen erinnert, denen er früher beigelegen hatte – lachende Mädchen, die sich nichts daraus gemacht hatten, dass ihre stämmigen Schenkel, ihre runden Hüften und ihre sonnengebräunte Haut nicht dem Schönheitsideal entsprachen. Er hatte ihre Widerspenstigkeit feminin gefunden. Begehrenswert.

Sein Leib reagierte, aber es war kaum mehr als eine mechanische Reaktion, ohne Lust und Gefühl. Er kam sich wie ein Toter vor. Das war seine eigene Schuld: Etwas, das Freude bereiten und Zärtlichkeit wecken sollte, hatte er wie eine Waffe eingesetzt und es dadurch unwiederbringlich zerstört.

Er vermied es die ganze Zeit schon, ihr ins Gesicht zu schauen. Aber er spürte ihren Blick auf sich ruhen, als er zwischen ihren Schenkeln niederkniete und seine mit Chrysanthemen bestickte Robe aufband. Sonst trug er nichts weiter. Sie schreckte nicht vor ihm zurück.

»Fürchtet Ihr Euch nicht, Dame Shin?«, fragte er wütend. »Hat man Euch womöglich Geschichten darüber erzählt, dass einige der ehemaligen Großkhane sich von den Tränen unwilliger Konkubinen rühren ließen? Zu Eurem Pech hat mein ungewöhnlicher Aufstieg mir allen Edelmut ausgetrieben. Ich weiß selbst, wie es ist, sich hinzulegen und einem Mann zu Willen zu sein! Ich kann Euch versichern: Wie unangenehm es sich auch anfühlen mag, Ihr werdet es überleben.« Jede Spur der Zivilisation war von ihm abgefallen, und er spürte, wie vor ihr seine ganze Brutalität zutage trat. »Ich werde keine Nachsicht mit Euch haben, und wenn Ihr noch so weint.«

Er hörte es im Korridor draußen rascheln und begriff angewidert, dass die Eunuchen an der Holzgittertür lauschten.

Wahrscheinlich konnten sie nicht verstehen, was sie beide sprachen, wollten aber wenigstens passiv daran teilhaben, wie eine Frau entjungfert wurde.

»Ich erwarte keine Nachsicht«, sagte sie. Zu seiner Überraschung hörte er keine Spur von Selbstmitleid oder edlem Pflichtbewusstsein in ihrer Stimme. Unter ihrer Weichheit spürte er Stahl. »Ihr habt mich mit großer Sorgfalt über Euer Wesen in Kenntnis gesetzt. Dass Ihr zu Mord, Folter und Verrat fähig seid und den Kreislauf der Grausamkeit und des Schmerzes nur immer weiter fortführt. Ihr tut Unverzeihliches, um aller Welt zu beweisen, wie verabscheuungswürdig Ihr seid.«

In ihm zog sich etwas zusammen. Er war nicht verletzt; es war eher eine körperliche Reaktion darauf, die Wahrheit zu hören. Er schaute fort, im Wissen, dass sie sein höhnisches Lächeln dennoch sah. »Hiernach werdet Ihr mich deutlich mehr verabscheuen.«

Da nahm sie seine Hand und legte sie auf ihre Brust, die sich stetig hob und senkte. Er war erschüttert. Sie hielt ihn fest, als wäre sie es, die ihn nicht fortlassen wollte. Plötzlich war er wieder außer sich. Er wollte nicht, dass sie ihm etwas vorspielte! Er wollte ihr die hässliche Wahrheit entreißen, so wie sie es mit ihm gemacht hatte! Hassen sollte sie ihn! Das quälende Verlangen danach fühlte sich beinahe wie Verzweiflung an.

Er drückte sich gegen sie. »Tut nicht so, als wolltet Ihr dies!« Sein Leib war eine Drohung, ein Werkzeug, das er einsetzen würde, damit sie schließlich doch noch voller Angst und Abscheu vor ihm zurückwich.

»Ich will es nicht«, stimmte sie zu, aber noch während er diese Antwort überdachte, änderte sie kaum merklich ihre Position, und er versank in ihr. Weich war sie, empfindlich – verwundbar. Er lag auf ihr, war in ihr, und ihn befiel eine eisige, reglose Hoffnungslosigkeit. Nie hatte er etwas anderes getan, zu nichts anderem war er gut. Er konnte bloß verwunden und zugrunde richten.

Ihre Brust hob und senkte sich unter ihm, wie schon unter seiner Hand. Ihr Gesicht war seinem so nah, als würden sie einander küssen. Er wusste, dass sie ihn ansah. Sie hatte nicht einmal den Blick abgewandt. Und als könnte er nicht anders, als seine eigene Grässlichkeit in ihrem Gesicht gespiegelt zu sehen, schaute er sie nun ebenfalls an.

Dichte Wimpern hatte sie und dunkle Augen. Sie hatte nicht einmal versucht, sich hinter einer Maske zu verbergen. Auf ihrem offenen Gesicht zeigte sich ebenjene Gnade, die er ihr vorenthalten hatte. Sie machte sie atemberaubend schön. Ein Leuchten schien von ihr auszugehen. Kummer und Mitgefühl sah er ihr an, Verletzlichkeit, aber keinen Hass. Sie zitterte nicht. Sie hatte keine Angst.

Sie barg ihn in sich und flüsterte ein unhaltbares Versprechen: »Ihr könnt mich nicht ruinieren.«

Dann schlang sie die Arme um ihn. Ihre Sanftheit war stärker als alles, was er sich hätte vorstelle können. Sie hielt ihn, ohne zu zerbrechen.

Stattdessen war er es, der zerbrach. Es raubte ihm die Fassung, die Berührung eines anderen Menschenwesens zu spüren, das vor seiner Berührung nicht zurückzuckte, obwohl er es verdiente, obwohl er all seinen Schmerz und sein Gift in die Welt gegossen und sie damit in Finsternis gestürzt hatte. Obwohl er war, wer er war.

☯

Der Großkhan schlief.

Er hatte ihr nicht wehgetan. Dennoch konnte Ma nicht anders, als an die Lust zu denken, die Zhu ihr stets bereitet hatte. Mit ihr war Ma der Akt nie zerstörerisch, sondern im Gegenteil geradezu schöpferisch vorgekommen. Sie hatte schon vor langer Zeit verloren, was die Welt an einer Frau am meisten schätzte. Doch ruiniert hatte es sie nicht. Zhu hatte Ma eine andere Art zu leben gezeigt. Neue Pfade hatten sich ihr geöffnet. Zhu hatte eine ganz neue Wirklichkeit geschaffen, auch wenn sie bisher nur ein Samenkorn war. Deswegen hatte sich Ma hierzu bereit erklärt! In ihrer Brust brannte Liebe, aber auch Traurigkeit. Wenn Zhu bekam, wonach es sie verlangte, würde aus dem Samen die neue Welt erwachsen.

Plötzlich zuckte der Großkhan. Zuerst regte er sich nicht weiter, als wäre das Aufschrecken schmerzhaft gewesen. So hatte er auch in der Pagode ausgesehen: Nicht als wäre er erwacht, sondern als hätte man ihn gewaltsam aus dem Schlaf gerissen. Er hatte tiefe Augenschatten, und seine Wangen wirkten eingefallen. Wie mager er war. Sie dachte daran, wie fiebrig er sich angefühlt hatte.

»Dame Shin«, murmelte er. Ihm war eine neue Verletzlichkeit anzumerken. Ma musste an ein kleines Kind denken, das vor Wut tobte, weil es etwas nicht durfte. In seinem Zorn wollte es Vater und Mutter verletzen, doch kaum war er verflogen, klammerte es sich schluchzend an die Eltern – aus Schuld, weil sein Wunsch ehrlich gewesen war, und aus Erleichterung, weil es nicht stark genug gewesen war, ihn in die Tat umzusetzen.

Der Großkhan hatte die Dame Shin in seine Gemächer gerufen. Er hatte vorgehabt, eine behütete Jungfrau dieses Namens zu brechen, ein Mädchen, das ihn nie in seinen Erwartungen überrascht hätte. Stattdessen war Ma zu ihm gekommen: eine Frau mit Lebenserfahrung, die Verluste erlitten und Liebe gefunden hatte. Wie eine Mutter mit einem Kind war sie nicht nur sicher vor ihm gewesen, sie hatte ihm auch Sicherheit geben können.

Er konnte sie nicht verletzten, weil er keine Ahnung hatte, wer sie war.

Mit einem Mal ertrug sie den Gedanken nicht mehr, länger als unbedingt nötig bei ihm zu bleiben. »Braucht der Großkhan diese Konkubine noch?«

Erst jetzt erwachte er gänzlich. Er gewann die Selbstbeherrschung zurück, und von der Verletzlichkeit war keine Spur mehr zu sehen. »Soviel ich weiß, ist es Tradition, einer Konkubine für ihre erste Nacht mit dem Großkhan ein Geschenk zu machen.«

Da fiel ihr wieder ein, wozu genau sie sich bereit erklärt hatte. Eine merkwürdige Vorahnung von Traurigkeit befiel sie. *Ihr könnt mich nicht verletzen, ich Euch aber wohl.*

Ohne die Stimme zu heben, hieß er seinen obersten Eunuchen, einzutreten. Es war nicht, als wüsste er ihn dort draußen, sondern vielmehr, als wäre ihm gar nicht der Gedanke gekommen, es könnte anders sein.

Er setzte sich auf, unbekümmert ob seiner Nacktheit, und betrachtete das Tablett voll Schmuck, das der Eunuch ihm hinhielt. Er musste Ma aus den Augenwinkeln beobachtet haben, denn als ihr Blick zu den Haarnadeln wanderte, sagte er belustigt: »Ich war nicht immer der Großkhan und über jeden Tadel erhaben. Daher weiß ich, dass es einem Mann gut zu Gesicht steht, bei der Auswahl eines Geschenks die Vorlieben einer Frau in Betracht zu ziehen.«

Seine schmalen Finger strichen über Nadeln mit glitzernden Ketten, an denen Perlen hingen, Korallen, Lapislazuli oder Turmalin, und blieben schließlich über einer atemberaubenden goldenen Nadel schweben. Sie war so dick wie ein Schreibpinsel und lief nicht wie die anderen spitz zu, sondern war unten abgerundet. Gekrönt wurde sie von einem Phönix aus schimmerndem Golddraht. Die filigrane Skulptur war aus einem einzigen Strang erschaffen. Während der Großkhan den Haarschmuck betrachtete, zog ein Schatten der Selbstanklage über sein Gesicht. »Diese hier gehörte einst der Herrin Ki,

Eurer Landsfrau. Besonders ähnlich war sie Euch allerdings nicht. Sie war die liebste Gemahlin meines Vorgängers. Die Mutter des …« Ein Krampf durchlief ihn: Schmerz. Mit Mühe schüttelte er die Erinnerung ab, welcher Art sie auch gewesen sein mochte, und überreichte ihr die Phönixnadel. »Tragt sie beim nächsten Mal, um mir eine Freude zu machen.«

Dann wurde sein Ton kühler, barscher. »Eunuchen, bringt Eure Herrin in ihre Residenz zurück!«

Die Eunuchen wickelten sie wieder in die Decke ein und nahmen ihr so den Blick auf die Gemächer. Sie schloss die Hand um die Nadel. Mit dem abgerundeten Ende würde niemand sie für eine Waffe halten, aber sie lag in ihrer Hand wie ein Messer.

☯

»Jede Nacht!«, zischte die Herrin Zhang. Sie fuhr mit dem spitzen Metallfingernagel über die Spalte mit den säuberlich datierten Einträgen im Register der kaiserlichen Familienordnung und drückte dabei so fest auf, dass das Papier knitterte und riss. »Mir hat er gesagt, er sei zu beschäftigt, um mich zu besuchen und mit mir zu speisen. Und dann verbringt er jede Nacht mit ihr? Dieser flachgesichtigen Kuh?«

Zhu war nicht minder bestürzt. Wäre sie noch eine unsichtbare Sklavin, wie es geplant gewesen war, hätte sie ab und an »zufällig« Mas Mägden begegnen können, damit die sie auf dem Laufenden hielten. Doch da sie nun dem Haushalt der Kaiserin angehörte, konnte sie sich nicht mehr frei im Palast bewegen.

Eigentlich hatte Ma nur einmal mit dem Großkhan schlafen sollen, um an die Waffe zu kommen, die sie später brauchen würde – das Geschenk der ersten Nacht, das der Großkhan ihr ahnungslos machen würde. Dann hätte sie sich erst wieder in seine Gemächer rufen lassen sollen, wenn Zhus Heer vor Dadus Toren stand – um Gebrauch von ihrer Waffe zu machen.

Was war in den Gemächern des Großkhans geschehen, dass er Ma wieder und wieder zu sich rief? Die Schuld fraß an Zhu, ein ungewohntes Gefühl. Während sie ahnungslos im Haushalt der Herrin Zhang vor sich hingelebt hatte, hatte Ma jede Nacht die Berührungen des Großkhans über sich ergehen lassen müssen. Wie schlimm war es wohl? Wie sehr litt sie?

Ma hatte versucht, sie zu warnen – noch ehe Zhu von Ouyangs schrecklichem Ende erfahren hatte, der Betäubtheit der Herrin Zhang und dem schwarzen Schatten des Großkhans, den er über die ganze Welt warf.

Was, wenn der Thron die Opfer am Ende nicht aufwiegt?

Die ganze Zeit war sie sich ihrer Sache sicher gewesen, doch jetzt zweifelte sie, und das erfüllte sie mit dumpfem Grauen.

»Seit ihrer Ankunft im Palast habe ich sie kein einziges Mal mehr zu Gesicht bekommen!«, fauchte die Herrin Zhang. »Sie geht mir aus dem Weg! Ist sie sich etwa zu schade, um der Kaiserin den schuldigen Respekt zu erweisen? Auf der Stelle will ich sie hier sehen!«

Ma ließ nicht lange auf sich warten. Sie sah aus, als wäre ihr vor Nervosität übel, aber zu Zhus Erleichterung schien sie unverletzt zu sein. Sie betrat die Gemächer der Kaiserin mit demütig gesenktem Kopf, doch ihr Blick huschte verstohlen zu Zhu hin. Es war, als gingen zwei heimlich Liebende auf der Straße dicht genug aneinander vorbei, dass sich flüchtig ihre Hände berührten. Eine neue Woge Schmerz brach über Zhu herein, als sie begriff, *weshalb* sie so erleichtert war: Sie hatte erwartet, Ma mit blauen Flecken übersät zu sehen. Der Großkhan hatte den Ruf, grausam zu sein. Der ganze Palast wusste, dass er Bolud Temür bei lebendigem Leib hatte dünsten lassen. Immerhin trug Ma einen prächtigen goldenen Haarschmuck, der nur das Geschenk des Großkhans sein konnte. Also war wenigstens das nach Plan gelaufen.

Ma sagte auf Han'er mit gelungenem mongolischem Akzent: »Die bescheidene Dame Shin nähert sich der erlauchten Kaiserin mit den ehrerbietigsten Grüßen!«

Sie verneigte sich nicht einfach, sondern sank auf ein Knie. Doch die Herrin Zhang war alles andere als beschwichtigt. Sie sog scharf die Luft ein. »Euch hat er die Phönixnadel gegeben?«

Die Dienstmägde bewegten sich unruhig, und das Rascheln ihrer Röcke war in der plötzlichen Stille sehr laut. Auf den ersten Blick hatte Zhu nicht erfasst, welche Bedeutung Mas neuer Haarschmuck hatte, doch nun wurde es ihr klar. Die Lieblingsfrau des Großkhans trug die Phönixnadel. Und er hatte sie Ma gegeben, nicht der Herrin Zhang.

Deshalb hatte sie so elend ausgesehen, als sie hereingekommen war! Deshalb hatte sie die Herrin Zhang nie besucht, obwohl die Höflichkeit es geboten hätte. Sie hatte gewusst, dass die Kaiserin das Gefühl haben würde, die Konkubine aus Goryeo mache ihr den Rang streitig. Doch die Nadel abzulegen, kam auch nicht infrage: Wer hätte es gewagt, einen Gunstbeweis des Großkhans nicht zu ehren? Nicht einmal sein Liebling würde sich das erlauben.

Abrupt erhob sich die Herrin, und ihr Haarschmuck schwang bedrohlich, als stellte ein Vogel angriffslustig das Gefieder auf. Sicher hatte sie sich dabei die Füße wehgetan. Zhu kam der unangenehme Gedanke, dass sie den Sinneseindruck vielleicht gar nicht als Schmerz wahrnahm, sondern als Aufflackern ihres Zorns.

Wie ein Habicht stieß die Herrin von ihrer Estrade herab, packte die Phönixnadel und zog sie Ma aus der Frisur. Sie riss ein Büschel Haar mit aus. Mas schmerzerfüllter Aufschrei traf Zhu bis ins Mark.

»Wie könnt Ihr es wagen?« Die Herrin warf die Phönixnadel auf den Boden. Keuchend stand sie da, und kurz schien es, als wäre es das gewesen. Dann griff sie Ma an. Mit ohnmächtigem Entsetzen sah Zhu zu, wie ihre Metallklauen Ma durchs Gesicht fuhren. Sie zogen lange blutige Kratzer über ihre Haut und zerwühlten ihr schönes seidiges Haar. Die Kaiserin übte keinerlei Zurückhaltung, hackte auf Ma ein wie ein wildes Tier auf seine Beute. Ma hielt schützend die Arme über den Kopf – vergeblich. Blutstropfen quollen aus ihren zerkratzen Handrücken und verschmierten sowohl die Ärmel ihrer kleinen Satinjacke mit der Schleife als auch das weiße Leinen darunter.

Es hatte eine Zeit gegeben, da hätte Zhu, wäre es nötig gewesen, um ihr Ziel zu erreichen, vielleicht sogar ungerührt zuschauen können, wie Ma vor Schmerzen schrie. Vermutlich wäre sie noch stolz gewesen, dass sie stark genug war, es zu ertragen. Doch das war vor Xu Das qualvollem Tod gewesen. Nun schien es, als hätten Kummer und Schmerz Tunnel in ihr ausgewaschen, durch die Mas Leiden ungehindert fließen konnte. Nie hatte sie so mit anderen mitempfunden.

Was, wenn der Thron die Opfer bereits jetzt nicht mehr wert war? Aber sie hatte schon so viel hingegeben. Konnte sie sich wirklich jetzt noch abwenden?

Zhu erinnerte sich daran, wie der ursprüngliche Zhu Chongba sein Schicksal hatte fahren lassen. Sie hatte es ergriffen und jeden Versuch der Welt vereitelt, es ihr wieder zu entreißen. Durch ihr Leiden war sie zu dem Menschen geworden, dem es rechtmäßig zustand. Eine gräuliche Pein schüttelte sie. Wie sollte sie ihr Verlangen nach ihrem Schicksal aufgeben – nach Größe und ihrer neuen Welt? Es war ein brennender Stern; ein Strahlen, das sie erfüllte; ihr Ich. Was würde von ihr bleiben, wenn sie es aufgab?

Weinend warf Ma sich nieder und drückte unterwürfig die Stirn auf den Boden. »Gnade, Eure Hoheit! Habt Gnade mit dieser Unwürdigen!«

Die Herrin Zhang schaute schwer atmend auf sie herab. Sie schwankte auf ihren winzigen Füßen. Ihre Augen funkelten immer noch zornig. »Unwürdig? Allerdings! Meiner Gesellschaft seid Ihr unwürdig! Ihr seid es unwürdig, vor mir den Mund aufzutun!« Sie ergriff einen Fächer mit einem langen Stab und prügelte damit auf Mas Rücken und ihre zuckenden Schultern ein. »Tränen stehen Euch nicht zu!«

Die Dienstboten der Herrin schauten teilnahmslos zu. Sie wussten, dies war die natürliche Ordnung der Dinge und das Leben im Palast nur ein Abbild der grausamen Natur. Doch jeder Schlag, der die schluchzende Ma traf, schien gleichsam Zhus Herz zu treffen.

Gab es eine Zukunft, in der Zhu nicht Kaiser wurde?

Kann ich den Thron aufgeben?

☯

Als Ma wieder fort war, sagte die Herrin Zhang mit Genugtuung: »Dann wollen wir doch mal sehen, wie sie ihm jetzt gefällt.«

Die erschrockenen Vögel waren so still wie die Dienstboten. Der goldene Phönix lag zusammen mit dem ausgerissenen Haar auf dem Boden. Das Schmuckstück hatte Ma so viel Leid gebracht. Aber, dachte Zhu gequält, sie würde ihn noch brauchen.

»Eure Hoheit, wenn der Großkhan herausfindet, dass Ihr die Phönixnadel an Euch genommen habt …«

Sie brachte den Satz nicht zu Ende, aber das brauchte sie auch nicht. Offenbar wagte nicht einmal die Kaiserin, sich mit dem Großkhan zu messen.

»So bring sie ihr zurück!«, sagte sie aufgebracht und wandte sich ab. Ihr Profil erinnerte an eine weiße Porzellanscherbe, die einem, wenn man unvorsichtig war, den Finger bis auf den Knochen aufschneiden konnte. »Dann wird sich zeigen, ob sie dumm genug ist, sie noch einmal in meiner Gegenwart zu tragen.«

Draußen holte Zhu Mas offene Sänfte ein, die sich auf die nordwestliche Ecke der Mauer zubewegte. Dieses Viertel der Palaststadt glich eher einem gewöhnlichen Wohngebiet; es fehlten die großen Plätze, die die Gegend um die Halle des großen Glanzes kennzeichneten. Hier drängten sich Residenzen für die kaiserlichen Konkubinen mit kleinen blühenden Innenhöfen. Da Ma bisher die einzige Konkubine war, machte die Gegend einen verlassenen Eindruck. Die Innenhöfe waren so klein, dass sie nie viel Sonne bekamen, und in Ecken und Winkeln häuften sich verwelkende Frühlingsblüten wie vergilbende Schneewehen.

Ma saß zusammengekrümmt auf dem Sitz ihrer offenen Sänfte, das aufgelöste strähnige Haar im Gesicht wie eine Trauernde. Zhu schloss zu dem Kometenschweif aus Goryeo-Dienstmädchen auf und verkündete auf Mongolisch, falls es Schaulustige gab: »Die Kaiserin schickt mich: Ich soll eurer Herrin etwas zurückbringen!«

Der obersten Zofe klappte überrascht der Mund auf, als sie Zhu erkannte. Sie tippte einem Eunuchen auf die Schulter, und die Sänfte hielt an.

Ma blickte ruckartig auf, als die Sänfte gesenkt wurde; dann sah sie Zhu und riss ein Auge weit auf – das andere war bereits zugeschwollen, wie Zhu mit Schmerz erkannte.

Mas Überraschung wurde rasch von Sorge verdrängt. Sie blickte sich rasch auf dem Innenhof um, dann flüsterte sie ihren Dienstmädchen zu: »Sorgt dafür, dass wir ungestört sind!«

Die Dienstmädchen bildeten einen schützenden weiten Kreis um die abgestellte Sänfte. Ma ergriff Zhus Hände, die eine aus Fleisch und Blut, die andere aus Holz, und drückte sie. Dann ließ sie sie rasch wieder los. Sie war ganz blass. »Wir sollten wirklich nicht …«

Zhu zeigte ihr die Haarnadel. »Wir haben kurz Zeit.« Sie wusste jedoch, dass Ma recht hatte. Paläste besaßen mehr

Augen als eine Jakobsmuschel. Zhu hatte einen triftigen Grund und die Erlaubnis mit Ma zu sprechen. Würde jedoch weitergetragen, dass sie allzu freundlich mit der Konkubine aus Goryeo gesprochen hatte, würde die Herrin ihr nicht mehr trauen.

An einen Kuss war nicht zu denken, daher drückte sie ihre Schulter an Mas. Beim Anblick des geschwollenen Auges ergriff sie eine überwältigende Zärtlichkeit, die noch wuchs, als sie sich die Verletzungen genauer besah. Das Gefühl schwoll in ihrer Brust, drückte auf ihre Organe, bis sie glaubte, sie müsse daran sterben. Ihr wurde bewusst, dass sie leise keuchte. »Es tut mir leid, Yingzi. So viel Schmerz, so viel Leiden ... Ich dachte, unser Sieg würde das alles aufwiegen. Du hast mich gewarnt, aber ich habe nicht auf dich gehört. Es tut mir so leid.«

Ma war lange still. Endlich fragte sie sehr leise: »Zhu Yuanzhang, weißt du, warum ich nicht wollte, dass du mich hierum bittest?«

Zhu wusste noch, dass sie deswegen verwirrt gewesen war, doch damals hatte ihr Schuldgefühl überwogen und ihre Erleichterung darüber, dass Ma ihr helfen würde, auch wenn sie ihre Gründe nicht zur Gänze verstanden hatte.

»Du betrachtest unser Leid, Xu Das und meines, als etwas, das du uns abverlangt hast – einen Preis, den du zahlst, um Kaiser werden zu können. Deshalb glaubst du, du müssest den Thron nicht nur gewinnen, sondern dein Sieg müsse auch unseren Schmerz aufwiegen.

Aber du hast uns zu nichts gezwungen! Deshalb wollte ich nicht, dass du mich um meine Hilfe bittest. Xu Da hat nie versucht, dich von etwas abzubringen, selbst wenn er Zweifel an deinen Methoden hatte. Hast du dich nie gefragt, warum nicht? Du solltest ihm keinen Befehl geben; er wollte dir aus freien Stücken folgen – auch dann noch, als er schon wusste, dass es sein Tod sein würde.

Du hast uns unser Leid nicht abgetrotzt; wir haben es dir zum Geschenk gemacht, damit du dein Schicksal erfüllen kannst! Dabei geht es nicht nur um den Thron oder Größe. Es geht darum, genug Macht zu erlangen, um die Welt zu verändern! Welchen Anreiz dazu hatten die Männer, die vor dir Kaiser waren oder es geworden wären, wärst du nicht gewesen? Du aber weißt, was es bedeutet, ein Nichts zu sein. Wie es ist, als wertlos erachtet zu werden, bloß weil man eine Frau ist, nicht aussieht wie alle anderen, sich anders verhält oder anders liebt.«

Gelächter wehte heran. Bald würden Palastdienstboten vorbeikommen. Sie hatten schon keine Zeit mehr. Sanft und traurig berührte Ma Zhus Gesicht, und Zhu stellte erschüttert fest, dass ihr die Tränen über die Wangen liefen. »Du kannst also tatsächlich weinen. Ich sehe es zum ersten Mal.« Zhu fiel die Haarnadel erst wieder ein, als Ma sie ihr abnahm. »Sorge dich nicht um mich. Denk nicht über mein Leid nach. Ich habe mein Schicksal selbst gewählt, so wie Xu Da das seine. Nimm unser Geschenk an und tu, was nur du tun kannst!«

Mit einem Blick aus ihrem unverletzten Auge rief sie ihre Dienstmädchen zurück. Als die Eunuchen ihre offene Sänfte wieder anhoben, sprach sie mit jenem Mitgefühl, das weder Feigheit noch Bedauern zuließ. Es musste wohl die stärkste Kraft auf der Welt sein. »Zhu Yuanzhang, mein Gemahl! Einst hast du dein Schicksal von dir gewiesen, doch nun verpflichte dich ihm: nicht aus Furcht oder Schuld, sondern aus freiem Willen!«

☯

Als Ma an diesem Abend in die Gemächer des Großkhans gebracht wurde, weiteten sich seine Augen.

Eigentlich war er kein begnadeter Schauspieler, dachte Ma, während er ihre Verletzungen in Augenschein nahm. Seine Gefühle waren zu stark, standen ihm deutlich ins Gesicht geschrieben. Er konnte andere nur deshalb in die Irre führen, weil sein Auftreten die Leute blendete. Andere Männer hätten sich aus Scham die größte Mühe gegeben, unter keinen Umständen weibisch zu wirken; deshalb glaubten alle, er *könne* es nicht verbergen – und auch sonst nichts.

Nun war er fuchsteufelswild, vielleicht wütender, als sie ihn je zuvor gesehen hatte. Aber vielleicht nahm es außer ihr wirklich niemand wahr.

»Ich könnte meine Kaiserin wohl hinrichten lassen«, sagte er mit beunruhigender Milde. »Aber das sollte ich wahrscheinlich lieber nicht tun. Was würdet Ihr als angemessene Bestrafung erachten? Wie wäre es mit ihrer Residenz? Ich gebe sie Euch, wenn Ihr sie wollt.«

»Auf keinen Fall!«, rief Ma. »Das würde alles nur noch schlimmer machen. Außerdem ist sie Eure Kaiserin. Natürlich ist sie besorgt, wenn sie das Gefühl hat, dass sie Eure Gunst verliert! Ihr schickt zu oft nach mir. Würdet Ihr ihr mehr Aufmerksamkeit schenken, wäre sie nicht eifersüchtig.«

Er lächelte schief und zog sie an sich. »Ich will aber nicht, dass Ihr eifersüchtig sein müsst!«

Nachdem er sie beschlafen hatte, lagen sie beieinander, sein Kopf auf ihrer Brust. Sie griff das Gespräch wieder auf. »Ich meine es ernst, was die Kaiserin anlangt. Wenn man bedenkt, was sie für Euch getan hat, schuldet Ihr ihr da keinen Respekt? Immerhin stützt Ihr Euch immer noch auf ihr Heer.« So beiläufig wie möglich fügte sie hinzu: »Schließlich ist da noch die Sache mit Zhu Yuanzhang.«

»Ha, aber eins vergesst Ihr«, sagte er. »Die Kaiserin ist keine Herrscherin mehr, sondern meine Gemahlin. Sie steht ihrem Heer nicht mehr vor, sondern ich. Und wenn ich ihr Respekt zolle, dann weil ich es will, nicht weil ich es ihr schulde. Ein Großkhan schuldet niemandem irgendetwas.« Sein Haar löste sich aus seinem Knoten. Es war weicher und feiner als

Mas eigenes. Die Spitzen kitzelten sie. »Und sorgt Euch nicht um Zhu Yuanzhang. Ich habe mir bereits meine Gedanken über den gemacht, der da draußen auf meine Stadt zumarschiert.« Ma begriff erst nach einem Augenblick: Natürlich glaubte er, Zhu führte ihr Heer selbst auf Dadu zu. Er konnte ja nicht wissen, dass Zhu das Kommando an Chang Yuchun gegeben hatte. »Ich weiß schon, wie ich mit ihm umzugehen habe.«

Eine Weile lang war er still. Ma reckte den Hals, um einen Blick auf sein Gesicht zu erhaschen, und stellte fest, dass er eingenickt war. So schien er immer zu schlafen: in kurzen Schüben, die eher mühsam errungenen Atemzügen glichen als echter Erholung. Selbst im Schlaf waren seine Muskeln angespannt. Doch ohne seine spöttische Intelligenz, mit der er jeden aufspießte, der es wagte, in seine Nähe zu kommen – ohne seine Maske –, wirkte er mit einem Mal wie ein junger Mann. Vielleicht war er bloß ein paar Jahre älter als Zhu; ein überraschender Gedanke.

Sie berührte seine zusammengezogenen Augenbrauen. Sie waren schmaler als die der meisten Männer, aber sie glaubte nicht, dass sie wie Ouyangs zierliche Mondbögen von Natur aus so gewachsen waren. Vermutlich zupfte er sie zurecht.

Eine merkwürdige Schwere lastete auf ihr. Selbst wenn ihre Leiber sich vereinten, war sie sich darüber im Klaren, dass ihre Lüge wie ein Schleier zwischen ihnen hing, so ähnlich wie jetzt der Schlaf. Die Lüge hätte sie beschützen sollen, es ihr ermöglichen, Distanz zu wahren. Doch nun fragte sie sich, ob sie je imstande wäre, kein Mitgefühl für einen Menschen zu empfinden, der ihr seine Verletzlichkeit offenbarte. Nichts, was sie im Bett miteinander taten, konnte intimer sein.

Auf dem Tisch neben dem Bett glitzerte es golden. Dort lag die Phönixnadel, die er ihr aus dem Haar gezogen hatte. Ma schaute sie an und hörte das Echo von Boluds schmerzerfülltem Schrei. Wenn sie den Großkhan nicht aufhielt, würde er Zhus Heer zerschlagen, sie ausfindig machen – und dann würde er sie auf ebenso schreckliche Weise umbringen. Bedenkenlos, ja ohne den leisesten Zweifel.

Es gab nichts abzuwägen, dachte Ma elend. Sie hatte immer gewusst, für wen sie sich entscheiden würde. Sie hatte sich schon lange entschieden, bevor sie hierhergekommen und diesen Mann getroffen hatte. Nur eins veränderte sich im Lauf der Zeit: wie sehr der Ausgang dieser Sache sie schmerzen, wie tief verletzt sie daraus hervorgehen würde.

Noch eins hatte sie ihm bisher vorenthalten, und er hatte es noch nicht von sich aus gemerkt. Seit mehr als einem Monat rief er sie jede Nacht zu sich, aber sie hatte noch nicht einmal geblutet.

Er regte sich. »Solange kann ich schon nicht schlafen, und nun denkt nur: Das Heilmittel war eine Frau in meinem Bett!«

Ma verbarg ihren Kummer. »Vielleicht musste es diese spezielle Frau sein.«

»Vielleicht«, pflichtete er ihr amüsiert bei. Er hatte früh nach ihr schicken lassen: Es war erst Abend. Draußen in der Dämmerung schimpften die Stare, die sich alle in einem einzigen Baum im Innenhof niedergelassen hatten.

»Da wir gerade von Frauen und Zhu Yuanzhang sprechen«, sagte der Großkhan. »Was haltet Ihr hiervon: Stellt Euch vor, Zhu Yuanzhang sei kein Mann, sondern eine Frau in Männerkleidern!«

Ihr war, als löste sich ringsum die Welt auf und zugleich ihr eigener Leib.

Er lachte über ihren Gesichtsausdruck. Es war ein überraschend angenehmes Lachen. »Ja, Ihr habt recht, es ist zu merkwürdig. Ich hätte auch gar nicht weiter darüber nachgedacht, aber der Mann, der das behauptet, war mir in der Vergangenheit schon recht nützlich. Er hat früher zu Zhu

Yuanzhangs innerem Kreis gehört.« In Mas Ohren rauschte es. Ihr war schwindelig. Wie aus weiter Ferne hörte sie den Großkhan sagen: »Ein Techniker namens Jiao Yu … Ich habe ihn zum Arbeitsminister ernannt.«

☯

Der Esstisch der Herrin Zhang war wunderschön hergerichtet. Deckel ersparten ihr den Anblick der erkalteten Speisen in Schüsseln und Schalen. Die Herrin saß seit einer Stunde einem leeren Platz gegenüber. Ihre Haltung war tadellos, ihre Miene verschlossen. Ihr Haarschmuck schimmerte im Lampenlicht. Es gelang ihr zwar, vor den neugierigen Dienstboten das Gesicht zu wahren, aber Zhu war sich im Klaren darüber, wie gedemütigt sie sich fühlen musste: Der Großkhan hatte versprochen, sie heute Abend zu besuchen, und nun ließ er sie warten.

Schließlich fragte eine Zofe vorsichtig, ob sich die Speisen in der Küche vielleicht besser halten würden.

»Unsinn!«, fuhr die Herrin sie an. »Er wird bald hier sein. Der Großkhan ist ein vielbeschäftigter Mann. Wie könnten wir ungeduldig sein, wenn er sich um wichtige Reichsangelegenheiten kümmern muss?«

Wie giftig ihre Stimme war – ein Wunder, dass sie nicht auf der Stelle tot umfiel. In diskretem Flüsterton schlug Zhu vor:

»Vielleicht könnte diese Magd im Büro der kaiserlichen Familienordnung nachfragen …«

Nach einem Moment nickte die Herrin steif, und Zhu eilte aus der Tür.

Zum Büro war es weit: Es lag auf der anderen Seite der Palaststadt. Der Eunuch, der die familiären Termine des Großkhans verwaltete, runzelte die Stirn. »Das Büro des Großkhans hat die Kaiserin darüber in Kenntnis gesetzt, dass er heute Abend mit ihr speisen werde? Aber Prinzessin Shin ist noch vor Sonnenuntergang in seine Gemächer gebracht worden!« Er zeigte ihr ein flaches Kästchen, das die hölzernen

Namensschilder der Gemahlinnen und Konkubinen des Großkhans enthielt. Nur das der Kaiserin lag noch darin. »Die edle Dame hat ihre Einladung heute Morgen erhalten. Das muss ein Irrtum sein.«

Kein Irrtum, dachte Zhu. Die Herrin Zhang hatte Ma angegriffen, die Lieblingsfrau des Großkhans, und nun bestrafte er sie. Er hatte sie selbst herausfinden lassen, dass sie auf den niederen Stand einer gewöhnlichen Gemahlin degradiert worden war. Zhus Erinnerung an Mas Leiden war noch schmerzhaft frisch. Doch der Gedanke an die Herrin Zhang, die allein in ihren Gemächern wartete, zur Närrin des Palastes gemacht, gab ihr überraschenderweise einen Stich.

Zwar wurden die Frühlingstage immer länger, doch als Zhu wieder auf die Residenz der Kaiserin zutrottete, war es bereits dunkel geworden. In der stillen Palaststadt kam ihr auf einer der langen Straßen ein Beamter in kastanienbrauner Robe entgegen. Von denen wimmelte es im Palast.

Irgendetwas an ihm kam ihr vertraut vor. Sie zerbrach sich den Kopf darüber, während sie aufeinander zugingen. Noch konnte sie sein Gesicht nicht ausmachen ... Aber dann, ganz plötzlich, verwandelte sich die vage Vertrautheit in Erkennen.

Ihr wurde erst kalt, dann heiß. Noch nie war sie so zornig gewesen.

Jiao Yu!

Ihn hatte sie ganz vergessen. Aber natürlich war er hier! Zhu hätte sich selbst ohrfeigen können. Er hatte sie verraten und war direkt nach Dadu gegangen, um sich in die Dienste jenes Mannes zu stellen, der seiner Ansicht nach den Thron gewinnen würde. So war es auch gekommen, daher hatte sich Jiao belohnen lassen und war geblieben.

Er würde Zhu und Ma erkennen und war somit der Einzige hier, der ihren Plan vereiteln konnte. Aber noch, dachte Zhu fieberhaft, hatte er keine Ahnung, dass sie hier waren.

Ma würde er wohl eher nicht begegnen, da sie die meiste Zeit über von der Öffentlichkeit abgeschirmt war. Und Zhu würde ihm aus dem Weg gehen können, wenn sie ihn nur rechtzeitig sah. In diesem Moment musste sie nichts weiter tun, als ihn vorbeizulassen.

Sie trat an den Rand der Straße und fiel auf ein Knie, den Kopf gesenkt und die Hände zusammengelegt – die angemessene Respektsbekundung einer Magd vor einem Beamten. Die Straße war zwar gut beleuchtet, aber sie glaubte dennoch nicht, dass er sie erkennen würde. Jiao interessierte sich nicht für Menschen und schon gar nicht für Dienstboten. Er würde sich gar nicht dazu herablassen, sie anzuschauen.

Wie sie erwartet hatte, glitt sein Blick über sie hinweg. Er ging weiter …

… doch dann blieb er urplötzlich stehen.

Er schwang zu ihr herum, und als das Fackellicht sein schattenverhangenes Gesicht beleuchtete, sah sie, was er anstarrte. Nicht sie. Ihre Hand.

Die Holzhand, die er selbst gebaut hatte.

Nicht sie hatte er erkannt, dachte sie bitter, sondern bloß sich selbst in ihr. Jenes Element, seiner Fantasie entsprungen, von ihm geschaffen – im Grunde betrachtete er es als sein Eigentum. Das fühlte sich so übergriffig an wie das Wissen, dass er sie berührt hatte, als sie nackt und bewusstlos gewesen war.

Gemocht hatte sie ihn nie. Nun stellte sie fest, dass sie ihn eigentlich immer schon gehasst hatte.

Dort stand er, während sie am Straßenrand kniete, und sah sie an. Er hatte sie erwischt. Es gab kein Leugnen und kein Entkommen. Sie hob den Kopf und blickte ihm direkt ins Gesicht.

Er wusste, wem er da über den Weg gelaufen war, und schreckte dennoch zurück: Das Vertraute, verzerrt durch den unvertrauten Rahmen, hatte sich in eine Perversion verwandelt. Angewidert bleckte er die Zähne.

Xu Das Tod konnte sie ihm nicht vorwerfen, das wusste sie. Er war sterbenskrank gewesen, ehe Jiao einen Keil zwischen Ouyang und sie getrieben hatte. Er hatte jedoch aufgehört, auf sie zu vertrauen; hatte sein Wissen über sie als Waffe gegen sie eingesetzt; hatte Ouyang bis zuletzt an dem falschen Glauben festhalten lassen, dass sie nichts weiter sei als ihr Leib.

Weil er sich einbildete, sie zu kennen, wollte er vereiteln, was sie zu erreichen suchte. Sie niederhalten, weil er sich einbildete, er kenne ihren Platz.

Doch Zhu würde Kaiser werden – nicht trotz, sondern aufgrund ihres Wesens.

Sie blickte Jiao an und erkannte mit einer bis dahin ungekannten Gewissheit, welche Genugtuung sein Tod ihr sein würde. Keine Erwähnung würde er in den Geschichtsbüchern finden, die sie schreiben würde.

»Jiao Yu«, sagte sie. »Nachdem du mich verraten hattest, hättest du lieber fliehen sollen!«

23

Jiao Yu raffte seine schwarze Beamtenrobe und rannte los. Aber er floh nicht voller Angst. So schnell er konnte, rannte er auf den fernen Mittelpunkt der Palaststadt zu. Auf den Großkhan.

Bis Zhu aufgesprungen war und ihm nachsetzte, war er schon um die nächste Ecke gebogen. Es war das erste Mal, dass sie als Frau rannte, und rasch wurde ihr klar, dass ihre Dienstmagdkluft nicht dafür gemacht war. Die Schühchen füllten sich mit Sand, und die bauschigen Röcke bremsten sie wie ein aufgeblähtes Segel. Es war, als rannte man in einem Albtraum. Während sie sich vorwärtskämpfte, zog sie ihre Holzhand von der Handgelenkskugel, sodass der metallene Erl hervorstakte. Das Ende war eher eine flache Zunge als eine Spitze, aber wenn sie mit genügend Kraft zustach ...

Als sie um die Kurve bog, sah sie gerade noch, wie Jiao gemächlich in einen Durchweg zwischen zwei Gebäuden trat. Keuchend blieb sie stehen. Der Durchweg führte auf eine der Hauptstraßen der Palaststadt. Sie war hell und gut bewacht – und führte ganz bis zur Residenz des Großkhans auf der Rückseite der Halle des großen Glanzes. Jiao wusste genau, dass sie ihn auf dieser Straße nicht verfolgen konnte, wenn sie sich nicht verraten wollte. Sie konnte ihn weder abfangen noch aufhalten. Er fühlte sich so sicher, dass er nicht einmal mehr rannte.

Er glaubt, er hat gewonnen.

Die selbstgefällige Arroganz erfüllte Zhu erneut mit Zorn. Hätte sie dem Gefühl eine stoffliche Gestalt verleihen können, es hätte ihn wie einen Käfer zerquetscht. Ihr Verlangen, ihn zu verletzen, fühlte sich frisch an, als schlüpfte man in eine neue Haut. Dunkelheit und Wildheit empfingen sie. Sie wollte Jiao mit den Zähnen die Leber herausreißen. Trotz seiner Arroganz hatte sie ihn damals verschont, doch er hatte sich nie vor ihr verneigt, nie die Legitimität ihrer Herrschaft anerkannt, sondern lieber so getan, als verfolgte er seine eigenen Interessen, die sich zufällig mit ihren überschnitten. Jahrelang hatte sie das hingenommen, aber jetzt sollte er begreifen, dass er gescheitert war, und sie wollte ihm dabei ins Gesicht sehen. In seinen letzten Augenblicken auf Erden sollte er erkennen, dass er doch nicht der Klügste von allen war.

Zhu schob die Hand wieder aufs Gelenk und dachte angestrengt nach. Schneller, als ein Räucherstäbchen abbrannte, würde Jiao die Stufen zur Residenz des Khans hinaufgestiegen gesein. Er war ein Beamter mit einem dringenden Anliegen; die Wachen würden ihn nicht abweisen, nicht einmal zu so später Stunde. Sie konnte ihn nicht aufhalten.

Aber jemand anderes konnte es.

Jemand, von dem Jiao nichts wusste und der bereits in der Residenz des Großkhans weilte. Es war Zhus letzte Möglichkeit, Nachrichten abzufangen, die den Großkhan nicht erreichen sollten.

Noch während die Idee Gestalt annahm, rannte sie los, nicht Jiao hinterher, sondern in die entgegengesetzte Richtung. Ma konnte verhindern, dass Jiao zum Großkhan gelangte, aber nur, wenn Zhu es schaffte, sie rechtzeitig zu warnen.

Es war nicht weit zurück zur Residenz der Kaiserin, aber Zhu war sich des Verstreichens der Zeit überdeutlich bewusst.

Die Residenz leuchtete wie eine Laterne. Im Vorderzimmer wartete die Herrin Zhang noch immer auf den Großkhan, der nicht kommen würde. Doch Zhu ging nicht hinein, sondern umrundete das Gebäude und schlüpfte in den Garten, wo die Voliere mit den Geschenken der Herrin stand. Die edlen Vögel mochten nicht mehr viel gemein haben mit ihren Ahnen, die Nachrichten transportiert hatten, doch sie würden sich noch erinnern, dass sie in der Residenz des Großkhans geschlüpft und aufgewachsen waren.

Das Licht in der Residenz hatte die Tauben wach gehalten. Sie gurrten in ihren Nistkästen und wanderten ruhelos zwischen den Büschen umher. Zhu hatte keine Zeit, länger nachzudenken, und hiernach wüsste sie nichts weiter zu tun. Sie konnte bloß ihre Warnung schicken und darauf vertrauen, dass Ma enträtselte, von wem sie kam – und handelte.

Zhu riss die Tür der Voliere auf, und die Vögel stoben auf.

☯

Ein dumpfes Geräusch, das von draußen zu kommen schien, weckte Ma aus leichtem Schlaf. Es klang so ähnlich wie Regen, aber doch anders: ein trockenes, wogendes Schwirren, das anstieg und abebbte wie Meeresrauschen. Darüber erhoben sich Männerstimmen. Die Innenhofwachen.

Ma schlüpfte aus dem Kokon der Bettvorhänge, begleitet von der Übelkeit, die sie nun immer empfand, wenn sie aufstand. Das runde Fenster hinter dem Schreibtisch des Großkhans war nicht dafür gemacht, weit aufgestoßen zu werden. Sie schob es spaltbreit auf, und eine Woge stechend kalter Nachtluft rollte herein. Das Rauschen war weich und schwer.

Zuerst sah sie nichts als Helligkeit und Bewegung. Der Nachthimmel war von einem weißen Strudel verschluckt worden, einem wirbelnden Schneesturm. Beim Zuschauen wurde ihr schwindelig, und der Boden schien zu schwanken. Sie wankte und fing sich würgend wieder. *Motten,* dachte sie benommen. Sie schienen zu groß und auch zu zahlreich, aber was sollte es sonst sein als Zehntausende Motten, die dem Ruf der Lichter gefolgt waren, um hier zu sterben?

Als Bogensehnen sirrten, fielen Ma die Wachen wieder ein. Die Männer standen auf den Dachfirsten, schwarze Silhouetten vor der kreisenden Masse, und schossen Pfeile hinein. Weiße Leiber regneten herab.

Das waren keine Motten, sondern Vögel. Einst hatten sie weiß geschimmert wie polierte Jade, das prächtige lockige Gefieder aufgefächert, doch nun bildeten sie rasch einen blutigen, zuckenden Teppich auf dem Innenhof. Die Vögel der Herrin Zhang.

Merkwürdigkeiten hatten nicht immer eine Bedeutung; die Vögel hätten zufällig entkommen sein können. Dennoch verspürte Ma Beklommenheit. Denn diese Art der Merkwürdigkeit war ihr sehr vertraut. Etwas wirkte harmlos und zufällig, doch dahinter spürte man deutlich den lenkenden Verstand. Die Absicht, das Verlangen.

Welche Botschaft war so dringend, dass Zhu sie ihr hatte zukommen lassen müssen, während sie beim Großkhan war?

Es musste etwas geschehen sein, das drohte, den Plan zu vereiteln, und es war so plötzlich passiert, dass Zhu sich nicht anders zu helfen gewusst hatte.

Eine furchtbare Ahnung stieg in ihr auf. Ihr war, als stünde sie auf einem Vorsprung aus Eis über bitterkaltem Wasser. Benommen dachte sie: *Ein Techniker namens Jiao Yu.*

Jiao Yu, der dem Großkhan bereits erzählt hatte, dass Zhu Yuanzhang den Leib einer Frau besaß; der Einzige im Palast, der Zhu erkennen würde, wenn er sie sah.

Sie stand nackt am Fenster, fröstelte vor Kälte und Schrecken und tastete über ihr Haar. Unter den Fingerspitzen fühlte sie den goldenen Phönix.

☯

Ma saß in den Gemächern des Großkhans, den Rücken der Tür zugewandt. Es schien, als wartete sie schon eine Ewigkeit. Sie hätte kein Wort in dem Buch lesen können, dass sie im Schoß hielt, wenn ihr Leben davon abgehangen hätte. Unter dem Tuch, in das sie sich gewickelt hatte, war sie noch immer nackt. Ihre Zähne klapperten vor Kälte und Nervosität. Der Großkhan schlief in seinem Bett hinter den schweren, zugezogenen Bettvorhängen, aber sie hatte keine Ahnung, wie lange er noch schlafen würde. Ihr Herz hämmerte. Hatte sie Zhus Botschaft überhaupt richtig verstanden? Ihr graute davor, dass sie sich irren könnte, aber noch größer war ihre Furcht, dass sie recht behielt. Jeder Augenblick war wie ein Pochen, ein Puls, ein Gebet: *Bitte lass ihn nicht herkommen.*

Die Tür hinter ihr öffnete sich.

Kurz dachte sie, es könnte jemand anderes sein. Ein anderer Beamter, der wegen eines anderen Notfalls herbeigeeilt war, mit dem Ma nichts zu tun hatte.

Dann sagte Jiao Yu: »Edle Dame. Ich bringe Neuigkeiten für den Großkhan.«

Ma hatte ihn noch nie Mongolisch sprechen hören. Es klang, als hätte er es aus einem Buch gelernt. Doch sein Ton war der übliche: kalt und geringschätzig. Vor ihrem geistigen Auge sah sie seinen Mund, überheblich verzogen, den dünnen Bart, das helle, wieselschlaue Funkeln in den Augen.

Sie musste sich zwingen zu sprechen. Ihre Stimme klang hoch und unnatürlich. »Verehrter Minister, der Großkhan schläft.«

Es war hoffnungslos, aber sie flehte ihn dennoch stumm an: *Bitte, Jiao Yu, Tu das nicht. Geh wieder!*

Seine Ungläubigkeit war mit Händen zu greifen. »Gute Dame, ich glaube, Ihr habt mich nicht recht verstanden. Glaubt Ihr, ich käme in die Gemächer des Großkhans, wäre die Angelegenheit nicht dringend? Weckt ihn!« Auf Han'er murmelte er: »Für wen hält sich diese Frau?«

Irgendwie gelang es Ma, aufzustehen. Sie zitterte heftig. Es war, als widersetzte sich ihr Leib ihrem Verstand. Sie wollte so nicht sein, wollte sich nicht so fühlen. Wie sollte sie die Gewaltigkeit und Schrecklichkeit dieser Gefühle auch nur einen einzigen Augenblick im Inneren halten, geschweige denn für immer?

Schlimmer noch als die Schuld war das Wissen, dass ihr Schmerz ihr selbst genauso galt wie Jiao. Dies war ihre Entscheidung gewesen. Sie hatte gewusst, dass es etwas in ihr zerstören würde, wenn sie für Zhu mordete. Das hatte sie *gewusst*! Welches Recht hatte sie also, sich selbst zu bemitleiden?

Aber es schmerzte so viel mehr, als sie erwartet hatte.

Sie drehte sich zu ihm um. Ließ ihn ihr Gesicht sehen. Weinend sagte sie: »Ich wollte, Ihr hättet an sie glauben können, Jiao Yu.«

Jiao besaß einen scharfen Verstand und erfasste Zusammenhänge immer sehr schnell. Anstatt seine letzten Augenblicke an Schrecken oder Flucht zu verschwenden, öffnete er den Mund, um nach dem Großkhan zu rufen. Doch der goldene Draht, der einst ein Phönix gewesen war, lag bereits um seinen Hals und zog sich zusammen. Aus seinem klaffenden Mund drang nur ein schwaches Ächzen. Mas oberste Dienstmagd zog mit aller Kraft, und die übrigen Mägde eilten aus dem Halbdunkel, um ihn festzuhalten.

Sein Gesicht lief purpurrot an. Die Adern auf seiner Stirn glichen knotigen Baumwurzeln. Er war bloß ein schmächtiger Gelehrter. Vier Frauen hätten genügen müssen, um ihn ruhigzuhalten, doch die Todesangst verlieh ihm neue Kräfte. Er warf den Kopf zurück und schlug der obersten Magd die Nase blutig; dann warf er sich nach links und rechts wie ein Büffel, der Wölfe abschütteln will, Mund und Augen aufgerissen zu einem stummen Schrei.

Bebend zog Ma das Tuch um sich. Wie oft hatte sie einen Mann sterben sehen und gehofft, es möge schnell gehen? Der einzige Unterschied war, dass sie dieses Mal nicht um des Mannes willen hoffte. Sie war halb wahnsinnig vor Verzweiflung. Warum gab Jiao nicht auf? Er sollte endlich sterben! Jeden Moment konnte der Großkhan sich regen; oder die Wachen draußen fragten sich, weshalb es so lange dauerte, eine Konkubine in ihre Decke zu wickeln ...

Die Schühchen der Frauen klopften leise über den Boden, während Jiao sie hierhin und dahin zerrte. Seine Augen quollen ihm aus den Höhlen, das Weiße darin blutrot. Er lehnte sich nach vorn, aber die Frauen zerrten ihn zurück. Da stolperte er heftig rückwärts, und sie krachten alle zusammen gegen eine Ahornholzkommode. Ma kam es vor, als erzitterten die Wände.

»Großkhan! Ist bei Euch alles in Ordnung?«

Die oberste Magd fletschte die Zähne vor Anstrengung. Jiaos Mund öffnete sich noch weiter; so etwas hatte Ma noch nie gesehen. In den Mundwinkeln bildeten sich kleine Risse, und die dunkle geschwollene Zunge hing heraus.

Trotz des Entsetzens gelang es Ma, zurückzurufen: »Eine meiner Mägde hat nicht aufgepasst und ist gestolpert! Ich bestrafe sie später.«

Jiaos Leib krampfte. Als seine Knie endlich nachgaben, ließen die Mägde ihn zu Boden sinken, die Nasenlöcher geweitet vor Anstrengung. Die größte Frau schlüpfte rasch aus ihrer Kluft und ihren Schühchen; die anderen zogen Jiaos Leichnam die schwarze Ministerrobe, den Gelehrtenhut, die Hosen und die Stiefel aus und gaben sie der nackten Frau. Kaum war sie angekleidet, eilte sie aus dem Zimmer, das Gesicht von den Wachen abgewandt. Da die respektvoll den Blick senken mussten, würden sie hoffentlich glauben, der Minister sei an ihnen vorbeigegangen.

Ma und die übrigen Mägde hielten den Atem an und entspannten sich dann, als die Wachen ehrerbietig murmelten und die Schritte der Magd in Jiaos Kleidern sich entfernten.

Rasch, formte Ma mit den Lippen, warf ihr Tuch ab und legte sich auf die entrollte Decke. Die Mägde zerrten die Leiche neben sie. Dann rollten sie sie beide zusammen ein.

Jiao war noch warm. Es hätte sich nicht so anders anfühlen sollen, als neben einem lebenden Menschen zu liegen. Doch Ma sah vor ihrem inneren Auge noch immer seine dämonische dunkle Zunge, die ihm aus dem Schlund quoll, und ihr war nach schreien zumute.

Gedämpft durch die Decke hörte sie, wie die oberste Magd leise an die Tür klopfte, um die Eunuchen hereinzurufen, und sie leise warnte, dass die Decke schwerer sein würde als sonst. Dann wuchteten die Eunuchen die Decke mit einem unterdrückten Ächzen hoch und gingen voraus. Die Mägde folgten; es waren drei statt vier – aber Mägde erregten die meiste Zeit über noch weniger Interesse als Möbelstücke. Keine der Wachen merkte, dass eine fehlte. Und dann waren sie draußen und gingen durch die Palastanlagen, zurück zu Mas Residenz.

Das war ihr Geschenk an Zhu. Eingerollt lag sie in der Decke, Haut an Haut mit der Leiche, und wusste, dass etwas in ihr gemeinsam mit Jiao gestorben war. So wie das Leben, das sie ihm genommen hatte, hatte sie auch sich selbst etwas genommen, und sie würde es nie zurückbekommen.

☯

Zhu trottete hinter der Herrin Zhang her, die rasch die Treppe in der Frühlingshalle hinaufstieg. Ihr Rücken brannte. Am Morgen waren alle Mädge der Herrin geschlagen worden, weil eine von ihnen vergessen hatte, den Riegel vor die Tür der Voliere zu legen. Die Herrin war bereits schlechter Laune gewesen, weil sie am vergangenen Abend vergeblich auf den Großkhan gewartet hatte. Als sie herausgefunden hatte, dass ihre kostbaren Tauben entflogen waren und die Wachen des Großkhans sie erschossen hatten, war sie außerordentlich zornig gewesen.

Prügel zu beziehen, war kein besonders hoher Preis gewesen. Zhu war noch nicht von den Wachen des Großkhans abgeholt worden und hatte auch keine beunruhigenden Gerüchte über die Dame Shin gehört, daher nahm sie an, dass Ma das Problem mit Jiao wenigstens vorerst gelöst hatte, ohne Verdacht zu erregen. Doch sie sorgte sich noch immer. Hatte Ma die Bedrohung durch Jiao nachhaltig beseitigt, oder war es ihr nur gelungen, ihn vom Großkhan fernzuhalten? Trieb er sich immer noch im Palast herum und lauerte nur auf die Gelegenheit, Zhus Plan auffliegen zu lassen? Sie wusste so vieles nicht und hatte keine Möglichkeit, Näheres herauszufinden.

Auf der Frühlingshalle war es kalt. In allen vier Ecken der offenen Terrasse standen riesige Astrolabien. Außerdem gab es eine mechanische Uhr. Von hier oben konnten die Herrin und Zhu über die Mauern der Palast- sowie der Kaiserstadt sehen. Sie gewannen sogar einen Eindruck der ordentlich angelegten äußeren Stadt. An einem trüben Tag wie diesem wirkte Dadus äußere Mauer eher beige als golden. Im Süden zog sich eine Staubfahne über den Horizont.

»Wie nah Zhu Yuanzhang bereits ist!«, sagte die Herrin Zhang und starrte den Staub an. »Mein Gemahl will dieses letzte Hindernis seiner uneingeschränkten Herrschaft mit *meinem* Heer überwinden – und dennoch wagt er es, mich beiseitezuschieben?«

Zhu sah vor dem geistigen Auge ihr eigenes Heer, Yuchun in ihrem Kommandozelt. Die Staubwolke allein erschwerte die Einschätzung, wie bald das Heer mit den Verteidigungstruppen Dadus zusammenstoßen würde. In zwei oder drei Tagen, dachte sie. Höchstens vier. Vier Tage noch, um – Jiao zum Trotz – alles in die richtigen Bahnen zu lenken. Ihr Plan erschien ihr wie ein Stapel aufeinandergeschichteter Steine, der ins Schwanken geraten war. Wenn nichts geschah, um ihn weiter zu destabilisieren, würde er vielleicht gerade lange genug stehen bleiben. Aber eine einzige Windbö oder eine unerwartete Erschütterung, und das ganze Gebilde würde zusammenbrechen.

Unter ihnen wand sich ein kleiner Zug aus Frauen in einen der Innenhöfe. Zhu erkannte Ma, und ihr Herz tatmachte einen Satz. Sie hätte sie am liebsten die Arme geschlossen und gefragt, was sich abgespielt hatte. Aber es würde wohl reichen, ihr ins Gesicht zu schauen. Sie sagte beiläufig: »Schaut, da ist die Dame Shin.«

»In der Tat«, fauchte die Herrin Zhang. Kurz wankte sie auf ihren kleinen Füßen und spähte in den Hof wie ein Adler, der auf ein Kaninchen hinabstarrt. Der wahre Verursacher ihrer Wut mochte außer Reichweite sein, doch hier war eine weichere, saftigere Beute, die darum zu betteln schien, niedergestreckt zu werden. Die Herrin schoss davon.

Zhu musste beinahe rennen, um mitzuhalten. Dabei machte die Herrin winzige Schritte, und ihre Füße zeigten sich nicht einmal, wenn der Wind ihr Gewand bauschte. Sie wirkte wie eine Himmelsfee, die aus der Höhe herabstieg. Als sie auf den Innenhof rauschte, sank Ma hastig auf dic Knie und senkte den Blick.

»Dame Shin«, murmelte die Herrin Zhang. »Wie ich höre, macht Ihr den Großkhan in letzter Zeit sehr glücklich.«

Zhu hatte nur Augen für Ma. Sie war so schön wie eh und je, noch immer offen und verletzlich, doch war ihr eine subtile Veränderung anzumerken. Sie mochte von einer neuen

Erkenntnis herrühren, einem neuen Kummer. Zudem war ihr Haar mit Blumen und einem einfachen Kamm frisiert, nicht mit der Phönixnadel. Als Zhu das sah, wusste sie Bescheid.

Doch wenn Ma ihre einzige Waffe gegen Jiao eingesetzt hatte ... In Zhus Erleichterung, Ma zu sehen, mischte sich ein mulmiges Gefühl. Ihr war, als hätte sie auf einem Bergpfad eine Leiter über eine tückische Felsspalte gelegt, nur um feststellen zu müssen, dass sich vor ihr gleich die nächste auftat. Ma mochte noch immer in der Lage sein, die Gemächer des Großkhans zu betreten und mit ihm allein zu sein, während er schlief. Doch was brachte das, wenn sie keine Waffe mehr hatte?

Zhus Gedanken rasten. Sie hatten immer noch ein paar Tage Zeit. Noch konnte sie Ma zuspielen, was sie brauchte, ehe Yuchun und ihr Heer auf dem Schlachtfeld vernichtet wurden.

Ma warf einen verstohlenen Blick herüber. Wie trauervoll er war ... Um Jiao tat es Zhu nicht leid, das bestimmt nicht. Doch es half nichts. Was Ma für sie getan hatte, würde sie noch ein weiteres Mal tun müssen, ehe das alles ein Ende haben konnte.

»O nein, Dame Shin!«, schnurrte die Herrin Zhang mit bösartiger Zufriedenheit, in der ein Hauch Überraschung lag, als hätte sie nicht erwartet, dass ihr ein solches Geschenk in den Schoß fallen würde. »Hat Euch der Großkhan Eure wunderschöne Haarnadel wieder fortgenommen? Oder seid Ihr inzwischen so kühn, dass Ihr es nicht mehr für nötig haltet, sie zu tragen?«

Zhus Magen krampfte sich zusammen. Damit war zu rechnen gewesen, dass der Herrin die fehlende Haarnadel nicht entgehen würde.

»An Eurer Stelle wäre ich vorsichtig! Dieser Großkhan erträgt Kränkungen nur schlecht. Ihr habt ja gesehen, was aus dem armen Bolud Temür geworden ist! Verliert der Großkhan das Gesicht, weil eine einfache Konkubine sein Geschenk zurückweist, so könnte sie sehr schnell feststellen, dass sie sich seiner Zuneigung nicht so gewiss ist, wie sie dachte.« Die Herrin lächelte katzenhaft. »Männer sind nun einmal wankelmütig!«

Ma bewahrte die Fassung, aber Zhu sah, dass die Drohung Wirkung zeigte. Von sich aus hätte der Großkhan ein fehlendes Schmuckstück vielleicht nicht bemerkt, nicht einmal eins aus solidem Gold, aber nun würde die Herrin dafür Sorge tragen, dass er von der Sache erfuhr. Und wenn Ma nun entweder zugeben musste, dass sie den Großkhan beleidigt hatte, oder gestehen, dass sie so etwas Wertvolles wie die Phönixnadel verloren hatte ...

Gequält starrte Zhu sie an. Sie wollte sich nicht ausmalen, welche Strafen auf diese Vergehen standen. Ma schenkte ihr ein schwaches Lächeln – das eindeutig zu ihrer Beruhigung gedacht war und dem sie daher nicht trauen konnte. Die Herrin Zhang rief ungeduldig: »Komm, kleine Grille!«

Zhu hatte keine Wahl. Sie riss sich los und warf im Gehen noch einen unauffälligen Blick zurück. Was nun zwischen Ma und dem Großkhan geschehen würde, konnte sie nicht beeinflussen. Sie war machtlos.

☯

Es war bereits Morgen. Bald würden die Eunuchen kommen, um die Dame Shin fortzubringen und ihn für den Tag vorzubereiten, aber er gestattete sich, noch einen Augenblick liegen zu bleiben. Im Inneren der Bettvorhänge waren sie in einer Welt in der Welt, abgeschirmt wie ein Wassertropfen, der in einer Vertiefung eines Blattes ruhte. Neben ihm bildete der Leib der Dame Shin einen Mondbogen zum Vorhang hin. Ihr Kopf ruhte auf ihrem Oberarm. Sie wirkte ungewöhnlich geistesabwesend. Er glaubte, ihre Gedanken arbeiten zu hören.

»Bereitet Euch die Kaiserin noch Schwierigkeiten?«

Als sie sich zu ihm umdrehte, sah er, wie beklommen sie wirkte. Er runzelte die Stirn. »Das ist es also.« Er ärgerte sich über sich selbst. Die Dame Shin war im Allgemeinen so gelassen, dass ihm gar nicht in den Sinn gekommen war, sie könnte seinen Unmut fürchten. »Habt Ihr Euch wegen der Haarnadel gesorgt? Es stimmt, die Kaiserin hat verlangt, ich solle Euch bestrafen, weil Ihr sie nicht tragt: Ein Großkhan dürfe eine derartige Beleidigung von einer niederen Konkubine nicht hinnehmen. Offenbar stellt dies eine fürchterliche Bedrohung für meinen Ruf dar.«

Sie versteifte sich nur noch mehr. Halb belustigt, halb ungeduldig sagte er: »Ach, nun kommt aber. Ihr habt doch sicher nicht geglaubt, ich würde Euch einer derartigen Lappalie wegen zu Tode prügeln lassen! Wie sollte ich denn meinen Ruf noch weiter beschädigen? Es kümmert mich nicht, ob Ihr die Nadel tragt oder nicht. Das habe ich der Kaiserin ebenfalls gesagt. Wenn sie auch nicht gerade froh war, es zu hören.«

Er nahm sie in die Arme. Vielleicht hatte sie doch geglaubt, er würde sie schlagen lassen, denn nun sah sie aus, als wäre ihr richtiggehend übel. Er versuchte, sie zu beruhigen. »Wenn die Kaiserin so darauf aus ist, Euch zu belästigen, dann kommt mit mir in den Sommerpalast! Sie lasse ich in Khanbaliq bleiben. Ich bilde mir nicht ein, dass sie die Zeit nutzen wird, um über ihr Benehmen nachzudenken, aber wenigstens werden wir ein paar Monate lang Ruhe haben.«

»Ihr wollt Khanbaliq verlassen?« Sie war überrascht. »Aber was ist mit Zhu Yuanzhang? Glaubt Ihr, dass Ihr ihn so rasch besiegt, wenn er die Stadt erreicht hat?«

»Ihn besiegen? Das klingt ja, als hätte ich vor, gegen ihn zu kämpfen!« Die bloße Vorstellung erfüllte ihn mit Verachtung. »Eine Schlacht gewinnen zu müssen, ist der am wenigsten effiziente Weg, einen militärischen Sieg zu erringen. Gern verzichte ich auf die Ehre einer Schlacht, wenn ich den Feind in die Knie zwingen kann, ohne dass meine Soldaten kämpfen müssen.« Durch den Spalt zwischen den Bettvorhängen fiel nun etwas mehr Licht. Umso düsterer blickte er dem kommenden Tag entgegen. »Am besten schlägt man einem Heer den Kopf ab. Es mag nämlich noch so gut organisiert sein, ohne seinen Anführer zieht es nicht in die Schlacht, denn der hat als Einziger die Vision, wozu all das Kämpfen dient. Schaut Euch nur an, was aus der Armee der Zhangs wurde, nachdem General Zhang umgekommen war! Im Fall von Zhu Yuanzhang wird es genauso sein. Deshalb habe ich vorletzte Nacht eine kleine Einheit ausgeschickt, die sein Lager infiltrieren und ihn aus seinem Kommandozelt holen sollte. Gestern habe ich dann die Nachricht erhalten, dass die Männer Erfolg hatten. Sie dürften ihn im Laufe des Tages in die Hauptstadt bringen. Und hört sein Heer erst von der warmen Begrüßung, die ich ihm bereitet habe, dann legen seine Männer ihre Waffen nieder, das garantiere ich euch.«

»Ihr habt Zhu Yuanzhang gefangen genommen?«, fragte die Dame Shin in merkwürdigem Ton. Im Zimmer war es kühl, aber zwischen ihnen schien die Luft plötzlich feucht, als würde ihr jeden Moment der Schweiß ausbrechen. Allerdings wurde Frauen zu bestimmten Zeiten im Monat schnell einmal heiß.

Er warf die Decke zurück, um ihnen beiden etwas Kühlung zu verschaffen. Dann kam ihm ein Gedanke. »Erinnert Ihr Euch an das Gerücht, Zhu Yuanzhang sei eine verkleidete Frau? Es war nichts daran, wie sich herausgestellt hat. Meinem Trupp zufolge hat er alle Glieder, die ein Mann haben sollte – bloß eine Hand fehlt ihm –, aber es soll ein Wunder sein, dass er überhaupt noch lebt. Die Wunde ist noch immer nicht gut verheilt und hat noch geblutet, als meine Männer ihn ergriffen haben.« Verwundert schüttelte er den Kopf. »Mir ist schleierhaft, weshalb der Arbeitsminister diese lächerliche

Behauptung aufgestellt hat. Gestern habe ich nach ihm schicken lassen, damit er sich erklärt, aber die Eunuchen konnten ihn nicht finden. Sie waren der Ansicht, er könnte die Stadt verlassen haben.«

»Ist es wirklich notwendig, Zhu Yuanzhang hinrichten zu lassen?« Die Dame Shin klang so heiser, dass er sich nun doch fragte, ob sie krank wurde. »Ihr habt ihn doch ohnehin in Eurer Gewalt; würde es Eurer Sache nicht ebenso dienen, ihn öffentlich seine Kapitulation eingestehen zu lassen?«

Was für eine fremdartige Idee: dass er Zhu Yuanzhang hinrichten lassen *könnte,* sich aber dagegen entschied. Es fiel ihm schwer, es sich auch nur vorzustellen. »Ich kenne kein Erbarmen, Dame Shin. Das wisst Ihr doch.«

Direkt vor den Bettvorhängen stand in einer hohen blauweißen Vase ein dichter Strauß aus belaubten Pflaumenbaumzweigen. Die Blätter hatten die venöse Farbe der Beamtenroben. »Aber warum nicht?« Ihre plötzliche Leidenschaft, noch immer gefärbt von der sonderbaren Heiserkeit, überraschte ihn. »Warum überwindet Ihr Euch nicht und habt Erbarmen? Ich weiß nicht, wer aus Eurer Vergangenheit Euch das Gefühl gegeben hat, Ihr müsstet so sein wie jetzt. Jene Menschen müssen Euch viel bedeutet haben, auch wenn sie Euch verletzt haben. Aber nun sind sie nicht mehr. Ihr seid der Großkhan. Wer auf der Welt sollte Euch noch verwehren, der zu sein, der Ihr sein wollt?«

Sie breitete ihre kleine Hand über sein Brustbein. Gegen Gewalt wusste er sich zu verteidigen, doch die Sanftheit ihrer Berührung drang widerstandslos in ihn ein. Es war, als griffe sie durch sein unzulängliches Fleisch in das schwarze Meer in seinem Inneren – als gäbe es dort etwas zu finden. »Ihr könnt den Schmerz loslassen und an der Liebe festhalten.«

Mit bebendem Herzen starrte er sie an. Das Schlimmste war, dass sie eindeutig glaubte, was sie sagte, obwohl sie das

Unmögliche verfocht. Zu wünschen, alles wäre anders, war ebenso zwecklos, wie diesen Wunsch auszusprechen. Es war zu spät. Wissentlich war er in die Finsternis getreten und darin versunken. Er hatte die ganze Welt in einen Orbit gezwungen, dessen Mittelpunkt er selbst war. Veränderungen waren nicht länger möglich. Seine Wandlung war bereits vollendet.

Als hätte sie seine Gedanken gelesen, sagte sie eindringlich: »Es ist möglich!« Wie konnte Weichheit nur so stark sein wie ein Hafendamm? »Das weiß ich, weil Ihr diese Wahl jedes Mal trefft, wenn Ihr mit mir zusammen seid. Ihr tut mir nicht weh. Ihr seid nicht grausam zu mir.«

Aber das hatte mit der Zukunft nichts zu tun. Wer er war, wenn sie zusammen waren, gehörte in die Vergangenheit. Es war die zeitweilige Wiederbelebung eines Mannes mit einem Namen, der fähig gewesen war, zu lieben und geliebt zu werden. Ein Schatten. Eine Erinnerung.

Gequält sagte er: »Nichts hiervon ist wirklich.«

Sie verspannte sich, und jäh hatte er das Gefühl, dass sie sich vor ihm zurückzog. Das versetzte ihm unvernünftigerweise einen Stich. Offenbar hatte er gewollt, dass sie es abstritt. Trotz allem, was er über sich selbst und die Welt wusste, hatte er sich danach gesehnt, dass sie ihm widersprach: Das hier sei wirklich; was er empfand, sei wirklich. Er hatte auf das Unmögliche gehofft, ohne überhaupt zu wissen, dass er Hoffnung hegte, bis sie zermalmt worden war wie ein Samenkorn zwischen Steinen.

Was für ein Narr er doch war. Er machte sich von ihr los, setzte sich auf und lächelte höhnisch. »Redet Euch nicht ein, es sei Liebe, nur weil ich jede Nacht nach Euch schicke. Ihr seid eine bequeme Einschlafhilfe, Dame Shin. Das ist alles.«

Doch die Erschöpfung, die er nun spürte, ließ sogar das zur Lüge werden. Er hatte sich so daran gewöhnt, gut zu schlafen, dass ihm eine einzige unruhige Nacht lange nachhing. Bei dem

Gedanken verspürte er Unbehagen. Er war nicht sicher, worum es sich handelte: die vage Erinnerung an einen schlechten Traum oder etwas, was er mitangehört, aber wieder vergessen hatte. Nicht letzte Nacht, als er von Zhu Yuanzhangs Gefangennahme erfahren hatte, sondern ...

»In der Nacht, als der Kaiserin die Vögel entflogen sind, ist da etwas passiert? Ich dachte, ich hätte etwas gehört ...« Er durchwühlte sein Gedächtnis, zunehmend sicher, dass es eine Erinnerung war. »Ich dachte, ich hätte Leute im Zimmer gehört. Und als ich am Morgen aufgestanden bin, wart Ihr fort. Und da war ...«

Er war mit dem bloßen Fuß in etwas Klebriges getreten, hatte einen Blick auf seine Fußsohle geworfen, und ein heftiger Schreck war in ihn gefahren. »Blut.«

Als er sie anschaute, zuckte sie zusammen – und aus jener Dunkelheit in ihm, die schrecklich war und daher in allem Schreckliches sah, stieg die Überzeugung auf, dass sie ihm etwas verheimlichte. Ihr Gesicht, ohnehin schon ungewöhnlich blass, war nun so weiß, wie er es noch nie gesehen hatte. Leise fragte er: »Was ist hier geschehen, Dame Shin?«

Ein dumpfer Druck lastete auf ihm, als wäre er tief unten auf dem Meeresgrund, verschloss ihm auch die Ohren, sodass er zuerst nicht hörte, was sie sagte. Verzweifelt stieß sie die Worte noch einmal hervor, als wüsste sie, dass sie jemanden zu erreichen versuchte, der so wenig vernunftbegabt war wie ein Stein. »Ich bin schwanger.«

Die Worte trieben sinnlos zwischen ihnen in der Luft.

Dass er nicht reagierte, versetzte sie in Panik. »Die Vögel hatten mich erschreckt. Ich wollte weiterschlafen, aber da war so ein Schmerz. Ich merkte, dass ich blutete. Ich bin aufgestanden, aber mir wurde schwindelig, und dann bin ich hingefallen. Ich hatte Angst, etwas sei nicht in Ordnung, ich hätte vielleicht eine ... Deshalb bin ich so überstützt aufgebrochen.«

Sie redete weiter, entschuldigte sich dafür, dass sie ihn in seinem Schlaf gestört hatte, aber er wurde einen törichten Gedanken nicht los: dass es nicht sein könne. Er sollte etwas erschaffen haben, nachdem er sich zu einem Zerstörer gemacht hatte? Unglaublich! Und doch spürte er, wie sich die unveränderliche Welt um ihn herum veränderte. Er war ein Anker, der eine Furche in den Meeresboden zog, drauf und dran, vom Sturm über den Wellen losgerissen zu werden. Er stieß hervor: »Was ist mit dem …«

Kind. Seinem Kind. Es war nicht möglich, und doch war es geschehen, denn irgendetwas hatte sich verändert.

Sie sagte, es sei nicht ungewöhnlich, am Anfang zu bluten; es habe wieder aufgehört, und dem Arzt zufolge entwickle sich alles normal. Es war ihm unbegreiflich. Er brauchte Luft, doch ihm graute vor dem nächsten Atemzug und den Empfindungen, die er mit sich bringen würde.

Es klopfte, und sie zuckten beide. Sein oberster Eunuch rief durch die Tür: »Dürfen diese Unwürdigen hereinkommen, um den Großkhan für den Tag vorzubereiten?«

Als er höchstpersönlich die Tür aufriss, fuhren die versammelten Dienstboten im Korridor erschrocken zusammen. »Eure Hoheit! Wir hätten doch …«

Er schritt an ihnen vorbei und beachtete ihr Flehen nicht, sich von ihnen helfen zu lassen. Seine Schlafgemachsrobe flatterte ihm wenig hoheitsvoll um die bloßen Knöchel. »Lasst die Dame Shin von ihren Dienstboten abholen.« Er hatte keine Ahnung, wohin er wollte oder was er fühlte. »Ich muss … Ich muss gehen.«

»Er wollte kein Wort gegen sie hören!«, schimpfte die Herrin Zhang, während Zhu ihr die Augenbrauen mit einem feinen Kamelhaarpinsel nachzeichnete. Die Vögel in den Käfigen über ihnen zwitscherten.

Es gab Zhu einen merkwürdigen Stich. Sie erinnerte sich daran, wie die Herrin ihren flammenden, hungrigen Blick über Zhus und ihr eigenes Heer hatte schweifen lassen. Zhu war ehrgeizig gewesen, aber die Herrin nicht weniger. Nun war sie die mächtigste Frau der Welt; dennoch saß sie abgeschoben in ihrem goldenen Käfig und musste darum kämpfen, dass ein launenhafter Mann ihr ihren Stand zubilligte.

»Er hat sie nicht einmal bestraft?«

Gereizt zuckte die Herrin mit den Schultern. »Das hat er rundheraus abgelehnt! Ist sie ein Fuchsgeist, dass sie ihn so bezaubern kann? Er ist Vernunft nicht mehr zugänglich! Jemanden wie sie besteigt man wie eine Zuchtstute; man verbringt nicht seine ganze Zeit mit ihr! Ich sollte wirklich nach einem Exorzisten schicken.«

Zhu musste sich beherrschen, um ihre Hand stillzuhalten und nicht die Schminke zu verschmieren, so erleichtert war sie, dass Ma nicht bestraft worden war. Die Herrin keifte weiter, und Zhus Gedanken schweiften zurück zu ihrem herannahenden Heer. Sie hatte noch immer weder eine Waffe für Ma noch eine Möglichkeit, sie ihr zukommen zu lassen, und nun waren höchstens noch zwei Tage übrig, ehe Yuchun Dadu erreichte. Dann würden sie das Attentat durchführen müssen. Vielleicht konnte Ma den Großkhan um eine weitere Haarnadel bitten, falls er wirklich nicht wütend auf sie war – aber wie sollte Zhu ein Treffen mit ihr arrangieren, um ihr das aufzutragen?

Als Zhu mit der Schminke fertig war, ließ sich die Herrin ihr Schmuckkästchen bringen und nahm nicht die üblichen Haarnadeln aus Jade für den Frühling, sondern ihren kunstvollsten Kopfschmuck heraus.

»Gibt es heute einen besonderen Anlass?«, fragte Zhu überrascht, während sie ihn der Herrin aufsetzte und ihn festzustecken begann.

»Ich habe vielleicht nicht mehr den Befehl über mein Heer«, sagte die Herrin bitter, »aber immerhin erhalte ich noch Berichte. Der Großkhan hat sich nicht damit aufgehalten, auf das Zusammentreffen der beiden Heere zu warten. Er hat eine Truppe ausgeschickt, um Zhu Yuanzhang lebendig zu ergreifen. Letzte Nacht ist es gelungen. Gerade wird er in die Stadt gebracht. Für heute Nachmittag hat der Großkhan die öffentliche Hinrichtung angesetzt.«

Zhu war so erschüttert, dass sie mit einer Haarnadel zu fest zustach. Die Herrin schrie auf. Sie hob eine Hand, um Zhu zu schlagen, entschied sich dann aber dagegen und lächelte sie großmütig an. »Wie ungeschickt du doch bist mit deiner schrecklichen Verstümmelung! Aber ich vergebe dir deine Abgelenktheit. Immerhin wirst du nun endlich sehen, wie Zhu Yuanzhang seine gerechte Strafe ereilt!«

Zhu hörte ihr kaum zu. Ihr war schwindelig vor Entsetzen. Nicht nur, weil Yuchun gefangen genommen worden war und in die Stadt gebracht wurde, um dort zweifellos auf die spektakulärste Art und Weise hingerichtet zu werden, die der Großkhan sich hatte ausdenken können. Nein, wenn die Truppe Yuchun ergriffen und nicht gleich erkannt hatte, dass er nicht Zhu war …

Vor ihrem inneren Auge sah sie Yuchun, der begriff, dass Angreifer soeben seine Wachen überwältigt hatten, und sich selbst die rechte Hand abschlug, um die Täuschung aufrechtzuerhalten, dass er Zhu Yuanzhang sei.

Traurigkeit spülte über sie hinweg und mischte sich mit ihrer heftigen Trauer um Xu Da, bis der Schmerz kaum noch zu ertragen war. Sie selbst war zwar geschickt, aber nie herausragend mit dem Schwert umgegangen. Yuchun hingegen war der begabteste Kämpfer einer ganzen Generation junger Nanren. Zhu hatte eigens für seine Ausbildung gesorgt, und er hatte es sichtlich genossen, sein Potenzial auszuschöpfen.

Nun hatte er ihr seine wertvolle Schwerthand geopfert – und in wenigen Stunden würde er für sie sein Leben lassen.

Aber ...

Trotz aller Benommenheit begriff sie: Yuchun war nicht Zhu Yuanzhang. Der Großkhan hatte ihn gefangen nehmen lassen, weil er glaubte, die schauerliche Hinrichtung ihres Heerführers werde den Soldaten, die auf Dadu zumarschierten, die Kampfmoral nehmen. Er glaubte, sie würden sich zerstreuen. Aber er ging von einer falschen Annahme aus. Er mochte nicht wissen, dass er nicht die echte Zhu in seiner Gewalt hatte, aber ihre Männer wussten es. Sie wussten, dass ihr Thronanwärter noch am Leben war.

Wäre sie bereit, Yuchun an ihrer Stelle sterben zu lassen, würde ihr Heer sich nicht zerstreuen. Es würde weiter auf Dadu zumarschieren, und sie behielte ihre zwei Tage, um Ma eine Waffe zu beschaffen und sicherzustellen, dass sie beide es richtig hinbekommen würden, anstatt die Dinge zu überstürzen und vielleicht an ihrem Attentat zu scheitern.

Früher hätte Zhu die Entscheidung getroffen, ohne zu zögern, doch jetzt schwankte sie. Sie dachte an Xu Das schreckliche Qual, an das, was Ma hatte durchmachen müssen, um Jiao aufzuhalten. Sie stellte sich vor, wie Yuchun schreiend einen entsetzlichen Tod starb, wie der Großkhan ihn tagelang am Leben hielt, damit er litt. Würde er dann immer noch sagen, es sei seine freie Wahl, sein Geschenk an sie, damit sie gewinnen konnte?

Aufgewühlt stand sie hinter der Herrin und blickte zu dem runden Fenster in der Trennwand des Zimmers, durch das die Herrin auf einen schön beschnittenen eingetopften Baum schauen konnte, wann immer sie am Schminktisch saß. Plötzlich tauchte eine Magd darin auf. »Kaiserin! Gerade habe ich die Dame Shin in den Gärten gesehen.«

Die Herrin warf ihr einen schneidenden Blick zu. »Und warum sollte mich das interessieren?«

Doch die Magd ließ sich nicht einschüchtern. Sie zitterte vor Aufregung, so wichtig waren wohl ihre Neuigkeiten. »Sie hat sich in die Büsche übergeben!«

Zhu erschrak erneut, aber dieses Mal merkte die Herrin Zhang es nicht: Sie stand so jäh auf, dass die Perlen an ihrem Kopfschmuck wie Hagelkörner klackerten.

Bedrohlich wie eine abgefeuerte Kanone donnerte sie: »Bringt mich zu ihm!«

☯

Wie das Horn eines Qilin erhob sich die verspiegelte Pagode auf der Insel inmitten des Sees in der Kaiserstadt: der Mondpalast. Die Herrin Zhang eilte die hölzernen Stufen im Inneren hinauf, und Zhu folgte ihr mit den übrigen Mägden. Ihr brannten Beine und Brust von den vielen Treppen. Dazu kam der Geruch nach Weihrauch und poliertem Holz: Sie fühlte sich an ihre Novizenjahre erinnert. Nostalgie hatte sie stets verachtet, aber nun übermannte sie plötzlich Trauer. Nicht um das Kloster Wuhuang selbst, sondern um den einzigen anderen Menschen, der diesen untergegangenen Ort noch gekannt hatte. Nun gehörten die Erinnerungen ihr allein, waren in ihr verwahrt wie Sutras in dem hohlen goldenen Buddha im Erdgeschoss des Tempels.

Auf dem obersten Balkon der Pagode stand der Großkhan und blickte zum südlichen Haupttor, durch das der gefangene Zhu Yuanzhang in die Stadt gebracht werden würde. Fünf Stockwerke unter ihm lag der See nun gänzlich ohne Eisschicht da. Die Jagdgründe der Kaiserstadt waren ein Meer aus weiß und rosarot blühenden Baumkronen, eine von Mauern umgebene Oase der Üppigkeit. Was für ein schroffer Gegensatz zu Dadus verbrannter Umgebung und dem Heer im Süden! Um die Lotusblumen-Schmuckelemente auf der Dachkante des Tempels, die sich hoch in den Himmel schwang, tanzten Blütenblätter im Wind. An den Ecken unter allen

Dächern hingen Eisenglöckchen, deren melodiöses Läuten gemeinsam mit den Blütenblättern gen Himmel stieg.

Der Großkhan wandte sich zur Herrin Zhang um. Es schien ihn nicht weiter zu bekümmern, dass sie wie in Raserei auf den Balkon herausgestürmt war. »Seid gegrüßt, kaiserliche Gemahlin!«

Nun, da die Herrin Zhang und der Großkhan beieinanderstanden, sah Zhu, dass er größer war, als sie gedacht hatte. Seine schwarze Robe und der Haarknoten in der hohen goldenen Spange verstärkten diesen Eindruck noch. Die goldenen Drachen auf dem Gewand stachen nicht besonders hervor, sondern schienen vielmehr von der Finsternis verschlungen zu werden. Hätte Wang Baoxiang es darauf angelegt, dachte Zhu, hätte er durchaus männlich wirken können. Doch daran hatte er ganz offensichtlich kein Interesse. Sein weibisches Auftreten war eine bewusste Provokation.

»Ist es wahr?« Die Stimme der Herrin klang schrill vor Zorn. »Ist die Dame Shin schwanger?«

Mokant hob der Großkhan die Augenbrauen. »Alle Anzeichen sprechen dafür.«

»So behandelt Ihr mich? Ich habe Euch alles gegeben! Mein Heer, meine Treue ... Den Thron!«

»Und dafür bin ich Euch dankbar. Doch weshalb sollte Euch die Dame Shin Kopfzerbrechen bereiten? Ihr seid die Kaiserin, und diesen Titel werde ich Euch niemals nehmen. War es nicht das, was Ihr gewollt habt?«

Sie hatte ihm die Welt geschenkt, und im Gegenzug hatte er ihr genau das gegeben, worum sie gebeten hatte. Dass es ihr nun nichtig erschien, kümmerte ihn nicht im Geringsten, worin wohl die größte Grausamkeit lag.

Er schien die Angelegenheit als geklärt anzusehen. »Wir begeben uns nun zur Halle des großen Glanzes«, verkündete er an seine Dienstboten gewandt. »Zhu Yuanzhang soll vor seiner Hinrichtung noch eine Audienz gewährt bekommen. Möge er das Gesicht desjenigen sehen, der ihm den Thron abgejagt hat!« Weder er noch seine Diener gönnten der Herrin Zhang einen letzten Blick. Zhu hörte, wie er auf der Treppe zu seinem obersten Eunuchen sagte: »Reite voraus und sag der Dame Shin, dass sie sich zu mir gesellen soll. Ich möchte sie an meiner Seite haben, wenn ich es zu Ende bringe.«

Da wusste Zhu, was sie tun würde. Es war, als flammte Helligkeit in ihr auf – ein Funke, der auf Stroh fiel und ein Feuer entzündete. Die ganze Zeit hatte sie über eine Waffe nachgegrübelt, obwohl sie gar keine brauchte. Sie brauchte eine *Gelegenheit,* und die bot sich ihr nun, weil sie für den Großkhan so unsichtbar war wie eine Nadel, die man von vorn sah, und weil Ma ihm so viel bedeutete, dass er seinen Triumph mit ihr teilen wollte.

Die Herrin Zhang fiel auf die Knie und brach in Tränen aus. Sie glich einer ungeliebten Puppe, die ein Kind hatte fallen lassen. Dies wäre Zhus Chance gewesen, sich davonzustehlen und in die Palaststadt zurückzukehren ...

Aber sie blieb. Ein unvertrautes Gefühl hielt sie bei der weinenden Frau. Wie groß das Verlangen der Herrin Zhang gewesen war! Sie hatte sich so gemüht, dabei jedoch nicht erkannt, dass sie nicht gewinnen konnte, solange sie nicht aus ihrem goldenen Käfig ausbrach.

»Geht, aber lasst die Kutsche unten stehen«, befahl Zhu den anderen Mägden. »Ich bringe sie zurück, wenn sie so weit ist.« Ihr bestimmtes Auftreten verwirrte die Mägde derart, dass sie widerstandslos gehorchten.

Sie spürte das Unglück der Herrin so deutlich, wie sie auch Xu Das Schmerz mitempfunden hatte. Es war ihr unangenehm, aber sie versuchte nicht, sich davor zu verschließen. Der Wind wirbelte neue Blüten heran und läutete heftig die Glöckchen.

»Selbst wenn General Zhang den Thron gewonnen hätte«, sagte sie leise, »hätte er Euch letztlich im Stich gelassen. Vielleicht nicht so bald wie dieser Großkhan, aber früher oder später doch. Denn auch er hätte schließlich das Offensichtliche begriffen: Aller Fruchtbarkeitstee dieser Welt kann keinen Erben hervorbringen, wenn die Frau, die ihn trinkt, schon zu alt ist, um schwanger zu werden.«

Erschüttert blickte die Herrin zu Zhu auf.

»General Zhang mag im Besitz des Mandats gewesen sein, aber ich glaube nicht, dass er es von sich aus verliehen bekommen hätte. Er war nicht ehrgeizig genug. Ihr habt ihn vorangetrieben. Das Traurige an der Sache: Ihr hättet das Mandat für Euch selbst beanspruchen können! Stattdessen habt Ihr stets nach einem Mann gesucht, den Ihr erheben konntet, weil Ihr glaubtet, nur an der Seite eines Mannes könntet Ihr Macht haben. Doch indem Ihr Euch untergeordnet habt, habt Ihr dieses Schicksal gewählt – ganz gleich mit welchem Mann.«

Weit draußen auf der Ebene im Süden schwenkten Zhus Männer ihre goldenen Fahnen.

»Wer seid Ihr?«, fragte die Herrin schwach.

»Wisst Ihr das wirklich nicht? Wir sind einander schon begegnet. Ihr habt mir angetragen, mich Euch zu ergeben, und ich habe abgelehnt. Warum hätte ich mich einer Frau unterwerfen sollen, die einem Mann untertan ist?«

Die Herrin Zhang öffnete den Mund, schloss ihn jedoch sogleich wieder. Sie brachte es nicht über die Lippen.

Nun, da Zhu vor ihrer besiegten Rivalin stand, wurde sie wieder sie selbst. Wie wunderbar das war, berauschend geradezu, das Elend des Nichts-Seins abzustreifen und aufs Neue all ihre Möglichkeiten vor sich zu sehen! »Ja, ich bin es. Und nun sprecht meinen Namen. Sprecht ihn, ehe ich den Thron besteige, und Ihr ihn nie wieder sagen dürft.«

»Unmöglich!«, sagte die Herrin; es schien sie große Mühe gekostet zu haben, das Wort hervorzustoßen. »Zhu Yuanzhang hat das Himmelsmandat!«

»Warum sollte es unmöglich sein? Weil ich kein Mann bin?« Zhu streckte die Hand aus und ließ die weiße Flamme aus ihrer Handfläche schlagen. »Ich habe das Mandat, weil ich geglaubt habe, ich könnte es haben!«

Sie löschte die Flamme, hielt die Hand jedoch weiter ausgestreckt, damit die Herrin sie ergreifen konnte. »Ich möchte Euch dasselbe Angebot machen wie Ihr einst mir: Ergebt Euch. Folgt mir, dem neuen Kaiser dieses Reichs!«

Doch die Miene der Herrin war wild. »Euch soll ich folgen?«, fauchte sie. »Einem Zwitter, weder Mann noch Frau? Ihr seid abstoßender als ein Eunuch! Grundlos weigert Ihr Euch, den Euch zugewiesenen Platz unterm Himmel einzunehmen! Ein Mensch, der seinen Platz nicht kennt, ist nichts weiter als ein Tier! Wie solltet Ihr des Throns je würdig sein?«

»Ich beanspruche meinen Platz selbst.« Zhu schaute über die Mauer der Palaststadt, hin zu den kristallen schimmernden Dächern der Halle des großen Glanzes, im Herzen der Welt, wo sie hingehörte. »Und verwehrt ihn mir die Ordnung der Welt, so werde ich sie eben ändern!«

Das Gelächter der Herrin Zhang war rau und schrecklich. Kurz sah Zhu unter der Ablehnung ihr Entsetzen. Dann sprang die Herrin sie an, fauchend und kratzend wie eine Katze.

Ihre Metallklauen ritzten Zhus Stirn, doch sie drehte sich bereits zur Seite, und der Schwung der Herrin war zu groß, als dass sie mit ihren winzigen Füßen das Gleichgewicht hätte wahren können. Sie stolperte an Zhu vorbei. Einen Moment hielt das Geländer sie noch, und ihre Arme drehten sich wie Windmühlenflügel, als könnte sie genug Entschlossenheit aufbringen, um der Schwerkraft selbst zu trotzen.

Dann stürzte sie.

Zhu eilte zum Geländer und schaute nach unten. Aus den brennenden Kratzern auf ihrer Stirn war ihr Blut ins linke Auge gelaufen, und sie sah alles durch einen durchsichtigen roten Schleier. Der Anblick war so erschütternd, dass sich ihr das Herz zusammenzog. Auf den Felsen unter den fünf geschwungenen Dachkanten, von denen keine weit genug vorragte, um eine stürzende Frau aufzufangen, lag die Herrin wie eine zerbrochene Puppe. Die Schühchen waren ihr von den Füßen geflogen; das bemalte Gesicht war jedoch unbeschädigt, und der Haarschmuck glitzerte prachtvoll im Frühlingssonnenschein.

29

Ma verneigte sich vor dem goldenen Drachenthron auf der Estrade, aber der Großkhan stieg zu ihr herab, nahm ihre Hände und sagte: »Ich freue mich über deine Gesellschaft, Dame Shin!«

Die Wachen am Eingang der Halle des großen Glanzes hatten sie nach Waffen durchsucht, daher hatte sie gewusst, dass er allein sein würde. Die große Doppeltür war geschlossen, und es war beinahe dunkel. Runde Laternen hingen wie Monde von der Decke, von Lichthöfen umstanden. Der Blick des Großkhans zuckte immer wieder zu den Wänden. In der Düsternis gewann das Silber der Täfelung die Tiefe von Zinn; Ma sah jedoch nichts weiter darin als ihre verzerrten Spiegelbilder. Allerdings kannte sie den Großkhan mittlerweile gut genug und merkte ihm an, wie ungern er in der Halle war. Was erblickte er hier wohl, das ihr verborgen blieb? Der Gedanke ließ sie erzittern.

»Tatsächlich? Ich dachte, der Großkhan ist zornig auf mich. Wegen des ...«

Sie brachte das Wort nicht über die Lippen, so groß war ihr Bedauern. Er hätte nie von dem Kind erfahren sollen, und wäre

Jiao nicht gewesen, hätte sie ihm auch nichts davon gesagt. Sie hätte das Geheimnis bewahrt. Verborgen in ihrem Schoß hätte sie es durch diese schreckliche Zeit getragen, in eine Zukunft, in der es nichts mehr mit ihm zu tun haben würde.

»Nein, nicht zornig. Aber überrascht, das muss ich gestehen. Die Vorstellung, dass ich einmal Va…«

Er hielt sie fest, als könnte sie ihm entschlüpfen. Seine Hände waren das Weiblichste an ihm, und seine anmutigen Finger zogen Mas Blick beinahe magisch an. Doch nun stellte sie erschüttert fest, wie groß sie waren. Sie musste daran denken, wie es gewesen war, Zhus kleine Hand zu halten, mit wie viel Freude sie das geheime Wissen erfüllt hatte, dass sie einander gleich waren.

»Meinen leiblichen Vater habe ich nie kennengelernt«, sagte er. Den Kopf hielt er gesenkt. So fiel die Nan-Form seines Gesichts weniger auf; dafür trat der lange schräge Schwung seiner Augen mit der einfachen Oberlidfalte deutlicher hervor. Ma hatte ihn noch nie mongolische Zöpfe tragen sehen, konnte es sich in diesem Augenblick aber sehr gut vorstellen.

»Der ehemalige Fürst von Henan war in jeder Hinsicht mein Vater. Er nahm mich an Kindes statt an, zog mich auf und hatte die Erwartungen eines Vaters an mich. Dass ich nicht sein leiblicher Sohn war, vergaß er nie. Aber welcher Mann würde nicht hoffen, dass ein Kind, aufgewachsen unter seinem Dach, einst die Werte verkörpern würde, die ihm am Herzen liegen? Ihn im Alter stolz machen? Mein Bruder war so wohlgeraten. Mein Vater wird wohl geglaubt haben, er bekäme es noch einmal so gut hin.

Lange habe ich versucht, es ihm recht zu machen. Aber ich war ihm zu ängstlich, brach zu rasch in Tränen aus, und meine Interessen waren ihm zuwider. Er glaubte immer, ich gäbe mir keine Mühe; denn hätte ich mich wirklich angestrengt, dann hätte ich ja gewiss Erfolg gehabt – wie mein Bruder Esen. Also hat er mir den Rücken gekehrt.«

Seine Diener hatten ihn so glatt rasiert, dass nicht der schwächste Bartschatten auf seinem Kinn zu sehen war. Seine tränenförmigen Mandala-Ohrringe waren nach vorn geschwungen; auf Perlen und Gold schimmerte schwach das Licht. Schön, aber maskulin. Ma erinnerte sich an ihren eigenen Semu-Vater, der vor langer Zeit in dieser Stadt Ohrringe zu seiner Generalsrüstung getragen hatte. Doch da Zhus Gefolgsleute alle Nanren waren, sah Ma immer nur Frauen Ohrringe tragen. Der Hals des Großkhans über seinen vier Krägen war beschattet wie eine Orchidee.

»Ich habe es ihm gleichgetan«, sagte er müde. »Und auch von meinem Bruder habe ich mich abgewandt, denn er war für meinen Vater ja der vollkommene Sohn. Ich habe alles von mir gewiesen, was ihnen lieb und teuer war. Selbstverständlich war ihnen Familie wichtig. Ein Mann braucht Söhne! Daher ist mir nie in den Sinn gekommen, ich könnte eines Tages Vater werden. Ich muss es mit allem anderen zusammen aufgegeben haben.

Aber dann ... Dann bin ich dir begegnet.«

Er strich mit dem Daumen über Mas Handrücken. Und dann, zu ihrer Überraschung, lächelte er. Es brach ihr das Herz. Sein Lächeln hielt sich jedoch nicht. Als seine Oberlippe an einem schiefen Eckzahn hängenblieb, merkte er, was er tat, und wirkte so befangen, als wäre er bei einer Albernheit erwischt worden. Die Reaktion eines verletzlichen Menschen. Eine zärtliche Traurigkeit bemächtigte sich Mas.

»Ich war der Untergang eines ganzen Reichs und dachte, zu etwas anderem sei ich nicht nütze. Ich meinte, ich hätte aufgegeben, was ich immer am meisten geschätzt habe: die Fähigkeit, etwas zu erschaffen. Ich konnte nicht mehr schreiben, nicht mehr malen. Doch dann hast du mir dieses Geschenk gemacht, Dame Shin. Das Geschenk der Zeugung. Nun kann ich hoffen, nicht bloß Schmerz und Verzweiflung auf die Welt zu bringen, sondern noch etwas anderes. Die Vergangenheit kann ich nicht ändern, nichts ungeschehen machen – aber ich kann eine neue Zukunft schaffen!

Deshalb wollte ich, dass du heute bei mir bist, um das Ende mitanzusehen. Es wird der Beginn unseres Neuanfangs sein!«

Da konnte Ma die Tränen nicht länger zurückhalten. Er musste glauben, dass sie vor Glück weinte, aber das war es nicht. Sie weinte, weil Zhu immer dasselbe gesagt hatte. Von ihr hatte Ma gelernt, dass neuen Anfängen meist eine letzte furchtbare Tat voranging. Erbärmlicherweise war sie dankbar, dass nicht sie diese Tat würde begehen müssen. Es tat ihr weh, zu sehen, wie er sich das Lächeln verbiss – das ihn selbst überraschte, als könnte er nicht fassen, dass er Freude empfand. Doch selbst wenn Zhu und sie entschieden, das Kind zu bekommen: Er würde nicht der Vater sein. Die Zukunft, die er sich vorstellte, würde er nie erleben.

Er sagte etwas in einer Sprache, die sie nicht verstand. Als sie ihn verwirrt ansah, errötete er. »Ist meine Aussprache so schlecht?«

Statt sich zu wiederholen, hob er ihr Gesicht und küsste sie, ganz sanft, auf die geschlossenen Lippen. Ein verspäteter erster Kuss. Die Innigkeit erschütterte sie. Sie spürte *ihn* in diesem Kuss, war ihm so viel näher, als wenn er in sie eindrang. Sein Mund war ihr vertraut geworden. Wie oft zog er diese Lippen zurück, um die Zähne zu blecken, oder presste sie in bitterem Triumph aufeinander, wenn er eine Grausamkeit begangen oder einer zum Opfer gefallen war. Selbst zu jenem schiefen, befangenen Lächeln waren sie in der Lage. Sie wollte es nicht wissen, aber sie verstand sehr wohl, was dieser warme, zarte Kuss zu bedeuten hatte. Doch seine Gefühle stürzten in die unüberbrückbare Schlucht zwischen ihnen, von deren Existenz er nichts wusste. Sie konnten Ma nicht erreichen, die auf der anderen Seite stand.

Es war ein Kuss ohne Zukunft, ein sterbender Kuss. Ihm fehlte der suchende Hunger, den Ma mit Zhu teilte. Zhu mit dem neugieren kleinen Mund … Immer wenn Ma mit ihr zusammen war, erfuhr sie mehr über sich selbst. Gaben sie beide sich hin, dann war es, als suchten und fanden sie einander. So kamen sie sich näher und näher, und nichts stand zwischen ihnen.

Zärtlich strich er ihr eine Haarsträhne hinters Ohr. Sie bog sich ihm entgegen, und die Nähe ihrer Gesichter schuf die Illusion von Zweisamkeit. Doch in Wahrheit war er ganz allein, denn die Dame Shin gab es nicht.

»Eure Hoheit!«

In seine blassen Wangen war Röte gestiegen. Er wandte keinen Blick von Ma, nicht einmal, als er den Wachen draußen zurief: »Ist Zhu Yuanzhang eingetroffen?«

»Noch nicht, Eure Hoheit. Aber eine Magd der Dame Shin ist hier! Sie sagt, sie bringt das Mittel gegen die Übelkeit, um das die Dame gebeten hat.«

Ma hatte gewusst, dass Zhu kommen würde. Kommen musste. Es war wie eine Naturgewalt, wie die Macht des Schicksals – der Anbruch jener Zukunft, die Ma sich wünschte. Doch sie wusste auch, dass diese herannahende Zukunft alles andere auslöschen würde. Mit ihrer verheerenden Helligkeit würde sie den empfindlichen Funken verschlingen, der gerade erst in der Finsternis aufgeglommen war.

»Dame Shin?« Er wollte wissen, ob sie tatsächlich nach dem Mittel geschickt hatte.

Vor Kummer konnte sie nicht sprechen. Sie nickte und spürte, wie ihre Hände ein letztes Mal übereinanderstrichen. Er drückte sanft ihre Finger, das Versprechen, zu ihr zurückzukommen.

Dann stieg der Großkhan wieder zu seinem Thron hinauf. »Sie soll hereinkommen!«

Bevor Zhu die Halle betreten durfte, musste sie einen Schluck des Heilmittels trinken. Außerdem nahmen die Wachen ihr die Holzhand ab. Natürlich war sie sich darüber im Klaren gewesen, dass sie dem Großkhan ohne Waffen gegenüberstehen würde. Sie trat ein und wartete, bis ihre Augen sich an die Dunkelheit gewöhnt hatten. Und wie dunkel es war – finster wie in einer Gruft! Von der Lebendigkeit und Leuchtkraft der dekorativen Zweige mit Frühlingsblättern war nichts geblieben.

Die gewaltigen Holzsäulen mit den Drachenmotiven täuschten über die Leere der Halle hinweg, doch zwischen ihnen stand nur ein einziger Mensch. Ma trug noch immer die weiten Röcke aus Goryeo, aber nicht mehr in den zurückhaltenden Pastelltönen einer niederrangigen Konkubine, sondern im tiefen Blau einer Königin. Die schmückenden Bänder waren karmesinrot. Es wirkte, als hätte der Großkhan sie angewiesen, sich passend zu seinem Triumph zu kleiden. Doch als Zhu auf dem Weg zum Thron an ihr vorbeikam, sah sie, dass Mas Kleidung das einzig Feierliche an ihr war. Ihr Gesicht war aschfahl, und die Hände hatte sie in die steife Seide ihres Rocks gegraben, als hielte sie sich daran fest. Zhus Herz krampfte sich beim Anblick ihres Kummers zusammen. Es mochte Ma erspart bleiben, den Großkhan eigenhändig zu ermorden, doch der Verrat schien sie beinahe ebenso tief zu verletzen. *Nur noch dies, Yingzi,* dachte Zhu, als könnte Ma sie hören. *Nur noch dies eine, dann ist es vorbei.*

Vor den Stufen der Estrade blieb sie stehen und betrachtete den Großkhan, der über ihr auf dem Thron saß und las. Eine Magd war nicht der Beachtung wert. Wahrscheinlich hätte er einem Hund mehr Aufmerksamkeit geschenkt. Gläsern sirrten ihre Mandate, als sie einander streiften. Nach einem Augenblick schaute er auf und runzelte die Stirn.

Sie spürte seinen Ärger. Was hatte sie vor seinem Thron zu suchen? Weshalb störte sie ihn?

»Ihr habt auf mich gewartet«, sagte sie.

Die direkte Ansprache, die frevelhafte Implikation, sie könnten einander gleichgestellt sein, zeigte Wirkung: Es war, als hätte sie ihn angespuckt. »Ist dieser Abschaum des Wahnsinns, so das Wort an den Großkhan zu richten? Du kannst von Glück sagen, dass deine Herrin Uns viel bedeutet, sonst würden Wir dir die Haut abziehen lassen! Gib ihr das Heilmittel und verschwinde.«

Zhu warf das Schälchen. Es hüpfte davon, und Tee ergoss sich in seiner Lache über den Boden. In der Dunkelheit war sie nur deshalb zu sehen, weil sie im Licht schimmerte – heller, als es natürlich gewesen wäre, denn sie reflektierte nicht nur den matten Schein der Laternen, sondern außerdem eine Vielzahl blasser Gestalten. Die Lache schien ein Loch zu sein, durch das man den Taghimmel im Anderswo sah. Das Schälchen rollte in die Richtung weiter, in die Zhu es geworfen hatte, und blieb an der Wand liegen – zu Füßen eines ganz bestimmten Geists.

Es war furchtbar, Ouyang in diesen weißen Lumpen zu sehen. Zhu erinnerte sich gut daran, mit welchem Stolz er seine prächtige Rüstung und die makellosen steifen Kleider getragen hatte. Das offene strähnige Haar hing ihm ins Gesicht; Zhu war dankbar, dass sie es nicht sehen musste. Beim Gedanken an die blutrünstige Bosheit und die gefletschten Zähne der Hungergeister lief es ihr eiskalt über den Rücken. Seine Hand umklammerte den Griff seines zerbrochenen Schwertes, als hätte er es nicht einmal im Tode loslassen können.

Wie ein lautloser klagender Schrei wehte der Schmerz des Geistes heran. *Das* hatte sie gespürt, als sie diese Halle zum ersten Mal betreten hatte: seine Qual, seinen Zorn, seine

Trauer. Sein entsetzlicher *Hunger* brandete gegen sie, und am liebsten hätte sie sich in irgendeiner Ecke klein zusammengerollt. Wie alle gleichartigen Dinge waren Ouyang und sie immer schon durch einen Faden Qi miteinander verbunden gewesen. Doch nun band dieser Faden sie an einem Toten – ein Ungeheuer. Wildes Grauen durchfuhr sie.

Sie riss den Blick von Ouyang los und sah wieder den Großkhan an. Ihm dämmerte, was sie angeschaut hatte. Was sie *sah.*

Nun musterte er sie, nahm den leeren Ärmel zur Kenntnis, aus dem eine Hand hätte hervorschauen sollen, und die Kühnheit, die einer Magd nicht anstand. Sein hohlwangiges Gesicht blieb beherrscht, doch auf den Wangen zeigte sich kurz eine hektische Röte.

»Zhu Yuanzhang.« Er sprach ihren Namen so deutlich, so sorgfältig, als schriebe er ihn in säuberlichen schwarzen Zeichen vor ihr in die Luft, mitsamt dem Schicksal, das sie in diesem selbst gewählten Namen verankert hatte: Sie würde der Grabstein des mongolischen Reichs Groß-Yuan sein, dessen letztes Überbleibsel er war. »Also hat Jiao Yu die Wahrheit gesagt. Ich hatte meine Zweifel.«

Die goldenen Drachen ringelten sich über die Rückwand des Throns und spien mit weit aufgerissenen Mäulern goldene Wolken. So zahlreich waren sie, dass Zhu ihre verschlungenen Leiber nicht auseinanderhalten konnte.

»Ich bin gekommen, um meinen Thron zu beanspruchen«, sagte sie.

»Ach, tatsächlich?« Er umklammerte sein Buch mit weißen Fingern. Abrupt rief er: »Wachen! Zu mir!«

»Wir gehorchen dem Großkhan!«, schrien sie von draußen.

Doch sie kamen nicht herein. Mit Fäusten und Schwertknäufen hämmerten sie gegen die riesigen Türflügel, und die Schläge hallten dumpf durch die Halle, als wäre es eine schwarze Höhle tief im Meer. »Eure Hoheit! Lasst uns ein!«

Ma stand an der Tür: Sie hatte den Riegel vorgelegt. Die verwirrte Miene des Großkhans wich langsam einem Ausdruck vernichtenden Selbsthasses. Zhu hatte nicht gewusst, dass überhaupt Licht in ihm war, bis es erlosch und die Finsternis ihn ganz verschlang.

»Also hat Goryeo mich verraten«, sagte er nach langem Schweigen. »Ich muss zugeben: Das hätte ich nicht erwartet, nicht einmal für das Versprechen der Unabhängigkeit. Der König ist von schwachem Charakter, und zu viele seiner Adeligen empfinden ihr Leben unter der Regentschaft Groß-Yuans als angenehm.«

»Nicht ganz Goryeo hat Euch verraten. Nur eine einzige Frau, die Euren Tod wünscht.«

»Eine ... Ach.« Der Selbsthass wuchs, bis Zhu glaubte, er werde ihn überwältigen; dann nahm er sich jedoch zusammen, was ihn einige Anstrengung zu kosten schien. »Die Herrin Ki. Ich kann nicht abstreiten, dass sie ihre Gründe hat. Das also war mein Fehler.« Dann sprach er lauter, damit Ma ihn gut hören konnte, und seine Stimme zitterte vor Anspannung. »Wie gut du gespielt hast! Und was für ein Narr ich doch war, mir einzubilden, es sei wahr! Stammst du überhaupt aus Goryeo?« Doch sogleich flackerte Schmerz in seinen Augen auf, und er gab die Antwort selbst. »Natürlich nicht. Als ich in der Landessprache zu dir gesprochen habe, hattest du keine Ahnung, was ich gesagt habe. Wer bist du?«

»Darf ich Euch meine Gemahlin Ma Xiuying vorstellen?«, sagte Zhu. »Ich kann Euch nicht vorwerfen, dass Ihr sie so gern habt. Sie bringt das Gute in Menschen hervor. Auch Ihr habt es gespürt, nicht wahr? Dass Ihr Euch zu Eurem Vorteil verändert habt?«

Als sie die Hand ausstreckte, kam Ma zu ihr und umklammerte sie. Sie schluchzte so heftig, es war ein Wunder, dass sie noch atmen konnte.

Das Gesicht des Großkhans war so verzerrt, dass Zhu hätte glauben können, er läge im Sterben. Nach einem Augenblick erhob er sich. Er war so bleich, als hätte er gar nicht genug Blut in den Adern, um sich auf den Beinen zu halten, doch eine Aura der Bosheit umwaberte ihn wie schwarze Wogen. »Hier sind wir nun. Wie wollt Ihr meinem Leben ein Ende setzen, Zhu Yuanzhang? Ihr habt keine Waffe. Erwartet Ihr, dass ich mich mit dem Kopf voran zu Boden stürze, damit ihr über meine Leiche hinweg den Thron besteigen könnt?« Er bleckte die Zähne. »So großmütig bin ich nicht, dass ich ihn Euch einfach überlasse.«

Der Großkhan mochte unmännlich wirken, aber er war größer und schwerer als Zhu. Er würde stärker sein. Außerdem hatte er zwei Hände. In einem brutalen, unmittelbaren Zweikampf, in dem die Gegner sich mit den Ellenbogen die Nasen zertrümmerten, sich würgten und einander mit dem Körpergewicht zu erdrücken suchten, würde er vielleicht gewinnen.

Der Geist hing weiterhin reglos vor der Wand und umklammerte sein zerbrochenes Schwert. Zhu ging zu ihm. Klirrende Kälte drang ihr in die Knochen, doch als sie vor ihn trat, spürte sie etwas weit Schlimmeres: seine erwachende Aufmerksamkeit. Sie musste an die Piratinnen denken, die hinter ihr tot aufs Deck gestürzt waren, weil die Hungergeister ihnen die Lebenskraft gestohlen hatten. Und nun hatte dieses furchtbare, gierige Geschöpf sie bemerkt. Es war nicht mehr Ouyang, sondern nur noch ein Echo seines verzweifelten Verlangens nach Rache.

Nun ging es auf Leben und Tod, und sie zitterte vor Angst. Der Geist konnte sie mit einer einzigen Berührung umbringen. Wusste er noch, welche Bitterkeit, welchen Hass er gegen sie empfunden hatte?

»Herr General«, sagte sie vorsichtig. »Der Mann dort drüben hat Euch ermordet. Ich weiß wohl, dass sonst nichts wiedergutgemacht werden kann: weder was Ihr getan noch was Ihr verloren habt. Doch erlaubt Ihr mir, zumindest Euren Tod zu rächen?«

Sie rief ihre Phantomhand herbei, jene Geisterhand, umrahmt von weißem Feuer. Immer schon hatte sie sich angefühlt, als würde sie brennen, doch als sie sich nun um das Schwert des Geistes schloss, brannte sie kalt wie Eis. Und, oh! Wie kalt es war! Es würde ihr die Lebenskraft entziehen, ihr Herz anhalten. Eine panische Stimme in ihrem Kopf schrie, sie müsse sich beeilen, denn bald schon würde Ouyang den Kopf heben und sie anschauen, und dann würde er seine spitzen Zähne in sie schlagen ...

Sie tat einen Schritt zurück und musste dabei ein bebendes Seufzen unterdrücken. In der leuchtenden Hand hielt sie Ouyangs zerbrochenes Schwert.

Sie erinnerte sich an den verlorenen Kampf gegen ihn, an den Schmerz und das Nichts, das nach ihr gegriffen hatte – und daran, wie sie hinterher sich selbst erkannt hatte. Die helle Flamme in ihrem Inneren. Ouyang hatte das Schwert Vergeltung gebracht. Es hatte seinen Liebsten getötet. Doch Zhu hatte es zu der gemacht, die sie war. Die Klinge hatte sie durchbohrt; sie kannte sie beinahe so gut, als gehörte sie zu ihrem Leib. Das weiße Feuer ihres Mandats, das stets ihre fehlende Hand nachschuf, griff nun auch auf Ouyangs Schwert über: Es lief über die Bruchkanten hinaus, vervollkommnete die Klinge, und bald hielt Zhu kein geisterhaft glimmendes Schwert mehr in der Hand, sondern eins aus reinem Licht.

»Es ist nicht wirklich!«, sagte der Großkhan – angstvoll, denn er wusste natürlich, dass es nicht wirklich sein musste, um ihn zu verletzen.

Zhu hob es empor. Die Flamme war ihre Waffe, war sie selbst, und sie erstrahlte im gnadenlosen Licht der Sonne. »Schau fort, Yingzi! Ertrage nur noch das hier. Diese allerletzte Tat, die es zu Ende bringt.«

Der Großkhan ergriff nicht die Flucht. Er konnte sich nirgendwo verschanzen. Als Zhu auf ihn zugeschritten kam, blieb ihm nur, die Augen mit dem Arm abzuschirmen. Die Haut seines Handrückens und des unbeschatteten Teils seines Gesichts rötete sich und warf Blasen. Licht wog nichts, besaß jedoch Kraft. Zhu zwang den Großkhan auf die Knie, und er schrie vor Schmerz. Hinter ihr weinte Ma, jämmerlicher, als Zhu sie je hatte weinen hören.

Chens Tod hatte Zhu eine gewisse grimmige Befriedigung verschafft, das Wissen um Jiaos Ende erst recht. Doch dieser Großkhan war beiden Männern bei aller Grausamkeit nicht besonders ähnlich. Eher glich er Zhu selbst. Diese Einsicht war recht unangenehm, aber dennoch wahr. Auch er war nicht zu Größe gekommen, weil ihn die Menschen als würdig erachtet hätten. Verspottet hatten sie ihn. Die bloße Vorstellung, er könnte den Thron begehren, hatten sie als lachhaft abgetan. Dass er ihn erringen *könnte*, hatte nun wirklich niemand geglaubt. Und so hatte er es vollbracht, um es ihnen allen zu zeigen.

All diejenigen, die etwas für Zhus Kampf geopfert hatten, hatten es Ma zufolge nicht bloß getan, damit sie Kaiser wurde: Sie sollte dabei *sie selbst* sein. Denn sie wusste, was es bedeutete, ein Nichts zu sein. Sie würde die Welt verändern und mit der Vergangenheit brechen, beherrscht von Männern wie Chen, die ohne jeden Zweifel geglaubt hatten, alles müsse vor ihnen niederknien.

Sie spürte das furchtbare Verlangen des Hungergeistes: Er wollte, dass der Großkhan starb. Doch ein Geist war kein Mensch mit echten Sehnsüchten. Was er empfand, war nur ein Widerhall des Schmerzes und Rachedurstes des Verstorbenen. Er kannte nichts anderes mehr, und deshalb klammerte er sich daran. In einem Geist war kein Leben zu finden. Keine Zukunft. Er gehörte ebenso der Vergangenheit an wie Chen.

Der Großkhan lag auf den Knien. Das Schwert hatte ihn noch nicht einmal berührt, und doch verbrannte er bei lebendigem Leibe. Und der Geist schrie stumm nach seiner blutigen Vergeltung.

Sie hielt inne.

Es schien, als stünde alles still. In dieser gewaltigen Halle mit den Säulen, die dicker waren als jeder Baum, den Zhu je gesehen hatte, waren sie winzig. Drei kleine, einzigartige Menschenwesen. Zhu nahm sie alle überdeutlich wahr: den Großkhan, der vor Schmerz keuchte; Ma, die abgewandt schluchzte; sich selbst. Doch stünden sie auf ewig so, dann würde alles bleiben, wie es war. Nichts würde sich ändern.

In die Weite hinein sagte sie: »Es muss so sein. Es tut mir leid.«

Der Großkhan erstarrte, stählte sich für den Todesstoß. Sein Handrücken war nun nicht mehr blasig, sondern eine offene rote Wunde. Der Ärmel seines schwarzen Gewandes qualmte. Die vergoldeten Papierfäden, aus denen die gestickten Drachen bestanden hatten, waren verkohlt, sodass von ihnen nichts blieb als Schatten.

Doch Zhu wandte sich ab und sprach zu dem Geist. »Vergebt mir, Herr General. Ich weiß, was ich Euch versprochen habe. Doch wie soll ich eine neue Welt erschaffen, wenn gleich mein erster Akt an die alte anknüpft? Soll dies ein Neuanfang sein, so muss ich eine neue Weise des Anfangens wählen.«

Sie ließ das Schwert und ihre rechte Hand verschwinden. Nun endete ihr Arm wieder in dem vertrauten rosafarbenen Stumpf. Er war harmlos, repräsentierte jedoch ihr wahres Selbst. Den Menschen, der sie zu sein entschieden hatte. Sie blickte auf den Großkhan hinunter. »Doch kann es keine zwei Mandate auf der Welt geben. Gebt das Eure auf!«

Zitternd kniete er vor ihr, und dennoch schien es, als würde er es vielleicht nicht tun. Sein Gesicht war vor Qual verzerrt.

Heiser, beinahe flehend stieß er hervor: »Das kann ich nicht! Ich kann es nicht aufgeben. Wie könnte ich? Es ist meine Natur!«

Ma entrang sich ein gepeinigter Laut. Sie ging zu ihm, kniete vor ihm nieder und nahm seine unverbrannte Hand zwischen ihre beiden, keine romantische Geste, sondern eine tröstliche. Sie sprach so leise und schmerzerfüllt, dass Zhu das Gefühl hatte, sie zu belauschen. »Was Ihr gefühlt habt, war wirklich – auch wenn ich es nicht war.«

Er starrte sie an. Eine Träne rann ihm über die blasse Wange, die sein Arm beschirmt hatte, und weiter über die blasige rote Haut seines Kinns. Zhu schnürte sich die Brust zusammen. Sie wusste ja selbst, wie es war, vor dieser Wahl zu stehen. Allzu gut erinnerte sie sich daran, wie Chen Xu Da benutzt hatte, um sie zur Kapitulation zu zwingen. Wie sie geglaubt hatte, ihr Schicksal in einer Hand zu halten und Xu Das Leben in der anderen. Ihr Schicksal war ihr Selbst gewesen, Xu Da jedoch ihr geliebter Bruder. Es hatte sich angefühlt, als würde sie entzweigerissen.

Zhu hatte geglaubt, dass Menschen, die ihr Schicksal aufgaben, einfach nur nicht stark genug waren, um es zu ertragen – wie der ursprüngliche Zhu Chongba. Sie war immer stark genug gewesen. Doch wenn man nichts hatte als das eigene Schicksal – wenn es einem sowohl Mittel zum Überleben als auch Grund zum Weitermachen war –, dann hielt man daran fest wie sonst an nichts. Wie der Großkhan, Ouyang und sie selbst. Und dann erforderte es vielleicht größere Stärke, es aufzugeben.

Und während sie zusah, wie der Großkhan mit sich rang, dachte sie, es gab vielleicht nichts Schwereres auf der Welt.

Zuerst geschah nichts. Doch dann, ganz plötzlich, stiegen dünne Schatten aus ihm auf wie Spinnenfäden im Wind, verdichteten sich und hingen einen Augenblick über ihm in Luft, bis sie sich schließlich in nichts auflösten.

Er seufzte und fiel nach vorn. Ma fing ihn auf.

Sein Schicksal war dahin; er hatte es aufgegeben. Zu einem Nichts war er dadurch jedoch nicht geworden. Er hatte seinen Namen abgelegt, um Großkhan zu werden. Nun, da es keinen mehr gab, kniete an seiner Stelle ein namenloser Mann, der werden konnte, wer auch immer er sein wollte.

»Geht nun«, sagte sie zu ihm. Sie empfand eine seltsame beschützerische Zärtlichkeit, die sich auch an ihr früheres Selbst zu richten schien, an jene Zhu, die nach dem Zweikampf mit Ouyang erwacht war und festgestellt hatte, dass sie verstümmelt war. »Wählt einen neuen Namen für Euch und lebt, wie Ihr es bisher nicht konntet: als der Mensch, der Ihr wirklich seid. Geht und findet Eure Zukunft im Licht!«

Dann wandte sie sich dem Ungeheuer zu, das einmal Ouyang gewesen war. Es war, als mühte sie sich durch einen Sturmwind aus eisigen Messern. Die schrille Dissonanz ihrer Verbindung ließ ihr das Blut in den Adern gefrieren. Vor ihm blieb sie stehen. »Auch Ihr müsst loslassen, Herr General. Lasst ab von den Wunden, dem Schmerz und der Vergeltung. Scheidet von der Welt und den Menschen darin. Hier soll es zu Ende sein.«

Ihre rechte Hand erschien erneut. Als sie sie nach dem Geist ausstreckte, hob er endlich den Kopf. Kurz sah sie die hungrige albtraumhafte Fratze, doch dann berührte ihn ihr Licht, und sie blickte in jenes schöne, schreckliche Antlitz, das sie gekannt hatte. Seine Augen waren nicht schwarz und leer. Es waren die Augen eines Menschen, als hätte sie ihn – seine wahre Essenz zurückgerufen. Voll gequälter Sehnsucht schaute er sie an.

»Ich finde sein Grab«, versprach sie ihm, »und bestatte Euch zusammen. Ihr habt beide keine Nachfahren, aber ich werde Euer gedenken. Und meine Nachfahren und deren Nachfahren werden an jenem Grabmal beten, das ich für ihn und Euch errichten werde.

Geht in Euer nächstes Leben weiter. Lebt es und ertragt das Leiden. Tut dasselbe im übernächsten und in dem darauf. Mit jedem neuen Leben wird es Euch ein wenig leichter fallen. Und eines Tages, in eintausend Jahren, wird die Macht des Universums Esen Temür und Euch wieder zusammenführen.«

Sie legte die Phantomhand an seine jadeblasse Wange, und die Berührung brannte so sehr, dass sie nicht wusste ob vor Hitze oder Kälte. Da löste sich die Dissonanz auf, und ihrer beider Saiten schwangen erneut im Gleichklang inmitten der unzähligen anderen, die das Gewebe des Universums ausmachten. Und dann verschwand sein Geist, zerstob wie die Samen einer Pusteblume, die der Wind davontrug, an einen fernen Ort in ferner Zukunft, wo er aufs Neue leben würde.

Seine Abwesenheit war wie ein dumpfes Dröhnen. Langsam wurde Zhu sich der Welt außerhalb der Halle wieder bewusst: Noch immer trommelten die Wachen gegen die Tür und schrien.

Sie stieg die Stufen zum Thron hinauf. Eine Weile stand sie davor und betrachtete die goldenen Drachen, den Sitz der Sonne. Kummer trübte ihren Triumph: So viel war für diesen Moment gegeben worden. Aus all den Opfern würde nun die Erde, aus der die neue Welt erspriеßen würde. Während sie gedieh, würde sie die liebevolle Güte der Opfer in sich aufnehmen. Sie würden Teil ihrer Substanz. Somit könnte sie niemals wie die alte Welt der Gewalt und Herrschaft sein. Dankbar dachte Zhu: *Sie wird sie selbst sein.*

Der Mann in dem schwarzen Gewand jener alten Welt kniete noch immer auf dem Boden. »Wie wollt Ihr sie nennen?«, fragte er schmerzlich. »Eure neue Ära.«

Zhu setzte sich. Ihre Magdkluft spannte unangenehm, als sie die Beine spreizte wie ein Mann – jemand, der über allem thronte. Sie legte die Hand und den Armstumpf auf ihre Oberschenkel.

»Wir, der Kaiser Hongwu, rufen die Dynastie des strahlenden Glanzes aus. Zehntausend Jahre lang wird sie leuchten und …«

Die Tür flog auf, und die Wachen taumelten herein. Erschüttert blieben sie stehen, als sie Zhu auf dem Thron sitzen sahen. Das Licht ihrer neuen Welt fiel in die Halle, und sie lächelte.

»Wir taufen sie Ming!«

Danksagungen

Jeder weiß, wie schwer es ist, ein zweites Buch zu schreiben. Ein zweites Buch während einer Pandemie zu schreiben, hat sich als wahrer Albtraum herausgestellt. Bitte betrachtet die folgenden Dankesworte als ganz besonders tief empfunden!

Ich danke meinem Lektor bei Tor, Will Hinton, für seine unermüdliche, großzügige Unterstützung in einer wirklich schwierigen Zeit (für mich, für ihn, für die ganze Welt) und für seine täuschend sanften Fragen, die mir geholfen haben zu entschlüsseln, worum es in der Geschichte eigentlich geht. Ein besonderer Dank geht außerdem an Oliver Dougherty, Renata Sweeney, Libby Collins und Devi Pillai, ebenfalls bei Tor. Danke auch an die vielen anderen Menschen, die hart gearbeitet haben, um dieses Buch Wirklichkeit werden zu lassen, speziell die Setzer, Künstler und Gestalter sowie die Leute aus dem Vertrieb, dem Marketing, der Öffentlichkeitsarbeit, die Vertrags- und Finanzabteilung. Danke an die Redakteure und Korrektoren und an Rola Chang, die wieder eine wunderschönes Coverzeichnung beigesteuert hat.

In Großbritannien gilt mein Dank Bella Pagan und Georgia Summers, die sich sowohl intern als auch extern so stark gemacht haben für die Dilogie »Der strahlende Kaiser«. Ich könnte nicht glücklicher sein, wie begeistert diese queere chinesische historische Fantasy im Vereinigten Königreich aufgenommen worden ist. Vielen Dank an das gesamte Team von Pan Macmillan, das so hart daran gearbeitet hat, die beiden Bücher in die wunderschönen physischen (und digitalen) Objekte zu verwandeln, die sie nun sind. Danke an Maria Rejt bei Mantle sowie an Stephen Haskins und Jamie-Lee Nardone bei Black Crow PR.

Danke an Natalie Naudus, die die Hörbücher mit Leidenschaft und guter Laune eingelesen hat (und den viralen TikTok über »jenen Moment« im ersten Buch gemacht hat), und das Team bei Macmillan Audio.

Danke an Laura Rennert (Superstar-Agentin der unendlichen Geduld! Sie, die nie den Mut verliert!) und an die wunderbaren Menschen der Andrea Brown Literary Agency, mit besonderem Dank an Kara Reynolds und Kelli Kane.

An meine Autorenfreundin der ersten Stunde, Vanessa Len: Schau uns nur an! Wir leben den Traum, indem wir allein in unseren Häusern sitzen und weinen. Ich bin so froh, dass es uns gelungen ist, die ganze Zeit im Gleichschritt zu marschieren – unsere Fortsetzungen erscheinen sogar im selben Monat! Nun geht's für uns beide ans dritte Buch, hoffentlich begleitet von weniger Tränen.

Bunker-Crew: Ohne euch hätte ich es nicht geschafft. Was für einen Unterschied es doch macht, eine Gemeinschaft zu haben.

Danke an die Buchhändler, Bibliothekare, Book-Community-Mitglieder, Preis-Jurys und Wähler, Verfechte queerer und diverser Literatur und alle Leserinnen und Leser, die über die Dilogie gesprochen und sie unterstützt haben: Es bedeutet mir so viel, wenn ich sehe, dass ihr meine Bücher voll schrecklicher, mörderischer Queers mögt.

Danke an die Sapphic Trifecta! Es war ein Riesenspaß; ich freue mich so, dass wir uns persönlich kennengelernt haben.

Und zu guter Letzt möchte ich mich voller Liebe bei John und Erica bedanken, die mich so geduldig unterstützt haben, obwohl ich sie im Stich gelassen habe, um jahrelang im China der Kaiserzeit zu leben. Wenn ich schon 267 Tage lang in ein Haus eingesperrt sein musste, war ich doch dankbar, mit euch beiden zusammen eingesperrt zu sein.

Auch dieses Mal möchte ich die Wurundjeri würdigen, die traditionellen Hüter des Landes, in dem ich dieses Buch geschrieben habe.